鱼跃鸢飞

2020—2021 辽宁文学
创作面面观

上

胡海迪 —— 主编

辽宁美术出版社

图书在版编目（CIP）数据

鱼跃鸢飞：2020-2021辽宁文学创作面面观 / 胡海迪主编. — 沈阳：辽宁美术出版社, 2022.11
ISBN 978-7-5314-9233-7

Ⅰ.①鱼… Ⅱ.①胡… Ⅲ.①中国文学—当代文学—文学研究—辽宁—文集 Ⅳ.①I206.7-53

中国版本图书馆CIP数据核字（2022）第176855号

出 版 者：辽宁美术出版社
地　　址：沈阳市和平区民族北街29号　邮编：110001
发 行 者：辽宁美术出版社
印 刷 者：沈阳岩田包装印刷有限公司
开　　本：710mm×1000mm　1/16
印　　张：36
字　　数：500千字
出版时间：2022年11月第1版
印刷时间：2022年11月第1次印刷
责任编辑：时祥选
美术编辑：张　畅　乌　亮
装帧设计：杨光玉
责任校对：郝　刚
书　　号：ISBN 978-7-5314-9233-7
定　　价：128.00元（全两册）

邮购部电话：024-83833008
E-mail：53490914@qq.com
http://www.lnmscbs.cn
图书如有印装质量问题请与出版部联系调换
出版部电话：024-23835227

本书编委会

主　编

胡海迪

编　委

胡海迪　王立春　李　霞　宋晓杰

牛寒婷　张忠诚　刁长昊

序

韩春燕

《鱼跃鸢飞：2020—2021辽宁文学创作面面观》即将出版，这是辽宁文学界一件值得欣喜的事情。

本书是一部文学评论集，是辽宁文学院的重要学术成果。2020年之初，辽宁文学院成立文艺创作研究发展中心，其主要工作内容之一，是对辽宁文学创作进行季度述评和年度综评。这项工作的主旨，是繁荣辽宁文学事业，及时载录、介绍、评论、研究辽宁的各类文学新创作品，突出时效性、全面性和理论性。两年来，由文艺创研中心多位作家、学者担纲的这项工作，对短篇小说、中篇小说、长篇小说、散文、诗歌、儿童文学、报告文学等7种体裁分别予以述评，达三十余万字，涉及作品七百余篇（部、组、首），充分展示出辽沈文学创作的整体风貌，成绩斐然。

辽宁是文学大省，每年有大量作品发表、出版，辽宁作家的名字在省内外图书、期刊、报纸上频频出现，颇受瞩目。当今传统媒体影响力逐渐下降，包括文学辽军在内的创作者，对文学理想执着坚守，创作实绩在全国甚至国际上都有较大影响，值得珍视，也值得铭记。本书就是对他们两年来文学成果充满敬意的实录，是辽宁地域文学一个丰富生动的小小横断面。在时间长河中，两年，不过是转瞬即逝的浪花一朵。客观地说，这朵小小浪花中的作品，由于与我们距离太近，有没有、有多少可以长存于时间淘洗过后的未来文学史，还属未知。但是，如果没有对这些作品的全面关注，某些有价值的作品，可能会延迟甚至失去被进一步发掘、探究的机会。所以，这部书，可供未来辽宁文学史家乃至中国文学史家采铜于山，获取丰富的第一手资料。它必将如大江大河上游的一条小溪，蜿蜒汇入浩瀚之水，却决不会以"小"而失去自身的价值。

这部书产生于辽宁文学发生的现场，是距离创作最近的评介。如果把每一篇文学作品都比作一个婴孩，那么，除了作为"父母"的作者和作为"助产士"的编辑之外，这部书中的述评，应当是呱呱坠地的新生儿最初迎来的关切目光。现实地讲，受作品主题、知名度等因素的限制，并不是每一位作家、每一篇作品，都可以在报刊上得到详尽、专业的评论。这部书的作用，就是尽可能使更多的辽宁作家作品受到更广泛的关注。书中小到一句十几字、大到一节几千字的评论，会对辽宁的作家，尤其是那些在孤寂中默默跋涉的辽宁作家，起到激励、提醒的作用。任何事业都有自己的生态，文学也是。这部书，愿意以其温暖和清凉，为辽宁良好、活跃的文学生态，尽一份自己的力量。

本书的作者群体，是辽宁文学院的作家和学者。在围绕具体作品生发的评论中，他们充分发挥自身优势，表现出丰富的创作经验、敏锐的审美感受、深厚的理论修养。他们既对作品内容、主题有忠实严谨的"述"，也对作品美学风格、艺术特色有深入独特的"评"。他们是其所是，非其所非，既对作品的优点不吝褒扬，也对存在的不足直言不讳，体现出文学批评家应有的见识和勇气。值得一提的是，这部书充分尊重各位评论家的个性和风格，最大程度地保留了当初发布在辽宁文学院微信公众号上的"原始风貌"，相信作家型学者和学者型作家的文学评论，会以生动活泼的文风赢得读者的欣赏。

本书的主体由"季度述评"和"年度综评"构成。前者通常对具体作品有较为详尽的介绍和评价，注重微观；后者侧重理论观照，力图归纳、发现共性问题乃至文学现象，倾向宏观，二者有不同的可以互补的功能。由于本书涉及的作品种类、数量较多，书后附有作家、作品索引，以便读者查询。通过索引，读者还可以了解两年来各位作家的作品数量、体裁、发表出版信息等，以此沿波讨源、寻阅原作。还有一点需要说明：由于出版发表、获奖、入选、外译与阅读评论存在一定时间差，本书也涉及少量创作于其他年份的作品。令人颇为惴惴的是，虽然文艺创研中心的作家、学者孜孜矻矻，广收博纳，但由于信息渠道和人力有限，遗珠之憾，在所难免。恳请作品未被收入或收入不全的作家，谅解本书编者和作者这种无心、无奈的疏失。

辽宁文学院自 2018 年以来，在辽宁省公共文化服务中心的领导下，以崭新的面貌从事文学创作、研究、出版、培训等工作，其中辐射全省、贴近创作的文学评论研究，进展尤为明显。两年来，述评工作顺利进行，现在述评文章又得以结集出版，这些都与中心的支持、关心、重视、指导密不可分，我们在这里向中心领导表示诚挚的谢意。与此同时，我们备感荣幸，因为我们的这项工作，与中心在改革中立稳脚跟、不断壮大同频共振，我们的工作成果，也必将汇入中心促进辽宁文化事业高效发展的成就之中。

《鱼跃鸢飞：2020—2021 辽宁文学创作面面观》对多种文体、多位作家、多部作品进行述评，努力实现辽宁文学创作两年间的"面面观"。它的出版，将为辉煌的辽宁文学交响加入一个新的旋律。相信辽宁文学精品里的"鱼跃"，高峰上的"鸢飞"，将随着这部书的面世而更多、更快、更高、更强！

2022 年 4 月

（韩春燕，辽宁文学院院长）

目录
Contents

2020 辽宁散文述评

2020 辽宁诗歌述评

2020 辽宁儿童文学述评

2020 辽宁长篇小说、报告文学述评

下 册 ————————

2021 辽宁短篇小说述评

2021 辽宁中篇小说述评

2021 辽宁散文述评

2021 辽宁诗歌述评

2021 辽宁儿童文学述评

2021 辽宁长篇小说、报告文学述评

附　录

2020
辽宁
短篇小说
述评

春之卷

张忠诚

　　这个季度极不寻常，新冠肺炎病毒突然来袭。白衣勇士，逆行出征，到最前沿作战。如今疫情得到控制，逆行者凯旋，他们配得上一切赞誉。一些作家也当起了逆行者，深入一线采写，让"抗疫"现场有了文学的声音。在各大报刊的公众号上，许多作家免费向公众分享了精品佳作。

　　春季是播种的季节，我省短篇小说却在这一季度收获颇丰。概括说来：文坛中坚力量推出佳作，新人新作数量可观，小小说正在形成创作群落。

　　《夜莺湖》（《收获》2020 年第 1 期）是继《逍遥游》后，班宇在《收获》发的第二篇小说。前任女友吴小艺、现任女友苏丽，还有死后成谜的苏丽弟弟，改名后的苏丽珂，他们与"我"只有生活相交，没有命运相连，而在庸常的困境中，偶然、不测、困顿、饥荒，又无不把每个人共同缠绕。在这个意义上说，我们的命运皆困于一张网，系于一条绳。《羽翅》（《花城》2020 年第 1 期）里的"我"和马兴、程晓静，因音乐结识，偶然津门重逢，三人已各在日常的困境中。每个人都曾向往有一双羽翅，自由飞翔，俯视大地，不沾尘埃。结果是，在现实的困顿中，再华丽的羽翅终会褪落成一地鸡毛。"我"编织谎言不归、马兴醉睡父亲床尾、程晓静深夜出门，都是各自对现实困境的短暂挣脱。这挣脱无力又徒劳，马兴终会醒来，程晓静也要回去，"我"在妻子报忧的电话中，不得不从片刻逃离中回到现实。结尾恍惚中的羽翅脱落，是意象，也是现实，你我皆凡人，现实骨感，挣脱不易。"旁边是孔夫子的石像，整个文庙里只有我一个人，抬眼望向前方大殿，四处斑驳，一片萧索，有钟声若隐若现，时间仿佛在这里裂开缝隙，我闭目钻入，是一道峡湾，水面平旷，缓缓回落，远处有几艘静止轮船，偶尔发出一阵长久的笛声，形似呜咽，表示即将离泊，抑或横越，各自航行。"(《羽翅》)这样的文字还有若干处（班宇小说每篇都有不少这样的文字），这可以看成是"班氏风格"。不过，这样的文字多了，除了展示作家个人喜好与语言才华外，于小说本身并没有多大意义。讲个人阅读感受，多少有点矫情，很像听《杰奎琳的眼泪》，曲子好，拉得也好，只是琴师时不时要出来旁白几句，即便旁白如诗，也总觉多余。

《摘钩》(《四川文学》2020年第1期，《小说选刊》2020年第2期转载)为万胜新作。北窑，或者说北方，曾是"好汉"，都有"当年勇"。姑娘"余香"千里出关来嫁一个陌生男人，可想当年北方的诱惑力之大。本来要嫁给李春满的"我妈"，一场意外嫁给了"我爸"兰胜利，从此李春满跟兰胜利成了"情敌"。李春满是个"死心眼"，不仅在情感上钻牛角尖，在工作上同样死心眼，这也把他的命运推向了悲剧的必然。然而，个人情感纠葛的背后，也呈现了北窑从辉煌到荒芜，工人从风光走向落魄的变迁。个人的命运永远沉陷在社会命运里，一条鱼无法游离于河流之外。对李春满们的命运唏嘘之余，对小蔫巴们的命运的关注或许更紧迫。北方的万家灯火、北方的工厂荒凉、北方的群山苍苍，孕育了北方人硬邦邦的筋骨性格。李春满被两节车厢中间的挂钩穿透腹部，摘不摘钩都活不下来，不摘痛苦揪心，摘钩立马断气，这时摘不摘钩成了痛苦的抉择。很多时候就是这样，你只能去接受，死去的终归要死去，但你也要相信，重生的也终将会重生。

春嫂的命运不鲜见，这样的故事不只存在于李铭的小说里。假如你曾行走在乡村市井，可能你会说，春嫂是我见过的某某某，一样一样的。读《飘满秋风的夜》（《鸭绿江》2020 年第 2 期）犹如把一件半干不干的衣衫穿在身上，潮气、湿气、寒气，三气合一，你只能用皮肤漏干，这滋味不好受。春嫂以哭为生，哭声那么嘹亮，到头来只能把自家命运默默吞咽，多想春嫂为自己哭一哭。结尾落水的"噗通"，巧妙、丰富，余味宽阔。春嫂这样的女人未必惹人爱，但总归会让人疼。李铭"小气"了点吧，何不多给她几分阳光呢？太阳晒着众生，那么多，有你的，有我的，春嫂也该有自己的一米阳光。

曾剑的《荆芥的香味》（《鸭绿江》2020 年第 3 期）里的"我"，是个"被早退"后无事可做，要转行当作家的人。"我"在与"张破烂"的交往中，以"深入生活"的名义，无意中窥视了"张破烂"的隐私，间接促成了他的含羞而走。作家安勇，也是这篇小说的责编，评价说："故事讲得自然有趣环环相扣，揭示了寄居于城中村底层人的生存处境，关注到了他们性的苦闷与无奈。小说还暗示了另一个哲思：对他人的过分关心与关注，是否无形中对他的隐私构成了窥探与冒犯。荆芥的植入，使作品充满诗意。小说细节丰富，人物生动，平静中溢满温情，是篇好作品。"安勇说得很好了，曾剑手艺真是不赖。有一处想与曾剑商榷，后文"张破烂"往出租屋带女人解决生理问题，这非要"我"带有羞辱和指责地"指路"他才会知道吗？城中村是个五方杂地，三教九流皆有，不说别的，城中村的墙头电线杆上，小广告多如牛毛，这种事也是街头巷尾"婶子们""嫂子们"热闹的谈资，"张破烂"不会愚到这个地步。在城中村租住这么久，即便他想"独善其身"也不大可能，有人会上门找他做生意。小说没义务复制现实的真实，小说有小说的真实，但尽可能不要对现实的真实造成冒犯。

在《随风而逝的风》（《鸭绿江》2020年第3期）中，作家聂与写了一个狱警帮教犯人李宽，并救助他的母亲和女儿的故事。小说里穿插叙述了李宽的家事，以及失手误杀妻子的情节。在俗常与命运的捉弄之下，我们都是李宽。在管教与犯人的交往中，有人与人之间的平等相待，也有人性的善良之火在跳动。

这一季度，新人新作不少。新人这个说法不好统一，这是个没有标准的概念，多新才算新？有些人写作已久，发表甚多，只是少有被关注到而已。新人新作多发在我省几家老牌文学刊物上。《鸭绿江》《海燕》《满族文学》《辽河》《芒种》，这几家文学杂志，对于省内文学新人的扶持力度，让人感佩。

张淑清将一段知青年代的陈年旧事娓娓道来。小郭与梅花的错失姻缘，看似人心叵测，其实也可看成人心可测。当旧事蒙尘，当事者抑或旁观者相逢一笑，不必介怀。《1974年的猪》（《鸭绿江》2020年第1期）写得有些滋味。贾颖不能算新人，写儿童文学居多，《万事可行》（《鸭绿江》2020年第1期）篇幅不长，一对自嘲"姘居"的恋人在领证当天，目睹离婚者发生血案，心生忐忑。万事可行之日，有那么多的不可知，一天中的种种偶然，似乎在为未来埋下暗示。未来谁看得透呢，又不是神仙，正应了结尾那句"谁知道呢"。"95后"的羽瞳，锦州人，这个文学新人值得期待，《冷场》（《野草》2020年第2期）、《出逃衣胞之地》（《海燕》2020年第3期）很见功力。两篇小说都写民间艺人。出入茶馆说相声的，在歌舞厅驻唱的乐队，若只为讨一份生活，大可不必在独木桥上冷风扑面踽踽独行。在艰难讨生活的背后，有对所爱艺术让人心酸、钦敬的坚守。张宇霏、易北、许沧东们出走"身之衣胞之地"，带艺漂泊，每一天都在苦苦找寻"艺之衣胞之地"。《出逃衣胞之地》语言颇显才气，只是有些用力稍过，收着点锐气，或许更好些。是为建议。酸菜白肉血肠是一道家常菜，地道东北味，"80后"作家白小川的《酸菜白肉血肠》(《辽河》2020年第1期）慢火细炖，滋味不赖。家事、情事、丧事，过的就是个鸡零狗碎的日子。酸菜白肉血肠怎样吃才够味，各有各的炖法；生活花园布满交叉小径，选一条，走过去，自有风景。

近几年，我省小小说创作群体不断壮大，风景日盛。李敬泽说："冯骥才先生的《俗世奇人》荣获第七届鲁迅文学奖，标志着微小说创作传播已进入一个新阶段。"小小说因其"短"的特点，逐渐走进日常阅读，不再是一道"上不得席面的小菜"，这对于小说文体的发展大有益处。

佟掌柜，原名佟惠军，沈阳人，近年来的小小说创作值得关注。《意外》(《羊城晚报》2020年2月9日）写了一个人在"疫情"之初，因"意外"引起的过度恐慌。病毒来袭，要防，要重视，但更要理智，过度恐慌或许比病毒本身更糟糕。《真凶》(《小说林》2020年1期）里的出轨女人洪艳因丈夫意外被杀而愧疚，去警局"自首"，自认真凶，以求得减轻身心背负的道德负罪感，不过这从法律上讲又注定是徒劳的。

《鸭绿江》2020年第2期推出了"葫芦岛小小说专辑"，刊发了闫耀明、李伶伶等人的八篇小小说。《天池小小说》杂志多次推出"葫芦岛小小说专辑"，葫芦岛市文联又成功举办了"首届打渔山杯葫芦岛小小说大赛"，这些都标志着"葫芦岛小小说创作群"已经形成。李伶伶的小小说一直关注底层人物，尤其是乡村女人的命运。《漂泊的母亲》里的云婶不想拖累女儿，四处给独身老男人当"保姆"。她受尽屈辱，只为找一个晚年的"安妥"之处，却总是无处可留。闫耀明的《杀死一棵榆树》篇幅虽短，却带有丰厚的寓言性。无辜者、受害者、真凶相互纠缠，难以分辨。难得之处还在于，没有审判，只有自省。小小说太短，很难写命运，但韩文鑫的《二秋》里有命运。都说"性格决定命运"，又是什么决定了"性格"？看看二秋吧，他仁义、认命、诚信，说到底是为了活得有点尊严。二秋替父亲还钱，与其说是"信"，不如说是"尊"。一个人有多自卑，内心深处就有多自尊。写乡土散文的郭宏文写起小说来，同样精彩。《姚二嘎护井》是"姚二嘎系列"的一篇。泥土味，乡间事，民间情，固执、老凿、轴、仗义、倔巴、仁义，这些都积淀在姚二嘎的骨子里，他身上有辽西人的地域性格和老一辈农民的集体性格。阎秀丽不声不响把小小说写得风生水起。《斗》里的阿芬和芹，两个较劲了一辈子的乡村女人，晚景难捱，一般凄凉。人到晚年的"斗"，又何尝不是另一种互相"抚慰"、排解孤独的方式？刘颖的《债》写了人心叵测和人情冷暖，但忠厚的孟老大用善良和宽容，让险些失落的人心和良知重新回归到人性的本位。张凤凯的《山屯猫事》、鹤童的《蒸猫》与猫有关又无关，人情人心都在纸上。

案头摆着岳麓书社版的《聊斋志异》。这是我买的第四本《聊斋志异》，封皮上有王士禛的诗作："姑妄言之姑听之，豆棚瓜架雨如丝。料应厌作人间语，爱听秋坟鬼唱诗。"蒲松龄先生，真正的短篇圣手，写短篇小说者，不可不读《聊斋志异》吧。算是荐书。此文收笔之时，窗外也是细雨如丝。述而不评，不如不述。我姑妄言之，您姑妄听之。

夏之卷

张忠诚

    如果说第一季度短篇小说述评关注的核心作家是班宇，第二季度则是牛健哲。牛健哲做过期刊编辑，从事小说创作多年。在小说越写越"孪生脸孔"的当下，牛健哲算是一个风格独特且被低估了的作家。在小说越写越长的当下，牛健哲钟情于"小短篇"，这份定力难得。他不从众，深耕自己的文学田地；不讨好读者，一板一眼地经营着自己的"黏腻故事"。

    以小说写作起家的文学新人，大多从短篇小说写起。当然也有出手即写大长篇且能生根立蔓者，不过这样的作家毕竟是少数。短篇小说述评也成为发现并推出文学新人最好的窗口。在第一季度短篇小说述评中，关注了文学新人"80 后"的白小川、"95 后"的羽瞳。在今后的短篇小说述评中，将继续留出足够的篇幅关注文学新人，为我省文学新人成长做一点事。

    《黏腻故事》（《鸭绿江》2020 年第 5 期）特别到了让读者惊呼：这也是小说？惊愕之余，又不得不说，这的确是小说。小说是什么样子，没有固定脸孔。在卡尔维诺那里，在马尔克斯那里，在王小波那里，小说有无限的可能性。你只有佩服作家的脑洞、野心，当然还有别致的审美趣味。余华回顾他的牙医生涯，有一回他说人类的嘴巴是最没有风景的地方。嘴巴里没有风景，却能发生故事。健哲的这篇小说，聚焦于一个女人的嘴巴里，几乎看不到故事，也看不到人物，有点"反故事反人物"。或许作家本身并非有意，这也无需作家站出来作出一番解释，作家也不欠谁一个解释。阅读《黏腻故事》并不那么顺畅，这是一个用眼睛阅读几乎徒劳的小说，阅读《黏腻故事》成了一个在舌尖上舐舐回味，与肌肉、食物、体温共感的过程。

《西湖》（2020年5期）推出了牛健哲小说小辑，包括《相对》《幼态延续》《左右》三篇小说。随刊发表的还有创作谈《从皱褶到边角》及刁斗老师的评论《"牛学"炮制记》。相比于《黏腻故事》，牛健哲的这三篇小说在审美上的执拗和小说实验的执拗，会让人心生慨叹：这个作家永远让人琢磨不透。《左右》特别烧脑和费解。小说着笔于未来人类的无性生殖，更像一篇科技狂人的学术论文，带着些偏执与狂想，语态是梦呓式的。《相对》写了一个或许患上了失眠症的男人，想要在夜里看清妻子的眼。作家细腻地写了这个男人和妻子的睡姿，他们的距离是切近的，男人的视线也该是清晰的，但恰恰妻子的脸孔却模糊无比。这是另一种反逻辑。幽暗、狐疑、低烧、尿液、睫毛膏、半透不透的月光，如果想找，还能找出许多充满暗喻和象征的词语，它们共同涂抹了小说黏腻的色调。对话、情节、行为，从形式到内容，《幼态延续》更像小说，但这依然掩饰不住牛健哲要把小说引向偏狭的决心，偏狭而非褊狭，牛健哲大概要验证的便是小到极致即为大的哲学辩证性。"小说对其作品类型的兼收并蓄就是它可爱的原因之一，当然如果大家同意的话，那些趣味成疑、去向偏僻的作品从这种包容中获得的护佑相对多些也没什么不对。"这是健哲自己的话，我深以为是，摘录于此。

万胜喜写小人物，《飞翔的酒瓶》（《满族文学》2020 年第 3 期）里的孔学武、小江、蔺队，还有叙事者"我"，几个一个锅里搅马勺的同事朋友，各自的家境、遭遇、性格不同，却在生活的挤压下活得一样的懊糟，或许这正是现代社会带给人的普遍焦虑。老孔的"傻"是不懂人情世故，生活的不顺压过来，只管接住，一股脑塞进日渐麻木的躯壳。"我"的摔酒瓶发泄情绪，是"我"的小智慧，但这个智慧又多么的无奈。小说结尾，"我"让老孔摔一回酒瓶。"我"对老孔用心良苦的"救赎"，被蔺队设成了一个抓住老孔的局。老孔摔出的酒瓶，阴差阳错地没碎，这是个不小的隐喻和嘲讽。

《海燕》杂志一直力推新人，本季度多位新人在该刊亮相。《阴阳鱼》（《海燕》2020 年第 4 期）作者于陶，是个新面孔。要说这是一篇官场小说，相信会有人说不。你去细想，没准儿还真是。统战部长老于退休学打太极拳，加入了协会，当上了副会长，直到当上会长。看似闲散的太极拳协会，实则大有文章。协会里的头头全是退下来的领导，"退而不休"。他们把在位的官场搬到了协会里，谁上谁下，"人事安排"，依旧延续着官场法则。官场有"打太极"一说，作家巧妙地借用到了这里。读罢回味，很有些味道。

一篇后现代的小说引发一场政治风波，一张乡镇办的报纸竟然办出了点儿"洛阳纸贵"的效果。《农时观察》不务正业弄了个副刊发表小说，这篇"后现代小说"竟然还在土得掉渣的乡村引起了不小的反响。这哪一条听起来都足够荒诞，作者把诸多荒诞拧成一股绳。三个"刘洋"在一场私人酒局上，变得扑朔迷离，加上作者的名字直接进入小说叙事，应验了那句"假作真时真亦假"。在乡下有种蹲墙角讲故事的人，嘴皮子特厉害，善于"睁眼说瞎话"。写小说的人要有睁眼说瞎话的本事。邢东洋把《小说风波》（《海燕》2020 年第 4 期）讲出了点儿后现代的调调儿。

薛雪《柔软的钢筋》(《海燕》2020 年第 4 期)聚焦在一处造桥工地上，一群耍手艺洒汗水讨生活的人心机与身体的冲突。但这些人一点不会让你觉得反感，大家都是生活的弱者，不必偏要摆出强者的姿态。作者扎实的生活积累让人佩服，工地上的各种规矩、竖钢筋笼等，针脚一般绵密向前推进。林波的退出是一种成全，人心都是肉长的，在善良面前，钢筋柔软，热夏清凉。

郭少梅在小说《砸孤丁》(《海燕》2020 年第 5 期)里，为我们不紧不慢地讲了一个日本侵占中国东北时期，胡子来麻四家"砸孤丁"的故事。"在胡子的作法中，有一种绑票的方式叫'砸孤丁'。就是专门绑架富裕人家的独生子，到头来，那户人家为了赎回孩子，啥都舍得。"小说没有执迷于讲述胡子绑票和麻四赎票之间的来回交锋，而是带出乌鸦和水鸭子的身世。两个孩子的命运夹在父辈的恩怨中，水鸭子冬日寒气里光身子的呼喊，光武的无动于衷，麻四认下水鸭子，多年后以另一种方式归来的"乌鸦"，人性的复杂多面与命运的诡异无常，无处不在紧密交织。

本季度关注的小小说作者是阎秀丽，她近两三年发表小小说数十篇，厚积薄发，写得越来越入味。《春寒》(《天池小小说》2020 年第 5 期)里的三喜和达子是发小，三喜没有达子那样壮实的身体，却有比达子活泛的脑子。三喜给达子找活干赚钱，目的是真想帮助达子，还是另有想法？达子出门，三喜在达子家，是帮着达子照看"家"，还是照看达子媳妇"桂花"？这些作家没有说透，包袱捂得严实，随你怎么想去吧。桂花的进城和三喜数落狗"四喜"，一切道说不尽，或许真的行有不端，但良心从未失落。《干妈》(《天池小小说》2020 年第 6 期)里看青的麻三爷，在别人眼里"厉害得很"，尽责到了不近人情，但在背后却供养着孤儿茂奎。麻三爷死后，茂奎学麻三爷栽梨树，把最大的梨树照看成了"梨王"。茂奎感念"梨王"，"隆重"地把"梨王"认了干妈。在茂奎眼里，"梨王"何尝不是麻三爷？茂奎又何尝不是麻三爷的承继者？乡村人的朴实厚道，一代代浸润到那片朴实厚道的泥土里了。

限于阅读媒介的狭窄，肯定有若干短篇小说未被关注到。就读到的短篇小说作品而言，我省短篇小说写作方面呈现出几个问题：一是写短篇小说的作家，大都是新作家，成名作家写短篇小说不多，像牛健哲这样对短篇小说情有独钟的更是不多；二是题材方面多是关注小人物的日常，带有鲜明辽宁地域文化叙事特色的作品很少，比如工业题材，李铁老师转型后便少有这类作品出现；三是整体艺术水平有待向文学强省看齐；四是文学新人的阅读视野和创作路径还略显狭窄。

短篇小说因篇幅体量不大，从表面上看，似乎比中篇、长篇好写，但事物皆有两面，它也因篇幅短小而不易藏拙，写作更见功力。期待着省内名家们多写短篇小说，"以老带新"，加快新人成长，繁荣我省短篇小说创作。也期待着在写秋之卷时，我省短篇小说质与量双提升，一起来个"稻花香里说丰年"。

秋之卷

张忠诚

今年的秋天不怎么像秋天，秋风也没有瑟瑟之感，热与热闹同在。今年是中国人民志愿军抗美援朝出国作战 70 周年，从国家层面到社会各界开展了多种形式的纪念活动。当年作家魏巍深入朝鲜战场，写出了著名报告文学《谁是最可爱的人》，还有后来获得茅盾文学奖的长篇小说《东方》。这些作品再读仍热血沸腾，无限感慨。正在热映的电影《金刚川》也是取材于抗美援朝战争中真实的故事。书写英雄，为了纪念先烈，也为了警醒后人。愿烈士英魂长存，世界和平永在。

言归正传。

女真的《摄影师》(《鸭绿江》2020 年第 9 期)以少年视角写了一个从相见到离开，都并不算熟识的摄影师。摄影师把布娃娃挂在树上、摆在铁轨上拍摄照片，这些怪异的行为引起了少年的好奇心。但成人世界在少年澄澈的眼睛里，终究是芜杂而又神秘的。结尾摄影师到底因为什么被打伤，传言终究不可信。摄影师是谁，他为了谁，他去了哪里，都成了谜。少年的"想当摄影师"的梦想终于没敢说出口。或许不经意间少年的心灵就被戳了一个不大不小的伤口。同期发表的另一篇《盗窃者》，女真在很短的篇幅里，写了一个很大的故事。故事之大不在于大人物、大命运、大结构，《盗窃者》大在了人心。小店店主帮助完成一个儿子的嘱托，在患老年痴呆的母亲来店里拿东西时，不要惊动，更不要以为是盗窃。店主认出了这个"儿子"是个少管所的管教，他曾在少年时代受过他的"管教"。在管教晚上来为老母亲结账离开时，店主喊了声"管教"。三十几年过去了，少年已中年，管教已老年，店主这一声喊，是对不堪回首的少年时代的释然，又何尝不是"相逢一笑泯恩仇"。但喊者无心，听者有意，管教母亲再也没来过，管教也没再露面。因为什么？是不是管教带走了母亲，或是采取了什么办法不叫母亲再来，作者没有交代，像《摄影师》一样，留下了一个悬念。管教复杂的表情与店主复杂的心情一样，都是人心的复杂，复杂是另一种形式的深邃和广阔。

一个短篇，三个故事，七八个人物，晓寒的《街坊邻里》（《中国铁路文艺》2020年第9期）写出了点《俗世奇人》的味道。当然，冯骥才先生小说里的"苏七块""泥人张""刷子李"们人奇事奇，《街坊邻里》没有奇人奇事，要说有点儿奇人味道的便是"六丫头"。这个少年时代不幸断腿的女孩，在铁路小区长成了"假小子"，有了点儿"混混儿"的意思。六丫头的成长经历折射出了一代人的成长史，读来仿佛回到了那个物质贫乏但野天野地的少年自由年代。这个故事里的老杨，骨子里有些执拗，有那个年代的集体性格，二十年后让六丫头回来同住，冰融雪化。他的骨子里对六丫头的爱一直都在。父女天性，哪有解不开的仇疙瘩，一时赌气转不过弯罢了。樊叔和稽伯伯这两个人物写得不如六丫头出彩，性格属于不温不火不疼不痒的类型。他们的良善、朴实、憨厚，还有不甚讲究的生活，都涂抹成了我们的父辈们集体的脸谱。苏姨、樊婶、稽斌等等，都有我们身边人的影子。这个短篇小说三个故事，也可以看作三个小小说，就像三颗石子投入池沼，各自荡着涟漪，波澜微惊，亦是风景。

文学新人羽瞳本季度发表了《枕木》(《满族文学》2020年第4期)。小说中，刘师傅把女儿当男孩养，刘若男也有了男孩性格，不论性格养成过程和人物形象本身，都和前面晓寒《街坊邻里》里的"六丫头"有几分相像。几分相似之外，又各有各的不同。刘若男和男同学打架不含糊，但这个外表假小子的女孩，内心依然生长着女孩的柔软。张樾是刘师傅的徒弟，因为有当兵经历而被刘师傅特别关照。张樾帮着刘若男解除了几次"打架危机"，也了解了刘若男的家庭和这个女孩的内心，大雨之夜偶然的青春躁动戛然而止，似铁钉敲锣，未有余音便被大手捂住锣面，只成一声短促的金属撞击。小说带来的对于教育、婚姻、家庭的反思，时不时会叫人心中隐隐作痛。

白小川的《高楼香鸡》(《岁月》2020年第7期)从一个老朋友的饭局写起，把一个车间里的几个同事之间的恩怨，通过碎片化的回忆写出来。随着往事一起逝去的除了青葱岁月，还有"傻啦吧唧"的青春激情。那些逝去的，看似脆薄发黄已经捡拾不起，一旦打开记忆的闸门，依旧气息扑面。就如铁西老店里的高楼香鸡，总有它的老食客熟悉着它的味道。白小川写到的这些看似逝去却暗自在记忆深处发酵的，谁没有一些呢？这也正是这篇小说的"共情"所在。除这篇小说之外，本季度白小川的小小说《风筝》(《小说月刊》2020年第6期)被《小说选刊》第7期转载，《海燕》第8期还发表了他的小小说《每一个故事都是童话》。

薛雪本季度有两篇短篇小说发表。《雪夜》(《福建文学》2020年第9期)讲述了一个叫素芳的女人，为了挣钱贴补家用，在省城人家当保姆。女保姆照顾老男人，这样的关系在老男人的子女中间，会产生什么样的猜疑和矛盾是可想而知的。素芳不像敏姐，她是个踏踏实实当保姆的，没有"坏心"惦记着老男人的钱财。因为子女的猜疑，素芳被迫又一次离开雇主家，在寒夜无处投奔之际，忽然想起了回家看看，跟丈夫也有一年没见了，结果在雪夜敲开家门时，丈夫和另一个女人睡在一起。素芳在雪夜再一次离开了家，回不回雇主家成了素芳在雪地上纠结的难题。单论故事来说，并不算出彩，也没有特别出乎意料的故事发生，即便素芳回到家里，男人和陌生女人"扯淡"，也并不算意外，但小说还是写出了信任、养老、性缺失、老年孤独等诸多社会问题，小人物的辛酸读来令人心酸。《年关》（《天津文学》2020年第7期）里的小老板邹平，穷乡亲对他是羡慕而仰望的，然而他的苦楚只有自己知道。小说写出了如邹平这样的小包工头普遍的困境。农民工在邹平面前处于弱势，邹平在大老板面前也是弱势。大老板拖欠他的工程款，他却不想拖欠民工的血汗钱。邹平的仁义无关道德，这应该是天经地义，邹平只是没有让仁义失落，他守住了最后的良善和底线。在利益面前，对比之下，典当行老板和二业子显得不够仗义，但他们二人的行为是否关乎道德真不好说。在市场大潮之下，利益至上是商人的本性使然，典当行老板和二业子也没有伤天害理，或者说他们没有义务成为慈善家，为邹平去解燃眉之急，我们用道德的标尺去衡量，似乎也有不妥。这正是这篇小说的宽阔之处。关注小人物的悲喜命运，是薛雪的小说的特点，他笔下的小人物随处可见，或许是我们的兄弟亲人，有时也是我们自己。

刘国强是以报告文学写作见长的作家，刚刚以《罗布泊新歌》获得第十二届全国少数民族文学创作骏马奖，本季度他发表了小小说《招手》（《海燕》2020年第7期）。小说中，患癌症的柳丽在精神病医院附近住下，每周探视儿子，后来为了让儿子每天见到自己，跟儿子约定在远处穿红衣向儿子招手，儿子在玻璃窗那里喊妈妈。柳丽去世后，九年了，柳丽站的地方，总会有一个红衣女人招手，儿子徐冬每天都能无声地喊妈妈。小说没有交代替代柳丽招手的红衣女人是谁，我相信是一个也是多个，这也是小说处理最妙的一笔。好小说就是这样的，它总能让读者剔除了一切技巧元素之后，依然能触动最敏感最柔软的神经。技巧对于写作的重要性不言而喻，但形象与情感应该成为文学最饱满的内核。

本季度我省短篇小说发表数量不多，期待着在下一季度述评时，能看到更多更好的短篇佳作。

　　李敬泽说过这样一段话："不管什么时代人要面对的还是那些事，那些基本的、珍贵的情感。我们可能更需要想一想，在看待问题的时候我们有没有可能没看见什么？正是在我们的没看见中，才存在着文学的伟大之可能性。"这段话在说文学，也在说人生。纷繁喧嚣背后是朴实无声，多少伟大的背面却是卑微和心酸。在人类心灵深处最恒常的存在，永远是最基本的情感需求。或许这些最基本、最恒常的便是我们习以为常、视而不见的，视而不见是另一种"没看见"。

　　《桉树下》（《当代》2020 年第 6 期）是一篇波澜不惊的小说，却也是一篇很出色的小说。我们可以把这一篇当作张鲁镭的"小日子"系列来看。秀儿在异国他乡，在布里斯班，给富婆丽丽当保姆，照看丽丽的儿子杰森。丽丽信赖秀儿，秀儿也把杰森带得很好，像一对母子。秀儿带着贫穷父母的梦想一心要留在布里斯班，成为一个风光的人。她必须要拿到签证，她要珍惜这份工作。丽丽的命运无形中和秀儿是关联在一起的。丽丽被骗，生活跌落谷底后，秀儿不得不为拿到签证而想尽办法，甚至花钱买一桩婚事，这是委曲求全，更是不得已的冒险。秀儿的梦想或许算不得梦想，只能是个目标。目标和梦想不是一码事，目标比梦想实际得多，它更多地关乎物质、身份、金钱、地位等。我们没有理由嘲笑一个追逐梦想的人，即便这个梦想看起来那么卑微，甚至不切实际。秀儿、莎莎、丽丽，还有那个下巴上有黑痣的出卖自己"身份"，把"婚事"当生意做的男人，把他们一起细看下来，这些身居国外的中国人，其实生活圈子还是"国人圈子"。布里斯班也好，纽约也好，伦敦、巴黎也罢，给这些身处异乡的中国人，提供的只是一个地理空间，而人文空间依然是封闭的"国人圈子"。最难的不是地理空间的闯入，而是文化的融入。千百年来由于地理空间的隔阂，形成的文化差异是极其独立和排外的，文化的融入或许永远只是一厢情愿。我没有外国生活经验，这只能算是隔海遥望，有点臆想的感觉。不过《桉树下》提供给我们一种佐证，文化的融入不易，如秀儿们一样，梦想融入体面的外国人圈子，或许最终只是一地鸡毛。《桉树下》有个精妙的结尾，在前文大段讲述了秀儿们的他乡不易之后，"生意、绷带、婴儿车、鸟窝、幻觉中的车库"，这些对秀儿们的命运来说充满了隐喻。

黑铁是新近"冒出来"的青年作家，近段时间发表了一些反响不错的中短篇小说。《无所依》（《芒种》2020年第12期）发表后被《小说选刊》转载。小说写了一个《保健指南》杂志的编辑部的故事，不过这个"编辑部的故事"并不是一出喜剧。张天明入职从编务做起，跟"李老师"学习校对，成了他的学生，也因此而目睹了李老师和老伴梅老师的晚年生活。小说加入了李老师对自己过往旧事的残片化的讲述，所谓的"无所依"不只是李老师、梅老师的晚景苍凉，也有人近中年的彷徨与迷茫。小说现在时与过去时交叉叙述，张天明、王哥、小冯、常姐、总编、李老师、梅老师，一干人等因一本刊物交织在一起。这是一个没有主角的小说，李老师们在人情世故里磨损着精力和才华，个人以小心机企图抵抗大危机注定是徒劳的。我们不禁感叹李老师这一代人对于业务的精研，他们是时代的大变革中无处安放的微尘。而在不远的未来，"张天明"们又何尝不会成为这样的微尘？

冯璇的《第九个女人》（《滇池》2020年第12期）读来扎心。人情有时在人性面前一文不值。意外成了植物人的如烟三年后醒来，除了肢体不能自如活动，生活不能自理之外，依然是个情感健全、思维敏捷的"正常女人"。丈夫刘明给她换了八个保姆照看她，如烟都不满意，她想丈夫能亲自照顾她，请来的保姆总觉着是外人。透过小说前半部分叙事，我们看到的（或者说误以为）刘明是个重情重义的男人。当第九个女人来到家里照看如烟，并洞悉了刘明的私生活后，小说慢慢揭开了刘明的内心世界，他想和保姆一起演出戏，气死如烟。如烟听说了他们的谈话后咬舌自尽。让读者过分批评刘明冷血似乎也有不妥。这里不是为刘明开脱，妻子成为植物人的三年是他煎熬的三年，妻子醒来后又加重了他的负担，因而内心的苦楚和看不见光亮的煎熬一下子让良心变成了狼子野心。有一部电影叫《爱》，影片中，安妮和乔治斯这对老夫妻已经80多岁了，他们都是有教养的退休音乐教师。他们的女儿也是一个音乐工作者，生活在国外。有一天，安妮突然中风，随后偏瘫，卧床不起。她和乔治斯的爱情，在某种程度上开始经受考验。安妮中风后失去生活能力，乔治行走艰难，还要照顾妻子，无法维持干净、高尚的日常生活。安妮不堪病痛与自尊心的折磨，乔治斯用枕头闷死了妻子，成全了她。小说与电影，各有各的故事。如烟不是安妮，刘明也不是乔治斯。探讨好人还是坏人、卑鄙还是高尚没有多大意义，这本就是个说不清的事，重要的是你是否相信他们各自都曾拥有爱情？因为人性太过丰富，真正的爱情才成为了稀缺品。

2012年，老兵曾剑写过《饭堂哨兵》，八年后，退伍老兵曾剑再写哨兵。《哨兵北舞》（《小说月报》2020年第10期）里的哨兵韩泽中是北京舞蹈学院的大学生，入伍服役被派到边防哨所。边境之上大多荒凉，小说里的"夫妻哨所""坝上哨所"在我国绵长的边境线上，很难说得清有多少个。一个"北舞"的男生走进刚硬生猛的军营太扎眼了，不像马成龙，"来到这群兵中，就像一个土豆滚进一堆土豆里"。小说写了"哨兵北舞"的两年边防哨所生活，有和异国男孩的秘密交往，默契地给异国哨兵送烟，还有他走进"夫妻哨所"和站在烈士夏士连的墓前受到的触动，也有与宋春光一家的短暂交往，当然也有抓捕越境军人，夜里追赶非法"以物易物"的人。最后那个坠江而死的人竟是宋春光，韩泽中为此陷入了深深的自责，尤其是面对春光嫂和她的儿子军哥。韩泽中最后留下来继续服役，准备转士官，放弃了"北舞"梦，这里面除了对春光嫂和军哥内心的愧疚之外，还有两年军营时光对他的锻造。小说成功写出了这个哨兵的心路历程。读过《哨兵北舞》，不禁为无数个边防哨所无数个哨兵的默默守护而感动。《饭堂哨兵》里的哨兵在日复一日的机械站岗中蜕变成了一个真正的男子汉、一个老兵，八年后曾剑用《哨兵北舞》再次告诉了我们，每一个真正的兵都是"雕凿"出来的。曾剑的小说是要慢慢读的，他的小说里少有五马长枪和疾风骤雨。

羽瞳是辽宁文学"新星"，今年是她的丰收年，每个季度都能读到她的小说，甚慰，也印证了这个年轻人的天分。《西行》（《青春》2020年第10期）、《饥饿三朵》（《椰城》2020年第10期）两篇小说都与"西部"与"兰州"有关，这与作家在兰州读过四年大学是分不开的。每一段时光都不是白过的，尤其是对于作家来说，总有一天会跳动在笔尖，成为书写对象。《西行》写的是一段"波折"旅程，经历航班延误、取消，最后辗转到达咸阳机场，这本是出过门的人几乎都会有过的遭遇，稀松平常而已，而羽瞳恰能妙笔生花，写成了一篇小说。"我"与迟超一路"斗嘴"，互相戏谑调侃，在看似满不在乎的背后，有着各自并不轻松的少年经历。一段"西行"之旅，可以看作一段成长之旅，谁没有把心酸、痛苦、无奈遮掩起来，故作轻松和生机勃勃的过往？羽瞳懂得写小说的技巧，懂得叙事和营造。不过读了羽瞳的几篇小说，还是想给羽瞳一个建议：把短篇小说写得再"短"点儿。这个"短"不是字数少一些而已，它与故事的集中、情节的密度、语言的凝练、人物的结实有关。短，更见功夫。

李海燕近两年来写小小说写出了天地，今年在省级以上文学报刊发表小小说九篇，被《小小说选刊》等刊物转载两篇。第四季度集中发表小小说四篇：《17楼的男人》（《天池小小说》2020年第10期）、《忍冬》（《小小说月刊》2020年11月上半月）、《残弓》（《百花园》2020年第11期）、《苹果的事》（《辽宁日报》2020年11月9日）。这四篇小小说均可圈可点，《残弓》无疑是最出色的一篇。在小小说的"狭窄"篇幅里，是很难塑造形象的。冯骥才的"俗世奇人"系列塑造了诸多形象，这是成功的范例。李海燕的《残弓》也塑造了形象，作品里面弹棉花的"爹"是无数没有留下名字的老手艺人中的一个，这个单独的形象是群像中的代表。新兴工业的挤压，新式材料的应用，将传统手艺人的生存空间挤压殆尽，"爹"每年坚持种二亩地棉花，只为自己弹一回棉花。"爹"的弹带有了某种庄严的仪式感，是对老手艺的不舍，也是对逝去的手艺的祭奠。"爹"瘫痪在炕，看着残弓双眼含满泪水，抱着残弓睡去。当然，结尾的睡去是否可以理解为父亲的死去？这是作者的开放式结尾，带给小说更多的情绪回旋空间。总之，这是一篇小小说的上乘之作。

张洪霞也是近两年出彩的小小说作家，今年在省以上报刊发表小小说五篇，多篇被转载。《玩拼图的老人》（《天池小小说》2020年第12期）聚焦老年人的晚年生活。进城后的大顺爹犯了糊涂，大顺和梨花跟爹玩着小孩子过家家一样的游戏。实在没辙了，大顺把爹带去了酒店照看。这个小说出彩之处在于没有按着读者预想的走下去，没有写大顺如何费力地照看爹，而是写了同在酒店里的另外一个老头。作家没有交代这个老头是不是和大顺爹一样犯糊涂，是不是董事长的爹，这些不那么重要，重要的是俩老头在一块儿是乐呵的。小小孩儿老小孩儿，我们该如何安排老年人的晚年生活，这是值得每个做子女的仔细想一想的。由此看来，这篇小说有着不小的现实意义。

用一段韩少功先生的话收尾："人性还是一如既往的丰富，既需要游戏和娱乐，也需要关注现实和灵魂，需要经典文学作品对此形成的精神回应和文化引领。"

年度综评

张忠诚

　　用一篇篇幅不大的文章，把一个省一年来一个小说门类说得全面、客观，还要有一定的意义，是一件不容易的事。写这篇文章之前，刚读了汪曾祺的短篇小说《陈小手》。以字数论，《陈小手》只是个小小说，不知魔力哪里来的，让你看了还想看，百看不厌。或许这就是小说"短"的优势，想看了便能看，很快就可看完。我省作家 2020 年创作的短篇小说，也有不少佳作，当然，以汪老的名篇作为对标，我们还有相当的距离。这也告诉我们，经典是不容易得来的，正因为经典得来不易，才会成为稀缺品。

一、统计

　　与长篇小说以出版为主不同，中短篇小说的面世，以在报刊上发表为主。受客观因素制约，对 2020 年我省作家在公开发行的报刊上发表的短篇小说数量没法做一个准确的统计，这是一个遗憾。在各个行业，数字统计都是最简洁直观、能说明问题的方式。虽然不能全部统计，但是可以对我省作家在大刊和选刊上，发表和转载的短篇小说做一个统计。

《人民文学》《收获》《十月》《当代》《钟山》《花城》《上海文学》等刊物，一般被文学界视为发表原创的大刊。在大刊上发表作品的数量，一般也会作为衡量一个地区年度文学实力的一个标准，这是个不成文的标准。《当代》杂志 2020 年第 6 期发表了张鲁镭的《桉树下》，《收获》2020 年第 1 期发表了班宇的《夜莺湖》，《人民文学》2020 年第 8 期发表了曾剑的《哨兵北舞》，《花城》2020 年第 1 期发表了班宇的《羽翅》。以上就是 2020 年我省作家创作的短篇小说在大刊上发表的情况。

除了"大刊标准"，还有"选刊标准"。

《小说月报》《中华文学选刊》《小说选刊》《中篇小说选刊》等选刊转载的作品数量，也会成为衡量一个地区年度文学实力的一个标准。《小说月报》2020 年第 1 期转载了牛健哲的《对他好》，第 4 期转载了班宇的《羽翅》，第 10 期转载了曾剑的《哨兵北舞》；《小说选刊》第 2 期转载了万胜的《摘钩》，第 3 期转载了班宇的《夜莺湖》，第 5 期转载了李伶伶的《丢失》（小小说），第 7 期转载了白小川的《风筝》（小小说），第 10 期转载了津子围的《让座》（小小说）；《中华文学选刊》第 3 期转载了班宇的《羽翅》。

限于笔者的阅读视野，尽管查阅了各种目录，肯定也会有遗漏的作家作品。登上大刊，登上选刊，能说明作品的质量上乘。当然，没有上大刊选刊的作品，也未见得作品质量不够。作品有作品的命，有时也是一种缘分，跟刊物的缘分，跟编辑的缘分，还有跟读者的缘分，等等。作品有作品的命，作家不必计较。有太多的好作品，是在名气不大的小刊上发表的。况且，用大刊选刊来作为标准，本身便是一种"偏见"。

二、铁西

双雪涛、班宇、郑执三位青年作家，基于他们的铁西人、写铁西等元素，有了"铁西三剑客"这个命名。这三位作家无疑是青年作家里的佼佼者，发表的一系列小说，近年来揽奖颇多，也成为评论家们的重点研究对象。

今年班宇推出了第二本小说集《逍遥游》，短篇新作《羽翅》被转载，《夜莺湖》广受好评，入选了多个年度排行榜。今年 10 月 28 日，第三届"宝珀理想国文学奖"在京揭晓，双雪涛以其短篇小说集《猎人》摘得首奖。这是双雪涛第二次入围该奖。这个奖以其独特严谨的评奖方式和高额奖金，有了越来越大的社会关注度，这说明双雪涛的写作在保持高质量输出，并持续得到更广泛的认可。

作为"铁西三剑客"最早写铁西的作家，双雪涛的写作无疑给后来的班宇和郑执等人提供了某种成功的范例。当然这里说的并非指文学概念上的宗源关系，不存在谁是老师谁是学生，这三人的写作自有千秋，各成气候，但双雪涛无疑是"三剑客""铁西文学"的先行者。在双雪涛之前，铁西从来没有这样被一个作家集中书写，又能得到这么高的关注度和认可度。

不过，《猎人》除了作家是那个铁西青年之外，整本小说集与铁西已没什么关联。双雪涛的小说"出走铁西"，是一次无意识的去标签的探索之旅，成功与否不能以一个奖项一本书几篇短篇小说来评判，但他的这次出走，不可否认拓宽了他的小说地图，这对于一个有"野心"的青年作家是必要的。

双雪涛、班宇、郑执，铁西在为他们的写作提供了一个归属地指向的同时，是否会慢慢形成画地为牢的局限？新冒出来的黑铁也可以归入铁西书写者。他们的作品放在一起，人物性格、故事构造、语言叙事或多或少已有了审美雷同的风险，这是很值得警惕的事。随着双雪涛、班宇等作家个人文学地图的拓展，这个作家群体的不断壮大，"铁西三剑客"这个文学命名的局限也会随之到来，它的内涵需要及时丰富。由此说来，作为"先行者"的双雪涛的突围转型，便不再仅对他个人的写作有意义。

双雪涛等铁西走出来的作家是新一茬东北作家的代表，但工业铁西并不能代替东北，除了铁西工厂，东北还有白山黑水，还有广袤的田野。

三、新人

羽瞳是"95后"，是个够新的新人。她在《野草》《海燕》《椰城》《青春》《满族文学》等杂志上发表了短篇小说。这是一个有才华有文学梦想的年轻人，在她的文字里还能看出青涩之气，不过，假以时日，她的成长值得期待。

黑铁是个文学编辑，"80后"，今年发表了反响不错的中短篇小说，《中华文学选刊》《小说选刊》等都予以了关注。新作《无所依》登上了《小说选刊》的新年第1期。看得出这是个"有底子"的"晚成"型作家，一出手便显出了功力和成熟，壮大了"东北叙事"作家群体。

阎秀丽是这两年写出来的小小说作家，也是一个新人。今年她共创作了几十篇小小说，发表了8篇小小说，被转载2篇，开年的《百花园》等杂志将发表她的新作。她的一系列以乡村戏曲艺人为主人公的作品《弦断》《霞衣》《琴弦上的颤音》等，获得了省内外小小说大家们的好评。

白小川也是个"80后"，我也把他归为新人。他是短篇小说和小小说"两把刷子"一起来，都有不俗的成绩。《高楼香鸡》"好味道"，《风筝》

上了《小说选刊》，这要祝贺他，新一年他的笔下定会生花。

四、小小说

近几年，我省小小说创作群体不断壮大，风景日盛。李敬泽说："冯骥才先生的《俗世奇人》荣获第七届鲁迅文学奖，标志着微小说创作传播已进入一个新阶段。"小小说因其"短"的特点，逐渐走进日常阅读，不再是一道"上不得席面的小菜"，这对于小说文体的发展大有益处。

佟惠军，笔名佟掌柜，小小说写得风生水起，《意外》《真凶》出手不俗；白小川的《风筝》《每一个故事都是童话》质量上乘；写报告文学的刘国强的《招手》篇幅短小，但情感足够饱满；张凤凯的小小说创作日渐成熟，作品被转载，获得小小说大奖。《海燕》杂志近年来每期都会发表一定数量的我省作家的小小说，每一期都能有值得细细品味的小小说佳作。

当然，我省小小说最值得关注的群体，是"葫芦岛小小说创作群"。2020年，葫芦岛市作家在各类公开发行的报刊上发表小小说百余篇，《小小说选刊》《微型小说选刊》《小说选刊》多次转载。《鸭绿江》2020年第2期推出了"葫芦岛小小说专辑"，集中刊发了阎秀丽等人的8篇小小说。葫芦岛市整理编印了《葫芦岛小小说档案》；成功举办了"首届打渔山杯葫芦岛小小说大赛"，第二届已经启动征稿。除李伶伶等小小说名家外，又涌现出了阎秀丽、刘颖、张洪霞、李海燕等专攻小小说的作家。"北斗小小说作家群"每月评稿改稿，推出了李云华等作家。葫芦岛的小小说创作得到了市委宣传部的支持，成为葫芦岛市文联、作协全力打造的文学品牌。

五、中坚

一个省的文学主阵营，依然是那些活跃的、宝刀不老的、勤勉的中坚力量。由于篇幅有限，也由于季度述评里，对每位作家的作品都做过细致点评，在此不再一一细评。老藤、周建新、女真、张鲁镭、苏兰朵、常君、曾剑、安勇、李铭、万胜、聂与、牛健哲、薛雪……这些作家组成我省短篇小说创作的中坚方阵。如遗漏了哪位作家，纯属无心。真心致敬这些我省文坛的中坚力量，为他们的勤勉和对文学的虔诚表示钦佩！

期待 2021 年所有人都迎来丰收季！

2020
辽宁
中篇小说
述评

2020 年的冬春之交，令人难忘——新冠病毒像野蛮的疯牛，闯进人们平静生活的瓷器店。恐惧、慌乱、孤独、悲伤……其后，人们渐渐懂得珍惜，学会坚强，努力把打破的生活重新修补起来，像拼镶名贵古玩的碎片。在这场全民的抗疫之战中，医生护士、军人警察、社区工作人员这些第一线的冲锋将士，赢得了应得的荣耀。而另一种人，默默笔耕的作家和普普通通的文学编辑，在后方恪尽职守，一如既往地用文学的清泉浇灌一颗颗焦渴的心，这也可看作一种不平凡，也应当赢得人们充满敬意的目光。

2020 年第一季度辽宁的中篇小说，题材如采铜于山，丰富多样；手法似姚黄魏紫，各尽其妍。

回望青春与梦返故乡

女真的《唱给一个亲爱的人》（发表于《长江文艺》2020 年第 3 期，

转载于《北京文学·中篇小说月报》《小说选刊》2020 年第 4 期），在充满怀旧的气氛中散发出淡淡的感伤。小说中，谨小慎微的退休女工张珊珊随团游览莫斯科，不小心遭遇小偷。原因是"自由活动"时，在地下人行道，她听到一个街头艺人用手风琴演奏她熟悉的《喀秋莎》。她入神了，也走神了——她想起她的初恋，想起曾经的男朋友——一个有俄罗斯血统、做事不拘常规、喜欢冒险的小伙子。当然，后来，"她变成了妈妈期望的稳稳当当的好姑娘。青春岁月的好奇、冲动，好像跟他这个人一样一起消失了。"小说在张珊珊东西被偷之后，又把这个老实巴交的女工推到"引人注目"的尴尬位置上——她的几次无心之失，让同团旅游的人对她有了一种无声的注意。在这些小小波澜中，与这位普通女工同房而居、年近八旬的老阿姨——王姨闪闪烁烁地进入读者的视野。小说结尾，在离开俄罗斯的前夜，这位退休多年的大学物理老师，用俄语唱起《莫斯科郊外的晚上》。她这是唱给远在家乡的俄语老师——一位已经九十多岁、行动不便，与之来往需要躲过儿女眼睛的老人。她"唱得非常用心、动情，像在唱给一个亲爱的人"。女真笔触细腻，心理刻画贴切自然，让本不曲折的叙事小径旁开满暗香浮动的小小野花。小说中张珊珊和王姨经历的两段爱情，前者是明叙，后者凭暗猜；前者是心理活动展开，后者是外在行为表现；前者是别离再无消息的"无尾"，后者是情缘不知所起的"无头"。但两者又恰好形成一种巧妙的闭合和互释，烘托出"老来多健忘，唯不忘相思"的悠悠情韵。

如果说《唱给一个亲爱的人》是吟唱时间带走的美好，那么老藤的《梦里香椿》（发表于《芙蓉》2020 年第 2 期，转载于《小说选刊》2020 年第 3 期）则是回望岁月难以冲刷的心灵伤痛。从不做梦的退役海军军官冯慎九，在他的老乡及战友老开的"暗示"下，一连做了五个梦，每个梦里都有他家乡云上村老屋门外的香椿树。在这棵树旁，梦境把他带回了自己的过往。在梦里的迷乱与梦外的回忆中，冯慎九对家乡给他带来的早年坎坷耿耿于怀——他一厢情愿的初恋折戟沉沙；他被推荐上大学，却被人顶替下来；他的母亲教课很受欢迎，却不知怎么就失去了教师的工作……小说在现实与梦境中闪回。现实中理智的思考不能回答的问题，梦给予了解答——死去多年的老支书告诉他，为了让一位年轻的女知青不"被山狼海贼给霍霍"，他让她顶替慎九母亲教书；而可能死去多年的这位女知青对他表达迟到四十五年的谢意——她当年被一个病态严重的花痴盯上，如果没有他"让"出名额上大学，她必死无疑……主人公的心结一点点呈现，一点点打开，最后，他鼓起勇气，踏上回乡的路。然而，梦中飘散着椿树香气的家乡，已经变成一座大学的校园，香椿树早已不复存在。这篇小说创作的动机，正如作者在创作谈中所说的那样——"回乡，要趁早。回去拍一张合影，饮一瓢井水，见一下乡亲，向青草摇动的祖茔献上一束萱草花，这样做过，在以后的日子里你便会少一些遗憾，多一份心安。"小说完成了作者意欲表达的主旨。值得注意的是，作品采用的艺术手法，是相当别致的。首先是写实与虚幻相杂——由残酷的往昔而产生的伤痛和心结，是真实存在的，而梦中得到的解答，比如老支书的回忆、女知青的告白，其理由是不是真实的？这是主人公心灵的自我解脱，还是确有其事？其次，理智与疯癫为伴。主人公的解梦人老开，不是正常状态的人，而是一个患帕金森综合征、一会儿清醒一会儿糊涂的病人。主人公有时能从他那里得到很智慧的解答，有时又不得要领（这要随老开的神志清醒程度而定）。而总体上，老开就是引导他与往昔和解的领航员。这两个特点，前者有似"庄周梦蝶"，后者略近"象罔得珠"，真与假、智与愚，没有分明的界限，没有清晰的判断，而这恰恰构成了一种张力，让小说在表层充满生活的质感，又在深层蕴藏耐人寻味的哲理。

市井之痛与理想之苦

有别于女真的张珊珊和老藤的冯慎九，张鲁镭的《黄金搭档》（发表于《中国作家》2020年第2期，转载于《小说选刊》《小说月报》2020年第4期）展现了另一种退休生活。小说充满烟火气，讲述一对老年舞者的琐碎日常。他们是普通的，与很多广场舞大妈大爷一样，热爱舞蹈，喜欢出风头。他们又是不普通的。女舞者金凤是脑血栓后遗症患者，离异，自幼练武，如今和舞伴一会儿展翅高飞一会儿举头望月，有暴力倾向，对前夫和舞伴能动手就不说话，梦见亡夫就去海边烧纸。男舞者老奚退休前是个装卸工，退休后是保安，身体强壮，常挨女舞伴殴打，有狐臭，曾不小心让自己的孩子失踪在大海里，有一个什么也不做却对饮食无限挑剔的老婆……这些混乱的因素混杂在他们身上，构成他们混沌的生活。这对老年舞者排练一个《军港之夜》的节目，是小说贯穿始终的线索。其实，排练《军港之夜》，不过是串糖葫芦的竹棍，因为它不具备特别的戏剧性，也没有什么不凡的象征意义。对人们有用的，是竹棍上的山楂。读者可以在《军港之夜》的排演过程中品尝许多裹着冰糖的果肉——金凤在艰难的生活中用一双巧手和慧心裁制演出服，应付生活中的贫穷衰老病痛，在舞蹈中寻找自己的生命价值；老奚来往于自己的家庭和舞伴的家庭，不断撒谎、无限操劳，无事可做时无家可归，挨金凤的妹妹挤兑嘲讽，在小舞厅里寻找陪舞的老娘们儿，想干一点可怜的坏事。他们在生活的夹缝中顽强生存，希望活出个人样儿，活出一点精彩。作者的果肉有甜有酸——略带喜感的叙述方式，着意絮叨的语言节奏，不动声色中却隐藏着深深的痛：老奚把金凤在外地工作的儿子当作自己的儿子，努力忘掉失去的亲儿子；老奚的老婆彩云"也曾有过好看的光景，清秀还单薄，怀里抱着奚宝，就像抱着个大活娃娃，他一兴奋就把两个人举过头顶，彩云管这叫串糖葫芦，后来那串糖葫芦没了，仅剩下眼前这个要么沉默寡言要么咯咯没完的陌生女人，有一阵子俩人基本无话……他们的生活异常宁静，没有争吵没有哭诉，宁静得地上掉根针都让人胆颤"。小说紧贴当代生活，在庸常琐屑中寻找光彩、寻找乐趣、寻找希望——哪怕只能找到一点点。《黄金搭档》中的《军港之夜》没有排成，两个舞伴分道扬镳、反目成仇，但在狮子搏兔般的寻找中，他们展现的，是人活着就应有的尊严。

《黄金搭档》中的痛苦仿佛隐藏在平凡生活表象下的暗疾，鬼金的《地平线》（《满族文学》2020年第2期）则是在理想主义撕扯下鲜血淋漓的伤口。一个有作家理想的年轻人，在一所大学的"作家班"中遇到一对同学情侣。男同学是他的同室好友，后来因为打架而逃亡他乡，不知所踪。女同学是他在内心中倾慕的对象——他对她既有贾宝玉式的精神怜惜，又不能克制薛蟠式的肉体欲望。小说的基本情节不复杂不曲折，似乎难以支撑一部中篇小说的体量，但鬼金的这篇小说并不想带给读者一个故事，也无意让读者体会某种意蕴，他更倾向把读者拉进一种情绪、一种氛围。他用粗粝的语言风格，大量描绘各种内心活动。外部世界按部就班、平凡乏味，而主人公的心灵世界却充满风暴，挣扎飘摇在自卑与狂傲、生存与理想、现实与梦境、失落与追寻之间。小说叙述时而采用"写作者"这样的第三人称，时而采用"你"这种较少见的第二人称。展现的场景时而是现实生活，时而进入阅读或写作状态（在小说里读小说、写小说），时而又进入冥想、梦境。支撑小说情节发展的另一主角——那位名叫汤丽的女同学，有时是用写实的方法塑造的人物，有时又是主人公疯狂想象力制造的虚幻映象。鬼金用各种方法展现那种青春的骚动与痛苦，而骚动和痛苦的原因，在饱经世故或饱阅小说的人看来，也许平淡无奇，不过是大多数人都会遇到的青春烦恼。但是，这就是文学的优长——它不会把任何一种卑微的情感视为无用无聊。在社会学、经济学、生理学等等用理性支撑的学科中可以忽略不计的心灵迷惘和精神痛苦，在文学中，自有其价值，自有其尊严，即使不令人愉悦，情调灰颓，也能赢得收容甚至拥抱，因为它也许能让人向自己早已忘却的过往或内心中一个不太坚强的角落，投去忧伤的一瞥。

田园牧歌与工厂遗事

　　曾剑的《竹林湾往事》(《黄河》2020年第2期)也在回望往昔，回望故乡，但没有难解的纠结，没有难忘的痛苦。或许，这篇作品能够散发一种田园诗的情韵，重要的原因是主人公(很可能就是作者本人)是一个十一二岁的少年。那个年龄的人眼里的世界，往往是纯净鲜亮、充满色彩的，但主人公寄身的世界——竹林湾，其实并不是一个世外桃源。这个鄂东北山区的小村落，20世纪80年代初期还很贫困、闭塞：这里通电还是件大事，这里有许多娶不到老婆的"寡汉条子"，这里有苦涩酸楚的爱情风波，这里有许多人由于生存条件恶劣默默死去。但曾剑把这里淳朴的风俗人情融入生老病死、悲欢离合，仿佛苦酽酽的茶汤留下的清甜回味。他着意选取富于吸引力的有趣细节——劳动号子俏皮生动又富于文采，吃掉餐桌上的红烧鲤鱼需要暗语，瘸腿父亲被电线杆子砸中膝盖竟神奇地康复……这篇小说里还有笃信民间神秘主义的最后一代人——他们那些似乎愚昧幼稚的观念，在解决人生无解难题的当口，又荒谬又神奇地显现出强大的韧性和力量。作者用深情的笔触描绘出聋二和吴大这两个"寡汉条子"的形象。前者是疼爱他的"干爷"(相当于北方人所称的干爹、干爸)，后者是一个自己打光棍却为弟弟们找老婆耗心费力的大好人。二者的境遇都不好，但他们没有怨天尤人，而是相互扶持，用仁义厚道面对生活中的种种不如意，平静地接受生命中突如其来的厄运。作者善于营造意境，整个小说仿佛一帧帧流动的风俗画面。笔调从容沉稳，不疾不徐，语言节奏也符合当时农耕生活的缓慢悠长。"闻多素心人，乐与数晨夕。"曾剑的这篇小说，素朴、平和、温润，是给陶渊明的诗句作的一个小小的注解。

与曾剑的农村题材小说形成对照的，是李铁和肖世庆的工业题材小说。李铁的《钛白》（《小说月报·原创版》2020 年第 2 期）对一个工厂从破产走向重生进行较为生动的记录，用形形色色的人物命运表现老工业基地在改革中遭遇的阵痛。肖世庆的《车钳铆锻焊》（《满族文学》2020 年第 2 期）并不是严格意义上的中篇小说，而是五个短篇小说的合辑。这五个短篇，按车、钳、铆、锻、焊五个工种的顺序分别写一个人或一群人的故事。其中"形而下"的有一位工人死后又活了几天的"诈尸"奇谭，有工人们用锻件余温烹调午饭的趣事；"形而上"的有老车工对自己手艺充满矛盾的态度，有年届中年的女焊工由于技术高超重获人生尊严的曲折经历。其中最为精彩的一篇名叫《净土》，故事发生在 20 世纪 70 年代工厂中深挖"生活问题"的背景下。一位拿男女之事不当回事的风流女工与八位男工人有染，前七位都已坦白，这位女工对此却毫不在意。第八位是一个"技术一流、长得有模有样、魁梧健壮"的机修班长，但两个人谁也不承认彼此有什么瓜葛。女工甚至说："徐师傅是谁，我是谁？我也得撒泡尿照照自个儿。"但最终，在厂领导"富有智慧"的"强大攻势"下，机修班长招了。"一见材料，女工怔了，一屁股坐在床上。"她屋子的灯亮了一夜，第二天早上，"小树林里吊着一个女人"。女工爱情信仰崩塌，和后来徐师傅一生悔恨，构成震撼人心的悲剧。小说没有一个字涉及女工的心理，但又不动声色，计白当黑，给读者以充分的想象和思考的空间，展现出人物复杂的内心斗争。这是一篇颇见功力的佳作。

本季度辽宁的中篇小说，还有张艳荣的《不在场》(《小说月报·原创版》2020 年第 3 期）、范志军的《暖冬》(《鸭绿江》2020 年第 2 期）、周雨墨的《万山红遍》(《海燕》2020 年第 1 期）等。《不在场》讲述一起扑朔迷离的失踪案的侦破过程，其中涉及男女主人公的爱恨情仇，具有传奇色彩。其不足之处在于将某些 21 世纪才流行的风尚和语汇植入 20 世纪 80 年代末，有些失真。《暖冬》是关于农村脱贫致富的作品，情节一波三折，人物形象鲜明饱满，既有对官场规则较为真实的反映，也有对人物心理较为细致的描写。《万山红遍》是一篇以大学生村官为主题的作品，敢于直面当下农村的现实问题，对于农村中很多人物，尤其是某些有缺点的人物，有鲜活的摹写，难能可贵。但作品略有概念化的倾向，也有不近情理的细节处理。比如大学生村官坚持原则把村主任送进监狱，后来却娶了村主任的女儿——这在现实生活中并不是不可能的事情，但不合情理的是，村主任的女儿没有一句反对、抱怨。即使作品一定要让女孩理解男朋友把父亲送进牢房的正义性，也不可能让她如此无动于衷、如此平静如水。而作者在此却将笔墨轻轻带过，在谈婚论嫁的阶段也没有写出一句女孩的心理斗争，狱中的老爸更没有对此提出什么不同意见——这明显不合生活逻辑。小说本是虚构，但这种虚构一定要曲尽人情、深明物理，把"谎"说圆，经得起读者的质询、细究和反诘。

2020 年前三个月，跨越己亥和庚子，度过冬日一个个漫漫寒夜，迎来了春天一个个看似柔弱实则顽强的晨光熹微。文学，跟东北大地的种子一起，随着阳光一天天和煦，雨露一天天充沛，缓慢而执着地发芽、长叶、开花。我们期待着夏季的到来——这会是一个枝繁叶茂、满眼浓绿、生机勃勃的季节，相信文学，也一定如此。

夏之卷

胡海迪

如果说辽宁 2020 年第一季度很多中篇小说散发着怀旧的气息，频频回望遥远的往昔，如女真《唱给一个亲爱的人》、老藤《梦里香椿》、肖世庆《车钳铆锻焊》，那么第二季度的大部分作品，则把读者的目光拉向现实，拉向纷纭复杂的当代生活。

两场"雪"中的现实世界

曾剑在《当代》第 3 期、《解放军文艺》第 5 期发表两个中篇，分别是《整个世界都在下雪》《乌兰木图山的雪》。前者记述当下驻村干部乡村扶贫的故事，后者讲述数年前一次军队冬季野营拉练的故事。两篇小说题目都与"雪"有关，都采用第一人称有限视角。不同的是，前者中的"我"作为驻村干部，语气口吻较为严肃庄重，有时还故意质木无文，显得不苟言笑、拘谨小心；后者中的"我"作为一个军队文职干部，语言风格则较为灵动，偶尔还不失俏皮。看来，作家在写作时还要当一个优秀的演员，进入戏剧情境，用无声的笔墨搭建起想象的舞台，把虚拟的角色扮演好。

《整个世界都在下雪》的主要情节是扶贫干部杨鸣到杨家蚌村担任第一书记，与三个贫困户"结对子"，三个人一个是懒汉，一个是残疾人，另一个是因失恋受过刺激、患精神病的年轻女子。作品以"我"和精神病女子的交往为主线，旁及另外两个贫困户。小说的可贵之处，在于较为真切地反映当下乡村的现实，揭示出农村脱贫工作的艰巨性、复杂性。作家利用鲜活生动的农村生活细节编织笔下的人物，随着时间推移，让他们的性格特征由模糊而清晰，由浅表而深入。初见懒汉杨宗府，他"在黑暗里，神情木讷，行动迟缓，不像三十多岁的人"。进了屋，"黑漆漆的瓦，黑漆漆的墙，黑漆漆的灶。……被子潮，但并不湿，像猪油般光滑，我明白了，那是他脖子上、腋上的污垢摩擦使然"。后来，"我"又一次探望他，他用暧昧的表情和语言猜度"我"与女精神病人的关系——"他说着，挑着眉毛冲我笑。我陡然觉得，他其实很刁蛮，老实是他的假象。"与命运顽强抗争的残疾人杨万才，只有一条腿，"挂着拐杖能做饭，炒菜，屋子里收拾得干净。"他还改装拖拉机的制动，"金鸡独立"驾驶外出。令人印象深刻的是，"杨万才家有只狗，误踩捕兔子的夹子，瘸了一条腿。杨万才走到哪，它跟到哪，跟得那么艰难、执着、忠诚，不离不弃。它跟在杨万才身后，像是对杨万才的模仿、嘲讽，但杨万才并不在意。他和它让我感动。"小说还着意刻画女精神病人杨花的形象，"我"与杨花相处过程中很多微妙的心理活动，也有细致的展示。难能可贵的是，小说没有把"我"这个驻村干部当作一个简单的符号，而是通过行动和心理描写，展现"我"在做好工作的同时，不回避对个人仕途的考虑，也有在杨花主动追求下难以言传的纠结矛盾。

《乌兰木图山的雪》的情节设置富于张力。作者选取拉练的主角，不是某个威武之师，而是被人谑称为"民兵小分队"的人武部的数位军人。他们有中断了将军梦、心有不甘的"武部长"，有脱去军装、闹小情绪的"胡文职"，有老兵出身的胖子厨师刁明，有临近退休、只想平安着陆的"柳政委"，还有成天加班写材料、体能很差的政工科长"我"……总之，十几位拉练的军人，与通常人们印象中英姿飒爽、能征善战的野战部队军人颇为不同。小说移步换景，推动情节发展的，是拉练地点、演习科目的变换。这种没有中心事件、激烈冲突的小说，其实并不易写。但作家有较为深厚的生活积累，生动地摹写部队行军中发生的大小事件，同时，也善于塑造人物性格。比如武部长，原来在装甲步兵团任团长，军改一纸命令，他调整到人武部，内心很失落，但演习中仍不甘落后。他训话说："我们要让我们的'民兵'变成正规军，给军分区领导看看，给省军区首长看看，给当地老百姓看看！"他对下级要求严格，可也有人情味，有时被逗乐，有时自己也说点挖苦人的笑话。他和下属之间有矛盾、摩擦、误会，互相较劲儿，又互相照顾，遇到困难还彼此心疼。他的梦想没有一刻离开过他的心："在峡谷里，武部长倚在一块怪石上，看着队伍稀稀拉拉从他身边走过，很是失落。我以人武部行军背影给他拍照，他说：'不拍了，不拍了，大煞风景！'恰好来了一支兄弟部队，看上去像工兵，他们身上背着枪，还有便携式锹和镐。武部长一下子来了精神，站到怪石头上面去，看着队伍，冲我喊：'快照呀，快照！这儿太美了，这才是行军呢。'"——活脱脱描画出一个难忘夙志、渴望建功立业的军人形象。

曾剑的这两部中篇小说，从题材上都可以划归为主旋律作品。其主要优点，在于深入生活，忠于生活，不回避生活中的矛盾、问题，不故意拔高、矫揉造作；也在于有较深的叙事功力，善于提炼生活细节，进行生动的艺术表现。曾剑很喜欢在不经意间挟带一些诙谐，让小说充满情趣，为读者增加阅读快感——这也可以是主旋律题材文学作品赢得人心的一个巧妙方式，值得深思。

被金钱异化的悲剧人生

与《整个世界都在下雪》一样，侯德云的《生老病死》（《鸭绿江》2020 年第 5 期）也深入中国的乡村。曾剑小说中的"我"，是个城里人，接触农村生活毕竟还有些不理解不适应；侯德云笔下的"老五"，则是一个从乡村奋斗出来的人，深谙那里的人情世故。他数次返乡，为自己在农村的兄弟、侄子操心费力，由此展现出一幅当代乡村的生活图景。小说所叙述的主要角色——老大和老大的老婆、儿子、儿媳，历经几十年的农村变迁，"每逢大事必糊涂"。命运中的每一次转折变化似乎都无甚稀奇，不过是人生最为普遍的生老病死，但其间又有惊湍急流、险滩暗礁。作家在整篇作品中都是以"老五"的有限视角展开叙述，除却少数几次情绪微微激动，几乎一直保持着比较平静的态度。但在这种貌似的平静、貌似的司空见惯之中，隐藏着残酷的悲剧——日常生活并不因平淡而缺少波澜，不因琐屑而无缘深刻。"老五"多年来操心事一大堆，用一句话可以点透：没有一件不跟钱有关系。钱，是《生老病死》这篇小说一条无处不在的线索。侯德云用《儒林外史》般的冷峻笔法写出了一个小型的"乡村钱史"：侄子宝山的婚礼上，"所有来宾兴趣都不在新郎和新娘身上，他们只谈一个话题：拆迁。在拆迁补偿的环节上，他们普遍认为，低了，太低！"老大病危，老五拿钱给大嫂，大嫂没接，"宝山说，多少？老五愣了一下，说，两千。宝山把钱接过去，手指头沾唾沫，一张一张数了一遍，数完，把钱塞给他妈，还点点头，意思大概是，没错。"老大病后，是从医院抬回家去作为植物人休养，还是拔管放弃治疗，家属举棋不定，最后的决定，是老大自己做出的："宝山把医生的话学给他爸听，还说他妈和他都决定继续治疗。他爸摇头，……他爸要写字。……他爸吃力地写了三个字，'你有钱'。三个字后边不是问号，不是句号，是笔尖戳出的一个洞。"参加老大葬礼，老邻居老庞问老五收入，"老五懂得其中的奥妙。在乡亲的眼里，一个人有没有出息，最关键的指标便是钱……询问的结果是，老庞没觉得老五多有出息，他认为还行，他同时认为老五老婆也还行"。……作品于不动声色中传递出一种担忧：物质主义、金钱至上，正在改变农民的观念，占领他们的头脑，淳朴敦厚的乡村风俗，已经无影无踪。这篇小说的内容含量不小，但恰恰因为事件、细节丰富，一不小心，就可能变成婆婆妈妈、家长里短。但作家以其语言功力成功地绕过了这一危险——他时而揶揄，时而夸张，时而幽默，让叙事始终保持活力，有时寥寥几笔，能为人物画出一幅精彩的素描，小说的主角是这样，就连一闪而过的小配角也是如此。如老大葬礼上，与其长期不睦的邻居老庞，一方面大度地把自家屋子借给老大家人招待客人，一方面又"一直面带微笑，斜仰在背垛上，抽烟、喝水、说闲话，貌似很享受"。这样的描写，散落在小说的边边角角，过渡性、交代性的段落也不沉闷无趣、淡乎寡味，读者因此始终保持高度的阅读兴奋。

金钱对人的异化，无处不在，乡村有，城市也有，但并不是每个灵魂都束手就擒、无动于衷。于永铎《没穿裤子的人》(《海燕》2020 年第 4 期）就是一出良心与金钱搏击的悲剧。这是一篇关于借债还钱的小说。生意吃紧、债台高筑的建材批发商人程子为暂时缓解经济紧张，还掉一些债务，就向自己的小兄弟顺子借了一笔钱。顺子在快要临盆的媳妇那里软磨硬泡，终于把钱借给了曾经有恩于他的程子。因为是家底儿，是血汗钱，两人约定大年三十儿还钱，否则顺子老婆就要做掉肚里的孩子。但是，与读者毫无悬念的猜想一致，程子到大年三十儿无钱可还。于是一场世间经常发生又生死攸关的讨债大戏就此拉开帷幕。到落幕的时候，程子自杀了，程子的老父亲也自杀了。顺子生了个儿子，借给程子的钱几番折腾，也没要回来。面对程子那精神恍惚的哑巴老妈，顺子欲哭无泪、无可奈何。人们欣赏小说，情节当然是一大要素，但情节不够"耸人听闻"，就要以另外的东西来诱惑读者、牵制读者、打动读者。于永铎这篇小说"勾人"的地方不少，其中之一在于心理描写——它以全知视角刻画几个良知未泯的人物在债务纠纷中的心灵挣扎。顺子老婆要到医院堕胎，"顺子质问程子，你是人吗？"程子此时产生了幻觉，"觉得自己忽然来到了一个篮球场，眼前全是篮球，眼前全都是拍着篮球的人。程子胡乱地说，投篮投篮。顺子说，我好心借钱救你，你却把我推进火坑里。程子说，兄弟，投篮投篮。顺子说，你莫要装疯卖傻。……程子一下子就蔫了，程子喃喃地说，兄弟！投篮投篮……"大年夜程子自杀前，喝了很多酒，走到后院的雪地上，"程子的眼前居然现出一座钟来，那种老式的座钟，钟摆不紧不慢，瞬间，生命就依附在这种不紧不慢的节奏之中，变化的，只是钟摆上轻盈飞舞着的梦"。过度痛苦而产生幻觉，是一种人类本能的心理防御机制，程子无法面对顺子、面对良心谴责，篮球和座钟，无理而有理，突兀而自然，有力地传达出人物内心的痛苦绝望。这篇小说的语言特色值得一提，常采用人物名称多次重复的方式提领句子。比如："程子死了？顺子手脚不听使唤，顺子的手变成了脚，顺子的脚变成了手。顺子脑浆子又被抽干，顺子脑袋里又被灌满一个又一个'为什么'？"这种句子在小说中大量使用，看似繁复，实际起到一种强化、突出的作用，它将事物、动作进行分解、延长，为读者制造出一种电影"慢动作"或"特写镜头"的感觉。试想，上述一段话的"顺子"只保留一个，整个句子将会变得何等平淡！此外，这篇小说中象征手法的运用（如"没穿裤子"这个意象的数度出现）、人物性格塑造中的突兀转折（如表面蛮不讲理的程子父亲毫无征兆地突然自杀）、戏剧化情节的安排（如顺子借钱给程子前二人对话、心理的一波三折），也都是超越情节曲折性而给人留下深刻印象的显著特点。

迟到的和解与遥远的眺望

付桂秋《天堂》(《四川文学》2020 年第 7 期）是一篇关于和解的小说，讲述的是一个活着的人与一个亡灵和解的故事。中年妇女沈琴从小在自卑中长大，原因是她有一个酒鬼母亲。她在恋爱的年龄做出了一个与大多数人不同的选择——从城市嫁到郊县，其中决定性的原因，是她在市内总觉得被人用异样的目光注视，时不时就有人对她说"你妈又喝多了，赶紧回家看看"。小说的开头，沈琴的母亲去世了，她到城里办丧事。在服丧的仪式和平缓如水的生活中，她回忆母亲的生命历程，同时也思考母亲的命运悲剧。当年父亲随下乡知识青年一起到蒙古草原，遇到了母亲。"父亲当时很瘦弱，笨手笨脚的，生存都成了问题。而母亲却是当地蒙古族人家的长女，比一些男孩子都骁勇，能干，在家里还掌事。没读过书的她非常好奇外面的世界，就借帮父亲干活的机会，让他讲城里的新鲜事儿。"母亲不惜与家人决裂，嫁给父亲，并在落实政策的年代一同来到城市，再也没有回到草原。"广袤的大草原是母亲的原乡，她在那里可以跋扈自恣，随性而为。而城市里林立的高楼和流水的车辆却令她产生眩晕感，找不到生活方向了，人就变得木讷，畏首畏尾。知识的匮乏和生活习俗的迥异，又使她很难融入周围环境。"于是，在孤独、烦躁、痛苦中，烈酒成为母亲唯一的朋友。当这个自暴自弃、充满矛盾的人离开尘世，她曾经的痛苦终于被她的女儿慢慢理解。丧事的最后一个仪式——七七祭日，沈琴和父亲回到母亲故乡，"用颤抖的手点燃三炷香，带着火焰插在酥软的、草香四溢的沙土上。以往，这种香的蓝色烟雾总是袅袅升起，窜出两拃多高便分散开来。而今天，三缕蓝色香烟似得到神灵庇护，承载了生命般笔直地向苍穹攀爬。一种人神相通的情感撞击了每个人的心灵……"也许，女儿理解母亲已经太晚，但她努力弥补自己在漫长岁月中的疏忽，也促成了母亲身边活着的亲人之间的和解。这篇小说的可贵之处，在于对小人物充满悲悯和同情，对人性的缺陷怀有理解和宽容。母亲的生活经历和内心痛苦，尤其是作为一个女性酗酒者的种种表现，以及同样被痛苦折磨的父亲的形象，小说都刻画得十分生动、可感。小说结尾的意象，让死去的"母亲"重归故乡，重归自由和欢乐，提升了整个小说的精神品位。

漠然的《解密林有福》（《中国铁路文艺》2020年第8期）篇幅不大，却浓缩了一个铁路老工人六十年的人生经历。林有福是"我"的姥爷（外公），年轻的时候，正值日本侵略者占领东北。林有福为了抗日，从事铁路上的情报工作。从表面上看，他为日本人当司机，是汉奸，实际上他忍辱负重，打入日本人内部，为抗日军队提供了很多有价值的情报。但抗战胜利之后，林有福因为失去了单线联系的上下级，一度被人误解。及至中华人民共和国成立后，林有福也因这个历史包袱受到很多不公平待遇。漠然长于情节安排和人物形象塑造，当代生活和当年抗日时期的回忆不时穿插闪回，既调节叙事节奏，又悬念迭出，还将情节和主题自然地延展、深化。林有福老人的弟弟长期隔绝于台湾，不通音信，两位老人多年相互牵挂，格外动人。小说结尾处，年老的林有福坐上高铁，来到厦门："我跟爷爷边走边聊，我手指着海的对面说，那里就是台湾，离这儿很近了。爷爷停住脚步，望向我手指的方向，颤抖着喊了一声，有禄！眼泪便夺眶而出，我的眼泪也漫上了脸庞。爷爷稳定了一下情绪，抹了抹脸上的泪望着对岸说，有一天，总会有一天，咱们得把铁路修过去啊！让老二坐着高铁回家！几个小时，只几个小时老二就能到家了……"作者善于驾驭小说的情节动机，时而发展，时而搁置，时隐时现，似断又连，千回百转，波澜起伏，达到了较高的叙事水平。

柔弱的力量与命运的困惑

两个中年妇女，一个是高琴，一个是梁子，坐上绿皮火车向北进发。冯一又以中年妇女为主角的《夏天永远没来》（《收获》2020年第2期），就这样开始。高琴、梁子游历一个又一个城市，去有风景的地方闲逛，也去监狱探视老友。她们似乎没有目的，又似乎目的明确。渐渐地，另一条线索出现了——高琴掌握了一个案件的证据，为了给身患重病的梁子治病，要挟一个叫王小果的富婆，而王小果身边一个名叫大强的男人为此一路跟踪高琴和梁子，伺机下手……这是小说的框架，它只是维持一个故事的基本走向，作者的着力点其实不在于此，她用时空交错的方式刻画人物，用一个个回忆的碎片拼接起个人历史。高琴和梁子是依靠暴力野蛮生活的女人。她们身上没有通常女性的温顺柔弱。她们的童年和少年，在家庭暴力中度过。她们的爱情和婚姻，也伴随着鲜血、刀子、耳光、谩骂。她们的事业，游走在非法与合法之间的灰色地带。现在，时代变了，她们老了，她们在最后旅程中向人生告别。小说的结尾，两个落魄的女人携手进行最后一次斗殴——为了一个陌生的老人不受欺侮，她们与一群暴徒殊死搏斗，结果梁子死去，高琴重伤。——这是一篇有力量的小说。高琴和梁子性格上虽然有细微的差别，但面对残酷的人生，她们都用坚硬回击坚硬，用野蛮抗争野蛮。即使表达最温柔的情感、最深沉的悲伤，她们也坚硬、野蛮，不会撒娇，不会撤退，充满暴力美学风格。高琴深爱的男人季哥进了监狱，她去探监，他们的对话是这样的："你又回来干嘛？""再看你一次。""少扯王八蛋！你还是看好你自己吧。别死在王小果手里。""操，高琴，你就是欠揍。这么多年了，你他妈的还惹我！""你走吧，以后别来看我了。""肯定不来了。""你看你穿的这身破衣服，你都快饿死了，你还跟人家叫什么板！""高琴，我告诉你，你要是再让我见到你，我就一拳打死你。""我要是让你一拳打死了，还是挺不错的死法。"——这一节的小标题，叫"钟情时刻"。罗密欧与朱丽叶月下互诉衷情的优雅唯美，在高琴和季哥那里永远不可想象，他们只会用这种粗野、蛮横的方式表达心中的挂念。"嬉笑之怒，甚乎裂眦；长歌之哀，过乎恸哭"（柳宗元语），高琴和季哥这种粗鄙中的柔情、怨恨下的爱意、谩骂中的怜惜，形成一种特别的张力，令人难以忘怀。此外，这篇小说塑造的几个底层人物形象，多风骨，重义气，轻生死，在平庸、功利的生活中艰难挣扎，却不负良知，坚守底线。这，或许就是文学的意义——为卑微者寻找生命的价值，为贫贱者发现存在的意义，让现实撕裂的人生获得应有的成就、尊严和光荣。

任初六《记录梦的女子》（《满族文学》2020 年第 3 期）是一篇淡化故事情节、注重内心感受、具有现代派特征的小说，主人公也是一位女性。银碗是一个身高一米六、纤细单薄、肤色苍白、"打眼看上去仿佛是一缕月光"的老姑娘。她与一位警察谈若即若离的恋爱，她脚崴病休在家，回忆一次在医院里接受妇科检查的经历，她旁观楼下停车场黑色轿车被彩漆涂鸦的诡异事件，她看到在垃圾桶里拾荒的老男人的劳作，她网购，她恐惧猫，她回忆童年时代幼儿园阿姨和父亲之间疑似的暧昧，她浏览网页开启碎读模式，阅读《我是一个 30 岁的处女……》……读者不会在小说中捕捉到贯穿全局的中心线索。作者把梦幻与现实、心象与实有掺杂在一起，拼成一个破碎、游离、模糊的现实镜像。小说的语言带领读者抵达某种可以感知的"所指"：女主人公是一个敏感脆弱、渴望爱情又有些自我封闭的"剩女"，过着孤独的、与幻想梦境相伴的日子，琐屑平淡的日子似乎无边无际、无休无止……但作品本身提供的庞杂而略显无序的内容绝非"一句话新闻"那样一目了然，于是就有了更广阔的可供阐释的空间。读者可以从每个片段中，甚至从组成每个片段的不同句子中得到一种或几种感受、启发，这些感受、启发似乎可以组成一个整体的印象，又似乎不可拼接。

本季度的中篇小说中，海东升《雅漠营子往事》（《野草》2020 年第 3 期）的故事在时间上距离当代最远。它讲述 1946 年前后的一段东北旧事。小说以"我"的二叔与大户人家张大舌头家的闺女"五丫"一同失踪开篇，中间叙述"我"的爷爷、父亲在镇上与各种势力博弈，努力保住"火石大院"，维持"火石"（玛瑙）生意，最后部分是揭开二叔和五丫失踪的谜底——他们并非有意一起失踪，而是偶然相遇——五丫被几个流窜的日本鬼子劫持，二叔前去追赶，后来遇到东北民主联军队伍，救下了五丫，再后来，两人参加了解放军……小说比较生动地记述了雅漠营子这片土地上的历史、民俗。二叔和五丫令人唏嘘的命运，是小说中较为出色的部分——二叔失踪多年后捎信给家人，后来又是一直没有消息，"那一年的春天，樱桃树和苹果树，在一场春雨后，花，开得很艳，母亲说，今年你二叔该回来了"。可二叔仍未归来，到了夏天，"我二叔嫁接的李子和桃，都长挺大了，却不知道什么原因都掉了下来，接着，叶子也黄了，枝条也死了"。年底"我们"接到通知，"我二叔在攻打海南岛的时候，牺牲了，和她一起牺牲的还有五丫。我看着父亲手中的阵亡通知书，再想想他们牺牲的日期，真的和李子桃子掉落的日子恰好吻合"。人的生命是不是可以与自然界中的某些事物相互感应？是不是万物有灵？这个问题不是小说讨论的范围，但它一直萦绕在"我"的心头——"多少年之后，作为国内一所知名农林大学的资深教授，我对这一匪夷所思的现象，仍然百思不得其解。"小说的这个结尾，悲伤哀婉，余韵悠长。这篇小说的语言，是民间口语风格的，有很多东北地区的土语，增强了小说的历史感和地方特色。但美中不足的是，作者不少叙述语言还没有超越"习语""套语"，如果把方言中那些生动、深刻、俏皮的特点进行某种发挥或改造，将会增加小说的叙事魅力。此外，小说中间部分有些冗长，开篇讲述的二叔和五丫失踪事件中断好久，在结尾处才接续，令叙事的吸引力有所降低。

这就是第二季度辽宁中篇小说的概貌。阅读这些作品，读者大概会会心而笑，会深深叹息，会掩卷思考——这是文学带给人们的独特礼物。现实生活中，人们越来越匆忙，越来越功利，伴随着互联网带来的信息爆炸，人们也越来越紧张，无暇闲适，无地安乐，无从体会比琐屑日常更宽广、更深邃的人生。炎炎的夏季，捧读一册文学期刊，让别样的生活、别样的岁月、别样的精神、别样的世界向我们徐徐展开，让别样的阵阵清凉驱散心头的焦急燥热，这，应当是我们回归文学最重要的理由。

2020 年第三季度，迎来长夏，转至初秋。傲慢的阳光、阴鸷的乌云、疯狂的暴雨、剽悍的雷电，催促纷纭万物野蛮生长。突然，一丝清凉的风儿在立秋那天如约而至，开始悄悄蚕食持续的燠热。辽宁的中篇小说，也仿佛经历了夏的热烈，走进秋的沉静。

传统文化的断与续

老藤的《朱砂》(《长江文艺》2020 年第 8 期，《小说选刊》2020 年第 9 期转载）是一篇关于"父与子"的小说。小说借一个人物之口引用弗洛伊德的名言：父子斗争是人类历史的一种恒常现象。的确如此。小说一开头，就是儿子做了一个弑父的梦，醒后感到莫名的不安，由此引出后面父子冷战、热战、间谍战……小说中的父子，是秉持不同艺术观、奉行不同人生观的画家。正像南唐徐熙和西蜀黄筌素不相能、荷兰梵高和法国高更龃龉失和，这对同行父子也是一对冤家，何况他们隔绝在深深代沟两畔。父亲艾成子用朱砂作画，恪守中国传统；儿子艾瑞克则是一个现代派，"在马身上画人头，人的两条腿嫁接在牛身上，让葡萄藤结出南瓜"。父亲希望儿子继承他的技艺，儿子却认为父亲的朱砂画没有未来。父亲喜欢茶，精通茶和茶的文化；儿子喜欢咖啡，认为茶与咖啡不过是两种不同的饮料罢了。两人在艺术观念、生活观念上几乎完全没有交集，以至于儿子注册结婚也没征求老父亲的同意，还要在画展上安排婚礼。两个人在各自的作品中表达着对对方的不理解、不满意——父亲画钟馗捉妖来暗示对儿子的黑人女友的不满，儿子用无面孔的国字脸反映他心中"我的父辈"。小说以父子二人的画作在国际拍卖行上的"反转"作为高潮：儿子通常作品畅销，可此次作品却流拍；父亲的朱砂画在市场上一直不温不火，这回则拍出了拍卖行历史上的最高价。当下艺术界的观念和现状，在小说中有生动、深入的体现。艾成子和艾瑞克关于艺术的论争，令作品具有思辨的气质。小说中的人物真实可感，父亲艾成子的固执、自信又略带落寞，儿子艾瑞克的直率、单纯又自负，儿子女友、非洲姑娘卡姆贝对中国文化的好奇与不解，经纪人燕子的诚恳、聪慧、善解人意，都刻画得栩栩如生。难能可贵的是，小说倾向于维护艺术尊严的父亲的观点，深入批判市场规则左右艺术标准的现象，却没有把人物隔绝于世俗的标准之外——促使儿子重新看待父亲所坚持的一切，是儿子信奉的"上帝之手"，也就是市场的力量，可谓"解醒以酒"，而这一点，又不是父亲刻意所为。小说结局的现实可能性，不仅来自作者对"父亲"数十年始终如一坚持艺术理想的赞赏，还因全球艺术市场多元化趋势的增强，以及中华优秀传统文化在世界范围内的影响不断扩大。当然，"父亲"并不是一个"为理想而斗争"的概念化人物，一段刻骨铭心的情史，把这个人物拉回饮食男女的世界，让读者看到一个情感丰富、内心复杂的艺术家形象。

与《朱砂》一样，徐铎的《鱼模》(《鸭绿江》2020年第8期)也涉及传统文化的继承问题，只是《朱砂》是美术，有点"阳春白雪"；《鱼模》是厨艺，有些"下里巴人"。不过，这"下里巴人"具有热烈的人间烟火气，带着元气充沛的民间智慧。所谓鱼模，是传统民间的鱼形木雕，无力置办丰盛酒席的人家为了撑门面、讲礼仪，用它替代真鱼放在餐盘中。小说讲述了民国以来四代厨师的故事，用鱼模这样一个传统小物件串起战争与和平、饥馑与富足、传统与现代、怀旧与遗忘。第一代厨师庞子财，带着山东老家的鱼模来到还是日占区的金州谋生。他用鱼模在日本人"经济统制"期间为八十岁老人办体面的寿宴，让闻风而来的日本人自取其辱；他还因用鱼模作幌子在女儿"百岁宴"上烹制真鱼招待客人而被日本人抓去坐牢。他的鱼模还在五六十年代出尽风头，让欧洲记者产生误会，把它作为真正的菜品拍照刊登到国外的画报上。从第二代厨师开始，鱼模的实用功能渐渐消退，更多的作用是唤起历史记忆——日占时期日本军政署长河野占男的后人与庞子财后人之间的故事也由此展开。这篇小说娴熟运用传统叙事技巧，把"鱼模"贯穿于整个小说中，不造作不突兀，构成亮点和高潮。小说前面部分具有传奇色彩，后面的情节发展，对忘掉历史、遗弃传统的第三、四代人不动声色的讥讽，使小说具有反思的气质、批判的深度。

混沌生活的幻与真

冯一又《失我记》（《十月》2020年第4期）的主角是一个精神不大正常的中年女性。这篇小说有如重峦叠嶂中的风景，晦明不定，真幻难辨，时而雾气缭绕，时而阳光灿烂。小说开头，"我"对自己提出一个不寻常的问题：我是谁？小说结尾，从她的朋友口中可知：她有严重的认知障碍，这也是医学鉴定的结果。于是，这篇以第一人称为叙述视角的小说，其情节、其意绪的真实性和正常性便都是可疑的。通过"我"的自述，读者可以看到主人公的一段生活轨迹是这样的：她与丈夫离婚，住进了租客的屋子（租客拒绝搬走，但很快出差去了国外，把房子让给她，也就是说她又住房子，又收租金）。她为一个金领家庭做家政服务，买菜做饭，同时业余时间出入时尚高级场所。她的前夫找到她，不顾她的拒绝，硬是把160万送给她，进行她无法理解的"幸福投资"。家政服务的女雇主让她给丈夫送一份文件，结果她和那位丈夫一见钟情，几个小时后就共赴巫山。被家政服务中心解聘后，她又去前夫的公司应聘人力资源部的工作，而前夫现在的妻子作为公司副总接待了她，对她重归表示欢迎。从细节上看，小说中的"我"是一个正常人，没有什么错乱，但从总体上说，"我"和"我"描述的这个世界，又总是好像有哪儿不对。或许，我们会说，构成这部小说的主要情节，有太多的偶然，人物之间有太多不寻常的反应，不大符合生活逻辑，但作者这种"故意弄错"，恰恰表现了认知障碍病人的内心真实。更重要的是，这个名叫程洛阳的女性，嘲弄了人们在现实生活中遵循的清醒的功利法则。由于认知障碍，程洛阳在生活中的所有判断、抉择都靠的是本能、直觉。她有些傻气，常常冲动，过于感性，但她能逃脱人世间各种阴谋的机辟网罟，甚至能抵达澄明的智慧之境。小说的结尾，她和已经潦倒的家政女雇主前夫重逢，"几乎当场就'娶'了他"。虽然她了解他曾是一个花花公子，但她坚信自己能因他而幸福。她的朋友对她的评价是："一切都让本能告诉你，不动脑子，不玩心计……洛阳，你是女巫吧？"这篇小说具有反思文明的哲学气质——文明是人类社会生活的创造物，同时它也是压抑人类生命力量的重要因素。古今中外的先贤，对"文明社会"的种种习俗、规则、禁忌与生命本能的矛盾，都有大量深刻的论述，这篇小说踵武前修，如古老寓言的现代变体。庄子说"畸人者，畸于人而侔于天"，冯一又《失我记》中这个有认知障碍的"畸人"，或许在提醒人们：在生命中有一种更贴近本原的东西，是不应当被忽视的。当然，读者还会进一步思考：由于"我"的认知障碍，"我"所描述的一切，是不是虚幻的，在现实中是否真的存在？即使如此，也不妨碍主人公洛阳对生活的感受——她认为有意义的事情，她就去做，她在这个充满各种"意见"的世界上，不顾及任何违拗内心的意见，因此获得自由——起码是一种她自己无可置疑的自由的感觉。这，难道不是无数没有认知障碍的人们梦寐以求的东西吗？

冯一又的另一个中篇《闭眼影楼》发表于《作家》2020年第9期。这是一篇从标题开始就让人觉得有些非同寻常的小说。摄影专业教授"闻老师"从大学退休后，被同事拉去与商业影楼合作，担纲摄影师。这位年纪不小的摄影师俏皮、机智，玩世不恭，说话爱带脏字儿。顾客常被他的幽默带到一种放松自然的状态，然后在他的镜头里留下最美的瞬间。他喜欢交朋友，不管大学校长还是学校保安，他都一视同仁。他能在很短时间便获得他人的好感、敬重。他招人喜欢，尤其招女性喜欢，方老师、助理乔影这样的红颜知己或得力助手，让他的生活丰富多彩。在影楼工作期间，他还遇上一个心仪的女人，一次婚外恋不期而至……从一个方面看，《闭眼影楼》不是一篇后现代风格的先锋作品，因为它有合乎逻辑的情节发展，有传统手法对人物的塑造；但是，从另一个方面看，它又不同于一般的传统小说——它没有鲜明、激烈的矛盾冲突、核心事件。它仿佛贾樟柯的某些电影，以纪实的方法还原生活的琐屑、飘忽和偶然。小说不是关注戏剧性的矛盾，而是着眼于一连串转瞬即逝的情绪、感悟。吊诡的是，当这篇小说走向结尾，读者会在作者的叙事语言和人物对话中产生一种荒芜、苍凉的感受——这个永远、到处有着好人缘的闻老师，实际上与整个外部世界疏离隔膜。他的俏皮机智不过是一种隔绝外部世界的厚厚盔甲。他似乎与很多人熟悉，能与很多人喝酒聊天，但没有哪一个能走进他的心灵深处，带给他真正的慰藉。他以妻子为拍摄对象创作了很多作品，甚至还成功举办过一次展览，但他们彼此很难相处，最后走向离异。他与一个女人相爱，又只能凄然分手。值得注意的是，这篇缺少集中矛盾、紧张冲突的作品以快速的叙事节奏和频繁的场景转换来获得特别的效果，并且大量采用对话，有电影剧本的特征。至于影楼为什么命名为"闭眼"，读者可以在作品中寻找答案，而且一定不会满足于表面化的答案。

女真的《跟梨花说》，与《闭眼影楼》一同发表在《作家》2020 年第9 期上。如果说《闭眼影楼》用热闹中的冷峻反映当代知识分子的精神困境，那么《跟梨花说》则以微妙的笔触刻画他们在现实生活中无法承受的精神重压。"跟梨花说"，这个题目带有诗意，实际内容一点也不诗意。女主人公乔姐，一位曾经的电视台女主持人，现在的大学老师，虽是"上得厅堂、下得厨房"，令人羡慕崇敬的成功女性，在内心深处，却有很多破解不开的疙瘩、纠结、障碍。她有电视行业式微后的职业失落，有在学校中不被学生理解的烦恼，有更年期生理变化带来的失眠、焦虑，这些构成了她精神危机和神经脆弱的底色，但还不至于致命。压倒她这疲惫骆驼的最后一根稻草，是对丈夫的担忧——作为电视台领导，他是一个有秘密的人。小说的结尾，透露出"乔姐是被吓死的"。这个结论似乎有些简单，但细细琢磨，又不无道理。而"跟梨花说"，是乔姐无法将自己的苦恼向人倾诉，只好讲给北陵公园中的一树梨花。从某种意义上说，这是一篇反腐题材的小说。但是，作者没有从正面着手，而是以第一人称的旁观者来叙述整个事件。"我"和丈夫是乔姐一家的多年好友，"我"也是乔姐最后岁月中与她走得最近的人。女真用女性特有的细腻，不仅刻画出自己的心理活动，也展现出乔姐的形象和心理状态。作者把"我"安排在一个与乔姐不远又不近的关系状态中，这样，既可以细致"观察"，又不能真正了解真相，人物和事件迷离恍惚，甚至"跟梨花说"这个核心细节，也是

"我"事后的想象。其实，作者无意让小说落实为一个"案例"，而是着意凸显女主人公精神枷锁的沉重——这正是文学的长处、文学的任务、文学的特权。此外，这篇小说的一个重要特色是紧贴现实。小说中出现了2020年的新冠疫情，很多情节都是以此作背景展开的。小说情节发展中的地点，对作者生活的城市沈阳的北陵公园、省博物馆、文化路立交桥、五里河体育场等等，都有涉及。这种把"假事"放在真实时空中的手法，赋予人物和情节一种假定的真实感。小说当然是虚构的产物，但同时也是作者个人经验的真实记录。随着时光流逝，多年之后，就像我们现在想不起几十年前某个历史时期的个人经历一样，新冠疫情也许会被人淡忘，那时女真小说中描写、刻画的生活细节和心理感受，就会具有记录历史的价值。

纯真岁月的冷与暖

与《闭眼影楼》《跟梨花说》这种紧贴现实的作品不同，力歌的《那年的列车》（《芒种》2020年第7期）和韩光的《凉州词》（《橄榄绿》2020年第4期），是对20世纪七八十年代纯真岁月的深情回望，充满怀旧的气息。《那年的列车》是以80年代初铁路工作、生活为背景谱写的一曲"列车恋歌"。电务段通信检修所的通信工刘建平喜欢上了广播室的列车员赵薇。赵薇是个漂亮姑娘，来到广播室，是因为当列车员时，有些铁路工程的通勤职工专门到她值乘的车厢"捣乱"……刘建平找到自己的熟人杨明，谎称赵薇是她表妹，让杨明通过关系教训一下那几个捣乱的通勤职工……杨明是中专生，在单位很受重视，而刘建平志向更远大，他要考大学……小说情节富有时代特色——绿皮火车，赵薇的红纱巾，系着鞋带的绒布工作鞋，的确良蓝色铁路服，地方粮票，粮食关系，拿出书本学习就能让美女顿生好感，恋人之间拉拉手都怕熟人看到……所有这些细节，在小说中弥漫成一种气氛，一种渐渐消逝于往昔岁月中的气氛。这种气氛，让无果的青涩爱情深沉而忧伤。刘建平考上了大学，而赵薇在车站摔了一跤，脸上留下一道疤痕，为了保留自己在他心中的美好形象，主动提出与他分手。她不去与刘建平见面，而是写信给他，还托人帮她撒谎，说她"又有了别人"。这篇小说语言平实质朴，用一种沉稳的笔致描绘当时看似平静实则汹涌的生活之流。作品塑造的人物形象，除了男女主人公之外，诸如广播室的李姐、师傅、杨明，着墨不多，却都活灵活现。李姐热心善良，喜欢引用古诗；师傅爱徒如子，性格直爽，又有些大老粗的习惯；杨明中专毕业，自视甚高，喜欢吹牛，喜欢有高人一等的感觉……小说结尾写刘建平在大风沙里坐着驴车到车站，有近百号人送行，独不见赵薇。"李姐没有告诉他，此时的赵薇蒙着红色的纱巾，站在跨越铁路线的天桥上，含着悲怆的泪水，正在遥望着簇拥的人群将刘建平送上车。"——平实质朴的叙述，没有花哨的煽情，却有一种动人的力量。

韩光的《凉州词》里面有一位指导主人公写作的海老师，他认为写作一定要"有感而发"，他眼中的好文章，是"有真情实感的"文章，"只有感动自己的东西，才能打动别人"。——这是一个很普通的文学理念，毫不玄妙，但是，真正能做到却并不容易。《凉州词》作为一篇熔军旅题材、成长元素、农村生活、励志色彩为一炉的小说，虽不见得如何跌宕起伏、扣人心弦，但做到了"有感而发"。正因为做到了这一点，它才能真正"打动别人"。应当说，《凉州词》的语言与《那年的列车》一样，都是朴实无华。它们的情节发展、叙事节奏，也并不迅疾、紧凑，而是平缓、悠长。《凉州词》中的"我"是一个普通的农村青年，高考落榜后，通过自身的努力考上民办教师，在报上发表了文学作品，后来又当上了兵，走出了一片人生新天地。这样的题材，取自很多从农村入伍的青年经历，并不稀奇。但是，作者把"我"的农村生活细节、心理状态和人生重要节点上的思想矛盾写得诚挚感人，就赋予这种"平常"以温暖。小说中写"我"和两个弟弟垒坝抓鱼，挖野菜，吃黑紫色的"天天"，找到两只大甜瓜不忘给父母带一只回去，既有妙趣，又体现出"我"这个从小就懂事的长兄的为人。小说中还写"我"接受海老师的建议，结合教学搞创作，用文字"画"出每名学生的形象。我的这种"作品"不仅受到学生欢迎，而且无意中得到部队征兵干部的青睐。这样的细节和事件，都令读者感到善行得到好报的舒畅。小说中重要的角色，是"我"的父亲。这个普通的农民，在"我"的成长过程中，重视教育，富于远见，行事果断，起到了至关重要的作用。他在1978年恢复高考后就给"我"和两个弟弟"开会"："油瓶子倒了，都不用你们扶，你们只管学习。""我"高考落榜后意志消沉，在父亲鼓励和督促下，才打起精神复习功课，通过考试成为代课老师。甚至"我"被选去当兵，最后的决定，也是在父亲的劝导下做出的。作者塑造的这个父亲形象，文化不高，却有主见，有智慧，与儿子打交道，循循善诱，用他的细心、坚强、执拗来表达他发自内心的舐犊之情。作者采用第一人称的叙事角度，心理活动描写比较多。与《跟梨花说》一样，"我"的心理活动真实可信、十分细腻。比如"我"被征兵干部看中，却又顾虑家中的境况，对未来报考军校没有信心，小说中写道："请不要笑话我目光短浅。一个几乎在封闭的农村里长大，没有见过多大世面的人，不脚踏实地，遇有任何打击可能都是致命的，因为输不起，只得处处小心翼翼精打细算。"这样的心理描写，符合人物身份地位，反映当时的社会现实，很实在，不虚假，因此能给读者留下难忘的印象。

本季度的中篇小说，还有冯岩在《辽河》2020年第7期上发表的《东关街》。这篇小说讲述1895年从山东乡下闯关东的一家人在大连繁华商业区"东关街"谋生、立足的故事，揭露了日本侵略者在旅顺屠杀中国人的暴行。小说开头描述刚刚下船的一家人被抓劳工的日本军警冲散，场面生动，气氛紧张，将感慨议论融入叙事，细致逼真："清晨下船，孩子们似乎还未清醒，日本人的马队就横冲直撞，苏琦樱和苏瑾樱拉着母亲的手在尘土飞扬的那一刻松开了，再不松手，四个人随时会变成马蹄下的肉泥，……马蹄溅起的灰尘淹没了四个人，也淹没了她们逃难那一刻的人生。"日本马队想把一个年轻人抓去当劳工，开枪打死了新婚媳妇，后来又把他打成重伤："他昏死在地上，他的右手伸出很远，朝着女人的方向伸着，可是男人和女人在地面的距离就是他们阴阳两界的距离，他们的爱情在下船祈盼幸福的时刻画上了句号。""年轻人苏醒过来后一动不动地看着远方，眼里没有眼泪。"写得十分沉痛，具有强烈的画面感。但遗憾的是这篇小说后面没有将开头部分的文势气韵延续下去，情节发展不够充分，矛盾冲突较为平淡，人物性格的刻画也不够鲜明，结尾有些仓促，让整个中篇小说有一种长篇小说第一章的感觉。还有一个不得不提到的问题是，小说背景发生在 1895 年及此后几年，作者的叙述，不应出现超越时代的事物和 21 世纪才流行的语言。比如"苏老爷子"回想起失去的孩子，"就像过电影似的"——这句话除了较为平淡之外，时代感也不对。卢米埃兄弟 1895 年 12 月才在法国发明电影，同一时间，1895 年 10 月，一个山东农民在中国大连的思绪万千就用"过电影"来形容——显然有些不恰当。虽然这是作者的叙述语言，但也是对其心理活动的描写，应当符合当时的历史环境。又如"苏老爷子"要在这里重新"打拼"，重建美好家园；他还要看看这座城市的"经济情况"；一家人都明白，这是他们赚的"第一桶金"……这种"超前"的语言虽然不是很多，但给作品带来一种不真实的感觉，使语言与人物脱节、隔膜。写作历史题材作品，作家应当时刻注意不要出现历史方面的"硬伤"。像托尔斯泰为写《战争与和平》亲赴波罗金诺旧战场考察地形，王安忆为写《长恨歌》对 20 世纪 40 年代以来上海的生活风尚、服饰器物进行大量严谨的研究，都是值得称许的榜样。

辽宁第三季度的中篇小说，走在平稳发展的道路上。《朱砂》的父子论争，《鱼模》的世事变迁，让人思索传统文化在当代的前行之路；《闭眼影楼》里的"老顽童"表面上玩世不恭，实际上与《跟梨花说》中的"乔姐"一样有内心的失落；《失我记》有如当代寓言，糊涂中隐含着智慧，倒错中透露出哲理；《那年的列车》用凄美的曲调吟唱人类面对无常命运的脆弱无助，而《凉州词》又证明渺小的个体如果敢于顽强、坚韧地与命运抗争，"赌乾坤于俄顷，校殿最于锱铢"，也可以获得某种程度的胜利和光荣……

　　文学之花，在这个秋季，又一次尽情绽放。

　　再见，这充满收获的秋天！

　　等到雪花漫天，我们再相会！

　　所有的文艺作品，都是作家、艺术家对生活的"印象记"，小说也不例外。它以个体的感受、个体的经验、个体的观念为原料，构建一个与理性思考截然不同的世界。与不苟言笑的同伴"历史先生"和"哲学先生"相比，它不完美，不严肃，它嘻嘻哈哈，它哭哭啼啼，它叽叽喳喳，但它能把生活中那些平淡、庸常和麻木转化为新颖、激荡和神奇。就靠这个小本事，小说就在人类的精神花园里顽皮嬉戏悠游卒岁。2020 年的第四季度，辽宁的中篇小说，如何嬉戏顽皮？

幽暗心灵的折射光

　　肖凤珠的《琴声喧嚣》发表于《满族文学》2020 年第 6 期。这一标题，联系小说的内容，似乎有些夸张。因为小说中的琴声，来自乐器里差不多很小的一种——口琴。口琴如何喧嚣？但口琴的确"喧嚣"了。口琴演奏者是一位头部动过手术的纪姓孤身老人。他丧失了时间观念，常常在下半夜吹奏，让楼上一位睡眠不好、独自带着一个初中生女儿生活的中年妇女小苏感到喧嚣。看来，喧嚣与声音的分贝无关，却与人的心理感受相连。在城市鸽子笼式的建筑结构里，由于这琴声，平常老死不相往来的邻居有了接触，有了矛盾。小说的情节没有特别的大开大阖，只是日常琐事的流动：纪老头儿沉浸在老妻误食毒蘑菇死去的悔恨痛苦中，丢失结婚时的花盆也要警察立案；初中小女孩与母亲时时对抗，却能向纪老头儿倾吐自己对一位男老师单相思的痛苦；小苏与前夫藕断丝连，从原配变成了现在的第三者……作者很智慧地采用组合式的第一人称叙述视角，这就构成一种既可以充分叙事又能细致刻画心理的全知视角。更重要的是，这种独白式的语言风格，从不同角度塑造人物形象和性格，也可以强化小说人物的孤独、封闭、隔膜。作者有很强的语言功力，无论是写景还是抒情，都能运用丰富的修辞手法，比如："深秋的夜晚，空气轻薄恬淡，月亮大若树尖上红彤彤的苹果，与高悬的楼角垂成直线，仿佛一竿子伸过去，就能连枝带叶挑过来放到客厅的果盘里。"女儿升学离开，"我的生活不再需要思考，顿时像废弃的蜂巢，只剩窟窿眼儿的窝。"小说不动声色地描绘平庸、平淡、平静的生活，也用充满痛楚的笔触揭示隐藏其中的残酷和丑恶——小苏和前夫一夜激情，第二天清晨，前夫突然说："我觉得，楼下纪老头儿也不是不能考虑，他大你那么多，肯定死你前头……"在小苏的暴怒之后，他弱弱地说，他现在的老婆怀孕了。后来，小苏真的在一个雨夜来到纪老头的家中。这是她多年心灵困惑之后一个暧昧又果决的行动。这是一个充满绝望的决定，还是一个充满希望的决定？是一个出于情感变化的决定，还是一个经过利益计算的决定？没有答案，没有结局。但无论如何，这种重新开始的勇气，这种不愿被空虚、痛苦、麻木淹没的朦胧渴望，这种挣脱乱麻般生活的努力，都是生命中的光芒，值得赞许。

辛西《王进的自行车》（《中国作家·文学版》2020年第12期）是一

篇带有怀旧色彩的小说，采用的也是第一人称视角。从"知人论世"的方法来看，这是一篇兼具想象、严谨双重功力的作品，因为主人公王进应当是一个"50后"，而作者本人是一个"80后"。一个"80后"作者塑造"50后"主人公，而且要描写70年代初期的生活，这本身就是一个冒险。中国社会变化迅疾，作者本世纪初才长大成人，对他出生前十年的生活，能够在历史细节和精神气质方面把握得很好，难能可贵。在这篇以青年工人单相思为主题的小说里，很难搞到的自行车票、跳个墙就能翻过去的平房小院、作为美味的花生赞、攒钱的茶叶盒、"大团结"十元纸币、国营粮店、阿尔巴尼亚电影，又像背景又像道具，自然妥帖地嵌入情节发展中。工厂乒乓球赛、扎情敌的自行车胎、抢军帽、为心爱的人拿铁棍报复坏蛋——这些单纯，这些小坏，这些疯狂，都是那个年代愣头儿青年轻人的特色。小说对青年工人爱情心理的描写，尤其细致入微、生动传神：王进为了有机会载他心仪的魏雨莹下班，拼命打零工攒钱，为的是拥有一辆自行车，而且在买车过程中虽历尽艰难却百折不挠。他看电影时花小心思挨着魏雨莹，看到男同事把手搭在魏雨莹的手背上，"我的心一下子抽紧了，本想定睛再细看一下，不料大屏幕这时又暗了下来，眼前一片模糊"。当王进步行跟踪一个拳打魏雨莹的胖子，准备用铁棍下手时，却由他的同事卢剑骑着自行车用同样的铁棍打了这个胖子。第二天，警察在工厂带走主动投案的卢剑，王进的心理活动是："心里酸酸的，恨自己当时动作太慢，不然被警察带走的就是我了。"生动、幽默，无理而妙，令人解颐。小说烛照心理幽微，把小伙子的心事和盘托出，同时，又用隐晦的笔触暗示魏雨莹的态度——她对王进特别的好感，是用种种行动表现出来的，但"我"一个字也不说——这是一种巧妙的节制，既顾及有限视角的特点，又形成一种悬念。而两个人马上就要捅破男女之间那层窗户纸的一瞬间，一个意外让王进重伤了魏雨莹的一只眼睛——这也与自行车有关。

接近尾声的逆转，令人唏嘘不已。远嫁的魏雨莹"就这样消失在我的生命里，却又注定永远留在我记忆的深处。"后来，"普通百姓几乎人手一辆自行车，但我却一直没买，甚至没再骑过一次自行车。"这个结尾，意韵深长，绵绵不尽，令人回味无穷。当然，这篇小说的严谨程度，还没有达到一百分，叙述语言还是存在一点点小破绽，如"有车一族""赚足了印象分"似乎不是那个时代的语言，电影院"大屏幕"应为"大银幕"，"屏幕"是电子产品发达时代电影院中的产物。当然，"尺寸之瑕，不足以疵颣白璧"，这篇由"80后"所作、以"50后"为主人公的小说，从人物、情节、语言等诸方面，都充分展现出作者不凡的才华。

粗鄙生活的浮世绘

如果说《琴声喧嚣》和《王进的自行车》体现出对纯净、美好的向往、敬意，那么《把兄弟》和《龙虎斗》展现的则是污浊、混沌、愚昧，甚至丑恶。

侯德云的《把兄弟》(《鸭绿江》2020年第10期）是一篇市井小说，是一篇黑帮小说，也是一篇谴责小说。作者把目光投向了无关理想、不求意义、只有欲望和本能的人生。巫大路和牟卫东二人是情投意合的把兄弟，在童年时期，两个人还是街头最小的混混时，大路就特别崇拜年长几岁的卫东。卫东的一个"本事"，是遇到危难就往自己大腿上扎锥子、捅刀子。大路对此佩服得五体投地，也用行动表现出对卫东的情义——他一刀捅了总是跟牟卫东找碴儿的车间副主任，结果被判了十年徒刑。卫东也讲义气，不仅让大路服刑期间好吃好喝，还给大路解决后顾之忧——不让大路看上的姑娘另嫁他人。他的办法还是老一套：那姑娘说"我要是跟别人结婚呢？"他"猝然从腰间抽出一把短刀，嚓一下，扎到自己的大腿上了，脸上还挂着笑呢：'别忘了通知哥一声哈，哥去赶个礼。'"这一招果真奏效，多年没有男青年敢接近那姑娘，让大路在出狱后娶了她。此外，刑满释放的大路还成了卫东开创的大公司的副总……故事到这里，还很平凡。不平凡的是下面。又过了好多年，卫东病了，遍求名医，却不见效，最后听信一个特邪门儿的偏方，要找处女"男女双修"。大路和媳妇在公司地位岌岌可危，于是半是出于报恩，半是为了稳定地位，把自己的女儿献给卫东。大路为了劝说媳妇，还编造了一个卫东会给他们 800 万的谎话……小说的结局，是大路女儿和卫东因为钱吵架，后者变成植物人，而大路也在得知卫东的病情后中风倒地。侯德云的这篇小说，读来令人心情沉重。因为它通篇没有一个好人，没有一丝光亮。但就像《金瓶梅》中的声色犬马、世态炎凉，就像奥尼尔《走进黑夜的漫漫旅程》中的悲伤绝望，《把兄弟》中的污浊晦暗也是人生的一个侧面，虽然诡异、夸诞，但也隐藏着某种可能的真实。侯德云今年的另一部中篇小说《生老病死》已经涉及金钱对人性的异化——现实利益无情地毁掉乡村中的淳朴，把生活于其间的人们变得无情、冷漠甚至残忍。如果以此为参照，就能知道，《把兄弟》是金钱异化人性这一主题的延伸。细读这部小说，合乎一般读者想象的部分，是与金钱无关的；而超越读者想象的情节，其动因都是金钱。或许，我们可以指责作家没有为读者提供生活的意义和价值，但是从另一个角度说，展示这种因为物质而化为野兽（甚至不如野兽）的无意义的人生，打开一扇警惕和反思的大门，是不是作家在讥讽调侃的笔调中隐藏的创作意图？

与《把兄弟》类似，杨福君的《龙虎斗》(《芒种》2020 年第 12 期)的主题词也包含金钱、性和阴谋。洗浴中心三十多岁的女领班白素贞怀孕了，肚里孩子是房地产商倪大志的。但已婚的倪大志不承认。于是白素贞的哥哥白小海就刨根问底：妹妹为什么能和倪大志好上？——这是第一个问题。此外，就要研究怎么办，不能让孩子一出生就没有爸爸吧？——这是第二个问题。第一个问题有点复杂，超出通常意义上的一见钟情或日久生情。话说倪大志搞房地产开发要拿洗浴中心所在的那块地，但在动迁补偿价格上与洗浴中心谈不拢。白素贞在一位朋友的建议下准备用二百万盘下洗浴中心，然后再与倪大志谈价，估计保守价为两千万，这样就能赚到一千八百万。但是二百万从哪儿来？白素贞的方法是——通过她的朋友向倪大志借！这个生意经想象力丰富、逻辑性严密，却没能得偿所愿。首先是倪大志听到了风声，动迁补偿款"咬死就补二百万，一口价雷打不动"；其次是白素贞要承担一年期三分的利息，也就是六七十万。于是，下一步就是倪大志催债……白素贞说："后来有回倪大志喝大了，一个人找我，说二百万不要啦，抵五年包养，一年四十万，房子车和化妆品衣服另算。"白素贞先是拒绝，后来"算算……想想，第三天我就答应了……"第二个问题，怎么办？哥哥白小海，一个开酒楼的小老板，懵懵懂懂，从一个个小缝隙开始，找到倪大志的各种对手、冤家，发动了卑微者的反抗，最后，居然让倪大志在一场酒席上被警察带走。这篇作品的叙事有传奇的特点，题材上属于商战小说。它的长处在于情节曲折，贴近现实。某些情境的刻画很生动，如白小海在办公楼寻找在执法处管后勤的赵小艺，发现后者的办公室"阴沉沉的，没刚才那间白亮。靠墙放有两张桌子，左首椅子离桌子太近，狭窄地显出级别上的低微。对面桌面空荡，后面摞起一箱箱的玻璃水，层层叠叠快堆到棚顶，凌乱狼藉像赵小艺应有的格局"。借物写人，方法巧妙。又如白小海和赵小艺等几个帮忙的人去见倪大志妻子，言语中闪展腾挪，虚实相间，有如《战国策》中策士游说、《三国演义》的使者舌战，煞是有趣。小说的不足是急于发展情节，对人物性格的塑造不够耐心；同时叙事节奏过于紧张，没有舒缓从容、留得透气的间隙，显得过满、过紧、过实。作者超越情节之上提炼出某些更深层次的人生思索，但仅仅用"正道沧桑"来表达，略显直白、笼统。

超越言语的和解书

在一些老电影中，有一种惯用的情节"伎俩"——两人约好在某处见面，比如车站之类地方，但总是被各种意外情况干扰，碰不到，遇不上，擦肩而过。漠然的《擦肩而过》（《小说月报》2020 年第 10 期）的主人公就是没有相遇、相遇也不认识的两个人。但作者把这个"擦肩而过"扩展到整个小说中，变成了一个潜在的叙事结构。这两个主人公，一个是警察邱大林，一个是曾经的小偷、刑满释放人员周小斌。一个夏日的晚上，邱大林因和妻子吵架，睡在离家不远的捷达车里，开着车窗，把枪塞在衣服里放在副驾驶的位置上。周小斌因为负债累累也和妻子吵了架，出去喝闷酒，喝醉回家，路过邱大林睡觉的车子，往里一瞧，没发现人，只看见了一包衣服，于是顺手夹走……警察丢枪，开始找枪。他瞒着单位，请病假，然后运用各种关系，想尽各种办法。他调看视频监控，感觉偷枪的人，就在自己家附近。小偷周小斌发现自己偷的是枪，紧张的程度，不比警察小——他运用各种关系，想尽各种办法，要把枪还回去。小说就在警察和小偷找枪、还枪的数十小时中展开。这里穿插了很多情节：警察的妻子和小偷的妻子在丈夫有难时转变态度，同舟共济；周小斌为保护妻子向讨债的混混们开了一枪；警察和小偷还分别在对方不在家时潜入对方的住宅……漠然采用贴切、真实的心理刻画，对某些特别的人物关系进行巧妙编织（如一个叫陈彪的人，是警察的线人，又是小偷的同行），细节真实、情节合理、节奏紧张，像中国古建筑中的榫卯，不见一根钉子，却能扎实地连接扣合。这篇小说与《把兄弟》那种没有一个好人的格局截然相反，几乎没有一个坏人。其实这样的故事并不好写，因为"穷苦之音易好"，而"欢愉之辞难工"。作者有较高水平的写作技巧，能牢牢控制读者的注意力。这样一种警察和小偷以及他们和各自家人的无言的和解，构思巧妙，令人愉悦，特别适合年终岁尾的阅读。当年查尔斯·狄更斯一系列《圣诞故事》曾为读者带去多少节庆的欢欣啊！《擦肩而过》其实也能。遗憾的是当代人的娱乐方式太多了，如果它出现在冬日大家围坐火炉旁边听书的年代，朗读者一定会令他的听众紧张、凝神，皱眉、张嘴，然后欢天喜地、无比快慰地迎接春回大地的第一天。

2020年已经过去，这个与疫情搏斗的特别年份，将被历史铭记。珍惜生活中的平安美好吧！很多年后，人们回忆往昔，也许会说："文学的赐予，也是我们抗击病毒的堡垒。"让我们把充满期待的目光投向新的一年，用希望、勇气和执着创造崭新的未来！

年度综评

胡海迪

著名文学评论家孟繁华先生有一个论断：从文体方面考察，中国百年来文学的高端成就是中篇小说。"它所表达的不同阶段的理想、追求、焦虑、矛盾、彷徨和不确定性，都密切地联系着百年中国的社会生活和心理经验。"（《百年百篇中篇正典》序）信哉斯言！在 2020 年中篇小说创作中，辽宁作家各展身手，延续着这种文体应有的荣光。

一、现实关怀

2020 年，辽宁的中篇小说作家一如既往地将目光投向现实生活，秉承文以明道的精神，用创作表达深刻的人生思考，体现出高度的社会责任感。曾剑的《整个世界都在下雪》、范志军的《暖冬》、周雨墨的《万山红遍》，关注乡村振兴、脱贫攻坚的时代主题。小说中的驻村干部、大学生村官、从基层走出来的领导干部，都把心血和热情投入乡村脱贫致富的事业。同时，作品没有回避乡村中的各种问题，用鲜活的人物形象和曲折的故事情节，展开了一幅幅当代乡村生活画卷。女真的《跟梨花说》以隐晦的笔触讲述在反腐败背景下一个表面刚强的弱女子的心灵挣扎，同时记录下疫情期间城市居民的生存状态。冯一又的《闭眼影楼》、肖凤珠的《琴声喧嚣》、漠然的《擦肩而过》等作品，以不同角度表现都市生活，富于当代气息。张鲁镭的《黄金搭档》对于退休老年人群体的生活，也有细致入微的刻画。商品经济为社会带来巨大进步，同时，过度的商品化观念又给当代人带来难以避免的精神痛楚。侯德云的《生老病死》和《把兄弟》、于永铎的《没穿裤子的人》、杨福君的《龙虎斗》、冯一又的《夏天永远没来》，不同程度地揭示金钱对人性的异化。老藤的《朱砂》中，艺术理念、生活态度格格不入的画家父子冲突不断，最终父亲因为以传统手法完成的作品在国外拍卖会上得到承认而获得儿子理解；徐铎的《鱼模》中，一位老厨师的宝贝鱼模被子孙因为经济因素献给昔日仇敌的后代。这都是对当代价值观念的反省，同时也是对中华优秀传统文化继承问题的深入思考。

二、回望往昔

普希金那首几乎家喻户晓的短诗中有这样的句子："一切都是瞬间，一切都将过去，而那过去的，也将成为美好的回忆。"2020 年，在辽宁中篇小说中回望往昔的作品，为数不少。女真《唱给一个亲爱的人》讲述在异国他乡两个不同年龄段的女性，因为与俄罗斯有关的青春记忆而产生心灵共鸣；力歌《那年的列车》和辛酉《王进的自行车》再现了 20 世纪 70 年代初期青年人纯真的情感生活；曾剑《竹林湾往事》和《乌兰木图山的雪》分别回望主人公童年的乡村和青年时代的军营；韩光《凉州词》则讲述了一个 80 年代高考落榜的农村青年从教、从军的经历。这些作品中的往昔岁月，大多物质条件艰苦，但作者以一种留恋、赞赏的口吻颂扬那个年代爱情的纯净、人心的质朴、青春的激荡、理想的高蹈。老藤《梦里香椿》、肖世庆《车钳铆锻焊》、李铁《钛白》、漠然《解密林有福》则对逝去的岁月有更为复杂的情感。它们或艰难地踏上与不堪回首的往昔的和解之旅，或叙写20世纪70年代大工厂中的爱恨悲欢，或展现90年代国企职工下岗潮中的升沉荣辱、曲折艰辛，或浓缩抗日时期中共老地下党历尽沧桑的一生。"一切历史都是当代史"（克洛齐语），"绝不能将文学视作时间留下来的古董，而应超越时间关注它自身"（艾略特语），一切以既往的经历、见闻进行的艺术创作，都是对当代生活带有意见、观念、思想的表达。无论是《唱给一个亲爱的人》等作品表达的留恋，还是《梦里香椿》等作品暗藏的纠结，其参照的对象、激发的源泉，都是我们今日的生活。作家们以不同的动机、多样的角度、丰富的表达，把流逝的岁月与当下的现实重新连接，形成追问与回答、对比与反思。

三、地域特色

2020年的辽宁中篇小说具有比较鲜明的地域特色。侯德云《生老病死》里辽南地区的乡村生活，于永铎《没穿裤子的人》里城市商业街中的芸芸众生，女真《跟梨花说》、冯一又《闭眼影楼》、张艳荣《不在场》中的沈阳城市建筑、街市风景，海东升《雅漠营子往事》中辽西北老风俗、旧方言，都不同程度记录着辽宁土地的特色。曾剑祖籍湖北，他的《竹林湾往事》是一曲东北之外的田园牧歌——他少年时代生活的家乡、鄂东北山区一个民风淳朴的小村落，是他魂牵梦萦的地方。曾剑另一部中篇小说《乌兰木图山的雪》则随着军队拉练走向辽西北阜蒙地区的一个个小村镇——他本、欧力板营子、红帽子乡、太平沟、乌兰木图山，这些辽宁的村落乡镇，是那么温馨，令人难忘——那里喝的羊汤，那里遇到的漂亮房东儿媳、女理发师，那里淳朴的蒙古族老汉和渴望当兵的少年，以及一桩桩难事、趣事、尴尬事，都迥然不同于他的故乡。他用异乡人的眼睛看辽宁，但文字中的幽默诙谐，却一点也没有异乡人的隔膜。

四、风格多样

辽宁作家的整体气质，浑厚、诚朴、沉郁、坚实，作品或内敛而不失热烈，或爽朗又略带忧伤，或偶尔戏谑却暗藏悲悯，或外表粗豪也难掩深情。2020年的辽宁中篇小说，以多样的风格体现出作家们在叙事艺术方面的功力。老藤《梦里香椿》以五个梦境和一个实事为基本框架，间杂现实和虚幻，混同愚傻与智慧，把寓言的结构和生活的质地熔为一炉。女真《唱给一个亲爱的人》把两个女性的情感生活分头写来，一明一暗，一个有头无尾，一个有尾无头，其中的留白、闭合，给读者留下充分的想象空间。肖凤珠《琴声喧嚣》用多个第一人称视角的独白交织成人物之间相互隔膜的氛围，并努力挖掘日常生活中的戏剧性。侯德云《生老病死》中的乡村群像活灵活现，作者无论浓抹还是淡描，都能为人物作一传神写照。漠然《擦肩而过》是一出扣人心弦的悬疑剧，剧情的组织，犹如一个周密设计、精准运行的复杂机械。《王进的自行车》的作者辛酉是一个"80后"，能把70年代初期的工厂生活、时代氛围写得恰如其分，同时细致入微地把握青年工人的爱情心理，难能可贵。肖世庆《车钳铆锻焊》有如一块五色石，随着作者的娓娓道来，工厂生活中的酸甜苦辣、泪水笑声，都化作这石头上的斑斑点点。冯一又《闭眼影楼》《夏天永远没来》把时间的洪流引入沟渠湾汊，在打碎的镜片里拼凑人物的经历，用电影蒙太奇的手法转换场景，《失我记》则设置重重迷宫，裹挟着真实与荒诞，让一个认知障碍患者的认知为无认知障碍的读者打开一扇反思生活的大门。用碎片来塑造人物的，还有鬼金的《地平线》和任初六的《记录梦的女子》。他们都无意老老实实写"故事"，而是要传达某种意绪，强调内心感受。《地平线》粗野地打开不愿继续忍受压抑的喉咙，《记录梦的女子》则怯生生地展现平淡生活中的暗流涌动。

五、人物长廊

2020 年的辽宁中篇小说，建造了一个小小的人物长廊。老藤《朱砂》里龃龉不断，甚至用作画表达相互不满又难以割舍亲情的画家父子，女真《跟梨花说》中总是欲说还休的乔姐，肖世庆《车钳铆锻焊》中那个"生活作风有问题"却在心底视真爱重于生命的女工，辛酉《王进的自行车》里莽撞、真诚、全身心投入爱情的年轻工人，张鲁镭《黄金搭档》中一个惯于动武的女舞伴、一个默默背负人生重压的男舞伴，韩光《凉州词》里重视教育、富于远见、行事果断、舐犊情深的老父亲，付桂秋《天堂》中那个离开草原家乡、在城市中无所依傍、一生沉浸在痛苦中的醉鬼母亲，都给人留下难忘的印象。读者会对曾剑《竹林湾往事》那一系列温和、驯顺、善良、坚忍的人物由衷感动，也会对冯一又《夏天永远没来》里一对男女用粗野的对骂表达彻骨思念而心生悲悯。侯德云《把兄弟》中把锥子向自己大腿刺去的"卫东"、为了钱不惜出卖女儿的"大路"夫妇，令人心生厌恶；肖凤珠《琴声喧嚣》中头脑糊涂的老头因为丢失了与亡妻结婚时的花盆而向警察报案，又是那么令人心痛。这个 2020 年小小长廊中的人物，成功率不是百分之百，但他们有特点，有个性，有辨识度，让人难忘。细想来，教科书中常说的那句"永恒的经典形象"，不也是从拥有这些特质开始的吗？

六、语言特色

2020 年的辽宁中篇小说作家，展现出不同的语言风格。老藤是沉稳、端庄的，像一条宽阔而又静静流淌的河流。在不疾不徐的叙事节奏中，无论是《梦里香椿》中心底的痛楚，还是《朱砂》中人物之间的矛盾，都有结实的质地。女真是随和、朴实、细腻的，她笔下的故事情节通常没有惊人的反转、巨大的波澜，这种语言风格与细致入微的心理描写和重在韵致的抒情两相适应。曾剑的句子很短，灵动、自然，叙事中的连接、转折轻盈利落，丝毫没有黏滞，而时时跳跃出来的俏皮，令人解颐，又很适度。他还能根据不同角色转换风格——驻村干部略显质木，军队文书不失活泼，语言就有微妙的差别。侯德云的语言总是暗含着某种表情，调侃对他来说具有无法抵抗的诱惑力，有时在紧张的叙事过程中遇到可以调侃的素材，他就连忙荡开一笔，像打虎捕熊的猎人碰巧看见一只兔子，决不会因为肉少而让它逃走。这种嗜好让《生老病死》这种描述日常生活的小说避免失之于琐屑无味，也让《把兄弟》这种以无耻之尤为主角的小说展露一种揶揄嘲讽的底色。肖世庆关于工厂轶事的叙述口吻，不像一个置身事外的作家，而是一个在车间工作多年的老工人兴致勃勃的闲谈，看不出一丝虚构的痕迹。《车钳铆锻焊》数段小说都以几句家常话开篇，很快就让人产生一种阅读期待，这大概源于工厂生活对作者的丰厚滋养。张鲁镭《黄金搭档》中的某些段落，采用一种絮絮叨叨、急急忙忙的语气叙述，这对表现退休大妈忙碌的生活状态是很适合的策略。冯一又的小说里每隔一两个段落就能读到一个俏皮的句子，有些颇具哲理意味，可谓惊警。她的语言是化合物，由聪明灵巧、玩世不恭、阅尽沧桑、沉痛悲凉等等元素组合而成。鬼金的语言与他的总体风格保持着统一——粗犷、强悍，有一种内在的紧迫，像一个个汹涌而至的巨浪。他的语言与精致文雅无缘，而是充满力量、元气淋漓。我私下觉得编辑对《地平线》这种作品如果进行修改，其难度逾于寻常，因为它应当是澎湃激情的产物，冷静的头脑一不小心，就会删除显得粗糙却最有表现力的地方。这就像《兰亭集序》《祭侄文稿》，保留修改涂抹的部分，才不会失去那最能打动人心的真切、自然。

七、缺憾不足

2020年辽宁的中篇小说还有一些"不够完美"。有些作品主角刻画得很好，配角却处理得有些匆忙。有些作品没有把叙述语言和人物语言在风格上加以区分，或是多个主人公用同样的腔调说话，以传统意义的小说标准衡量，不能不说有些缺憾。有些回顾往昔的作品，人物对话或心理描写阑入今天的时尚语言，某些器物或风尚也并非彼时所有，让关公和秦琼在一些小小的细节中悄悄相遇。技术层面的不足之外，在题材方面，对当代东北老工业基地的文学反映，2020年的中篇小说中几乎付诸阙如。可以理解的是，当代工业相对几十年前发生了巨大变化，工业题材小说创作的难度变得更大，令当代作家不好把握。但即使如此，也不能忘记，工业是辽宁省的重要支柱产业，辽宁的作家不能放弃这块阵地。在作者层面，中篇小说的创作者年龄基本在40岁以上，50岁以上的又占较大比例。如果考虑中篇小说的体量和技术要求，这个年龄段的作家较多，不足为奇，但这也反映出目前文学界新生力量的不足。扶持、鼓励更多的青年作家，是辽宁乃至全国文学界的一大要务，由此可见。

在逝去的2020年，辽宁的中篇小说留下了声音、气味、色彩。散居于天涯海角、互不通姓名的读者，在这些声音、气味、色彩的陪伴下，度过一个个阅读的瞬间。这些瞬间，可能不会重叠，这些读者，可能无缘相见，但一定会有人在某个遥远的地方因这些作品慨叹、流泪、微笑，获得启发、感动、安慰。在阅读的瞬间，最卑微的阅读者也能超越现实生活的种种羁绊，有如奋翅高飞的鸿鹄，翱翔在自由的天空。

期待辽宁的作家，写出更精彩的作品，奉献给更美好的明天！

春之卷

牛寒婷

> 唯有那时从心底涌出了真话，
>
> 面具跌落，露出本相。
>
> ——卢克莱修

关于散文，一直有一种约定俗成、不容辩驳的错误理解，即散文写的都是真人真事。打开浏览器，搜索"散文"二字，你会看到这样的概括："散文是抒发作者真情实感的记叙类的一种文学体裁。"说真的，"真情实感"四个字让我生疑，用语言文字精心建构的文学世界，真的能测量出一种情感的虚实真伪吗？若要让我相信，你恐怕得拿出植入人脑的芯片或是测谎仪之类的高科技产品所检测出的精确数据。

即便如此，我还是想把卢克莱修的这两句诗，献给2020年第一季度发表散文作品的辽宁作者。虽然文学真实从来不等于生活真实——这是我之所以不信任散文的"真情实感"的一个理由，但相比于小说、诗歌、戏剧等虚构性更为明显的文学样式，散文的确能更多地曝光写作者所亲历的生活。在散文写作中，作者虽然未必"露出本相"，但他们大多会摘下"面具"，像唠家常一样，放松地和读者谈天说地。

2020年第一季度辽宁散文佳作联翩，作为评述者，我很庆幸我有机会潜入这个精彩世界。在我的想象中，文学之路是朝圣之路。对此，李皓在《我在文学中扮演了什么角色？》（《鸭绿江》2020年第3期）一文中，道出的也许便是玄机："文学是不是就如这游人的风景，一次次吸引着我们趋之若鹜？山顶无限风光，而山路崎岖，有的人轻易就抵达峰顶，有的人一辈子都在路上。"

"塞上曲"

以真人真事和真情实感为依据来考察和看待散文，容易陷入这样的误区：文学和生活的界限被模糊和混淆。如果说虚构是艺术的本质，那么作为文学之一种的散文同样如此。"一尊塑像是一件艺术品，而一个裸体女人则不是。"在如何看待散文的问题上，我们需要的，只能是法国作家安德烈·莫洛亚的这句箴言。

鲍尔吉·原野的《塞上曲》（《钟山》2020年第1期）包括《杀草呢》《婚礼的乳汁》《山丁子树摇篮》《赞伯拉的走马，享有神圣封号的火蓝觉若》《紫色带香味的大幕》《马鬃燃烧》。这组作品如草原般辽阔、深邃、迷人，为内蒙古大草原绘制了一幅生动的肖像画。它们虽是散文，却更像小说。在"鲍老师"亲历的草原世界里，有草原人的日常生活与风俗人情，有他们的性格、悲喜与信仰，有日渐消失的草场与牧群，有骏马与主人的亲密关系，有作家对人类肆意破坏自然生态的无奈与痛斥。草原的主人是人类吗？不，人类只是自以为是的管理者，马才是草原的王者。赛马冠军火蓝觉若是赞伯拉的走马，它聪慧懂事，是主人的伙伴也是家庭成员。在《赞伯拉的走马，享有神圣封号的火蓝觉若》中，鲍尔吉·原野用小说笔法铺陈的叙事和环环相扣的情节，勾勒出火蓝觉若的一生。文末，主人赞伯拉为它唱了一首动听的歌曲，因为它选择独自攀登离家很远的陡峭的黑莫日山并死在了那里。作者炉火纯青的叙事手法令火蓝觉若的灵魂跃然纸上。对人类来说，马曾是最重要的物种和伙伴，但现代社会终结了这一切。《马鬃燃烧》从蒙古人对马的敬重中审视马与人的关系，"经过驯化的马，可以把它的智慧、勇气和力量与人类的愿望相融合。除了马，没有哪种动物能达到这个境界……马了不起，它知道人在想什么，它用忍耐力达成人的愿望，人类再也找不到这样的动物了。虽然人所养的宠物也会逢迎人，比如说犬类。那只是逢迎，而不是融合……马最优秀的品质之一是不向人类谄媚。人也好，动物也好，一谄媚就坏了自己的品质。"与"火蓝觉若"蕴藉的抒情调子不同，《马鬃燃烧》充满了对现实的讽喻和犀利的思想。

如果说鲍尔吉·原野的《塞上曲》采用虚实相间的手法，让散文有了小说的味道和品质，那么，马晓丽的历史散文《福清月照人》（《鸭绿江》2020年第2期）与之便有着异曲同工的跌宕之妙。通过福清一地，该文把两个历史人物戚继光、叶向高的不凡人生衔接在一起，既讲述了明代历史故事，又叙说了作家的实地探访和读书见闻。自20世纪90年代余秋雨开启文化大散文的文体模式后，诗和思相结合的历史散文写作蔚为大观。在《福清月照人》中，借助利玛窦这个历史人物和他的"中国札记"，马晓丽走进了民族和历史的纵深地带："中国人知道整个事情是一场骗局，但他们不在乎欺骗。倒不如说，他们恭维他们皇帝的办法就是让他相信，全世界都在向中国朝贡，而事实上则是中国全是在向其他国家朝贡。""古老的文明可能走到了尽头，但无论在中国建立什么样的政体，或者强加给它什么样的政体，这个民族的基本特征是不会改变的。"正如马晓丽所说，对一个民族来说，利玛窦的定论显然是太沉重了。

孙惠芬的《敢问阿胶是谁》（《人民文学》2020年第3期）进入历史的路径，与马晓丽截然不同。她将她与阿胶相遇的过程，融入对历史的追问中。从幼年记忆中的驴到中国毛驴博物馆，从毛驴轮回为阿胶到制作东阿阿胶的水之特殊，从阿胶溯源到商朝大臣伊尹的故事……孙惠芬在人类形而下的劳作中，看到了其背后形而上的无形力量："眼见的实相之外，永远有着我们看不见的存在，它不可言说，却阿胶一样红火、透明……"它，是中国文化中的"道"吗？或者，它是佛家的"善"？形而上诉求有时表现为信仰的表达，而不同的价值体系则可能得出不同的结论。好在，散文与哲学论文八竿子打不着，即便是形而上的追问，也不用非得给出明确的答案，这既是散文和文学的魅力，也是它们的特权。

"我们都曾是霍尔顿"

随笔这一写作样式，始自法国作家蒙田。"我自己是这部书的素材"，当蒙田向读者如此诉说时，他正面临随笔这一崭新写作形式引发的巨大争议。有事实为证：蒙田在西方文学中的接受史，同他的《随笔集》一样精彩。不过，无论怎样，这一轻松轻逸的体裁都受到后世作家的偏爱，它灵活的形式和多变的风格，它思想和主题的收放自如——所谓的"形散而神不散"——使它能恣意地四处游走跳跃腾挪。

本季度辽宁的随笔作品不仅数量多，而且质量上乘。这首先得益于《鸭绿江》的两个新专栏：刘嘉陵的"巨匠与人生"和苏兰朵的"钻石与铁锈"。刘嘉陵致力于考察西方文学大师的传奇人生，他的"考"与"察"的背后是一种"跨文体写作"（跨文化随笔、文艺评论、叙事散文、小说等文体）的激情与野心。在"巨匠与人生"中，他几近"炫耀"地展示自己阅读的深厚功力，对笔下的每一位大师，他都有着全面的了解和深入的鉴读，并借此观照他者和自我的人生。比如，《我们都曾是霍尔顿》(《鸭绿江》2020年第1期)一文有两条线索：一条是关于文学大师"塞林格—霍尔顿"的，另一条是关于中国读者"霍尔顿—刘嘉陵"的。虽说描画两条线索的笔墨并不均衡，但它们在展示塞林格文学人生的同时，还渲染了霍尔顿的世界性影响，尤其是，他对一个塞林格的忠实读者、自认为是中国霍尔顿传人的刘嘉陵的精神吸引。在《米格尔街和"我们的胡同"》(《鸭绿江》2020年第3期)一文中，刘嘉陵把奈保尔的米格尔街和沈阳城南的一个胡同，分别作为文学的坐标和怀旧的坐标。在瞻仰奈保尔作品的同时，他将自己那逝去的旧时歌吟，再次系上他文学二胡颤动的琴弦。《我们景仰、仇恨和为之困惑的奥地利人》(《鸭绿江》2020年第2期)一文，以茨威格和年轻妻子的自杀事件开场，伴随着作者对他们那种双双绝望的困惑的叙写，一个奥地利人的舞台渐次拉开大幕，一连串有世界影响的人物一一登场：希特勒、海顿、莫扎特、马勒、卡夫卡、彼得·汉德克、维特根斯坦、弗洛伊德……不过，回顾这些奥地利人声名卓著的人生，依旧没能让刘嘉陵释怀于茨威格之死。

不知是巧合还是有意为之，苏兰朵的三篇专栏文章《琼·贝兹：写在女王谢幕时》(《鸭绿江》2020年第1期)、《小野洋子：男权视域下的"女巫"》(分为上下两篇，分别发表于《鸭绿江》2020年第2、3期)，都聚焦于美国20世纪中叶与下半叶，尤其是五六十年代。那是一个疯狂和迷人的时代，文化艺术、政治领域、科学技术都处在充满革新和生命力的急速发展时期。《琼·贝兹：写在女王谢幕时》一文，书写了美国著名歌星琼·贝兹的一生。琼曲折的生活经历，她和鲍勃·迪伦的爱情神话，以及他们二人不可分离的音乐人生，还有她和乔布斯的一段姻缘，她和马丁·路德·金的亲密关系……这一切，都注定了她不平凡的人生，必将与美国那个特殊时期的社会文化、流行音乐、思想政治运动紧紧缠绕。琼成了那个一去不返的辉煌年代的代言人，对此苏兰朵说："历史不会将琼·贝兹遗忘。"她的专栏名，正是来自琼最著名的歌曲《钻石与铁锈》。同样，《小野洋子：男权视域下的"女巫"》上下篇，全面地展示了小野洋子特立独行的一生。从"激浪派"艺术家到披头士乐队主唱约翰·列侬的妻子，从先锋艺术到流行音乐，小野洋子的每个身份、每个行为似乎都受到非议。被男权社会"授予"女巫这类名号，对一个女性来说，也许是人性的褒奖，叛逆到老的小野洋子没准儿就是这么想的。虽然经历了爱人列侬在她怀中死去的噩梦事件，但她从未妥协，如同女巫永远骑着她的飞天扫帚。

王雪茜的《唯有火焰会扑灭一场火的幻觉》(《湖南文学》2020 年第 1 期)，是一篇看似随意却极其流畅、生动、俏皮、好玩的读书随笔。跟随她自如的叙述，读者进入她隐秘的阅读现场：从与略萨的相遇到拉美作家群，从《绿房子》到略萨的帅，从略萨的帅到拉美四大作家的帅，从书的封面到小说译笔……王雪茜绵密的文字就像她从不停歇的阅读。"阅读的路径探寻与一个人的阅读史和精神发育史密切相关。"无论是阅读史还是精神史都是一种个人隐私，徜徉在阅读的秘密花园，王雪茜勤奋、执着而幸福地记录着她捕捉到的每一次蝴蝶效应。

随疫情而来的长假，让李皓终于有时间认真思考一个极其重要的问题，那就是他与文学的关系。虽然有诗人、作家、文学期刊主编等头衔，但他却异常清醒，"且不说我是否算得上一个称职的作家，即使由于发表了一些文学作品而与'作家'的称呼沾边儿，我也清醒地意识到：写作的人不一定都是作家，作家的名号是一顶桂冠，需要一个执着的人付出一生的努力……"这份自谦里有深刻的省察，它跨越了俗世的名与利。适时地"清算"自己、洗涤精神上的病毒与烟尘，这是李皓的《我在文学中扮演了什么角色？》（《鸭绿江》2020 年第 3 期）一文给予我们的警醒。

"树瘿"

记叙真情实感的散文概念，来自叙事散文。想要考察和检验这一概念是否合理，不妨品读和分析好的叙事散文作品。沙爽以《树瘿》为题的一组作品（《西部》2020 年第 1 期），是本季度叙事散文的上乘之作。这组散文以树为主题，追溯久远的家乡往事，弥漫着淡淡的乡愁。随着岁月流逝，树不仅和至亲之人的墓地融为一体，它还是作者的情结：它是家乡的梓栳丛林，它是幼年记忆里的山楂树，它是一只叫塔塔的小猫的嬉戏园地，它是毒瘤般的树瘿……漫溢于字里行间的情绪情感，在沙爽洗练的叙述下如同河水蜿蜒，贯穿五篇散文始终。可是，打动读者的是所谓"真情实感"吗？沙爽散文的好，在于通过对叙事情境的精心打造，通过点睛之笔的思想跃出，把一己之私的个体情感提升为具有普遍性的共通经验。比如这样的句子，读来令人回味不已："时间是最锲而不舍的橡皮擦，它擦掉了众多事物的来历，使万物成谜。""我站在那里，仿佛透过许多年的岁月看着他们，枝条交错，把关于他们的一切割成碎片，然而这些碎片仍然持续地传递给我温暖。""植物有时会戳开人世的真相：赞歌中的英雄不见得比乡野草民拥有更多的坚韧品性。""只是偶尔，我想到这些叶子来自那面清冷的山坡——经年之后，逝去的亲人以这样的方式，重新进入我们的生活。"显然，叙事情境中的情感、意境和思想，而不是情感自身的虚实，才是叙事散文的重心。散文的好，若只在真情流露的话，读者不如去看吸人眼球的狗血剧，或干脆去公园，去殡仪馆，去菜市场——去到喧闹和真实的生活中，而无需捧读文学作品了。

张福艳的《布上的村庄》（《鸭绿江》第 2 期）是一篇情感细腻、笔法老到的作品。作者写的既是辽西麻花布，也是故乡村庄的整个世界。"麻花布上的村庄有板有眼，在这样的节奏和韵律中，村庄长大，有了前街后街，有了南北营子，有了东组西组。麻花布上的村庄，炊烟袅袅升起，东山红日喷薄，西山落日安然。"就像织布和染布的劳作过程需要一道道工序与心力的共同造就，文中有韵律的一字一句同样浸透着对故乡绵绵不绝的深情，而张福艳节制的叙述所构建的一整幅乡村图景，却又高高地凌驾于乡愁之上。

对母亲的情感，几乎人人都可以诉说，但这并不意味着谁都能写出精当的作品。冯璇的《娘的王国》（《散文百家》2020年第1期）如同一首轻盈的散文诗，全篇弥漫的诗情自然来自对母亲的爱，可在她流畅跳脱的叙述里，对世俗生活和亲情伦常的洞察，对点点滴滴生活哲思的领悟，又超越了亲情，这不仅生动立体了"娘"的形象，更让它精神化了："她等着做她的国王呢，因为她有统帅的天地；她要作画呢，因为她已酝酿好了七彩。所以她要急着回去，她怕在钢筋水泥的楼层里遗漏了某种可贵的信息而后悔不迭。"统驭着自足的精神王国的"娘"，俨然一个笑傲亲情和人世的女王。

除了上述作品，本季度还有一些散文随笔颇具特色。张涛的《贾平西断片》（《海燕》2020年第1期）是绘画评论，评画家贾平西，评贾平西的画，风趣幽默的语言、精准到位的评述读来令人拍案。这既是一篇风格化的评论，也是一篇美文。杜维凡的《嚓玛老太爷》（《满族文学》2020年第2期）惟妙惟肖地刻画了家族老太爷的形象，带读者一睹满族文化中耍嚓玛（与跳大神不同）巫师的一套绝活：上刀山、挂刀甲、穿铁鞋、戴铁帽、叼火棍……作者不带价值判断的真诚叙述，让人一窥历史皱褶处那鲜活神秘的萨满文化。

2020 年第一季度收集和征集到的散文作品共五十余篇。其中，不少叙事散文、抒情散文多多少少存在着平铺直叙、流于生活表面的问题，这里边，有技巧之病、功力之病，更有观念之病、思想之病。散文写作，从来就不只是抒发所谓"真情实感"，语言文字的娴熟驾驭、叙事和抒情时的意境创造、潜入历史和文明深处的独到思考，乃至独树一帜的个性化风格，都是建构好散文的重要元素。在现实里，大多数人只能选择日复一日的平淡生活，可是，文学却无法成为，也绝不能成为生活一成不变、毫无夸饰的重重镜像——难道，不正是为了摆脱人生周而复始的乏味和空虚，我们才拿起了手中的笔吗？

神的著作各不相同，令我们无所适从。

——欧里庇得斯

慢慢地，快进。

——奥古斯都

华东师范大学出版社的"轻与重"文丛，在书封右上角，印有一个金色椭圆形图标，图标不大，但金色圆圈里上方的蝴蝶和下方的螃蟹却不难辨认。丛书主编姜丹丹、何乏笔为此解释说："一只螃蟹，一只蝴蝶，铸型了古罗马皇帝奥古斯都的一枚金币图案，象征一个明君应具备的双重品质，演绎了奥古斯都的座右铭：'FESTINA LENTE'（慢慢地，快进）。我们化用为'轻与重'文丛的图标，旨在传递这种悠远的隐喻：轻与重，或曰：快与慢。"

如此大张旗鼓地晾晒阅读的边角余料，是因为轻与重、快与慢，正是2020年第二季度辽宁散文突出的美学特征。佳作迭出的第一季度刚刚过去，我尚未从那些令人回味的文字中走出，不想，却又迅速被引进了另一个更加耀眼夺目的世界，以至于与它相遇时，充满惊喜、兴奋和迷惑的一个个瞬间，把夏日午后静谧的阅读时光都拉长了。

"慢读与快感"

鲍尔吉·原野的一组作品《火和火不一样》(《中华文学选刊》2020年第2期)，与刁斗的新书《慢读与快感——短篇小说十三讲》(上海文艺出版社，2020年6月)，是本季度不可多得的好作品。虽然二者的体例、体量与形式完全不同——前者是七篇叙事散文，后者是一部随笔集子——但却极好地诠释了轻与重、快与慢的意蕴。如果说刁斗的随笔意味着"轻"和"快"，"隐喻思想灵动自由"，那么，鲍尔吉·原野的散文则代表"重"与"慢"，"象征诗意栖息大地"。

轻与快

《慢读与快感——短篇小说十三讲》源自刁斗的一个系列讲座。作为热衷于文本实验的小说家和资深的小说读者，刁斗引领着他的听众，通过体味来自十三种语言的十三个短篇，既阐释了他心目中好小说的三个标准——"语言的魅惑力、结构的建设性、故事的延展度"，又解剖了他总结出来的小说阅读三忌——"忌提炼中心思想、忌找寻教育意义、忌对号真人真事"。其间充满了睿智独到的经验之谈与释疑解惑的引经据典，很是能够引人入胜。

十三个短篇出自十三个语种，虽然这看上去有点像噱头，但对语言这一制作小说的基础性材料兴味特殊的刁斗，其实自有他的深意："语言的存在即人的存在"，"语言能成为不同文化不同种族辨识度最高的精神名片"。

为此，他煞费苦心地依次选择如下篇什进行解读：契诃夫的《一个官员的死》（俄语）、莫泊桑的《我的茹尔叔》（法语）、霍桑的《地球上的大燔祭》（英语）、卡夫卡的《饥饿艺术家》（德语）、芥川龙之介的《罗生门》（日语）、博尔赫斯的《死人》（西班牙语）、贡布罗维奇的《孩子气十足的菲利贝尔特》（波兰语）、莫拉维亚的《梦游症患者》（意大利语）、克里玛的《一个感伤的故事》（捷克语）、罗萨的《河的第三条岸》（葡萄牙语）、哈齐斯的《伊莎贝拉·摩纳尔之死》（希腊语）、安徒生的《皇帝的新装》（丹麦语）、余华的《十八岁出门远行》（汉语）。语言，尤其是母语，对小说家的重要性毋庸置疑，正如刁斗所说："小说首先应该服务于语言，唯有语言，或者说唯有母语，对于写作者来说，才最有资格既物质化地标识身份，又精神化地成为存在之家。"

在浩如烟海的短篇小说中，刁斗之所以选择了上述作品，除语言因素外，还与他的小说观念密不可分。刁斗是一个百科全书式的小说家，这从他的长篇小说《圣婴》（作家出版社，2018 年 5 月）开篇可见一斑。小说起笔，他就"炫技"般地把宇宙大爆炸的全过程描述了出来。整整四页令人惊艳的恢宏叙述和奇思异想，不仅展示了小说家高妙的语言技巧和丰富的想象力，更把宇宙学、量子物理学等自然科学知识演绎得活灵活现并亦真亦幻。对刁斗来说，小说当然是语言艺术，但它更是认识世界的重要途径："小说有幸，自诞生起，就成了最不伦不类又最有趣有效的间接经验的汲取工具"；它是探究世界、发现真相、追求真理、追问人的存在之谜的触手："我更希望与大家分享的，是小说这个精灵在塑造自身演示自我时，所呈现出来的尽可能多的艺术可能性，通过对这些可能性的理解和接受，来扩大我们感知事物的边界，增多我们发现真相的视角。"也正因为对小说有着认识论意义上的潜在诉求和执着探索，刁斗才把"话题性"作为此番选择短篇的关键指标。他所说的"话题性"，不仅指与创作有关的语言、形式、题材、方法等文学话题，更指向小说与社会、与文化、与世界、与文明之关系的多重认知维度。在这个意义上，小说家刁斗更是思想者。

通过思想者的一双慧眼，刁斗将余华的《十八岁出门远行》视为"关于悲壮而又滑稽的当代中国文学精神劫数的隐喻与象征"。他的判断，源自他回顾被他称为"石破天惊时光"的 20 世纪 80 年代之后，自己所进行的清醒而又理性的思考："我们所迈动的那些轻快到近于轻浮和轻佻的文学脚步，只一夜工夫，就把西方文学超过百年的探索之路给践踏了一遍，然后，仅仅再用一夜的工夫，又将我们曾经热情追捧并受益良多的'新潮'、'先锋'、'现代'……的观念与方法，与时俱进地，转化成为奚落讥讽戏弄的对象……"而关于契诃夫的名篇，究竟是应该译为"一个官员的死"还是"小公务员之死"，在刁斗眼里也绝非小事，因为看似不起眼的标题改动，对小说的题旨和意趣，同样会产生微妙、复杂和深刻的影响。这将直接决定，潜藏于文本边缘处、缝隙中和皱褶里的一个个思想黑洞，能否被发现并得到勘探。

时时渴望洞察世界的刁斗，用小说的语言编织了一个流光溢彩的思想世界。这让《慢读与快感》有很强的思辨性，可品读的金句随处可见。比如，"自从小说诞生，梦游就是它的特质：不拘泥，能僭越"，"人这个东西，只有独立起来，个别起来，如钻石般让五花八门的不同棱面都自成格局地闪烁起来，才能达致一个精神化生命所该有的样子"，"所谓经验，并不是一只没有边际的巨大容器……经验是在存在的意义上，对经历的反刍倒嚼与提纯抽象，它对形而下事物的形而上认知，能够穿透现象抵达本质"。比如，前面提到的好小说三标准和阅读三忌，还有他对现代主义小说气质的描述——"重气氛营造而不是人物刻画，重观念辨析而不是戏剧冲突，重客观陈述而不是臧否评判"——不仅对仗工整朗朗上口，而且观点独到、思想犀利，让人过目不忘。

有意味的是，对语言文字和思想观念有双重诉求的刁斗，在无形中为他的读者设置了一道又一道的阅读门槛，想要进入他笔下的世界，并不是件轻巧和容易的事。他对文字永无厌倦的把玩，他那称得上是"炫技"的繁复修辞，他曲里拐弯弯弯绕绕、不断追求话外之音言外之意的文风，他通过复句中的复句和重重的语意叠加所达到的绵里藏针的反讽效果……常常让我想起后人对古罗马哲人塞涅卡的一句评价："他的修辞技艺一直显得过分。"但恰恰是这种"显得过分"的修辞，吸引着、诱惑着阅读者，自觉自愿地沉陷于作家的语言游戏中。我突然意识到，这也许正是刁斗写作的某种本质——他将自己全部的写作视作一场游戏。他意味深长的书名"慢读与快感"，也许并非仅指他自己对这些著名短篇的"慢读"及收获的"快感"，还意味着一种诚挚的邀约。他邀请我们加入他倾尽他的生活所致力的这场文学游戏，他邀请我们像奥古斯都那样"慢慢地，快进"，他邀请我们"慢读"文学和世界、文明与思想。而我们一旦接受了这种邀请，与"慢读"如影随形的"快感"便将不请自来。

慢与重

《火和火不一样》与《塞上曲》是 2019 年八九月间鲍尔吉·原野在赤峰创作的两组散文作品。与《塞上曲》硬朗、浑厚的风格不同，《火和火不一样》的柔情和诗意，以及潜藏在蕴藉诗情下似有还无、不可名状的悲情，读来让人欲罢不能。在《有绿草横纹的土房》《意旦扎布与布尔古德》《大地魔法师》《绿雾里的马，身穿鲜艳的雨衣》《用洁净的东西引火》《沙漠永远姿态柔和》《白月》七篇散文中，作家化身草原的一草一木一沙一石，"怀着巨大惊异注视一切，草原的万物如同神迹"（《流水似的走马》"鲁迅文学奖"授奖词）。神秘的大自然——而不只是草原的世界——在作家笔下栩栩如生，映照出人与自然、人与神、人与自我的种种关系。

"那时候草长得真好，草根和泥土像摔跤手一样互相缠绕在一起，每一寸土地都长满了草。"《火和火不一样》开篇的这句话像是在暗示，它与它的姊妹篇《塞上曲》截然不同。《塞上曲》里那些精心编织的"大"故事厚重深沉，而《火和火不一样》里的"小"叙事，则如火焰跳跃般轻盈神秘。《有绿草横纹的土房》是草原人变的一个房子戏法："这个房子盖出来之后，墙壁上有一道道绿色的草的横纹，房子的四面墙壁穿着绿横纹的衣裳，这不很好吗？好多年之后，那些草还在绿，真棒。"鲍尔吉·原野极为质朴的文字，像是与你唠家常，可这一点也没妨碍读者在想象中，把由土、柳条、牛粪盖成的房子变成一个个闪着绿条的精灵。《意旦扎布与布尔古德》讲述的是一个滑稽的故事：老意旦扎布和他的老狗布尔古德每天要忍受身体的不适，布尔古德的耳朵冻坏了，再也无法直立，而意旦扎布则无法正常地笑。"意旦扎布这时候笑得双眼涌出泪花，不得不把眼睛闭上。他还要高高地抬起头，防止鼻涕流下来。意旦扎布说他一笑，鼻涕会流出来。这一定是泪囊和鼻子中间哪一个管子漏了……"爱笑的意旦扎布笑的方式只能是涕泪横流，因为他的眼睛和鼻子背叛了他，成了悲剧的器官。为了笑，他只能高高地将头抬起，就像为了陪伴"90岁"的布尔古德，他不断地把礼帽扔向空中。滑稽的故事渐渐变了味，五味杂陈的感受让人无法再笑，一种莫名的忧伤，让读者的思绪停驻在了老意旦扎布和老布尔古德的生活里。如同一位技巧高超、不露痕迹的魔术师，鲍尔吉·原野不动声色的叙述，让一出幽默搞笑的喜剧成为暗流涌动的悲剧。

　　类似的不具名的伤感和悲情在《大地魔法师》中继续流泻：80多岁的德格齐齐格是一个神奇的接生婆，爱林高林村子三十年前出生的人都是她接生的。"在这个村子里，河水改道了，河流变得越来越细。天空上堆积着永不重复图案的云朵，人变老，唯有德格齐齐格在重复着一件神圣的事情——接生，她的魔法永无止息。"不仅如此，德格齐齐格的身体还是乳汁的喷泉："她有一个特殊的能力，她走过哪一家的门口听到孩子的哭声时，会辨识出是不是孩子饥饿的哭声。"她把她那神奇的喷泉洒向所有需要乳汁的婴孩。光阴流转，大地上的魔法师老迈得只能躺在床上，忍受着风湿病的折磨。荣耀的一生行将枯萎，沃登格（蒙古语里"接生婆"的意思）曾经的幸福、喜悦和骄傲，将被她一同带进坟墓。

《绿雾里的马，身穿鲜艳的雨衣》是一幅风格明快、色彩绚丽、诗意盎然的风景画。"美丽可汗山在这样的雾里沉沉睡去，他躺在绿雾里，雾的丝绵被子盖着山的肩膀和胸口。"诗意景色中的亮点，是一匹匹穿不同颜色的雨衣的马："马好像变成了儿童游乐园里的木马……是谁发明了马的雨衣？为什么要给马穿雨衣呢？马看到其他马穿雨衣不惊讶吗？"俏皮活泼的叙述，连同雨雾迷蒙的茫茫草原，共同创造了一个时间凝滞的真空世界，在那里，也许只有 W.S. 温默的"花园时间"是有效的，为此，作家动情地吟诵了它：

　　蜻蜓翅膀的网络
　　由光制成
　　只有树叶懂得它们
　　其中河水流淌
　　蜻蜓从水的颜色里起飞
　　它们飞走并带走了光

而所有这些，无论是鲜活有趣的人物、奇异神秘的故事，还是如幻似梦的景致、悲喜交织的情感、浑厚澄明的意境，全都出自鲍尔吉·原野节制与质朴的语言——那种节制和质朴，既是他创作的法器，也是他突出的美学特征。他用最少的文字进行表达，但又不是刻意为之的删繁就简。他克制的行文里有丰富的意象，那些妙不可言的意象与他那飘着泥土味、花草味的亲和文风一道，以强大的魅力吸引着读者。就这样，节制和质朴的双重引擎，生发出了巨大的文学张力，让人沉浸其中惊叹不已。"大雪把屋外的群山掩埋变矮之后，草原上的车辙也看不到了。蓝天的蓝，在雪山头顶竟变得十分锋利。马站在拴马桩边上，它身体上照射阳光那边的白霜融化了。马把蹄子轻轻拿起来，轻轻放下。它脚下的雪地上留下一个套着一个的圆圆的蹄印。"《火和火不一样》结尾的这几句吟哦，一如开篇时的诗意扑面，操持散文之笔的诗人隐藏在动人的质朴和蕴藉的诗情后边不见踪影，就如同，他写下的，只是缪斯女神口授的话语。

对读刁斗与鲍尔吉·原野，是极其难忘的阅读体验。他们犹如辽宁文学的双生花，同根生而姿态异。刁斗的语言是加法，原野的语言是减法；刁斗热衷推理和思辨，原野倾心形象和直觉；刁斗的叙述如同钢筋水泥筑就的城市迷宫，原野的叙述则如一望无际草原的幽深渺远；思想者刁斗喜欢仰望天空，人间精灵原野以一腔热忱拥抱大地。我想，这种种鲜明的对照，并非来自思想随笔和叙事散文的差异，它们更源自不同的写作灵魂的斑驳投影。当然，通向罗马的道路纵有千条万条，目的地却只有一个，无论他或他做出怎样的选择，最终都不会让读者错过他们所许诺的艺术美景。

"去远方"

就像对散文的"真情实感"抱有偏见一样，游记也是一个让我困惑的文体：若是没有读书相伴行走，若是缺少思考追随足迹，我真不敢想象，旅行还有什么可记录的？所幸，王雪茜杂糅了行、读、思的《去远方》（《滇池》2020第6期），是我眼里融合了游记、随笔、叙事等诸种写法的一篇佳作。它以作者游览大研古城为叙述主线，其间跳跃性地穿插其他的旅行趣闻。整体上的叙述看似随意无序，却以精神上游弋的诗情与思想为核：时而，她骑马徐行在拉市海的茶马古道上，欣赏白族建筑和白族人的生活；时而，她穿越回往昔的时光，课堂上的她一边嘲讽语文教师的纰漏，一边大肆研究补血菜肴；时而，她来到成都的宽窄巷子，一头撞见"白夜"酒吧，便瞬间扮作诗人翟永明的铁杆粉丝；时而，她化身参透历史奥秘的古桥，在人与桥的两相映照中，披露那个精神生活中逼仄、绝望、死而复生的自己……"我喜欢幽微老旧的事物，喜欢一切不彻底的琐细之美。我怀念那些让人舒服的苔藓，它们是桥渐渐老去的阵痛，是桥柔软而隐秘的叹息，也是桥暗夜里孤独发出的成片声响。确定中的不定，灰暗中生存的勇气和真理，足以让浅显者满足，让深刻者警醒。而人类内心深处的个人生活，如老桥一样，永远超越自身的真相。"作为思辨型写作者，王雪茜思考的利剑既能穿透历史与岁月，穿越古旧的街道、石桥和牌坊，也能透视她无从逃遁的精神自我。

无独有偶，孙惠芬的《在瑞岩山仰望弥勒》（《红岩》2020年第3期）写的虽是她到福州福清与弥勒佛像"相遇"的过程，但精神世界的游与思才是叙述的重心。冥冥中的佛缘，牵着她走向巨大的佛像，弥勒的笑震撼了她的心："那笑在下弯的眼线里，在舒展的鼻翼间，在开阔上扬的嘴角处，在他胖胖的叠入肩颈的下颏上，更在他敞开于胸前的袈裟里，在他圆润隆起的腹部上。人们常说笑逐颜开，可仰望这尊弥勒佛像，你觉得笑不光逐开容颜，它还是一泓贯注天地间的能量，它从石佛的全身透出，全方位辐射……"在作家眼里，弥勒佛像不仅是有生命的，还充满未知的力量。

加缪说："戏剧就是我的修道院。"这个决绝的表述是幸福的告白。疫情期间，文学艺术成为人们的避难所，找到避难所的人是幸福的。素素的幸福感来自甲仁的诗："想不到，甲仁一个手势将我拽出那片冷酷的白，是为了让我一个猛子扎进这片久违的深蓝。"她的《比蓝更蓝的蓝是什么样儿》（《海燕》2020年第5期）是一篇充满诗情和真知灼见的诗评。"诗是语言的秘密花园，随意盛开一小朵，就是青埂峰上的绛珠仙子，敦煌洞内的长袖飞天。我一直认为，如果没有诗的守护和加持，已经成为大白话的汉语不会保有如此优雅的质地，早就被肢解成一地鸡毛。""好诗具有启蒙性。因为古今中外的诗史，就是一部启蒙思想史。"好诗如同好故事，它们的好超越了语言和故事本身。

刘嘉陵在本季度的"巨匠与人生"栏目里，写了他喜爱的马尔克斯。他笔下马尔克斯生活的精彩程度，堪比后者享誉世界的小说。《衣着俗艳的穷记者兼文学青年——为加西亚·马尔克斯逝世六周年而写》（《鸭绿江》2020年第5期）依旧以刘氏一贯幽默的笔调开场，但随着对文学大师早年贫苦生活的追溯，文字逐渐变得伤感起来。"'对其笔下所有不幸的人物的深切同情'——这才是马尔克斯小说中最重要的东西。"也许是出于对马尔克斯的这种认同，刘嘉陵的笔触才变得柔软。他情难自禁地回忆起2013年的巴塞罗那之行，正是那次与马尔克斯时空距离上的拉近带来了精神上的亲近，他开始真正喜欢上他，此后阅读时再没了障碍。在同期的"钻石与铁锈"栏目中，苏兰朵继续讲述着世界上惊世骇俗的女人们的故事。只是这一次，身体破碎、常年生活在死亡阴影下的墨西哥艺术家弗里达·卡罗的人生，让人不忍卒读。我总是会想，若是没有致命的车祸，弗里达的人生和艺术会是什么样子。"我没有病，我只是碎了。""一到夜里，死亡就来到我的床边跳舞。"（《弗里达·卡罗：我希望永不归来》，《鸭绿江》2020年第5期）所幸一生经历32次手术的弗里达，还有绘画相伴。对笔下这些闪耀着钻石光芒的"女巫"，苏兰朵每每痴迷于她们令人唏嘘的爱情故事，就像弗里达和里维拉婚姻生活的各式错位，后者对她的伤害不啻一场精神车祸。"说到底，令弗里达终生去破解的这道情感谜题，在本质上其实是男女两个物种与生俱来的差异问题。一个男人永远都无法对一个女人在爱情上的'小题大做式的'怨恨与痛楚感同身受……但上帝却把爱情当做全世界赐予了女人。"苏兰朵最终为她的弗里达找到爱情的答案了吗？"愿离去是幸，愿永不归来。"日记中这最后一句话也许是弗里达的回答。

王雪茜的《一次有关卡佛的索引》（《湖南文学》2020年第6期）是对卡佛长长的示爱，它记录了与卡佛阅读有关的一切——那不只是索引，还是索引之后不断的详解和加注。它以卡佛为圆心，细致描画了包括极简叙事、海明威、美国当代文学等在内的一个文学圆圈。而这个圆，是为了纪念她对他看法的转变："阅读卡佛，是我在自己几乎所有发生过的阅读生涯中，最为艰难和曲折的一次，也是最为锥心和感慨的一次。"阅读中的转折和节点是如此重要，因为它不仅意味着某种认知的转变——经由某些秘密通道，它很可能会改变我们的生活乃至人生。

"庄河看海"

滕贞甫主编的两本散文集《发现辽宁之美》《感受辽宁之好》（两本书均由春风文艺出版社出版于2020年4月），是辽宁省委宣传部重点策划的主题出版项目，两本书共推出85篇省内外作家创作的散文作品。《发现辽宁之美》重在介绍辽宁天辽地宁的自然之美，《感受辽宁之好》重在品读辽宁绵延璀璨的人文之美，它们和同系列的另一本诗集《我在辽宁等你》，是辽宁面向世界的文学窗口，用滕贞甫的话说，是读者了解辽宁的"小轩窗"。

在周晓枫的眼中，辽宁庄河的海有种"永不驯服的野力"，"雨中的大海，如同裁缝乱针下积拥的蓝布。阳光下的大海，灿烂辉煌——光线进入水之后发生折返，这是大海之力，甚至能使来自太阳的神谕屈服"（《庄河看海》）。而到大连不知名的山庄小住的林白，则被大自然和当地人的朴素打动，这让她开始反思自己的生活："这是离天很近的雨，中间没有隔着灰尘和浮光的，它赤裸裸地掉落在同样赤裸的泥上、石上、树上和草上，所以它有着旷野的声息……大概自己已经没有了与这种孤绝的大自然相处的能力，被病态的文明熏陶至深，人也像乱麻一样，徒然长出过多的触须，不过是把自身搞乱。"（《去年在大连》）作为本地人，素素对于大连的描述，看上去有点冷酷："大连是最晚一个来到的近代城市。它一直就没有自己……模仿的品质，让大连人即使成了这个城市的主人，仍逃不出它旧有的窠臼。""模仿，既是一种无奈，也是一种不自由。"可是，她的批判中又含眷恋，她的清醒中别有寄托："我知道我走不近它，然而我却想让我的一生与它厮守。"（《模仿的大连》）

金仁顺对沈阳人口音的白描，就像是点中了他们发音的死穴，本地人读了恐怕会报以与口音相配的爽朗笑声。"沈阳的口音是东北话里面尾音比较重的，任何话语，哪怕是恋人间的情话絮语，都难免用力过猛，如果只听音儿的话，听上去不像调情，更像威胁和打架，单从口音上也听得出，这是一个较劲的城市，阳气涌沸，血气方刚。"（《一条大河过沈阳》）北陵是沈阳人的天然氧吧和晨练中心，一位在陵后捉蝴蝶的小伙子，吸引了鲍尔吉·原野的目光。"他的眼睛看着天空，看一般人根本看不到的特殊种类的蝴蝶"，"他的心思全在蝴蝶或者说天空上。"小伙子是夜班烧锅炉的，"他对自己的工作特别满意，可在白天捕蝴蝶制标本。他说话声音小。如果蝴蝶会说话，声音也大不了"。（《北陵：人民的绿》）痴迷蝴蝶的小伙子，没准儿让鲍尔吉·原野想起了纳博科夫，不过令他遗憾的是，后来没再遇到他。

自己笔下虚构的歇马山庄和现实里的歇马山之间某种"诡异"的连接，让孙惠芬惊诧不已。为了寻找这一"隐秘的玄机"，她走进了它。她深信这种玄机隐藏在人中间而不是景里，不过，结果却出乎她的预料："探寻的本是人的秘密，却最终又落到风景上，之所以又落到风景上，都因为正是风景，造就了人的秘密。"（《致敬歇马山》）同样，带着对历史探访的一腔热情，马晓丽寻访了广鹿岛。虽然她最终找到的只是一些"消失的存在"，但这让她领悟了历史的真意：真正的历史遗存是精神遗产，"存在不是只以实物的形式才能跻身世间，很多人类宝贵的精神遗产都是以非实物的形式代代相传承袭下来的"。（《寻找消失的存在》）

在两本文集中，徐迅的《秋上枫林谷》、高海涛的《形而上下五女山》、沙爽的《天空之城》、王向峰的《沧桑回首忆辽阳》、李大葆的《响动中的辽阳心思》、金河的《你没见过的长城》、于学利的《老叔的铁匠铺》、魏泽先的《牛河之梁》等文，以作家独具的慧眼和独到的思考，描述了本溪、桓仁、辽阳、绥中、牛河梁等地的自然景观和人文意蕴。

2020 年辽宁散文著述颇丰。除上述文集外，李皓的散文集《雨水抵达故乡》由中国经济出版社于 2020 年 1 月出版。全书分为"烟云生花""遇见人间""叹息桥上""碎影流光"四个部分，收录了诗人平日创作的一些短章，从中可以一窥李皓的生活世界。

此外，本季度还有不少文章值得一读。王向峰的《炎凉世态知多少》（《鸭绿江》2020 年第 6 期）通过几个古人经历世态炎凉的小故事，讲述了不同的人对这一世俗常态所持的不同态度，从而鼓励人们寻找超越性的生活和真正的自我。王开的《后土》（《鸭绿江》2020 年第 6 期）是一篇像"后土"神一样神秘、奇异的长文。后土是上古原始社会崇拜的女性神，作者为她倾情绘制了一幅精神画像。古耜的《鲁迅与蒋介石的一场隔空"对话"》（《满族文学》2020年第3期）考证了鲁迅给萧军的信中提到的一篇文章《敌乎？友乎？——中日关系的检讨》。作者经由此文回到近百年前的历史中，挖掘出鲁迅和蒋介石之间的一次"对话"，并通过这一事件重新审视鲁、蒋二人的思想和人生。宋晓杰的《山水的恩泽》（《海燕》2020年第5期）叙述了自己造访温州"纸乡"泽雅的经历，她以诗人的笔触表达了对纸所承载的文化意涵的向往。女真的《水与火》（《满族文学》2020年第3期）将辽菜、水与火的古代神话与对儿子的情感杂糅在一起，厨房里的生活既象征着亲情，也浸润着中国人的饮食文化。

漫长的评述终于接近尾声，我深知，它像王雪茜写作卡佛一样，也是一次"过度"的索引。我不断为它添加繁琐啰唆的注释，其实是为了将散文/随笔这个淘气顽皮的精灵诱惑我的全部事实一一记录下来。每季一次的述评，于我是文学的盛事，亦是阅读的行走。收笔的此刻，我想起了刁斗在《慢读与快感》中提到的说波兰语的贡布罗维奇的一句话。这句话虽不鲜见也不深奥，但它却适用于所有写作："我只写我自己，从来就没有写过关于其他事物的一个字。"

秋之卷

牛寒婷

> 梦魇、魔法、奇迹、女巫，
> 黑夜幽灵、帖萨里亚鬼故事。
>
> ——贺拉斯

2020 年第三季度辽宁散文依旧精彩纷呈。在享受那些美妙的文字带来的愉悦时，"虚构的散文"这几个字不断出现在我头脑中。当然，"虚构的散文"不是严谨的定义，它仅指涉我所倾心的某类作品——作家在写作它们时，大多致力于营造一种模糊现实与想象、混淆真实与虚构的意境。我以为，正是这种"虚拟"的情境、情绪、情感的感染力，以及常常与之相伴的思想和智慧的穿透力，才是散文的价值所在。不可否认的是，散文写作大多源于生活中的个人经历和真实感受，但在文本层面上，它们更生成于作家的"染匠之手"（诗人奥登随笔集的名字）。技法高妙的作家通过具有魔力的语言戏法，将一己之私的体验上升为超越小我的、具有普遍性的人类共通经验——此时此刻，在艺术的视域内，散文中所谓的真情实感，也不过是写作的初级素材而已。就艺术的表达与呈现来说，散文与小说、诗歌、戏剧没有不同，它最终实现的，将是艺术的真实属性与真理价值。

"虚构的散文"是"慢"的散文，它们适合在夜晚阅读，每个字、每句话都值得细细品味咂摸，连一个标点也不能错过。阅读鲍尔吉·原野和沙爽的作品，常常是在夜晚，那些文字中的草原和海岛、山峦和波涛、牧群和星空会不断弥散，逐渐吞没周遭的夜。以至于，每每从散文的世界苏醒，我总不知身在何处。作家的"染匠之手"如此神奇，我深信，是它们"虚构"的力量，让我抵达了生命中不同寻常的真实。

"在热水遇见诗人安谧"

对鲍尔吉·原野来说，第三季度是收获的季节。他的《在热水遇见诗人安谧》（《草原》2020 年第 9 期"创刊 70 周年专号"）是一篇极其重要的回忆文章，在网络上发布后引起巨大反响。同时，他的两本散文集《班迪的雪人》（上海教育出版社，2020 年 6 月）、《大地雅歌》（中国旅游出版社，2020 年 8 月）陆续问世，前者销量可观。尤其值得庆祝的是，9 月 19 日，他的散文作品《火和火不一样》（原文发表于《草原》2019 年第 10 期，是第二季度辽宁散文述评重点推荐的作品），获得了第二届《草原》文学奖（2018—2019 年度）散文奖的殊荣。

在《在热水遇见诗人安谧》中，原野深情地回顾了 20 世纪 70 年代末 80 年代初，他走上文学之路的过程。而帮助他打开文学大门的人，正是此文的主人公安谧。1980 年，在赤峰人民广播电台工作的原野，参加了《草原》杂志在热水镇举办的文学笔会，当时 21 岁的原野既激动兴奋又胆小羞怯，尚未发表过什么作品的他，艳羡地观察着身边作家们的举止言行，默默体味着与他同屋的几位诗人如何写作怎样交流。在浓浓的创作氛围感染下，几乎有些自卑的原野，一口气写出了七八首诗。在一番忐忑的等待后，诗歌组组长安谧对那些诗给予了充分的肯定。那一刻，原野的世界如同被强光聚焦，置身在冬三月里的他竟热汗遍身，都打湿了棉袄……作家的回忆不断铺展开来，很像一幅幅精致的画作，既生动描摹了四十年前初做文学梦的自己，又准确地呈现了 20 世纪 80 年代激动人心的文学盛景。他质朴诗意的叙述，能迅速将读者拉回到那个逝去的辉煌年代。

原野在笔会上创作的组诗《假如雨滴停留在空中》，最终在《草原》1981 年第 8 期发表，同年第 10 期又发表了他的短篇小说《向心力》。正是安谧一路带领着他，不断给予他帮助和指引，陪伴他走入了梦想的天地。在热水镇余下的文学时光中，原野时常陪安谧散步，这让他有了近距离观察诗人的机会。"我偷偷地观察安谧。我想用深深二字形容他的目光，他深深地注视着山峦、村庄和树。在我看来，三月份的宁城大地一片荒凉，没什么好看。但是你顺着安谧的目光看过去会发现好多生机，或者叫诗意。比如他停下来，面对天空流露赞赏。我疑惑他怎么会对空气微笑呢？"原野的回忆，既透视了诗人丰腴的心灵和超凡脱俗的人生境界，也展示了其敏锐、厚重的思想和艺术世界，从而，通过一个个体，将一代人的文学生命和精神历程呈现了出来。安谧那种迷人的气质、极具魅力的形象，不仅吸引了四十年前仰望文学的原野，也强烈地感染着今天的读者。"最高级的美学风格是质朴，但好多作家穷毕生之力也难以企及""最好的诗人听得见大地的呼吸，那里有森林，河流和民众的心声""发现美的眼睛同时能发现民众的苦难并视同自己的苦难""去到达美，要穿过苦难，穿过无人的荒原，以自己为伴并与自己为敌，孤独前进""民主和自由是不可抗拒的潮流"……对安谧艺术理念的追溯，常常伴随着原野自己的体悟和实践。正是安谧留给他的文学遗产，让他的创作形成了独特的个人风格。熟悉原野作品的人不难发现，细腻的感受、质朴的文风、蕴藉的诗情、优美的意境、深刻的思辨、广阔的视野，是他创作突出的特点，而这些都来自对安谧思想的践行。他对安谧的人生和艺术理念的追忆，亦是在回顾自己的文学观、美学观形成的过程，因为安谧正是他的来路。

此文虽然是原野为《草原》杂志创刊70周年而写的应景之作，但又一点也没影响，它仍然是一篇在艺术上和思想上都具有重要意义和价值的文章。在原野心中，安谧的诗歌和谆谆教导如同美好的信仰，能穿越往昔的时光和岁月，能穿越生命的苦难、黑暗和混沌，不断地给予他智慧、温暖和力量。在漫长而艰辛的创作道路上，它们是如此重要，如此不可或缺，以至于，他将它们视为他始终如一投身写作的不竭动力："我的老师是安谧，是的，虽然我现在不写诗，但我没有停止过对诗歌的学习。读诗是我生活中必要的功课，更喜欢读西方诗人的诗。读得越多，越能认识到安谧的宽阔睿智。在散文创作中，我以能写出诗意为荣，尽管这很困难，但这是我写作的理由之一。"

《班迪的雪人》和《大地雅歌》两本散文集所呈现的依旧是原野笔下常写常新的大自然。这是一个神奇的世界——不，我说的并不是自然自身的神奇，而是原野的语言魔法生成的神奇。我们一打开它，就进入了一个不同于日常经验的奇异世界。在读者眼中，我们的作家常常沉溺在大自然中，消失在了这个世界里。这让我想起孔亚雷对杰夫·戴尔的小说《懒人瑜伽》所做的评论：杰夫的做法是"让自己成为自己所写的地方，或者说，让那个地方成为杰夫·戴尔，通过与那个地方融为一体，他准确而极富直觉性地捕捉到了那里的本质——那里最本质的情绪，因为那也是他自己的情绪"（《极乐生活指南》）。而这，也正是原野面对自然时的做法。不过，在杰夫的方法之外，原野还有自己的利器。他并不是永远迷失在草木山峦的呼吸中、走马飞鹰的身影里，他时常会跳出来，辞色俱厉不留情面地"毒舌"几句。早已开始消失的草场、草原岌岌可危的生态、劳作一生的走马最后的"归宿"、草原岩画造假以及背后令人触目惊心的真相……他的批判不放过任何一个污秽的角落。他是那样深沉地爱着自然，他义不容辞地说出看到的一切。

原野用自己擅长的比喻和看不出技巧的修辞，让草原幻化成一个梦幻的世界。"马蹄抬起落下，泥土飞溅。棕色、红色、黑色的城墙飞驰而去，剩下的草地空寂，天空因为过于湛蓝而下坠。马的汗味被风吹远了，吹到秋天的宽阔并肥胖的河面上。"对他来说，这里不仅是人迹罕至的桃花源，不仅是他梦想中的故乡，这片纯净的大地还是他心灵的镜子，是他自我"清洗"的圣地。"我的心是一块顽石，在泥泞雾霾中泡过好多年。这样的心常常听不到草叶在微风里细碎的摩擦音。"在一丝不苟的清洗中，他重新看到、听到、感受到大自然的一切，就像安谧所教导的那样。也因为有了这样的精神洗礼和思想历练，他的那些熨帖和陌生化的比喻，才能折射出剔透、耀眼和迷人的光芒。没错，正是生命的内在发现和浴火重生，而不仅仅是语言的技巧和绝妙的修辞，才造就了他——"人不写作也能活着，而活着值得做的事是清洗自己，我不想当我了，想变成牧民，放牧、接羔、打草，在篝火边和黑桦树下唱歌，变成脸色黝黑、鼻梁和眼睛反光的人……"

"时间的裂隙"

"彻底醒过来的时候，我为自己的悲伤感到惊异。这悲伤如此真切，以致我疑心，制造梦境的潜意识其实是一位虚构大师。"沙爽《时间的裂隙》（《雨花》2020年第9期）开篇的这句话有小说的味道，它意味深长地揭示出虚构与真实的关系。这组散文由《告别》《挖掘》和《时光旅行者》组成。首篇《告别》记述了一系列离别事件，"我"与朋友Z的没有告别的告别、与 Y 城的告别、与记忆中的步行街的告别、与逝去的亲人和年少岁月的告别……然而，在叙说别离的回忆时，在时间的罅隙和皱褶里，"我"并不沉陷于伤感的情绪和往昔的时光，而是用岁月磨砺出的成熟和智慧照亮过往的人与事，照亮无可奈何的生命际遇，照亮早已注定的分手与别离。"人到中年，我终于确信，时间并不会弥合人间的隔阂，相反地，它的笔触只会一再加重自我的轮廓，从而使深渊更深，使这周身的铠甲，更厚，更沉。是不是神奇的 DNA，让我们自觉远离那些一再带来失望的人们？"如果说，与朋友的分手有不可抗拒的宿命味道，那故乡呢？故乡对我们每个人——无论是离开的、尚未离开的，还是永远也不会离开的人来说，又意味着什么？"乡愁"能涵盖所有对故乡的想望吗？"离开 Y 城之后，我才慢慢明白，所谓故乡，并非一个地理意义上的概念，它是心灵与心灵之间的契合与滋养。"与其说沙爽在用丰沛细腻的感受抒写离愁，倒不如说她在清醒地破执。披着感性外衣的她出其不意地亮出了思考的利剑，刹那间，通透澄明的思想释放出的强大力量既震慑了读者，也足以令"我"抵御远离 Y 城和故乡的无谓离愁。这离愁之所以不可信任，正是因为浓郁的亲情才是故乡的底色，而亲人的逝去则割断了事物之间表面的连接。"我"和故乡那些无关的人们并不存在交集，无论过去、现在还是将来，而"一个没有故乡的人，于他而言，所谓异域，也不复存在"。沙爽的《告别》，以理性观照下的冷峻和疏离结束。

《在岛上》（《湖南文学》2020 年第 7 期）是一组与大海有关的文字，它们见证了沙爽对大海的亲近与热爱。"岛屿上的夜晚是失明者的夜晚，至少多数时候是这样。浪漫的海景之夜往往只存在于想象中，因为海水本身并不能制造光亮。有时人们之所以能够在夜间确信海洋的存在，除了浪涛拍击海岸的声音，往往还需要借助于月亮。"作家像个谨慎的观察者或理性的科学家那样，记录下她的"岛屿之夜"，记录下海域的星空。她将感性的触角深入海岛的每个岬角，却也不吝于让理性时时地前来审视和探测。将敏感细腻、诗意浪漫的感受与缜密审慎、清醒疏离的思考做无缝链接，似乎是沙爽的特异功能。与第一季度的作品相比，她本季度的两组散文，不仅有浓浓的小说味道，更展示了思辨的功力和宽广的视野。

"音符与文字一道见证"

这一季，刘嘉陵专栏"巨匠与人生"的两个主人公，分别是苏联作曲家肖斯塔科维奇和爱尔兰裔美国作家弗兰克·迈考特。

翻开《音符与文字一道见证——再忆苏联作曲家肖斯塔科维奇》（《鸭绿江》2020年第7期）时，我满心期待，想看看我们文学圈里的"音乐家"是如何书写享誉世界的伟大作曲家的。可不承想，在读了作曲家精彩的人生片段后，我却完全被作家旁逸斜出的阅读趣事吸引。他先是描述手头一本出版于1998年的肖氏口述回忆录《见证》，在他屡次重读的折磨下，书页是怎样一页接一页地掉落，而他又是怎样将它们一页接一页地涂胶、粘好。他不乏幽默的叙述，令那本泛黄、散页的旧书成了我心里的怜爱对象，尤其是那些被胶水粘得皱皱巴巴的、边缘呈锯齿状的书页。接着，他说起此书的早期"白皮书"版本，顺便还回顾了一把自己没做成的音乐梦。正是这时，他向读者倾诉了心中隐秘的阅读往事："我哥哥向我推荐任何书（包括产品说明书）时都带着责怪的神情，那意味着我早该读了而不是现在。我爸爸当年向我推荐鲁迅全集的某个单行本时，也带有类似神情。我不知道他俩之间谈起书来用不用这样的神情。当年我为何总要另搞一套、在音乐上杀出一条血路？就是想逃脱父兄那种社科类的责怪神情。"刘嘉陵的叙述如同一枚钉子，瞬间钉进了我的心里。后面，他写肖斯塔科维奇的五线谱人生当然写得风生水起，如同在纵酒欢歌的饭桌上，他一向惊艳四座的"麦霸"形象。可是，直到读完全文，我心里一刻也没停止想象：现在，刘齐再推荐书时，在刘嘉陵的眼中，他会是什么神情？

在《世界上最伟大的教书匠》（《鸭绿江》2020年第9期）一文中，刘嘉陵同样借退休后开始文学创作的迈考特的教学趣事，回顾了自己在农村插队时当乡村教师的难忘经历。面对顽皮甚至顽劣的学生，他俩都曾经用一个制胜法宝来吸引孩子们：讲故事而不是讲课。不过，对迈考特来说，好故事换来好秩序仅仅是开始。他开创的"假条写作课""菜谱朗读会"等特殊课程，既让学生们释放了游戏的天性，也激发了他们无穷的想象力。如此匪夷所思的教学创造，对寻常教师来说恐怕是闻所未闻，就更别说去模仿和尝试了。即便在美国，迈考特的创举也不得不受到校方的质疑和批评。寓教于乐从来都不是容易的事，"这是个永恒的难题：有效还是有趣？它们永远水火难容吗？有没有可能重叠兼得？无趣的有效真的很有效吗？"作家提出的疑问是教育领域永恒的难题。

"维维安·韦斯特伍德：来自土星的'西太后'"

苏兰朵的"钻石与铁锈"专栏依旧将镜头对准那些闪着钻石光芒的不凡女性。这一季，有"朋克教母"之誉的英国时装设计师维维安·韦斯特伍德和美国华裔女明星黄柳霜，是她书写的主人公。

近80岁的维维安仍是国际时装界令人瞩目的明星，离经叛道是她的代名词。对她的广受追捧，苏兰朵的话可谓一语中的："我相信这个世界上暗恋她的人比激赏她的人更多。因为她活成了很多人不敢活成的样子，活成了一个禁忌。"在《维维安·韦斯特伍德：来自土星的"西太后"》（《鸭绿江》2020年第7期）一文中，苏兰朵描述了这位艺术家如何从一个再普通不过的邻家女孩，蜕变为蜚声世界的设计师。在她神秘的成长之路上，

"朋克教父"马尔科姆·麦克拉伦功不可没——他不仅开启了朋克时代，也造就了维维安。正是在这场由音乐蔓延到时装、绘画、文学、影视、动漫等领域的朋克运动中，在马尔科姆的深刻影响下，维维安汲取了无尽的养分。然而，比这些更重要的是维维安的自我完善和提升。她开始深入地阅读和学习，不断扩大自己艺术的视野。这正是为什么在与马尔科姆的关系结束后，她仍能走出属于自己的艺术之路的原因。对维维安来说，朋克精神早已内化为她的一部分，是她不断探索艺术的底色，而坚持不懈的思考和刻苦努力的付出才是她成功真正的秘诀。"思考者才是最性感的一群人。那些脑袋空空、总是讨论着最新潮流的人（根本就没有最新潮流这种东西），没人会对他们感兴趣。"维维安正是她口中性感的思想者。

华裔女星黄柳霜是一个禁忌，有关她的人生故事大多不为人知。苏兰朵的《无人试吻黄柳霜》（上）（《鸭绿江》2020 年第 9 期）一文，为读者打开了这位世界级影星风光无限背后的世界。黄柳霜的从影经历并非一帆风顺，19 世纪末美国的排华运动、西方文化中始终不曾消弭的东方主义，是她成长的背景。"纵观她此后一生，都在中西文化的矛盾中成长着，挣扎着，也有意无意地超越着。"文章结尾时，经历了好莱坞并不愉快的从影经历后，无论对欧洲文化还是欧洲电影都更为倾心的黄柳霜，果断地来到了旧大陆，在几近完美的欧陆表演之旅中绽放着自己……那么后来呢？期待小说家苏兰朵下一季度的继续讲述。

"芳菲的花瓣儿"

诗人宋晓杰在本季度发表了一系列明快流畅的读书随笔。两组《芳菲的花瓣儿》（分别发表于《作家》2020 年第 7 期、《山西文学》2020 年第 7 期）和《几乎没有记忆的陈词》（《满族文学》2020 年第 5 期），都是她平日阅读小说的札记。无论是"芳菲的花瓣儿"系列中，对马来西亚作家黄锦树《雨》的体味，对爱尔兰女作家克莱尔·吉根《南极》的索解，对波兰作家奥尔加·托卡尔丘克《白天的房子，夜晚的房子》的探秘，还是对美国作家莉迪亚·戴维斯《几乎没有记忆》的勘察，她都像一个忠实的记录者那样，把自己对他们的倾心、迷惑、赞叹和不解，一股脑地宣泄出来。这些好读、流畅，极具鉴赏力的阅读札记，与其说是她记录下来的，倒不如说是她情绪和体验的自然流淌。她沉溺在小说的幻梦世界中无法自拔、不能自已，如同喝下一杯杯难以抗拒的美酒，在感同身受的迷醉中，那些无以名状的情绪、情感径自地从她的心里流泻了出来。

对宋晓杰来说，阅读她喜爱的那些作家是体验自己神经跳动的独特方式。比如，她对戴维斯的理解与欣赏，就是一个与戴维斯合二为一并与之共舞的过程。她毫无保留地袒露了戴维斯的刺激带给她的神经跃动，但这跃动的方式，既是她自己的，也是戴维斯的。她跟着她的神经起跳、舞蹈、落地，她在她的后面亦步亦趋——这并不是对偶像的模仿，而是一种情难自禁、跃跃欲试的融合。最终，她和她竟完成了令人惊艳的双人舞。不过，对戴维斯的喜欢并非只有感性的沉醉，她依然会用诗人锐利的目光和深沉的智慧去穿透她："她的魅力何在？是她的语言的机智、幽默；是她意识与感受上的机敏与尖锐；是她在细节上的别致与穿透性；是她令人心碎的反省与自我诘问；是她抵达真理时的清晰与优雅。她的兴趣不在于单纯地讲一个故事、把玩一件珍宝，谁谁的老人有没有善终，谁谁有没有找到他的最爱，不仅仅是这些，她要表达经验以及对经验的智识与反思……"阅读结束了，即兴的双人表演告一段落。挑逗之后，戴维斯让她的神经重归平复。她回头去看，在某个瞬间，她已成为她。

"好的鸟"

"晨看云。九楼的窗口望出去，东边一团棉絮样白烟在淡青色山头盘桓，仿佛凝滞。一错目，却早变了形状，似是被风打散，似是渐沉草木间。再偶一抬头，又忽地聚起不动。西边有粉色的云朵，在溶溶的天空上流转、变幻。"在早晨的云朵里，王雪茜在找鲁文·达里奥的鸟。《好的鸟》（《南方文学》2020 年第 5 期）是一篇关于达里奥的读书随笔，她把他比作渴望拥有伊卡洛斯之翼的"好鸟"。但作家笔下的鸟，不唯达里奥——那是一个引人瞩目、在"诡谲跳跃而不羁狂放的文学天空"中自由翱翔的鸟群：马尔克斯、阿格达斯、略萨、博尔赫斯、科塔萨尔、聂鲁达、波拉尼奥、卡彭铁尔、马蒂、帕斯、富恩特斯、鲁尔福……在王雪茜的眼中，每位拉美作家都是一类鸟。对他们，她了如指掌：博尔赫斯是红鹦，马尔克斯是霸鹟，科塔萨尔是苍鹰，鲁尔福是啄木鸟，略萨更像巨嘴鸟，聂鲁达是孔多尔鸟等等，不一而足。好鸟们的翅膀是色彩缤纷的，他们分别代表着不同颜色的拉美，绿色的、蓝色的、灰色的、黑色的。读者惊叹于她竟然知晓如此多鸟的种类和它们的习性，就像惊叹于她拉美文学阅读的视野。尽管王雪茜将达里奥视作高贵的天鹅，但其实，她并非专情于他。她为他写的这封情书，蕴含着她对所有好鸟的爱慕。她越来越丰腴、厚重的"拉美文学系列"随笔，即是写给所有拉美作家的未完待续的情书。

在《灰烬中的蝴蝶》（《文学报》2020 年 9 月 10 日）里，王雪茜坦言："拉美作家对我的诱惑力犹如塞壬之声……他们醒着做梦，跳着写作，大脑永不安分，即便是题目也常是踢踏舞式的热烈、多变。"在这篇写给萨曼塔·施维伯林的情书里，王雪茜点中她的穴位，聚焦她的自闭经历，用她的自闭透视她所有的作品。对萨曼塔自闭心理的关注，也许与王雪茜多年从事教师职业不无关联。她的散文《特洛伊木马》(《星火》2020 年第 4 期）一文的素材即来自她当语文教师的经历。这是一篇既关注现实又不乏语言之美的佳作，它完整地记录了"我"帮助一个男学生治愈心理疾病的详细过程。在文中，她引用以色列诗人阿米亥的诗句来形容患病孩子的心理："现在，我就像一匹特洛伊木马，充满了可怕的爱情，每夜它们杀出来横冲直撞，天亮时又回到我黑暗的肚子里。"学生和教师群体的心理疾病是当下教育领域亟待解决的问题，大中小学生动辄跳楼的事件，已成为触目惊心的社会现象。"救救孩子！"王雪茜凭一己之力似在无声地呐喊。这句话，她既是向家长说的，也是向老师们说的，更是向全社会和整个教育制度说的。救救孩子——所有人都听到了吗？

本季度还有几篇散文随笔作品值得一读。孙永的《徒步珠峰 EBC 大本营》(《满族文学》2020 年第 5 期）记述了自己攀登珠峰大本营 EBC 死里逃生的详细过程。对于习惯过正常日子的人来说，走完这条被列为世界十大徒步线路之首的线路，是无比危险的事。然而，选择冒险和富有挑战性的征程是"驴友"和徒步爱好者的人生常态。这篇翔实的记录，能让读者一窥他们的真实生活。"非虚构"写作何以打动我们？就孙永的这篇文章来说，不事雕琢的质朴叙述，不矫揉造作的情感，对生活探索的热情，对生命的尊重敬畏，是它的亮色。邵丁的《父亲的书》(《海燕》2020 年第 7 期），是一篇纪念父亲的回忆文章。作者的文字像一张旧时的唱片，播放着旋律优美动人的歌曲。在"我"的眼中，父亲坐在书桌前心无旁骛读书和工作的情景，父亲书房里神圣神秘的氛围，还有"我"偷偷从窗子跃进书房读书的回忆，经过了岁月的淘洗，至今仍散发着淡淡幽香。李铁的《万历年间有个谜》(《海燕》2020 年第 8 期）围绕历史人物张居正，追溯四百年前大明王朝的历史。可是，他追问的有关张氏的这个"谜"，真的能找到最终的答案吗？"可能原本就没有答案。"看来，清醒的李铁并未迷失在往事早已如烟的历史中。

述评写作是对阅读的重现，而阅读是一件私事。奥登说："阅读即翻译，因为没有两个人的经验彻底一致。"就此而言，我从不认为这些出自阅读随感的散文述评，与某种客观的评判有任何关系。某日拂晓，当我从梦中惊醒，一时无法摆脱的梦中情绪，让我想起了沙爽在《时间的裂隙》中写下的话，"制造梦境的潜意识其实是一位虚构大师"，奇异的是，接下来的梦境里飘着各式各样的句子，它们不停地与我纠缠……我想说的是，我正是奥登口中糟糕的读者和译者，"应该意译的时候直译，应该直译的时候又意译"。在"翻译"散文作品时，我常常力不从心，却又不可挽回地任性肆意——在学习阅读这件事上，我不过是个小学生罢了。

德谟克利特让羊群啃噬他的麦田，

当时他海阔天空想入非非。

——贺拉斯

"酒别"

如何把文章的第一句话写得漂亮，常常让写作者费尽心思。马尔克斯就表达过类似的烦恼："最难写的就是第一段。第一段我通常要写几个月，一旦写好它，其他的就容易多了。"好的开篇是写作技艺和灵感的双重显现——尽管灵感并不是缪斯女神的无偿奉送。比如，鲍尔吉·原野《酒别》（《散文（海外版）》2020 年第 12 期）的开头，叙述的质朴和语言的练达不仅带来穿越时光的恍惚迷离之感，还有诗的味道。

我爸开始出外喝酒的那些日子，恰是携我游历的辰光。在故乡的小城里，他享有翻译家的美名，浓密的黑发向后背梳，豪爽侠气，俨然美丈夫。他把一些后来被称为"大毒草"的流行小册子译成蒙古文出版，如《松树的风格》。有了钱，就找人喝酒。喝酒时，他牵领我归去来兮。

《酒别》是一篇生动有趣的回忆文章，记述了"我爸"和"老舅"酒后彼此相送的往事。"我爸"和"我"拎着一大桶啤酒，去十里开外的"老舅"家喝酒，他们二人推杯换盏酒足饭饱后，便开始了"压轴大戏"——送别。"老舅"先送"我们"到家，"我们"又送回"老舅"，"老舅"又送"我们"，在"我"家"复进酒菜"后，又开始新一轮相送……弯月和星空下，两个醉汉沿着伸向丛林的铁轨跟跄而行，静寂的夜空中不时回荡着宛转悠扬的科尔沁民歌。作家用精简却细腻的语言，把至亲之人酒醉后的乖张行为和蒙古人纯朴赤诚的一面描写得栩栩如生。

《酒别》的突出特点，就是叙述语言几达化境。原野锤炼文字的功夫不仅表现为笔法的精准简练，还体现在陌生化的修辞、不寻常的词语搭配和先声夺人的比喻上，这给读者留下了深刻印象。比如，"动箸'咕咚'之前也有几句寒暄"，"那时我父亲轮廓清晰的脸上一定分散着泪水"，"步出东大营，月牙儿已如吕布那杆画戟一般下弦，左右踱步的哨兵肋下枪刺在夏夜倏忽一闪"，"他豹眼环张，大分头傲慢右梳。我们家族的人眼睛都大而圆，这并非威胁谁，就像我爸笔直削挺的鼻子也没想吓唬谁一样"……篇幅不长的《酒别》语言风格独树一帜，展示了原野高超的写作技艺。

光阴流转，四季更替，永恒轮回的春天会是偶然的存在吗？沙爽的一组由四个"春天"和三次"偶遇"穿插而成的作品《偶然的春天》（《天涯》2020年第6期），便暗含这个悖论式的命题。2020年的春天之所以不同，是因为人类遭逢了百年不遇的瘟疫。死亡的重重阴影黯淡了春的脚印，可春季的景色却并不因为人类的磨难而受到丝毫干扰，它万古常新的美丽，因之成为一种赤裸裸的残忍。"四月是最残忍的月份，从死去的土地里／培育出丁香，把记忆和欲望／混合在一起，用春雨／搅动迟钝的根蒂"。T. S.艾略特的《荒原》成为作家回溯人类苦难时能提供安慰的样本，因为一个世纪前战争的"瘟疫"同样将人类置身于"死寂的荒原"，"被死神收割过的城市宛如虚幻。多么像是刚刚过去的这个冬天，瘟疫笼罩下的每一座城市"。无论是战争还是瘟疫，自视甚高的人类总是难逃痛苦的厄运。

> 虚幻的城市，
>
> 在冬天早晨的棕色浓雾下，
>
> 人群流过伦敦桥，那么多人，
>
> 我没有想到死神竟报销了那么多人。
>
> 偶尔发出短促的叹息，
>
> 每个人眼睛都盯着自己的脚尖。

四月的丁香依然按时开放，百花园里依旧鲜亮灿烂，如同什么都没发生，但可怖的灾祸却远未结束。作家那双锐利的眼睛紧紧盯着遭受磨难的生命，她敏感的神经依然紧绷，因为她没法假装无视撒旦的连环计。由疫情造成的生存困境会让多少人濒于崩溃？又会让多少人流离失所？它所衍生的次生危机又摧毁了多少人活着的信念？在苦难面前，保持思考的能力既是痛苦的也是幸运的，因为埃斯库罗斯早在两千多年前即有箴言"智慧从苦难中来"。对于苦难从不陌生的古希腊人，既以全部的热情拥抱生命，也以清醒的思考审视无常的人生，他们若是听到沙爽在庚子岁末的感喟，一定不会觉得陌生和隔膜："我们，这些偶然的幸存者，面对这偶然的生与死，张口结舌，不知所措。"2020年，沙爽以成熟老到、风格多样、独具个性的散文写作回应着酷烈的现实，这是作家出于良知和勇气的主动选择。

赵冬妮的《篱笆》(《鸭绿江》2020年第11期)是一篇风格独特、耐人寻味的作品。绵密的文字、舒缓的情绪、超然的境界和洞察世事的智慧，让她的写作有一种特立独行的气质。喜欢田园生活的她，远离城市，在山林间置备了房产。可是独门独院的生活，也不能完全与人隔离，她精心种下的、带有自我防护意味的绿篱被邻居故意挖掉，即便重新移植后，这些塔柏还是发黄死去。有意味的是，作家思考和纪念"倒了的篱笆"的方式，是语言和精神层面的历练："动词一旦发生巨变，我对动词的信任就站不住脚了，就不能不随即坍塌。比如说，篱笆，名词；倒，动词。"反思的结果是，她认识到与不明来路的人为邻才是困住她的真正篱笆："已经没有退路。你要进入一棵树，进入它单纯的生长与死亡，进入它带给你的疼痛感。即便住得再近，即便在篱笆间，你也没有邻居。"洞察俗世生活，并不意味着对日常烦恼免疫，但幸运的是，超凡脱俗的诗人般的眼目，自会将作家带往安然的去处："每次开车驶出闹市区，就觉得耳边被清水洗过了一般……山峦低矮起伏，山际线舒缓绵长，山气青缥虚静，我在时间中逆行，重返或者获得我从不曾有过的——如诗人吕德安所说——某种创世般的寂静。"

"羁风之逆"

本季度，刘嘉陵的"巨匠与人生"专栏分别聚焦文学大师福克纳、毛姆和略萨。《在"邮票"上写作不休恋爱不止》(《鸭绿江》2020年第10期)一文透视了"农民作家"福克纳的一生。作家轻快、俏皮的叙述，令这个世界级文豪的多重形象毫不违和地交叠在一起：狡黠的乡巴佬、彻头彻尾的酒鬼、追逐女人的老手。而毛姆，不仅是著名的小说家、享誉欧美的剧作家，在漫长的人生中，他还成功扮演过间谍的角色。在《毛姆大叔的左轮手枪》（《鸭绿江》2020年第11期）一文中，作家在幽默地详述毛姆人生的同时，还表达了自己的反战立场："据载那场'愚蠢的战争'中战死者至少一千万，而一个世纪前的世界人口只有六亿。平均六十个人里才死一个，不算多是吗？一个世纪以来，这样残忍的'比例论'时常在战争的喧嚣中被大言不惭地变相重提。"凭借《阅览室的女馆员和拉美作家》（《鸭绿江》2020年第12期）这篇专栏的收官之作，刘嘉陵再次过了一把跨文体写作的瘾。这篇奇妙地融合了小说、叙事散文、读书随笔和作家评论等文体的作品，让文学巨匠略萨和他那些写进小说里的情爱故事，仅仅作为叙述的副线存在。主线则是"我"与此文的女主人公小唐之间的浪漫关系——难道，这是为了演绎略萨那惊世骇俗的爱欲人生而精心编织的叙事之网吗？读罢全文，为了无望的爱情而修炼成"略萨通"的小唐，像略萨的胡莉娅姨妈和帕特丽西娅表妹一样令人难忘。

苏兰朵的"钻石与铁锈"专栏继续讲述着黄柳霜的演艺人生（《无人试吻黄柳霜》（下），《鸭绿江》2020年第10期）。往返于美国和欧洲的黄柳霜，早已不再是原来的那个自己，边学习边表演的她，与欧洲精英圈子保持着良好的关系，作家本雅明、先锋艺术家马塞尔·杜尚、作曲家莫里斯·拉威尔都是她的座上宾。虽然后来因为宋美龄的茶会事件而逐渐淡出电影圈，但"在这条她自己选定的事业之路上，她完成了一个现代女性有关自我修养的全部成长"。《伊莎多拉·邓肯：爱过，痛过，自由过》（《鸭绿江》2020年第11期）记述了"现代舞之母"邓肯的传奇人生。像专栏中其他独立不羁、注重自我成长的女性一样，邓肯开创了国际舞蹈界具有里程碑意义的舞蹈理论。与邓肯生命中的那些男人同样令人瞩目的是，她有一个由家人组成的"精神共同体"，他们"是彼此在艺术上真正的支持者和知音。他们就像一个流动的小小的乌托邦，从不为金钱和物质所羁绊，兴之所至就起身远行，足迹遍布世界"。乔治亚·欧姬芙是20世纪美国的重要画家。深深眷恋大自然的她，长期孤独地生活在新墨西哥州的幽灵牧场，这让她披上了一层神秘的面纱。《乔治亚·欧姬芙：我是最好的艺术家，请把"女"字去掉》（《鸭绿江》2020年第12期）为读者讲述了欧姬芙被摄影师史蒂格利兹发掘并塑造的整个过程。不过，对欧姬芙来说，虽然获得了艺术上的知名度，但史蒂格利兹为她设定的一切，却距离她的心越来越遥远。余下的人生，她只有靠着勤奋的创作才能将他印在她身上的醒目标签逐渐淡化，"过去在我身上发生了什么，以及如何发生的，我觉得那不干别人的事，只和我有关。你只用看看画作，思考一下在画里面能够看到些什么。你就有权看这么多，就允许你看到这么多"。

"我从未在别处与他相逢。"这一季，王雪茜读书随笔的主人公是天才诗人兰波。《羁风之逆》（《散文诗》2020年第10期）是一篇诗意隽永、激情恣肆的美文，字里行间仿佛跳动着诗人永不老去的心，流淌着他肆意澎湃的血液。从关于兰波的电影到他的诗作，从他的情爱到他的生活，从他的孤独到他的流浪，作家既忘我地沉迷于兰波的世界，又睿智地透视着那个世界。"他对没有出发的生活感到害怕"，"他狂乱地寻找自我，为保存自己的精华而饮进毒药"，"他的目光喷火，血液放歌，骨骼膨胀，泪水如红色溪流，他独自掌管着这'野性剧场'的钥匙"，"这个将成为伟大的病夫、伟大的罪犯、伟大的诅咒者的至高无上的智者，一心想界定未知"……作家之所以倾尽全力为兰波画了一幅精神肖像，是为了让他这颗急着奔向毁灭的流星更加耀眼——正是那绚烂至极的光辉超越了肉身的生命，让他的灵魂与存在得以永生。用亲密无间来形容王雪茜和她笔下文学人物的关系，不会显得夸张。在写作的时候，她总是潜进他们体内，完完全全地成为他们。她所写的，既是这些蜚声中外的缪斯精灵，又是对他们喜爱备至的自己；而通过思想和语言的炼金术，她细加描绘的所有肖像画，便都成了她反射自我的一面镜子。"我仰头，看见天才站在针尖上，拥抱最具煽动性的良知"，这个做出拥抱姿势的身影，正是她自己。

童真的心灵总能获得更多的宠爱，王雪茜以母性观照着这个孩子诗人。然而，投射自我时她却并不迷醉，在分析作品时，她又会悄然从诗人的身后站到其身前："兰波率性的、完全个人化的性格特征与散文诗的特征不谋而合，散文诗更宽阔的自由度，更丰富的可能性，使兰波在以革新句法、紧凑节奏以及掊乱意识来快意思想、营造新感觉新境界的极端尝试中获得了另一种'和谐的不连贯'。"精准熨帖的审视让作家变身为一针见血的评论者。就这样，时而躲在诗人身后代他诉说，时而站在诗人身前显露自我，王雪茜穿梭于兰波投下的诗歌幻影的长廊中，沉醉又清醒。

"红楼中人洛丽塔"

孟繁华的《亲与师》（四章）（《十月》2020 年第 6 期）由四篇回忆文章组成，分别是《母亲的窗台——怀念我的母亲》《后湖边的季先生》《布衣本色与贵族魂灵——我所知道的王富仁先生》《"我爱中国，也爱社会主义"——我所知道的釜屋修先生》。作为一名学者，他真诚质朴的叙述，既令人动容也引人深思。比如，说到功名心时，他坦言："说有功名思想吧，也不全对。我们这个专业能'功名'到哪里去呢？说没有这个思想也不对。'一为文人便无足观'，但文人的功名思想是最严重的。因此，传统的功名思想一定潜移默化地影响了我，无论我承认与否。现在想想，我还是不知道如何处理这个关系。功名真的那么重要吗，或者功名真的不那么重要吗？"在他笔下，季羡林、王富仁、釜屋修三位学者的形象鲜活生动如在目前，让人一窥治学大家的风采。他用写作纪念他们，也向他们表达了由衷的敬意："他和他的那一代学者，以他们的才华和思想，塑造或创造了一个学术时代，他们的学术气质和学术抱负是不可复制的。"

"长空一碧如洗，银盘似的月亮游向中天。窗外，嫩绿、绵软的草坪上映满月华的清辉，像是洒上了一层晶莹的露珠；秋虫欢快地奏鸣着万古如斯的小夜曲；晚风掠过，几树白杨轻摇着叶片，发出了飒飒的声响。"这月夜的美妙景致出自王充闾的手笔。在《中秋漫忆》（《作家》2020年第11期）中，他记述了人生中难忘的四个中秋。中华文化向来有述怀中秋、月下怀人的传统。在传统佳节和月圆之日，漫步记忆的丛林，感念时光的流逝，怀念亲朋、佳人和旧友，几乎成了中国人的集体无意识。在王充闾讲述的四个中秋故事中，西夏学专家李范文的事迹格外令人动容。作家生动地塑造了一个不惜一切代价投身理想和事业的学者形象。然而，讽刺的是，劳苦功高、辛勤探索一生的学者，住房条件却始终得不到改善，即便是拥有国家级"有突出贡献的专家"的称号也无济于事。幸得爱惜人才的领导在酒桌上的提醒和关照，事情才最终得到解决。本季度，王恩来的《人文化成——王充闾先生及其"人文三部曲"》（《鸭绿江》2020年第11期），对王充闾一生的散文创作做了学术性梳理，恰好可与《中秋漫忆》一文对观。王恩来从教育经历和人生履历、创作阶段和作品序列、美学特色和思想价值等方面，深入考察了王充闾的人生与创作，对他的笔墨生涯做了整体回顾。

高海涛的《红楼中人洛丽塔》（《鸭绿江》2020年第11期）是一篇有意挑战文体意识的作品，是红学随笔、比较文学评论、穿越小说、诗化散文的结合体。作家先是把中外两大名著《洛丽塔》和《红楼梦》两相比较，正儿八经地做了一番比较文学的考察，然后，又让迷恋蝴蝶的纳博科夫和痴迷风筝的曹雪芹凑到了一起。不过，接下来出人意料的好戏才真正上演，他竟然让洛丽塔这个充满现代气息、既性感可爱又叛逆任性的女孩，穿越到了二百年前封建家长制权威下因循守旧的大观园——应该说，无论是古代和现代文明间的天壤之别，还是中国和西方文化间的巨大差异，都为这场"穿越剧"加足了戏码。不过，作家似乎更愿意采用人性相通的视角，用大团圆式的皆大欢喜来结束这难得一试的穿越，这就未免让人意犹未尽了。读罢全篇，抚案回想，初到大观园的洛丽塔与宝玉乍一见面的种种尴尬，若能衍生出另一"尬聊版"的纯情或者香艳的戏码来，那该多好玩呀。

高海涛的《少年与东山》(《满族文学》2020年第6期）是一篇回忆散文。"回故乡，走东山。地头上有硕石凸出，遂坐其上"，多年后重返故乡，青春往事袭上心头，"忽然，记忆看见我，并在风中向我跑来"……跑来的记忆令作家五味杂陈，因为其中既有城里女孩思耘的"甜美"，也有科尔沁姑娘燕子的"酸美"。懵懂的少年、幻想中的爱情记忆和不无伤感的姻缘故事，为青春蒙上了一层神秘面纱，也让重走东山的路途充满了对往昔岁月无限的眷恋。

李皓的散文《洗眼来》(《黄河》2020年第六期）既是一篇访梅雨潭的游记，也是向朱自清名作《绿》的致敬之作。"少时读朱自清的《绿》，便有异想天开的奢望：用梅雨潭奇异而醉人的'女儿绿'之水，洗一洗自己污浊的眼睛，以期能有'明眸善睐'的收获。"梅雨潭的景致自然是好，但作家游览的只是这仙岩的溪水吗？毋宁说，是朱自清的散文在指引着他，为他描摹出这一方美景，赋予了梅雨潭别有洞天的文学景观，如此，他才能如痴如醉地沉陷于眼前的这一池碧水。"那一刻，我觉得每一个到梅雨潭的人，心里都住着一个神仙。朱自清先生也概莫能外，你看，在梅雨亭下面那个自清亭，字字珠玑的《绿》碑刻其间，每一个字都对着崖壁上的'神仙'。"李皓在《绿》的意境和梅雨潭的景色之间自如地游走，他笔下的《洗眼来》如同娓娓道来的一首诗、意味深长的一幅画，能让读者拥有一个那样的片刻：逃离开城市的喧嚣，忘情于自然的山水。

那滴露，那道光

自永恒之日的清泉流淌

——安德鲁·马维尔

如果联系到这样一个现象，那么辽宁散文佳作迭出、精彩纷呈的现实，也许并不令人意外：2020 年，让读者目不暇接的好作品，大部分出自左手写散文、右手写小说的"跨界者"。这么说，并非在暗示一个容易陷入因果律定论的危险假设，即小说家一定能写出好散文，或是，好散文一定出自小说家或诗人之手。然而，不可否认的是，作家在写作散文的同时兼顾其他文类，的确会丰富乃至提升散文写作自身。毕竟，从某种意义上说，所有的写作都有相通之处。

从文学的共通性出发，不难探察到写作的本质：写作即虚构，文学即比喻。正是出于这样一种判断和认知，我所撰写的 2020 年辽宁散文述评，才更倾向于选择"虚构"意味浓重的作品——当然，我个人的审美偏好是它的题中之义。关于散文与虚构的关系，在四个季度的述评中，我唠叨了太多，恐怕，有心者的耳朵都听出了老茧。可在此，对其中的一点我仍想重申：散文的"虚构"价值，和它的"真实性"即"真情实感"一样，需要得到应有的关注。

纵观 2020 年辽宁散文创作，鲍尔吉·原野的作品格外引人瞩目。这不仅因为他出版了《大地雅歌》《班迪的雪人》《南方的河流》《吹我的风已经渡过了黄河》等八部散文集，还因为他独树一帜、清晰可辨的写作风格，以及他笔下那个乌托邦式的草原世界。同时，2020 年的原野还是备受关注的小说家。他在长篇小说《花火绣》中展示的具有荒诞色彩和隐喻意味、上演了无数喜剧故事的奇幻草原，与散文作品里质朴淳厚的桃花源式草原相得益彰：它们共同塑造的草原形象，耐人寻味地折射出作家笔下内蒙古大草原的多重幻影。可以说，原野创作的"原野"，在辽宁文学以至中国文学中都是不可多得更不可替代的。

2020 年，辽宁散文最令人动容之处是作家对现实的关注与回应：心系草原的原野常常情难自禁地写到日渐消失的草场和牧群，对于人类肆意破坏自然生态的残酷现实，他以一颗赤子之心表达着强烈的愤怒；在著作《慢读与快感——短篇小说十三讲》中读解短篇小说的刀斗，以一种"超链接"的方式折射中国社会现实，观照当代文学现场，他嬉笑怒骂式的反思与评判，让人一窥小说家深邃的思想世界；面对 2020 年这场百年不遇的疫情，沙爽将书写的镜头对准灾难衍生的次生危机，新冠疫情给底层人生存和精神上带来的双重困境，足以摧毁脆弱的家庭和疲惫不堪的生命；马晓丽借助历史人物利玛窦和他的中国札记，走进了民族和历史的纵深地带，她反思的国民性和族群特征令人心灵颤抖；因为曾经从事教师职业，王雪茜积极关注中国教育领域迫在眉睫的问题，她披露的心理疾病快速侵入学生和教师群体的严峻现实，暴露了教育体制的诸多弊端……散文随笔写作，固然首先是一种个人抒怀与自我宣泄，但任何写作者，都无法也不可能与其身处的社会和世界隔绝，在现实的观照和沉重的思考后亮出批判的利剑，是作家出于勇气和良知的主动选择。

2020年辽宁散文创作的另一个突出特点是：写作者具有成熟的个人风格，作品呈现出强烈的个性特征和美学特色。刘嘉陵的专栏"巨匠与人生"是对跨文体写作的尝试，其作品展示出文化随笔、文艺评论、叙事散文、小说等文类的不同面貌。一贯轻松幽默、活泼俏皮的语言风格，令他写就的文学巨匠的传奇人生煞是好看。苏兰朵的"钻石与铁锈"专栏，可以用"女性主义"这四个字来概括。西方艺术界那些惊世骇俗的、闪烁着钻石般光芒的不凡女性是专栏的主人公，而被男权社会"授予"女巫名号，就是她们彼此确认的方式。作家感性而又犀利的语言，注重描画"女巫"们的精神历练和自我成长，这个破茧成蝶的过程，往往包含了与发掘、塑造然而最终却桎梏了她们的男性分道扬镳乃至全然决裂的过程——而这，或许正是女性主义的深刻题旨。另外，沙爽好像能"翻云覆雨"，她视野广阔、风格多样、成熟老到的散文写作令人耳目一新。在娓娓道来的诉说里，她常常变身睿智的思想者，瞬间抛出一句惊人之语，令人猝不及防，可还没等读者回过神来，她又迅速地回到感性的讲述中。将敏感细腻、诗意浪漫的感受与疏离清醒、审慎缜密的思考紧密地编织在一起，是她作品的突出特点，她洞察世事的写作背后蕴含的是思想的力量。而同样擅长思辨的王雪茜，始终致力于打造漂亮又不失深度的美文，无论是那些介于随笔和评论之间颇具思想性的读书笔记，还是那些充满诗情画意的叙事散文，都让人印象深刻。时而，她让笔下的文字涌动着与阅读、思考相伴的激情感受，肆意澎湃的情绪体验在语言加速度的助推下仿佛能吞没一切；时而，她平静、克制、优游、随性地讲述一些趣味横生的阅读故事，其流畅、自如、生动、风趣的叙述，能让读者不知不觉间走进她隐秘的阅读天地——她的"拉美文学系列随笔",正是这样一个令人眩惑的"阿多尼斯的花园"。诗人宋晓杰的随笔写作披着美艳、夺目的华丽外衣,但这身感性着装,并不会遮掩她身手的矫健利落。她行云流水的叙述,如同一份爱憎分明的告白,没有丝毫伪善和矫饰,也从不模棱两可。她写下的读书见闻,与其说是在记录阅读,不如说是在描绘自己。至于批评家高海涛那难于定性的、有意挑战文体意识的"红楼洛丽塔",则游戏化地将红学随笔、比较文学评论、穿越小说、诗化散文杂糅在一起,在左右逢源的爬梳钩沉中,常常令读者心里一惊、眼前一亮。

前边的话题,涉及了个人风格,也涉及了女性写作。这没法不诱惑着我,对 2020 年孙惠芬、马晓丽、赵冬妮三位那数量有限的散文创作再多说几句,因为它们实在是"少而精"的典范代表。孙惠芬的作品似乎始终潜行着自我探寻的强烈诉求,这一精神内驱力促使她不断走向自省,最终,这种对自我的"研究"生成为作品中形而上的追问或是某种信仰的表达。马晓丽的历史散文厚重大气、不落俗套,语言流畅蕴藉,从中可见作家深厚的文化积淀和古典文学修养。其"诗"与"思"相结合的写作风格,在引领读者"近"距离地感受历史时,还保持着一份智性的"远"观,从而能穿越历史的烟尘与迷雾抵达本真。赵冬妮的写作极具个性,绵密的文字、舒缓的情绪、超然的心境和洞察世间万物的智慧,让人一窥字里行间隐藏着的那个洒脱不羁的灵魂。这是一个被语言、被书写、被缪斯女神、被映照了宇宙和世界秩序的大自然所滋养的自由歌者,她的出场自带炫目的光环。

在 2020 年辽宁散文季度述评"夏之卷"中,我曾逐一记下庚子盛夏阅读刁斗与原野的有趣体验。在收笔的此刻,我愿意再次重温以下文字:

对读刁斗与鲍尔吉·原野,是极其难忘的阅读体验。他们犹如辽宁文学的双生花，同根生而姿态异。刁斗的语言是加法，原野的语言是减法；刁斗热衷推理和思辨，原野倾心形象和直觉；刁斗的叙述如同钢筋水泥筑就的城市迷宫，原野的叙述则如一望无际草原的幽深渺远；思想者刁斗喜欢仰望天空，人间精灵原野以一腔热忱拥抱大地。我想，这种种鲜明的对照，并非来自思想随笔和叙事散文的差异，它们更源自不同的写作灵魂的斑驳投影。当然，通向罗马的道路纵有千条万条，目的地却只有一个，无论他或他做出怎样的选择，最终都不会让读者错过他们所许诺的艺术美景。

对 2020 年辽宁散文的述评虽然已告一段落，但包括散文在内的阅读于我，仍然如同人生的冒险之旅，是足智多谋的奥德修斯心中那永远的伊萨卡——无论惬意还是沮丧，无论困难重重还是轻松愉快，休整过后，总要重新启航。

2020
辽宁诗歌
述评

春之卷

宋晓杰

疫情期间，诗人何为

　　2020 年是全面贯彻党的十九大和十九届二中、三中、四中、五中全会精神的重要一年，也是实现第一个百年奋斗目标、"十三五"规划圆满收官、向实现第二个百年奋斗目标迈进的关键之年。可是，突如其来的新冠疫情，打乱了人们正常的生活秩序、工作秩序，人类遭受了前所未有的巨大灾难。面对此情此景，诗人何为？习近平总书记在文艺工作座谈会上指出："好的文艺作品就应该像蓝天上的阳光、春季里的清风一样，能够启迪思想、温润心灵、陶冶人生，能够扫除颓废萎靡之风。"同样，好的文艺作品也有传播和记录的功效。在重要的时间节点、历史关头，诗歌尤其不能缺席。于是，诗人们以情驱动，命笔著诗，第一时间加入到了这场特别的"战疫"之中。

　　以"文学辽宁"公众号为例，"抗击疫情"主题专栏发表了大量的诗歌作品。韩春燕《祈祷平安》、周荣《天使白》、王宁《致抗疫前线的白衣天使》等诗作首先推出。接着，蔡雨艳、张翠、刘恩波、张日新、刘亚明、胡海迪、刘丽莹、程云海、张超楠、杨成菊、冯亚娟、武海涛、李保平等诗人的作品接踵而至。老一辈诗人王向峰、高峰等也积极参与其中，或祈祷平安、祝福生命，或为抗疫一线的各界人士加油、鼓劲。

众多的诗人行动起来，大量诗作应运而生。如《诗潮》《海燕》《辽河》等杂志以及《辽宁日报》与各市、地、行业报纸，纷纷刊发"抗疫"专版、专栏，与抗疫"前沿"相呼应。胡世宗《雪落无声》（《辽宁日报》2020 年 3 月 4 日）、萨仁图娅《一场谁都不能缺席的战"疫"》（《诗选刊》2020 年第 3 期）、翟营文《那些高贵的灵魂闪着光芒》（《辽河》2020 年第 3 期）、孙甲仁《武汉的朋友你好吗》（《海燕》2020 年第 3 期）、左岸《请松开手，妈妈》（《海燕》2020 年第 3 期）、大连点点《没有一个春天不会到来》（《海燕》2020 年第 3 期）、袁东瑛《我正在变轻》（《诗潮》2020 年第 3 期）、曾晖《我想去一趟武汉》（《诗选刊》2020 年第 3 期）、大梁《活着》（《辽河》2020 年第 3 期）等作品，深夜命笔，含泪抒怀，都是用心、动情之作。第 3 期《诗潮》杂志还刊发了"湖北诗人关注"专栏，选发了张执浩、余笑忠、黄斌、田禾等十五位湖北诗人的诗作，在这个特殊时期，具有更加深远的意义。

希尼说：从来没有一首诗阻止过一辆坦克。在另一种意义上，它却是无限的。在此，诗歌没有无病呻吟，而是饱蘸浓情，忠实地记录下那些刻骨铭心的、催人向上的故事……

诗歌创作呈现出纷繁多姿的良好态势

本省的杂志《鸭绿江》《满族文学》《诗潮》《海燕》《芒种》除了刊发"抗疫"诗歌之外，仍然保留了各刊原有的风格，刊发了许多精彩之作。

辽宁的女诗人群体在全国女诗人行列中历来是一个不可忽视的存在——虽然在论及诗歌文本的属性和特质时，"诗人"前面的"女"备受争议，但作为性别的参照，无可厚非——其中，有历久弥坚的成熟稳健型诗人，也有"披坚执锐"的后起之秀型诗人，有走走停停、游山玩水独自陶醉型诗人，更有寻常看不见、偶尔露峥嵘型诗人，等等。这个内容不在今天研讨之列。

　　纵观本年度第一季度诗歌创作，许多女诗人均有不俗的表现。在此，选取几个侧面。

　　林雪的长诗《时光机》是关于时光的个人叙述，发表于2020年第1期《鸭绿江》。这组诗一如既往地葆有林雪的诗风，沉静、内敛，泛着暗哑的光芒，却又多了许多新鲜的质素，一如时光机带给她的来自具体的土地、河流、风景、自然的另类审视。一滴雨水、一顶拾荒者的帐篷、一条塘鱼、一座小镇，都被她运用得得心应手。对于一位成熟的诗人来说，这正是难能可贵的实践与收获。"在此之前，我打量过你，用深究的眼睛 / 我摩挲过你，用掌心和指纹 / 这是人们雕刻你的一部分 / 是流水线上某一环节。// 站在参观的人们中间 / 你的无数碎屑从纹理上涌出来 / 有一点飘落到我身上。"（《时光机》）这种气定神闲、举重若轻，与多年的诗歌修炼有关，与岁月风雨参与打造的生命年轮的细密有关。

　　李轻松在2020年第2期《作品》发表的组诗包括《一个幽灵》《早晚祷告》《刃上白莲》《搓麻的人》《那时……》五首。可以说，这是一组写命运的诗，选取了小的切口。如果把人生比作一个大蛋糕，那么，她用小刀轻轻切下一块块金黄奶油的"三角"，再笑盈盈地奉献给你。表面上，它们的滋味是甜润的、绵软的，但这并不是它们的全部。吃过蛋糕之后，你如站在河流中游的人，向后回望，是五味杂陈的茫然；向前瞭望，是栉风沐雨后的通透与淡定。在这组诗中，《刃上白莲》让人印象深刻。"小雨中梨花又白，念经的人已飘过山腰／那被超度的亡灵径直升天／她敲木鱼，领念，尤其是在念心经时／声音沾一点仙气儿，又轻又飘／闭着的眼初愈的病，都被仙乐覆盖／花瓣般的鸽子正往云端上飞／一匹殉难的马跑下山顶／那些刚刚沐浴的草木／听了经声，比别的植物长势茂盛／而她忘了正闹离婚，为存款与房子／心里生出的如刀恨意／刀的刃冰凉，刃上一朵白莲花。""飘过山腰"与"又轻又飘"的"飘"虽然意义不尽相同，但都用得极轻巧、灵动。随后到来的却是沉重。她的诗不是单纯而透明的，她善于把现实与理想、物质与精神、纯净与庞杂、神秘与无辜、动与静、冷与热、雪与血、人与巫……完好地融为一体，像变幻的云雾，无法分出层次，呈现出什么谱系都有可能。

微雨含烟发表于2020年第3期《脊梁》的组诗《写在秋日里的信》，读来有令人惊喜的发现。它是一组关于"人"及"人生"的诗，低温、琐碎，但温暖、体贴，力量强大，完全不同于她以往的诗风。从前，她更注重经验、外来、象征意义的呈现，有时甚至难免有一点点"夹生"，但这一组却触手可及，把一个个具体的"人"引到你的面前。从冬天寒风中晾晒的变得硬邦邦的衣服，联想到妈妈的瘦骨及人生变化的无尽寒凉；由"他"指间的烟、窗外灯塔的阴影，联想到"活在这片光里的不可思议／能够轻轻说到爱／能够成为两根撑住黑夜的柱子／而黑夜是多么巨大"。还有抱着吉他的"她"、送苹果的"你"、敲门的"他"……秋日里写就的这一封"信"，温情脉脉，而"读"后的感受，却波光倾动，心潮暗涌。

邵悦是鲁迅文学院新时代诗歌高研班学员、首届全国煤矿作家高研班学员，曾获得全国煤矿文学"乌金奖"提名奖等多个诗歌征文奖项。近年来，邵悦的诗歌创作渐入佳境。她擅长把纯美的诗意与当下火热的现实生活有机地融合在一起，这使她的表达更有时代性、使命感。如她在2020年第2期《诗刊》（上半月）发表的《用光的声音歌唱大海》中写道："海上时常风暴乍起，乌云席卷／我军绿的，海蓝的、迷彩的、洁白的／城市的，乡村的亿万万子孙／围绕我的疆土，站成民族之林／他们用光的声音，放声歌唱大海。"语言舒展、明朗、开阔，自信、尊严、热爱之情跃然纸上。

再看男诗人的作品，它们也同样值得关注。

李皓近年来诗歌作品发表量较大，视界呈现出更为阔远、豁亮、厚实之势。以《诗歌月刊》2020 年第 2 期"头条"栏目刊发的组诗《李皓的诗》为例，正如《诗歌月刊》主编李云在编者按中所言："从李皓的诗歌文本呈现上来看，他能把炽烈的抒情，沉入在三维空间里或多层面里来冷静地处理，他让自己的诗呈现桂花的质地，即只有风来，才潜散它的香味。他能从平常中取景抒情，但不是一般意义上的浅处理，而是把日常放在哲学层面，宇宙维度层面来引申，让诸多不可知事件或物理现象，产生吊诡的、新奇的诗意，比如不明飞行物事件、佚园的假山等，所以产生了这样的句子，'我们是一群照猫画虎的人／把倒影看成了人间''大运河运来做旧的谜底'等有内核、有机锋、有不可知性的异样效果。他最大的成功，是不泛情，在克制里找到对诗歌的多歧性表达。"他在 2020 年第 3 期《诗刊》（下半月）发表了组诗《本来的雪》，在同名诗作中他这样写道："本来的雪，被春雨混淆／落英总是驻颜有术／你的缄默和我的注释一衣带水／命运在年终岁尾／再次分野／／雨不过是／美德的一种存在形式／而醒来，才是一场雪的／觉悟"。感性与理性、现在与未来、眼前所见与精神归属，昭然若揭。几乎没有冗长的过度和细琐的铺陈，事物之间的紧张情绪，被轻松化解。凡俗的事物瞬息之间崛起，发散着凌厉的思想的辉光，没有丝毫的生硬、隔膜之感。

王文军第一季度在《草堂》《山东文学》《海燕》《延河》都有诗作发表。近年来，他的诗作不仅发表量骤增，而且质量更趋近诗歌本质。从前，他的乡土诗写得较多。近来他在继续深耕"乡土"的同时，诗界不断拓延，诗作的维度更加宽泛、多元。文本所现，不仅仅是描述具体的乡下的河流、山脉、树木、炊烟，已转到平常见闻：闲聊的人、等落日的人、白桦树下发呆的人以及鸟化石、亿万年前从地下长出的山、诵经声。即便是描写乡村，也不是原来的乡村了。从中不难看出时光作用于人身及人心的生生不息的强劲力量。犹如他面山而坐，临水而居，但目光已越过山水和凡俗的事物，冉冉上升。

姜庆乙是一个现实生活中受限而内心分外澄明的人。他的冷峻、清凉往往在不经意间瞬间"速冻"，却不至于"冷伤"，如陡峭的崖坡，扑面吹拂的是沁凉的爽意，有着深度的提示和警醒作用。但并不是说他的诗没有温度，只能说他对人世熟悉的东西一直葆有智者的洞察和体悟，从而以沉湎的方式说"爱"。他刊发在 2020 年第 1 期《满族文学》的组诗《熟悉的东西》就是这样。"为了掩盖自己的足迹 / 从身体里搬出 / 一座旧宅 / 放火"（《救赎》）。"谁又能扶起 / 贴地而行的身影 / 除非和你 / 一同躺下 // 但活着 / 就无法不 / 提头上路"（《交换影子》）。他的一招一式，像大内高手，干脆，果决，决不拖泥带水。刀戟带出的风声还未平息，人已飘过丛林。

索河写诗时间并不长，从 2012 年开始，不过十年。但他一"上手"就"手感"极好，这大约与他一直浸润于文学艺术的广阔海洋有关。他发表于 2020 年第 2 期《鸭绿江》的组诗《陌生人》表现不俗。索河的诗于安静、内敛中有着巨大的爆发力，小如尖锐的刺，大如说不出的疼，总能在阅读中忽然让人无语沉思。体量短小，却闪着匕首的"致命"的锋芒。"她摸索着火柴盒里的火柴 / 仿佛一个个婴儿回到了腹中 / 她划着几根火柴，听几声啼哭 / 她把熄灭的火柴杆挨个摆放进火柴盒 / 就像把一个接着一个搬出老屋的人 / 晃动、忙乱的影子，固定、收拢 / 然后，等着自己燃烧成熄灭的火柴杆 / 好与他们从前一样睡在一起 / 哦，他们躺在漆黑的火

柴盒里 / 划火柴"。这是一首题为《火柴盒》的诗,陌生的熟悉,熟悉的陌生。总有无法说出的什么,如暗藏的"利器",完全是不动声色中的内心厮杀,火光冲天,而外在稳如静物。

季士君去年获得了"辽宁文学奖"诗歌奖,似乎表明他的诗歌创作穿过窄的河床,已进入了开阔的河面,一如他发表于 2020 年第 3 期《芒种》的组诗《沿着河走》所述。"坐在两岸的人 / 始终相距一条河的宽度 / 他们隔水相望 / 却都没有看清 / 一些水 / 在另一些水的掩护下 / 把自己运到了河的下游"(《一条完整意义上的河流》)。单单是河流的下游吗?抑或是时光的下游?人生的下游?而那份过尽千帆的安之若素却能把胸中巨澜一一抚平。光消失于水中,却折射出更纷繁、璀璨的光华。

张笃德也是去年"辽宁文学奖"诗歌奖的获得者之一。他善于主题诗歌创作,比如,写雷锋、写工厂,既有共性的表述,又有独特的思辨。这一回,他带来的是发表于 2020 年第 2 期《回族文学》的组诗《一个人的合唱》。"一个人的合唱 孤傲 高拔 / 发乎于心底的狂飙 止乎于天地都被感动 / 冷峻 悲壮 大气凛然 / 这样的壮举 只属于爱恨分明的人"。这已清晰表明他的心迹,同时,个性和风骨也直观可见。二十首诗的体量,已足够勾勒出一个生动、立体、血肉丰满的形象。不管是与苹果的对视、山中听到的鸟鸣,还是对身体里的锈、掉落在地面上的云的认知,都是真实可感的;不管是砸钢筋的妇人、把斧子举过头顶的老人,还是给白雪写信、把彩虹看作中药的一部分,都在情理之中,令人深信不疑。对于他来说,沿途所见风景皆是"致病菌",让他"过敏"。但他首先医疗、救治自己,并已具备化解隐忧与风险的一定能力和定力。

王爱民在 2020 年第 3 期《诗潮》上发表了组诗《捉妖记》。初看标题,云里雾里,不知他将展现什么,莫非有什么百变戏法?进入文本,却令人踏实了。"我在空里 / 写下空 // 雪从空中 / 空空下来 / 谷空如木鱼 // 小

火炉 / 空着 / 等一杯酒 / 斩人于无形 // 你是最后一片归来的雪花 / 脚印 / 比心空 // 松开的拳头 / 一封信的结尾 / 比空更空"(《空》)。像绕口令一般。这貌似炫技，实则充满哲思的大智慧。细细品来，如颗颗珠玑，仿若有玄机被谁秘密参透。

　　党的十九届四中全会《决定》中强调，要把社会主义核心价值观要求"体现到国民教育、精神文明创建、文化产品创作生产全过程"。因此，创作出优秀的文学作品，是文学艺术工作者责无旁贷的责任、义务，更是时代赋予文学艺术工作者的伟大使命。

　　由于年终岁尾工作繁杂以及突如其来的疫情影响，加之时间仓促，这篇诗歌述评并不能呈现辽宁诗人第一季度诗歌创作的全貌，但是，管窥可见一斑。在翻阅大量书刊的过程中，我们欣喜地看到：成熟的诗人们依然张弛有度地按照自己的节奏，唱响圆舞曲一般的"春之歌"；成长期的诗人们，已经隐隐听到了破土、拔节的声音。接下来，将会出现什么样的词语，将会出现什么样的诗人，将会有什么样的诗歌之花盛放，尚未可知。但是，跟随迎面而来的嘀嗒时光，它们终将姗姗而至——犹如破窗而入的不同花香，定会随着诗的光芒涌入。

2020年第二季度，辽宁的诗歌创作依然呈现出各自不同的精彩。为了全方位理清诗歌脉系、多角度扫描诗歌动态、分层次再现诗歌现场，辽宁文艺季度述评诗歌（夏之卷）将从以下几个方面进行归纳与总结。这些归纳、总结虽为管窥之见，但愿能为当下辽宁诗歌创作与研究提供一些有益的参考与备忘。

一套书系塑形象

为积极响应我省第九届全民读书节主题读书活动的号召，辽宁省作家协会组织创作的《发现辽宁之美》《感受辽宁之好》《我在辽宁等你》散文、诗歌三卷本于2020年4月由春风文艺出版社出版发行。辽宁有着深厚的历史文化积淀和丰富的自然资源，辽宁人纯朴、善良、热情、好客。当前，以文学的形式加大辽宁的对外宣传力度、提高辽宁的美誉度是一件非常必要、及时的工作。辽宁省作家协会精心编撰的这套书系，就是我省作家、文学工作者"讲好辽宁故事，塑造辽宁形象"的具体表现和阶段性成果。

装帧典雅的三卷本中，《我在辽宁等你》为诗歌卷。展卷细读，既有余光中、公木、贺敬之、高洪波、王充闾等老一辈诗人为辽宁创作的诗作，又有王立春、李见心、李皓、田力、冯金彦等中坚诗人的新作。诗人们以饱满的激情抒发了对辽宁地理、人文、风物的热爱之情。正如书的封底所言："这里有理想、有英雄、有热度、有温度……这里有柴米油盐的真挚，也有感人肺腑的故事，有对故乡的回忆，也有对未来的远眺，有对'前行者'的赞颂，也有对新时代的向往。"可以说，这一套书系以文学的名义，不仅对赞颂辽宁的重要诗作进行了较全面的梳理，而且以精干、高效的工作作风重塑了文学辽宁的崭新形象。

两个专栏读好诗

《诗潮》杂志至今已出刊 288 期，在几任主编的辛勤耕耘下，培养出辽宁乃至全国范围内的许多优秀诗人。在总结与研究当下诗歌的创作活动中，《诗潮》无疑是绕不过的重要诗歌刊物之一。

近年来，《诗潮》依然保持着自身的鲜明特色，兼容并蓄，海纳百川，在立足本土的同时放眼全国，刊登了大量具有地域性、时代性、经典性的诗作。"风雅沈阳"栏目的名字取自《诗经》。该栏目就刊发了许多反映沈阳文化特点、地域特色的旧体诗词。开栏以来，发表了李仲元、王向峰、王充闾、林声等省内外旧体诗词专家及诗人的作品，产生了良好的社会效果。

鉴于当代诗走进生活、走进大众缺少桥梁以及大多数读者无法真正介入现代诗歌阅读的事实，《诗潮》开设了"诗人读诗"专栏。专栏通过文本细读或鉴赏的方式，让一首诗直接地、有效地进入读者的阅读体验。主编刘川说，阅读体验是需要建设的，需要评论家引导如何审美、指点鉴赏一首诗的正确方法，这也是一种有效手段。该专栏开设两三年来，或以省份为单位，或以年龄划分，对诗人诗作加以评析，让读者清晰地看到各地诗人的生活环境和文化背景等差异，欣赏到不同代际的诗人作品的优长。既表达了审美共性，又较完整地形成了审美范式，从而让诗歌更好地走近读者、走进社会。同时，也是对经典作品的回顾与储备，是导向性的引领，更是他们为当代诗歌的当代化所做出的贡献。第 4 期《诗潮》刊发了卢辉"中国 50 后诗人作品赏读（第二季）"二十首；第 5 期刊发了林忠成推荐的七首诗；第 6 期刊发了索河的"当代短诗佳作赏读"二十一首。这是一个有益的诗歌实践，诗人、评论家读诗，会有诗思上的互联、互通。同时，也可以让读者看到诗歌背后的思维路径，以便更充分地看清一首诗的内在肌理，拓展诗意的外延。

三位诗人在外省

　　不论从诗人数量还是从诗歌成就来说，辽宁在全国范围内都是可圈可点的。"诗歌大省"的说辞虽不够严谨，但从中可见一斑。有些辽宁籍诗人虽然身处外省，但仍然深怀桑梓之情，不断"现身"辽宁诗刊，在诗中抒发浓醇的思乡情感。如居于北京的商震在 2020 年第 4 期《鸭绿江》刊发《脆响录》、在 2020 年第 5 期《诗潮》刊发《鸟事儿》。刊发于《鸭绿江》的组诗《脆响录》选自他的同名诗集。"我焦急地走 / 要去一个陌生的地方 / 可走的每一条路都很熟悉 / 哦　我迷路了""有人说纸里包不住火 / 那一定是俗世的纸 / 我看到写满诗的纸上 / 藏着熊熊火焰""人世间有三种不治之症 / 怀乡 / 怀人 / 怀不屈"。组诗中这样的诗句俯拾即是。如无主题变奏的乐章，以把酒临风的气魄、闲庭信步的气度，命笔如枪。既有慷慨悲歌的刀光剑影，又有寻常巷陌的小桥流水。唱罢大风吟小调，既爱江山又惜美人。短短的小诗，或急切，或决绝，或温婉，或深情……百种滋味，万般喟叹，如追风的箭镞或飞翔的子弹，带着速度和激情，弹无虚发，招招致命。从结构上看，每一小节均以四句为一首诗，在意义上各自相对独立；从整体上又言有尽意无穷，延绵不绝。高远的思想和奔腾的气脉贯穿始终。这种类似箴言、警句式的书写，带有隐喻、象征、寓言等多种艺术效果，使小诗的诗意高度提纯、浓缩，正如落泪是金。

娜仁琪琪格也定居于北京。她发表于 2020 年第 4 期《草原》的组诗《在母语的暖流中跌宕起伏》基本上代表了她近作的水准。柔软、悲悯是她诗的底色，深情、缠绵是她诗的气息。一只小鸟、一朵小花都会成为使她笑眼弯弯的有效载体。在她的眼中，辽阔的草原上无一不是她热爱的生灵与景象，那份特别的爱恋早已深入骨髓，那其实正是她生命的热度和纯度所在。当需要开疆拓土的时候，她又变身为勇士，骨子里蒙古族的血液如潮汐一样澎湃。

最初读颜梅玖的诗时她还叫玉上烟。这个柔美的名字引人注目，但也因为同样的理由，容易使她的香气像云烟一样散在众多的芳菲之中。不过，那时她的诗已极具辨识度。诗中有女孩的倔强、任性，如《哥哥》；有女儿的细腻、深情，如《与父书》《清明》；有熟女的智慧、情调，如《QQ上的陌生人》《尼古拉》；更有备受争议的《乳房之诗》《子宫之诗》等。后来，不知是因为江南润泽的青山丽水滋养了她，还是日月流年的辉光为她镀上一层沉静的釉，她的诗风发生了改变。刊发于 2020 年第 6 期《作家》的组诗《明州夜谭集》就是明证。这组诗包括《菜根谭》《死亡谭》等二十余首。在今年第 3 期《鸭绿江》上，我曾编发过她的组诗《盛夏里的一天》，在发稿签上我这样写道："她的诗恬淡、安静，如静静流淌的江水，如窗外无声盛放的花朵，自有一种荣辱不惊的气度和情怀。"愿宁波的山水给她更多的诗情，让她的诗呈现出纷繁、婉约、流转的生活本味。

"诗人镇长"在基层

2018 年年初，林雪积极响应省委组织部关于省（中）直机关大规模选派干部到乡村工作的号召，由省作协创作研究部副主任（副处级）岗位报名申请并获得批准。同年 3 月，林雪履新成为"诗人镇长"，到辽宁省阜新市阜蒙县哈达户稍镇任镇长助理，在白音昌营子村驻村工作，任期三年。

林雪的组诗《犁桦镇诗笔记》刊发于 2020 年第 6 期《草堂》，《犁桦镇》（三首）刊发于 2020 年第 6 期《作品》"天下好诗"栏目，组诗《又见布谷》刊发于 2020 年 2 期《上海诗人》。这是她以所任职的乡镇为依托的真情书写。两年多来，她用身体力行的坚持与努力使所有的疑问与担心都有了答案，让关心她的人长长地舒了一口气，毕竟，她柔弱的身躯和现代人对土地的疏离让人放心不下。事实证明，角色转换之后，她在新岗位上干得风生水起。大量陌生而繁杂的具体事物不仅没有泯灭她的诗情，反而使诗人林雪吸收到更多的阳光、氧，深沉的土地给了她更多的精气神儿。她的诗开始关注当下，诗人的敏锐加之多年的诗歌训练与生活经验，使她的诗更加饱满、多汁，更贴近她深爱着的大地和葵花。如评论家陈卫在《完全敞开的世界——读林雪的组诗〈这世界与我有关〉》中所言："如今的林雪，是一个用心观察生活，各类词语信手拈来，把日常写出诗意的诗人。她的诗歌语态平和，但不一定稳稳当当，既不教条育人，也不特别偏激。读她的诗，可以望见她的内心通明辽阔，就像北方夏日的草原，丰茂而充满活力。"在这三组诗中，她写田野中的牧羊人、骆驼山郊道路、哈达户稍的坡地，也写乡村的校车、卫星云图中眼前的河流。她为读者呈现的，虽不是田园牧歌式的诗意生活，却也是当下乡村的沸腾景象。这也许就是国家政策在一个人乃至一批人身上的"现场版"体现，也是诗人介入当下火热生活的一种开拓性方式。

两对母女诗人精彩亮相

以诗之名，母女同框，真是一个好创意。2020 年第 5 期《广西文学》"诗意血缘"栏目，在"母亲节"之际刊发了李轻松与卓尔、娜仁琪琪格与苏笑嫣两对母女的诗与文。正如编者按所言："在人类的认知中，血缘是一种遗传关系，这种关系曾经并继续创造着奇迹，这其中的合理性和必然性不用多说。但有一种遗传，如星星和月亮般得以照耀又彼此辉映。"两位母亲的诗情不必赘述。先天的基因遗传、平素的耳濡目染、后天的知识储备，使两个姑娘早已成为同龄人中的佼佼者。

李轻松的组诗《一座城市的记忆》的沉着、开阔一如既往。她的空间构架能力极强，她能三步并作两步却沉着冷静地将极简的"材料"结构出繁复的多维世界，犹如缤纷的万花筒、多棱镜的幕墙，四面八方都折返着奇异、梦幻之光。女儿卓尔毕业于中央戏剧学院戏文系，现全球传播专业硕士在读。卓尔是"90 后"电玩达人，13 岁出版童话集并自配插图，15 岁发表小说处女作，已有中短篇小说持续亮相各大期刊，所编网剧在乐视网点击破亿，参演了中德跨国项目大型文献剧，有音乐剧在首都演出。像她的名字一样，被唤作"小灯笼"的小女孩长大了。我惊诧于她想象力的丰富，为她所营造出来的超现实的虚构、魔幻、诡谲、灵异而着迷。知女莫如母。如她母亲所言："她不太专注于现实，而是在虚拟中获得创作的灵感，那些混沌的呓语、无序的语汇、跳跃的思维往往呈现出零乱、荒诞、锐利的特质；有着呼啸的尖锐，拒绝四平八稳，打破各种套路与逻辑，听从内心的声音，突破限制，包括自我的约束与时空的约束，获得一个自由穿行的空间，这便是青春该有的模样。"《卓尔的诗》视界宏廓、辽远，表达克制、隐忍，文字精准、干练，发散出理智和哲思之光，自有挥斥方遒的沉着气场与优雅气度。

同期，娜仁琪琪格发表了组诗《返青》。她的诗祥和、慈悲、抒情、铺陈，很有画面感。她对一花一草不急不躁，极有耐心。她对时间的更替、季节的变化格外敏锐。她是没有被时光耗损过多的人，是对世事怀有孩子般欢喜与热忱的人。她貌似六神无主的小欢喜、小忧伤也是孩子气的。但是，她的倔强与执着是掩不住的。2013 年，我在首师大做驻校诗人时，同时在《诗刊》社做兼职编辑，恰好那时她也在《诗刊》社工作。每天午饭后，我俩经常到单位附近的农展馆散步。于是，我知道笑嫣少年成名，写小说、画画，学习成绩优异。从老家考到北京后，她一路开挂，不断有新作出版，直到如今成为北京师范大学的研究生。苏笑嫣的组诗《时间之镜》写得温暖而感性，亲情、成长、对世事的认知与思考，都是乖乖女的形象，禁不住让人心生喜爱。但同时，她的诗也充满思辨，不论是幻象的假想还是寻常所见的事物，理性思考的纹理清楚可辨，在悠悠的节奏中自带紧张感。不同的内容选择不同的语境、语气表述，如面对不同的体例，她有驾轻就熟的策略和能力。

李轻松和娜仁琪琪格都来自辽西，同饮大凌河水，她们是辽宁"60后""70后"优秀女诗人的代表，卓尔和苏笑嫣是辽宁"90后"女诗人的翘楚。如果以个体作星子串联辽宁乃至全国的女性诗歌版图，那么，这两对母女不可忽视。她们像闪烁的星星，静默地守着自己的位置，发散着属于她们的独特光亮——那其实正是优秀诗人的特质。两位年轻的诗人是直观的载体，传承着母亲与诗的血脉，不可知的剧幕需要未知的时光徐徐拉开——是的！时辰未到，一切都不会呈现。属于她们的高光时刻，远没有到来。

省内诗人好诗扫描

柳沄的组诗《梦里的河：柳沄作品小辑》囊括了他的旧作、新作各十首，刊发于 2020 年第 5 期《诗潮》的"开卷力作"栏目。这组诗较系统地展示了诗人强劲的创作实力，同时也表现出诗人持续的创造力。本季度柳沄百余行的长诗《老松》发表于 2020 年第 6 期《鸭绿江》，也是"老牌"诗人的新作奉献。诗作运用以物拟人的手法，写出了老松从从前一路"走"到现今的成长、成熟历程——那也是人生的生命历程。作为旁观者的"我"从横向的时间轴里，挖掘出了纵向的关乎生命的种种思考。从看似静止不动、寻常之物的老松身上，作者看到了什么？读者读出了什么？相信，每个人的理解都不尽相同，像那棵老松深入地下的庞杂、连绵的根须，向四面八方扩展、蔓延。但相同的是，它们永远都离不开老松的主干、根基——也许更多的思考，恰恰产生于读过长诗之后。使读者思索、警醒，正是诗人想达到的目标。

于成大，营口盖州人。当年，我负责编辑《香稻诗报》时，他即是作者。但直到现在，我也无法确认我们是否见过面。这或许正是诗歌给予诗人的恩惠——许多诗人不管是否谋面，对相互的诗是了解的，他们因此结下了兄弟姐妹般的友好情谊——这大约是因为诗及诗人的透明度极高，诗是诗人全部的秘密。在诗中，什么也藏不住。或者，诗人根本就没想"藏"什么。于成大的诗朴素、干净，像泥土中的蔬果一样顶花带刺儿，清晨的露珠在叶片上滚来滚去，池塘的青荷亭亭玉立，蛙鸣不绝于耳。他的组诗《我对秋天深信不疑》刊发于 2020 年第 6 期《北京文学》，这是他多年来脚踏实地诗意探寻的精彩之作。在春天，乡下是一座盛大的蜜工厂，"我听见枯木深处的汁液／我看见石头内部的火焰，以及／我内心一只欢快的小虫子／／在春天，花朵无法控制自己的芬芳／大海无法控制自己的蔚蓝／我无法让春风和幸福停下来""一些人仍活在村里，黯淡，微弱／另一些人则移居到草木之下／熄灭了灯火／／村庄与坟地之间／坐落着辽阔的生死／／这一刻／夕照犹如斑驳的铁锈／撒落在这个古老的村落上／使老家看起来有如／一块被锈迹追撵着的铁"。他的诗不是盲目的赞美、浅淡的抒怀，更不是挽歌似的悲戚，而是身处其中的自我教育。"在秋天的路上／有不断被酩酊错过的杯子／有不断被悲伤找到的人"。有悲伤，也有坚守；有思索，也有忍耐。波德莱尔说："现代性，意味着过渡、短暂和偶然，它是艺术的一半，另一半则是永恒和不变。"乡村和故园不仅是艺术，更是生命"永恒和不变"的重要一环或根基，所以，与此相关的一切都将是不朽的、值得的。

"这些年生活在别处／我心中积攒的酸疼／是村头密密麻麻的杂草／再浓的树荫也遮不住／再凉的秋风也吹不走／很多时候，更像／一个在大雪中跋涉的人／突然遇到一堆篝火／却被它的火焰灼伤"。这是王文军刊发于 2020 年第 5 期《鸭绿江》的组诗《湖畔的黄昏》中的一首。这组诗表面上看是写乡土，实则表达出诗人内在的宁静心境及祥和的精神状态。当一个人内心汹涌却又能够心平气和地审视万物之时，说明他已达到了个体与自然的恰切平衡，达到了物质化的自身与精神层面自我的有效平衡。诗中静谧、宁馨的美妙景色与不动声色的思考、发现，很容易让人联想到十四行诗的境界与追求。

孙甲仁刊发于 2020 年第 5 期《海燕》的组诗《海水正蓝》，为读者复活了一片深邃而恣意的海。诗中不乏面朝大海、凝眸远帆时的喟叹、反思与发现。沧浪之花，磅礴的蓝，沉醉的大海，都具有哲学的深度。冷与热的交锋，冬与夏的对决，古与今的跳跃，情与理的抉择，暗夜与黎明的互搏……结痂的老船，银色的沙滩，万丈的悬崖，一世的沉默，白鸥与幻影，来路与去向，大海的全部与波涛的碎片……最后落到了人、意义及思想。"雾霭再度涌来　如果没有曾经的蓝／不知此刻　我的目光该望向何处"。这正是海浪拍打内心的诘问。墨西哥诗人帕斯说："诗歌语言有双重性，它完全是本身——韵律、色彩、含义——同时也是另一样东西：形象。"那么，我们看到的海、船及岸，就不仅仅是它们本身了。

孙担担的组诗《巴西木的花朵》刊发于 2020 年第 5 期《诗潮》。其中，《一出老戏》令人过目不忘。"有的树／生就暗藏琴音／有的树，生而为棺／／吹箫人在一段木头里／找到了失散许久的招魂调／一具薄棺／等来了那个不甘心的人／／树认得树。所以／一支檀箫／在一具棺前，替那个不甘心的人／说明白了为何不甘心"。这首诗是否可以看作是"煮豆燃豆萁"的逆转版？同样的树，不同的命。一段木头替另一段木头倾诉、怜惜，抱不平。这出老戏如惊堂木，惊出谁的冷汗或泪水？

帕斯说："这整个有感情的世界都出现在文学中，并以综合而纯粹的方式出现在诗歌中。"情感，是另一种血液；读诗，是另一种教育。在持续的病痛和不同医院之间辗转，一抬头，惊觉已过夏至，空气中充满了万物繁殖的秘密和繁衍的力量。甚至，在不为人知之处，也有生命在旺盛地诞生或悄悄地消亡。这周而复始的无穷轮回，多么值得赞美！能够让人在大自然的灾难面前、在自己的痛苦抉择中一次次摇晃着立定脚跟、无畏向前的，必定是能够起到医疗作用的情感、智慧以及文学艺术的无尽魅力——如爱，如哲学，如音乐，如诗这些至尊的珠贝，或青草般生生不息的澎湃生命力。

秋之卷

宋晓杰

秋至，月圆，遍野金黄。又是一个丰收的季节，又到颗粒归仓的时刻。翠绿走向枯黄，花朵走向种子。然后，大地重又空了出来，像分娩过后的母亲，赠奉之后，留给自己的只有巨大的虚空。但正是如此的周而复始，才呈现出生命的期许之美、诞生之美、重塑之美、再造之美。这用时间和生命换来的自然之诗，同样准确地作用于诗人的心灵。细数手中的时间，这一年剩下不足百天。诗歌记录下了什么？诗歌将记录下什么？

百花盛放的大地

李皓学生时代即成就诗名，近年来，他更是以奔赴的心情、迅猛的身姿活跃于诗坛的前沿。纵观他的诗作，并不艰涩难懂，多是面对日常生活中林林总总的善意表达，在平俗中翻出新意，颇有几分只眼看人生的清明况味。他写过桥米线，写拔萝卜，写小黑山，写寻常所见的槐花，写雪，写带着野菜去看母亲，也写《重新定义春分》这样充满思辨的诗，锐利、冲突、矛盾是有的，但更多的是展颜低吟，让我们看到一位诗人经历了风霜雨雪之后与生活和解的宽阔、坦诚与自信。所有的问题都是设问，无须谁来解答，答案已了然于胸。这一季，李皓于 2020 年第 7 期《北京文学》发表的组诗《重新定义一些美德和美学》，2020 年第 7 期《鸭绿江》发表的组诗《打开鸟鸣》，基本都是这样的诗意呈现。

隋英军是近年来比较突出的诗人之一。2020 年第 7 期《海燕》"头条诗人"栏目发表了他的组诗《我和我的夜晚》，并配发了姜超的评论《作为黑夜、孤独、心灵的身体关切》。"翻书的人，提着星光的人 / 都隐匿了火焰 / 火点燃了火，这些孤单的雨滴 / 终将走到穷途 / 且一滴不剩"（《子夜》）。"马脚早晚要暴露 / 在江湖中行走，要么被收留 / 要么在花拳绣腿中持刀杀了自己 / 英雄就此别过 / 在自己酿造的泥潭里下落不明"（《自嘲书》）。"虚弱的铁被掏空，被风吹响 / 像给自己唱一支 / 安魂的曲子"（《铁》）。当夜幕徐徐拉开，夜晚之于白天奔忙的那个"他"绝对是一种补偿。面对一个无法逃离的世界，冲突、碰撞、挤压、争吵、纠葛、矛盾，在所难免，他不是正面交锋，而是迂回以对，不合作，不排拒。他不断修订自己的运思方式和行为准则，稍稍靠后，"出淤泥而不染"只是一个梗概的说辞。借夜的一角，深呼吸。在"白昼"与"黑夜"、"雨滴"与"火焰"之间，闪转腾挪。清醒地认知，无畏地赶赴。他有足够的能力自察、自省，甚至自我训诫，是一个"境外"之人，因而具有双重的人生。如关键时刻的"自鸣钟"，充满铿锵的力量，果决，坚定。奔马之声已远，滚滚红尘未息，他想到了"马脚"，却更在意马蹄上的远方。读这些诗，仿佛与他相向而坐，不必问询已知晓内情，不必解劝已通明前景。

川美在 2020 年第 7 期《鸭绿江》发表了组诗《归来者》。这组诗充满智性与灵性，发散着银的辉光，不刺目，不喧嚣，却有深藏其中的情感，隐忍、克制，不免令人沉思、感叹。她还在 2020 年第 9 期《诗歌月刊》

发表了组诗《在神的游戏里》。大约是她还擅长翻译的缘故，在她的诗中，有古典的韵律，有自然的清新，也有中外文学氤氲其间的不可言说的混沌、融合之美。边界是不明晰的，但在阅读的过程中，会感到迥异于纯正本土文学的教育与滋养，那其实是融汇了多种质素的美学元素的结果。从这点来看，川美在辽宁诗人中是一个特例。在她的诗中，生死与时间始终是她关注的主题。这与她年少时亲人的离世有关，与她对时光独特的记忆有关。正如川美所言："我不记得写过多少跟时间有关的诗句，它们也许不够优秀，却是属于我自己的诗意地触摸时间、试探时间的方式……如果我活着，我希望能不断地用诗歌撬开时间的密室。"

孙担担在 2020 年第 7 期《海燕》发表了组诗《记忆与遗忘》。其中一首《借》，读来印象深刻。"向白米借一点热量 / 向湖泊借一点眼泪 / 向拉萨的山峰借一点苍穹 / 走过安静的寺门 / 向经文，借一点灵魂 // 借一点，就够了 / 每一个早晨，露珠凝结 / 露珠仅借走一点忧伤 // 一只蜻蜓用枯草做拐杖 / 只借一个夏天。明月高悬 / 只借无眠人的夜晚"。一个辗转反侧的人，一个被世事折腾、煎熬得双眼充血、心中流泪的人，却有着澄澈、透亮的心性，践行了柔弱的女子怎么让肩膀坚硬起来的全部过程。这样的谦谅、体恤，让人心疼。她在 2020 年第 9 期《鸭绿江》发表的组诗《民谣》也承袭着这样的诗风。诗如民谣般清新、明亮，略带淡淡的忧伤，像针尖轻轻划过皮肤的感觉，有一种不至于忍受不了的切肤的痛触感受。"我的左手边 / 田野是去年的，有些苍老 / 也有一些苍老的星体 / 落在田野里，这些小石头 / 曾是星星 // 我的脸上，面具也很旧了 / 因而更重 / 新生的皮肤，躲避新生的刀子 / 皮肤下的恐惧，得以继续藏着 // 我的周围，有光 / 我推开这些光，连同光里的事情 / 它们即将发生 / 好的事情，证明我的本意是好的 / 不好的，就不好吧 // 在不远处 / 这个世界小心翼翼地 / 看护我"（《在不远处》）。这样的诗，是妥协之诗吗？诗的基调虽是纤细、明丽的，但韧性十足，能经得住蛮力的冲撞。仿佛看见她偏安一隅，唇角上翘，长长地吁了一口气，在某个静谧月夜或丝雨斜织的午后，独自欢娱。

王爱民这一季的诗作发表量较大：2020 年第 7 期《山东文学》发表了组诗《读燕声，格言一样干净》，2020 年第 8 期《四川文学》发表了组诗《心在左，靠右侧通行》，2020 年第 8 期《星星》发表了《后半生》（外一首），2020 年第 5 期《满族文学》发表了组诗《学习一枚树叶的平衡术》，2020 年第 8 期《红豆》发表了组诗《深入节气的人心头湿润》。王爱民善于调度个人情感，并能够在现实问题的纠结中很快找到解开问题的"线头"。他似乎拥有"透视眼"，能够从那些恼人的甚至令人大为光火的纵横阡陌般的缠绕中，轻巧地、条分缕析地分开它们，各是各的。犹如俄国诗人索洛乌欣所说的"面包圈"——把面包吃掉，胃已经饱胀了。但是，面包圈构建的空间，去了哪里？这巨大的虚空，正是精神世界未能"饱足"的另一个问题和发现。再看《一阵风吹旧另一阵风》："一阵风吹旧另一阵风 / 吹着吹着，就不见了 / 像昨天又一位走失的老人 / 手里攥紧的只剩下风 // 墙上张贴的寻人启事 / 纸页不断翻动 / 树叶飘落如悬念 // 这个季节了 / 大地要靠风 / 来收拾肉身"（《学习一枚树叶的平衡术》）。"肉身"已无踪影，但"寻找""发现"和"责问"是需要不断生成并升级的。这种延伸出来的诗意，已不仅仅是诗意本身，它已触及到美学及哲学的视阈和边界。食尽"面包"之后留下的巨大的"面包圈"，便是诗与诗意的绝妙比拟。

高凤超今年此前两季在《芒种》《满族文学》等杂志均有诗作发表。还在 2020 年第 5 期《扬子江》发表了组诗《他说树知道疼》，共五首。其中，《他说树知道疼》最为动人。"老刘二叔，叫刘国义 / 国营林场的伐木工 / 退休后，他再没碰过锯 / 他说树知道疼 / 伐倒的树没死，滴浆 / 一直那么疼地活着 / 潮湿的柴燃烧时喘白气 / 会哭，会炸响 / 冒出的烟黑 / 自然老死的树才幸运 / 走时没声儿，火会笑 / 燃尽的灰也白 / 升起的烟，淡蓝淡蓝的"。罢了！是写金盆洗手之后的痛楚与悔意吗？这明明不是树疼，分明是人在疼。短短13行，如一个精巧的短篇小说，也可以是宏大的长篇，如果愿意。在现实生活中，我们总有这样的体验。而剧中人的不做、不说，白描一般，却比滔滔不绝的长篇更噬人心肺。

久不见哑地的诗了。在2020年第8期《诗潮》上看到了他的组诗《岁月深处》，如遇老友。忆旧？回望？静夜沉思？或兼而有之。《这些年》《搭炉子》《春天的桃花》《秋天来了》……看看这些小标题，不难想到，这是一组中年之诗，是行至人生中途时，对季节和时光的严重过敏。瘀紫已散，但心中的隐痛犹存。"一个白银时代 / 挽起裤管 / 露出膝下的白霜 / 钟声和蝉鸣 / 以及背影和落叶 / 再次慌乱 / 一条金毛犬 / 帮我寻回内心的童年 / 深秋和初冬肩并着肩 / 就像我和自己"（《霜降之诗》）。隐隐地，透出几分与自己相依为命的孤单与寂寥。记得他曾说过，他有在床头放一个本子和笔的习惯，有许多灵光闪现的诗句就是他在半梦半醒的深夜记下的。忽然想起那首老歌：走了这么久，你变了没有？

大连点点于2020年第9期《海燕》上发表了组诗《好多人刚刚哭过》。这是一个好玩的题目。《南山》中，爬到山顶，"那里，小松鼠刚刚抱住一颗野果 / 好多人刚刚哭过"。读到这儿，竟有一瞬的恍惚和迷惑，是喜悦还是悲伤？抑或，悲欣交集？然后，是超然物外的出离与宽宥。他们都经历了什么？所经历的，又是如何作用于自身？"田头薅草的人 / 仿佛大地的唱针 / 那么小，那么惊心动魄 // 那么葱绿的麦田 / 稍稍隆起的坟堆 / 看起来——最显眼"（《一生》）。拉近又推远，像一个长镜头——又何尝不是人类生存的命运和尴尬的处境呢？渺小、脆弱，这些惯用之词已不能表述内心的巨大坼裂。2020年第7期《诗潮》发表的《我被大风带出了很远》，是一首充满隐喻的诗作，具有象征意义，表明她面对生活的态度，不是强硬的对抗、奋争，而是看穿"伎俩"之后的通透。虽然口口声声说

"我拿大风一点办法也没有 / 没办法",却只是假象。"但我像牛一样,只走一条回家的路"。余味恰恰正是此诗之妙。

这一季,还有许多诗人的作品值得一提。

袁东瑛在 2020 年第 5 期《绿风》上发表了组诗《袁东瑛的诗》,"满山谷的呼唤都像风口 / 我拾走石头和落叶 / 像拾走了整座山的炎凉"(《冈山》)。"爱五月,两岸的桃花 / 也爱九月的蜜桃,成熟的甜味 / 爱苍茫的白雪,翠鸟叫空了的峡谷 / 它有孤独且苍凉的沉重 / 谁都带不走的定力"(《水中的石头》)。这样的诗句,淡然、清亮、舒展、沉潜。借诗自况,只有定力十足的人才能写出;只有行至江心的人,才能清楚地看得到前尘与来路。

蔡兰茹在 2020 年第 5 期《诗林》上发表了组诗《兰茹的诗》。"我们曾沉疴在身 / 我们曾击落花瓣"(《浮世帖》)。"我终于可以睡去 / 尽管草木喑哑,唱出烈火的歌吟"(《山中吟》)。她的诗,有几分干净、唯美,更有几分坚韧、倔强,从中可以看到一个充满诗意的理想者对匀称之美的不舍追求。

于成大在 2020 年第 5 期《星火》上发表了诗作。"银杏叶找到了传说中的黄金 / 我的胸腔　容下了更多的恩怨"(《每一个害羞的人都加深了枫林的红》)。"我热爱这朴素的人间 / 我用篱笆界定暮色和灯火 / 我以无声完成沉浸"(《田屯村》)。他借一以贯之的声音、色彩与姿态,在诗中复活了他的现实生活。他是内外光洁的诗人,如迎面而来的不存任何恶意的普通人,只需一杯清茶,坐在疏影横斜的清晖下,静静地品,就可以了。

程云海在 2020 年第 9 期《阳光》上发表了组诗《慢下来》。他不仅写诗,还写散文,儿童文学领域中的诗、散文、寓言等也多有涉猎。这使他的诗兼顾了更多的读者。他诗作的质地冲淡、清亮、朴素、善良,没有中伤、陷阱和毒素,即使思考也是中正、和善的。

赵树发在 2020 年第 5 期《满族文学》上发表了组诗《一棵舞动的槐树》。他的"诗龄"较长，近年来仍不断有新作问世。持续的创造力以及对诗意的不断探究，如科学家以孜孜不倦的科学与探险精神研修学术，这对于一个比较成熟的诗人来说，是十分可喜的。

较好的诗人诗作还有很多，不一一列举。在此，还要特别说说《满族文学》杂志。众所周知，每种期刊都有自己的指导方针、办刊宗旨，《满族文学》当然也不例外，其特色从杂志名字可见一斑。2020 年第 4 期杂志刊发了几名满族诗人的诗作。隋英军的组诗《我要变得很小》、迟凤忱的组诗《热爱是》、徐辉的组诗《终于》等，均刊发于诗歌栏目的重要位置。这种身体力行的"栽培"与"浇灌"，充分表明期刊主要负责人以己之力发扬、传承本民族文化的不懈努力与可贵的坚持，这不正是文学"润物无声"力量的具体体现吗？

散文诗的奇异芳菲

一提到散文诗，我们自然就会想到鲁迅的《野草》《雪》，泰戈尔的《新月集》《飞鸟集》《园丁集》，圣-琼·佩斯的《阿纳巴斯》，甚至尼采的《查拉图斯特拉如是说》。但是，什么是散文诗？散文诗有什么特点？它到底算不算一种独立的文体？关于散文诗的概念及文体分类、边界、范畴等问题，一直众说纷纭。不过，这些并不能阻挡散文诗作者的写作热情，不能阻止一些杂志不断求索的前进脚步。

《诗潮》杂志具有广阔的视野、包容的胸襟、严谨的态度，不仅开设散文诗专栏，还有散文诗配画的作品刊发于每期杂志封底。多年来，《诗潮》已成为全国范围内散文诗作者发表散文诗作品的重要园地，团结和带动了天南海北一大批散文诗作者，有效地促进了彼此之间的沟通与交流。

辽宁散文诗作者相对比较活跃，先后有尹玉宁、伊云、苏兰朵、微雨含烟等参加过《散文诗》杂志社举办的全国散文诗笔会。尹玉宁、伊云、孙培用、崔德忠、李见心、苏兰朵、海默、微雨含烟、孙大梅等均有优秀的散文诗作品发表，新生代也在不断成长。

张少恩今年前两季分别在《草堂》《诗林》《海燕》《上海诗人》《中国诗人》等刊上发表散文诗作品。本季中，他在2020年第9期《岁月》上发表了散文诗《黄金散尽，还有辽阔的白玉》（二章）。他的散文诗作品开阔、壮美、疏朗、自然，具有明亮、高远的质地。他的文字干净、精准、抒情、深沉，不仅写出了历史的探寻、岁月的喟叹，而且从中可以嗅到流荡的气息、田野的土香，一花一朵一山一树都有发现之美，个体的襟怀和气度清晰可见。

2020年第7期《散文诗世界》发表了刁利欣《不如写猛烈的孤独》、于成大《松林》（二首）等作品。这些作品，是作为诗人的两位作者对具体事物或情绪的另一种诗性表达。

诗歌主动参与社会生活

随着诗歌与大众阅读的联系越来越紧密，全国性的诗歌赛事越来越多。李晓泉、翟营文等在全国各类诗歌大赛中均有突出表现。之后，有冯金彦、王爱民、刘亚明、白瀚水等接续领跑。近年来，王爱民更是表现不俗，人称"获奖专业户"。他的作品曾获得过《诗刊》《星星》《扬子江》等刊物举办的全国诗歌大赛奖，获得过李白诗歌奖、杜甫诗歌奖、曹植诗歌奖以及中国诗歌学会等诗赛奖的重要奖项。近日，他还获得了由新疆作协主办的"北庭杯"主题诗歌大赛一等奖。"命题作文"像高考作文一样，要在规定的时间内完成规定"动作"，有相当的难度。要做到诗歌特质、对应物与诗意等有机融合、属性兼具，实属不易；更要避开惯用词语与惯常的表述方式，翻出更新、更美、更贴近诗意本身的意味——像竞技场上的比赛，必须分出先后顺序，不仅让评委欣然首肯，还要让读者心悦诚服，难度系数不知要增加多少。

有人认为，对于纯粹的诗歌写作者来说，这样的比赛还是不参加为好，更有甚者不屑于参加。但是，对于诗歌训练和诗意探求来说，参与其中或多或少是必要的，也是值得的。对于每个诗人来说，内心的坚持和主张以及对诗歌的认知和追求不同，不能强求一致。不过，由于诗歌朗朗上口，易于宣传，有利于受众的消化与吸收，参与比赛对诗歌的有益传承能够做出一定的贡献。另外，以诗歌创作、参赛的方式主动参与社会主义精神文明建设，未尝不是一件好事。

在这篇述评即将结束的时候，恰好瑞典文学院 2020 年度诺贝尔文学奖评选结果揭晓，美国诗人露易丝·格丽克成为继鲍勃·迪伦之后，本世纪第二位获此殊荣的美国诗人。有人说，她是狄金森、毕肖普之后最伟大的美国女诗人。有人说，她是杰出的诗人，但不是伟大的诗人。有人说，她得到的是太过随意的颁奖词："因为她那毋庸置疑的诗意声音具备朴素的美，让每一个个体的存在都具有普遍性。"有人翻箱倒柜找到自己早年买下的她的诗集，晒微信。有人嗤之以鼻，超然物外……更有某位诗人说："十月，格丽克收获了葡萄，很多人收获了酸。"还是看看她的诗歌理念吧。她说："我受惑于省略、秘而不宣、暗示、雄辩与从容的沉默。"还是把剪尽果实后终将深埋于土层之下的葡萄藤，献给这位 77 岁的老祖母和特别的庚子之秋吧。

冬之卷

冰封雪锁，大地白了头。最后一页日历，像轻薄的雪花旋然而落。时光流逝，留下了什么？回溯时光之河，有多么难忘的事情封存于记忆的冰层之下？又有多少美好的瞬间深埋于温热的心底？门窗紧闭，点燃通红的炉火，从壁炉旁的书架上取下一本诗集，慢慢读——哦，这样的意境，是否正是所需？诗如柴，也如火——它最好是柴火，燃与不燃，都有无尽的能量，和漫天的星光明灭，闪烁。

2020年第四季已渐行渐远，被称为"小众"的诗歌，在纷繁的生活中呈现出怎样的样貌？关于火热的生活，又引发出多少深刻的思考？或许，每个人的答案都在诗中。

点将台

孙大梅是辽宁乃至全国出道较早的女诗人之一，经过多年的积累与历练，如今她的诗更加通透、豁亮，亦兼具生命浓醇、厚重的滋味。她在

2020 年第 11 期《草堂》上发表了《夜宿梅河口火车站》(外一首)。"一切仿佛置身在时光里的背面",却又实实在在地让人看到了时光前面的辉煌与光斑,那是"看山是山"的第三境界吧?她还在 2020 年第 10 期《鸭绿江》上发表了组诗《紫色的丁香花》。这组诗是从身边所见入手,以平常情愫入诗,却给人以淡然、笃定的美好感受。没有一惊一乍,没有得陇望蜀,没有生硬说教,更没有怨气冲天。读这样的诗,如跟随着邻家姐姐来一次春花秋月下闻得见泥土和河水气息的踏实郊游。顺着她的指引,你会看到默默开放的花、静静流淌的河,而所有的美好都是从她的心里传递出来的——即使背对着她,仍能从声音里听得出她的笑意,极具感染力,没有粉饰,完全是自然而然的,一如她的人。

星汉算是比较成熟的诗人,诗作虽不多,但葆有鲜明的个人特质。他在 2020 年第 10 期《鸭绿江》上发表了组诗《编织者》。这组诗看似轻巧得几乎没有重量,如一个人的呓语,所涉之事也并非惊天动地。但他掌控诗情及语感的能力极强,即使分量轻如羽毛,也能编织出一张大网,可以掀起心灵的飓风。他又在 2020 年第 6 期《满族文学》上发表了组诗《寄居蟹》。"有些人,是我想念的 / 其中有男的也有女的 / 有几个人 / 许多年不见了 / 怎么联系 / 也联系不上 // 有时我坐在沙发上 / 或躺在床上 / 想他们一会儿 / 世界就会安静下来 / 像一只老猫收起了利爪 / 变得温顺柔软 / 伸手就可以触摸"(《想念的人》)。内心的风暴,在收放之间应对自如。看似平静的海面,实则已用理智和意志压下万钧雷霆。借"过去"而存活,让过往作用于现世。成人世界难与易的恰切平衡,实在是智商与情商的艰辛博弈与握手言和。"看海的人陆续散去 / 想了半天 / 也想不明白自己 / 为什么不起身回去 / 为什么要在这里多坐一会儿 // 仿佛多坐一会儿 / 乌云就会撤出天空 / 明月就会在海上升起 / 仿佛多坐一会儿 / 自己与自己的对峙就会得以和解 // 当然不是为了这些 / 好像也不是为了让拍击礁石的海浪 / 在胸腔里多响一会儿"（《在海边多坐一会儿》）。正话反说，欲言又止，情感的复杂与多维可见一斑，与前一首有着异曲同工之妙。

姜庆乙在2020年第12期《鸭绿江》上发表了组诗《单程票》。这组诗延续他一贯的诗风，像孤身走在空无一人的郊外或雪野。寻常事物中，他的心灵之眼看到事物的精髓，哲思的况味赫然显现，给人带来思维与智力的狂欢和深沉的思虑。"缩短从听到看的距离／需要触感的电流／从一双颤动的手／发出／搬开这个虚空的世界／无数空虚的日子／一次触摸／像一片雪花／只在飘落之际／获得肉身／一种生长的白／一种片刻连接片刻的／宁静／要走多远的路／雪花／只购买单程票／深入不毛的大地／打着灯笼／找谁？"（《单程票》）。人生何尝不是单程票？何尝不像一片雪花深入大地之中？而在这条单行道的孤身前往中，是否看到了孤胆的忠勇、无畏与呼唤的急迫与赤诚？

于成大在2020年第10期《阳光》上发表了组诗《煤，擦亮正在变旧的时光》，又在2020年第11期《星星》上发表了《时光擦亮的旧地名》（三首）。"前面路口堵了许多车辆／这是无法解开的春天的结／我不能快速地穿过内心／是不是有一个郁郁寡欢的人／拖累了滨河路"（《滨河路》）。依然是他平素的诗风，在平朴自然的陈述中，忽有被针尖儿"刺"了一下的感觉，或者像"春天的结"令"郁郁寡欢的人"抬头望月、低头沉湎，叩打心扉，思来想去。"那一年的风吹／让我的心忽然就动了一下／感谢那一年的月亮／那纯银的照耀、擦拭、拥抱／／感谢那一年——／河滩上融化的卵石／我内心坐落着的一座蜜工厂"（《灌水镇》）。这一次，又忽然被"甜"了一下。他处理情感的方式是默默的、低低的、缓缓的，软着陆，而内心的波纹、印痕清晰可辨。

刁利欣在2020年第11期《辽河》上发表了组诗《野草在上》，又在2020年第6期《满族文学》上发表了《假如万物皆有裂痕》（三首）。"理解一个在坟前长坐的人 / 就是理解汹涌的无言 // 理解花圈上这朵紧挨那朵的花 / 就是理解哪些纸更薄些 // 理解新草上的月光 / 就是理解世上这场很旧很旧的雪 // 不埋掉什么，就不必使用更多的比喻"（《世上这场很旧很旧的雪》）。干脆、果决的语言，传递出内心凛然的寒冷和悲凉。这痛，伤至骨髓，但清醒的、痛彻的颖悟也同时抵达。

大路朝天在 2020 年第 11 期《诗潮》上发表了组诗《无邪的春天》。自从获得"辽宁文学奖"诗歌奖之后，大路朝天依然不紧不慢地写着。不过，从零星读到的他的诗中约略感觉到，他已从激烈、直截变得更加圆通、融溶，而善信、赤诚的底色仍旧没有改变。"我知道 / 它会和雪融为一体 / 会吸收所有的白 / 等春天到了 / 加上身体里的暗香 / 一起喷发出来"（《槐花大道》）。这样的诗句，可以作为他的自况吗？隐忍、克制，心怀理想和信念，境界自现。"2020 年的春天回来了 / 天鹅　这一队队洁白的天使 / 让朝阳城一寸一寸地舒展筋骨满血复活 / 驱动了一台台春雷的发动机"（《天鹅》）。天鹅正如喻体，显现出他洁白、坚劲的沉潜之力。似有向上的超擢之气，引领目光和心性乘着天鹅的翅膀，冉冉升腾。

宗晶在 2020 年第 6 期《扬子江》上发表了组诗《水中的沙子》。"现在，黄昏逼仄下来 / 小巷和落日都找到了依靠 / 小巷倚着落日，落日倚着大海 / 我向后靠着墙壁 / 我们都看见了彼此"（《看见》）。这种温暖、踏实与归属感，让人心安。正如她在 2020 年 12 月 30 日《辽宁日报》上发表的组诗《回家的路》中使用的意象，雪、山路、磨盘、毛驴，虽是身处繁华闹市的个体对古老乡村的回望与怀念，亦是对精神故园的深情探访，甜甜的，酸酸的。

多面手

有许多诗人，是轻松驾驭不同题材、不同体裁的多面手。就诗歌创作而言，他们同样可以写出不同风格的优秀诗作，这与他们坚实的文学功底和长期的诗歌训练有着密切的关系。

李皓在 2020 年第 5 期《钟山》上发表了组诗《李皓的诗》，2020 年第 6 期《时代文学》上发表了组诗《腊梅颂》，2020 年第 5 期《绿风》上发表了组诗《打开鸟鸣》，2020 年第 12 期《牡丹》上发表了组诗《李皓的诗》。这些诗，写小寒与冬至，写腊梅和田垄，写妻子与女儿，饱满而深情，细腻而温暖，没有故弄玄虚的神头鬼脸，也没有颐指气使的高高在上，低调，平和，静谧，俭素。这一季，不论是发表的数量还是质量，他的诗作都令人惊叹。可以想见，一个成熟诗人以"井喷"之势开启了他的呈奉之旅。特别值得提及的是，作为"纪念中国人民志愿军抗美援朝出国作战 70 周年"特稿，他的组诗《向我开炮！》刊发在 2020 年第 12 期《鸭绿江》上。组诗由《上甘岭》《罗盛教》《邱少云》《鸭绿江断桥》等七首诗歌组成。这些耳熟能详的名字、地名再次入诗，为读者复活了一段难忘的历史，也是对不朽英烈的再次缅怀与致敬。

贺颖是文学创作、理论研究的多面手，诗歌、散文、评论均有涉猎，且成绩不俗。本季度，她在 2020 年第 12 期《人民文学》上发表了小长诗《致昆仑》。诗分四小节，荡气回肠，却又细致入微，为读者展示了父性与母性并存的万祖之山的万千气象及精神内涵，同时，表达了她对昆仑山的心驰神往、爱恋与祝福。"逍遥山／菩提雪／神灵走散／寓言纷纷／一想到昆仑／命里就星群漫天／就两全其美／就琵琶声声／好酒／福田／无边""我一醉／雪峰就长出新月芽／再醉／就成了拂晓的第一束金线／收藏我七次／

就可以做一组琴弦"。奇妙的比拟、开阔的视界与赤诚的祝愿、虔敬的情怀，如满天星斗闪烁，如缭绕的乐音萦回，如盈盈的春水荡漾，即使坚硬的心肠也会被悄悄融化。

近年来，全国范围内的诗歌大赛越来越多，既是诗歌创作繁荣的表现，也是诗歌介入生活的方式之一。可以想见，每次诗赛通知发出之后，定然应者如云。其间当然不乏诗坛新秀、业内高手。如何让"量身定制"的诗歌既指向关涉的具体事物或场景，又葆有丰沛、真纯的诗意，使二者充分平衡，是个不小的考验。令人欣喜的是，目前，王爱民和紫陌已成为辽宁诗人冲击全国诗歌赛事奖项的两员健将。仅第四季度，王爱民就荣获了《诗歌月刊》主办的"铜铃山杯"诗歌大赛一等奖、《诗刊》社主办的"湾区枢纽　精品中山"诗歌大赛二等奖、《星星》诗刊主办的"圆梦小康　幸福广安"散文诗大赛二等奖等五个等级奖。紫陌荣获了《扬子江诗刊》社主办的"首届刘半农诗歌奖全国诗歌大奖赛"一等奖、新疆作协主办的"第二届新疆是个好地方"诗歌节二等奖、《星星诗刊》社主办的"第二届阿来诗歌节原创诗歌大赛"二等奖等八个等级奖，在新时期辽宁诗歌史上，算是可圈可点的重要事件之一了。

吴言是诗人，同时写作诗与散文诗。2020 年第 11 期《星星·散文诗》上发表了他的散文诗组章《辽宁的局部记忆》。不论是阜新东蒙短调民歌、海城高跷秧歌、本溪朝鲜族农乐舞、岫岩皮影戏，还是铁岭二人转、盖州风筝、建平剪纸，他都充分调动了个人情感，以诗性的语言、哲学的思考，写出了辽宁地域民俗文化的形态、特点，剖析了文化肌理和象征意义——那其实正是辽宁人的脾气与性格，更是白山黑水间东北文化代代相传的强大基因和不可更改的精神图腾。

新诗人

借由本省的诗歌刊物及综合类文学刊物，辽宁新一代的诗人得以找到根植的沃土。各期刊不吝版面大力助推，如此内外联动，假以时日，必将收获诗坛的繁茂之花。这一季，关注到几位"新"诗人，他们不论是专事诗歌创作还是兼写其他体裁，都令人耳目一新，有些人的诗歌创作已初具气象。

邢东洋在 2020 年第 12 期《诗潮》上发表了组诗《邢东洋的诗》。其诗轻巧却不轻松，平白却不平淡，已具有举重若轻之功力。"傍晚的 / 大风里 / 藏着 / 一只鳄鱼 // 如果夜里 / 风还没停 / 就说明 / 鳄鱼还藏在那"（《藏在风里的鳄鱼》）。他的诗里藏着滔天巨澜，就像风中藏着的鳄鱼，有许多坚硬、深邃的物质，有很深的内核，需要剥很久才能见到。"走了一天 / 的山路 / 我们都已经累坏了 / 搭好帐篷之后 / 我就在 / 帆布床上 / 睡着了 // 醒来时 / 看见你 / 煮好了汤 / 用我们带来的 / 竹笋、玉米和一点点肉 / 水就取自 / 不远处的小溪 // 我没说 / 这一切 / 有多么好 / 但我想你一定知道"（《爬山记》）。不仅是俗世生活的素常与恬静，而且也是对理想国的甜蜜与美好的呼应。两首风格迥异的诗，出自同一人之手并不奇怪，只能说明邢东洋对诗的理解和操练是多维的，对传统与现代抱持的态度与理念是海纳百川与兼收并蓄的。"但我想你一定知道"，这样的默契和他与诗歌的默契何其相似。

笔名译墨的韩晓阳生于 1989 年，写诗，也写散文诗。去年发现他是因为他在《散文诗》杂志上有作品发表。今年再看到他的作品，是发表于 2020 年第 10 期《散文诗世界》上的诗歌《他物志》（三首）。"必须承认，长处总是被短处牵制 / 就像，真理与现象，秀才遇到兵 / 诗歌掺杂感性，

艺术面对批评 / 这些剪不断，理还乱的关系 / 是木桶最先腐坏的一块板 / 是一个人随时随地的病痛 // 就像去年清明，爷爷入梦说：/ 我已练成穿墙术，隐身术，读心术…… / 可在梦中来去自如，甚至能躲避 / 炼炉中不怀好意的火，可惜 / 爷爷没法把这些本事，传给你"（《病中帖》）。在病中，人往往容易将虚幻与真实混为一体，情感与理智也无法厘清。此间的顿悟与超然从缅怀开始，纵贯俗世的优劣、真伪与好坏，才找到最可靠的表达，而那明晰的却又无法操控。这正是又爱又恨的人间、亦真亦幻的精神故园。他写诗仅三年，表达却沉稳、老练、干净、克制，语言调度驾轻就熟，结构严整，规避了许多初写者常见的问题，值得关注。

王立波在 2020 年第 11 期《海燕》上发表的组诗《静静的果园》，清新、自然，有细光，有露珠，散发着青苹果的气味儿。他的诗，具有很强的抒情特质，读来轻松而愉快。

王若溪为高一学生，她在 2020 年第 12 期《海燕》上发表了长诗《你还会再入我梦里吗》。这是她写给逝去的姥姥的诗，娓娓道来，如泣如诉，动人的情感如暗夜中潜然而落的泪滴，沁凉，也温热。是一场梦吗？并不仅仅是，对亲人的思念、怀想之情跃然纸上。

集结号

《诗潮》杂志虽为沈阳市级文学期刊，但它在全国诗坛所承载的重任却是有目共睹的。作为本土专业诗刊，除了要具有广阔的视野，使作者队伍涵盖全国诗爱者之外，发现与扶持本土诗人更是责无旁贷。近年来，《诗潮》不惜版面，大量刊发了辽宁籍诗人的诗作，使诗人们体会到温暖的归属感，有力地促进了诗歌的创作与繁荣。

2020 年第 12 期《诗潮》集中刊发了辽宁诗人的作品。其中，有大连点点的组诗《出人意料的美》、王文军的组诗《辽西记》、侯明辉的组诗《北方的深秋多像一个人的中年》、程云海的《诗六首》、张成德的《诗四首》。2020年第10期《诗潮》"沈阳诗人小辑"刊发了四位诗人的作品，即大梁的组诗《山居札记》、衣米妮子的组诗《井中的镜像》、西征的组诗《西征的诗》、王德才的组诗《蓝天上有只鸽子》。这种以集团出击的方式集结而成的特殊的"集结号"，不仅使诗人们发出了属于自己的声音，让辽宁诗人在全国诗坛产生了极高的关注度和较大的影响力，而且为研究当下辽宁诗人的创作提供了有效的范本。

作为综合性文学期刊的《辽河》杂志，也非常重视诗歌队伍的建设与培养，经常让诗歌唱重头戏。自改版以来，杂志设置了"诗方阵""主编推荐""辽河诗会""诗精萃"等栏目，刊登了大量具有时代性、地域性、创新性、影响性的诗作。本季度"主编推荐"栏目推出了万斌的《瓦罐都是天空的刻度》及创作谈《诗人应该是诗而不是人》(《辽河》2020年第10期）。"辽河诗会"栏目推出了刘抚兴、齐凤艳、马红线、其木格等辽宁诗人的作品，产生了良好的社会效果。

新"黄埔"

"青春诗会"被誉为诗人的"黄埔军校"，自1980年创办，至2020年已成功举办了36届，有526位诗人由此走上诗坛，肩负起弘扬中国诗歌传统、延续诗歌精神和血脉的神圣责任。他们中，既有舒婷、王小妮、于坚、西川等诗坛宿将，又有张二棍、王单单、张远伦等后起之秀。

2020年10月21日至25日，诗刊社"第36届青春诗会"在福建霞浦召开。苏笑嫣作为辽宁籍诗人，以她扎实的写作功底和诗歌创作实力成为15名入选者之一。这样，她便成为自2013年"第29届青春诗会"入选诗人微雨含烟之后，再次入选的辽宁诗人。这不仅是对辽宁诗坛优良传统的延续，也是对辽宁青年诗人创作成绩的充分肯定。

常交流

2020 年 12 月 21 日，《边疆文学》《鸭绿江》《当代作家评论》《芒种》《诗潮》文学交流会在辽宁文学院文学会客厅举行，这不仅是云南、辽宁两省之间办刊经验的交流，更是两地之间有益的文学对话。

会议结束后，两省的诗人们聚在一起，继续进行深入的文学交流。针对目前诗坛现状，诗人们就如何打破惯性的写作思路、如何突破创作的瓶颈以及地域性写作的优势与困境等问题畅所欲言。诗歌写作是个体思维劳动，但诗人之间的互动也会带来改变的清新之风，这或许也是诗歌创作与发展必不可少的有效环节。

北野武在《北野武的小酒馆》里曾经说过："虽然辛苦，我还是会选择那种滚烫的人生。即便是有机会让我的人生重新来过，我想我还是会选择那种会以几亿度的高温飞速燃烧的人生。"新旧交替之际，新冠疫情重又变得复杂。其实，当我们进入最低量级的保存体能的"冬眠"状态时，我们内心强烈渴盼的何尝不是艳阳下的照拂、青葱田野里的奔跑、亲朋把酒时的欢笑？俄罗斯诗人吉皮乌斯说："诗歌是一种祈祷。"在这寒冷的季候之下，但愿诗能够带给人们更多的祈祷和安慰。新的一年，你有什么梦想和期待？不妨写在下一页吧。

年度综评

宋晓杰

2020 年就要过去了。回首这一年不平凡的经历，相信每个人都会百感交集。作为时间纪年的岁月已经匆匆而过，但是，作为人类精神活动的文学艺术留下了怎样独特的记忆？作为文学"轻骑兵"的诗歌又记录下怎样的苦与乐、痛与爱？若干年后，当人们回顾这个特别的庚子之年的时候，会从诗的脉搏中感知到曾经的心跳和别样的体温吗？

关于诗歌创作与成果的概述

一、当"疫情"突然降临之时

年初，突如其来的新冠疫情打乱了人们正常的生活秩序、工作秩序。除了具体的医疗救治之外，作为文学工作者的诗人们，第一时间变身为特殊的"医生"，命笔赋诗，以真情，以温暖，平复了多少焦灼的身心！

"文学辽宁"公众号首先开辟了"抗击疫情"主题专栏，发表了韩春燕《祈祷平安》、周荣《天使白》、王宁《致抗疫前线的白衣天使》等诗作。接着，省内各杂志、社团、网站纷纷开辟专版、专栏，刊发相关诗作。《鸭绿江》《诗潮》《海燕》《满族文学》《芒种》《辽河》等杂志以及以《辽宁日报》为首的省报、市报，均以大篇幅、重要位置刊发了"抗疫"诗歌。在特定的历史时期，诗歌传扬正能量、歌咏真善美、抚慰心灵创伤的社会功效达到了最大化。

二、全省诗歌创作成果丰硕

从全国来看，辽宁省的诗歌创作队伍就其作品质量及梯次建设来说，一直处于比较靠前的位置。从全国诗歌大奖到省级期刊奖的获奖者当中，都能找到辽宁诗人的身影。

特别是女诗人创作群体，历来整体水平较高。可以说，辽宁女诗人群体在全国诗坛一直是个独特的存在。她们如颗颗星子，散落在全国女诗人的璀璨星河之中。这个队伍由出生于20世纪60年代的女诗人作为中坚，上至50年代，下至七八十年代甚至90年代。不同代际的她们的主要特点基本可以概括为：创作时间持续，各自特点显见，整体水准稳定。

本年度，她们的创作势头依然强劲，有诗作分别发表于《人民文学》《诗刊》《星星》《扬子江》《草堂》《民族文学》《作家》《作品》《绿风》《诗林》（排名不分先后，下同）等国内知名刊物，显示出她们不俗的创作实力。李轻松与卓尔、娜仁琪琪格与苏笑嫣两对母女，在《广西文学》同台竞技，让人印象深刻。她们是母女，也是诗友。她们平等地出现在辽宁优秀女诗人的大名单中，一直被传为美谈。

相比较而言，辽宁男诗人的光芒似有被遮蔽之势。近年来，男诗人的创作也迎头赶上，呈现出良好的势头。这一年，他们分别在《钟山》《北京文学》《诗刊》《诗选刊》《诗歌月刊》《绿风》《星火》《延河》《时代文学》《解放军文艺》《牡丹》《阳光》《散文诗》《星星·散文诗》《散文诗世界》等杂志发表了组诗作品，显现出昂扬向上的创作风向。

男诗人中表现突出者，如李皓。近年来，他以奔赴的心情、迅猛的身姿活跃于诗坛的前沿。本年度不仅在《钟山》上发表了具有分量的组诗力作，还入选了《诗歌月刊》"头条诗人"。柳沄也以《诗潮》"开卷力作"栏目和《鸭绿江》上发表的小长诗等新作，呈现出持续的创作激情和沉潜的创作实力。

三、书写新生活，讴歌新时代

林雪成为"诗人镇长"后，不仅出色地完成了白音昌营子村驻村的日常工作，还结合当地实际，创作出一系列"驻村干部手记"。本年度，这些诗作发表于《作品》"天下好诗"栏目、《星星》"压轴"栏目及《草堂》的重点栏目。这是她以所任职的乡镇为背景，向新时代发出的真诚、诗意的"告白"。

积极响应"记录新时代、书写新时代、讴歌新时代"的号召，邵悦参加了《诗刊》社"走向小康诗歌轻骑兵"活动，深入一线，实地探访，聚焦脱贫攻坚，以诗歌的形式记录伟大的时代里动人的篇章。

这一年，还出现了王爱民和紫陌等特别的诗人群体，他们以"辽宁"之名在全国各大诗歌赛事中摘金夺银，屡创佳绩。这是他们既坚持对诗意的不断探索，又紧密结合当下现实生活的有益的创作实践，使诗歌真正走入具体的生活，是诗歌绵延传承及诗歌主动参与社会主义精神文明建设的有效尝试。

四、"青春诗会"新人入列

"青春诗会"创办于1980年，至2020年已成功举办36届。众所周知，它已成为诗人向诗坛报到的"发射架"。参加"青春诗会"是诗歌写作者的美丽梦想。诗刊社"第 36 届青春诗会"于 10 月在福建霞浦召开。苏笑嫣作为辽宁籍诗人，以她扎实的写作功底和诗歌创作实力成为 15 名入选者之一。这不仅是对辽宁诗坛优良传统的延续，也是对辽宁青年诗人创作实绩的充分肯定。这是多年来我省诗歌界的一大喜事，充分表明辽宁"90 后"诗人在中国诗坛上已拥有了属于自己的"徽标"。

诗歌创作的"短板"与不足

就作品的创作水准及创作的连续性而言，出生于 20 世纪六七十年代的诗人群体已成为现今辽宁诗歌创作的主要参与者、实践者。他们在不断的磨砺与坚持中，逐渐成为较成熟的诗人，成为辽宁诗人中耀眼的一部分。即使站在全国优秀诗人的行列，他们也毫不逊色。他们面对火热的生活，抒发栖身的母土在时光洪流中的巨大变化，歌唱祖国建设的突飞猛进。他们有坚持，有奋进，有思索，有悲悯，在新时代的恢宏交响中，总能发出属于自己的最强音。

但是，也应该清醒地看到，辽宁的诗歌创作仍然存在着一些"短板"和不足。

一、没有重要的诗人在全国范围内产生足够的影响力

虽然涌现出邢东洋、韩晓阳等新锐诗人，又有哑地、王立波等辍笔重拾的"归来者"，但与小说的"铁西三剑客"相比，诗人的光芒明显"电量不足"。或者说，稍逊些的光泽也没有出现。我们看到的诗人，仍是已经写作多年的"老"诗人，即使苏笑嫣跻身诗坛"黄埔"，也不能说明太多。因为她少年即已成名，并非刚刚横空出世。这从另一个侧面可以看出，近年来我省年轻诗人队伍鲜有公认的新锐诗人出现，或者说，还没有

年轻诗人或"重出江湖"的"老诗人"以作品质量和足够的社会影响力引起诗坛关注。

二、诗歌的同质化，依然是诗人共同的"瓶颈"

除了早已形成鲜明个人风格的诗人之外，具有极高辨识度的诗人仍未出现。大多数诗人依然沿袭着惯常的思维观念、诗写方式，甚至连关键词、常用语等，都惊人地相似。（因而，常常出现甲乙两人义愤填膺地相互斥责对方"抄袭"自己的现象，其实，他们可能共同"抄袭"了第三者。此话题打住。）虽然有时可以从一些诗作中看到诗人个体努力突破与挣脱窠臼的迹象，但诗歌理念或写作手法上仍然没有大的"突围"，精神清洁而凛冽的卓尔不群者，更是微乎其微。

三、民间专业诗刊的坚守与消亡，喜忧参半

抚顺的《琥珀诗报》，一年只出一期，但品质不错，视野兼顾了全国和本土，写法兼顾了古代与现代，作者兼顾了成熟与新锐，为诗歌爱好者提供了很好的交流与沟通的平台。还有某市作协组织下设的几十个诗歌活动小组，适时开始朗诵会、改稿会等活动。想想那种场面，都会像诗歌一样令人热血沸腾。但月圆也有月缺，也有某市已出刊三十余年且在全国诗坛颇有影响的诗歌民刊偃旗息鼓，个中原因不言而喻，由此带来的影响亦不言自明。

四、很少听到诗歌应该发出的"声音"

与一些南方省份诗歌活动的应接不暇相比，近年来，辽宁省以官方名义举办的全国性大型诗歌活动并不多（或说没有），诗歌介入生活的频率与所能产生的预期几乎无从谈起。究其根本，经济窘迫只是其中一个原

因。虽然有些部门已认识到这一点，并逐渐起步，但仍然没有形成气候。如何结合当下形势和中心工作，让诗歌走进企业、社区、学校、军营，让诗歌发出更多的属于自己的"声音"，值得深思。

关于近年来诗歌现象的一些思考

新诗已逾百年历史。回顾新诗走过的道路，从发轫、发展与成熟，从新文化运动的洗礼、民族抗日救亡运动，到新中国成立以来的各个历史时期，新诗都承担起民族强盛、振兴的伟大使命。时光如逝水，终会如淘金子一般把好诗留存下来。我们借由那些优秀的诗作和那些带着时光印痕的"时光之书"，梳理了人类历史的进程，见证了人类文明的智慧之光。

但是，在如今融媒体、自媒体盛行的时代，人们被破空而来的纷繁讯息匆匆裹挟，一方面迅疾地获得了海量的信息，另一方面则丧失了充分过滤它们的时间和能力。微信公众平台与个人公众号、投票与转发、阅读与打赏，更多功能赤裸裸地表达了无须"门槛儿"便可达成的个人的欲望与诉求。林立的"山头儿"重又出现，你方唱罢我登场，人们使出浑身解数以期争得属于自己的话语权。仿佛大杂院里拖着鼻涕的稚嫩顽童，站在制高点——水井盖上，挺直腰身，带着权威者的威严发号施令，指点"江山"。或者，干脆自己动手，为自己贴上"世界著名诗人""环球诗歌奖获得者"的标签，并陶陶然。

"诗歌"与"生活"二者之间应该用哪个词？深入、干预、参与、渗透、介入？每个人都有自己的答案，不管答案是否标准答案——或者，根本就没有标准答案。于是，一些梦中呓语、疯癫言行，甚至私己生活，都"原生态"地呈现于大众视野。凡此种种，对于诗歌的良性发展是否有益？在此境况下，诗人何为？

作为有良知的诗写者，独立、鲜明的立场，纯粹、严谨的诗学主张，冷峻、客观的传情达意，体恤冷暖的炽热情感，唇亡齿寒的人文关怀……都需要在文本的字里行间表现出来、传递出去，并使之成为"三观"最直接的反光镜。

年终岁尾，疫情仍旧复杂，但 2021 维也纳新年音乐会依然如期举行。年近八旬、第六次执棒的意大利指挥家里卡尔多·穆蒂率领一支神奇的音乐军团，为人们带来了永恒、经典的视听盛宴，让人们直观地看到了音乐的力量。更令人感动的是，为了保障安全，辉煌的金色大厅的观众席上竟然空无一人。这是自 1938 年开始这一音乐传统以来，历史上的第一次。但是，通过卫星电视直播，全世界 90 多个国家、5000 余万人收听、收看了这场独特的演出。

音乐无国界，不论在什么境况下，都能陶冶情操，抚慰心灵，传递喜悦、欢乐、爱、美与希望——诗歌亦然。

2020
辽宁
儿童文学
述评

春之卷

王立春

2020 年 1 月至 3 月，东北的春天还蛰伏在未尽的冬天，人们被一种叫作新冠病毒纠缠住，甚至一度产生了冬天能否过去、春天能否如期到来的心理恐慌。不谙世事的孩子们在惊恐的世界和奋争的成人间经历了前所未有的成长。而儿童文学和儿童文学作家们，却在东北乍暖还寒的风中一刻也未停止自己向前的脚步。

文学的芽苞在春天破土而出，儿童文学尤其呈现出一派淡绿的生机。来自四面八方的作品聚集在这里，让我们从中窥见驻留在这个不凡春天的风景。

纵观省内儿童文学作家在今年第一个季度奉献的作品，无论是在题材的广泛度、现实主义的关注度，还是在地域特色的呈现度、表现手法的个性化等方面，均有所建树，呈现出异彩纷呈的创作样貌。

题材的广泛使作品主题更加多元化

儿童文学的各个门类在第一季度的原创作品中都有所呈现。儿童文学具有宽泛的定义，它包括小说、散文、童话、诗歌、幼儿文学等多样元素，在这一季作品中，题材都有广泛涉猎、内容都有充分表现。

首先，2020年年初，省内作家的儿童文学作品呈聚集性出版态势。据不完全统计，有以下作品：常星儿的长篇小说《热血红腰带》（《伟大历程——红色长篇小说系列》，辽宁少年儿童出版社，2020年1月出版，周莲珊主编），周莲珊的长篇小说《希望在人间》（《伟大历程——红色长篇小说系列》，辽宁少年儿童出版社，2020年1月出版，周莲珊主编），胡世宗的儿童纪实文学《15岁的剑桥生》（沈阳出版社，2020年1月出版），王立春的自传体儿童散文集《小屋》《跟在身后的小女孩》（辽宁少年儿童出版社，2020年1月出版），马三枣的儿童长篇小说《小莲灯书系》（5册）（接力出版社，2020年1月出版），王海燕的儿童长篇小说《旱龙道》（长春出版社，2020年1月出版）。

集中性的出版是以上作家创作积蓄的爆发，也充分表现出这些作家创作成绩的持续向好。这些作家中既有儿童文学界熟悉的老作家也有生面孔。尤其值得一提的是著名军旅诗人胡世宗的纪实文学《15岁的剑桥生》。这是以作家自己的外孙为原型的纪实文学，讲述了一个15岁的当代少年成为一个优秀的剑桥学生的成长历程。在朴素文字和细腻讲述中，我们能感觉到一股爱的暗流涌动。这是一部儿童成长的励志故事，具有给年轻父母培养一个走向成功之路的孩子做教科书的特质。现在，这部作品正在《沈阳日报》连载，引起了读者的强烈兴趣，获得了广泛好评。

其次，国内各家杂志也相继刊登我省儿童文学作家的作品，如马三枣的儿童短篇小说《九色鹿和白龙马》(《儿童时代》2020 年第 1 期)、《云间草》(《儿童文学》经典版 2020 年第 2 期)，王海燕的儿童短篇小说《满豆和他的美丽山羊》《把我女儿给你吧》(《文学少年》2020 年第 1 期和第 2 期)，李铭的儿童短篇小说《雪地上的贺卡》(《文学少年》2020 年第 2 期)、儿童小说《春天的红荭麻》(《儿童文学》2020 年第 2 期)，李广宇的儿童短篇小说《班尼亚的信使》(《儿童文学》经典版 2020 年 1 月号)、《给黄老师的礼物》(《少年文艺》2020 年第 1 期)。再如陈立凤的《冬青树越冬的秘密》等十几篇科普故事在《快乐语文》2020 年第 1—2 期发表，程云海的《挖野菜》(《新少年》2020 年 4 月)等三篇童话在《新少年》杂志上以《大嘴兔子学作文》形式设专栏发表，等等。还有一些没有统计在内的作家作品。

在国内各儿童文学杂志上发表的作品，是对当下创作态势的最好检测，是衡量目前创作的最佳参考。以上诸篇也代表了这个季节写作的最高水平。我省第一方阵的儿童文学作家并未缺席，他们以自己专长的短篇小说、童话、诗歌、科普作品参与其中，绚烂了这个春天的儿童文学。李广宇的面孔似乎略有些生，但他的两篇作品却在众多的作品中凸显出来，变得异常清晰。这不仅是因为作者的名字鲜少出现在全国儿童文学报刊上（抑或是笔者的孤陋寡闻），更因为他的作品的立场和观照流露出一种由内而外的通透。他的两个短篇作品直面校园少年的柔弱，直击成长之痛，把那些被我们日常忽略掉的问题少年心灵深处的挣扎展现出来，一层一层剥开，使作品向复杂性和多重性迸发具备了可能性，这在儿童短篇小说里并不多见。但愿作者能由此延伸自己对这类题材的更多关注，为我们带来更多的惊喜。

抗疫季节迸发的一场儿童文学花火

许多年之后，人们也很难忘记这个让人刻骨铭心的2020年春天。新冠病毒侵害了中国，刺痛了全国人民的心。而文学，尤其是儿童文学，以一个少年奔跑的姿势加入了抗疫的队伍，它不仅没有缺席这场全民战争，更是跑在了抗疫文学的前头。

每一次灾难的降临，诗歌总是第一个发出呐喊之声。儿童文学作家同样不忘身上的责任，在第一时间和小读者站在一起，共同抗击疫情。辽宁的儿歌和童诗作家们携着自己的作品，向孩子们发出了自己的声音，他们把自己与生俱来的、比别人更敏感的疼痛和更深切的爱向孩子们展示出来。作家们几乎群情激愤，在报纸、杂志、网络等媒体不断地发表自己的作品。辽宁少年儿童出版社和全国许多地方的出版社一样，在疫情期间开展了一场抗疫儿歌征文活动。全国各地的儿歌作品纷至沓来，辽宁省的儿歌作家滕毓旭、盖尚铎、肖显志、王立春、李海生、左东熠、杜希英等奉献出自己的佳作，展示了辽宁儿歌作家队伍的强势。他们以时代弄潮儿的英姿，向辽宁这个具有丰厚底蕴的儿歌大省致敬。

直面现实、书写真实生存状态的现实性一直是文学的主攻方向。李铭的现实主义倾向一直充溢着自己的创作，无论是他的剧作还是儿童文学作品都扎根生活。在这一季的短篇小说中，他的《雪地上的贺卡》和《那么帅！那么美！》（《小十月文学》微信公众号）紧密结合抗疫期间的真实生活，写两个警察家庭的孩子面对自己妈妈上抗疫前线的生活以及在这个特殊时间和空间里迅速成长的故事。在平常生活里嵌入现实性的主题，又能拉开距离仔细地打量和端详，写出生活的多维性，这是对一个作家的考验。李铭用他的短篇儿童小说很好地做出了自己的回答。

这一季，随着疫情到来，网络媒体涌现出大量文学作品，儿童文学自在其中。疫情改变了这个春天，也改变了文字和文学的流通方式。儿童文学作品穿流在各个平台，几乎无法量化。我省儿童文学作家的作品势头迅猛，得到了充分的展现和释放。原来一直躲在出版社和期刊杂志影子里的网络平台，一下子成为主角，与前两大媒体呈三足鼎立之势，且渐渐占了上风，成为快速发表作品的孵化器。一场文学抑或文字的革命从这里悄无声息地开始了。少儿出版社和期刊杂志竞相在这里抢占高地，作家和他们的作品在这里走向了千万个读者。乘着网络的东风，许多作家应邀在家里向小读者们发出抗疫的呼声，和小读者紧紧地站在一起，动员站在抗疫队伍里的每一个小读者都成为一名战士。在国内一些出版社和杂志社的助推下，儿童文学作家在网络上与未能走向学校的同学们共同探讨文学和写作。薛涛、王立春等作家讲的几场网络直播课，直面小读者写作中的难题，从作家的角度做出自己的解析，现场互动和问答，使读者与作家的交流得到了更充分的展现，作家和读者贴合得更紧了。

执着地坚守使审美趣味更加个性化

省内儿童文学作家的创作在这一季依然坚守着自己特有的文学品味，在中国儿童文学阵营中以独特的风姿展示出这一群体的风采。

马三枣的儿童长篇小说《小莲灯书系》（5册）讲述了独特场景里我们并不多见的故事。《良夜灯火》的小主人公慧宽是一个弃婴，被他的师父——一个老和尚收养在深山寺庙里，成了一个小和尚。山下小村里的人也给予了慧宽关怀和爱护，让慧宽成长为善良正直、乖巧懂事的孩子。小说几乎没什么惊心动魄的故事，淡淡的乡村，淡淡的寺庙，淡淡的水，淡淡的墨——而这墨的感觉，却是从作家的笔下流出来的。小和尚慧宽画的各种各样的灯笼充满墨香，作家自己画在书中的水墨画也充满墨香。合上书，从故事中溢出一股墨香——真如王冕说的那样："不要人夸颜色好，只留清气满乾坤。"一直觉得好小说要么故事本身新奇，要么讲故事的人讲得好。而后者，就是一种好的叙述方式了。一个好的作家，一定会有自己秘制的叙述方式；一个好的作家，一定走在用自己秘制的叙述方式寻找真谛的路上。这是令人钦佩的。马三枣就是这样一个会讲故事的人。他将人物的命运和故事的节奏拿捏得张弛有度，讲得劲劲道道，不慌不忙。读到得意处，我们停留在他的文字里，竟忘了故事本身。这是禅意，也是诗意，是盘根错节的故事藤蔓上灿烂的花朵。马三枣一直在修为着自己的诗意。这样的诗意同样在另两篇短篇小说《云间草》和《九色鹿和白龙马》中露出晶亮的光泽。

与马三枣的惜墨如金相比，王海燕讲故事的方式似乎更有一种不羁和潇洒，那是一种来自被阳光灼烧的大地的实诚和粗犷。地域性不仅使作家作品具备了鲜明的辨识度，同时也使得这类作品不易被时光吞没。王海燕作品的地域特色让人眼前发亮。这一季的《满豆和他的美丽山羊》比《把我的女儿给你吧》更具有辽西地域风采，尽管阅读的快感后者更强一些。我们惊异于她的捕捉能力，也许这是一个天生的小说家必备的灵巧和机设。那只山羊不仅美丽了一个乡村孩子的梦想，也美丽了读者对踏实落地的美好生活的祈望。在通向美与善的路上，成长的孩子或许更是一个丰富的载体。王海燕选择站在自己的那块玉米地上，写那里的玉米人们，写小小的正在拔节的那些青稞玉米人，应该说她给自己找到了一条小说的坦途。大把的生活就在那里，大把的人物就在那里，就像那些山、那些水一样，从来都绕她而转。题材到处都是，主题却很少有人发现，怎么写，却是秘密。但愿作者不负那片土地的给予，将那些闪亮的小小青稞玉米人写得更透亮更鲜活。

王立春的自传体散文在这一季节也散发了独有的气质。这种气质不仅属于她的童年和乡村，还属于留香持久的三十几年时光。《小屋》和《跟在身后的小女孩》的有些篇章是笔者现在读起来仍唏嘘不已的故事。但愿，这些心血凝成的文字经年之后还留有香气。

对于红色题材的写作，以我省儿童文学作家周莲珊主编的几套红色系列作品为龙头，辽宁儿童文学作家的各自风采在这里逐一呈现。这一季，大奖作家常星儿的《热血红腰带》和周莲珊的《希望在人间》两部长篇小说率先问世。两位作家以丰富的写作经验、大量的细节和生动的故事为小说的主人公赋予了浓烈的英雄主义色彩，为实现中华民族伟大复兴的历史进程献上了赞歌，也为当代少年的心灵塑造打上了一层厚厚的精神底色。

本季度其他作家出版、获奖情况

本省儿童文学作家这一季的获奖作品从众多的作品中脱颖而出，耀人眼目，提升了本土作家作品的整体高度，也提振了辽宁这个儿童文学大省的士气。

宋晓杰的《自然观察：我的湿地鸟类朋友》（新世纪出版社，2019 年 6 月）一经问世，便成为生态儿童文学的翘楚，在 2020 年 1 月入选由出版商务周报和中国出版协会少年儿童读物工作委员会评出的"2019 年度桂冠童书榜—科普百科类"。她的散文《嘿，小黑子！》（辽宁师范大学出版社，2019 年 5 月）入选"辽宁文学馆冬天好书暨 2020 年寒假书单"。马三枣 2020 年 1 月出版的《小莲灯系列》中的《良夜灯火》获首届接力杯曹文轩儿童小说奖银奖，《九色鹿和白龙马》获《儿童时代》2020 年"儿童时代·文学新势力"征文二等奖。获奖作品标志着他的创作达到了一个新高度。

这个季节，我们虽感受到春天来临的喜悦，也经历了乍暖还寒时残留的丝丝凛冽。正如进入这个季节的辽宁儿童文学，佳作虽然很多，但出挑大作尚未露出端倪，为此，我们在徐徐而来的春风中期待着。

　　农历的四月闰了一个月，把夏天抻得清凉了许多，也让 2020 年的第二季度变得愈发像初夏。中国因为春天的结束而宣告了抗疫战争的初捷，而世界的疫情却因为初夏的到来变得更加波诡云谲。大江南北，半夏花开。"黄四娘家花满蹊，千朵万朵压枝低"，这是西南的夏天，东北的夏天与之相比也毫不逊色。走进辽宁儿童文学的花圃，沿着蹊径，芬芳扑面而来，争奇斗艳的大朵小朵，映满了我们的眼睛，清澈了我们的心。

大奖作家的"变"与"不变"

　　这一季，几位大奖作家携作品出场，提升了辽宁儿童文学的气场。辽宁儿童文学获大奖是从"辽宁小虎队"开始的。从那时开始，每隔 3 年（从第十届起每隔 4 年）一次的中国作协全国优秀儿童文学奖，每一届儿童文学的辽军都没有缺席，共有 11 人 9 次获奖，囊括了儿童文学的几乎所有门类的奖项，可谓作家队伍强壮，作品硕果累累。几年前，著名文学评论家王泉根教授提出中国儿童文学三大重镇之说，辽宁是除北京、上海之外的另一重镇。大奖作家们以自己的作品为儿童文学重镇辽宁涂上了浓墨重彩。初夏，大奖作家又一次集结，在这一季捧出了自己的精品力作。

《豆粒儿，你的信》（安徽少年儿童出版社，2020年6月）用一种全新的方式打开了新的叙事。出版了50多部儿童文学作品的两次大奖获得者薛涛在这本书信体散文集中，以他丰富的写作经验和悲悯情怀，重新打量大地和生命，用风趣优雅的笔触诠释了一场爱的传递。这是父亲老猪写给小猪的信，从春天写到冬天，从草原深处写到草原之外，有深情浓郁的父子情深，有纵横捭阖的哲学诘问，也有纯真素朴的娓娓道来。当草原上四季花开、动物狂奔，那条深沉的父爱之河深藏地下，汩汩流淌。大自然和生命在薛涛的笔下仿佛回到了最初的样子，穿行于说不尽的春夏秋冬，回荡在苍茫广袤的东北大地。我们被作者的诗意带入了加斯东·巴什拉《梦想的诗学》中的境界：坐在夜的道路上，倾听着星星的话语，以及田野和树木的言谈，守望着自己心灵中萤火飞舞的童年。

而刘东却用《照耀着你的那颗星星，已经死了》（《儿童文学》2020年第4期）诉说着父爱的另一种极致。在一条由生向死的狭窄通道上，刘东用笔极力地挽留那些无法挽留的东西。父亲在生命渐离渐远之际与儿子做了最后的道别，紧迫而又深切。一个小说家总是在用自己特有的方式剥离着故事，让读者一点一点向真相靠近，这仿佛是刘东的诉说方式：带有撕裂感的疼痛。和余华的《第七天》用了一样的灵魂驻留暗示，刘东用灵魂穿越来讲述故事，用魔幻现实来叙事。这种方式在儿童小说中少有见到，即便有，一般也讲得小心翼翼，避重就轻，而刘东却以他的胆略来直视和面对，这真的需要作家的勇气和力度。

《狼道》（《少年文艺（江苏）》2020年第6期）是坚称不愿写散文的车培晶的一篇散文。车培晶以写童话起家，小说也写得饱满丰盈。不愿轻易进入散文境地的车培晶，似乎更愿意在文字中置设一种虚构的体系，完成一次次自我循环，而面对生活的真实却仿佛心有余悸。但事实证明，这种担心是多余的。《狼道》正视了童年时的一种恐惧：一条经常走过狼的深沟，足以攫住童年的呼吸。或许只有在拨开迷雾之后，成长才得以真正开始。在散文中，车培晶一环一扣地卸去夹住幼年的枷锁，让小时候的自己获得自由的同时，想必也获得了成年后的解放。尽管是率性的散文，我们仍然能在作家的字里行间嗅到小说叙事的内敛和克制。

《罗阳——用生命托起中国战机》（接力出版社，2020年4月）是王立春的一部儿童报告文学，这是中宣部重大出版工程"中华英雄人物汇"中的一本。在这部人物传记中，被主人公精神所感染，作者深情向这位航天英雄致敬，向中华民族伟大复兴路上的一代知识分子致敬。在追随英雄罗阳成长的文字里，显示了一位儿童文学作家的责任和担当。

从大奖作家们集中在这一季的作品里，我们看到了变化。从题材到体裁，几位作家做了新的尝试和挑战，看上去似乎是一种新的出发，但当我们仔细端详文字的内部，又看到了作家自觉的自我提升。不变的是，在另一个高度上，作家们达到了一种平实的回归。

儿童诗的守望和出探

这一季，辽宁的儿童诗向我们呈现了三种样式，仿佛一条街道上刮来的旋风，各自旋转出自己饶有特色的风姿。海德格尔说：诗是一种敞开，让被遮蔽的存在涌现出来。盖尚铎、宋晓杰、宗晶启动诗意，用独特的敞开方式，让那些久居在心底的存在得以奔涌，生发出全新的意义。

盖尚铎推出的是儿童诗集《一定要等月亮出来》（花山文艺出版社，2020年5月）。诗集包含了173首短童诗，是资深儿童诗诗人盖尚铎的一部精品力作。盖尚铎一直坚守着儿童诗的创作，近年来愈发向短小的童谣和童诗聚力，从几次获全国奖的儿歌和童谣作品中，可以看到他的作品一以贯之的精良质地。仿佛微雕作品般，短小的童诗写起来更需别样力道，这是一般诗者不敢做也做不来的。盖尚铎却在这种雕琢中乐不思蜀。他的小童诗风趣、奇妙，这部童诗集中的每一首诗篇幅虽然短小，却天然成趣，浑然一体，读了莞尔一笑的同时，又有回旋不已的意味。这是值得我们写童诗的人敬佩和学习的。面对白石大师晚年的小品，我们或许能产生类似的感觉：技艺精良，一任天真。

宋晓杰的组诗《旧童年·新童话》（三首）（《中国校园文学》2020年第6期青春号）读得让人鼻子发酸。或许是笔者的旧童年和诗人的重合到了一起，读到了一个蓬乱又局促的自己；或许是被诗人点了穴位——生命中总有一些柔软不堪一击。读过宋晓杰以前的许多诗，一直倾倒于诗人的诗艺。而读这组诗却忘了那些技艺，技艺不见了，心窝里只剩了一汪泪水。这让人不由得想起巴金的一句话：文学的最高境界是无技巧。如果以此攀向诗的高峰，或许这组"宋诗"会带给我们一些启迪。诗人抑或该解下许多镣铐：那些沾沾自喜的自我，会限制我们的舞姿。当诗人本尊在诗的内部得以解脱，读者一定会送还一派身心清朗。尤其是，我们面对的是蓬勃向上的少年读者。

宗晶的《夜晚的词盏》（外一首）（《中国校园文学》2020年第4期）充满了诡谲和新鲜的意象。诗人不回避自己在诗中刻意的营造，那些有关诗的内在逻辑，那些意象的奔腾和跳跃，或许只有懂诗的人才能领会。诗人对意象的撷取是现代诗式的，通过现代诗的廊道，向儿童诗停靠，是一种崭新的思路，也是一种有价值的探索。或许会因此产生一些困惑，生成一些障碍，阻止一些人近前，但这本来就是诗的样子。就这样好了，诗毕竟是唱给少数人听的歌，赢得了几阵怦怦心跳，便是一场诗人的胜利。

盖尚铎携短童诗，宋晓杰携少年诗，一直走在自己的路上，从脚印上都能辨出那一个自己。守望自己的诗园，播种或深耕，时间已久，覆盖已深，已蔚为壮观。而宗晶从现代诗向儿童诗突围，可谓"出探"得成绩不错。愿再接再厉，开拓出自己的景象。

低幼文学的领唱和合鸣

低幼文学是儿童文学的底座。离开了低幼文学谈儿童文学，儿童文学的样式是不完整的。一位作家如没能创作低幼文学，还不能称其为真正意义上的儿童文学作家。低幼文学这种看上去轻轻浅浅的文学，极难把握，即便是成熟的儿童文学写者，也会对此心生畏意、束手束脚。笔者在创作路上一路行走，行到此处也不得不慢下脚步，费尽心思却也少得要领。

令人欣慰的是，辽宁在低幼文学领域不乏领军者。单瑛琪的低幼文学获得了全国优秀儿童文学奖，为数众多的儿童文学作家也纷纷拿出了力作，向人们展示出辽宁低幼文学的一派大好风光。这一季，我们有三位写低幼文学的作家渐次出场，她们用自己的作品，在这个领域奇异绽放。

陈琪敬（小鸭子）的《都藏哪儿了？出来吧！》2020年6月获得了第十届"信谊图画书奖"文字创作佳作奖。这是一个图画书的文字脚本，作者用一双幼儿的眼睛和心态来发现和完善了世界，满篇童趣满满，结尾意犹未尽。也许这是作者多年在低幼文学创作中练就的本事。坚持是有回报的。相比南方的活跃和热闹，北方的图画书创作略显沉闷，或许与创作环境不无关系。陈琪敬始终将自己置放在低幼文学一隅，勤奋打磨，日复一日锤炼自己向幼童说话的功夫，终于完成了一个人的突破，一次次向成功大步迈进。《都藏哪儿了？出来吧！》的文字丰盈生动，层层推进，贴合着幼儿的好奇和疑问，把"菜园子"这个美丽神奇的意象展现在孩子面前，同时，也很大程度地呈现了低幼文学向儿童文学深处进发的可能性。

来自朝阳的陈立凤一直践行着科普文学的创作，从未停下过自己的脚步。这一季，陈立凤的《可怕的"小白蛇"》(《快乐语文》2020年第4期)、《莫须有的秘密大会》(《第二课堂》2020年3—4期)等十几篇科普童话在全国各地儿童杂志上发表，加上前一季的加持，在科普童话队伍里有了领跑之姿。或许也可以说，陈立凤一直不动声色地耕种着自己的科普童话园，里面早已万紫千红芬芳馥郁，形成了风景这边独好的生态。科普知识和低幼文学的结合，使得陈立凤的作品为众多儿童杂志所喜爱，也为更多的孩子所接受。或许这是这位作家一直坚持的理由，不经意间，也成了众多儿童文学作家的向往。

李忆锋默默无闻地从事着微童话创作。在前几年微童话风行之际，她创作的多篇作品获奖。这一季，李忆锋拿出了《团结是个小精灵》等9篇微童话(《小学生报》2020年第1—9期)，篇幅不大，字数不多，但字里行间洋溢的情感却一点儿不比长篇童话少。作为一个成熟的剧作家，她始终不忘用精致的笔墨给小不点们写故事，这是令人敬重的。这一季的作品浓缩了她之前的大量创作，沿此向前，愿她继续。当下，她尝试着与现代融媒体交会，将故事化为声音，在点击量不断上升的同时，也为低幼文学开拓出一条飞翔之路。这是儿童文学新的趋向，李忆锋似乎走向了一条快车道。

图画书、科普童话、微童话，当这一类低幼文学以不可阻挡之势向小孩子们走去，我们看见了这个领域探索者的努力，也听到了辽宁儿童文学作家在这个领域的合唱。领唱有领唱的音质，合声有合声的气韵，浑然一体，是我们创造的精彩。

本季度其他作家出版、发表、获奖作品

本季度重点作家的作品引领了创作的风头，而众多的作品也在一一呈现出它们各自的样式，这种种样式使我们感到兴奋。

2020 年 4 月，宋晓杰的《自然观察：我的湿地鸟类朋友》在中华人民共和国生态环境部和中国环境出版集团联合举办的首届"公众最喜爱的十本生态环境好书"评比中入选。《自然观察：我的湿地鸟类朋友》还入选国家新闻出版署 2020 年农家书屋推荐目录。这部作品为大自然文学又添上了浓墨重彩的一笔。6 月，薛涛的《豆粒儿，你的信》进入"百班千人"暑期嘉年华阅读书目。6 月，陈琪敬用作品证明了自己在这个领域深耕细作的力度，她的《艾米鼠的箱子》（中国中福会出版社，2020 年 8 月）被选入中国中福会出版社 2021 年亲近母语分级阅读书目。同样是在 6 月，张忠诚的儿童长篇小说《蓝门》（二十一世纪出版社，2020 年 6 月）进入辽宁文学馆"夏天好书"暨小学生暑假书单，富有张力的写作使他的作品具有了很强的辨识度。还是在 6 月，王立春的《罗阳——用生命托起中国战机》入选教育部中小学生阅读指导目录（2020 年），并成为 2019 年度中国版协 30 本好书之一，这部关于中华英雄的书稿的写作使王立春获得了更宽的创作维度。

百花齐放是夏天的花朵，争芳斗妍是满庭的芬芳。牡丹硕大雍容，却也缺少了些许香气；玫瑰又香又美，却也多了几根利刺。花朵尚且如此，何况我们这个季节的儿童文学作品。但正是这种不完美，才使得各位创作者潜下心来，向着更高远的目标展开自己不懈的求索。

英国作家狄更斯最喜欢的小说《双城记》有一句著名的开头语："这是最美好的时代，这是最糟糕的时代。"把这句话从 160 多年前的书中撕下来，贴在当下做标签，貌似再合适不过。新冠疫情当前，中国在前一句预言中完成蜕变走向一个伟大的时代，以美国为代表的诸多国家却在后一句谶语中水深火热折腾不已。当健康的中国季风吹过 2020 年秋天，一个比往年更令人关注的秋收季节来临。乘着秋天的马车，我们来点数辽宁的儿童文学，颗粒入仓，丰收在际。稻谷芬芳了理想，玉米金黄了希望。

"90 后"双生花的粲然绽放

地域和时代为作家铺上了厚重的背景，作家也在地域和时代里滋生出自己的文学品相。这一季，生于 90 年代、长于辽沈大地的两位姑娘源娥和刘天伊的出场，照亮了辽宁儿童文学创作天地，也靓丽了这支队伍里流淌在过去的时光。她们不约而同地在这个季节里捧出佳作，像同时绽放的两朵双生姊妹花。为今天的这次同时亮相，她们仿佛准备了很久：两个人都出版过几部儿童文学作品，都获过这个领域里举足轻重的各种奖项，动人的青春和蓬勃的生命力咄咄逼人。两个女孩不俗的儿童文学成绩仿佛具有象征意义：宣示了辽宁儿童文学新时代的到来，昭示了以她们为首的另一场文学花事的开始。

源娥之前荣获过第八届"周庄杯"全国儿童文学短篇小说大赛特等奖、"大白鲸"原创幻想儿童文学优秀作品征集活动玉鲸作品（一等奖）等儿童文学奖项。这一次，她携校园小说《请叫我卷发公主》（《萌公主》2020年第7、8期合刊）、成长小说《一路风景》（《少年文艺》2020年第8期）和童话《王子与笑笑》（《故事作文》（高年级版）2020年9月）出场。前两篇小说是青春小说，是女孩视角的叙述，带有很强的主观性。这种主观性使作品显现了独特的艺术存在，而一部作品最好看的便是作家渗透在作品中的个性。源娥年龄小，创作时间不长，但仿佛深谙此道，那些被文字包裹着的细节信手拈来，情节在不动声色中向前推进，真情之花在阳光下盛开。在《笑笑和王子》中，作家紧紧贴住主人公的"物性"来写，"微笑"和"忧伤"成就了两个生命的相依相偎和彼此取暖。故事中的悲悯，是受尽了苦难的生命尽头的恓惶和无奈。作家在结尾处似乎告诉小读者，全力以赴的爱不会悄然落地，他们终会遇见另一场更好的爱。由此可以想见，源娥的小说和童话写得很有力道和弹性，三篇作品是各不相关的三场际遇、三种不同样式的成长，作者视野开阔、构思新巧、笔调清澈，完全蹚出一条属于自己的创作之路。我们满心期待她取得更大成就。

刘天伊的长篇童话《猫田》（辽宁少年儿童出版社，2020年9月）是黏合在一起的阶段式叙述。作品用12个故事讲了一人一猫一食店的故事，写得纯熟而温煦，是一场想象的盛宴。

9月27日，辽宁省作协儿童文学委员会、辽宁省儿童文学学会、辽宁少年儿童出版社在辽宁文学馆联合举办了《猫田》研讨会,与会专家对这部作品给予了很高的评价。辽宁省儿童文学学会会长宁珍志认为,应该把《猫田》当作一个词"温暖"来读。温暖无处不在,就像食物里的爱。即便按照严格的词性辨析,温暖,于《猫田》的艺术语境,为名词,为动词,为形容词,都许可,都合适。《猫田》不仅温暖着小男孩的情怀,也温暖着小女孩的情怀;《猫田》的情节是温暖的,叙述是温暖的,主题是温暖的。作家王立春认为,《猫田》是一部舌尖上的童话,作者不经意间创造了一种崭新的童话建构:带有美食美学的新童话,饕餮味蕾的儿童文学。同时,《猫田》拥有令人着迷的童话拐角与氤氲的诗意。沈阳师范大学文学院的王家勇认为《猫田》是一部主题有爱、幻想有根、语言有味的童话。温暖是这部童话的核心主题,食物只是温暖的载体而已,但在这温暖的主题之下却隐藏着作者的良苦用心。沈阳化工大学的孔凡飞赞扬《猫田》内涵"深"、文本"新"、文字"仙"、故事"趣"、形象"异"。当然,这部童话作品与《深夜食堂》有着某种内在的联系,都将故事设置在夜里,都有美食慰藉灵魂,都有温暖与爱在夜色里流动。

当刘天伊和源娥捧着力作走到我们面前,我们不仅感慨她们的日趋成熟,也对"90后"和"00后"的成长投以更多的目光。

"80后"作家带来的两场悲喜剧

那么"80后"呢?在文学的旷野上,不止儿童文学作家、辽宁的作家,放眼望去,"80后"作家都相对有些稀缺。或许是80年代出生和成长的孩子正赶上经济浪潮席卷而来,在文学和经济激烈的对冲中,文学家在成长的根基上受到摇撼?这是一个值得研究的问题。还好,只要天生的血脉里有了文学的气质,再大的外部干扰都不会撼动一个作家的顽强成长。

获青铜葵花奖的"80后"作家张忠诚就是这样一位出挑的作家。

这一季，张忠诚推出了两部作品《蜗牛》《猴戏团》（人民文学出版社、天天出版社，2020年8月）。《猴戏团》讲述了一个男孩在"闯关东"历史大背景下，面对饥饿、苦难、战乱和贫穷，艰难漂泊和奋力成长的经历。《蜗牛》是获得青铜葵花潜力奖的一部力作，讲述了一个小镇上因开矿而得了矽肺病的父辈们和他们孩子的故事，从生讲到死，从绝望讲到希望。张忠诚以干净简练的叙事为我们打开了一扇悲剧之门。阅读一个接一个为生活所迫而离世的年轻的父辈的故事，我们的心被那些文字揪疼。当主人公——男孩不得不面对这些残酷现实，我们感到作家把生活撕成了碎片。亲人的离世是孩子成长之痛中最痛的部分，也是文学中生命意识的最深刻话题。既然儿童文学也无法回避，张忠诚索性迎难而上，为我们织就了这样一个无处可躲的、黑色的、几乎覆盖了整个天空的生死大网。诺奖得主美国作家艾·辛格在谈到死亡时说："在文学里，如在梦境一般，死亡是不存在的。"我们在张忠诚柔软的文字脉动中或许能得到这样的启示。

这一季，又有一位"80后"的作家紧随其后走来，向我们展示了自己的文学的别样追求和独特个性。张旭发表的《最佳陪练》（《东方少年》2020年第9期），以一人和一群狍子为童话主人公，构思了一场别致的相遇，建筑了一个看上去"循环不已"的沟通平台。故事讲得诙谐幽默，充满灵动和巧合，用一场轻松的喜剧，带来偶然性与必然性的内在哲思。愿张旭沿着这条阳光之路继续前行，取得更加喜人的成果。

儿童文学两端的守望

儿童文学的受众是年龄不一的孩子，这就对创作者提出了一个对位相对准确的童年书写。低幼阶段，要有游戏有玩乐有动感；大到童年，要有情节有故事有情趣；长到少年，要有抒情有理趣有哲思。这是一种循序渐进的发展，一个爱阅读的孩子会在这种好书的浸润下茁壮地成长。秋季的辽宁儿童文学，在童年作品饱满丰盈的同时，守在童年两端的文学也露出斑斓的色调。陈琪敬的低幼文学和王茵梦的青春文学各自呈现出自己的艺术特色。

陈琪敬一直致力于低幼文学创作，近期取得了骄人的成绩，继获得"信谊图画书奖"文字创作佳作奖后，又推出系列作品《猫先生的时间小镇》《艾米鼠的箱子》《圆圆和熊保利》（中国中福会出版社，2020年8月）。以《猫先生的时间小镇》为例，作者在讲一个有趣故事的同时，不忘设计带有诗意味道的情节转换。进入猫先生的时间小镇，是在嗅觉、触觉、视觉中的某一个感受到最有爱的瞬间完成的。这一瞬间的完成，幻化了孩子的想象空间，让孩子觉得既新鲜又有趣，会产生一种自己想尝试的冲动；同时也提升了童话本身的格调，脱去了一般意义上的情节铺陈，显露出好童话的质地，有一种高级感。在整体感觉上，这一套书的插画也配置得稚气幽默，可圈可点，对低幼儿童会有很强的视觉冲击力。

王茵梦不声不响地沉浸在青春文学的创作中，持续发力，近年来也获得了诸如冰心儿童文学新作奖等重要的儿童文学奖项。《何大板遇见刘小仙》（《中学生》2020年第7期）、《再爱我一次》（《中学生》2020年第8期）、《秘密交换》（《中学生》2020年第9期）撷取了青春成长的几个片断。成长文学是少年时期的文学书写，介于成人文学和儿童文学的中间地带，少男少女的锋芒和个性让他们有时甚至更极端，这个精神世界的探索会更深地指向未来。怎样从表相深入到内里，是对一个作家的考验。王茵梦抓住"少女成长"的线索，通过成长的纠结和释放，诠释了当下女孩各种样貌的成长和随之而来的成长之痛，揭示了那种无法逃避的生活和渴望被理解的内心。青春时代是儿童蜕去稚嫩的最后一程，愿王茵梦做好这一端的坚守。

这两位作家的作品在这一季完整了辽宁儿童文学的链条，清晰丰满了链条的两端。

说起偏向低幼一侧的文学，我们也不得不提及一位科普童话作家陈立凤，她的《自然之趣》（四本，包括《牛磺酸惹的祸》《跟屁虫的烦恼》《不是我小瞧你》《树里的小强》）（科学普及出版社，2020 年 8 月）的出版，为辽宁儿童文学科学童话方面的发展写上了浓重的一笔。在少有人坚守并难出成果的科普童话园地，陈立凤潜心钻研科学知识，将这些知识转化成富有趣味的童话叙事，这是一种具有专业工匠精神的求真和制作。童话集《自然之趣》镶嵌进辽宁科普童话廊道，弥补了这方面的不足，很有意义。它像一匹黑马冲入童话阵地，为小读者和家长们带来了知识和文学体验的双重收获。

向高年级倾斜的还有王立春的儿童散文集《格格树》（安徽少年儿童出版社，2020 年 7 月），这是"小枞树"丛书——"爸爸书""妈妈书"里的一部亲子散文集。《格格树》从一个母亲的视角，记录和端详了自己孩子的出生和成长。在孩子长大的进程中，许多瞬间，孩子和母亲都在成长、拔节。这是作者的第一部亲子散文集，也是一部送给年轻母亲的文学纪念册。

本季度其他作家出版、发表、获奖作品

收获的季节是说不尽的，正如我们众多作家的作品，也都迎来了秋的累累硕果。

薛涛的长篇小说《砂粒与星尘》（安徽少年儿童出版社，2019 年 6 月）获国家图书馆第十五届文津图书奖（社科、科普、少儿领域共计十五部图

书获奖），又一次为本土儿童文学作家争得荣誉。马三枣的短篇小说《遥远的骆驼蓬》在《读友》杂志 2020 年第 9 期重磅推出，评论家做赏析，作者创作谈的文字犀利而有趣。少梅曾获第九届周庄杯三等奖的短篇小说《候鸟南飞》发表在《少年文艺》2020 年第 7 期头题，配以创作谈和评论，重磅推出。"周庄杯"已有多人获多个奖级，这篇是辽宁地域儿童文学得到全国广泛关注的又一标志性作品。

　　每一片落叶都是树写给大地的信，那是一种爱的表述，大地会将它们装订成册，成为一本秋天的诗集。这一季，儿童文学作家将优秀的作品献给孩子，就像献给自己的大地，但愿孩子们读到的每一篇作品，都能留下诗的回味。

冬之卷

王立春

　　2020 年岁尾，300 多个跌跌撞撞的日子终于撞线，历史终将铭记这一年每一天的艰难和疼痛。许多年后，当我们回忆起这个冬天，依然能听得到来自世界各地的惨痛呻吟，也能回想起这个星球上诸多生命的悄然陨灭。新冠病毒的疯狂肆虐，使得这个冬天比以往的冬天更寒冷，成为了人类历史上最黑暗的时刻之一。只有中国拨云见日，风景这边独好。尽管仍有病毒偶尔入境，但我们有信心，在各级政府和医务人员的努力下，我们终会取得胜利。蒸蒸日上，青春蓬勃，生机无限，正如我们的儿童文学，在成长中超拔出一往无前的力量。行走在儿童文学路上，我们能听到那来自天边少年的歌声，也能听见诗人那发自肺腑的倾情召唤："祝你的前方 / 桥梁坚固 / 隧道光明……"辽宁的儿童文学边走边唱，光芒如初，在积蓄、敛藏和萌动之后，这一季更呈现出丰富和饱满，建构了四季中完美而坚实的底部。

儿童小说的多声部合唱

辽宁的儿童小说就像这个结实的季节一样，硬朗满盈。我们读到了马三枣的中篇小说《秋水芦花》（《读友》2020年第11期），闫耀明的小说《大雪》（《少年文艺（江苏）》2020年12期），王海燕的小说《老师撑坏了》（《儿童时代》2020年第12期），宫佳的小说《熬一锅故事粥》（《知心姐姐》2020年第11期），时间与空间在作家心灵的某一处交汇，碰撞出一篇篇精彩的佳作。小和尚、孙女、乡村少年、校园女孩，几个小说中的人物各自带着独特的性格，聚集在这里，述说着这个冬天的故事。

《老师撑坏了》保存着王海燕一如既往的温度和率真，建构着她本色的原生态文学样式。一个喜欢绘画的乡村男孩在故事的发展中终将画到他的老师，也终将会引出一段令人期待的情节。不过这次比以往多了几分幽默和诙谐，阅读中有一种喜感加快感的体验，应该说这是小读者期盼的。作家笔力娴熟劲道，一个活泼泼的乡村少年跃然纸上。《熬一锅故事粥》是宫佳发表的第一篇小说，与她的童话和散文不同的是，这篇校园小说讲的是成长。一个少女成长的喜悦和忧伤是在为一个寺院做义工时生发出来的。应该说，寺院中那个关于粥的故事作为女孩成长的衬托，很有想法很有意味，作者营造了一种温煦的境界，读来韵味悠长。

相比之下，闫耀明的小说《大雪》把女孩和奶奶的故事放在一场大雪之后讲述，更显得老到和巧妙。奶奶要带孙女回自己的老家，却终被一场大雪耽搁了。苏耗子、白雪、海边山崖、爷爷的京胡、奶奶年少时的家……时间在慢慢抻长，空间在渐渐展开，过去和现在，回忆和当下，长大和老去，失落和拥有，比对着交集着，浑然一体。这是一篇没有强烈矛盾的故事，却因为构思的精巧和有节奏的讲述而显得富有张力。加西亚·马尔克斯说，"小说家可以做他想做的任何事，只要能使人相信。"《大雪》里，让读者相信的一点还在于，作家总是想方设法将故事拉回到自己的过去时光中，那片曾感动过震撼过自己的天地，必会感动和震撼别人。真情与实景或是最能生出泪水和欢笑的土壤。

《秋水芦花》是马三枣的一部中篇小说，发表于《儿童时代》2020年第1期。这是他写的小和尚系列之一。这一次，成长的慧宽开始想念自己的亲生父母了。那本来是一个搁置了很久的悬念，某一年的某一天，小小的他裹着被子被放在了寺庙前。原本那个淡如水墨的成长就这样被一个执念弄皱了。庙里来了一个收集松树塔的打塔人老田，清静的寺院充满了笑声。作家克制着自己的笔墨，尽量把这个故事讲得不动声色。然而，疫情来了，一切被打乱，生活重新开始。老田离开了寺院离开了慧宽，也离开了那将了未了的爱与心疼。作家没像别人那样把事情说开。就像一团浓浓的墨，一下子泼在了纸上，任由它慢慢地洇开，慢慢地重获生气。老田是谁？看破了不说破，许是时光里的禅意，更是作家设的一个局。这样才好，如画的结尾，留的白大一点，多一点，想象才更空旷，更有余味。不低估读者，一个好作家才有这样的心机。

儿童绘本的华彩乐章

大奖作家薛涛这一季有三部作品分别以俄文、阿拉伯文、英文在国外出版，创造了作品外文出版的又一个"峰值"。同时，他又推出绘本《邀人跳舞的小兽》（海燕出版社，2020年10月。俄国伊戈尔·欧尼可夫绘）。绘本讲述了这样一个故事：森林边一个老木匠和一个小兽曾很亲近，多年以后，小兽下山，老木匠已不在了，它能亲近跳舞的，除了老木匠的那条生了锈掉了齿的老锯子，还有小锯子的小主人——老木匠的儿子，当然，还有后来的许多舞者。这个故事看上去有点诡异，带点日本童话的"森系"，更带点中国聊斋的怪异。当然，夜晚发生的事总是这样，老林子旁边发生的事总是这样。因为是绘本，故事的文字情节还只是整本书的一半，更诡异的那一半在画上。这本由获过国际安徒生绘画奖的俄国著名画家伊戈尔·欧尼可夫绘画的图画书，画面看上去与文字没有一点违和感，正相反，倒是相当的匹配。那个小兽，被画家安排成浑身的毛刺，有点瘦弱，有点凌乱，没有人会猜到它是曾经的什么动物，再加上它那两只不一样颜色的眼睛，让人产生无限的怜爱——画家深谙读者的心理，让他的主人公生出这样一张吸引眼球的一见就再也难忘的脸，也是太用心了。就这样，夜晚、月光、屯子、大雪、冰冻的小兽，山上林中愉快跳舞的大人和孩子，纷至沓来。显然，这是一本不同寻常的好绘本，它缘起于一个好故事，它功成于许多好画面。跨越千山万水的合作，对彼此文化的好奇和陌生，成就了这一份默契和和谐。正像在书后，国际儿童读物联盟主席张明舟所说的那样："文字作者和插画师一起跳舞。舞跳得好不好，既在每位舞者精湛的舞技，也在共舞时舞伴间高度的默契。"那份在文字和画中的幽幽的神秘或许是值得孩子一读再读的。这恰是一个好绘本能带给我们的，那是跃动着惊喜的忧伤。真希望多看到这样带有经典意味的儿童文学精品，它不仅温暖着孩子的成长，更照亮了我们的儿童文学。

勤奋的陈琪敬（小鸭子）也以绘本的丰收进入了自己一年中的收获季。这一季，她带来了"儿童关键期想象力激发绘本"四册（《带着什么出门好呢》《太阳去哪儿了》《呼噜噜的愿望》《我不是个木头人》，中国纺织出版社，2020年12月）。作家一直沉浸在低幼绘本的文字创作中，看上去真的是心无旁骛。她自己磨炼出一套低幼绘本的组合拳，驾轻就熟，更有灵动想象的出其不意。向着明亮那方，必会走入低幼文学的一派锦绣，更会走向文学自我的心灵深处。后者或许才是儿童文学作家的终极所求。

时间总会给一个聪明勤劳的人以奖励，为了满满的收获，一切付出都是值得的。

儿童诗的主题萦回

这一季，童话和儿童散文虽也有呈现，但略显零星，而童诗却异峰突起，成绩斐然。李忆锋的《我的眼睛是个小女孩儿》、张旭的《青蛙为月亮唱首歌》和李海生的《老伴》作为原创童诗参赛作品在上海好童诗大赛中获奖，为辽宁儿童诗争得了荣誉。同时，他们的童诗创作也为辽宁儿童文学这一传统强项增添了新生力量，壮大了儿童诗诗人的阵营。

于永涛在这一季献出了自己的两首儿童诗。这位曾获冰心儿童文学奖和儿童文学十大魅力诗人称号的"85后"作家，以儿童诗《蒲公英》《鸟鸣是山野打出的饱嗝》（《宝葫芦》2020年第10期）在这一季出场。想象力应该是诗人天生具备的神器，想象力丰富与否决定着诗人前进的方向和行进路途的远近。于永涛除了具备敏感的想象力，更在诗歌中注入一种强烈的生命意识，那是一些简单而真诚的力量，蕴含无限生机。但愿诗人坚持和守护住自己的独一无二，在充满诗意的儿童文学中充分地展示出特别的自己。

王立春的《小笨鼠和大眼贼》系列包括《鼠哥哥出嫁》《两个偷蛋贼》《嘎嘎鸡回家》《田鼠装老爹》（安徽少年儿童出版社，2020年12月出版）是作家最新创作的童话诗。这一次，诗人首次以童话诗的形式开启自己的创作模式，年龄段向低幼倾斜。有一位著名儿童文学作家曾说，没有为低幼儿童写作的作家还不是真正意义上的儿童文学作家。王立春在多年打磨自己儿童诗艺的基础上，这几年一直向童话诗写作靠近，作品受到了老作家任溶溶、金波等老师的肯定。无韵的童诗一直是王立春追求的，或许这样的挣脱使得她的创作一直没有更多的束缚。但当她转向童话诗，这一次却改变了方向。《小笨鼠与大眼贼》节奏上有点与东北鼓书相近，韵脚细密，转韵随意，更接近儿童口语化朗诵。作品中加入很多东北地方风俗和民情，在塑造童话人物性格的同时，也向人性深处进行了探索。

"00后"小作家的单曲奏鸣

当"90后"作家的神采还在闪耀，一批"00后"小作家已摩拳擦掌，一位初中尚未毕业的沈阳"00后"小作家携自己的长篇小说登场了。表现儿童现实生活的《菲菲的愿望》（沈阳出版社，2020年12月出版）是少女作家孙英涵写的。这是一部反映当代农村儿童生活的幻想故事书。小主人公的父母常年在城里打工，她本人从未离开过村子，看到同学们去城里玩的时候，她也幻想着自己能到爸爸妈妈身旁，去到她想去的每一个地方。小作家孙英涵是随着打工妈妈留驻城市的新一代，这个故事来自她成长的真切体验。这已不是孙英涵的第一部长篇儿童小说，她的幻想小说《月球旅行》早在小学时就已经由黑龙江少年儿童出版社出版。她在这两部小说中展现了自己文学的天分和执念。文学没有别的路径可走，除了天赋。这句话仿佛为孙英涵们所定制。《菲菲的愿望》主人公来自生活一线，写作者在场感很强，因此所产生的带入感也很强，这是吸引小读者最大的亮点。那是孩子们自己的喜怒哀乐，比起那些深刻思考的庞大主题，或许成长细节中的彼此认知更能慰藉孩子自己。就像《少年》歌中所唱的那样，"路在脚下／其实并不复杂／只要记得你是你呀……"而孙英涵的文学感觉流苏一样，晶亮、流畅、诗意，一切都浑然天成，一切都蓬勃茂盛。但愿她一边成长，一边写作，但愿那场即将向她走来的高中生活别阻挡住她汹涌澎湃的想象力。

本季度其他作家出版、发表、获奖作品

一大批作家耕耘在自己热爱的儿童文学领地，各有各的锋芒，各有各的建树，每一处小小的风景，都是个人风格的体现。

薛涛的长篇小说《九月的冰河》（俄文版）由俄罗斯东方文学出版社于 2020 年 11 月出版，童话《河对岸》（波斯文版）由伊朗维达出版社于 2020 年 11 月出版，童话《桃树兄弟》（英文版）由美国博趣教育出版集团于 2020 年 10 月出版。走向世界，薛涛以自己优秀的作品走出了一条崭新之路。刘东的长篇小说《世界上没有真正的空房子》由福建少年儿童出版社于 2020 年 12 月出版。这是刘东一部新的长篇，有广度有深度有力度。王立春的儿童诗集《不要吃了野雏菊》由长江少年儿童出版社于 2020 年 12 月出版。这部专门为低幼孩子打造的儿童诗集，使王立春的童诗创作有了新的分野。佟希仁的《月下》、盖尚铎的《今天星期儿》、李忆锋的《我的眼睛是个小女孩儿》、李海生的《老伴》、张旭的《青蛙给月亮唱首歌》集体获上海好童诗奖（该奖 2020 年 10 月在上海颁发，并结集出版获奖作品集）。辽宁童诗的集中得奖，形成了一股更大的力量，这是一次老中青诗人的集体亮相，表现了本土儿童诗人蓬勃的创造力。马三枣的长篇小说《牧羊人的星星》荣获第七届"上海好童书"奖，是马三枣在儿童长篇小说领域取得的新的成绩。

成熟和青涩同在，优势和短板并存。大作家的舒适使自己的新作缺少了一些锐气，小作家的冲劲十足也给作品留下了缺少思考的硬伤。这一季，沉下心来，我们在细读作品时也嗅出了一股令人担忧的气息。敛藏或做一种收势，或许才是这个季节给我们创作者的一个启发。

年度综评

王立春

2020 年，一个有划痕的年代，多年后回望，谁都会记起它的不平凡。这一年，我们乘上辽宁儿童文学列车，也经历了一整年的不平凡。春夏秋冬，栉风沐雨，带着四季的色彩和冷暖，我们行进得酣畅淋漓、虎虎生风。作家们笔下的文学形象，灌注了自己的心血，影响了无数的小读者。时间虽转瞬即逝，文学却生生不息。站在我们的土地上，重新回望这一年的辽宁儿童文学，来时的峰回路转，已变成身后的山高水长。天辽地宁的这一隅，作为为这一块土地耕耘的儿童文学作家，我们做了什么，我们将留下什么，拉开些许距离，再一次地打量和端详，或许能留下一些思考。

"大地所育，终将还给大地。"地处塞外，沿河环海，我们的文字必将带上这块土地的赠予；率真旷达，泼辣幽默，我们的气质必会营造出别样的文字性格。生于斯长于斯的儿童文学，呈现出了一番别样的风貌。

2020 辽宁儿童文学的年度亮点

一、现场：一场疫情引爆的诗意浪潮

年初，新冠疫情突然袭来，当更多的人们为疫情所困时，诗歌第一个醒来。国之殇，诗之幸，悲怆之上生长出无限诗情。诗人们以笔为刀，奋起抗疫，"怒向刀丛觅小诗"。辽宁的儿童诗队伍有一个好的传统，一直以队伍整齐、作品质量高著称。国难当头，诗人们更加牢记为儿童而写作的使命。诗人们不仅自己写，还诵读、教学，激发和带动孩子们。被诗情激发的孩子们不仅成长为抗疫斗士，有些孩子还写出了自己的诗。在抗疫大舞台上，辽宁诗歌在长情吟唱。滕毓旭、盖尚铎的儿歌，宋晓杰、王立春的童诗，以及李铭、王海燕充满诗意底色的儿童小说等，大家的作品纷纷被报刊发表的同时，第一时间在网络上乘风破浪，传送给全国各地居家的孩子，掀起了一场抗疫诗歌的浪潮。

二、非虚构：热血东北的文学记事

辽宁，是第一个唱响《义勇军进行曲》的地方，这片土地的热度，是由英雄们的鲜血浇灌出的。辽宁的儿童文学作家用自己的文字刻画东北英雄的形象，将英雄的红色基因传递给小读者，这本身就是本土作家的责任和担当。由周莲珊主编的《伟大历程——红色长篇小说系列》，2020 年推出常星儿的长篇小说《热血红腰带》和周莲珊的长篇小说《希望在人间》，两部长篇小说以儿童的视角对英雄做了新时代、新角度的阐释。著名军旅诗人胡世宗的儿童纪实文学《15 岁的剑桥生》记录了一个在国际背景下成长的沈阳少年。诗人以祖辈的视角端详和记录孙辈的成长，从东方到西方，从传统到现代，记录的笔触不仅细致温润，更具穿透力，成为一本优秀孩子成长的指南书。王立春的《罗阳——用生命托起中国战机》用生动朴素的文字讲述了时代英雄罗阳，从少年成长为一代知识分子的楷模，最后牺牲在辽宁舰上的故事。作者试图用文字告诉孩子们，一个把生命献给中华民族伟大复兴事业的人，他的人生是值得后人永远铭记的。

三、突围：低幼文学的踏浪归来

"真理在婴儿的沉默中，不在聪明人的辩论里。"低幼文学，一直是儿童文学中一块奇妙的园地，眼高手低或心存不屑者都无法走近这块圣洁之地。而得不到小孩子的认同，在某种意义上，写作者还不能称为真正意义上的儿童文学作家。这里或许会在某种意义上成为许多作家磨炼修为的道场，就连托尔斯泰、普希金等大师都曾热切往来，为小孩子写下经典名篇。这里让每一位儿童文学作家心驰神往，但却因为"不好写"，常有人在门前踟蹰不前。两次获得大奖的薛涛在今年推出了两部低幼文学作品，一部是《豆粒儿，你的信》，另一部是由俄罗斯艺术家插画的绘本《邀人跳舞的小兽》。这两部作品一以贯之地携带着"薛氏"风格：富有诗意的东北童年呈现，幽默、风趣、蕴藉、悠长。而儿歌作家盖尚铎的童诗集《一定要等月亮出来》将我们带进了一个诗意盎然的童心世界，这里月光如水，万物一任天真。盖尚铎多年来一直把为小孩子写作奉为最高的追求，茂密的信仰覆盖，诗句必会吐露出鲜灵之气。陈琪敬许多年一直沉浸在绘本的创作中，今年更是收获喜人，连续出版了《猫先生的时间小镇》《艾米鼠的箱子》等四部绘本。她的文字简单而不失韵味。多年的单打独斗使她在低幼文学领域练就了自己的独门功夫，成为这一块领地的守望者。王立春在本年也推出了童话诗《小笨鼠和大眼贼》系列四本，这是她第一次进入低幼文学领域，期待着小读者的认可。

儿童文学辽军的集体叙述

一、类型写作：多种样貌的个体呈现

2020年，辽宁儿童文学类型写作覆盖全面，作品各有所长。长篇小说有刘东的《世界上没有真正的空房子》，马三枣的"小莲灯"系列中的《良夜灯火》，张忠诚的《蓝门》，王海燕的《旱龙道》；长篇童话有刘天伊的《猫田》，陈立凤的科学童话《自然之趣》系列四本；散文集有王立春的《小屋》等三部；儿童诗集有盖尚铎的《一定要等月亮出来》、王立春的《不要吃了野雏菊》。除此之外，多位作家的单篇作品也在多家杂志发表，如闫耀明、李铭、郭少梅、王茵梦、源娥、张旭、李广宇、宫佳、曹勇的短篇小说，车培晶的散文，李忆峰的儿童剧，于永涛、宗晶和李海生的童诗，李立的低幼童话，程云海的讲作文专栏等。尽管这是不完全的统计，却表现出大多数本土作家的专注和执着，他们在各自熟悉的儿童文学领地，勤奋、努力，深耕细作，作品风格迥异，为中国儿童文学的多样性做出了地域阐释。

二、小时代：青春作家的蓬勃力量

辽宁儿童文学群体创作活跃的同时，新一代作家也出现了崛起之势。两位"90后"和一位"00后"作家的创作吸引了人们的视线。"90后"双生花刘天伊和源娥，不约而同地脱颖而出，成为儿童文学青春叙事的符号。刘天伊以童话作为今年的主打，想象大胆，立意开阔，启动这一代作家的新开局，"舌尖上的童话"将生活的真实与艺术的真实交织在一起，亦真亦幻，亦虚亦实，拓展了一派崭新的童话疆域。源娥的少女小说和科幻文学独树一帜，作品中蓬勃的朝气和生命力给读者带来全新的气息。对文学的痴迷、阅读的广泛和积累的深厚或许会给这位作家无尽的后劲，她的未来更可期待。"00后"小作家孙英涵是一位初中生，小长篇《菲菲的愿望》是继她小学就出版过的科幻童话之后的又一部新作。作品讲述留守儿童的成长，有质感，有温度，且笔力不凡，期待她在文学园地茁壮成长。

本年度的领跑作家

有两位作家尤其值得关注，他们以自己多年的积累创作出的长篇小说，在本年度集中爆发，或出版或得奖，俨然成为辽宁儿童文学阵营里冲在前方的两匹骏马，不由得令人刮目相看。在行走的文学中，那些看上去的偶然，其实早就埋伏了必然；那些看上去的离经叛道，其实是作家的刻意而为；那些性格鲜明的当代少年，其实是心灵深处那个若即若离的自己。

一、直视：少年成长的"向死而生"

写小说的张忠诚，是一位"80后"作家。他是从成人文学起家的，这样的前期铺垫，为他有一天走进儿童文学打上一层深沉的底色。他只需要在某一时刻，完成一个转身即可。因此，他的儿童文学带上了更多浓郁的思考，扑面而来的，还有那些孩子几乎难以承受的生命之重。棚户区、拆迁、钉子户，这些词早已在二十多年间被风吹散，城市里大楼已然鳞次栉比，谁还留有那曾经的记忆？张忠诚却用长篇小说《蓝门》装订了一个时代记事簿。在充满了孩子气的这个记事簿里，上面的那些词也被掩盖下去，取而代之的是"老人""孩子"和"狗"，以及由各种浓重的油彩勾勒出的一幅幅画。前者，是中国城市化进程中某一时刻的凌乱；后者，是作家刻意营造出的一种中国传统画的审美取舍。而那扇蓝色的门，面向远方，那是盼望，也是守候，更是老人和孩子挥之不去的心痛。废墟之上，家门犹在，时间之后，故乡沉沦。这种暗示让作品充满了张力，具有了多义性。儿童文学好多时候都被定义为快乐的文学，好多作家倾尽一生都在编织和营造这种快乐，以让孩子在快乐和幸福中成长。张忠诚并不认同以上的说法。他的长篇小说《蜗牛》将小读者带入了一个残酷的生死场。生活在矿区的孩子的父辈们由于采矿得了矽肺病，这是张忠诚在城乡接合部做老师时的亲眼所见，他用一种"非虚构"的方式将生活呈现出来。在《蜗牛》里，"快乐""幸福""梦幻"等全部被碾压。张忠诚说，死亡是一个人出生就面临的一个话题。谁的成长中都会有这样的突然而至，既然成长回避不了，那文学自然回避不了。少年成长，或许应该硬朗出这种向死而生的勇气。这个主题的呈现确实对小读者有些不合适，甚至不公平，但生活远比小说更残酷，这是张忠诚的避轻就重，迎难而上。作为小说家，敢于冒险、敢于为天下先，这是张忠诚的底气，着实令人佩服。

二、在远方：左手写出的陌生感

说马三枣近几年作品呈井喷式出现并不为过。他之前搁笔多年，如今全面爆发。今年他的作品不仅出版的数量多，还获得了很多国内重量级奖项。马三枣有些"怪"，或许这些"怪"使得他写出了与众不同的作品。比如他用左手写字，还练就了一手漂亮的书法，自然那些字带着左撇子的劲道。他喜欢绘画，在他的作品中他自己画上了插图。他还喜欢作曲，当那种没来由的旋律降临心中时他充满了莫名的喜悦。这种与众不同，使他的文字总是有一种离经叛道感。比如，他在近期小说中经常为小读者提供的两个款式是：小和尚和大西北。"小莲灯系列"的《良夜灯火》和《秋水芦花》中，主人公是一个年少的和尚；"大西北"系列的几个短篇小说如《九色鹿和白龙马》《云间草》等，里面少年的成长故事发生在新疆和敦煌等地。故乡、母亲和童年是文学创作的三大母题。如同美国作家福克纳所说的那个一辈子也写不尽的"像邮票大小的故乡"，每个作家都有自己的"约克纳帕塔法"镇，并竭尽所能地把小说中的人物向自己的童年拉近，越接近自己写得越自在。马三枣却不，他似乎刻意地舍近求远——地理上的远和生活上的远，那种不熟悉让他更能很好地掌控自己的笔力。他自己说，他总想逃离这个从小长大的城市，不想作茧自缚。当他去面对远方，那种遥远的陌生恰恰滋生了他茂盛的文学感觉。是的，他写得游刃有余，并取得相当意外的效果。或许，这是作家的另一种寻找和回归。人物离得越远越能把文学审美中的"陌生感"写得通透；而故乡、母亲、童年如是，离得越远，在心灵深处，靠得越近。

回望这一年，东北辽地的儿童文学有了沉甸甸的收获。是一场结束，也是一场开始。相信每一位站立在这块黑土地上的作家，沉思自己的同时，也会望向身边的伙伴。彼此加油，为地域儿童文学印上自己独特的痕迹，我们再次出发。

2020
辽宁
长篇小说、报告文学
述评

长篇小说

李霞

　　辽宁文艺季度述评，历经了辽宁文学季度扫描、辽宁文学季度述评、辽宁文学蓝皮书三个阶段，发展到现在已近17年。无论是在辽宁省作家协会的创作研究部还是在辽宁省文化演艺集团的辽宁文学院，作为工作任务之一，我与它如影随形，相伴成长。在阅读、记录、研究、评述他人作品的过程中，反观自己的文学创作，两者相互借鉴，叫热爱文学的我得益颇多。

　　目前其他种类的文艺述评按季度进行，长篇小说和报告文学，由于体量大，创作、出版和阅读的周期长，便根据两种文体的实际创作情况而定。为了不留遗珠之憾，本次推荐的作品中有两部是2019年后半年出版的，其受到读者和评论界的关注则从次年开始，所以，也将其纳入2020年的评论范围。本次作品征集，除了通过征集启事，我还与四十位省内小说家沟通，共征集作品七部，遴选出五部进行评述。

关于人性之罪的深刻追问

老藤是一个在创作上不断求变的作家。他的长篇小说《苍穹之眼》（群众出版社，2019年8月），又令人耳目一新。小说以最高审判机关死刑复核法官肖樱为正面人物线索，以她审核的四本卷宗为事件板块，表现了神圣法律在中国当代社会不同利益主体的负面挑战面前的不可撼动性。法官所面对的并非普通的刑事案件，而是以艺术、科学、信仰等名义实施的重大犯罪。作家坚持底线思维，以人的生命为最高价值，以法律为准绳，以人类心底的道德律令为支撑，在法律、理智与情感之间找到了作品的最佳平衡点。

作为极刑复核的关键人物，作家没有把肖樱塑造成仅仅是切割玻璃的晶莹钻石。虽然墓砖般的卷宗如同魔盒，每个盒子都装着令人发指的罪行，但作家却赋予这位女性主人公特殊的个人禀性，就是她善于从不同的卷宗中嗅出不同的味道。这一神秘特质，丰富了女法官肖樱的人物个性。

作品并非致力于营造案件本身的曲折性，而是把焦点放在法律与道德的纠缠上。犯罪能不能因为冠以艺术的头衔就可以被宽恕？以"科学至上"的名义难道就能置道德与法律于不顾？实践个人信仰就不得不以牺牲别人的生命为代价？正如肖樱对年轻法官小青叮嘱的那样：复核一个案件，不是简单的量刑复核，而是要用法律的洗涤剂将蒙在罪犯人性上的污秽揩干净。揭示罪犯心里潜伏的人性之罪，才是作家的旨归。

如果我们注意到在花炮匠人的案件复核上，肖樱的法律和道德的判断出现了迟疑和逆转，就会理解作家对人性之罪的追问，已经超越了案件的局限，进入了更广阔的社会观察领域。从主张建设花炮产业园区的郑镇长座位后的照片是雕塑大师吴为群的作品的细节，读者看出作家的用意所在：

关在里面的罪犯，与外面的隐形犯罪，是否存在内在的联系？从草垛着火冒出的黑烟被纪家祖坟上的七棵古柏像七个张开嘴巴的老人吞下的意象，和肖樱住在小镇寻找类似香格里拉的炊烟的情节安排上，读者同样可以看出，作家贯注了平衡发展与保护之间的关系这一当代乡愁主题。

作品风格刚健硬朗，在人物塑造和情节设计上大开大合。肖樱的雁大同窗、精神导师胡杨的形象翻转，不仅是全书的压轴戏，还引向本书的主题——"苍穹之眼"。作家不惜动用两章的篇幅，描述肖樱与胡杨之间的校园初恋，在读者面前制造障眼法。最后，一身正气的副省长胡杨，因为挪用扶贫款和受贿罪身陷囹圄，他的案卷呈到了昔日恋人肖樱面前，小说达到高潮。而导致胡杨收受绝世珠宝"苍穹之眼"的原因，竟然是他准备把它献给肖樱，作为订婚之物。这一细节使法与情、事业与爱情合并为一条线索。法律的嗅觉终于在爱情面前失去了辨识力。同时，肖樱的女性之花在她请求回避胡杨案的复核这一事件上柔美绽放。

与当下过于柔性的语言不同，作品语言刚劲有力，字里行间散发出阳刚之美。

一曲悲凉的土地之歌

津子围《十月的土地》（发表于《小说月报》2020年贺岁版，原创中长篇小说专号），以土地情结为核心，以家仇国恨为线索，围绕章氏家族三代人跌宕起伏的人物命运，描画了东北人民自民国初年到东北义勇军抗战二十年间风云突变的奋斗画卷，书写了一曲执着、悲凉的土地之歌。

作品表现了主要人物绵延不已的土地情结。从章家第二代二掌柜章兆仁与老婆章韩氏发生口角，导致从章氏大院搬出那一天开始，章兆仁这一支血脉从章氏家族兴隆之地寒葱河小镇，搬到当初章氏上一代的发迹之地莲花泡，再被现任章氏掌门人章兆龙逐出，搬到冰天雪地的蛤蟆塘，重新白手起家，开疆拓土，成为新一片土地的主人。为土地而奋斗，争土地之自由，俨然是东北几代农民内心中挥之不去的深刻情结。章兆仁临终时对大儿子章文德嘱咐道："我开了一辈子地，可到头来都不是我的，你千万别走我的老路，你要开地，更要守住地！只有守住了地，咱的子孙后代才有落地生根的泥土。"当蛤蟆塘被日本人占据后，一向性格懦弱的章文德率众成立了民众自卫军。弟弟章文海评价哥哥和父亲之间的区别："爹稀罕土地，主要是稀罕土地种出的粮食，你稀罕土地像稀罕命一样稀罕。"从章兆仁到章文德，拥有独立自由的土地，已经从养家糊口，上升到一个种族生存的层面。与《红旗谱》中朱老忠抗争型的农民形象截然不同，章兆仁和章文德两代东北农民形象，都带有忠厚隐忍的性格特征。

小说以章氏子孙之间彼此的"家仇"和东北人与日本关东军及汉奸之间的"国恨"为线索。上半部主要围绕章氏内部的"家仇"展开，作家通过章兆仁的老婆章韩氏在逃避匪患的路上所发的牢骚，带出了章氏的家史，为章氏内部兄弟阋墙埋下了伏笔：章兆仁的父亲章秉麒吃糠咽菜供弟弟章秉麟读书，才有了章秉麟后来的功名和家业。后来，山东老家遭遇天灾，章秉麒病故，章兆仁到东北投奔叔父章秉麟，章秉麟的长子章兆龙接班后，章兆仁当上了二掌柜。在老婆章韩氏看来，丈夫名为二掌柜，实则是一个长工头。两口子之间的口角被老掌柜章秉麟知道后，便把莲花泡交给了侄子章兆仁，使章兆仁一家"真正过上了自己的小日子"。不承想，章秉麟的长子章兆龙暗中买通官府，使章兆仁手里的土地证变成无效，章兆仁一家两手空空，离开了莲花泡。上一代弟兄骨肉相残，下一代弟兄亦是如此，同胞兄弟章文礼诱奸了大哥章文智的媳妇郑四娘，后又将同宗兄弟章文德的未婚妻薛莲花聘为小老婆。弟兄之间的"家仇"在抗击日本关东军的"国恨"的义帜下消弭，第三代掌门人章文礼力邀章文德兄弟联手，反抗日本人征地，上一辈的"家仇"便在这一辈的"国恨"中化解。

作家采用现代小说与古典小说相融合的方法，既有人物的内心体验，又有作者的全知视角。作品开头以主人公章文德 12 岁染上霍乱，进入昏迷，拉开整体的帷幕。故事情节曲折激烈，集中以 17 章章韩氏大闹章文礼的婚礼和 18 章章兆仁一家被逐出莲花泡最为精彩。

作品最大的艺术特色，是富于浓郁的乡土色彩。小说始终散发着扑面而来的东北风土人情的气息，农事谚语、儿童民谣、土匪黑话比比皆是，显示了作家对东北文化知识的丰富储藏。作者对于东北年俗的叙述和北方拓荒图的描画最为成功，在动态化的地方风俗描写中，融入了特定的动作语言，使人物的性格刻画更生动了。

40 年中国农民命运的书写

张艳荣的长篇小说《繁花似锦》（安徽文艺出版社，2020 年 5 月）以改革开放前后特别是农村全面推行联产承包责任制的历史进程为蓝本，聚焦于一个辽南小乡村，讲述了一部三代农民致力于乡村建设的新"创业史"。与那些紧扣时代主题的作品不同，它来自作家深入的感性体验，散发着一种令人陶醉的浓郁而鲜活的生活气息，具有田野作业般的生动说服力。小说共十五章，每一章移步换景，令人欲罢不能。

作家怀着对辽南乡村的一腔挚爱，刻画了以范潇典为代表的农村新人形象和以范博成为代表的驻村第一书记的形象。他们在乡村振兴战略政策的感召下，利用生态兴农、科技兴农的优势，率领村民走上了一条新农村建设的道路。

张艳荣的新农村建设故事，不是闭门造车的产物，而是从现实田野上采摘的朵朵芬芳四溢的"繁花"。作家通过回溯历史，揭示得胜村的成功致富，除了几代人的不懈耕耘，更是所有与它有深刻交集的人们合力铸就的结果。作家从四十年前的得胜村切入，让读者深切意识到，今天的新农村建设与历史发展一脉相承。

张艳荣着重书写了这种历史的传承性，重点描写了三代村长：老拐、老拐的非亲生儿子范潇典和范潇典的儿子范博成。三个人物中着墨最多的人物是范潇典，他成长的道路烙印出改革开放推进的脚步。他既继承了上一代人吃苦耐劳的秉性，又具有新时代农村干部广阔的胸襟。作家虽然赋予人物鲜明的理想主义色彩，但更多的是以严谨的现实主义笔触，描写了范潇典遭遇的挫折，借助这个承前启后的人物，昭示着今天的成就得力于前人的牺牲与付出。第三代村长范博成身上更是有着鲜明的时代特征。作为组织任命的"第一书记"，他体现了农村新人的未来走向，说明农村的发展离不开现代化建设的大格局。老拐、范潇典、范博成身上，表现出中国乡村历史、现实和未来的三个维度，呈现了四十年中国农民命运的历史。

作家没有忘记在这四十年间出现的一代知识青年的角色。小说描写了秋叮叮、周铁铁和赵松三位知青，回城后仍怀念在得胜村度过的知青岁月。这条知青的线索，与三代农民一道，丰富了新农村建设的历史内涵。

光怪陆离的人生浮沉

于永铎的长篇小说《蓝湾之上》（大连出版社，2019 年 12 月），通过渔民后代李海亮与萧家四个女儿的错失和交集，以经济开放区的迅速崛起和赶海人思想意识的巨变为表现内容，展现了中国改革开放艰辛、痛苦而又曲折的历程。作品以 1982 年为起点，神秘人物表舅走进萧家，开启了萧家姐妹崭新而复杂的人生。她们的人生因为表舅说的"外面的世界很大很精彩"而变形，变得五光十色而又乱七八糟。特殊的时代产生特定的风云人物，知识分子和身有污点的人物成为时代的骄子。李海亮的身份在监狱犯人与优秀企业家之间切换，时而"三进山城"，时而柳暗花明，在个体人物命运上，体现出大起大落、令人心酸感慨的时代特征。

作品富于诗性特征。作家吸收了诗歌、童话、魔幻现实主义的创作成果，善于运用人物的主观梦境和幻象，以及象征、比喻、拟人化的手法，将现实场景瞬间带入虚拟世界。表舅的阴魂化成了太平崖上惊天动地的海猫，唤醒了海边人家的梦想，在生与死、远与近、现实与幻想之间，衍生出光怪陆离的人生浮沉景象。

此外，鹤蜚的长篇小说《娜样红》（山东文艺出版社，2020 年 1 月）也值得一提。这是一部红色谍战小说，它以 20 世纪 20 年代后期日本在大连殖民统治历史为背景，表现了在血雨腥风的岁月中，从事地下工作的一代革命者不怕自我牺牲的高贵品质。

青年学生安娜，受"五四"运动影响，为追求自由和平等，与表妹唐娟一起离家外出求学。一个偶然的原因，安娜去了北平，唐娟去了上海，从此走上不同的人生道路。尽管是一部红色谍战小说，但作家在信仰之中，贯穿着人物心理的纹理，从不同人物的主观视角，描写当事人的心理感受、感觉和回想，让心理动势伴随情节的走向。为追求历史环境的真实，小说融入了地方文化和风俗描写。

令我欣慰的是，这次启动"辽宁文艺季度述评"，让我负责长篇小说和报告文学两个门类。至此，除了儿童文学，我有幸负责过其他所有文学门类的述评，这有利于我从一个更宽广的视野审视辽宁文学的整体风貌以及它与中国文学之间的关系。从这个意义上讲，个别作品与国内一流长篇

存在一定距离：有的作品情节设计缺乏内在逻辑性，人物语言不符合历史
情境；有的作品过于剧本化，人物被情节主导；有的作品人物塑造概念
化，口号式的语言过多。相信作者能谦虚地学习国内外一流作品的优长，
修正自己作品的不足，执着地向文学之巅进发。

报告文学

李霞

　　世界报告文学创作为我们留下了《震撼世界的十天》《红星照耀中国》等鸿篇巨制。20世纪80年代是中国报告文学的鼎盛期，《唐山大地震》等一批直面现实、反思历史的力作，为人们所称道。当下，辽宁报告文学和全国报告文学一样，体量非常可观，质量也有飞跃。刘国强2018年发表的《罗布泊新歌》在2020年8月摘获第十二届全国少数民族文学创作骏马奖，足以证明辽宁报告文学的实力。

　　综观2019—2020这两年的报告文学，我阅读150余万字，甄选出《燕赵脊梁》等五部长篇报告文学、三部万字短篇报告文学进行评述。从题材和内容上，它们可分为两大类。

　　第一类是弘扬时代精神，抒写家国情怀的作品。春风文艺出版社2019年12月出版的《辽疆之恋》，是一部主题集中、散点式写作的报告文学作品。自2010年辽宁开展对口援疆工作以来，两千多名援疆干部投身第二家乡建设，在辽宁和新疆两地，织起一道从社会稳定、经济繁荣、人文交流到各民族情感互通交融的密网。特别是辽宁第五批援疆工作队，按照辽宁省委援疆工作的布局调整，完成了从"交支票"到"交钥匙"的转变，激发了广大援疆干部的政治使命、责任担当和人生热情。援疆成果更加深入扎实，一批援疆项目精彩落地，一批先进典型脱颖而出。2019年国庆节前夕，辽宁作协组织9名作家奔赴受援地，作家们利用一周时间，与援疆干部同吃同住，通过亲身感受和生花妙笔，最大限度地再现和挖掘蕴藏在他们身上的"新时代的辽宁精神"和"舍小家顾大家"的报国情怀。

（一）尽心尽力记录心灵的感动。素素的《大爱之歌》讲述中国医科大学塔城医院在一茬茬接力中，已成为一座"带不走的医院"的故事。她发现了援疆队员共同的感受：离家最远的时候，也是离祖国最近的时候。她还提炼出前指领导"不是一个人在援疆，而是一家人都在援疆"的切身感受。周建新《天山作证》中，科研干部李世英融入天业集团，坚持9年不走，被同事们誉为"援疆钉子户"；林艾民妻子生病，为减少后顾之忧，先将妻子办理异地转诊，后来干脆借调到了石河子；二次援疆的王敬泽不仅让爱人一起援疆，并且把7岁的孩子办到了石河子小学，立志要扎根新疆。邱玉超《天山九歌》中，柴力君费尽心思抓食堂管理，不但有东北大菜、新疆菜品，还有西式甜点，留住了大家的胃，也留住了大家的心。韩文鑫《在沙湾的日子》中的冯义，为给新疆双腿残疾孩子争取到"明天计划"名额，走到哪儿求人，口必称"咱家有个亲戚"。冯金彦《筑梦托里责任之重与岁月之轻》中，援疆教师陈雷结束援疆任务后，回到家乡，内心无法割舍对托里孩子的牵挂，毅然二次援疆。黄瑞《巴尔鲁克山下的友谊》中，审计干部孟德全已是第三次援疆。当地工程项目缺乏监管，他到任后第一件事就是成立了财政评审中心。二次援疆工作结束时，该中心核减资金达4000多万元，事业留人，单位领导恳请他再次援疆。聂与《水溶于水，大河奔流》中，牧区群众家里的牛羊发生集中流产，畜牧干部李薇乔下半夜两点赶到现场，找出了流产的原因：牧民冬天喂母牛棉籽壳，里面含有避孕成分。他当即向全体村民陈说了要害，把损失降到了最低。刘国强《爱在也迷里》中，领队张成良听说辽阳还有22名教师在额敏援疆，学校食堂伙食不好，当即决定请他们到援疆工作队驻地一起就餐，"都是辽阳人，我们不能袖手旁观"，他肩上的担子也因此加重了。于永铎《赛尔山下的歌声与微笑》中，眼科主任万胜新在一次聚会中听回来的援疆干部说，当地眼病高发，导致很多不该致盲的患者致盲，眼看再拖就要退休了，他郑重向组织提出了援疆申请，他有个愿望，想跑遍当地每个牧区，为每个牧民检查一次眼睛。

（二）尽情尽意寻找情感触点。采访对象提供的工作总结，和文学写作素材是两套语言系统。9名作家沙里淘金，想方设法从采访对象口述中抓取生动的情感细节。素素笔下，为了理解刚上初一的女儿，束从杰晚上睡不着觉，专找有亲子关系的电视剧看，成了追剧爸爸。周建新笔下，女儿优优写给援疆爸爸的诗催人泪下："爸爸给我邮了一片树叶，那是他工作团场路边杨树的叶子。我想爸爸了，就拿出来，闻一闻，这是新疆的味道，也是爸爸的味道！我把爸爸让给了新疆，仿佛我也在新疆。"聂与笔下，援疆干部郑潘桢平时考试在班级排前几名的女儿，高考临场发挥不佳落榜了，把自己关在房间闭门不出。郑潘桢给女儿打电话没人接，只好半夜一遍遍发短信，请女儿原谅自己在她人生关键时刻缺席了，并鼓励女儿走出失败的阴影，开创新的天地。当女儿回短信反而安慰爸爸多保重早回家时，这位干警爸爸的眼泪夺眶而出。于永铎注意到，当电视上出现小女孩稚气的声音"爸爸，你什么时候回来啊"，援疆医生朱广军突然泪流满面跑了出去，作者写道："那一刻我感觉到他疼得不轻。"

（三）时刻不忘捕捉文学的镜头。9位作家凭借细致的观察，还原这一特殊群体的精神世界，让读者触摸到丰富动人的文学质感。素素"抓拍"到女博士医生抱着小泰迪不怕脏的可爱画面；周建新从历史纵向起笔，采取小说式的开篇；邸玉超以"九歌"式结构，进行布局谋篇；韩文鑫以网络小说式的叙事语言，力求故事内容生活化、趣味化；冯金彦把托里比喻成一本书，挖掘现实背后的诗意内涵；刘国强寻找历史与现实的交汇点——古代耶律大石从辽阳出发，今日援疆工作队同样从辽阳出发，聚焦一个人，突出一个"情"，勾勒出张成良爱队员、爱新疆、爱结亲户、爱动物的温良性情。

除《辽疆之恋》外，《致敬，"8·20"抗灾抢险的英雄们》《巾帼四次上战场》《刘浩：让"满天星"变成亮晶晶》也是这一阶段辽宁报告文学中引人注目的作品。

鹤蜚发表在《求是》杂志 2019 年第 6 期的单篇报告文学《致敬，"8·20"抗灾抢险的英雄们》，讲述了被授予"时代楷模"称号的中船重工第七六〇研究所抗灾抢险英雄群体的先进事迹，展示了这个英雄群体在台风来袭的关键时刻挺身而出的精神动力之源。作品还原大灾现场，呈现真实画面：前方告急！码头告急！试验平台告急！试验平台上 4 名值班的同志告急！在疾风暴雨般的叙述节奏中，一个个英雄陆续出场。作品后半部分，重点挖掘三名牺牲的同志的心灵故事——黄群是"生活中的暖男"，他热爱亲人，在写给妻子的信中，流露出他爱儿子和妻子，想给他们带来快乐与幸福的心愿。宋月才是"小黑之家"的"老船长"，"小黑"是他给试验平台起的名字。他把平台当成自己的孩子，还把试验平台团队的微信群命名为"小黑之家"，给自己起的名字是"老船长"，表现了这位老海军对工作事业的热爱之情。姜开斌把他当兵的地方——大连当作第二故乡。退役多年了，他从部队带回来的舰船书籍摆在家中最醒目的位置。听到国家试验平台需要他这位老兵时，他给亲戚和战友打电话，兴奋地说："我要奔赴新的战场了！"语言用的还是战士的语言，表现了军人精神和爱国情怀。

韩光发表在《解放军文艺》2020 年第 4 期的单篇报告文学《巾帼四次

上战场》，以多次获得军内外荣誉的老兵、北部战区总医院麻醉科主任护师陈红为主要人物，讴歌了这位军中护士在北京小汤山抗击非典、北川抗震救灾、抗击非洲埃博拉病毒、武汉抗击新型冠状病毒等四次重大任务面前，毫不退缩、勇于向前的军人本色。两组画面给人留下深刻印象：一是世卫组织官员考核中国医护人员敢不敢给躺在病床上的男孩换纸尿裤，作者写道："眼前的纸尿裤，哪里是纸尿裤啊，分明是储存埃博拉病毒库！陈红和战友们异口同声地说：'我们敢！'全程不过十分钟，这位官员竖起大拇指：中国医生，OK！"二是在武汉，看到从救护车上抬下来的一位老大爷惊恐万状，陈红亮出自己的身份："我们是中国人民解放军的医护人员，那年非典还记得吧……"她告诉老人自己曾参加过救治工作，请老大爷放心。老人说："我相信解放军，凡是大灾大难，都是你们打头阵，我听你们的。"老人的情绪终于稳定下来。韩光发表在《中华儿女》2019 年第 10 期的单篇报告文学《刘浩：让"满天星"变成亮晶晶》，记述了一位军转干部不忘本色，在回到地方担任驻村第一书记期间，全身心带领村民奔小康的一件件小故事，紧扣时代脉搏，弘扬时代精神。

第二类是助力经济发展，讴歌奋斗历史的作品。作家出版社 2019 年 6 月出版的刘国强的长篇报告文学《燕赵脊梁》共计 44 万字，记录了华北石化从 15 万吨的小炼油厂，30 年间壮大为河北省第一个千万吨的大炼油厂的历史过程。全书气势磅礴，作者在矛盾中写人——作品开篇，华北石化老总张栋杰刚上任，就遇上"石化新村"闹事，房子持续涨价，职工连续交了 8 次钱，还是住不上楼。作者善于在危机中制造悬念——黑龙江、吉林、陕西等多家 300 万吨炼油厂相继关停，作为"尾巴"，华北石化，能逃离下一次的关停整顿吗？华北石化副总张景涛说："就是因为亏损，我们才要上千万吨。"作者通过人物写历史，通过历史写人物。场景从张栋杰上任遇到"石化新村"闹事，切换到 2004 年他刚到甘肃庆阳石化公司赶上几百名工人罢工，回溯他身为"救火队长"几十年激情飞扬的岁月。场景从当下切换到 1986 年，一批从四面八方赶来的年轻人唱着《年轻的朋友来相会》来到任丘的盐碱滩，参与华北石化的前身——化学药剂厂的奠基仪式。从首任大嗓门的"乔厂长"，到"跟化验单对话"、不修边幅的"陈景润"式的技术人才孟凡泽，在事业挺进的路上，一个个身手不凡的传奇人物和组合脱颖而出。

本书最大的特色是，采取平行蒙太奇的叙述方式，将现在时——张景涛争取上马扩建项目，与过去时——药剂厂艰难起步，时空交叉进行叙述，既避免了单纯讲述冗长的企业成长过程，又给读者带来了一口气阅读下去的紧张感。

刘国强另一部长篇报告文学合集《雄风北来》2020 年 5 月由春风文艺出版社出版。作者通过"一叶知秋"的方式，选择了 6 个振兴辽宁经济的企业案例，试图证明辽宁老工业基地的雄风犹在，并展示出新的动人风采。传奇人物、大杨集团掌门人李桂莲的出场，带着悬念——"股神"巴菲特亲自为这个只念过四年级的农村妇女做广告，称"这是全美国也很少找到的故事"。1979 年，80 名农村妇女带着自家缝纫机，在李桂莲的号召下，成立了一家乡镇服装厂。多年过去，李桂莲率领企业以"超前半个身位"领跑世界服装潮流。2005 年这位女企业家的新年献词，就以世界眼光，预测了今天美国的贸易保护。

外文出版社 2019 年 7 月出版的商国华长篇报告文学《锻造"中国芯"》，以企业技术国产化自觉与国家使命息息相通的双线交织为主轴，描述了沈阳鼓风机集团与共和国七十年并肩走过的辉煌历程，抒发了几代创业者大无畏的民族情怀，呈现了鲜明的创作特点。

（一）运用对比手法，凸显强烈的民族情感和使命担当。从纵向角度看，当国家和人民需要粮食时，沈鼓人造出了生产化肥的压缩机；当国人穿着清一色的黄、黑、蓝服装的时候，沈鼓人研发了百万吨乙烯压缩机，使国人的衣着变得五颜六色；当石油进口量增大时，沈鼓人研发生产了把煤转化为柴油的十万空分压缩机。作者由此感叹道："沈鼓人的追求，一直与国家和人们的向往连在一起。"从横向角度看，书中多次出现企业面临外国技术压力的画面，用现任董事长戴继双的话说："这些年，真正让我埋下痛苦种子的，就是我在销售工作中，许多次遭受跨国企业的白眼。但恰恰是这些白眼，变成了我工作的动力……让我们沈鼓人扛起了为国家担当、为人民担当的大旗。"

（二）选择历史关键时刻，再现风云叱咤的紧张画面。作者刀削斧砍，省略了一般性的历史叙述，截取沈鼓人爬坡过坎的几个大的历史阶段，聚焦几个关键性的场景，把企业决策人和突破性的技术骨干放在矛盾的激流漩涡中，绽放他们身上的力与美。人物形象活灵活现，现场气氛有声有色。第四章在国家投资西气东输工程项目中拉开序幕，一线管道压缩机，德国人中标，二线管道压缩机，又是德国人。时任沈鼓老总苏永强说："在国家重大工程面前，我们如果拿不出国产化的产品，那我们就永远是为外国人服务的打工仔。"作者描述的重头戏是"西气东输三线管道工程设备国产化论证会"，现场暗流涌动，交锋一个回合接着一个回合。这里既有国家能源局副司长、主持人黄鹂临场机智的休会，又有中国机械工业联合会总工隋永滨的关键性出场，他们会上会下都力挺"国产化"。最后，论证会的结论众望所归："今后西三线要全部使用国产的电驱压缩机组。"作者动情地写道："沈鼓的企业自觉是有目共睹的，而国家战略的形成，却是需要有人承上启下，甚至撕开面子的奔走呼号，乃至有一种'拼老命''拿脑袋担保'的大无畏精神才能奏效的。"

（三）寓情于景，释放作者滚烫的诗情。几代企业掌门人都重复着同一句话："工程技术人员搞设计成功了，成绩归个人，失败了企业承担责任。"普通大学毕业的姜妍就是这样成了"我国百万吨乙烯设计第一人"和党的十九大代表。总工汪创华就是这样率领技术团队研发出沈鼓历史上投入最大的10万空分压缩机。在本书最后，作者直抒胸臆，炽热的情怀达到了顶峰："这就是我思念情愫落脚的目的地吗？这就是我千里迢迢来看望的'孩子'吗？我真想一下子扑上去，一时间，拥抱亲人的热血瞬间上涌。"这位长期工作在铁西老工业区、曾是诗人的作者把自己的深情融化在这个钢铁的婴儿的意象中。

沈阳出版社2020年7月出版的黄瑞的长篇报告文学《大盐滩》把盐的历史与大连盐化集团的创业史结合起来，表现了这家企业170多年的沧桑巨变，既有创业时期原汁原味的细节，又有海盐制造企业面向未来的雄心架构。

作者通过采访几位健在的盐场创业者，还原事关民生的古老行业——盐业的创业艰辛。平常日子扒盐，人都要累趴下，一听说预报有雨，盐工们又要回到盐池扒盐，一直扒到池里没有盐为止，白天连着黑夜，盐工们累倒在盐池边呼呼大睡。历届领导班子都把盐场看作自己的家，凭着坚持再坚持的韧性，把事业推向一个又一个更高的起点。作者利用早年从事诗歌写作的优势，在每章之前赋上一段诗，将报告文学不宜展开的抒怀部分放在其中，纪实与抒情既各自独立，又在内涵上达成同构，亦诗亦文，相映成趣。

阅读这两年的报告文学，不时对作者们心生敬意。有的作者进行了长达半年多的实地采访，采访了数十位当事人，打了数百个电话，付出了巨大的辛苦，为我们呈现了现场气息扑面而来的好作品，为我们的时代做了不可或缺的记录。他们，让我看到了辽宁报告文学焕发热力的美好前景。

鱼跃鸢飞

2020—2021 辽宁文学创作面面观

下

胡海迪 —— 主编

辽宁美术出版社

2021
辽宁
短篇小说
述评

眼睛上面，黑色夜眠。

——萨福

翻开《巴黎评论·短篇小说课堂》，首先映入眼帘的是篇幅不长的"《巴黎评论》编辑前言"：

从一九五三年创刊至今，《巴黎评论》一直是新小说的实验场。编辑们从不相信故事的写作方式只有一种。我们从不主张一个运动或一种流派。我们从不认为文字有局限。我们相信，每一个写得好的故事都自有其规则，解决了它自身构思中的问题。

这就是我们出版这本书的想法。它不是一本最佳作品选集……

坦率地说，在与如此开明开放、立场坚定又不失严谨审慎的小说观念相遇的那一瞬间，我就被击中了，以至于独自一人时，曾数度大声朗读过它。看上去，我似乎为写作短篇小说述评寻找到了选择作品的某种"标准"，事情好像变容易了。

其实并非如此简单。

在我眼中，述评也好，评论也罢，它们首先是读后感。而言人人殊的读后感要想遵循什么整齐划一的标准，那无异于痴人说梦。既然我是述评的操刀手，既然述评是从我这个个体的心智经验和不无个性化的体悟中生长出来的读后感，那么，就算是再标准的标准，也难免带有些许鲜明的个人色彩。"更何况小说正是生产阐释的绝妙机器"（翁贝托·埃科:《〈玫瑰的名字〉注》），一千个哈姆莱特出自一千个读者，而我只是"千分之一"，所以，我只不过是写下"我"的读后感罢了。

"午后的细节"

我渴望地中海灼热得令人迷醉的日光。

那样的日光，会时常从阅读的书页里，明晃晃地流泻下来，就像加缪笔下蒂帕萨的春天：互相说着话儿的神祇游荡在披挂着银甲的大海上，行走在"沸滚于乱石堆里的光亮中"，"田野被太阳照得黑乎乎一片。眼睛什么也看不见，只能抓住在睫毛边上颤动的一滴滴光亮和色彩"。刺目的日光常常令人不由自主地眩晕，它是大自然最为瑰丽和神奇的语言之一。正是在一个阳光四溢的午后，阅读马晓丽的《午后的细节》（《满族文学》2021年第2期），让我再一次沐浴在奇异的日光之下。小说里耐人寻味的人物吴八佬，能随时随地关闭自己的感官，全神贯注于他与日光之间仪式般的神秘交流：

> 只见吴八佬的眼皮像棉门帘似的慢慢向上掀起，一帧一帧地全翻

到上头后，头才开始向上抬，直抬到仰面朝天的位置定格，正式进入深入思考状。阳光倾泻在吴八佬的脸上，他竟能毫不躲闪地睁着眼睛一动不动，只有胖大的圆鼻头烤化了般软塌塌地匍匐着，发出拉风箱般粗重的气声。

如小说题目所言，《午后的细节》遍布细腻、蕴藉和引人遐想的细节，也正是有了细节的承载，马晓丽老练劲道的叙述才发散出令人流连的小说滋味。这就好像开篇时，被游刃有余的叙述映衬和渲染到极致的漫天日光，氤氲弥漫至小说的角角落落，将午后那些"七七八八的细节"浸染成了超越故事和情节的诗意存在——这既是小说技艺的显现，也是不露声色的美学告白。作为读者，我耽溺于故事之外难以言传的小说味道和美学意蕴，因为正是它们，让专注的阅读获得了回报。

《午后的细节》所放射出来的奇异而又神秘的日光，不知为什么，总能让我的思绪飘落至《理想国》里吕底亚牧人古各斯从死尸上拾取的金指环上——两千五百年后，风靡世界的电影《指环王》令它无人不晓——随着指环的环面转向不同方向，一帧帧的小说画面，渐次出现在我的眼前：仰头的吴八佬直视日光的专注模样，让他看上去很像是思考人生命题的苏格拉底，只不过，后者站立思考的时间是他的百倍千倍；摔坏脑袋的新兵"十一床"时刻等待着被召唤，他训练有素的标准动作和纪律意识，是让人开怀的集体娱乐项目；在黑暗得令人抓狂、狭小得让人崩溃的太平间里，与死尸相伴的，是豆包和豆芽疯狂的尖叫和哭泣，老天呀，哪怕从缝隙中只透进一道阳光，也能安慰她们的绝望和无助……举重若轻的叙事、令人捧腹的对话、干净利落的描写、绵延悠长的回味，齐刷刷地冲着我搔首弄姿挤眉弄眼，没抗住诱惑的我，忍不住要一次又一次地琢磨这篇小说。

"红气球"

罗曼爱做梦，她自己就是一个鲜红色的梦。

罗曼是鬼金一手打造的一场幻梦，小说《红气球》(《雨花》2021 年第 1 期）因此像长着一双翅膀的红色精灵。喜欢做白日梦的全职家庭主妇罗曼，一出场就戴着刺眼的镣铐，她以爱的名义做了囚禁自己的帮凶。那个无处不在的冷冰冰的镣铐，与其说是丈夫李牧云为她铐上的，不如说是她自己。她说过："这是对李牧云的爱。爱他就要给他一个精致的自己，给他一种仪式感。"可悖谬的是，罗曼不甘于过自己扮演的角色所过的生活，她不想仅仅成为李牧云的"物态"玩偶。

梦是生命力的象征。充满了生命欲望的罗曼，在"物态"的生活里兀自生长，"物态"因而被她赋予自由的气息："物态对于罗曼来说，近乎一种个人的宗教。处于物态的时候，罗曼想象自己是一株野草，一棵树，一阵风，一个苹果，一朵云，一片雪，一滴雨，一只蝴蝶，一条鱼，一个红气球……"可玩偶就是玩偶，与自由无涉，就像罗曼时刻能意识到自己身上有个标识"身份"的标签——那个李牧云在她乳房上留下的红色齿痕，一个"李氏印章"的完美戳印。不过，聪慧的罗曼显然知道，"物态"玩偶与"物态"自由间的平衡是暂时的假象，努力走在平衡木上的她感到厌倦，跌落下来是迟早的事。她几乎是欣欣然地迎接着自己跌落的时刻，她迷失在那片绿草地中，追逐着诱人的红气球。接近死亡的罗曼没有丝毫挣扎，一切都完美至极宛若梦中，好一场惬意的白日梦呵。

尽管鲜艳夺目曼妙无比，但《红气球》是赤裸裸的死亡之梦。陷于小说的梦境之中，我渐渐无法分清这个梦究竟属于罗曼、鬼金，还是阅读中的自己。当然，梦属于谁并不重要，重要的是充溢小说的迷幻气质，这气质从罗曼这一将生与死、生命感与虚无感、性意味与死亡冲动集于一身的精神形象中缓缓地散发出来。有意味的是，虽以女性现身，但这一精神形象却并不专断地标识性别，因为它适于所有渴望梦的人。

"三天三夜"

如果说鬼金绘就的罗曼轻得像梦，那么，2021 年第一季度几位女作家笔下的女性人物则脚踏实地拥抱生活。与轻慢现实、心怀执念的罗曼相比，她们生活得异常用力。

苏兰朵的《三天三夜》（《湘江文艺》2021 年第 1 期）塑造了一个挑剔、霸道、专断的母亲形象。离婚后和母亲一起生活的罗半夏，忍受着罗太太没完没了的抱怨和训斥，"他活到快 40 岁，也没有找到与母亲交流的秘诀"。对母亲的习惯性隐忍造成的压抑终于爆发，罗半夏为"屏蔽"母亲关掉手机，在网吧玩了三天三夜的网络游戏。在一款名为"君临"的游戏里，他过上了一种不再受控于母亲的帝王人生——只是，虚拟人生能治愈现实人生吗？或者，它不过就是一次性的安慰剂？在小说里，苏兰朵既准确呈现了一个强迫症母亲的典型特征，也描摹了一个内心柔软甚至懦弱的儿子的心理。有意思的是，在小说结尾，罗太太对儿子消失的三天三夜缄口不言。那令人讶异的沉默里，有人性的莫测和复杂，有人与人之间无法触碰的种种界限，有灵光乍现般的反思与彻悟……但人是不长记性的，三天过后，罗太太还是那个罗太太，在充满暗示意味的休止符后，生活依旧。

女真的《声声呼唤》（《满族文学》2021 年第 2 期）用幽默的语言、悬疑的笔法，讲述了"我"如何探秘"我奶"和她背后的男人光达的故事。患有老年痴呆症的"我奶"，在"我爷"走后，愈发失去生活的动力，可"我姥爷"的到来改变了一切，"我奶"开始重新焕发青春。奇怪的是，"我奶"不管"我姥爷"叫亲家，而是一口一个"光达"，无论大家怎么纠正，她还是"光达"不离口。为了搞清楚"光达"是谁，"我"从家庭相册中寻找蛛丝马迹，在闲谈中套"我姥爷"的话，甚至在民国旧报纸里搜寻线索，但都以失败告终。在《声声呼唤》里，女真以轻松幽默、简洁凝练的叙述，细致地呈现了当下老年人的生活，她聚焦现实的目光从生活的表象向深处开掘。她所塑造的"我奶"这一人物形象是小说真正的主人公，其情感状态和心理情绪常常令人心灵一颤。它们就像秘而不宣的"光达"的故事那样，既好玩有趣又神秘蕴藉，既一目了然又意味深长："我奶"所声声呼唤的，与其说是"光达"，不如说是逝去的青春与爱恋，是她一生不曾达成的梦想，是生命本能的渴求与欲念——正是它们，构成了一个人生存的密码，成为他或她活着的动力。

人人都有虚荣心，但有几人能察觉出虚荣心是个深不可测的无底洞？一旦失去应有的边界和持守，洪水滔天般的虚荣心足以把一个人的生活全部倾覆。《笑春风》（《中国作家·文学》2021年第1期）中的小夏，是个有点小资情调的中年女性，不切实际的浪漫幻想始终潜伏在她现实而沉重的生活之下。一场计划中的同学会像一针兴奋剂，让她整个人燃烧起来。美发、美甲、美衣、美饰，还有跃跃欲试的美梦，让小夏忙得不亦乐乎，也让她原本有原则、懂节制的生活受到了破坏。虚荣心的蛊惑令她拜倒在物欲的石榴裙下，红酒、香水、时尚品牌等虚幻空洞的小资符号和甜蜜暧昧的青春往事纠缠在一起，令她彻底迷醉。面对无穷尽的物质诱惑，人应该如何做出选择？对于这个常变常新的话题，《笑春风》像一面镜子，为我们呈现了诸多选择中较为极端的一种。难得的是，张鲁镭用娴熟的小说技艺悬置了道德审判——对小夏，她没有丝毫的指责和想当然的贬损；相反，她的笔精心地贴着小夏游走，她像是她肚里的蛔虫，她让她一丝不挂地袒露着灵魂的赤裸。就像那件被无意中窥见、授人以柄的烂背心，不仅仅是小夏的噩梦，更是她心理空虚的隐喻。在她甜腻、浮躁、空无一物的人生之梦下，读者终会发现，是丧失了底线的虚荣心彻底改变了她的人生。

"撸褶儿"

小说家如何描述苦难？这个问题的答案堪比"一千个哈姆雷特"。显然，万胜思考过这一严肃命题，而在《撸褶儿》（《长城》2021 年第 2 期）里，一点都不严肃的轻松调侃嬉皮笑脸，便是他给出的严肃回答。通过韩家父子追逐各自梦想却均以失败告终的不无惨烈的人生故事，万胜想要告诉我们，没完没了的苦难才是人生常态。在小说结尾，父子俩的冰释前嫌虽然给人一种大团圆的错觉，但对他们来说，西瓜菜就如同被缚在高加索山上的普罗米修斯那日复一日受伤的胸口，永远都无法愈合——它所隐喻的，是不可逃离的命运与人生。万胜无意于用讨喜的和谐叙事与伪饰的美好结局来装扮小说，《撸褶儿》与浅显、直白、浮夸的大团圆故事相去甚远——落俗套的"大团圆"是对苦难的漠视与否定，是对现实的简化、"美颜"与遮蔽。而在万胜的小说里，活着的举步维艰从不缺席，对生存本质的某种洞察逼迫他不得不以审慎的态度面对苦难。

小人物的生存故事、插科打诨的语言风格、精巧严谨的结构、悬疑式的叙事手法、情节高潮处的审美意境，是《撸褶儿》包含的要素和特点，它们会让读者联想起万胜之前的一个短篇《执子之手》。事实上，这两个作品都可归列于他以写作追溯往昔、以小说创造记忆的"北窑"作品系列，它们与《黑鱼》《残局》《鳞片》《飞翔的酒瓶》《西湖一样的爱情》等作品一样，都是他在心灵世界追念生养他的北窑的特殊方式。

牛健哲的《乒乓作响》（《海燕》2021 年第 3 期）的主人公齐鸣，是现代社会的另一种小人物。他安于自己的生存境遇，努力扮演好自己的角色，但在精神上却始终游离，就像是现代社会新型的"畸零人"。不谙人情世故的他，极不情愿地被岳父调进了机关单位，理所当然地，也背负上了岳父与妻子对他职业生涯崭新开始的冀望与期待。虽然说，任何比赛和竞争都会让他血脉贲张，但官场赛事却不在此列。齐鸣喜欢专注地投入到某项兴趣或活动中，他格外享受为参赛而全力以赴的拼搏过程，哪怕是一个小小的知识竞赛，他也会做足准备全力取胜。这一回，单位即将举办的乒乓球比赛又激发了他的"斗志"，而新来的郭厅长是曾经进过省专业队的乒乓高手。显然，专注于乒乓球技术训练的齐鸣的意图，与妻子和岳父希望他通过比赛"有所表现"的期望完全错位，小说则精彩地呈现了由这一错位引发的一系列事件所蕴含的种种幽默甚至滑稽的喜剧效果。

"不知为什么，一颗乒乓球在球桌上的弹射，竟似乎发出宏大的爆破声响，还引出无数次不应有的震耳回音……"小说结尾意味深长的留白似乎在暗示，齐鸣在骄傲地赢得比赛的同时，也毫无悬念地摔倒在了权力的竞技场上。同样，不知为什么，想象中"死得很惨"的齐鸣，就像是爆笑喜剧里的小丑，没法不让我发笑。我在想，从不吝于披露人的内心时空与现实时空间巨大张力的牛健哲，是因为着迷于讽刺与荒诞的色调，才喜欢塑造齐鸣这样具有专注型人格的形象吗？又或者，真实的情况恰好相反：正是出于对专注型人格的极大兴趣和不可遏制的叙事冲动，他才不得不描画了他们存在的荒诞特征，就像他在《猛兽尚未相遇》《南巴迪夫周末》等小说中呈现的那样。在后者的结尾，他恰好就这个问题自供般地留下了可供人追索的蛛丝马迹："坦白地讲，我正是想要找到这类人的症结，或者想看看他们的结局才有意来关注拉姆齐其人的。"当然，对这样的小说家言，我是不会轻信的。

其实，想象中一脸惨相的齐鸣还算幸运，与他称得上是难兄难弟的古克力则命运不济——骑车技术已进入化境的他惨死于一场结局令所有人大跌眼镜的自行车比赛。古克力是一个靠力气吃饭的三轮车（被称为"神牛"）夫，为躲避警察的追赶，他的骑车技术已经练到了神乎其神的地步。一个偶然的机会，他以炼钢厂工人的身份参加了一场全市瞩目的自行车比赛，朋友的信任、厂方的期待以及赛事背后赌博团伙的"干预"，让比赛变得扑朔迷离。赛场上，在与专业车手巅峰对决时，就在古克力即将赶超对手的一瞬间，看台上一句"神牛，加油"的呼喊声，不仅让他瞬间失去了夺冠的机会，还因此要了他的命——炼钢厂一群赔了赌资的年轻人为泄愤追赶他，结果使他意外惨死。

尽管客串了一把赛车手的角色，但古克力始终是个车夫：一听见有人喊"神牛"，他本能地要刹闸停车。看来，再"入戏"的训练也敌不过一句生意的吆喝。比赛结局虽然令人遗憾，但这似乎符合古克力一贯的性格和表现，靠着神牛一老本实地过活的他，从未妄想和奢求不属于自己的东西。赢得比赛、进厂工作，对于他来说，有点不着边际，也从不在他的人生规划中；不如说是朋友的情面和奖金的诱惑，让他勉为其难地临时充当了赛车手。可意外让一切都不可挽回，命运女神任性地在这个勤劳朴实的男人身上，狠狠踹了一脚……付久江的《神牛，神牛》（《鸭绿江》2021 年第 3 期）是一篇扣人心弦的小说，古克力这一小人物的命运令人唏嘘不已：从不好高骛远、只努力赚钱讨生活的他，逃得过警察的围堵，却逃不过荒诞意味十足的、充满了苦难与厄运的生命偶然。

"子夜的爆竹"

孙春平的《子夜的爆竹》（《中国作家·文学》2021 年第 1 期）和曾剑的《母亲生日快乐》（《满族文学》2021 年第 1 期），都是以农村生活为题材的作品。与当下电视剧里只肯提供肤浅娱乐的虚假农村不同，两篇小说都以独特的视角和有力的叙事，呈现了当代农村生活的真实面貌。《子夜的爆竹》猎奇式地详述了偏岗村村民葛彩云不无神秘和惊悚的跳大神的整个过程。原来，跳大神不仅是北方特殊的民俗活动，还是村民们惩恶扬善和发泄愤怒的方式。葛彩云名为驱怪、实则报复的疯狂行为背后，隐藏的是村民们质朴的价值观和道德准则。《母亲生日快乐》写的是母亲七十大寿时上演的一出出家庭闹剧，有趣的是，叙事的过程也是对东北农村结婚时扔被子拜神树、过生日时"做生""躲生"等风俗习惯的展示。浓浓的怀旧意味让小说像一曲不无忧伤的老歌，在歌声中，含辛茹苦了一辈子、凡事为全家人着想却又极爱面子的母亲的形象渐渐突显出来。

本季度，除了罗曼，鬼金还塑造了诗人星先生这一人物。《献给星先生》（《朔方》2021年第1期）叙述了爱好文学的左锋在写作之初，是如何受到了星先生的鼓励和帮助进而步入文坛的。可作为望城的诗歌大旗，星先生渐渐表现出极其功利和世俗的一面，这让左锋大失所望并开始主动远离他，进而远离文坛。多年后，星先生故去，念旧的左锋送了他一程，所幸，他还在文学的路上摸索行进。神圣的文学、高洁的理想、孤独的求索，在鄙俗和物欲化的现实面前，在名利的诱惑面前，究竟得接受多少重重的考验呢？面对小说提出的问题，谁若有本事做出回答，一个怀抱文学梦想之人心灵的成长也就得以完成了。

巴音博罗的《喋喋不休的人》（《满族文学》2021年第1期）中，老毕患病后由沉默寡言之人变成了一个口无遮拦、喋喋不休的人，他的胡说八道和怪异行为给家人带来极大困扰，最后，终于被家人送进了精神病院。极强的画面感始终伴随着故事的叙述。出人意料的是，在小说结尾，作家笔致突然宕开，这提升了小说的意境，让读者对故事的回味余音绕梁般地弥散开来。

"太后的午餐"

本季度，侯德云有《颐和园的一天》《太后的午餐》(《天池小小说》2021年第1、3期)，《1860年的战争·北塘》(入选《2020年中国微型小说排行榜》，百花洲文艺出版社，2021年1月)，《瓦城上空的三姨》(入选《2020年中国微型小说精选》，长江文艺出版社，2021年1月)，《小雨》(《百花园》2021年第1期)，《胡八爷》(《大观·东京文学》2021年第1期)，《鲍老》(《小说选刊》2021年第3期)，《美人尖》《与诗人诀别》(入选《2020中国年度小小说》，漓江出版社，2021年2月)，《步友老周》(《辽宁日报》2021年3月10日)等多篇小小说发表或被转载。前两篇里，偏爱晚清历史和文化的侯德云细致描写了慈禧太后的生活，颐和园里饮食的奢华和逃亡路上来不及带吃喝的窘迫状况形成鲜明对比。在《太后的午餐》结尾，慢声细语的慈禧斯文地用簪子吃玉米粒，就在读者暗暗惊叹陷于困境的她仍能保持优雅时，太后说出了一句令人捧腹的肺腑之言："要是能有几个鸡蛋吃吃就好了。"侯德云不乏幽默和讽刺的叙述，让人一瞥烟尘往事中的细节。在他笔下，历史不再遥远，仿若触手可及。而《小雨》《鲍老》《步友老周》《瓦城上空的三姨》等作品，则呈现出介于小说和散文之间的跨文体特质。作家将对生活的哲思和感悟、对有趣的人和事的发现，融汇进人物形象的塑造中，无论是滨城的三姨、好玩的鲍老、树痴老周，还是如邻家女孩般亲切的小雨，都令人难忘。

冯金彦的《乡间旧闻》(《鸭绿江》2021年第2期)由《黄老师》《椅子》《石头》《棋》四篇好看的小小说组成。说它们好看，是因为每个小故事都带点魔幻色彩，就像大街上时髦女郎头发上的一缕缕或紫或白或蓝或红的挑染色。小说里挑染的色调华丽炫目，也让技艺娴熟的叙事不停飞动。会飞的小说自带魔法，正是这魔法，让终生痴迷书法的黄平墓碑上的字来去自如，让成了精的绛红色椅子替人们惩恶扬善，让石头刻成的棋子在没有主人的时光中兀自厮杀……冯金彦笔下的乡间旧闻是奇闻趣闻怪闻，涉鬼神事，涉人间痴愚，涉人性苟且，读者读得过瘾，作家也写得开怀吧。

辽宁小小说创作日丰，除上述作品外，本季度阎秀丽的《戏一折》(《海燕》2021年第2期)，李朝阳的《小小说三题》(《海燕》2021年第3期)，庞滟的《午夜的脚步》(《小说月刊》2021年第1期)、《燃烧的水》(《微型小说选刊》2021年第1期)、《年关》(《小说选刊》2021年第3期)，付桂秋的《别情》(《铁岭日报》2021年1月27日)、《帮扶》(《小小说选刊》2021年第5期)等作品也值得一读。

夏之卷

牛寒婷

醒来何必悲喜相生，
为那些纷乱的梦影，
瞌睡的睡神派了信使，
摩耳甫斯梦中送礼。

——四桑

"节日"

她叫林寻，出场时披挂着一身孤寂落寞，历尽沧桑后，她顶着轻薄绵软的雪絮进山、寻寺、修行。修行的林寻遇见山里的孩子山宝儿，像母亲一样呵护他，如同每日体察大山里的草木鸟兽，与山宝儿相处，也是修行的功课。在山宝儿作业本上家长签字的位置，林寻写上"林云"的名字——林寻找到了林云，林云也是林寻，就像她精心磨制的 108 颗木舍利佛珠。佛珠做好，林寻下山，重返喧嚣的生活……

她是个不具名的奇女子，一心活在自己的春梦里，春梦的主角是她死去多年的情人。她的梦不受死亡干扰，年复一年，她守时地赶赴与他的约会。梦的真实令现实虚假，使死亡不再确定，也让她变成天使般的小女孩：在大桶里沐浴，和鼻尖上的蜻蜓嬉戏，心急火燎地想象情人。流泻着欲望的身心让她分外动人，她看上去是那么美，那么纯洁，如同丈夫亲手为她种下的荷花。亭亭玉立的荷花如笼中鸟，困在水缸里，却享受着梦的自由。真实的欲望和梦境里的自由，让她穿越一切屏障，哪怕是生与死的界限……

像名字一样可人的白玫，在一个私密的空间出场，极度闷热的盛夏让她和情人的整个良宵都汗津津湿漉漉的。情人间的玩闹充满肉欲的气息，像极了房间里一波又一波的热浪，却又如凉爽的微风令人惬意。恰似从欲望的土壤里生长出来的妖娆而又纯洁的花朵，白玫天然地带着诱人的芳香。可是，她一定不知道，儿子的班主任兼朋友是她的"情敌"，吴老师无法实现的爱情梦想，与她有关，或许又无关。散发着香气的白玫和人淡如菊的吴老师迥然有别，她和她结缘于同一个男人……

钟丽的强迫症早已病入膏肓，在琐碎家务和自我管理方面，她的完美主义到了病态的程度，就连绝经这样的事，也必须在她的掌控之内。生活中女性对细琐之事的执拗似乎见怪不怪，可钟丽还是在五十岁的尴尬年龄被离婚了。洗手池中的水渍，既是婚姻破裂的罪魁祸首，也是一把骇人的照妖镜——她在其中看到沦陷在家事中的自己。只为婚姻而活的女人难免要经历一场噩梦，从琐碎和偏执中醒来的钟丽，决心让这离婚成为改变自己的契机……

她有一个患痛风病的女婿，有意思的是，每次她去女儿家小住，不超过两天，女婿的宿病就会发作。有个说法是，痛风发病与"被惊吓"有关，这也许是问题的关键，因为女婿早已不是她的女婿，只不过她还蒙在鼓里——但事实没准儿又恰恰相反：她对一切都心知肚明，疼爱女婿，只不过是她在安慰"被惊吓"的他罢了……

她们，是五个短篇小说中的女性形象，有意将她们放在一起，是因为她们登台亮相在同一时刻。2021年第6期《鸭绿江》推出"北2830"小说专辑，刊发了杨家强的《古柏芬芳》、万胜的《节日》、赵树发的《疼》、张驰的《如果夏至》、冯璇的《水渍》等5篇作品。而上述的她们，即是其中的人物。至于我让她们如此列队出场，倒并非要为这组作品贴上女性主义写作的标签，而只为表明，她们何以打动了我，让我心驰神往心旌摇荡。显然，描述她们，我有时会偏离小说，比如，《节日》里把与死去情人约会的日子当成节日的奇女子，《如果夏至》中不无性感又单纯可爱的白玫，《水渍》中几乎把自己逼到绝境的偏执狂、强迫症患者钟丽……在想象她们时，我总是忍不住地，为她们添上一些原本并不属于她们的东西——这是为了让她们看上去更加极端、任性和自我，更超凡脱俗或愚不可及；让她们多上几分置之死地而后生的生命快意与情爱恣肆。与小说中同样魅力十足的男性形象相比，我无法掩饰自己对这几位女性的偏爱，但这又与我和她们同一性别无关。我更愿意相信的是，在虚构这几个故事时，小说家已然深切地意识到，唯有假借她们的形象，他们才能彻底地宣泄心中的叙事冲动；也唯有通过她们——此外别无选择——他们才能纤毫毕见地呈现出小说所蕴藏的诸多生命事实与人性真相：渺小卑微脆弱易逝的人类具有强悍的内在力量，能量巨大的爱欲本能在有限中创造无限、在想象中建构真实，肉身欲望和灵性生活分别赋予生命以价值和意义，在面对酷烈的现实时生命依然葆有理性、克制与隐忍，在身与心的桎梏中人创造了存在的种种可能……

2006年11月，省内的四位青年作家以小说之名成立了"北2830"民间团体，以呼应2005年在浙江嵊州成立的"南2830"。"北2830"的发起人和召集人是被大家叫作"村长"的鞍山作家潘洗，另三位核心成员则是沈阳的万胜、郭少梅与锦州的杨家强。15 年来，他们定期交作业，开改稿会，聘请导师，在闯荡文学的道路上携手并进。如今的队伍，已经发展壮大到了 19 个人。在当下所谓个体原子化的时代，对于文学这个只能靠个人踽踽独行、独自劳作的古老行当来说，"北 2830"的存在有点像奇迹，这正如安勇在《2830：跃动的文学之火》(《鸭绿江》2021 年第 6 期）中所说，"像'北 2830'这样多年来始终不忘初心，默默坚持，以抱团写小说为形式和内容，纯粹以共同进步为出发点的民间社团并不多见"，"如今，'北 2830'已然成了我省文坛一道亮丽的风景，是很多青年作家向往加入的组织"。

不过，小说家可能并不适合"抱团取暖"，即便抱在了一起，取到的暖也必然有限，这是由小说创作的特殊性质所决定的。尽管如此，在各自为战的创作之余，"北 2830"们还是让彼此间"跃动的文学之火"延续了这么多年。不得不说的是，他们互相温暖彼此亲热的方式十分特别，即互相拍砖彼此开炮。每次的改稿会，都是一场不讲情面的批判大会，每个人都"只拍砖、不献花"，批评他人与自我批评齐头并进。当然了，炮声隆隆的改稿会也是交流创作、畅谈读书的文学沙龙，兴之所至，诗酒人生。

接下来，我们继续欣赏他们的这组作品。

"他都死去这么多年了，你还是忘不了吗？"在《节日》结尾，正要去赴约的梦中人被丈夫的一句话惊醒。"她惊愕了。许久，身子软下来，虚脱地靠在门框上。她咬着嘴唇，眼泪顺着苍白的脸颊滑落。'为什么每次你都要这样提醒我呢？'"一路追随奇女子爱欲足迹的读者恍然大悟：原来，制造真实的梦境，竟然是她与自己、与无辜的丈夫玩的一场又一场游戏，既执迷又清醒的她同时扮演着喜剧和悲剧中的双重角色。万胜在梦与现实之间设置的巨大张力，让《节日》如同一个鼓胀到极致终于爆裂的气球，那翻飞的胶质碎片提醒读者，幻想从未放弃与现实角逐，而二者输赢的结局往往出人意表。

《古柏芬芳》里的林寻下山后再没了消息，山上的大雨毁了她住过的地方；早熟的山宝儿不仅学会了仿写"林云"二字，还时常回到荒凉的寺院，他打算在废墟上重建房子，等待林云的归返。古柏的芬芳如同医治灵魂的良药，它召唤需要它的人，引导他们寻回失落的东西。

《疼》中的男主人公同样在寻找良药。用"疼"串联起一个男人全部生活的赵树发，让痛风病成了中年危机的隐喻。痛风可医，人生难治，那副难于寻找的药剂，既不是女人，也不是恢复单身的自由，它像生活的真相一样难于寻觅——如此，也就理解了贯穿于《疼》全篇的那几近恶搞的调侃语调，它令人忍俊不禁的同时，也让人感受到了小说家那冷峻疏离的目光。

两年后，钟丽的眼睛终于不再盯着洗手池里的"水渍"了，她习惯了对它们视而不见。在被福利院孩子清澈的目光打动后，她决定收养一个女孩，钟丽的幸福终于不再凭靠婚姻。虽然《水渍》将女主人公人生的失败归咎于婚姻，但事实上，女性失去独立和自我，并不一定与婚姻有关，说到底，婚姻的幸与不幸不过是人性的症候罢了。

如果说前面的"她们"一个个仿若都行走于云端，突显了我解读时的某种偏执，那么，现在，我愿意将她们拉回地面，回归小说中的现实世界。有意思的是，张驰在《如果夏至》里呼应了"北2830"的现实一种，对相识相知近20年的一众伙伴，他游戏化地编排了一番，比如小说中的"我"叫"胜子"，又叫"老万"，两个称呼组合后的"万胜"，即是成熟稳重、机智幽默，浑身散发着中年人魅力的男一号；比如小说中的市委杨书记叫"杨家强"，一个现实中归隐山林的写作者；比如小说那漂亮的开篇提到一本好玩的书，两个被大做文章的书名"把凉水泡成热水"

和"把凉水烧成热水"让人印象深刻，而后者正是"村长"潘洗于 2019 年出版的短篇小说集的名字……我想，对于这些并不直言的文字游戏以及背后更多的隐秘故事，只有能猜出全部谜底的"北 2830"成员才会会心一笑吧。

"戴女人头套的表哥"

好运与人生的关系这个命题，让于永铎着迷，他想了解那些运气好的人何以如此。抛开羡慕嫉妒恨的狭隘情感，他开始刻苦钻研好运的人与事，后来他得出的结论不太金句："好运的人终究要跌宕起伏。"然而，再后来，他却写出了《戴女人头套的表哥》（《安徽文学》2021 年第 6 期）这篇颇有金句素质的小说。对运气和机遇的真理式发现，曾经让他激动不已，以至于从一开始，他就下意识地拒绝了老老实实地讲述故事。从乡下进城的表哥奋斗了 30 多年，既受尽屈辱，也风光无限：他无意间买的彩票中了大奖，发达后他一跃成为全市的风云人物；可转瞬间，他又失去所有光环，进了监狱的他重新一穷二白。一夜间掉光头发的表哥回到表嫂身边，表嫂命令他戴上曾让她转运的大波浪头套。戴上女人头套的表哥滑稽之中透着凄惨，头顶魔幻般的波浪，像极了他上天入地的悲喜人生。

于永铎无意讲述表哥这个人物的来龙去脉，他甚至无心刻画他好运人生里的跌宕起伏；相反，他用插叙的手法和情绪化的叙述，用暗含讽刺和批判的幽默调侃的语调，用耐人寻味的隐喻和夸张至极的修辞，去制造一种不伦不类的小说氛围。正是在这种虚实相生、荒诞悖谬的氛围里，在急不可耐的叙述快感的层层推动下，表哥离奇的一生得到了加持——他像个被摆布的无辜小丑，用自己鲜血淋漓、戏码十足的人生，详尽地注解了好运的命题：

表哥从我家走向了城市的中心，他一直走了下去，刮风下雨，他都不怕。他走进泥泞中，又从泥泞中走了出来，一直走到了铺着红地毯的舞台上，表哥微笑着朝每个人招手，表哥招牌样地抹一把油光锃亮的大波浪发型。直到他从舞台上下来，直到他钻入泥土中无影无踪。再见到他的时候，表哥已经年过半百，他满身是土，仿佛刚从地底下千辛万苦钻了出来。表哥长时间地站在我面前，嘴里头嘎吱嘎吱地响，闭着眼听，好像他不是在和我说话，更像是自顾自地嚼土……

《给你一记金刚拳》（《海燕》2021 年第 6 期）是《戴女人头套的表哥》的姊妹篇，这不仅因为它们演绎的是同一命题，还因为人物关系设置的相仿。明哥会打金刚拳，每打出一拳都要大吼一声。"有这一声吼铺垫着，不必真打，就能让对手失魂落魄。"明哥的人生如同金刚拳，虚张声势就是他的面孔。但像戴女人头套的表哥一样，波澜起伏的命运没能让他走运太久，很快他就被逼进了自杀的绝境。只是，明哥所有的自杀理由，都相悖于明嫂给出的另一套说辞。难辨的真相、荒诞的因果，一切都像极了主人公肩膀上擎着的那只狗头，令人捧腹。

于永铎是讲故事的高手，但这恰恰是因为他不关心故事。他常常绕过故事，或借助那些没头没尾的故事，来宣泄积聚在心中的游戏冲动，宣泄即将喷薄而出的因种种洞察而获得的智性快乐。在小说里，他的冲动和快乐能幻化成五颜六色的情绪，而无论什么颜色，又总能让我即刻辨认出它们：我看到了在人前没穿裤子、自顾嚼土的表哥，看到了肩膀上人头换成狗头的明哥，看到了表哥头上那诡异莫名的一小绺大波浪卷发和大波浪头套纵情跳着双人舞，看到了明哥全情投入地表演生命中的第 10 次自杀闹剧……"好运的人终究要跌宕起伏"，在连续上演的荒诞剧谢幕之际，于永铎一边悠悠地说着，一边缓缓拉上了大幕。

如同明哥、明嫂对生活真相的各执一词，梁骦在《背沙子的人》（《鸭绿江》2021年第4期）里，同样讲述了一个不明真相的故事。儿子小安在一场车祸中丧生，极度痛苦的他，做出了一个艰难的选择：把儿子的心脏捐给儿子的同班同学王天天。小安在天天身上的"复活"，让他的幸福又有了着落。可是，他对天天的过分亲昵却引起了天天家长的不满，他们索性以搬家的方式拒绝他探视。再度失去儿子的痛苦，让他开始怀疑一切，最后，他得出惊人的结论：这是一场谋杀，而凶手就是肇事司机和王天天的父母。在详细制定了复仇计划后，他如愿劫持了天天，"一切都如他预想的那样，是在头脑中演化千百遍的动作"。可是，就在他与警察对峙的时刻，妻子一语道破天机：自从小安死去，他就得了妄想症，这一切都是住进精神病院的他幻想的结果。

在妻子的提示下，他找到了兜里的药瓶、手上的腕带，但是，他却仍然选择相信自己并继续执行计划。此刻，所有谜团都抛给了读者：他真的是个疯子吗？小安的死是一场意外吗？事情还有什么其他可能吗？如果他的计划中包含了88式狙击步枪的子弹向他飞来的瞬间，那么，他还是一个失去理智的精神病患者吗？……小说的开放式结局让这一切变得更加扑朔迷离，梁骦似乎有意在暗示：真相从来不只有一种；而在某些情境下，精神病患者不过是个好用的标签而已。不过，对于无法承受丧子之痛的他来说，真相不再重要，重要的唯有计划——他成功"制造"了自己死亡的计划：缜密的设计、精心的推演、体能的储备、超出常人的意志力，当然，还有对小安／天天最后的爱意……没错，"一切都如他预想的那样"。

在上季度的《撸褶儿》之后，万胜继续讲述小人物的生存故事。李白的女儿去省城读重点高中后，妻子小婉整个人像丢了魂。为了给自己找事干，也为了晚年能多个依靠，小婉决定再要个男孩，不想却遭到了李白的强烈反对。在要孩子的问题上，夫妻二人僵持不下。小婉先是找女儿当说客，后又寻求公婆的帮助，她的执拗几乎把李白逼到绝境。加油站的工作原本就辛苦，又遇上了犯浑的顾客，家里家外的烦心事，让李白一时心力交瘁。有意把叙述调子压得很低的《月落乌啼》(《海燕》2021 年第 5 期)，像是低到了泥土里，它让人切身地感受到普通人在生活中面临的种种困境和无以排解的绝望心境——这绝望，难道只是来自转瞬即逝的情绪低谷吗？不，它来自生活的岌岌可危，来自偶然性厄运的随时降临，因为谁也不知道，下一秒钟会发生什么。"他只要一静下来，那种不踏实就会像潮水一样从脚底漫上来，很快就会漫过他的头顶，令他窒息。他不愿意看社会上那些悲惨的故事，不是因为他冷血，而是因为他不敢想象别人的痛苦。如果摊在了自己的头上，自己会怎么样呢？谁又能保证不会摊到自己的头上呢？一想到这些，就觉得自己已经活得很侥幸了……"充满侥幸的生存、无所适从的漂泊感、无法掌控的生活的不确定性，在社会上每一个拼力挣扎者的心中，都像影子一样挥之不去。

"修复师"

辛酉的《修复师》(《鸭绿江》2021 年第 4 期) 讲述了退休多年的博物馆书画修复师魏老为一幅国宝画作重操旧业的故事。乾隆年间著名宫廷画师徐扬的名作《双傅山水图》，是失踪了近一个世纪的国宝，在画卷被展开的瞬间，魏老被深深震撼了。虽然此前一直拒绝，但最终他还是决定接受这项重要的工作，挽救画作。小说由两条线索展开叙述，一条是修复《双傅山水图》的整个过程，另一条是魏老对往事的回忆。在前一条线索里，小说家完整地描述了修复书画的详细过程：除尘、清洗画心、揭纸、隐补、加固、配胶、上墙、全色……对精细的修复过程的精彩呈现，让读者一窥这一不为人熟知的传统技艺。第二条线索的核心是魏老父亲被斩断的手指。古画修复师的艺术造诣深厚，在过去，他们也正是古画造假的主力军。父亲断掉的手指背后那些扑朔迷离的事件，他因"我"正式成为修复师后画伪作而再次断指的事，以及魏家这个古画修复世家几代人的技艺和精神传承，紧密地交织在一起。在当下这个物质至上的时代，小说中塑造的修复师形象像古画那样弥足珍贵；而魏家的技艺传承也是德行和操守的传承：魏老后来放弃让儿子当修复师的执念，既是理性的选择，也是对这一古老行当的精神守护。

直到父亲去世，鄢波也没能说出他想说的话。在他和父亲的关系里，他一直为两件事所困惑：一个是父亲说过的爷爷会隐身术的事，另一个则是父亲主动把"小偷"让进家门，还授意他教自己的儿子扒手的伎俩。在生命的最后阶段，父亲不能说话，靠写字表达自己，但他似乎知晓儿子的心思，他捉迷藏般把答案留在了"遗札"中——那不仅是他对鄢波的回答，更是他对人生的领悟："我想起你爷，他就现身/我把他忘了，他就隐身""他叫你死你也死吗？"面对父亲的字迹，鄢波这才明白过来。谢良的《隐身记》（《长江文艺》2021年第4期）塑造了悲剧意味十足的父亲形象，整整一生，他都在痛苦地与命运抗争，虽屡战屡败仍本色不改。"年轻的父亲把厄境描述成寓言诗，带着神圣的仪式感和朦胧的诗意。"他执拗的不服从如同某种虔诚的献祭，让人想起犯错后坦然接受惩罚的西西弗斯，加缪说应当想象西西弗斯是幸福的，而他即是那个幸福的滚石上山者。

得利喜欢生活在虚幻的梦里。作为初来乍到的北漂一族，从偏远的东北农村来到北京，他像做了一场大梦。自从在拥挤的合租房里遇到一见倾心的"天女"，他便做起了爱情梦，爱情梦又勾起他早已破灭的诗人梦。做爱情梦和诗人梦成了得利的主业，让他整天晕晕乎乎，而送外卖的本职工作，倒像与自己不相干了。从虚无缥缈的梦里跌落到残酷的现实，注定是得利逃不掉的命运，而美甲女"不好惹"的身体就是承接他落地的安全气垫。"不好惹"兴冲冲地给得利报名电视台的"诗词大会"，可他的表现与其说是糟糕，不如说是恶搞。充满烟火气的生活也许注定无法与云雾缭绕的梦想无缝对接，一向现实的"不好惹"清醒过来，后悔自己被得利的"美梦"给欺骗了，但她并不知道，得利骗的不仅是她，更是自己。紧紧抓住梦的尾巴不肯松手的得利，其实从未看清自己梦想的本质——那不过是不肯脚踏实地生活的好高骛远和自欺欺人罢了。卓尔的《北京屋檐下》（《海燕》2021年第4期）讲述的北漂故事虽然并不新鲜，但小说冷静疏离的叙述、克制老到的语言、不急不缓的节奏让人过目难忘。而对于梦想这个像爱情一样永恒的话题，卓尔想要告诉读者，很多时候，梦的伪装会比现实的严酷更为可怕。

如果说卓尔小说里大都市的魔幻生活只是故事背景，审视和拷问梦想的本质才是主题的话，那么，在《白天不懂夜的黑》（《满族文学》2021年第3期）里，虹晓则让物欲化的都市生活大摇大摆地走上了前台。与得利飘浮在城市生活之上的意象不同，青青来到有海有山的城市后勤恳地工作，在她眼中，城市就像KTV的那道大门——金发美人的一张鲜红欲滴的嘴唇——能将所有的人吞没，让他们在欲海中沉沦。无法主宰自我的人不过是自身欲望的俘虏，就像朝生暮死的蜉蝣。而青青这个慎重自持的女孩则像个另类，她是小说家借以审察生活的那双眼睛。

"相亲路上的伯父"

本季度，庞滟有多篇小小说发表或被选载。《相亲路上的伯父》（《山西文学》2021年第4期）通过伯父锲而不舍相亲的故事，观照了当下老年人的生活。作品对老人相亲时心理活动的刻画，突显出生命的幻灭感，提升了小说的思想境界，比如小说里这段伯父与"我"的对话：

> 一天不来心里就空落落的，每个老人都想找到能一起搀扶到老的伴儿。可这生命殿堂太高了，玩命地向上爬，总也找不到那个人，有些人爬不动了，半路就挂了。伯父说着，摇头哀伤起来。
>
> 这里有种特殊的味道，有点儿像泥沼地。我说。
>
> 也有死亡的味道。有快乐，也有陷阱，像是每个老人心中燃烧一点点光亮的地方，想抓又抓不住。要是哪天不来，总觉得会错过了一个机会。

《双眼皮的烦恼》（《微型小说选刊》2021年第9期）对中国社会的啃老现象进行了细致描画，传统文化中的伦理关系和血缘亲情在与物质主义的交锋中屡屡败下阵来。但令人心惊的，并不是亲情关系的全面溃败，而是"贪食蛇"样的人性所堕入的无底深渊。《断舍离》（《小说月刊》2021年第5期）和《被"拆迁"的生活》（《小小说月刊》2021年第5期）通过戏剧性十足的小故事，透视了现代人的情感生活。《断舍离》开篇的叙述充满隐喻意味，令人印象深刻。

洪兆惠的《黑娘的麦饼》（《百花园》2021年第6期）讲述了苍石的背包客老单的故事，黑娘的故事就是小说里会讲故事的老单讲的。开客栈的黑娘爱给穷人做麦饼："子时，黑娘打开一只木箱，拿出一堆小木人，摆成一排，喝口水，喷上去。小木人活了，活蹦乱跳。黑娘给他们麦种，在屋地上播种，麦子瞬间长出，又瞬间成熟，然后收割，磨面，烙成麦饼，正好一个时辰。做完活，黑娘又一口水，活人变木人，收入箱内。"吃了麦饼的人从此就有了特异功能。比如，充满传奇色彩的老单和东街的康姨，没准儿就吃过黑娘的麦饼。凝练的语言、克制的叙述、奇异的人物、带有魔幻色彩的故事，为那个特殊年代的乡村生活蒙上了一层神秘的面纱，小说的意蕴便从这神秘中慢慢弥散开来。而小说本身也正如同黑娘的麦饼，读者吃下它，就有了隐身或变形的超能力，并借此去审视历史、反思人性、窥探故事也即文学的奥秘。除这篇小说外，还有《洪兆惠小小说四题》在《鸭绿江》2021年第4期发表。

此外，辛酉的《小说二题》(《雪莲》2021年第6期)，白小川的《小小说三则》(《唐山文学》2021年第5期)、《云水记》(《微型小说选刊》2021年第13期)，付桂秋的《家事》(《微型小说选刊》2021年第14期)也值得一读。

秋之卷

牛寒婷

说不上为什么，但各种形式的死亡
于我而言像是某种获得自由的东西，
在我未知的领域里尽情伸展；
那思觉的灵魂一定是得到了解放，
插上了思想的翅膀，
然后就可以快乐了。

——玛丽·沃斯通克拉夫特

"缓步"

对于班宇这样一个热爱现代小说并不断尝试文体实践的写作者来说，自己的作品长期被"铁西""底层叙事"甚至"东北文艺复兴"这样的词汇紧紧缠绕，多少都会有些尴尬。当"铁西"不再是单纯的地理名称，而被赋予了过多历史和价值建构的意涵时，班宇笔下那些工人村的悲喜故事，自然会被视作某种符号或者代言，进而被想当然地标签化。标签，既是一种方便的指称，也是对意义的片面截取，例如班宇作品的所谓标签，就大多浮泛地指向地域或题材——无论是东北沈阳铁西，还是边缘化的小人物的生存故事——而小说更为重要的形式探索和审美意蕴，更多的时候则受到忽视。这也是为什么在接受采访时，面对媒体屡屡提出的宏大问题，班宇的回答多少带着些消解的意味。他强调他笔下工人村的故事发生于 20 世纪 90 年代，而非现在进行时，他坦言他记忆里没有什么辉煌的大厂经验，触动他的不过是些亲历的人与事。

铁西也好，工人村也罢，无非是班宇搭建故事、抵达叙事的外壳和工具。他喜欢驾驭它们支配它们，只因熟悉，只因信手拈来可以毫不费力，这就好像，他直接借用或精心改写沈阳的方言俚语，能更方便地营造出逼真并且鲜活的在场感来——显然，这与东北二人转的娱乐效果大抵相仿。然而，它们的出场，只是班宇弹奏自创曲目时制造某种震惊效果的特殊音符，其实世界的偶然性与脆弱性、死亡的阴影与草芥般的生存、消逝的时间与无法重返的青春、无以名状不可遏止的情绪情感、疲惫不堪的生活中面目渐渐模糊的自我……这一切和不止这一切，才是他的创作主旋律——而这，自然又让它们与刘老根大舞台上的表演有了云泥之别。

也许，在这样背景的衬托之下，去读解班宇的《缓步》（《收获》2021年第 4 期）才会显得顺理成章，那不必要的惊诧也才能避免。我的意思是，对《缓步》里地域标识的模糊待遇（绝不提及任何有辨识度的城市、区域或街道名称），并不需要反应过度。事实上，不仅铁西这方水土，就连之前"铁西叙事"所惯常采用的口语化的叙述调子也受到了抛弃，取而代之的，是一种雅致甚至庄重的书面化语言。而模糊地域、弃用方言、调整叙述方式，凡此种种，显然都出自班宇深思熟虑的写作策略。

《缓步》有两条线索，一条是离异后的"我"与女儿木木的生活，一条是回忆"我"与木木妈妈小林之间的往事。父女间不无温情的相处，很自然地避开了单亲家庭的"雷区"，但小林依然影子般无处不在。更糟糕的是，婚姻的失败仅仅是危机四伏的生活的冰山一角，情感的游离、经济的窘迫、理想的缥缈、人生的困惑，让主人公陷落进生存的牢笼之中。无以名状又难以摆脱的压抑、感伤和绝望的情绪在小说中四处游走，主人公对生存的追问和质询借洗衣机的意象呈现出来：

> 洗衣机的语法粗暴至极，无视差异性，所有的衣服在此都是平等的，没有尊卑贵贱之分，一旦被抛入其中，便被迅速地搅拌在一起，不可豁免地混作一团，其符号价值被无情吞噬。在滚筒里，没有幸存者可言。我打开阳台上的窗户，点了根烟，向外望去，觉得世界无非也是一个滚筒，重力作用，正向与反向的轮转，粗糙而强悍的旋律，不断在内部之间摔跌捶打，无可逃脱，也意味着无人生还。

"无可逃脱"也"无人生还"，昏暗和痛楚无限延展的人生没有止境。人从来都无法掌控当下的生活，就更别提缥缈的理想了，这很像小说中那只永远消失在深海里的"黄色潜水艇"——来自披头士的同名英文歌曲——它早已被岁月的染缸浸染得面目全非，蓦然回首时，只能看到它不甚清晰的轮廓。当然，《缓步》的魅力不止对生存的观照和思想的深刻，形式上的跳脱灵动也让它趣味盎然。荒岛上企鹅袭击科学家的故事、木木在幼儿园表演的童话，都是飘浮在小说内姿态各异的独立文本。它们和"我"与小林的爱情往事，和偷听故事的孤独女邻居的片段一样，使小说愈加丰满立体。班宇技巧娴熟的叙述常常不露声色，一如小说蕴藉如诗的结尾：当你误以为那只是一股暗自流淌、莫可名状的失意情绪时，于转瞬之间，它已浩浩荡荡，吞没了一切。

与端庄的《缓步》风格迥异的《气象》(《作家》2021年第9期)，是一篇象征意味极其浓厚的小说。1983年，"我"从师范学校调到市文联工作，可无论是在学校教书还是写诗、编刊物，总会遇上匪夷所思的人和事：着迷萨满又喜欢写诗的女学生的离奇死亡，"我"永远无法准时上班的魔咒，编辑部邀请诗人交流时发生的一系列灵异事件，当然，还有"我"在江边解救、后来成为"我"妻子的神秘女人……这些事无一例外地，与诗歌、与语词、与文学、与迷狂、与意义、与未知有关。在魔幻的叙述下，小说遍布诡谲阴森的灵异故事、神秘妖娆的癫狂诗句和悟道般追踪启示的新奇体验——它们既恐怖又文艺，既神秘又抒情，既寓言又现实，既真诚又戏谑；它们似乎是从萨满和跳大神、迷信和精灵故事中汲取到了什么，再用文学、疯狂和诗意加以严密包裹。尽管读《气象》有点像看恐怖片，它甚至让我想起了亨利·詹姆斯的《螺丝在拧紧》，但显然，鬼故事般的小说叙事是在向20世纪80年代的文学"气象"致意，它既是对时代也是对自我的精神回溯与情感探寻。

> 人和词语到底是一种什么关系，似悬在空崖，蹈于虚岸，既不可前进，也无法后退；写下来就是专断、冒犯与责难，不写的话则是隐瞒、背弃和欺骗，完全不知如何是好。

用《气象》里的这句话指涉班宇现阶段的创作，也许并无不妥。《缓步》也好，《气象》也罢，都像是班宇探索自己和语言关系的触手——借助它们，他更为精准有效地抵达了小说和文学的某个秘密地点。如果说《气象》是一首灵动轻盈的灵魂之歌，那么《缓步》则如一支端庄谨严的身体之舞，在它们后面，班宇正停驻在小说中描述过的那条隧道似的"缓步"台上，用语词、用游戏、用思想、用热爱驾驭着一切。

"礼物"

我想描述一种沉溺的阅读状态，它像"沉溺"这个词本身一样充满诱惑，潜藏某种过度的危险。比起莫名其妙的流行语"沉浸式阅读"中的"沉浸"，"沉溺"的偏激、极致、冒险和不言自明的异端性，让人着迷。相比平日阅读的经验，此番我意欲描述的阅读更专注于字与字的粘连、句与句的接续——在精心缜密的布置下，它们摆放在适宜的地方。语言的准确生发的效果，有时堪比深刻的思想，它们默默却牢牢地牵制读者，操控他们的眼和心，走神和溜号变得不再可能。写作技艺本身具有美感，在某种程度上，它与内容无关，就像语言的准确，此刻被我等同于语言的漂亮。

准确、雅致、漂亮的语言，迅速将我牵拉进沉醉的阅读状态，这是本季度安勇的三个短篇馈赠的礼物。在阅读三篇作品时，我时常能感受到躲藏在小说后面的技艺工匠的孜孜矻矻精益求精——对语言使用的严谨苛刻，对人物形象的精雕细琢，对心理描写的抽丝剥茧，当然，还有我想象中他对小说的热爱。沉迷于阅读的我，在和安勇笔下的人物共同经历了不同的人生后，突然发现自己很惶惑：对世事、对人性、对亲情、对各种关系，你不再笃定地确信什么，内心原本强势坚固的东西开始摇晃坍塌。小说可真是神奇，它总有办法让许多不论多么一成不变的东西都变得模棱两可。

退休后的雅洁跌落到人生的谷底，父母、女儿、房子，没一样让她顺心，就连空气、环境、城市也会惹她不快。20年前，一场夺走丈夫生命的车祸始终巨石般压迫着她，几乎摧毁了她的人生。把自己活成怨妇的她，在温泉池偶遇高中闺蜜吴艳红。对往事的回忆不仅让二人重拾失落的友情，更让雅洁打开了封闭多年的内心，对生活、对命运、对一切她都释怀了。不仅如此，她还要有所行动，对自己、对世界、对所有的人，也包括在那场车祸中被无辜伤及的家庭和生命。有趣的是，在安勇《礼物》(《长江文艺》2021年第9期)表层的故事脉络下还隐藏着另一重故事，即吴艳红讲述的青春往事，而这个故事中的主人公，则是一本叫"人海巴黎"的书。正因为此书，艳红错过了改变命运的高考，她和雅洁的友情也一度受到威胁。更有意思的是，这本书还有它自己的故事，虽然书写它的人英年早逝，却留下了一群喜爱它的书迷。阅读《礼物》是不断打开故事套盒和侦破悬疑案件的过程，而最终的谜底则指向《人海巴黎》的精神迷宫：它时刻撩拨着钟情它的人，让他们自觉自愿地迷失其间；它发出塞壬和俄耳甫斯的歌唱，魅人的歌声穿越无情的岁月，长久地停驻于每个人心中——不仅仅是雅洁、艳红和那些书迷，还有小说外的我，都被它深深吸引。"你四处寻觅"，正如中世纪时坎普滕的修士托马斯所说，"欲得一席宁静之地，但你只有在书海的一角才能找到它。"幸运的是，被命运摆布的人寻觅到了自己的所需，时隔多年，雅洁重新买到了这本书。

与《礼物》一样，《送杜晓丽回家》(《芙蓉》2021年第5期)和《纪念》(《福建文学》2021年第8期)两篇小说同样将探索心灵、追问人性的形而上主题蕴藏在好看的故事中。杜晓丽是一名误杀丈夫的死刑犯，在被执行枪决的瞬间，突然回头向拿枪的"我"提出把她的骨灰送回老家的请求。于是，"我"和妻子的山西之行成了送她回家的"三人"之旅。不过，陌生化的故事还不是小说最大的看点，对刘福生这个死刑执行者内心世界的披露，才是整个故事摄魂夺魄的真正所在。执行任务的后遗症像一个无边的黑洞将他吞噬，以致他没法再正常生活；他心中好似有个永远滴血的伤口，既拒绝他人触碰和关爱，也拒绝任何形式的愈合。"杜晓丽是第四十一个。"主人公无法承受的心理创伤，如同杜晓丽回不去的家乡，为小说镀上了一层层灰暗迷离的釉色。

晦暗惊悚的人性大戏在《纪念》这篇以亲情为主题的小说中继续上演。生活无法自理的裴老爷子走到了人生的尽头，家人决定"雇用"孙子裴果照顾爷爷，除每月工资外，爷爷死后，房产也归裴果所有。裴果一边照顾和自己并不亲近的爷爷，一边和女朋友雯雯期待着爷爷死后在这座房子里的新婚生活。显然，亲情与人性、现实间的冲突和悖论是《纪念》想要探讨的主题。安勇遵循人物的心理和性格逻辑去书写故事，小说既描述了裴果帮助爷爷撰写家史从而和他重新建立亲情的感人过程，也揭示了裴果和雯雯算计亲情，无法抵御物质诱惑的正常心理。亲情和文化寻根（包括寻找个体的灵魂之根）是安勇小说的一大主题，信奉亲情至上的他，却总能在创作中实现观念上的突破——毋宁说，是对小说逻辑和艺术规律的尊重，让他抵达了创造的自由之境，正如他在一篇自述中所言："人性的复杂肯定会让小说达到作者无法理解、无法控制的程度。不再用简单的方式统领小说后，小说才真正从简单走向了繁复。所谓复杂多义，就是永远不相信自己的判断。小说的归宿或许就是在不断的肯定与否定之中走向迷途。"

"踏进一条彩色的河流"

不走故事路线的小说，总是格外吸引我：为了应对随时可能出现的状况，我得时刻处于戒备状态，防备着错过任何疑似的重要信息，因为无论怎样，我都无法提前知晓，小说的"袭击"会来自哪里。是的，好作品都是一种巧妙而又蛮横的袭击：要么狂轰滥炸你的感官，要么百般蹂躏你的心理，让你汗毛竖立神经紧绷，兴奋躁动焦虑憋闷，你必须身不由己地，去像猜谜那样研究每一个字，每一个词，每一个句子……

于晓威的《河边》(《雨花》2021 年第 9 期），即是这种通过一个个看似无有关联的字词句，迂回而又变幻莫测地讲述故事的小说。

不走故事路线并不是放弃故事，而是讲述的重点不在故事。就拿《河边》来说，它的主体是两个人的对话，而故事的轮廓则是读者根据对话勾勒出来的：雷婷和陌生男人上了床，杜哲拒绝接受其身体出轨决定分手。在二人以分手为主题的谈话中，原本占据话语权的杜哲渐渐丧失优势和主动权。雷婷有备而来的辩驳咄咄逼人，谈话情势慢慢反转，她步步为营又用心良苦地逼迫对方运用理性和逻辑——而非意气和情绪——重新审视二人的关系。结果是，她不仅反败为胜地挽回了爱情，还给所爱之人上了一堂生动的逻辑课和情感教育课。她甚至偷偷地把谈话变成了一次不无严厉的"审判"，审判的对象是世俗情感的肉身伦理，是男尊女卑的思想观念，是蛮横意气的行事作风，也是理性被弃置一旁的情感关系。

在这里，对话不仅仅成为了故事的"子宫"，它本身——即对话的语词和意涵、思想和逻辑、情境和氛围、停顿和衔接等等——也成为了小说最大的看点。雷婷这个擅长说理的聪慧女孩，像心理侦探一样窥视到男友所有想法，然后，她情辞恳切耐心细致地去说服他。在阅读时，读者无法不被她话语的机锋和迂回前进的攻势逗笑，无法不被这个长相漂亮、思想独特的女孩打动，也无法不为处于"劣势"和"危局"中的她以一场逻辑课挽救一段爱情的胆识与能力所折服。雷婷是游刃有余的心灵间谍和思想侦探，是一个擅于掌控局面的人，与她相比，老实保守性格懦弱的杜哲，则一点也不"哲"。读《河边》，有点像读柏拉图的对话录，乐趣全在你来我往、起承转合的言辞戏剧中。

与《河边》不涉生活细节、专注谈玄说理的风格截然相反的，是潘洗在《踏进一条彩色的河流》(《2021 辽宁文学·小说卷》，春风文艺出版社，2021 年 7 月）中有意呈现的生活流叙事的写作路径。如果说班宇在《缓步》中聚焦中年人的困顿生活是为探求和追问生存本质的话，那么，潘洗在作品中则以中年人特有的既抗拒又妥协、既执迷又清醒、既超脱又融入的方式，与生活本身达成了和解。人到中年的洪波在单位受了委屈，适逢十一假期将近，索性请年假与正受更年期折磨的妻子四处自驾游散心：去省城的哥哥家与父母兄嫂团聚，去清河看望曾经的校友兼文友柏莱，临时起意与柏莱同去凤城，最后回到玉城与多年不见的老同学安放会面。洪波辗转各地会亲访友的经历，既是抖落琐碎生活和吐槽中年危机的过程，也是曾经的文艺青年回望青春和理想的温馨之旅。不如意的人生借假期按下暂停键，种种身不由己的委屈憋闷与梦想残留的绵绵诗情相互碰撞——令人意外的是，它们竟然可以毫不违和地彼此纠缠互相拥抱。

潘洗无意于站在高处审判生活，他像一个专业的机械师，条分缕析地慢慢拆解生活。对他来说，理想是梦，乱糟糟的生活同样是大梦一场，无论是洪波、柏莱、安放还是小说家，需要的都是从梦中醒来。醒来后的人生一切如常，比如照样要勤勤恳恳工作，照样要热火朝天地生活——正是在此，这篇题目有些幻梦感的小说呈现出脚踏实地的底色。由此，我突然意识到，所谓中年危机的另一面，其实是成熟之人面对生活时的严谨克制厚重持守，是一个生命有意识选择的自控和自律……当然，醒来后的人生有所不同，"人生夸张，莫要慌张"这一金句似的告白，赋予了主人公大梦初醒后的从容淡定与智慧潇洒。经过了灵魂苏醒式的假期，洪波重新拥有了做梦的能力——会做梦从来都不是小事，博尔赫斯与妻子离婚的理由即是佐证——在他的梦里，那条虚幻诡谲的河流，如同一本打开的书、一首歌唱的诗、一幅流溢的画，自始至终陪伴在他的左右：

> 现在看来，那些可爱的僭妄
> 比如凭空想象一条彩色的激流

蘸一点儿飞沫，用来濡湿自己的某一个

一闪而过的念头，这的确很不现实，而

值得欣慰的是，我们毕竟思考过

屈子（他曾将汨罗江灼得

吱吱作响）；思考过自己和别人

头脑中的至尊；思考过一只美丽的

天鹅，它是否会因纵情嬉戏

最终，溺死于苦恋着的光明之湖

丛棣的《海市蜃楼》(《莽原》2021年第5期）是一个好看的悬疑故事。居于龙潭山的火居道士林大双生命将尽，在外人看来仙风道骨不无神秘的他越发神叨了。他让儿子到北方寻亲，替他寻找双亲和双胞胎弟弟。他也越发痴迷海市蜃楼，期盼在有生之年能见到一次。没人知道他的过去，以及他为什么甘愿在山中了此残生。围绕着如海市蜃楼般神秘的林老道，小说通过不同的人物视角（分别为林无咎、贾老板、贾英、林老道、林小双），讲述了关于他的同一个故事，直到最后一人讲述结束，谜底揭晓：他是一个亡命徒，一个在逃犯。杀过人的林大双一生都难以摆脱记忆闪回的纠缠，回忆、梦境和现实之间渐渐失去了界限："闭着眼睛，看一个人的喉咙如泉眼般洞开，鲜血汨汨喷涌；看两具尸体在大火里噼啪燃烧扭曲变形，看满世界的警灯和警笛在追逐着一列火车……"海市蜃楼是他渴求的幻景，对此他相信科学家的猜想："原景"之所以从未被发现，是因为平行宇宙和时空裂隙的存在——如果存在平行时空，不可挽回的人生就可以重来；如果能钻进时空虫洞，他逃亡的厄运就可以被改写，而对亲人的负疚也将随之消失。

虽然主人公是杀人犯，但丛棣却拒绝用世俗的道德枷锁去束缚他。林老道对自己的罪行从未表示过忏悔，他与跪在圣坛前的悔过者丝毫没有共通之处；相反，一个亡命天涯者的义气、胆识和魄力，一个洒脱不羁的自由灵魂与厄运、与世界的抗争，却成为他身上闪耀的光环。他对海市蜃楼的渴望，与其说是对救赎的期待，还不如说他希冀在奇迹降临的时刻能够获赐勘破生命密码的神奇力量。尽管如此，深藏心底的秘密和对家人的惦念仍会像随时可以啮咬的钳子，掌控着他，他被厄运蚕食的生命，只能苟活在想象的真空中："很多事过去太久了，已失去了水分和弹性，就像这具行将就木的病躯，干瘪着，让人很难想起它饱满时的样子。躺在床上，记忆会和梦境混淆，我费力地睁开眼睛，周遭很昏暗，难辨晨昏。"在命运面前，是非对错或是可疑的悔过有时不值一提，苟延残喘的生命终要向造物主归还它的赐予。

刘生因为误杀母亲被判无期徒刑，他和狱警汪简因为下棋成为忘年交。可在这看似偶遇的关系里，却藏着一个惊天的秘密：多年前，汪简在一次执行任务的途中遭难，并意外地与帮助他的村妇发生了关系。而眼前这个与自己兴趣相投的犯人，竟是他从不知其存在的儿子。汪简猝然离世后，女儿汪晓芳从他的日记里知晓了这一切。音乐硕士毕业后，汪晓芳成为一名狱警，并在监狱里组建起一支乐队。她想用音乐"治愈"刘生，不仅为完成父亲的心愿，还因为他是她唯一的亲人。聂与的《星河滚烫》（《满族文学》2021年第5期）用缜密的叙述将人物间的隐秘关系层层包裹又轻轻戳破，暗藏玄机的故事在不急不缓的叙述节奏下，像小说中监狱里那支不同寻常的乐队所奏响的生命音符，读来回味悠长。

"血涡"

文学创作（尤其是小说）时常要面对一种古板老套、浮皮潦草的指责：生活比小说精彩，创作远远赶不上时代的光怪陆离。这种指责的声音，常常来自文学理论的研究者，他们习惯用凌空蹈虚的方式去凸显学理和思想的玄妙，于是，架空作品的评论文字，便只能沦为自说自话的语词游戏。我之所以有这番不甚新鲜的关于批评之批评的感慨，是因为读了《作家》上的"陈昌平小辑"（2021年第9期），而小辑中的两篇小说《雪户型》和《血涡》，刚好是可以反驳上述指责的那类作品：娴熟的叙事技巧和不断反转的戏剧化情节，令小说中轮番上演的现实与人性的戏码煞是好看，其种种的复杂多变诡异离奇，与生活本身如出一辙。当然了，若仅仅如此还远远不够，至关重要的是，因为呈现在一面艺术的透镜之下，它又比生活更为耐看。是的，光好看还不够，还要耐看，而对于光怪陆离的现实，我们只有凭借艺术的维度，通过文学的美感和情感的丰沛去照亮它，才能获得一种更为清晰的认知和整体的把握。

工头儿大刘在工地不幸身亡，午夜时分公司负责人张军赶到了医院。在太平间里，打开手包拿烟时，他发现了一张尚未签字画押的借据，那是几天前身旁这具尸体向他提出借五万块钱时留下的，因为钱款并未兑现，字条上也就没有大刘的手印。借据在、印泥在、手也在——尽管是死人的手——但既然万事俱备，那么手印是死人还是活人按的，又有什么关系呢？不料，张军拿大刘手按手印的一幕，恰好被太平间的守门人、张军的同学老秃偷窥到了，结果，老秃如法炮制了一份欠款字据，如法炮制了如血涡般的手印……大刘的儿子刘博为调查父亲去世真相和五万元去向，留在张军公司工作。阴差阳错中，他竟得出了大刘玩六合彩输光五万元的结论，并因此举报老秃非法从事地下六合彩活动。最终，被六合彩事件冤枉的老秃酒后意外丧命，而张军也难逃自设的陷阱，派出所所长发来一条让他核实疑似作案照片的信息，小说就此结束。

"讹诈"死人五万元的张军像是自编自导自演了一出结局未知的开放式戏剧，而注定偏离的情节让他彻底翻了车。《血涡》的魅力不仅在于处处有看点的故事，更在于伴随情节的起伏跌宕，小说展示出的人性无以复加的断崖式跌落。陈昌平平易又结实的口语化叙述处处潜藏幽默和机锋，他冷峻、不介入情感和不设道德立场的白描，恰好把主人公极端拜物的贪婪和狼性的一面渲染到了极致：

> 他猛然感到一个机会摆在他跟前，近在咫尺，就像借条与手指近在咫尺一样。现在，他只消动动手，就能抓住这个机会……他呼吸一下子停止了，就像挨近猎物准备扑食一般。
>
> ……
>
> 死人的手真硬，他朝印泥上哈哈气，再一次把大刘的食指摁入印泥，然后狠狠盖在借条上写有刘有源的名字旁。这个手印盖得不好，太用力了，看不出一丝纹路，于是他朝大刘的食指上长长地哈气，看样子几乎把大刘的食指含进自己嘴里了。

如果说《血涡》是冷幽默，是暗黑叙事，那么《雪户型》则是一个有意与之互补的纯爱故事。谢永祥是一个即将退休的成功商人，与冷酷嗜血的张军完全不同，他的心里珍藏着一个关于"雪户型"的爱情往事。他的初恋情人佟晓雪与他热恋时憧憬着在雪地上画下的房子，是他无法割舍的部分青春。虽然与《血涡》一样，《雪户型》也充满与物欲、权力有关的种种阴谋算计和伪善人性，但它却自始至终氤氲着难以尽述的脉脉温情和感伤意绪，还有对逝去的美好情感与理想的追忆——正是在这里，它决然地与《血涡》划清了界限。

饥肠辘辘的贫穷、骤然而至的灾难、疲惫不堪的劳作……元宝觉得他的人生实在太倒霉了。他打工的工地上，有一群运气比他好不到哪去的工友，他们惯于偷盗、欺骗、算计，彼此间毫无情谊可言。在他与他人的关系里，只有一个例外，那就是脑袋有病、爱玩瞎子摸象的小艾和他的"朋友"关系。她给元宝拿好吃的好喝的，因为他是与她游戏的好伙伴。可讽刺的是，如此纯真的情感完全来自疾病，只有真的缺心眼的人才能获得简单的幸福。因为小艾的归宿问题，开超市、爱赌博的老艾和元宝、旺财、有福玩起了"无间道"的游戏，娶傻姑娘能换来好生活的念头让真正的无产者渐渐变得疯狂，有福甚至设计到老艾家盗窃……张鲁镭的《手链丁零》（《北京文学》2021 年第 8 期）用挣扎在生存线上的农民工的故事透视人的生存密码，她善于呈现普通人生活表象之下的各种汹涌暗流——它们由虽夸张得变了形却又真实无比的种种欲望汇聚而成。人与物的关系，人如何沦落在物与欲的世界中，在物欲的掌控下人如何存在，是张鲁镭一贯关注的问题。她的每一次写作，都在通过不同的人物和故事探索这些问题的边界；或者说，她的创作完成的不仅仅是小说，更是对这些问题的思考。

张晓楠和母亲的关系是个难题。虽然从小没了爸，是妈妈一手把她拉扯大并给她找好了工作，可张晓楠的心里总是和母亲有很深的隔膜。闺蜜刘晓爽是她无话不谈的朋友，但自从变成她的同事后，二人的关系发生了微妙的变化。人与人关系的复杂多变，在很大程度上考验着人性，事实证明，即便是多年的朋友关系仍旧不堪一击。为了让女儿上重点初中，张晓楠面临付出身体代价的选择，这让她开始理解母亲曾为她付出和承受的一切。李铁的《升学宴》（《长城》2021 年第 5 期）聚焦女性间的亲密关系。

无论是矛盾重重的母女亲情还是甜腻腻的闺蜜党，他都有条不紊地将它们细细梳理。而梳理关系的过程，也是他诠释复杂人性如何驾驭不断反转的人际关系的过程。小说结尾，从酒店出来的张晓楠一把抱住母亲爆发似的号啕大哭，在那一刻，母女间迎来了等候多时的关系转变的节点。愤怒、委屈、无助、忏悔、道歉……主人公宣泄情绪的拥抱意味深长，与母亲关系的难题暂时解决了，可女儿的升学成了新的难题，被捆缚在人际关系网中的每个人，都被逼迫着做出新的选择。

曾剑的目光始终徘徊在乡土，本季度他的三个短篇仍是对中国现代农村生活的叙写。《护心镜》(《西湖》2021 年第 9 期）是一篇充满悬疑色彩、调子灰暗的小说，主人公是黑石屯的低保户乔福林和张兰欣。乔福林好吃懒做，什么也不干，装病似的整日歪在炕上，借着扶贫政策被政府养着。张兰欣算是个独身女人，因为丈夫人间蒸发而受了刺激。精神不正常的张兰欣怀孕了，村里准备带她去堕胎，这时乔福林站了出来，说孩子是他的，可就在两个门当户对的低保户即将喜结良缘时，乔福林却因盗墓被捕。早有准备的他留下一封信，说家中有一个护心镜是祖传的，非盗墓所得，他要留给张兰欣和未出世的孩子……扑朔迷离的故事、戛然而止的结尾，像不按套路出牌的男主人公一样，令人捉摸不透。乔福林是一个谜：偷奸耍滑装病邋遢是他，有情有义真情流露也是他，没心没肺佯死赖活是他，心思缜密作奸犯科也是他。与一门心思发家致富、再正常不过的村邻相比，形象复杂多变的乔福林和执拗疯癫的张兰欣，是两个另类，虽另类但鲜活，真实得仿若触手可及。乏善可陈的生活表象下面，潜藏着不为人知的秘密和隐私，它们是"正确""正常"生活之外的维度，是与现实并存的平行空间——在那里，卸下伪装和虚饰的人心和人性袒露无遗。在缪斯女神的指引下，一路走进主人公微观心灵世界的曾剑也许不曾意识到，借助塑造的人物，他已经叩响了小说形而上意义的大门。

有意思的是，曾剑的另外两篇小说《后现代的花枝》(《延河》2021年第8期）和《八月山楂》(《鸭绿江》2021年第8期）的主人公都叫杨春野。在这两篇作品中，通过春野的自述，小说家刻画了乡村教师陈继续的动人形象，叙述了不可追忆的爱情往事。曾剑的乡村叙事总是弥漫着淡淡的乡愁，怀旧是他所有作品共同的名字。他叹息无情的岁月改变了故乡的模样，他也惦念那些必然消逝的旧时光：它们明明被自己牢牢地攥在手心里，却无形无迹似有还无，即便有再多的留恋，也阻挡不了它们渐渐消失于张开的手指间。

我的梦想完全属于自己，对谁都秘而
不宣，它是我烦恼时的避风港，闲暇时的
自乐园。

——玛丽·雪莱

"溶液"

牛健哲的《溶液》(《鸭绿江》2021 年 11 期) 如同一个化学实验的忠实记录，它用小说演绎化学问题，或者说，用化学命题处理小说。在小说与化学之间，在故事与液体之间，在风格美学与科学精神之间，在人性的贪婪与理性的僭越之间，在心灵的疯狂与实验的冰冷之间，在人类的原始野蛮与现代的工具理性之间，小说家不无得意地讲述着骇人的故事，这使得对《溶液》的读解，有了可任意选择的多种方式。

方式一：故事

《溶液》是一个惊悚故事。"我"的她出轨了，对此，"我"的处理方式是和她一起到她和他游历过的弧城，复制他们之间的所有行为。复制行为是为了叠加记忆，而"叠加即是消解"，如同混合后的两种溶液你中有我我中有你，旧记忆即将破碎，新记忆强占地盘。可就在弧城之旅快结束时，她却猛然道出他是"我"朋友的事实，而这意味着，建立在出轨陌生人基础上的这一溶液实验宣告失败。小说结尾，在"我"计划严密的新一轮溶液行动中，作为朋友的他，将步步指导所有复制行为的细节，在场协助完成全部计划，只有这样，叠加的记忆才会几近完美。

方式二：化学

据《现代汉语词典》，"溶液"系名词，意指"两种或两种以上的不同物质以分子、原子或离子形式组成的均匀、稳定的混合物"。从化学角度看，《溶液》写了一个形成"记忆溶液"的特殊加工过程。"我"对这一"化学事件"的操作，如同演算一道计算精确的公式，或是解答一道化学题，"当日的欢愉畅快正听凭重演，她记忆里弧城伴侣的形象会两相变幻交溶，我的模样和姿态即将荡漾其间。"如笼中困兽的二人陷于两性间永不厌弃的情感战争，出轨的激情与复仇的刻毒、浓烈的爱意及如影随形的痛恨，都像埋藏于正常生活下的暗弹隐雷那样一触即发，都在罗伯·格里耶《嫉妒》里那双冷眼旁观、不涉情感的"嫉妒"之眼的视野之内接受审查。然而，对于严肃的科学和冷酷的实验来说，它们却又似乎不值一提——为了校正精确度，即便是性爱这样极度私密的行为，也必须在第三者的监控中完成。

方式三：记忆术与人类学

以"溶液"方式处置出轨，是以爱的名义操控出轨者的记忆，这本身已足够疯狂，而"我"为"记忆溶液"行为辩护时提出的人类学依据，同样吸睛抢眼。小说讲述了这样一个原始部落的习俗：男人发现女人有外遇后，会即刻同她做爱，目的是"掏刮女人身体里的外来精液，再把自己的精液捣进去，混合残留的那些，极力降低她被别人致孕的可能"。原始部落的习俗与记忆溶液的实验可谓相得益彰：一个控制身体和受孕，一个钳制精神和思想。爱与占有、嫉妒与惩罚、繁衍与生存的所有行为，都在原始与理性间找到了令人惊诧的平衡点。

············

以化学、神经学、心理学、人类学知识元素架构起来的《溶液》，是典型的牛健哲式小说。在他特有的简洁、谨严、疏离的叙述下，脑洞大开的"科学故事"的背后是无处可藏的人性的丑陋阴郁晦暗扭曲，令人细思极恐不寒而栗。这让我想起他的另一个"惊悚"短篇《对她好》。关于他的这类作品，在不久前的一次闲聊中，他的话语里出现了"憋坏"二字。我随即指出在写作时，他从不惮于暴露某些恶趣味这样的事实，但出乎意料的是，他断然否认曾在小说中曝光自己。对于他的这份自信，我完全不以为意，因为任何写作者在与真实、真相、真理相遇时，都必然会以部分地晾晒自己作为代价。

"月吟"

本季度，陈萨日娜的两部篇幅接近中篇的短篇作品，显示出一种野心。这让我想起美国小说家、评论家亚历山大·黑蒙评论博尔赫斯《博闻强记的富内斯》时提到的那种文学传统，他说《圣经》《伊利亚特》《神曲》这类作品，"都力图指向整个寰宇，所传达的信息因而也就涵盖一切，所透露出的文字抱负也一如宇宙般浩瀚"。在《月吟》（《作家》2021年第11期）中，陈萨日娜所做的似乎正是这样的努力，她尽其所能地把自己对世界的认知一股脑地倾泻出来，她希冀她的故事、她的文字能"涵盖一切"，"如宇宙般浩瀚"。

《月吟》的主题是婚姻，它着力放大的婚姻问题乃至危机，令人重新审视现代人的情感生活。婚姻中的困局是婚姻的伴生物，如何既清醒又麻木地习惯、适应它而不是一味戳穿指责它，未尝不是认识婚姻的方式和解决问题的办法。对于人这个灵肉结合体的生物来说，当一纸婚书在鸡毛遍地的生活中沦为身体交流（也是交易）的合法凭证，当曾经的心照不宣浓情蜜意被无以复加的琐碎和不留情面的时光改换了模样，簇新的情感诉求及心灵交流的渴望就会成为看似风平浪静的"完成式"生活的潜在威胁。所以，陈萨日娜在小说中猛然抛出的那个虽然普遍存在却又往往被漠视乃至嘲笑的问题，便看似幼稚天真，实则兵戎相见："精神生活在婚姻里到底重不重要？"这个问题是如此严肃如此棘手，严肃到了像哲学思考一样好高骛远不接地气的程度，棘手到了任何一个婚姻中人都可以直接选择无视它存在的地步，比如，小说中正陷于婚姻危机的主人公父亲回答它时就不假思索："你可得了吧，过日子那是柴米油盐，锅碗瓢盆，哪那么些风花雪月。"

这句轻描淡写的回答，以否定的方式消解或者改写了问题——也许，原本应该提出的问题是：精神生活在婚姻里有存在的必要和空间吗？尽管小说以近乎反讽的方式让"我爸"在暮年陷入致命的感情事件，以他的亲身经历颠覆他早年做出的草率回答，然而，这类永远不会有标准答案的问题如同造物主是否存在、人生是否有意义、社会正义和平等能否实现等问题一样，不思考会困惑，可思考起来又很容易犯错。小说以大量的笔墨渲染了"我"和周贤东在日复一日的工作中文火熬煮的绵绵情意以及那种完全建立在精神生活之上的令人眩晕和迷醉的情感。"我们"一起读科幻小说，分享对科幻的热爱，"我"向他透露自己正写的科幻故事，而他也每日汇报渴望成为一名刑警和特警的梦境与幻想……婚外情感真实可触热烈温存，婚内情感归于亲情不咸不淡，尤其是，这种鲜明的对比反差并不诉诸激烈的情感纠葛或逼入绝境的现实选择，它像是一个人的低语独白，亦是"我"在科幻故事里着力刻画的主人公——执着于追索真实真相、最后选择与地球决裂的月亮——那一声声不无悲戚苦痛的吟唱与倾诉：

　　这颗星球，崇尚痛苦和拧巴，喜欢做各种没有意义的事情。他们不喜欢谎言，却发明艺术来繁荣谎言；是时间的囚徒，却发明节日给时间画上刻度……为什么追随自己的命运是犯罪？为什么"自由"是一种不道德？为什么"和美"是无瑕的正义？为什么虚构要侵占存在？为什么只能选择遗忘或者原谅？为什么不敢承认，你们也不愿意靠近一个绝对高尚的人？为什么不愿面对，失去不是悲剧，无法失去才是？为什么明知定义都是狭隘的，却狂热地不断定义？为什么鼓动追求真理，愚昧却更容易得到安慰？

　　小我的内心痛苦仅仅是人之存在的大的痛苦的微缩景观，是整个世界颠倒无常的显影。借这个精彩绝伦、隐喻意味十足的科幻故事，陈萨日娜排山倒海般倾泻了她对人生、存在、道德、自由、正义、真理、原罪等问题的关切和思考。也正是在此，小说的两条线索遥相呼应，思想锋芒的锐利与形式探索的意味生发出了巨大的叙事魅力。被人类放弃的月亮是献祭的思想者形象，亦是正义的化身，它对人类与生存的反思、质疑和批判，使得地球解除了和它的一切关系，转而用稳定、忠诚的木星替代它。所谓"月吟"，其实是毫不妥协的决裂宣言，是小说家借笔下人物发出的呼救与呐喊。小说中的生活故事与故事中的科幻故事两相映照，让现实与幻想这两个世界里，情感与情感互文，思想与思想并轨。

陈萨日娜的另一短篇《碳水》（《人民文学》2021年第12期），同样以故事的丰满和隐喻的多层次展示了迷人而深邃的魅力。"我"和碳水的关系，隐喻了"我"和妈妈的糟糕关系。在"戒碳减肥法"的魔咒下，我必须戒掉碳水、远离妈妈。但是，对碳水化合物的依赖是人类的本能，因而碳水所隐喻的，就不仅仅是妈妈，更是身体里潜藏的所有本能和冲动。就此而言，《碳水》真正的主人公，其实是女性的身体，而它独到的精彩正在于贯穿小说全篇的、涌动着一波又一波欲望潮水的、震撼力十足的"身体叙事"。爸爸的去世启动了"我"对碳水的依赖："身体里好像裂开了一个缺口，只有那些柔韧的面团能填满，填满缺口是最要紧的事。我爱爸爸，也舍不得他。"与大学室友及其男友出游激发了"我"对性的渴望："水面泛起荷尔蒙的碎末，塞满口腔和鼻孔，令人窒息却满足。突然我变成了一个洞，在浪里想喘，想叫，想要透，想要收，想活过来再死过去。"戒碳减肥将我的身体彻底打回原形："小鱼一跃而起，将我吞下，我看见自己溶解进妈妈的身体里，她说睡会儿吧。我说妈妈再生我一遍，再生我一遍。然后我开始吞食她的内脏，她的肌肉。"现代人情感和情绪上的所有跌落冲撞，都可以用暴饮暴食或厌食弃食来医治，身心不再二元对立彼此纷争，它们是互通有无的难兄难弟。

"危险"

外面的阳光几乎要落了。老板将房间内的灯光打开。由于阳光和灯光的照射强度和反射强度不同，以及窗玻璃打开的角度不同所导致的折光不同，房间内的所有物体出现了明暗不同的黑、灰、白切割线，它们交叉在一起，像是著名的高斯－克吕格投影：

$$x=f_1(L, B); y=f_2(L, B)$$

继上季度的《河边》后，于晓威继续讲述着"没有故事"的故事。拿久了手中的画笔、习惯了涂抹丙烯颜料的他，重新拾起写小说的这支笔时，好像种种实验和探索的冲动驾驭了他。显然他享受这样的冲动，心无旁骛乐在其中，似乎与平日作画没有区别。对他来说，写作与绘画总会以某种奇异、神秘的方式遇合，就像《危险》（《作家》2021年第11期）中这段客观"状物"的描写，仿佛出自绘画者的眼睛，光线明暗、色彩交叠、切割投影……这种对小说里故事空间近乎讳莫如深的冷静描摹，很像某种精密仪器正在进行的勘察测度。

　　他盯着墙上的那只斑点。事实是，他搞不清墙上的那只斑点，说到底是墙壁的一个细小裂隙，还是一个肮脏的附着物所致。它带着洇散到四周的蛛网之痕，像是一只靶心。

架构《危险》的这些元素，意识流、碎片化叙事、客观写实的白描手法、莫名其妙的人物对话……都像小说开篇向弗吉尼亚·伍尔夫致敬所描写的墙上斑点一样，引向某种危险，令人不安。小说自始至终都在渲染男主人公时刻如临大敌似的恐惧心理，但这种促使他随时奔逃的危险具体是什么，却又并未交代。墙上的斑点、逐渐消逝的日光、小饭馆里邻桌用餐的客人、突然推门而至的顾客，都可能是危险降临的疑似征兆。而他的脑子里，更是无时无刻不充斥和高速旋转着这些思虑：不时分析下一秒钟危机突发时的状况，如何采取相应的对策和行动，目之所及的哪些工具可以用作搏斗的武器，如何以最快的速度逃离现场全身而退……这些没完没了、虚妄荒诞却又布满真实细节的思绪，如同被无限放大无限延展的可怖黑洞，将他整个人都吞噬了；进而，它们建构起一个聚焦"危险"的极其真实的心理场域——与其说这个担惊受怕、有迫害妄想的男人是故事的主角，毋宁说，这一受虐狂般时时处于"危险"之境的精神现象和心理症候，才是《危险》真正的主人公。

有意味的是，在小说过半的地方，奥威尔的名字如烟花般在人物对话中闪现了出来："奥威尔，那家台球厅的名字，我不骗你。"于是，小说中生来小心、什么罪错也没有、再正常不过的男人的"危险"心理，得以惊心动魄地被追溯到半个多世纪前问世、随即引起轰动并迅速被经典化的那本尽人皆知的反乌托邦小说《一九八四》那里。所谓"危险"，既是一种历史意识的再现，亦是思想批判的产物，是对20世纪人类文明遭遇重创的不遗余力的反思，是巨大灾难过后的心有余悸和清醒回望。对不长记性的人类来说，保持清醒、捍卫理性、坚守底线、护卫良知是生死存亡的大事。于晓威的《危险》以近乎完美的文学表达发出了警告："危险"从不遥远，历史总是重复，人类不断完善的生活与美好可期的未来需要清明自治的理性和毫不妥协的批判时时守护。

鬼金的《晴朗》（《长江文艺》2021年第12期）由梦的一个个碎片拼贴而成，或者说，它就是梦。梦的碎片连缀起时空并不连缀的故事，梦和碎片都是这个故事的特质。也许，鬼金是一个无法拒绝做梦的人，因为无法拒绝，做梦成了他的职业、他的生活。画画也是在做梦吧，或是在听从梦的召唤。本季度的《晴朗》与第一季度的《红气球》，同属他的梦作品系列：前者中有一个着红衣的女人，而后者里的女人罗曼则追随象征生命欲望的红气球直奔死亡而去。朗朗晴空中的大红色块，女人或者气球，不知鬼金在街拍时、在画纸上，是否有意构造或尽情涂抹过这样的意象。然而，无论怎样，诗、幻梦、想象、红色、欲望、死亡、逃离、虚无、力比多……像梦和碎片那样，构筑了他的小说世界。

《晴朗》讲述的是逃离。小说的主人公朱河，从城市，从身体的病痛中，从挚友死亡的阴影里，逃回到他从小长大的地方蓝湖——一个灵魂的栖居之所。朱河是鬼金灵魂的一个镜像吗？也许吧。而蓝湖，则是一面忧伤的镜子，映现往日的时光和无处不在的虚无：青春的壮怀激烈、有诗歌陪伴的人生、心魂相交的知己，当然，还有谁也不能逃离的死亡。但人只要活着，就有渴望。对朱河来说，治疗眩晕的药、年轻时沉迷的诗，也许都抵不过晴朗日光中那一袭红衣。红色，是血气、欲望和冲动的象征，是燃烧的火，是本能的宣泄。朱河对小岚的渴慕，既源自生命本然的欲求，亦是对往昔的追忆。这印证了小说中引用的关于纪德小说的那些句子："它是作者青春激情的宣泄，是追求快乐的宣言书；它充斥着一种原始的、本能的冲动，记录了本能追求快乐时那种冲动的原生状态。在《人间的食粮》中，作者甚至修正'我思，故我在'这一著名哲学命题，代之以'我感知，因此我存在'，将直接感受事物的人生姿态，提到前所未有的高度。"

如果说于晓威的《危险》只允许故事元素电光石火般一闪而过，鬼金的《晴朗》对故事只采用一种拼贴装置法，那么，牛健哲的《出事》（《鸭绿江》2021 年第 11 期）则蓄意地彻底掩埋了故事的内核。比起煞有介事的小说题目，《出事》里到底出了什么事、怎么出的事、为什么会出事，成了谁也别想解开的谜团。围绕"出事"的这几个关键问题，小说家别有用心地设下一个个圈套，带领读者一步步接近"出事"，让跟随他前行的读者每走一步，都能获得对整件事情内幕胜券在握的种种错觉。虚张声势、小道消息、流言蜚语、胡说八道、扑朔迷离……所有这些，也许都是牛健哲杜撰《出事》的中心意象，尽管他在小说开篇就曾无中生有地辩白道："种种人间丑劣中我最鄙夷信口雌黄。"这桩疑似人命案件的事件，如同陌生地图上被厚重颜料涂抹覆盖的神秘区域，尽管区域之外阡陌纵横的路线清晰可辨，但所有的线索，都无一例外地中断在了与那片区域接壤的边界处。如手术刀般冰冷的叙事口吻控制着小说的基调，一边是无法进入的破案现场，一边是案发现场外客观冷静的案件笔录，这愈发让这桩引发众议、关注度极高的事件，显现出荒诞可笑的一面。而面对这样的荒唐悖谬，小说叙述者竟还掏心掏肺地提供一些应对的准则——也许，不仅仅是对小说中的这次"出事"，即便是对于真实的人生，它也不无裨益："别太关心某些相识者，别在电视新闻里看本城的案件。要学会看电视，睡觉前不要看第二次、第三次重播的片子，你会被此前未曾发现的细节搅乱心绪，可能出现病理意义上的兴奋。可以播放那些把心思都用来投资的综艺节目，把音量调到舒服，放任自己每晚开着电视睡觉。"

"鸡毛信"

"阿蒙小说小辑"（《鸭绿江》2021年第12期）的两个短篇，都是耐读、好看的都市情感故事。《鸡毛信》讲述的是婚姻中的情感因一方出国打工而面临解体的危机，原本坚实深厚的夫妻情感在生存的压力下，瞬间成为波浪四起的水面上的浮萍，再也无法自主地选择方向。一方面，小说叙述了"我"和小于从恋爱到结婚的幸福生活；另一方面，小于的出国阴差阳错地成为婚姻破碎的节点。虽然故事并不新鲜，但阿蒙对叙事的驾驭游刃有余，尤其是小说的最后一节，开放式结局以一种打破现实的魔幻、想象和荒诞的方式完成。那些打碎了既定时空的人、物、事，折射出"我"对妻子无法割舍的情感，它们就像她在给"我"的信中夹带的那根黑色羽毛，"闪现出罕见金属一般的更多光泽。在与空气和灯光触碰的一个个瞬间里，它似在发出一声声来自母体的响亮鸣叫，像是它原本就在这个空间存在，像是它成了一道还未沉寂的霞光"。然而，生活的诡异之处在于，无论多么难以舍弃的情感也会随时陷入危机，情感和现实间无可挽回的巨大断裂不过是以万物为刍狗的造物主随意开的小玩笑。令人难以释怀的，不只是善变的情感和莫测的人心，更是无从预料的命运和机缘，就像在澳洲的小于和老郑、在国内的"我"和李曼莉之间所建构的关系，既是权宜之计，又有点匪夷所思——命运之神违逆个体的意志对它们随意摆布，仅仅是为了显示它无上的威权罢了。阿蒙的另一篇小说《为李苗画像》是一曲忧伤的爱情挽歌。既是朋友也是老乡的李苗对"我"多年的暗恋和默默付出，被无知无觉或后知后觉的"我"弃置一旁。"我"近乎冰冷的、不带情感色彩的叙述与读者想象中李苗火热的爱情、她不如意的人生之间，有一种耐人寻味的叙事张力，读来令人唏嘘惆怅。有意思的是，阿蒙两篇小说的主题都是失败的情感，在严酷的现实和诡谲的命运跟前，它们注定无法赢得自己的尊严。

退休后，她和老伴搬到城边的房子生活，每天忙活自家的菜园子。不料物业突然造访，说有业主投诉她家种地时上的粪肥有臭味。这件被投诉的小事，从此成了她的心病，改变了她的生活。老伴在施肥时腰部受伤，继而被诊断出肺癌，而她心里猜测的投诉人也在不断变化，西邻、东邻、二楼……直到夏日某夜，她闻到一股特殊的化学药水似的异味，这才开始警觉。老伴去世后，除了侍弄菜园子和花，她成为小区投诉空气污染群里的活跃分子，也终于知道曾经把异味归于她家粪肥的投诉人是谁了，尽管这已不再重要。对她来说，现在最重要的事就是与邻居们投诉小区附近的垃圾处理场。在从被投诉人到投诉人的这个身份转变过程里，她的生活发生了翻天覆地的变化，虽然老伴去世了，但维权的生活让她更加充实和忙碌。女真的《投诉人》(《广西文学》2021年第10期）是一篇叙事紧凑、细节丰沛，读来颇有回味的小说。它紧紧围绕"投诉"的线索铺陈故事、塑造人物、描绘细节，没有任何多余的枝蔓。充满戏剧性的人生伴随着我们，它远不像菜园子里的蔬菜瓜果那样遵循生长的铁律，而更像小说中不时弥漫在小区中的废气排放的异味，似有还无，无从捕捉。对于日复一日的生活，人们往往以为早已应对自如驾轻就熟，可这只是愚蠢的错觉，如同小说主人公所体悟的那样："冥冥之中，好像有一根看不见的线牵木偶一样牵扯着他们的生活。"正是这根看不见的线，让我们意识到人类的渺小卑微，让我们学会虔诚敬畏，也许，这才是以生活流面目现身的《投诉人》想要表达的深意。

虹晓的《乌城爱情故事》(《鸭绿江》2021年第11期）是那种带腔调的小说，字里行间始终氤氲着某种新奇的味道。从眼睛扫到第一个字开始，我就被它的腔调吸引住了，以至于我好像没怎么留心它讲述的故事。乌城爱情故事像小说版的《西西里的美丽传说》，"我"就是电影中的雷纳多，而方姨就是女神般不可企及的玛莲娜。处于青春期的男孩窥视着女神的所有生活，像电影里一样。小说里也有男孩性的萌动、女人的私生活和无处不在的流言，有标配漂亮女人的纯美爱情，当然，还有红颜薄命的忧伤结局……但是，我想说的不是这些，不是什么女人、电影和爱情，而是飘浮在故事之上的那些东西。它们从小说的腔调和味道中来，它们不太容易条分缕析，它们是"我"在窥视方姨被性骚扰时感受到的"像发生了什么但什么又没有发生的那种古怪"。乌城爱情故事犹如回首往事时一声短促又沉重的叹息，在这声叹息里，冷风般凛冽的青春往事、对美好情感的企盼和憧憬、怀旧与思乡的淡淡哀愁、人到中年的萎靡困顿、深不可测的遭际命运，全都呼之欲出。虹晓出手不凡的叙事不仅让小说挣脱了故事的牢笼，还让故事有了别具一格的气质，有了鲜活的生命和鲜亮的色泽。

"生活有时候就像我，闭紧嘴巴，讳莫如深。可只要你活得足够长，就有机会听到生活没有说出来的秘密。"我想，我听到了《乌城爱情故事》的一些秘密，尽管我没能做到讳莫如深。

"风从低处来"

《盛京四俊：沈阳 90 后新锐作家作品集》（沈阳出版社，2021 年 9 月）隆重推出了王图、卓尔、王冠楠、述怀四位"90 后"作家的作品。在这本书里，经验写作或者说成长小说占了很大比例。将人生经验和成长历程作为小说创作的主题和素材，是作家早期创作的特征。但难得的是，四位青年作家对自身经验与成长的呈现，伴随着一种重构式的、追溯式的审视与反思，正如小说家安勇在评论述怀作品时所指出的那样："在对往昔故事的回想追述中，'我'重建了自己童年的成长环境，完成了自我溯源般的追忆似水年华。"（安勇：《在孤独苦难的废墟上开出爱与希望的花朵——〈盛京四俊：沈阳 90 后新锐作家作品集〉读后感》）

王图和卓尔的部分作品展示了叙事上极其成熟的一面，前者的《风从低处来》、后者的《北京屋檐下》即是其中的代表。《风从低处来》是关于童年的苦难叙事，它打破了我们对童年表面化、愿景化、主流化的表述与想象，血淋淋赤裸裸地叙述了在暴力、贫困和痛苦威慑下的童年故事。惯于施暴的父亲、懦弱无力的母亲、只负责外孙吃不吃得饱的外婆、沉默寡言的外公、混世魔王一样的舅舅、无人照管忍饥挨饿的跛子小黑……张小康的生活里没有一点亮色，全然不是在动画片里看到的情景。对于这样灰暗的生活，一边是叙述者童真的感受和体验："电视里播过的动画片，那些动画人物的快乐都是挂在脸上的，可是他们会饿吗？他们的父母呢？也会抛弃他们吗？"一边是成人式的观照和反思："或许她早就通晓，每个人都藏有不愿和人分享的心情，正因如此，有些人总会在漫长的黑暗中，像是野兽舔舐伤口般，静静地摩挲这些沉在心中的秘密。"看吧，事情往往向着糟糕的方向发展，倘若不是，那一定是还没到最后。"如此这般两相对照的叙述口吻提升了小说的审美意味和思想深度。小说结尾，对外公给自己做棺材和他的死亡的精彩描述将小说推向高潮，不断的逃离终于成为主人公无法逃离的宿命。卓尔的《北京屋檐下》讲述的是进京务工人员的另类北漂故事，《2021辽宁短篇小说述评·夏之卷》已详述过这篇小说，卓尔对梦想与现实间关系的透视与洞察似乎超越了她年龄的限制，在叙事上也呈现出稳健老到的风格，这一点在《黑书包狂奔》里亦有所显露。综而观之，宽广的视野、娴熟的叙事、饱满的情节、鲜活的人物、成熟的思想和洒脱不羁的想象力，是王图和卓尔一些作品的共同之处。

王冠楠似乎格外偏爱隐喻，《孤独日》完全是一篇隐喻小说，有点《美丽新世界》的那种味道。虚构的城市和时空里的事物，如"孤独日""罪街""熊猫""监狱""烟花"等，映射和对应着令人压抑的现实生活，它们令人反思现代世界无处不在的规则和戒律。"熊猫之间是没有语言的，大家都用显示文字的通信设备来交流，在文字或者动作的背后蕴藏的东西要远比语言表达出的东西多，他们享受这种隐藏自己的交流方式，享受文字上的互动和简单的动作表达，因为他们害怕说话，很多话一旦说出口，就是祸。他们为了避免这种祸，所以根本就不说。不开口，很多东西就不会发生，不发生，就能保住现在的快乐。他们追求的是稳定和永恒，追求这种永不会倒塌的关系和永远不会失去的快乐。"现代科技到底能否给人类带来福祉，这是一个需要不断反思但也很难得出现实结论的"电车难题"式的问题。虽然科技不断挑战伦理，正如摄像头侵犯隐私权、大数据不错过任何个人信息，但思考本身却近乎成了荒诞可笑的事，因为加速奔向工具理性的人类早已离不开科技的"诅咒"。

述怀作品最突出的是语言，读她的小说很难拒绝头脑中执拗出现的她写作时的画面：她手中拿着的不是一支笔，而是一把刀，她正一笔一笔专心地刻下、继而把玩那些她喜欢的语词和句子。她的小说几乎无法快速浏览，而只能细读。对于她语言的独特性，安勇贴切的评论和由衷的赞赏值得分享："述怀的小说语言如音符般跳动，像乐曲般悦耳流畅，让我在阅读过程中时时感到吃惊。她的语言和创作手法紧密贴合，也带有某种调侃和解构的意味。读她的小说时，甚至可以忽略人物、情节、故事这些传统的小说元素，而单纯地沉浸在语言的美感里。"如安勇所说，述怀语言的特色与她写作的实验性相得益彰。她着迷那些充满未知和神秘的、不确定的东西，但又似乎对机缘、宿命和因果循环怀有极大的热诚。她的小说正是这样的矛盾结合体，无论是追溯童年时老旧厂区杀人和裸奔事件的《木头人》，还是讲述钱晓丽"克夫"克到令人瞠目结舌程度的《循环》，还是叙述谜一样的太姥爷屡次只身刺杀日伪的一系列爱国行动的《盲刺》，都带给人一种虚实相生飘忽不定的奇异体验。

"会流泪的鱼"

对巴音博罗来说，小说和绘画一样，都是思考的方式。荒诞、诗意、寓言性和对人性不遗余力的揭露，是他的画作和小说共同的特点。在本季度的三个短篇中，《会流泪的鱼》（《长城》2021年第6期）和《凭空消失的河流》（《湖南文学》2021年第10期），讲的都是偏僻地区水文站的故事，它们既是隐喻小说，也是幻想小说。在前者那里，借"会流泪的鱼"的意象，小说家对人类的愚昧、贪婪和无所敬畏给予了魔幻般的展示，人之存在的荒诞与历史和现实的荒诞两相映照。而在后者那里，这种荒诞性更是被放大到了极致：原本滔滔不绝的河水一夜之间消失，整整七年不见踪影，可是，"七年没有河水的水文站，却要每天坚持测流，测流沙量，拍水情电报，多么荒唐！"穿戴上了皇帝新衣的水文站工作人员，每天一丝不苟地测量没水的河流，这让这套"标准"的测量动作竟有了祭天求水的搞笑意味。不仅如此，他们还变得无话可说，"就像那河水，他们的言语也慢慢枯竭了，死了，干涸了，他们成了没有语言生活的一群人"。在这两篇小说里，巴音博罗用夸张至极的想象故事隐喻现实生活，小说成为人类生存的镜像。《另一个人》（《长城》2021 年第 6 期）同样是一个荒谬感十足的奇异故事，它的主题是人的身份与存在，是存在的实在与虚无。每个人既是他自己，也是他扮演的角色，也许还是他并不自知的其他身份与角色。如果我们百分百地信任现实空间中的实在与确定性，就像确认我们自身的存在一样，那么，当这个空间出现不可预测的裂隙，一切实在都将变得可疑。"解释虚无，并把它放在这里：说它，离去！"正像巴音博罗在小说开篇引用的这句卡内蒂的话一样，对于存在与虚无，我们有时莫衷一是模棱两可。

继上季度的《踏进一条彩色的河流》后，潘洗继续讲述着中年危机的故事。《就要给你灿烂》（《海燕》2021 年第 12 期）显然是"彩色河流"的姊妹篇，无论是叙事的基调、人物的设置、故事的走向还是小说的意涵和味道，两篇小说都如出一辙。所不同的是，《就要给你灿烂》的语言克制练达，叙事也愈加沉稳，完全不同于上一篇生活流叙事的语言细密和情节铺排。另外，在《就要给你灿烂》中，对于主人公崔璨没能璀璨起来的人生，对于人到中年的种种现实际遇，叙事上多了一条审视的线索。有趣的是，对人物生活和命运的这一审视，有时出自主人公自己的反思，有时却又似乎存在于小说的叙述视角之外。"崔璨并不璀璨的人生，其实早有端倪。生活早就给了我们充分的暗示或隐喻，只是我们未加留意而已。事后，如果我们把这些线索串联起来看，就会发现，一切，上天可能早就安排好了。"这种带有全知全能意味的叙事跳脱,既为故事增添了几分五味杂陈的人生况味,也让小说叙述的层次感得以凸显。

付久江的《祥云》(《长城》2021年第6期)讲述的是用佛家的悟道和善念对人性进行救赎的故事。下肢残废的宝元拖累着没有血缘关系的兄弟贵平的人生,因为他这个累赘,贵平无法成家过普通人的生活。在贵平背宝元上山观佛寺典礼的途中,体力的透支和长久的压抑猛烈撞击着心中的责任与道义,心灵一直持守的善念瞬间被击得粉碎:"把他丢下去!一个声音蓦然响起。贵平吓了一跳,屏住呼吸侧耳静听,山风呼啸,四野无声。把他丢下去!这次贵平听清了,声音发自他隐秘的内心。"贵平一念之间的心态失衡既情有可原,也是原罪的显影,善与恶、罪与罚折磨着困苦的心灵。说到底,伺机偷袭人心的恶念歹意,不过是见怪不怪的心魔——只是,那美好的"祥云",真的能救赎一切吗?

孙焱莉的《孤羊与刀》(《广州文艺》2021年第12期)是一个凄美的爱情故事。在去内蒙古贩羊时,"我"爱上了蒙古族姑娘宝日,为了娶她,"我"回哈尔套取放在嫂子手里的积蓄。可倒霉的是,"我"不仅赔了买卖,多年攒下的积蓄也不翼而飞了。但厄运并没就此结束,遭受打击的"我"终因失手杀人而进了监狱。悲惨的人生、诡谲的命运、丢失的爱情,主人公被它们联手击垮,他唯一拥有的,只剩下宝日相赠的那把刀了。它既是珍贵的定情信物,也是宿命的象征,同时也成了"我"的杀人工具。《孤羊与刀》有一种凄婉、空灵的美,就像草原上富有野性魅力的宝日身上的那种清新、美好和淡淡忧伤,相见恨晚的爱情似乎从一开始就预言了它悲伤的结局,如同宝日唱的那支蒙古长调,"我"和她一生的爱与痛都在相逢的时刻里预演过了。

侯德云的小说《他们仨》(《海燕》2021年第11期)叙述的是"我"和三个朋友交往的故事。"他们仨"是三个极其普通的小人物:为"我们"

回忆公社时代抓偷粪贼故事的老周、极度思念去世的女儿以至于偷偷在厕所墙上写下"每个梦里，都不见你"的爱写诗的老赵、整日与老婆斗智斗勇的拉三轮的板爷老王。侯德云一贯质朴的叙述和平实的语言风格，使他的作品成为透视普罗大众生活的一面镜子。"一伙一伙的男女，在一方烟熏火燎的空间里，围着方桌圆桌，喝酒撸串，大声说笑，这街巷内的人间烟火之气，这蕴藏在原始欲望中的生机和活力，瞅着让人心动。"正是这幅令人怦然心动的烟火人间图景，赋予了小说家笔下的三个人物一种道尽人间沧桑的醇厚与美感。

在小小说方面，白小川的"工人村系列小说"塑造了不少好看的人物。无论是在《寻青》（小小说三则）（《芒种》2021年第12期）还是在《工人村系列三题》（《大观·东京文学》2021年第11期）等作品中，他笔下的铁西"工人村"都像是他身体的一个组成部分，那些故事、人物和事件仿佛是从他的心灵和情感中自然流淌出来的，是他不自觉地回望曾经生活过的时空的产物。被塑造得活灵活现的小说人物，如潘脐子、车工徐、赛金花、钻头等，大都有着过硬的技术、执着的个性和底层人的善良质朴。年轻美丽的赛金花和她的那头秀发，外号叫钻头的朋友和他磨钻头时、和面时如精灵般跳动的手指，爱喝奶茶的车工徐和干活前的一系列强迫症似的准备工作……读来都让人过目不忘。小说塑造人物时的生动细节，使得随着一个时代的结束而渐渐消逝的工人村和工人们的形象浮出了历史水面。比起大厂创造的辉煌业绩，小人物真实可感的生活更值得追叙，因为那其中有一个个"人"的鲜活标本，在穿越历史和时代的迷雾后，它们依然能闪耀出金子般的迷人光芒。而李伶伶的《小小说三题》（《海燕》2021年第11期）以2021年7月20日郑州发生的暴雨灾害天气为题材，呈现了罕见灾难对人心和人性的考验，通过《在雨中》《在洪水中》《在地铁中》三个小故事，对当下现实做出了回应。

此外，本季度海东升的《以数学老师的方式》(《鸭绿江》2021年第11期）、伊尔根的《漂亮女生》(《海燕》2021年第12期）、冯璇的《阿苗看见了火》(《满族文学》2021年第6期）、薛雪的《修补师》(《海燕》2021年第12期）、李铭的《回露水镇的路》(《满族文学》2021年第6期）、付桂秋的《闺蜜》(《唐山文学》2021年第10期）、庞滟的《小小说三题》(《海燕》2021年第10期）等作品也值得一读。

年度综评

牛寒婷

> 真正重要的是叙事……我们像走钢丝
> 艺人一样随着叙事线索行进。那是我们的
> 生活。
>
> ——安吉拉·卡特

2021 年，在阅读辽宁短篇小说的过程中，小说的层次感这个不无玄妙的问题愈来愈吸引我。因为它并非像故事和人物那样，总是一望即知唾手可得，相反，它似乎是介于故事与叙事、主题与形式、语言与风格、美感与哲思之间难以言明的一种东西。然而，一旦它从小说的字里行间或优雅从容或疾风骤雨般现身，阅读便即刻成为奖赏。博尔赫斯说："我是个享乐派读者，我是在书中寻找震撼的。"对于我来说，小说的层次感所带来的，即是神秘又震撼的阅读体验。

读马晓丽的《午后的细节》时，我被如地中海般灼热的日光所迷惑。被渲染到极致的漫天日光下的静谧仿佛能让时间停滞，而直视日光的吴八

佬就在这样的静谧和停滞中，一帧一帧地表演着自己睫毛上的慢动作。这些来自故事却又疏离于故事、如日光般不断变幻层次的诗意的情境和气息，成为一个个独立于小说文本的闪光片段，把刚成为部队新兵的小护士的种种既平常又奇异的经历连缀了起来。陈昌平的《血涡》是现实主义风格的叙事作品。平易结实的口语化叙述、幽默而潜藏机锋的语言风格、不介入情感和不设道德立场的冷峻白描，让人物和故事呈现出极其震撼的效果。尤其是，主人公"吃"死人手指的画面和贯穿全篇的"血涡"意象，不断地从文本中升腾起来。于晓威的《河边》和《危险》执着于实验性和探索性。意识流、碎片化的故事、客观写实的白描手法、莫名其妙或是逻辑演绎似的人物对话……在小说中随处可见。隐喻的主题、意象化的思想、象征性的人物、丰厚的美学意蕴，使小说呈现为层次丰富的待解码文本。安勇的《礼物》《纪念》《送杜晓丽回家》模仿"翻译体"的语言风格，准确雅致漂亮的语言极具魅力。营造出特殊叙事意味的语言，连同好看的故事和人物，让安勇的小说如同透彻深邃的思想一般，足以改变人的观念，这是小说丰富的层次感带来的效果。万胜的《节日》是一篇引人入胜的心理叙事小说。对女主人公心理"事件"的聚焦，令与之落差巨大的现实与真相惨白无趣。语言和叙述营造出的情境和意象之美，突显出想象和幻想生活的强劲力量。意识的流动与想象的戏剧从未放弃与现实生活角逐，而输赢的结局出人意表也就在情理之中了。于永铎的《戴女人头套的表哥》和《给你一记金刚拳》如同两出荒诞派戏剧。两个故事始终被游戏的冲动和情绪化的叙述牢牢掌控，那些夸张至极又耐人寻味的比喻和修辞，将小说中的人物和事件推向虚实相生、荒诞悖谬的情境，叙述本身即构成了故事之外体验小说不同层次的介质。潘洗的《踏进一条彩色的河流》看上去是一篇生活流叙事的作品，然而，随着叙述的不断推进，与困顿乏味的中年生活相对抗的青春和梦想的诗意元素，像一条彩色的河流，若隐若现地在小说中浮现。这条象征意味十足的河流，在结尾的腾空一跃，不仅让作品获得了丰富的精神内涵，也为生活流叙述的部分涂抹上了鲜艳的色彩。

班宇的《缓步》和《气象》都是与东北、铁西、工人村这些"特殊"词汇毫无关联的作品。在故事的线索之外，语言的游戏、思想的深刻、叙述的魔幻、形式的探索，使小说呈现为多声部合唱的精准表演。对人类生存的观照、对个体精神的回溯、对一个时代文化价值的追忆，成为统摄两篇小说的形而上密码。牛健哲的《溶液》和《出事》都是具有先锋气质的、典型的牛健哲式小说，尽管"先锋"在当下是颇具争议、难以达成共识的词汇。在《溶液》中，化学、神经学、心理学、人类学等不同领域的知识，构成读解小说的不同层次，而小说的层次感亦成为获得特殊审美意味的跳板。《出事》近乎荒诞地掩埋了故事的内核，断层式的故事和小说意象被游刃有余的叙述所驾驭。陈萨日娜的《月吟》和《碳水》聚焦现代人尤其是女性的家庭、婚姻和情感生活，并以此为切入口，表达对人生、存在、道德、自由、正义、真理、原罪等形而上问题的关切和思考。两篇小说均以丰满的故事和多层次隐喻的紧密交织展示出迷人而深邃的叙事魅力。《碳水》的身体叙事震撼力十足，尤其令人印象深刻。鬼金的《红气球》和《晴朗》具有很强的梦幻气质，小说中的人物犹如漂浮在生活上空无法控制自己冉冉升起的氢气球。现实和白日梦、真实和幻想、欲望与虚无、逃离与寻找、爱与死、力比多与死亡冲动之间的张力，反复在故事和人物中呈现。对精神世界的执迷，让鬼金的小说具有与众不同的独特质地。阿蒙的《鸡毛信》、梁萧的《背沙子的人》两篇小说，都意图在故事发生的时空之外，设置另外的可能性。打破线性时空的叙述，既是语言游戏，也是理解故事和人物的不同视角，更是对事实和真相不确定性的一种呈现。而世事的无常、人性的善变、真相与真实的变幻莫测，正是这个混沌世界的最大秘密。

在我看来，阅读小说时所感受到的丰富的层次感，更多的是一种主观体验，它源自阅读者这个特殊个体对故事、人物、语言、叙述、结构、风格、思想多方面多角度的综合融入。它开启了品味小说的审美之维，或者说，小说的层次感即是审美的显现，而它之所以难以把握，也许只能解释为，美是一件玄妙的事情。

2021
辽宁
中篇小说
述评

福斯特《小说面面观》提到小说的一个功用：人际交往中，"我们总无法相互理解，至多不过似是而非或是一厢情愿；我们总无法充分展示自己，哪怕我们心甘情愿；我们所谓的亲密无间无非只是将就凑合，完全的了解只不过幻梦一场。可在小说中，我们却能完整无缺地了解他人，而且，撇开阅读的一般乐趣不论，我们还能为现实生活中的晦暗缺憾寻得补偿。在这个意义上，小说比历史更加真实，因为它超越了简单的事实。"福斯特给小说长存不灭找到了理由——它能让读者更深入地了解人生，获得现实中隐没不见的理想、希望、光彩。小说超越简单事实这个观点，还具有现实意义——在信息爆炸的年代，面对每时每刻飞驰而来、闪耀而至的各种新闻、各种轶事、各种激发人们点击欲望的文字、图片、视频，文学仍因其超越性而无可替代。大地上流淌清泉，生长五谷，但人们不能靠喝白水、嚼麦粒打发日子，要有面包师把它们做成面包，要有酿酒师用它们酿成美酒。小说家也是面包师、酿酒师，他们用艺术的酵母和酒曲，把生活中"简单的事实"放入神秘的烤炉和酒窖，然后捧出来自生活又异于生活的酒食。2021 年的第一季度，跨越鼠年和牛年，走过严冬和初春，辽宁的中篇小说，给读者献出了哪些美味？

童年与少年的怀抱

鲍尔吉·原野《乌兰牧骑的孩子》分两部发表于《芙蓉》2020 年第 6 期和 2021 年第 1 期，第一部叫《铁木耳与海兰花》，第二部叫《喜鹊与金桃》。第一部作为中篇小说被《小说月报》2020 年第 12 期转载，到 2021 年浙江少年儿童出版社出版的单行本里，它已"成长"为"长篇少年小说"。小说主角是五个小孩子——最大的铁木耳十二岁，最小的江格尔八岁，其他的金桃、海兰花和巴根年龄介于二者之间。他们来自两个家庭，父母都是乌兰牧骑队员。如果用成年人干瘪无味的语言来概括，小说讲的是"五个孩子随他们的父母和其他乌兰牧骑队员来到白银花草原的一系列故事"，但在作者笔下的小精灵眼里，神奇草原上的一切都是无比新鲜的美景和乐事，就算有很糟糕的时候，比如沙漠遇险、惹祸挨揍、受人嘲笑、妒火中烧、遇到狼群之类的事，也不过是美好生活的调味剂。这部小说分十三个章节，其结构仿佛一粒粒饱满晶莹的珍珠穿成一条闪烁着柔光的项链。以散文名世的作者，在小说中充分发挥语言优势——风趣诙谐无处不在，精巧新奇的比喻层出不穷，少年的奇思妙想贴切又自然地跳跃在一个个故事中。在作者的笔下，大自然中的一切都有灵魂，都会思想，都在表达。天上下雨，他要写作："黑云好像看到爸爸准备好了，立刻把雨点洒下来。"小鸟从毛驴背上飞走，他要写作："毛驴背上可以坐人，但不能坐鸟。如果一头毛驴的背上坐着一只鸟，别人会瞧不起这头毛驴。"他熟悉大草原的一切，以真挚的热情爱着他笔下的人物，想象力又能随物宛转、与心徘徊。他描绘一位歌手演唱的神态："歌词简单，但丹巴唱得有感情，每一个字每一个音都像他心里珍藏的珠宝，拿出来一样一样给别人看，这些字是水晶的、琥珀的、珊瑚的、海螺的珠宝，它们在阳光下闪闪发光……"而另一位歌手，他唱歌的姿态与前一位有所区别："宁布像丹巴一样，唱歌时要把手端在胸前，好像歌不是唱出来的，而是端出来的。他端着一个别人看不到的隐形的盘子，盘子里放一块隐形的水晶，这块水晶就是他唱的歌。假如有人要求他把两只手放下来，那么他的歌一定唱不成了。每个人唱歌都有自己的奥妙，宁布的奥妙就是手端着隐形盘子才能唱歌。"语言风格生动幽默，令人解颐。这部小说还有记录历史的价值——它生动地还原了20世纪60年代大草原上乌兰牧骑演出的情况。比如，淳朴的牧民还分不清艺术与现实的区别，也有好多现代文明的产物是第一次接触。舞蹈《快乐的接羔员》让牧民觉得很有趣：演员怎样在台上把羊羔接生下来呢？四个男演员表演套马，下面的牧民心疼他们："多累呀，也没马，快歇一会吧。"点亮汽灯、展示画报、放幻灯片、半导体中的收音机广播，在那个时代居然是作为"节目"存在，这是今天在多媒体环境中长大的年轻人无法想象的。

除了"趣味"，《乌兰牧骑的孩子》还有人与大自然关系的思考。小说不止一次地表达出这样的思想：人不是大自然的主宰，只是它的一部分；在很多动物眼中，人不高贵，不好吃，长得也丑；应当感谢大自然的赐予。作者饱含深情地描绘草原上的星光、河水、青草，甚至毫无嫌恶带着爱意、相当细致地描绘牛马羊的粪便（这在文学史上实在并不多见）；当孩子们遇到蛇，赶来救助的牧民不是打死它，而是使劲揉搓一种特别的草，用草叶散发出来的气味将它赶走；当孩子们从狼群那里脱险，带领他们的桑布叔叔和救援的马贴着脸，感谢它的救命之恩，而"宁布叔叔说：'我在心里感谢那一群狼放过了我的孩子，尤其感谢那只母狼。'"鲍尔吉·原野的这部小说，是一首优美的抒情诗，也是耐人寻味的哲理诗。总之，这个有些长的中篇小说，本身就是一片辽阔的草原，领略它的美，最好驾着阅读的勒勒车，悠然前行。

鲍尔吉·原野的精神故乡是草原，而对曾剑来说，位于鄂东北的竹林湾是他念兹在兹、屡屡回望的地方。《三哥的紫竹林》（《大家》2021年第2期）与去年《竹林湾往事》那种田园牧歌的情调相比，悠悠情韵里多了悲怆、哀婉，甚至散发出血腥的气息。十五六岁的少年篾匠面相俊秀，被一户殷实人家看中，要把女儿嫁给他。篾匠手指受伤，夏季炎热，未来的岳丈为他"抹汗"（相当于"擦身"），碰到他的私处——这件似是而非、可大可小的事情，改变了小篾匠的一生。他觉得深受污辱，于是退婚，于是离家，于是进县城，到一家啤酒厂工作。他的俊秀令一个粗俗的中年女工产生了不可遏制的好感。女工因为一次"性骚扰"（最后一个动作是摸了他的裤裆一下），被正在切西瓜的小篾匠应激反应回身一刀，丢了性命。小篾匠当时年方二十，其后十八年就在牢中度过。出狱后，他回到家乡，孤身一人在已经荒芜的竹林坡地上种上竹子，重操旧业做起篾匠。令人感慨的是，昔日没有与其成婚的女孩一家，富足幸福，而这一切，都应当是命运赐给这位小篾匠的……这篇小说叙述的命运悲剧，追溯其起因，不是时代大潮的裹挟，不是难以克服的性格缺陷，不是"傍出一小人其间拨乱"，而是缘于少年心灵暗角中的敏感羞涩脆弱，颇为耐人寻味。小说语言简洁省净，叙事节奏明快，对竹林湾乡间景致、风土人情和生活细节的描述充满诗意。几次预叙的巧妙安排，为小说营造了一种隐隐的紧张气氛，也构成了具有吸引力的悬念。小说叙述口吻冷静、悠远，人物对话基本用间接引语，很少使用冒号引号。但在某些情感高潮中，作家能抓住最"扎心"的细节，似乎不动声色，又感人至深。如退婚一节，在父亲、母亲、准岳父、准岳母、准内弟纷纷规劝之外，最后出现女方家中的大黄狗："……他家的那只大黄狗，居然来到了我们竹林湾。它径直去了竹林，在麻球的竹林小屋里，堵着了三哥。三哥走出竹林，它跟出来。它咬着三哥的裤腿，把三哥往颜家垭那个方向拽。他缠着三哥。……三哥让它走，它不走。三哥看见它眼角挂着泪，他的眼角也流了泪。三哥蹲下身来，伸出手，梳理它的毛发，跟它说着话。它伸出舌头，舔着三哥的脸。三哥安慰了它半个小时，它才恋恋不舍地离去。"

《三哥的紫竹林》是一出悲剧，其可贵之处，是作家没有把它变成一出"惨剧"。"悲剧"和"惨剧"，二者的差别有一点尤为重要：作品中的人物历经生活的坎坷曲折磨难，有没有某种可以升华为崇高的东西？能不能让读者在具体情境之外获得一种超越性的精神体验？《三哥的紫竹林》临近结尾，主人公独自在乡间生活，虽离了婚，又没有孩子，但他没有过上死气沉沉的日子，他"再次做出惊人之举。那天，他戴着斗笠，身穿半大风衣，宽松长裤，白底黑布鞋，一副民国乡民的打扮，出现在石桥河面。他撑着自己做的竹筏，在浅水湾行走。……三哥偶尔伴着音乐，放声而歌。……三哥面如冠玉，长须美髯，他像一个演员活在一个虚构的世界里"。作家用诗一样的语言，让主人公回归到宁静、美好，凭借对大自然、对家乡、对家人的爱，完成了命运的救赎。

孙悟空一个筋斗十万八千里，却永远逃不出如来佛的手心，这是《西游记》中经典的场景。这不仅是一个有趣的情节，而且蕴含着耐人寻味的哲理——人，真的能超越命定的局限走向自由吗？王图《狂风席卷一切》（《清明》2021 年第 2 期）的主人公也是一个少年，它的主题是少年的逃离。

小说发生的地点是一个名叫巴东的小镇，时间是在 20 世纪 90 年代初。这篇小说的情节有明有暗，或隐或显，人物关系和故事脉络不很清晰，具有先锋探索的元素。为了方便叙述，这里把几个重要的人物和情节线索交待一下。"我"哥哥马小年，是一个青年诗人，喜欢小狗，曾经离家出走，后因经济原因归来，在小镇上过着压抑的生活。朱连贵，卖狗肉的小贩，胯下只有一个卵蛋，被马小年传出，因此与其结仇，后借打狗之机将马小年的小狗杀死。"我"母亲对于大儿子马小年出走痛苦万分，甚至神经失常，待马小年归来，又盼他离开——"我母亲总是叫我哥哥出去走走，到外面去，谋一份差事，不要待在家里，我母亲捧着我哥哥的脸对他说；咱们这个镇子，四面都是山，连火车也不停一站，你到外面去，想去哪里就去哪里，只要让我知道就好。"李寡妇，被母亲仇视，是温柔而美丽的女人，很关心失踪的父亲，似与朱连贵、马小年有些暧昧，最后死在巴东镇去县城的必经之路上。

　　小说由数个不长的场景组合而成，情节安排虚虚实实。所谓实，是读者可以看到某些实景：朱连贵到打狗队自告奋勇到处抓狗，最后还把马小年的小狗"板凳"抓走。当哥哥马小年通过"我"了解此事，这个曾经痛打过朱连贵的壮小伙儿打算写完长诗之后再去为"板凳"报仇。而"我"渐渐发现，这个计划已经无限期地延长。他后来说："一只狗，和一个狗都不如的东西，我不至于跟他们生气。什么他妈的诗，什么他妈的自由，其实到头来什么也比不过一个人安静地吃一碗打卤面重要。"后来，哥哥又去当地的"红房子"找女人，也遭遇了挫折："我不成了，不成了，我他妈算什么男人？"到最后，我哥哥居然同意当朱连贵的徒弟，与他一起杀狗。这些情节真切清晰地反映出一个小镇青年从充满朝气走入颓废的历程。所谓虚，即作者将某些情节置于朦胧晦暗之中，神龙见首不见尾。比如父亲为什么出走？李寡妇与他是否有什么暧昧关系？朱连贵的卵蛋为什么丢了一个？李寡妇、朱连贵、马小年之间的关系，到底有什么前因、后果？小说都只提供暗示，没有明确的说明。这种虚实相间，是在一个可理解的叙事线索周围，安排许多破碎、隐晦的叙事要素，在整体上呈现出一种片断化、情绪化的特点。它没有做到传统意义的叙事完整，但它表达压抑、惶惑、上下求索等情绪却达到了效果。

小说设置了一个有意味的结尾——"我"最终走出小镇，告别如今颓废的哥哥："我忽然想到我的哥哥马小年再也不会去流浪了，他终于也变成了巴东镇沉默的大多数。……彼时，狂风大作，当我回头再看哥哥时，他把头埋低，身材变得越来越小，他的身子在狂风中被撕成了碎片，落在地上，变得越来越小，直到再也看不见了。我回过头，迎着风一步一步地向前走。"

狂风，这个意象在小说中数度出现。它最终席卷一切，可以这样理解它的含义：在这个杀狗战胜写诗的小镇里，毕竟还有人不愿默默朽烂于酱缸般的生活，而要全力走向远方，开拓充满希望的新世界。

奔跑与攀登的路程

紫竹林里的小篾匠自幼表现出不同寻常的敏感羞涩，为人生悲剧埋下伏笔。黑铁《夜跑》（《鸭绿江》2021年第1期）的女主人公赵美玉人生的不顺当，也可以追溯到少年时代。不过，这不是因为她的天性，而是外在的逼迫。看完这篇小说，会产生一点小小的感慨——很多人在成长路上承载着父母希望的重压，有些希望蓄谋已久、深思熟虑，有些则是头脑发热、心血来潮的产物。《夜跑》中这位在工人村体育场练长跑的姑娘，承载的是父亲对长跑冠军王军霞的崇拜、艳羡。但多年的长跑训练没给赵美玉带来什么成就和幸福，父亲也因为工厂的衰败而渐渐变成一个酒鬼。她从少年到青年，从没经历什么爱情，长跑改变了她的肤色和身材，也让男生对她望而却步。大学毕业之后，"无论她如何设法找到一份远离厂区的工作，最终都会铩羽而归……无论她如何努力，都无法摆脱厂区巨大的引力"。而她的两个追求者，都来自厂区。为了逃离这里的环境，她对他们的追求不理不睬。她在书店工作，遇到一个作家"秦老师"，仿佛看到厂区之外生活的一缕微光。但一夕欢爱后，秦老师不见了踪影……这篇小说塑造了好几个平凡小人物的形象，他们（或她们）没有什么特别的长处，也没有什么特别的不幸，在世界上是蝼蚁一样的存在，在平庸冷漠的生活中感受温吞吞灰蒙蒙的痛苦和欢欣。小说人物心理描写十分细腻、传神，比如发生关系后秦老师送赵美玉回家，她一路上"不得不想到许多实际的问题"——她如何跟她妈解释她与他的关系，他会不会接受她爸是个酒鬼，她妈是个卖炸串的小贩，她自己是一个在书店二楼上班的临时工……而当秦老师把她用出租车载回体育场，头也不回，从此消失，连句解释都不给她，这种"想到许多实际的问题"的心理活动，令主人公的屈辱感和悲凉感格外强烈。而赵美玉借题发挥揭人伤疤——"仿佛伤害了一个人，自己就显得不那么狼狈了。"人物心理瞬间变化细致入微。黑铁善于寻找不同寻常的恰当细节来表现人物，增加读者的感受强度。比如，如何塑造一个暴怒的赶走女儿追求者的醉鬼父亲？是写他红肿的眼睛，还是怒气冲冲的表情、手持酒瓶的身影？不，这样写都是"陈言"。黑铁是这样写的："她默不作声，向后走几步，捡起一只蓝色拖鞋。那拖鞋鞋底冲上，纹路几乎磨平，间隙被黑色的油腻填满，那是她爸落在地上的。她走回来，蹲下，拉起那只灰色满是污垢、不知多久没有认真洗过的脚，将拖鞋套在脚上。她想让他回家，但拿不准该让他回哪个家……体育场东侧他们一家三口原来那个家，用她妈的话来说，那已经不算个家，充其量是她爸的'狗窝'。"——选取的细节自然，刻画有力，令人心酸，并不迅疾的语言节奏和移动的视点又暗示女儿缓慢的动作和绝望悲凉的心理状态，显现出作者驾驭语言、营造情境的功力。

《夜跑》中"秦老师"不负责任、道德缺失，只是一个朦胧的暗影，罗维的《白瞳》（《鸭绿江》2021年第2期）则把一个人的"恶"描绘成清晰的解剖图，甚至是路线图。《夜跑》中的体育场是无法逃离的生活的象征，《白瞳》的白色瞳孔，也具有象征意味——是恶行得到的报复？或是人们盲目的生存？不一而足。这篇关于恶行和赎罪的小说，没有对"恶"居高临下的道德批判，而是平视着探索它的成因。这是其深刻之处。"我"是消防指挥学校新入伍的地方大学生干部，教官雷管是一个牛气烘烘、尖酸刻薄的军官，训练队伍相比其他军官强度更大、方法更苛酷，因此无论是部下还是同级军官，对他都颇多怨言。"我"与雷管稍稍接近，了解了他的过去——他的童年时代因为被怀疑是野种而饱受生父虐待。在母亲死后的第二年冬天，"雷管入伍了，他玩了命地训练，发狠要混出个样子来。从新兵到班长，他一路拔尖，谁挡他的路，谁就是他的死敌。他不能让母亲白死，更不能让人看低。"母亲临死前要他发誓一辈子不喝酒也不打女人。但是，他不仅喝酒，还在第一次执行任务时当着上级的面枪杀了一个女人。"我"通过寻找悲怆的唢呐演奏者和一段爱情，发现了雷管心中的隐秘——在一次领导视察中，雷管急功近利，造成小战士小伍因翻车身亡。小伍的父亲、唢呐手老伍申冤不得，跳楼身亡。雷管似乎命定要制造某种冤情，无论是对挡住男人的无辜女人，还是对可怜的小伍。他虽在法律层面未受惩处，却无法面对良心的拷问。小说情节进一步发展：雷管和小伍的女朋友谈恋爱，后娶她为妻。数年后，雷管的孩子得了一种视神经瘤的怪病，在灯光底下，一只瞳孔是白色的，发现不到一年就死了。最后，雷管在一次隧道火灾现场为掩护战友失去生命，而现场直播的电视台主持人，正是小伍的前女友……《白瞳》是多重线索编织缠绕在一起的线团，是多重意义可供阐发的迷宫。这篇小说对于人性的复杂有深入的探索，在情节不断发展中，雷管性格的不同侧面得以丰富的展示。他既苛刻、凶暴、野蛮，又脆弱、敏感、胆怯。他把提拔、表现、出人头地视为生命的意义，又天良未泯，饱受精神折磨。小说颇为注重戏剧性效果，如

"我"和雷管同时爱上小伍的前女友；小伍前女友作为新闻主持第一时间向观众通报了雷管的死讯。这有效推进了小说情节的发展，加大了戏剧化冲突的强度。小说以意识之流和日常生活双重方式从一个场景转到另一个场景，形成时空交错的叙事框架。小说"讲什么"和"怎么讲"，是两大问题，《白瞳》在"怎么讲"上颇多用心，值得关注。

坚守与逃离的传奇

伊尔根《桃花岛》（《民族文学》2021年第2期）塑造了一个《射雕英雄传》之外的桃花岛和"黄老邪"。这个桃花岛是北方一条河流中央距岸六十米、面积五亩的一座小岛，因栽有百余棵桃树而得名。桃花岛的主人是一位姓黄的老头，因为性情古怪被人称作"黄老邪"。"我"是水利局的小公务员，因为有钱的表哥想开发水上乐园，水利局局长又赞成此事，"我"便接到一个任务：把老头从桃花岛上"请"出去。"我"采取很多措施，但始终没有奏效。随着交往越来越多，"我"被黄老邪的人格力量打动，逐渐化"敌"为"友"。在当今社会中，黄老邪确是一个特别的人。他固守小岛，桃子成熟时拒绝高价出售，而主动邀请县城的居民免费上岛品尝；他为敬老院送菜送苹果做义工，负担一个瘫痪老人的赡养费，却不让任何一家媒体报道他的善行。黄老邪并不是一个遗世独立的"世外仙人"，他曾是农场场长，也是外地一位市长的父亲。他虽不为一己之私动脑筋，可有生活智慧，热心维护弱势群体的利益。他与供热公司巧妙周旋，解决了小区供暖改造问题；他找合适的时机，为农场老职工在房地产商那里争取到相当于医疗保险欠费的补偿款……黄老邪之外的世俗人物——伪善狡诈的"表哥"，城府颇深的局长，也塑造得很生动。对于社会中某些特别的现象，比如申请项目总是因为差一点点手续而存在微妙的停滞，儿子升市长、老子说话增分量等现象，小说都有形象的揭示。小说中有精通佛理的僧人对人生的通透感悟，也揭示了借宗教进行非法集资的社会乱象。小说语言清新流畅，景色描写颇具韵致。

王志国《奔向柳条边》(《芒种》2021年第2期) 是一篇略带评书色彩、具有古意的传奇作品。薛家儿子薛家鹏天生异相，不喜读书，偏爱习武，母亲就把他交到武馆。数年之后，薛家鹏长成壮小伙，学得一身武艺，因师傅被人谋害，不得不和师傅的女儿、他的师姐一同向东北的柳条边逃亡。一路上，他们遇到很多艰难险阻，也结识了四丫头、柳清泉、马掌柜等人。小说情节跌宕起伏，人物塑造较为鲜活。八岁半的薛家鹏初入武馆，用鞭子打铜铃与师姐较量一段，写得色香味俱全，尤为精彩传神："……可是当那位小姑娘抛起的铜铃鱼贯而上，像三只小鸟欢快地唱着，又从天空陆续落下来的时候，他的鞭子竟然一枚也没打中。那三枚铜铃像长着眼睛，见着他的鞭子就拐弯，有一枚居然落在他的鼻梁上，砸得他的鼻子一酸，差一点儿就落下泪来。""他的鞭梢眼瞅着就要抽中了，那位小姑娘却不见了。他只觉得一股香风掠过。啪的一声，自己的额头上挨了一下，不疼不痒，麻酥酥的，还有一股柳叶的清香味儿。"小说以薛家鹏出生为始，以薛家鹏逃至柳条边和师姐定情为终，自可独立成篇，但情节发展尚可延伸，人物拓宽尚有余地，以其为首章，小说可以向长篇进军。

小说与史传的分野

侯德云《最长的黄昏》(《百花洲》2021年第1期) 在中篇小说述评中是一个"异类"。因为作品从篇幅上属于"中篇"没错，但它似乎和其他约定俗成的"小说"稍有不同，其文体可待商榷。

先看看这个中篇作品的内容。它开头便解题：清朝逊帝溥仪的英文老师庄士敦在回忆录《紫禁城的黄昏》里称溥仪被民国政府驱逐，离开紫禁城的那一天，清廷延续了十三年的"黄昏"便戛然而止，"终于进入了黑夜"。作者用品茗闲聊的语气讲述从溥仪入宫到遭遇驱逐数年间一件件一桩桩惊心动魄的历史大事件，用从容散淡的笔触描绘一系列与溥仪密切相关的人物，如慈禧太后、醇亲王载沣、袁世凯、隆裕太后、张勋、庄士敦、端康太妃、婉容等。侯德云近些年来深入研究晚清史，在这篇作品里充分发挥简笔勾勒、数语传神的优势，把这段历史写得有声有色。

但是，它是不是小说？这涉及一个问题：什么是小说？小说是否容纳非虚构性质的作品？它的边界在哪里？回答好这问题，真得旁搜远绍、大费周章。由于本书不容长篇大论，现仅将本人的观点撮要如下。

"小说"一语，历史悠久，但形成当代概念，受西方的文学观念影响甚巨。所以，"小说"二字，要分开两扇讲。先说中国的"小说"。它远可溯源于晚周的《庄子》，但与文体无关。到东汉桓谭（"丛残小语"）、班固（"小说家……街谈巷语、道听途说者之所造也"），开始成为一种文体，但并不以虚构为本质特征（文学史称这一阶段为"古小说"）。再到后来的唐传奇、宋元话本、明清章回小说，都是当代小说的前身，虚构成为重要特征。当然，这是当代文学史对符合"小说"特点的作品进行的倒推式考索。如果深入传统目录学，从班固《汉书·艺文志》到清代《四库全书总目》，"小说家"与历史文献总有割不断的联系，比如《世说新语》这种非虚构作品，就赫然列入《四库全书总目》子部的"小说类"。

其次讲西方的小说。西方"小说"，英文为"Fiction"，其另一个意思是"虚构"；长篇小说，英文称作"Novel"，词根与"传奇"略同。短篇小说，英文称作"Short Story"。中篇小说，英文称作"Novella"或"Novelette"，词根与"Novel"相同，有"小长篇"之意。小说（"Fiction"）是共名，包含长、中、短篇三种。美国著名文学理论家 M. H. 阿伯拉姆（就是著名的《镜与灯》的作者）对小说下定义："广义的'小说'（Fiction）一词，常用来指任何杜撰或编造的、无意保持历史真实的文学叙述文。"不过他又说："那些故事情节很明显以事实为根据的文学形式常常用复合名词表示，如历史小说、传记小说、非虚构小说。"（见阿氏所著《简明外国文学词典》）。对于小说中具有代表性的长篇（Novel），阿氏这样定义："指各种各样具有长篇的虚构散文作品这一特征的作品。"在提到"Novel"中的"历史小说"，除狄更斯《双城记》等以特定历史为背景的作品之外，他还指出一支分流——非虚构小说（Nonfiction Novel）。初看"非虚构小说"的字面含义，似乎凡具有非虚构内容和小说笔法的作品都可纳入这个范围，但"非虚构小说"有两个限定条件："它的根基不仅在于历史的记载，还在于（作家）亲自对主要当事人进行的采访。"（引文出处同上），也就是说，它要呈现创作主体的在场性、亲历性，有鲜明的介入性写作姿态。当代学者洪治纲在《论非虚构写作》一文中深入探讨这个概念，他还介绍当代出版对于这类作品的归类："很多非虚构类的作品，在最后出版时，都被出版社标注为'长篇小说'，像《生死十日谈》《米罗山营地》《定西孤儿院纪事》《巨流河》；有些则被出版社标注为'纪实文学'或'散文'，如《中国在梁庄》《出梁庄记》《解放战争》《抗日战争》《沧桑看云》《封面中国》等。"

从当代出版的约定俗成，把《最长的黄昏》定为"小说"，似乎并无不妥。但是，一个不能不面对的问题是，除了作者在文中提到自己游览故宫这一并无实质意义的"在场性"之外，《最长的黄昏》完全是以史料为基础的叙述，作者没有可能采访文中任何一个人物。所以，把它视为"非虚构小说"是有些牵强的。如果把它称作"纪实文学"，倒是更准确一些。但是，纪实文学在写作实践中又与"报告文学"等较为直接反映现实的文体有密切联系，《最长的黄昏》这类叙述一百多年前历史事件的作品（当然还有一些作品叙述更早的历史），在这个范围里只能突出"史"，而不能揭橥"实"，所以称之为"纪实文学"也不完全恰当。把《最长的黄昏》定为"小说"，一个吊诡的合理解释是，它在非虚构这个意义上符合中国"古小说"时代和传统目录学对于"小说"的界定。但是，俱往矣，《汉书·艺文志》和《四库全书总目提要》里的"小说"，和我们今天的"小说"观念，差别已超十万八千里，而我们不能以一个历史概念用于当下。

《最长的黄昏》并没有突破历史书写的边界，正如《三国演义》无论存在多少真实的人物原型和历史事件，仍是小说，而《三国志》无论有多么生动曲折的情节仍是史传。侯德云这种重组史料的写作方式，与茨威格《人类的群星闪耀时》的十四篇"历史特写"比较接近。即使侯德云没有茨威格所说的那种"戏剧化的历史叙述"的追求，也起码达到"文学化的历史叙述"的实绩。所以，我认为，这个中篇作品，由于其较纯粹的非虚构性质且无"非虚构小说"中作者介入性的必要条件，最好不要归入"小说"，而应当回归"历史"。由于它不仅仅提供史料，而且具有审美价值，就不能忽视其"文学"的特质。所以，从微观层面称其为"历史特写"，从宏观层面把它归入"史传文学"，应当较为合理。

此处探讨一篇作品的文体归属，不仅是一种纯学术的兴趣使然，而且与目前中国文学的文体分类和未来发展有一定关系。文体的确定，究其实质，是为某些特定内容、特定形式的文学作品找到发展的基点，有如一个孩子出生后上户口，不仅是在户籍簿上拥有一个名字，而且为他未来享有社会权益、承担社会责任提供保障。中国传统文体分类较细，数量较多，基本一种写法、一种用途，就是一种文体。明代人写的《文章辨体》和《文体明辨》是研究文体的集大成之作，它列出的文体分别有 59 类和 127 类，这自然是太多了些。但受西方影响，目前把文体只分为小说、散文、诗歌、戏剧影视文学、报告文学等四五种，又实在是少了些，赶不上文学发展的速度和规模。当代学者於可训认为把西方的文体标准简单地套用于中国文学，"会造成一种文体的遮蔽，不利于开发利用和创造性地转化发展本土的文学资源"（《小说与写小说》），很有见地。所以，在不断更新发展的文学现实中，对某些面目模糊的文体的及时确认是十分有益的。像《最长的黄昏》这种以文学的方式重现、反思历史的叙事型作品，在中华优秀传统文化创造性转化、创新性发展中将起到重要作用，应当认真思考它的定位。

以上便是2021年第一季度辽宁中篇小说的情况。春回大地，一元复始。在这个季节里，无论是乌兰牧骑的孩子们的天真纯净，还是紫竹林中飘荡的歌声；无论是夜色中向另一种生活执着奔跑，还是在似乎正确的道路上体会生活的荒诞；无论是桃花岛主脱俗又入世的生活、天生异相的小男孩曲折的逃亡故事，还是逝去的历史幻化为令人忧伤的晚霞，都是蓬勃春天给热爱文学的人们的礼物，值得珍惜、珍重、珍藏。

夏之卷

胡海迪

　　世间一切行业，都不难，只要目标别定得太高。一切行业，都不易，只要自我要求严格一点，就得造次必于是，颠沛必于是。写小说这一行也如此。这种文体，本是虚构，俗语所谓"瞎编"者是也。如果真是"瞎编"，倒也容易。可如果想编得跟真事儿似的，编得传神，编得有意境，让读者在作者背后和身后都竖大拇哥，绝对是件难事。前些日子翻看柳青的《创业史》，对一句话印象特别深。那是梁生宝租地时，一心想创家立业，辛苦到不能再辛苦："在最紧忙的夏天，生宝从地里回来，要蹲在铺着被儿的炕上吃饭，要不然吃饭中间一瞌睡，碗就掉在地上打碎了。"——就这，你服不？生活！柳青这是编的，可绝不是瞎编的。真正生活的细节，它的微妙新奇，永远超出使劲拍脑门得来的想象。《水浒传》中武松打虎一节，历来为人称道，可晚清一位署名"别士"的杠精认为这里有失真之处。他说："武松打虎，以一手按虎之头于地，一手握拳击杀之。夫虎为食肉类动物，腰长而软，若人力按其头，彼之四爪，均可上攫，与牛不同也。若不信，可以一猫为虎之代表，以武松打虎之方法打之，则其事之能不能自见矣。"虎是猫科动物，爪子能不能在被人按住脑袋时抬起来横扫一下，可用按住猫脑袋的办法测试——这位"别士"真够别致，发几百年来人所未发之覆，测试方法也科学，且有可行性（提醒一句：猫脑袋按住就得，别真打，更不能往死里打）。遥想当年，施耐庵很可能见过老虎，但没亲自打过老虎，也没跟武松原型细聊过，于是留下了这个破绽（原谅施耐庵吧，他要是真去打老虎体验生活，咱们八成看不成《水浒传》了）。哎，柳青也好，施耐庵也好，写小说都不容易。君不见曹家穷小子编《石头记》，也是不容易得很，"十年辛苦不寻常"，要是瞎编，一两年不就妥妥的了吗？人家这种精神，得学习。夏天热，我这儿扯几句闲篇儿，权做个"得胜头回"。

诗意与感伤

《白鸽飞越神农架》（《芙蓉》2021 年第 3 期）是曾剑回望故乡的又一部中篇小说。作家对于童年、少年时代有一种特别的情感，他的很多作品都以这个年龄段的少年为主人公。若论他的这些小说，"成长"可以成为一个关键词。身体的成长，心智的成长，和七八十年代的乡村生活融合在一起，构成他不少作品的共同背景。《白鸽飞越神农架》中的少年，是贫寒农家子弟赵黎明，自幼聪颖，在林场教师苗雨泽的帮助下，克服丧父后的重重困难，考上大学。小说的题目，与"白鸽"有关——白鸽，成为这篇小说营造诗意的象征，也是主人公命运急转直下的缘由。赵黎明父亲意外去世，他无法继续完成小学学业。学校路远，老师苗雨泽无法常常来辅导他功课，于是，他们就用赵家附近的鸽子来传信——鸽子用纸条传递的，这边是他不会解的数学题，那边是老师给他的辅导答案。"赵黎明给白鸽做了一只鸽哨，那声音从一小截挖了孔的水竹里飞出，清脆悦耳。有了鸽哨，它飞到林场子弟学校时，苗老师即便在上课，也能听到。"当今媒体发达，打开手机可以和地球另一端的某个人"面对面"实时对话，与那个"落后"的时代相比，不知方便多少倍。恰恰在那个时代，那个节奏缓慢、闭塞宁静的世界，才有这种"白鸽传书"的美好。成也白鸽，败也白鸽。为了保卫白鸽的生存环境，从大学放假回家的赵黎明，扭打、误伤一个老香客，成了阶下囚。以世俗的眼光来看，赵黎明的行为很荒谬，因为改变他生活轨迹的，竟然是一群鸽子——鸽子栖身的岩洞在他考上大学后被传为"神鸽"所在之处，成为四周乡民燃香祈福的地方，而燃香可以导致鸽子大批死亡。赵黎明手持镰刀立于洞口，捍卫鸽子的家园。这种未脱少年稚气的执着，有一种悲剧气质。从表面看，他有些憨傻——他觉得有义务报答这些帮助过他的小生灵，而实际上，这又何尝不是他对纯净美好生活的无尽留恋？当赵黎明刑满释放，回到故乡，又看到白鸽，听到鸽哨："顺着鸽哨声，他看到了那只白鸽。这么多年，鸽哨应该早掉了，脱落了，但它分明还在——也许是另一个淘气的孩子给它重新做了一只；也许那鸽哨声并不存在，它只是他记忆深处的一次回响。令他欣喜的是，他看到了那只白鸽，那只白鸽在他们头顶打了个转，然后飞过野马河，飞上马河梁上空，一直往前，像是要飞越整个绵延千里的神农架。"曾剑的小说有一种可贵的抒情性特点——结尾处白鸽重现，赵黎明的目光投向无尽的天空和大地，境界为之大，感慨为之深。这个曾经的懵懂少年阅尽世间沧桑，仍不失对生活的向往、希望，仍可能实现生命的超越，自有一种诗意的特质、象征的意味。

女真的《玛特廖什卡》(《长江文艺》2021年第5期)是她去年发表的《唱给一个亲爱的人》的"续集"。主角还是退休女工张姗姗，还有另一个退休大妈——王姨。这个"续集"讲的是她们从俄罗斯归来后发生的故事。如果说曾剑的小说乘着白鸽的翅膀实现了绵延千里的"飞越"，那么女真的小说仍在"超低空飞翔"——这是十多年前一次作品研讨会上一位评论家对女真作品风格的形象概括。"超低空飞翔",令人联想起夏日雨前的燕子——细想想,燕子其实很了不起——贴近地面或草皮,保持一个较为固定的高度,在高速飞行中盘旋转弯,并且不忘记重要目的——吞掉低空中的蚊虫,这需要非凡的功力。《玛特廖什卡》里叙述了细琐的生活——儿媳妇早产、儿子吃掉带给别人的列巴和酸黄瓜、是不是把俄罗斯套娃(俄语俗称"玛特廖什卡")作为初生小孙女的"见面礼"、俄罗斯旅游室友王姨摔倒受伤后委婉地请求张姗姗为她承担家政……在这部城市生活小说中,沈阳的读者会读到无比熟悉的公园、街道、市场名字,甚至主人公提到的乘车路线,如果放在电子导航中,也会显示其正确且合理。当然,小说绝不是日常生活的呆板记录。女真笔下人物心理刻画的真实、细腻,是她写作的一大法宝。通过张姗姗一件件大小心事,一个收入不高、略显胆怯、处处为别人着想的贤妻良母的形象,展现得非常生动。此外,王姨的老师故去,她向张姗姗讲述自己与老师之间的情感往事——都在平缓的叙述中渐次展开。"同心而离居,忧伤以终老",王姨和老师迟暮之年无疾而终的爱情,给小说涂上了一层淡淡的却不易抹去的伤感色彩。描述生活琐事的小说其实并不容易——缺少矛盾尖锐的中心事件,易使小说变得散乱、拖沓,但女真的小说之船绕过了这些暗礁。在她淡淡的笔触中,除人物内心展露无遗,还很讲究叙事节奏,时或加一两句似乎不经意,却有些"勾人儿"的预叙,令这无大风浪的小说不时出现不能轻忽的小漩涡。同期杂志登载了一篇她的访谈《生活不在别处》,她说:"我的小说多数写小人物、小事件,写看似波澜不惊的平常生活……我认为题材没有大小之分,作家应该写自己熟悉的人物,而我最熟悉的是自己的同龄人,是我的亲戚朋友,还有我的左邻右舍。普通人的情感波澜,小人物的悲欢离合,是我愿意观照的对象。……我相信道在屎溺,小说应该从小处着眼,在有意思的故事中表达作家的想法。"——"作家应该写自己熟悉的人物",说得朴实、简单,但实践起来,并不容易。女真遵循这个原则创作的一系列忠于生活的作品,不是奇花异果,而是看似平凡的蔬菜,但自有清香、自有味道,自有其长存的价值。

生者与亡灵

辛酉的《容妆》(北京文学》2021年第6期)是一部不可能不给读者留下深刻印象的小说,因为它涉及世界上大多数读者都不大熟悉、想来心情会很复杂的行业——殡葬业。而且,这篇小说的主要人物,是炉前火化工、遗体化妆师、葬礼主持人,等等。小说的主人公"我"因为职业的特殊,总是找不到对象——在多次相亲中,他从不讳言自己的工作,总是在开门见山后任由女孩子们掉头而去。但是,当遇到女孩高迪娜,他情不自禁地撒了谎,或者说,准备推迟说真话的时间。高迪娜出身单亲家庭,受过母亲谎言的伤害,平生最受不了的,是他人的欺骗。因为一个偶然,当"我"以火化工的身份出现在高迪娜面前,后者像其他女孩一样,扭头而去。"我"认为这是自己的职业又一次受到歧视,而实际上,高迪娜不能原谅的,是欺骗。这个误会,要等到十多年后才被"我"弄清楚,但一切都无可挽回。两人分手之后,再一次相见,已是阴阳两隔。高迪娜难产死去,此事引发了高家对医院的诉讼,高的遗体因此在殡仪馆里存放多年。当殡仪馆集中清理无主遗体,"我"费尽周折,找到高迪娜的家人,获得他们的许可后,自己付清停尸费用,亲自火化高的遗体,并给这位特别的逝者以最后的尊严。"我"曾在恋爱期间给高迪娜写过一封信,坦白自己的职业,但没来得及寄出,就发生了那遗憾终生的误会。现在,"我走上前一个人将卫生棺捧起,让高迪娜在我的两条胳膊上停留了片刻，才轻轻地把卫生棺放到炉板上，又从怀兜里掏出那封信放到高迪娜胸前，最后看着她和那封信一起随着炉板慢慢进入炉膛。……炉膛内已是火光冲天。我知道此刻，高迪娜正在那扇门后面，翻看那封她早该看到的信。"爱情是文学中最为常见的主题，"生死恋"也并不鲜见。辛酉的这部中篇小说，采用一个特别的角度，在这个已近枯竭的主题矿井里又挖掘出新的矿产。除背景特殊之外，小说的人物性格刻画、矛盾冲突展现、故事情节安排，都具有强烈的戏剧性，也蕴含着强烈的情感强度。"我"不善言谈，却一往情深；高迪娜美丽活泼，开朗大方，却又脆弱敏感，她的不幸结局竟与后来认识的丈夫的欺骗有关，令人唏嘘。"我"的另一个前女友、殡仪馆的化妆师汪洁，捐弃前嫌，为火化前的高迪娜最后化妆，让她展现最后一刻的美。这些人物都可以鲜明地刻印在读者心中。主要线索之外，小说还塑造了一些小配角，比如背尸人老卢——他带着一个智障、瘫痪的儿子一起过日子，在生活的重压下仍不失积极甚至乐观的态度。比如"标新立异"的葬礼主持人唐莉，倡导"死亡教育"，认为死亡是生命的一部分，由她创意的"人生告别会"渐渐受到一些逝者家属的认可。殡仪馆是告别的地方，是悲痛的地方，是绝望的地方，是没有光亮、没有笑声的地方，但《容妆》却在这样一个地方，寻找爱，寻找希望，寻找思想，寻找崇高。辛酉的这篇作品，让我想起几年前在宋雨桂美术馆看到的一幅画：画面背景是一大片阴暗朦胧，似乎是无边夜色笼罩下的池塘之水，倒映着参差交错的暗影，然而在这灰黑混乱的色彩中，有一朵小小的孤独的白莲花，仿佛池塘上面掩映的树叶偶然被风吹开，透进一线月光，一瞬间照亮了它的洁白、纯净、美好……

孙焱莉《他们的战争》(《鸭绿江》2021 年第 5 期) 也讲述了一个生者和死者的故事。报社主任记者李清文下乡采访，开车一个不小心，撞到一个姓郎的老头儿，连忙把他送到医院。没想到这位名唤郎德全的老人是参加过 1946 年秀水河子战役的老兵，那段尘封的历史由于这个"小人物"而重新变得鲜活可见……郎德全十分喜欢讲述自己"打仗"的往事，但乡间邻里却对他不甚重视，甚至认为他精神不大正常。作为职业记者，李清文敏感地察觉到其中的新闻性。令他又惊奇又困惑的是，这位文化水平不高的老兵，能以敌我不同的角度全景式地描述他经历的战争。郎德全渐渐将李清文视为可以信赖的"能人"，最后提出了一个请求——希望把一份名单上的多位战死者都纳入烈士陵园，其中，还有他自己的名字……他的这个请求，揭开了老人藏在心中隐秘的往事：多年来他一直对逝去的那些年轻生命深深愧疚，他要在走向另一个世界之前，为那些因他而没有留下名字的真正烈士争取应得的荣光。小说塑造了一个历史复杂、心理纠结的人物形象，其可贵之处，在于用人性的标准观照历史。老郎头的人生，本可以在宽恕自己的心态中平静度过。"死者不会说话"，没有人会揭穿他的个人历史，何况那令他深深不安的历史，并非缘于他的大奸大恶，他不过是想活下去，耍了一点战场上常见的小花招。但面对久已逝去的亡灵，他始终没有摆脱良心的折磨，显示出人性的高贵。小说由两条线索交织而成。老郎头的战争历史这条线，有如山中清溪，冲决而下，却又曲折蜿蜒，结尾的逆转，具有戏剧性。李清文的单位人事矛盾、家庭财产纠纷，如同开闸泄洪，泥沙俱下，构成了小说另一条线索：李清文职称要兑现，得有一番竞争，单位里明争暗斗；岳父母房子动迁有了补偿款，姐妹三个和两个姐夫都进入战备状态，由小吵闹升级到动拳脚……这条线索看似没有什么特别"有戏"的地方，不过就是现实生活中的"一地鸡毛"，但也是作品不可或缺的部分——它构成叙事的"布景"，构成反差、对比。当经历战争的老郎头甘于贫穷、孤独的生活，甚至因自己独存于世而感到羞愧，那些和平环境中成长起来的一代人却因为物质利益而费尽心机、撕破面皮，甚至像野兽一样殊死搏斗。两个时代的人在作品中平行地展现——

他们各自代表着什么，蕴含着什么，不言自明，令人回味。

官场与情场

王国维《人间词话》里说："客观之诗人，不可不多阅世，阅世愈深，则材料愈丰富，愈变化，《水浒传》《红楼梦》之作者是也。主观之诗人，不必多阅世，阅世愈浅，则性情愈真，李后主是也。"王国维笔下的"诗人"，就是文人的代称，小说家也是其中一种，我们自可以意逆志。细想来，阅世深浅对诗歌作者通常影响不甚大，因为诗才很重要，需要"主观"的感发；至于小说，则外物很重要，不能没有"客观"的滋养。刘驰的《查账》（《鸭绿江》2021年第5期）就是一篇无阅世则无以成就的小说。这部作品距离现实生活很近，可以比肩女真的《玛特廖什卡》，不同的是，它有更多的专业性。作品以一位财务专业出身的国企副总为主角，涉及企业管理的很多细节，写得实际、真切。小说中的这位副总商南，精明强干，在查账的过程中发现他的上级和下属分公司经理沆瀣一气，有诸多不法行为，但他并未顾及情面而停止调查，尽管受到"提醒"和诬告，仍为保护国有资产而不懈努力。商南的上司吴总的形象塑造也很成功——不动声色，老于世故，表面上维护一团和气、平衡各方关系，实际上口蜜腹剑，有"顺我者昌逆我者亡"的骄横；下属分公司经理"秦始皇"，阳奉阴违，有恃无恐，外饰憨直，内藏狡诈。当然，小说没有把人物写得"黑白分明"。商南不是完美的英雄，他与主管会计、女下属佳桐日久生情，关系日益暧昧；吴总作为一个国企的蛀虫，也不全然是一个恶人，他出身农家，后来入赘为婿，备尝精神上的压力，对于家人，尤其是身有残疾的弟弟，有很深的感情。佳桐勤奋能干，感情细腻，有柔的一面，同时果断敢为，又体现出刚的一面。这些人物的性格，在情节的不断发展中，都显得立体、丰富。这种以某种专业领域为题材的小说，既入乎其内，需要长期的从业经验，又要出乎其外，需要恰当的文学转化。《查账》没有用财务术语造成非专业读者的阅读障碍，一波三折地把故事编织得具有吸引力，难能可贵。

刘驰《查账》主要关注官场，稍及情场，张鲁镭《野有蔓草》（《民族文汇》2021 年第 3 期）主要关注情场，稍带商场。这是一个名唤蒋山的老板与四五个女人的故事。与通常当代情史的历时性相比，这个故事的特点是情史发展的共时性。与通常爱情骗子竭力避免自己的多个情人互相知晓相比，这个故事的特点是男主角毫不掩饰，一切公开——女主角们几乎在同一个公司工作，且了解彼此的身份，情人节这样的日子还一起聚会。与通常这类故事中女主角们外表的美丽娇艳相比，这个故事的特点是女主角都明显不美——有的耳障，有的斜视，有的脸上有胎记，有的个头奇矮，有的腿脚不好。当然，男主角也有不美之处——磕巴。与通常这种故事中男主角具有强烈的控制力和种种大男子主义相比，这个故事中的蒋山头脑不大精明，很节俭朴素，有囤积食物的癖好，收养了许多流浪的猫狗，还特别雇用员工专门打理。与一般情感丰富的"情圣"相比，他对待身边的女人具有企业家特点。他强调对女人们"一碗水端平"，某一个女人洗衣机坏了，要修理，他的回答是等其他女人的洗衣机坏了以后一起修；某一个女人需要配一副眼镜，他同意她填一张申请表，由财务拿给他审批，走正规程序。小说塑造了当代社会中的一个小小群落，几位女性性格各有不同，处事方法也不同，她们之间的小心思也写得很细腻。蒋山最后因为救一条夹在岩石缝中的小狗，失足落下山崖而死，使小说以悲剧结尾。这篇小说的结构，以主要人物为叙述单元逐渐推进，在叙事中深入每个人的具体生活环境，兼顾人物心理和生活经历，线索清晰又具有浓厚的生活气息。

以上是 2021 年第二季度的中篇小说。在这些作品中，可以看到辽宁作家持续的努力。他们的笔触深入生活的各个角落，塑造出鲜活的人物形象，令人难忘，发人深省。炎热的夏天，这些作品，如地里的庄稼，在骄阳下，在雨后，在风中，憋足了劲儿，饱含内力，向上生长。让我们继续期待，期待秋天，金黄的、凉爽的、充满果香的秋天！

2021 年秋季辽宁的中篇小说，共同的特点是自然、扎实。王蒙先生曾经这样描述理想中的好小说："我认为最好的结构是没有结构痕迹的行云流水式的结构；最大的匠心是完全放松、左右逢源、俯拾即是的、看来像是毫不费力的、没有丝毫匠气的匠心。对于一个十分精彩震人但过于奇巧的故事和一个有点平淡但是十分自然有趣的故事，以及对于一个非常强烈但过于单一的性格和一个一句话说不大清楚、却是日常可见的性格，我都宁可选择后者。"（《漫话小说创作·倾听着生活的声息》）这一季度的中篇小说，对照王蒙先生的标准，庶几近之。作家们像笨农夫，不用化肥不施农药不加催熟剂，庄稼就自自然然从大地里生长出来。他们的作品，也许不是篇篇完美、字字珠玑，但那种用文学垦殖生活、追求真知和审美境界的诚朴，令人肃然起敬。

明白人的沉浮记，小个体的大历史

"明白人"在东北是一个内涵特别丰富的词汇，或指世情练达，或指专精一艺，或指无事不通，或指头脑聪慧，在某些语境里，还指那些贯通阴阳、预知未来、除病祛魅的人物。东北乡间有难办的事情难治的病，往往要向"明白人"求援。"明白人"可以充当导师、医生、神灵中介的角色，他们提供的帮助，可能是理性的，也可能是非理性的——他们常用当代科学无法解释的方法直接而有效地达到目的。老藤《东北老王》的主角，就是这么一个明白人。这个明白人的故事，首发于《芙蓉》2021年第5期，同时转载在《小说月报》《北京文学·中篇小说月报》《小说选刊》的2021年第10期（《小说选刊》转载时改易小说题目为《祛魅者》）。这种密集的转载，除了作家老藤知名度的因素，是不是说明"明白人"属于那种可以强烈激发读者兴趣的形象？

明白人老王，与传统乡间的明白人有相近之处，也有很大不同。相近之处在于头脑灵活、能说会道，以萨满方式救治癔病，对堪舆演卦之事颇为通晓，有时显出的先知先觉、料事如神，令人惊叹敬佩。不同之处在于，这个老王并不是一个纯粹的神秘主义者，也不是用神秘来换取利益的人，他并不隐瞒他的某些预测能力，是因为读书所得；他对萨满治病的理解，也有现代理性主义的影子——"跳神最大作用是心理暗示，暗示能激发患者自身抵抗力，不能把它简单归结到迷信上。"耐人寻味的是，他后来居然选择哲学专业，与他当"二神"（"跳神助手"）的经历形成鲜明反差。老王还是一个有情怀、有理想的人。最初当民办教师时，他想做的事情不是简单的教书，而是要用教育把乡间可能没出息的"嘎"变成天上的"鹰"。而当他考上大学，离开乡土，经历官场沉浮、商海历练，始终没有忘记自己的诺言，一直努力为家乡做有益的事情。

"明白人"在小说中的经历分成两个阶段。第一个阶段，老王在20世纪70年代末、改革开放初期显示出超越凡俗的聪明才智。他舌战小学校长，智答团干部指责他搞"封建迷信"。他预言掏麻雀窝的孩子必遇蛇，预言不听劝阻、捉猫头鹰留在家中的村民染病而亡，都一一神奇地应验。他以农校毕业生的薄弱基础、乡村民办教师的身份，经过几个月复习，考上大学，离开七井村，引起乡间的轰动。第二个阶段，他进入学校、政府、商界，成为一家房地产公司的总经理，渐渐地，他这个"明白人"失去了"明白"的效应。大的方面，他无法及时改变第二代董事长具有浪漫精神的错误决策；小的方面，他也无法阻止某些不幸事件的发生，如一次施工有十三个工人葬身于未凝固的混凝土楼面倒塌事故中。更有讽刺意味的是，这个"明白人"表现"明白"的重要途径是做梦——当他的梦中出现某些人，又响起《二泉映月》的音乐，这些人就要倒霉。老王对这种梦境不是欣喜、得意，而是深深恐惧。小说最后，老王终于明白，他当年拼命离开的乡村，那片让他充满绝望的盐碱地，可以给他和公司一次绝处逢生的机会。这个"明白人"的人生，仿佛走了一个大圈子：早已抛在身后的起点，又一次出现在前方……

　　"明白人"老王经历了从改革开放前夕到当代的漫长岁月，他的个人生活史也是一部当代史的缩影，因此这篇小说便具有一种厚重的底色。正如《小说选刊》转载这篇小说的推荐语："老藤以行走的祛魅者形象建构出大历史和个人史，有着深切的社会关照和人文情怀，在个体形象塑造和社会历史关怀两条路径上都完成了经典的书写。"的确，老王一直在追求与时代的同频共振，他对时代向他提出的要求和难题总能巧妙地解答，交出不俗的答卷。而他采用的方式，尤其是那种掺杂着理性思考和非理性预测的特质，使他的文学形象区别于通常的"时代变迁传声筒"。他在考大学前后的昂扬、明朗、坚定与后来功成名就之时的困惑、游移、痛苦，形成了一种鲜明的对照——这种心灵的、思想的矛盾，这种内在世界的迷乱，比仅仅描述外部世界变化的作品，更加有力，更加深刻。

　　小说的叙事者"我"是比老王年少几岁的朋友，讲述老王的故事，有一种娓娓道来、天马行空又无比诚恳的语气。小说不以贯穿始终的冲突为主导，它的叙事结构，是将一个个小故事组合起来，形成一个成串的大故事，因此读者会在阅读这篇小说的过程中有一种倾听朋友长夜漫谈的感受。老王这个人物之所以可爱可亲，在于他的智慧，也在于他的善良正直。他巧妙地假传跳神七婶的话，让他心仪的女知青离开乡村上大学，逃出色鬼领导设计的圈套；他帮助一位朋友躲避索贿的主管领导的排挤压迫，利用那位领导迷信的心理，通过另一位"大师"，打消他的恶念。这些令人解颐、开人心智的场景，也是刺向生活荒谬和丑恶的匕首和投枪。小说中还有一些情节和场面十分感人，比如老王接到大学录取通知书，年轻未婚、对老王素有好感、牙齿因长期饮用井水而呈焦糖颜色的小学校长胡玉芝，弹起风琴，唱起《渔家姑娘在海边》，向他深情告别，场面无比动人，充满诗意的忧伤。这些有趣、有料、有情的情节，加上生气勃勃、实话实说的风格，不同凡响的人生感悟，一个可爱可敬、立体鲜活的人物，便呼之欲出，如在目前。

逝去的手艺，悲壮的对决

在东北许多城市，有一种族群叫"老工人"。如果说周星驰电影《功夫》不无夸张地塑造了普通百姓中隐居的大侠，那么，在东北城市一些不起眼的角落，某个修自行车的大爷，某个售卖自制金属小工艺品的大哥，很可能曾是货真价实的超人——在工厂烟囱林立的年代，当厂房里的机器昼夜不停发出隆隆的轰响，这些超人曾自由、骄傲地飞翔，接受人们崇拜的仰视。即使今天，当超人已降落地面，甚至陷入泥沼，他们的内心也没有全然丢掉曾经的骄傲。有没有一双手，像考古学家在深深的土层里寻找稀世珍宝那样，挖掘出他们的往昔和内心，让他们重新熠熠生辉？有。李铁的《手工》（《十月》2021年第4期）就是这样一双手，一双打捞老工人尊严和荣光的手。

《手工》的故事和主旨，与作家十多年前的中篇代表作《乔师傅的手艺》一脉相承：对手工技艺消失的深深叹惋。或许，只有读过、理解《乔师傅的手艺》，才能对《手工》有更深的体悟。手艺，对于当年的工人，有多重要？当年的乔师傅作为一个青年女工可以用处女的贞操来换取一种叫"直大轴"的工艺的秘诀，在今天看来，无异于一种愚不可及的疯狂，但在"一招鲜吃遍天"还是颠扑不破的真理的时代，这种疯狂也有其存在的现实土壤。由此也可以理解，《手工》中两个青年钳工荆吉和西门亮，对于手艺的学习钻研是多么认真，多么投入，多么狂热——他们用充满青春热力的生命去拥抱"手艺"这项大事业。而在这项大事业中取得"大把"的地位，在当年工人的心目中，可以享受一辈子荣耀。因此，两个师兄弟开始较量，从技术、酒量、女人这厂里公认为"大把"的三项条件开始……前两项，踏实钻研、从不耍滑的荆吉虽被师傅看好，却被聪明而有些滑头的西门亮反超——因为师傅女儿对西门亮有好感，总是在关键时刻偷偷帮他。至于最后一项，两人喜欢同一个女孩，他们用工厂里特有的"赌比"来决定胜负——他们比赛制作不锈钢玫瑰花，落败的，将退出对女孩的追求。这一项，西门亮做成的带露水、有绒毛的玫瑰花胜出了……从此，西门亮成了"大把"……

个体的人，大多渺小而无助，在时代的陵谷变迁中懵懂无知。乔师傅用人生幸福为代价学会的，竟是一种后来不再常用、可有可无的杀龙之技；而荆吉和西门亮的钳工技能，也最终被高精度、高效率的自动化机床无情取代。两个"大把"的争夺者，都免不了离开工厂、漂泊异乡，过着不甚得意的生活。但正如乔师傅以近于狂热的执着去争取一次真正"直大轴"的机会，荆吉等钳工也无比珍视自己的手工技艺，千万百计重整旗鼓。与乔师傅迫不得已的迂回战术不同，《手工》中的主要人物荆吉，根本不屑于游击战，他要冲锋，要硬拼，要直截了当发动阵地战。这回他选择的对手不是西门亮，而是让他们钳工无事可做的家伙——机器。他去各家工厂要求与精密机床一决高下……与乔师傅那种廉颇老矣、美人迟暮的悲壮不同，荆吉的悲壮是死磕，是一根筋，是"虽千万人吾往矣"！穷困的荆吉始终以自己作为钳工而骄傲，每个能让他显露钳工技艺、帮助钳工工友的机会，他都不会放过。当昔日的工厂变身"集团""公司"，因为有一个非手工不能完成的订单，有人居然用一句"没你不行"的游说，就能让他辞掉手里的工作，带着一群工友重返工厂，即使他隐约预感到干完活后无法留下，会再次失业……

小说结尾，是荆吉时隔几十年后在原来的工厂准备与西门亮再一次技术比武。他多年来不服气，一直找机会与西门亮一决高下，甚至在受人连累入狱的两年中，也以西门亮为心中的对手，不放弃"练功"。这次回厂，他甚至付出了丢掉广东工作的代价。但是，时代又一次跟他开了个玩笑——头脑灵活的西门亮如今以网络直播手工技术为生，因为被安排重要的活动，取消了回厂比赛的计划……

乔师傅在众目睽睽之下直大轴，最后"整个人像一面墙那样向后倒去"；荆吉则获得了一个没有西门亮参加的比赛的冠军——他一生中最强大的对手，也是手工技术最忠实的伙伴，如今也不再为曾经珍重的荣誉而战。这同样是一个悲剧式的结尾。作品无声地揭示了传统价值观念的陵替，也反映出作家复杂、矛盾的心态。如果从社会进步、经济发展的宏观视角来看，荆吉这样的手工作业无疑是生产力相对落后的产物（当然，完全摒弃手工作业也是一种粗鄙的短视），他们的种种挣扎，无异于挡车的螳臂。即使不完全放弃，像西门亮那样及时转型，也更能顺应时代潮流。但从人性、文化、精神的角度来看，荆吉的执着、坚守，在困厄中保持傲骨，超越现实的功利算计，不是一个英雄吗？如果海明威笔下在大海中战胜巨鱼、最终拖回一副不见一点鱼肉的鱼骨架的老渔夫是英雄，如果塞万提斯笔下手持长矛挑战风车、在骑士消亡的时代保持骑士精神的堂吉诃德是英雄，那么，这个李铁笔下永远以手工为傲、保持淳朴的工匠精神的荆吉，凭什么不是英雄？

或许，这就是文学的功用。当一个人，一个活生生的人，一个有血有肉有爱有恨的人，在统计学那里只意味着一个数字，在医学、社会学、经济学那里只化作某个物体某个现象某个指标，文学却不管他大如天神还是微如蝼蚁，只凭血性和力量，杀进重围，大喝一声：闪开！让我来照耀你！

混沌的世界，顽强的女性

孙焱莉《夜形如白昼》(《清明》2021 年第 3 期) 的女主角有三个——低调内敛的女医生、叙述者"我"，"泼妇型"姐姐林梅，青春期当代少女、女儿小朵。此外，还有两个男人，一个是外表帅气、性格窝囊的姐夫李少东，一个是由机关小职员渐升为副局长的丈夫张宏。三个女人一台戏，再加两个性格迥异、遭际不同的男人，生活的滚滚洪流，就在这里波翻浪转、龙戏鱼游。

这篇小说的主要情节，开始于性格强势的姐姐林梅和丈夫出现的婚姻危机。姐夫李少东五年前离家出走，与姐姐离婚，与另一个女人生活并生了一个男孩儿。五年后，与姐夫共同生活的女人死去，而姐姐经历痛苦之后，性情渐变，接纳了姐夫的回归，甚至出人意料地接纳了那个男孩儿，还要主动帮他上户口，取得合法的身份。但让人意料不到的是，经 DNA 检验，那个男孩儿却并非姐夫亲生。姐夫的痛苦可想而知。他把孩子送回姥姥家……这个主要情节之外，还有一条"我"个人的生活线：因女儿的逆反而心力交瘁，因丈夫的种种反常而心事重重……

小说以一个中年职业妇女为中心视角，以细致、真切、实在的笔墨勾画出生活的纹理。从姐姐林梅失败的婚姻，经过无数曲曲弯弯，到"我"面临的家庭崩溃危机，不禁让人想起杨万里一首关于翻山越岭的诗："莫言下岭便无难，赚得行人错喜欢。正入万山圈子里，一山放过一山拦。"紧跟生命，如万山圈子一样难以超越的，是接连不断、此消彼长、时大时小、或表或里的烦恼。但恰恰因为种种烦恼，这篇小说才写出了人性的深度。姐姐林梅由"泼妇"逐渐变得宽容，姐夫李少东在生活长久的重压和残酷的玩笑下的隐忍、痛苦，都极具戏剧张力。而"我"内心中的犹疑、无助和外在的冷静、沉稳，用数次出现的梦境、幻想和内心独白表现出来，"我"因此不仅是一个旁观的叙述者，也是一个展现丰富深邃内心世界的重要人物。这个人物虽然不像姐姐、姐夫那样具有行动性，推动情节发展，却以心理刻画令小说超越情节层面的叙事，进入一个更广阔的精神空间："那一阶段我过得胆战心惊的，但表面上还要显得从容，我就是这样一个性格的人。很多个夜晚，面临很多事情时，我都强迫自己忽略疑虑，忽略悲伤和绝望。就是半夜里接到一个陌生女人打来的电话，我也强迫自己不去想，我拒绝脑袋里那个疑问敲我的脑壳，拒绝它们钻进我内心深处，我像防一只试图冲进门咬人的狗一样，把它挡在门外。我知道如果自己一旦松懈，那么，那个怪物就会趁机钻进来，它会让我整夜无眠，害怕夜里的所有。到那时，睁开眼睛，黑暗里所有的影子和声音都会令我恐惧；闭上眼睛那些悲伤和绝望就会如潮水涌进来，那种感觉生不如死。"这种似乎自欺欺人的心理防御，这种自己与自己的心灵格斗，是作者为读者开辟的"第二战场"。在那里，生活中看似沉默的人物，其内心的烽火硝烟、刀光剑影也同样惊心动魄。

　　内在的表现之外，外在的观察也同样精彩。很多优秀的作品，读者阅后，过去许多年，如果没有超强的记忆能力，能回想起的东西，应当有两样——一是大致的情节，一是独特的细节。有时，某些独特的细节比大致的情节还要长久地停留在人们的脑海中。《夜形如白昼》里，就有让人很难忘记的细节。比如描绘任性的姐姐摔了很多东西之后的哭："后来她就开始哭，直至把嗓子哭哑了，眼泪没有了，她还在那张着嘴作着哭的表情与动作。"比如"我"眼里实际已出轨的丈夫的醉态："张宏最近常常喝醉，但这种醉和原来的又感觉不同，原来的醉很踏实，就像完成了醉的任务，到家了把自己往床上或者沙发上一摞，就沉沉睡去。而这几次呢，总是醉得不踏实，仿佛有什么未完成的事，来回辗转，折腾。"用醉态的不同体现一个男人的良心折磨、躁动不安，这是多么细致、独特的观察啊！

值得注意的是，虽然小说用"烦恼人生"来支撑情节，但它没有堕入灰暗颓丧。小说中的主人公，尤其是女性，以一种顽强、包容、不断成长的状态来面对生活的挑战。姐姐曾因强势而历经心灵劫难，最后懂得了尊重、付出、包容；"我"作为妹妹，始终对姐姐不离不弃，作为一个医生，始终保持着对生命的敬畏、对弱者的同情。小说还有一处"闲笔"，刻画了一个小人物，但细细琢磨，耐人寻味。这是一个女裁缝。她和丈夫曾一起遭遇车祸，她侥幸活下来，后来靠做零活维持生活，供儿子念书。"当她说起车祸，说起丈夫去世的事时，她没说她的悲伤与绝望，她说：'吹牛×呀！谁摊上试试？吹牛×！'我听得出往事里她巨大的悲伤，我接话说：'真是难呵！'她平静地说：'缝缝补补的，也过来了！'""吹牛×呀！"这样的句子，带着点脏字，却是具有东北特色的语言。一个文化程度不高的妇女，其口吻神态，一下子跳在耳边、亮在眼前。更重要的是，它代表着一种情绪复杂、悲壮而不屈服的力量。作家为什么要写这个细节？它在作品中当然不具有推动情节的关键作用，但它会起到一种情绪暗示的作用，就仿佛画布背景的颜色、音乐主旋律之下的伴奏，决不可有可无。闲笔不闲，这大概是一个很好的例证，也显示出作家的叙事功力。

童年的创伤，成年的逃遁

　　曾剑不少小说的发生地都是他的家乡竹林湾，以少年为主人公，以成长为主题，《慈悲引》(《青年作家》2021 年第 8 期，《小说月报》2021 年第 10 期转载）也是如此。不同以往的是，这篇小说里的六弟，长大后成为一位高僧。

　　小说的开头，是十二岁的六弟在田间割水稻，不堪重负，说了句"我出家当和尚也不种田"，拔腿走掉，不辞而别，从此失踪。六弟再次在家中出现，已是六年之后，成了穿着一身僧袍的年轻和尚。十二岁的孩子为什么会主动离家？父亲的解释是当时没舍得给他买一双合适的鞋，而更深层的原因，是六弟三岁半的时候被一个捕甲鱼的男子"河口王"领走收养。又过了三年半，六弟被"河口王"送回来，原因是他有了亲生儿子……

　　小说没有正面描述六弟的心理感受。作家用一种平淡的语气来叙述六弟的经历，模仿武侠小说的手法来描写"河口王"的英俊、威武和对六弟的喜爱。"我"家的极度贫困，也使六弟被"河口王"收养变得易于理解，甚至顺理成章。但这只是一种旁观者的态度（虽然"我"是六弟的四哥），六弟内心的隐痛，在后来的岁月中逐渐清晰起来。多年之后，当六弟已经成为一名超脱世事的高僧，还对当初父母把他送人耿耿于怀。

　　曾剑在这里触及的是一个童年心理创伤的问题。朱迪斯·赫曼在《创伤与康复》中写道："心理创伤是一种自我感觉毫无力量的苦痛。"弗洛伊德在《精神分析理论》中称："在遭受到无法接受的意外事件后，创伤主体会表现出一系列的创伤症状，具体表现为不良的心理反应、信任危机、自我封闭、扭曲消极的行为等。"小说中的"我"和"我"母亲等成年人，低估了一个三岁多小男孩对世界的理解能力，而把他送还回家的"河口王"也没有想到一个七岁幼童会有一颗多么敏感的心。小说以有限视角叙述六弟后来的生活——他似乎没有弗洛伊德所说的扭曲、封闭等病态，从某种意义上说，这个年轻僧人从宗教中获得了慰藉和救赎。他虔诚地奉行教义，悲天悯人。他开车躲避一个带孩子的三轮车，发生车祸，"差点没了人命，六弟对他的做法却没有任何悔意。他说，躲开他们是必须的，怎么着也不能撞着孩子。"他救下一个感情受挫、准备自杀的女孩灯萍，把她收留在寺中，后来让她管账，三年后她竟与前男友携款潜逃。六弟经过一番心理斗争，选择宽恕，因为她拿走的钱，可能挽留爱，也是挽留她的生命。"放过她吧，我们都放下。阿弥陀佛！""第二天清晨，六弟从净心寺出发，行脚去五台山朝拜、请罪。他背着帐篷和吃食，风餐露宿，单程十五天，全都徒步。他替灯萍受罚，消除孽障。"对比很多因受到伤害而变得封闭消极、充满敌意的人，六弟正相反——他是用一种慈悲的心，尊重每个生命，哪怕是卑微的有各种缺陷的生命；他千方百计避免周围的人受到伤害，哪怕是一点点伤害。但是，这样一个圣洁的僧人，他仍生活在尘世间。一个个看似不经意的小误会，悄悄织成缠缚他的罗网。一个寄居庙中、性格乖僻的女居士，一个被收养的小女孩，以及周围的纷纷扰扰，让六弟又一次无力面对。或许，在一个意志稍微坚强一些的人面前，这些问题都不是问题，但在六弟面前，这些问题却无可逾越。六弟又一次选择逃避，又一次不辞而别——离开他辛苦多年亲手营建的庙宇。出走，是六弟解决人生问题的一个方法，在重大问题上，这几乎是唯一的方法。这或许就是童年心灵创伤的烙印。一个曾遭抛弃的孩子，即使走入成人世界，内心也无比荒凉，性格中自有一种排遣不去的恐惧和脆弱。

《慈悲引》塑造的"六弟"非常传神。其中尖锐的戏剧性冲突，非止外在的情状，还有内心和外部世界的长久对抗。而其他人，尤其是造成六弟心灵痛苦的人，如母亲、"河口王"和后来的女居士，并非代表着邪恶或阴暗。他们做的一切事，都有可以理解的出发点或无可改变的形势情境。这是更高级的悲剧——在情节层面的"传奇"之上，还具有对人生、命运深度思考的哲学意蕴。

这篇小说的语言在节制、平淡中蕴含深情，在不经意处稍作点化，就能使人物神情栩栩如生。面对归来的六弟，"母亲盯着六弟脖子上挂着的佛珠，眼泪也像佛珠似的成串成行。"面对别人的问询，"六弟沉默不语，好像麻球问的是他身后的那面墙。"老光棍劝阻母亲给当了僧人的六弟吃肉，"六弟朝着麻球微笑，麻球如同受了表扬，脸乐开了，两颊麻点乱颤。"这种生动，是修辞上的优点，更难得的是对生活细节的观察。母亲怀念六弟而哭泣："那一次母亲哭得特别忧伤，特别漫长，哭黑了天地，怕影响鸡群入舍，她坐到石拱桥上接着哭。""怕影响鸡群入舍"，非熟悉农村生活，贴近人物特点，不能道出。母亲误以为六弟落水而死，乡亲们去水塘打捞——这本是一个不出奇的情节，但作者要加一点"料"：一群舍不得自己短裤的男人。"母亲听说六弟没有淹死在水塘，停止哭泣，那些在水塘里忙碌的男人纷纷上岸。没有穿裤衩的，游到水塘远处，站在浅水处，背对众人穿短裤。暮色中，能看到远处那几片屁股的白。"厨师懂得烹制清淡寡味的食材要加特别的汤汁，裁缝懂得在一件单色的衣服上设计一朵别致的小花，而作家，也要在可能的平淡中设置不平淡的细节，才能把作品写得有味道、有色调，让读者永不厌倦、长葆兴致。

小说以中国古乐中的"引"为名——宋代郭茂倩《乐府诗集》中就有《箜篌引》《霹雳引》《思归引》《天马引》《龙丘引》等等。"慈悲引"是六弟的微信昵称，也是一个古风乐曲的名字，暗含某种形而上的意义。六弟又一次失踪，庙中五弟长久等待、守望，在小说结尾犹如袅袅乐音，余韵悠长。

沉重的爱情，坚硬的现实

张守利的《流感》(《海外文摘（文学版）》2021年第9期）是一篇笔调轻松、内容沉重的小说，它把几个中年人拉回学生时代，又从学生时代拉回现实生活，在这种交错中看似漫不经心、嘻嘻哈哈，却暗含令人心痛的东西。

一对师范专业的校园恋人，钱文革和张鲡，毕业后天各一方，张鲡母亲不同意女儿继续与男方保持来往，甚至以自杀相逼。张鲡匆匆嫁人，但旧情难忘，甚至睡在丈夫身边还在梦中呼喊昔日男友的名字，最后由于生活、精神的双重压迫，跳海自杀。钱文革后来娶了一位家庭很有背景的女人，离开了原来地处偏僻的学校，逐渐升为一县之长。他是否与现在的妻子有很好的感情？小说用钱文革的欲言又止、不愿多提给出了答案。苦涩狂热的青春已逝，历经沧桑的中年真的能看淡一切？

小说采取的叙事策略机智巧妙。叙述者"我"和钱文革是同寝室友，对钱文革的人生经历，尤其是与张鲡的情史，和后来的态度，不仅采用直接的描述，也加入了一些似是而非的传闻。这不仅合乎作为老同学、室友的身份，也拓展了叙述的多维度，如几位女同学为张鲡的悲惨辞世一直惋惜伤痛、不能释怀，她们对钱文革的猜测，可能有些想象过度，但也从一个侧面反映出钱文革非同一般的心机城府。

钱文革这一人物的塑造是很成功的。他是一个出身农村的穷学生，家里生活条件很不好。他继承了父亲"嘴好"的优点——"咱们是农村孩子，就怕人家瞧不上咱，我想，多说一句好话也少不了啥，多干点活也累不坏，嘴要甜，眼要笑，手要勤，腿要快。"他的这个特点，让他在后来的职业生涯中不断获得成功。小说用他俏皮、机智、得体的场面应对，从侧面体现了这一点。除了"嘴好",他的另一个特点是比其他同学有更强的自控力、忍耐力。比如学生时代他接受张鲥的主动示爱,要让张等他八十天。"钱文革说,得让他做人,首先得给他一段时间让他与师姐断了,然后,再给他一段空白时间让众人觉得不是因为张鲥他才与师姐断的,这样于张鲥也有好处。"也许正是这种心机,他的一些同学才在背地里猜测他与张鲥分手时似乎被动、实则主动的态度。

"我"对钱文革的态度,采用的是"春秋笔法"。从小说中设定的情境来说,"我"对钱文革是否真正导致了张鲥的死,或者说他在张鲥的死因中应当承担多少责任,难以说清。钱文革也不是一个能用善恶标签简单划分的人物。他在张鲥另嫁他人时表达过内心的痛苦。他很重同学情谊,他的"嘴好"也不仅停留在"嘴"上,还有很真诚实在的表现。小说对于钱的刻画,笔调亲切,稍带些兄弟般的调侃,钱的机智、幽默和某种程度的可爱,也跃然纸上。但"我"在内心深处,还是对他有怀疑、存戒心。小说的最后部分,是"我"和钱文革又一次见面,得到他很好的招待。席间有清炖鱼头,寓意鲤鱼跳龙门,但为何只有鱼头?因为鱼尾要被天火烧掉才能化而成龙。"我"说,这鱼变化成龙还要忍受火烧之痛。钱文革引申:"要成功就要付出代价嘛,每个人都有有形或无形的尾巴,就像火箭的助推器一样,要想卫星上天,就得最终抛掉它。"这个比喻让"我"联想起张鲥,还有钱文革那个师姐,她们是不是钱文革的尾巴呢?钱文革是否也忍受了剧痛?作者的笔调热中带冷,不动声色,却暗寓褒贬。

这篇小说,有诙谐的对话,有细腻的描写,还有别致的细节,如"我"掌管班级信箱钥匙,凭来信的旧邮票猜测张鲥和钱文革最初的恋爱,合乎当年大学生活特点,又生动有趣。钱文革作为"县官"的一些从政之道,小说也多有揭示。"诗可以观",读这样一篇小说,除了感受五味杂陈,还可以体察世风人情。

第三季度辽宁的中篇小说，对生活有深度开掘，人物鲜活可感，情节跌宕起伏。作家对自己笔下的世界或投入同情悲悯，或勇于反思批判，或提供激励抚慰。在这浓浓的秋色中，它们与绽开的菊丛、飘香的果树、金黄的庄稼一样，是这黑土地上值得珍视的果实。

冬之卷

胡海迪

作家李浩在《关于技艺，关于文学》一文中讲到，"文章本天成"的"天成"包含着完成这篇文章之前大量的技艺训练。"内容远比形式重要"是值得肯定的，但它不包含对形式和技术的否定。形式的外在之美，"保障你所言说的内容能够更完美有效，更有直击人心的力量"。这让我想起南宋的叶适，他回信给一位主张文章"如天机自动，天籁自鸣，不待雕琢"的刘子至先生，他说子至先生文章写得不错，是因为下过苦功，但还有"短乏未坚等、滓垢未明净"之处，说明功夫尚欠些火候。"若便要放下，随语成章，则必有退落，反不逮雕刻把持者矣。切须详审，当使内外两进，未可内外两忘也。"这"内外两进"之说，内是指身心修养、蕴含于心的创作内容，外则指对文章修饰加工的艺术追求。可见，叶适也认为文学作为"技艺"的一面不可废弃。

当我们欣赏一篇自然流畅、内蕴深厚的小说时，千万莫被那种仿佛毫不费力的假相诳骗，即使写作者都有某种程度的天才，也不可能"随语成章"，实际上，每篇作品的出现，都正像歌中唱的那样——"没有人能随随便便成功"。

探索内心，如入林莽

人类认识自身，从来不应缺少自我省察。文学的优势，也在于内心世界的揭示。女真《幸福肥》（《小说月报·原创版》2021年第11期）就是一篇心理刻画细致入微的小说。几十年前，矮小的女大学生韩雪飞和她的室友、高个子女生钱莉莉有过一段美好的同窗生活。出身体育世家的钱莉莉，带着韩雪飞去体育场看现场篮球比赛，此后韩雪飞便暗自确定了择偶标准——将来的男朋友做什么工作、长相如何并不太重要，但身高一定要一米八以上。高个子男人很快在她们去报社实习时出现了，但没成为韩雪飞的男朋友，而成了钱莉莉的。这位名叫周子健的体育部记者没能与钱莉莉终成眷属，因为他是日本遗孤的后代，而钱莉莉家中经历抗战、深受日本侵略伤害的爷爷，对此坚决反对。迫于家庭压力，钱莉莉放弃了这段感情，多年后嫁给篮球队一位忠厚踏实的球员。周子健远走东瀛，后来回国到大学任教，与韩雪飞成为同事，继而成婚。……多年后，钱莉莉的儿子和韩雪飞的女儿长大了，相爱了……"钱莉莉已经很多年没见过周子健了。她不想见他。或者说，是不敢。从前的很多事已经被时间冲淡，但初恋是不能忘记的。回忆他的方式之一是跟他现在的妻子、她从前的好友韩雪飞保持若即若离的联系。她想知道他活得怎么样，远远地看着就好。现在自己的儿子和周子健的女儿谈恋爱，那两口子会同意吗？真成了亲家，面对面的时候会自然吗？"现实生活是女真取之不尽的富矿，相比那些偏于幻想气质或耽于钩沉历史的作家来说，她近取诸身的本领格外突出。女真的作品不是那种五光十色的肥皂泡，也不是散发着浓香的陈年老酒，而是就地取材、着手成春，仿佛一个老奶奶用几条谁也不稀罕的碎布拼成色彩绚烂的围裙，一个少女用几枝带露的野花儿让昏暗的小屋变得生机盎然。流水般的现实生活被女真娓娓道来。她不追求激烈的戏剧性冲突，也不去设置令人窒息的悬念，却永远不掉进婆婆妈妈、唠唠叨叨的沼泽，让读者不感觉枯燥腻烦，而是始终保持兴奋，这实在是一种很不简单的功夫。我们可以笼统地讲，这有赖于作家把握生活的能力，但进一步思索，或许还可以得到更多的答案。比如作家细致而绝不琐屑的心理描写，让她笔下的每个人物都很真实。女真依照自己的生活经验去塑造人物，去描写他们的心理状态，人物因而鲜活、扎实。在这篇小说中，韩雪飞、钱莉莉、周子健细微的心理褶皱，都得以充分展现。但女真不是自然主义的信奉者，她有属于自己的戏剧性冲突：两个有过感情纠葛的家庭，在一对小男女恋爱这个难题出现后，如何迈向未来？两个热爱体育的家庭选择了一种相当于运动"热身"的方式：由钱莉莉哥哥邀请，在钱莉莉侄子的串吧一起喝啤酒、吃烤串儿、看篮球比赛，"篮球是今晚的主题。大家说球、喝酒，有一个更重要的把大家团聚在一起的话题却藏在他们的心中，谁也没说出来"。……这个非正式会晤，充满生活智慧，是典型的中国式解决方案。文学脱胎于生活的母腹，又反哺生活以有益的启示，这不是文学的一个实用功能吗？在当下的网络时代，这种功能，也是文学应当长存的重要理由。

宋长江《认识那个叫荷儿的》（《广西文学》2021年第10期）也是一篇深入内心世界的小说。如果说女真《幸福肥》的人物心理是悠悠湖水的片片涟漪，那么宋长江这篇小说的人物胸中，就是湍急河流的阵阵波浪。小说从一个酒局入手，看似闲庭信步、轻松舒缓，实则暗藏危机、十面埋伏。主角荷儿缓缓地出场，是一个半朋友、半陪酒的女郎。"我"对她没放在心上，以为萍水相逢，"一次过"，从此再不相见。然而，后来事态的发展，却超出"我"控制的能力。几度与其偶然相遇之后，荷儿给了"我"这个中年男人某种可以"安全"交往的承诺，当然，她也要求男人：在我不说自己的时候，你不要问。于是，荷儿的身份成了个谜。"我"的妻子是刑侦大队副大队长，"我"为了家庭，凡事低调，更对外界尽可能保密。没想到的是，荷儿是一个贩毒者，这势必会与妻子产生"交集"……小说对一个谨小慎微、充满矛盾、处于中年危机的男性的心理状态，刻画得十分传神。与荷儿逐渐接近到产生亲密关系的过程，笔调舒展又充满内在的紧张感。荷儿行为的"反常"，如要求"我"在手机里删去她的电话号码，为小说增添了悬念。虽然她很"神秘"，作者给她的形象有很多留白，但是填充这些空白的，是这个身陷犯罪漩涡不能自拔的女人，心中还残存着对爱的渴望，并用尽一切方法保护她爱着的人。而"我""情不自禁"为荷儿通风报信，荷儿也未能逃脱法网，"我"因为对妻子的双重背叛而备受良心折磨，也对可能就在眼前的人生危机万分恐惧，乃至将家门口悬挂的手铐提前戴在手上——小说临近结尾的一大段心理描写，具有《麦克白》式的内心风暴感，足见作家以流动的复杂情绪展现人物性格的高超能力。

沉落水底，仍是珠玉

如果说女真《幸福肥》和宋长江《认识那个叫荷儿的》是"对手戏"，是情节剧，那么巴音博罗《小幸福或一点点幸福》和辛酉《看车人的冬天》就是"独角戏"，是肖像画。巴音博罗和辛酉把沉在水底、混入尘土的人物打捞出来、捧在手心，拂去污泥积垢，发现他们竟如珍珠一样光洁、宝石一样晶莹。

巴音博罗《小幸福或一点点幸福》（《野草》2021年第6期）的主人公是一个窝囊废，一个人生的失败者。他的外号叫老鹳，实际年纪五十，模样看起来要苍老二十岁，身体瘦削，脖颈偏长，长得确实像水老鹳。他离异，无家，下岗，无资产，无住房，独自一人在一辆废弃的老式解放牌货车驾驶室中栖身。他的工作是凌晨三点清扫一条街道，每月得到150元工资。此外，他每天把五个街头垃圾箱搜索数次，寻找有用的东西和可以换钱的东西。这样一个人，心中充满了悲哀自卑吗？似乎应当是。但实际上不是。当老鹳离婚，离开令他感到屈辱的老婆，"他的人生记录便由此开始了光辉的新篇章。"当他找到解放货车驾驶室，"终于有了一个遮风避雨的栖身之所"，"他就像个拥有无限江山的皇帝老儿。"除了这种知足，老鹳还有男人的操守——收购站老板娘对他性骚扰，得到的是他大骂"你真不要脸"。这篇小说唯一的冲突主线，是一个样子很脏的肥胖女人占领了他的解放车驾驶室。她呼呼大睡，分明也是一个无家可归的人。老鹳胆小、畏缩，他不敢像一般人那样，把这个入侵者理直气壮地赶走。他藏在远处向驾驶室的铁皮顶上抛掷两个小石子儿，然后观察女人的动静。终于鼓足勇气与她直面相对，却发现胖女人痴呆，他又心软了……他在城中夜游，及至困乏已极，才找家小旅馆住下。巴音博罗笔下的这个人物，在现实生活中不多见。他不是从生活中获得的共相，而是借助某种程度的夸张形成的一种象征。毕加索某些带有抽象意味的肖像画，初看"不像"，但仔细看，却越来越像；《庄子》中某些不存在于世间的怪物奇人，说的是似傻如狂的醉语痴言，但深入体会咂摸，却是人间至理。这说明文学艺术的"真"，并不以形貌的逼肖为标准，适当的"变形"，也能抵达意欲抵达的目标。巴音博罗善于"正言若反"，用一种揶揄的口气来表达对笔下人物的同情与赞赏——老鹳的胆小怯懦、逆来顺受，是过去经历留下的病根，可对待同样无助的流浪胖女人，这种怯懦，是不是可以理解为一种难得的温厚？巴音博罗不动声色地赞颂着这位老鹳——由开头老鹳形象的丑陋，逐渐过渡到他"像一只孤独的老之将至的老水鹳——既离人类那么近，又不属于他们平庸的生活范畴。"这种象征意义的变化轻轻放在那里，却饱含着对老鹳的无限同情。值得注意的是，当老鹳最后回到他的"居所"，发现胖女人离开了："屋里空荡荡的，那女人不在！不在不在！！老鹳一步跨进屋地中间，发现屋里的陈设井然有序，还和他离开时一模一样。而本来造得凌乱不堪的床铺上，如今也铺展得纤尘不染，一丝皱褶也没有。他弯下腰，凑近去像狗一样使劲嗅了一阵，企图闻到某种异味，但是他失败了。干爽整洁的床单上除了那股令人无比熟悉的他自己的体味之外，没有任何会让他感到愤怒的味道。"胖女人以肮脏丑陋出场，离开时留下干净整洁，这是多么触动人心的细节——另一个在命运泥沼中挣扎的人，也像老鹳一样，活得卑微，却懂得尊重他人，也永远不失自尊。

从辛酉《看车人的冬天》(《四川文学》2021 年第 10 期）走出的，也是一个卑微的小人物。岁数不小的曲名利，曾在医院当护工，后来为照顾成为植物人的父亲，只好去做看车人。小说采用移步换景的方法，用一桩桩大事小情塑造出他朴实、木讷、隐忍的性格特点。他细心照顾老父，却常受一起照顾父亲的大哥的训斥挖苦；他当年因为每月能多挣四块五，到工厂选择的工种是没有技术含量的装卸工，后来考上"工大大专班"，因为脱产学习、工资减少影响儿子每月一只扒鸡的生活，主动放弃——多年后，长大成人的儿子却嘲笑他目光短浅。儿子上大学处女朋友、结婚，吃媳妇家软饭，他不同意却没办法；生了孙子，他要去看看，得偷偷摸摸，还受儿媳、亲家母的白眼。他的看车亭冬天太冷，向老板申请一个花钱不多的保温板，老板借故推脱，他只好自己花钱安装……他生活得艰难，却不去挣轻松可得的不义之财；岗亭没地方排小便，他也不像其他看车人那样在墙根解决，而是备了个大饮料瓶。事情虽小，但他有他的原则和尊严。他枯燥简单的生活，也有人间温暖。大年三十儿，一个带孙子的老太太默默给他送来一盒热腾腾的饺子；楼上的车主小魏常和媳妇吵架，打扮前卫、在酒吧工作的两个女孩，对前途充满迷茫，都能跟他这位大爷说说心里话；他的亲家公厚道，虽然在家里说不上话，却尽可能让他多看看小孙子。曲名利嘴笨，可他也有丰富淳厚的情感世界。他对去世的妻子怀着永远的歉疚和怀念——

……爱人在世时，每天晚上都来送饭。饭后，爱人总要陪着曲名利在停车场里散一会儿步，再一个人坐公交车回家。二人常常什么也不说，就那么慢慢地走着。

有一次散步时，曲名利突然对爱人说："找个时间咱们去一趟北京吧？"

去首都北京看一看，一直是爱人的心愿。爱人顿了顿说："等你退休了的吧。"

类似的对话之前也有过好多次，爱人每次的回答都是等：等儿子上了大学吧、等儿子大学毕业了吧、等儿子结婚以后吧……等到最后也没能去成。每每想到这里，曲名利心里就有一种钻心的痛。

当父亲去世，大哥和三弟在葬礼现场激烈争吵，"在愈演愈烈的'炮火声中'，曲名利缓缓起身，走上前，一个人默默地往骨灰盒里捡父亲的骨灰"。归家的路上，公交车里，到了父亲听京戏的时间，"想到这儿，他不由自主地随手点开了手机里一直保存的《定军山》。伴随着公交车无尽的摇晃，熟悉的旋律在车厢里漫延开来"。同车的人嫌吵打掉他手里的手机，"曲名利霍地一下从座位上弹起，……他的眼睛红红的，已经瞪大到了极限，里面像是包裹着两团火焰。那个中年妇女被曲名利涕泪横流的样子吓了一跳，像个被扎破的气球，极速瘪了下去……"

辛酉的小说，擅长编织生活气息浓烈的细节，运用反差、对比，获得强烈的效果。这种效果，往往洋溢着人性的温暖和诗意的光彩。当既无名也无利的小人物曲名利回到停车场，发现车亭已被拆除，"大片大片的雪花纷纷扬扬地从天空中落下来"——对这个渺小到不能再渺小的小人物，读者能不感到悲悯、怜惜和敬意？而这悲悯、怜惜和敬意，是文学，是作家，奉献给世界的珍宝。

感慨平生，难忘沧桑

本季度曾剑有两个中篇发表，分别是《太平桥》(《时代文学》2021 年第 6 期）和《康定情歌》(《解放军文艺》2021 年第 10 期）。曾剑在《时代文学》"名家侧影"栏目里写的创作谈《每个人心中都有一座"太平桥"》，总结自己的创作来源于两个版块，一是军营，一是他生活的湖北红安老家。《康定情歌》与军营关系密切，《太平桥》属于乡村记忆的投射。无论前者还是后者，曾剑都倾向于让自己的人物经历岁月的洗礼。这不仅具有历史的沧桑感，还有一种令人慨叹的命运感。

《康定情歌》的故事发生在西藏。20 世纪 40 年代末，在局势动荡中，康定县城藏族少女朗色翁姆遇到一位年轻的解放军排长，请她给一个快饿死的幼儿弄点吃的。随后，这位排长把孩子托付给她，自己则在与土匪的交战中牺牲。少女不能继续在庄主家做工，只好抱着孩子远走他乡。她嫁给一个翻身农奴，在她怀有身孕的时候，丈夫也走上战场，为国捐躯。朗色翁姆含辛茹苦，把两个孩子养大，老大（解放军战士的遗孤）读书上大学，老二（她自己的亲生儿子）承担照顾家庭的重任。朗色翁姆的第三代，也将参军当兵、报效祖国为人生追求的目标，经历曲折艰难之后，都取得了令人欣喜的成就。老大的女儿和老二的儿子，情投意合，在奶奶披露他们没有血缘关系后，喜结连理。小说情节曲折，具有西藏地方特色，朗色翁姆对解放军排长一见钟情，虽只有一面之缘，但终生不负所托，为他抚养后代，这种漫长岁月永恒持守的爱情，令人震撼。到晚年，朗色翁姆向孙辈坦承她对丈夫的感恩之爱和对排长的心灵之爱："爱一个人，并不妨碍我爱另一个人。"——"说出的话，竟然充满哲学意味。"当朗色翁姆静静离世，"我猜想，她一定是在那边，找到了我的爷爷康珠泽旺，还有那个年轻俊朗的解放军排长。"充满悠远的诗意，绵绵不尽。这虽是一篇很不错的作品，但还存在一定不足。首先，作者笔下的人物和环境稍欠清晰、鲜活、立体。如果说曾剑写到"竹林湾"，就像一泓秋水，可以活脱脱映出山峰林木白云飞鸟，那么《康定情歌》的人物就像皮影、剪纸，虽有形象，却不真切。其次，这篇小说采用多视角、多中心手法，用多个人物"自述"拼接而成，却未因人物不同而具有不同的语感，所有的人物发声都是作者的笔调。如"大字不识"的奶奶的第一句话："那是二十世纪四十年代末的事了……"这类用语，大概不是"大字不识"的奶奶所能道出的。金圣叹赞叹《水浒传》"叙一百八人，人有其性情，人有其气质，人有其形状，人有其声口"（《〈第五才子书施耐庵水浒传〉序三》），应当是后世小说家学习的榜样。再者，这篇小说描述崇高、奉献的精神，在细节方面有些铺垫不足，人物性格的差异性和行为动机的合理性不够充分。这篇作品出现某些不足，或许出于地域差异导致生活储备的不足吧。

与《康定情歌》相比，《太平桥》更为饱满、丰富，也更富于深度。曾剑回到自己熟悉的湖北乡间，就好比鱼儿回到水中、鸟儿飞上天空。《太平桥》的主人公是"太平舅"，一个以说书为生的盲人。小说以哀婉的笔调叙述他悲苦的一生，也以他的个人经历折射出时代的变迁、民风的浇漓。在"我"的少年时代，太平舅是到处受到明星般欢迎的说书人。他拉二胡、敲鼓、打紫檀夹板，嗓音沙哑、低沉，透着生命的沧桑。他唱悲歌，凄凉婉转，让听众伤心欲绝。他讲打斗，声音忽高忽低，情绪一会儿饱满一会儿低落，手的伸展、脚的飞踢，都特别像模像样。他声音能男能女，或掩鼻哭泣，或仰天而歌，哭时热泪双流，笑时声如响雷。他不仅给那个年代的乡村带去生活的乐趣和快慰，还为某些人指点迷津、谋划人生，但他的命运，却总与苦难为伴。他虽长相是个"排场人"，但因目盲，只能娶一个有些"苕"的哑女为妻。在生了两个女儿、结扎之后，他母亲为了给他留个儿，照顾他晚年生活，安排长着大板牙的光棍王福来跟哑女私通，生下一个男孩。时光悄悄流走，太平舅的说书生意因为电视普及而愈发惨淡，而他的三个子女都不能给他安慰——大女儿因失恋得了忧郁症，二女儿上学路上被洪水冲走身亡，最小的男孩子长大却不成器，游手好闲，后来又去认王福来为父……太平舅度过毫不太平的一生，最后的愿望是死后把他从太平桥上抬过，然后埋进开满油茶花的祖坟——那里有爱他的父亲和母亲。但是，就这一点点愿望，也不能得到满足。油茶岭成了村里的经济命脉，不能再做坟地。曾受恩于太平舅的"我"，出钱雇了县里几个刮大白、砸墙的力工，抬着太平舅从太平桥上走过，了却了他的遗愿……与很多作品中"扼住命运喉咙"的形象相比，太平舅并不强大，自幼失明，让他不得不屈从于命运的安排，但他没有因为不幸而怨恨生活——他爱着失明前见过的油茶岭，充满忧伤地回忆着那里的水塘、溪流、茶树；他借看风水之名，阻止周边几家污染企业建厂，也让不少人家打消乱建住房的念头；在"我"学费没有着落面临失学时，主动借钱给"我"的父亲。他努力成为一个有用的人，一个可以帮助他人的人，却从不奢望获得与明眼人一样的尊重。曾剑同情这个悲剧人物，同时对乡村淳朴风俗的失落，发出深深的慨叹。金钱让王长根公开认一夜暴富的王福来为爸爸，全然不顾太平舅的养育之恩，也不管这会给太平舅带来多大的伤害。过去这种情况，家族中的兄长，可以按乡间伦理抽他几个耳光，可现在，"抽不得的，老虎的屁股，谁敢摸。现在的人，可不像先前那么认亲。"太平舅去世，村里找不到更多抬棺的年轻人，最后，他的棺材由那些与他毫无关系的陌生人抬着，从太平桥上行过。这样一个生命的逝去，并不因为他渺小、残缺、坎坷而没有价值。小说的结尾让苦命的说书人又一次重生在"我"的婆娑泪眼中：

> 给太平舅上过坟后，我走向王家田门前的那口水塘。我踏上塘埂，走到油茶岭下的溪沟边，凝望太平桥。阳光落在桥面，太平桥闪着青幽幽的光。桥那边的油茶岭上，茶花怒放，春风送来清香。我看见太平舅走过来，他手握着竹竿，在塘埂上敲敲打打。他脖子直直的，脸向左微倾，他在靠竹竿和耳朵探路。我迎过去，抓起他的竹竿，拉着他慢慢地走着。……太平舅消失了，像是隐入了水塘。水面空寂无人，春风过处，水在太阳光里泛着碎银般的浪花。水浪拍打塘埂边上那些暗穴，发出细微的声响，像一个男人在幽咽。

曾剑的小说具有鲜明的抒情性特征，这种特征与那种零度情感投入写作大异其趣，往往能把现实生活的冰冷、严酷、平庸转化为令人心动的诗意、温暖和超拔。此外，他很多小说中出现的"我"，从形象、个性、经历等方面，可以断定就是作者本人。这一点点"元叙事"，无意制造"间离"效果，相反，是为小说塑造一个更明晰、更接近真实的抒情主体。

《太平桥》里一些次要人物处理得也令人印象深刻，一些"闲笔"在悠闲的笔调中叙述的闲事，到某个节点忽然集聚，能产生爆发的力量。一个作家的写作风格很可能受到成长环境影响。曾剑的小说，其风格、结构与他那河湾众多、丘陵密布的湖北故乡地理特点有相似之处：流动、迂回，虽是百川归海，有总的趋向，但水网交错，时见鱼跃鸢飞，时见青山叠翠。这种散文化而非戏剧化的结构，外松内紧，悲喜浑成，目送手挥，无所窒碍，需要很强的艺术功力方能为之。

眺望远方，走向逃离

"悠悠岁月，欲说当年好困惑，亦真亦幻难取舍。""一生何求，迷惘里永远看不透。"曾经的流行歌曲，之所以流行，而且不衰，重要原因是唱出了人生的不可预知。安勇《一九六四年的逃离》（《芳草》2021 年第 6 期）像《太平桥》一样向命运发出诘问——在生活的洪流中浮沉漂泊，在永恒的布朗运动中寻找希望，我们实际上无法确定大大小小的决定、一闪而过的念头是否影响了自己，影响了他人，影响了一阵微风，影响了地球的旋转。此一时刻连接下一时刻，此一航程决定下一航程，我的好恶取舍，是不是与你与他有多多少少、或直接或间接的关联？

《一九六四年的逃离》从一个少年的视角叙述以三叔为主人公的故事，但实际上，这个主线是作者"欺骗"读者的绝妙办法。真正的主角是"我"的父亲和三叔的妻子。这两个主角隐藏在喧哗炫目的叙事中，还常常被另外一些角色（如"我"泼辣的妈妈）把可怜的戏份抢走。在我们家盖房子、是否把"我"过继给三叔、三婶不断私奔的几个"大故事"里，父亲和三婶似乎只是迷离恍惚、欲言又止的冰山一角。读者还没来得及认真思索，这些可疑之处就像碎纸屑一样被热闹、紧张的情节大风刮跑了。小说里的父亲落户农村，娶了一个农村妇女为妻，住在被三叔这个城里工人认为不像人住的房子里。从"我"的叙述中可知，父亲母亲与贫困为伍，且受人鄙视。三婶比三叔大四岁，在不同时期与当时社会上最吃香的人私奔，作者借一个人物之口调侃其"私奔史就是中国经济的发展史"。小说用一个顽皮孩子的口气，以幽默十足的笔调，写出了三叔的辉煌和沉沦、父亲的挣扎和狼狈、母亲的顽强和自尊、三婶的放荡和忧伤。这篇小说结尾"我爹的日记"一节，让小说发生了一个令人吃惊的逆转——父亲和三婶原来是小学同学，彼此视同知音，但约定"只谈文学和理想，不谈儿女私情"。一九六四年七月，父亲做出上山下乡到农村去的决定，约黎凤华（三婶的名字）在公园山顶见面。父亲告诉她，到农村去有两个理想，首先是当政治家，不行的话，就当文学家。黎凤华忽然抬起头，张开双臂向父亲走过来。父亲意识到他们纯洁的革命友谊即将发生变化，那将会腐蚀父亲的革命意志，影响他做出的上山下乡决定。犹豫几秒钟后，他撒腿而逃。就这样，父亲和她的友谊在这次逃离中彻底结束了。如果把政治家或文学家必选其一的父亲和小说开头那个邋遢、老相、憋屈的父亲相比，把醉心文学、品学兼优、情深义重的黎凤华和那个不断私奔、全无廉耻的三婶相比，读者会有一种把卡西默多和奥黛丽·赫本照片并列同观的感觉。在契诃夫的小说《姚内奇》中，单纯善良、憧憬未来的年轻医生经历恶作剧的爱情约会后，逐渐变成世故、寡情的中年人；在电影《教父》中，逃亡青年麦克在乡间娶到的美丽淳朴的少女，怀着他的孩子被仇家炸死，他从此走向冷酷，成为新一代黑手党"教父"。姚内奇和麦克，他们心中的哀伤痛苦，作品不置一词，以无言、留白代替可以想象的一切。《一九六四年的逃离》也采用《姚内奇》《教父》的手法，只是比他们走得更远：小说从结构上采用补叙方式，且将"配角"上升为"主角"，同时，父亲和三婶的前后反差更强烈、更突兀，大大增强了"明暗对比度"。如果说《姚内奇》《教父》给读者以合乎逻辑的想象空间，那么《一九六四年的逃离》在此岸和彼岸各画了两张肖像，堪称简单粗暴、残忍冷酷。这种冰冷的态度，也造就生活中一种真实——时光、境遇、命运，悄无声息又一刻不停地改变着人生，有多少人回望往昔，会发现今天的"我"已变成当初的"我"不能相认的另一个人。而发生变化的转折点，在哪里？是理性能探测到的某个时刻吗？回到小说中，父亲当初没有逃离，而是迎向黎凤华的拥抱，他们的命运会改变吗？历史不能假设，人生也没有如果，但足以引发无尽的思考。安勇没有像曾剑那样提供诗意，但奉献了哲思，即使这种哲思是以文学特有的形象、多义、模糊表现出的，也自有其价值存焉。

以上就是 2021 年第四季度辽宁的中篇小说。小说是一面面神奇的镜子，能映出别样的生活。如果作品里的人物跳出来，成为真实的人，咱们一定会说：韩雪飞、钱莉莉，你们的儿子、女儿结婚，请我们去喝喜酒啊！荷儿啊，你可就改了吧！老鹳，好人有好报，你一定能过上好日子！曲名利，爹走了，车亭拆了，下雪了，你挺住！太平舅，到了那边，你什么都能看得见啦！他三婶、他爸爸，你们穿越回 1964 年夏天公园的那座山吧——张开的双臂不要收回，因为有另一双手臂迎接它们。无论未来的人生有多少困苦，有多少诱惑，爱，是不能忘记的。——如果他们听见这些话，会微笑，会点头，眼里会闪出莹莹泪光。

作家是时代的经历者、参与者、观察者、思考者、鸣唱者。2021 年，辽宁的中篇小说作家一如既往，像勤劳的农夫，在黑土地上耕耘不辍。他们的心，抚触着生活的脉搏，与这片土地上的芸芸众生休戚与共、息息相通。

一、现实与时光

辽宁是共和国长子，工人、工厂曾是这里最闪亮的词汇。李铁《手工》中倔强的老工人荆吉用手工挑战精密机床，讲述的是一个当代堂·吉诃德的故事，一个为昔日的荣光披挂上阵的老将廉颇的故事。安勇《一九六四年的逃离》在轻而乐的叙述中深藏重和痛：三叔作为一名工人，曾因技术高超而充满优越感，最终沉沦于时代的变迁。黑铁的《夜跑》仿佛一首忧伤的歌谣，吟唱工厂体育场长跑的姑娘赵美玉——她无数次憧憬工厂之外的事业、爱情，却无数次宿命般地铩羽而归。嗜酒如命的父亲和麻木冷漠的母亲，永远是她下一次出发的动力。

工厂之外，女真用细腻的笔触塑造了一个平凡的退休女工，在波澜不惊的生活之流中，浮现出小小的漩涡（《玛特廖什卡》）。刘驰凭丰富的企业工作经验把"查账"写得惊心动魄（《查账》）。伊尔根的桃花岛上住着一个老仙人，面对世间的袭扰淡定从容，对商业开发中的猫腻洞若观火（《桃花岛》）。辛酉的《容妆》涉及的是一个特殊的职业——殡仪馆中的美容师、火化工、主持人，还有背尸人，这些与泪水、伤感、绝望打交道的人，他们对爱情的追求，对生命尊严的珍重，显得那么炽烈，那么鲜明！

辽宁的作家，从来不会忘记小人物。生活在困顿、卑微、冷漠中的普罗大众，绝不是尘土，绝不是蝼蚁。寄身于解放车驾驶室中的"老鹳"，因为一个无家可归、又胖又脏的女人占领他的"住所"而彻夜游逛在外，巴音博罗《小幸福或一点点幸福》的这个主人公，在窝囊、胆怯之下展现出的，是人性温暖的底色；照顾植物人老父亲任劳任怨、忍受亲家母和儿媳的白眼、独守在寒气逼人的看车亭，却用自己一点微薄的力量安慰事业迷茫中的前卫女孩、深陷家庭矛盾的中年车主，辛酉《看车人的冬天》那个孤独的穷老头儿，用不失良善、保持尊严诠释着"人"这个字何以高贵。宋长江《认识那个叫荷儿的》中的女主人公，身陷犯罪的泥淖，却在心中留存着一份对爱情的执着——那么卑微，又那么纯粹。王图《狂风席卷一切》中哥哥马小年从学写诗沉沦到学杀狗，而"我"则终于通过读书走出死气沉沉的小镇——小镇青年那种挣脱羁绊、打破陈腐的青春力量，像大风一样涤荡一切、无可阻挡。

时间是最柔弱细微的东西，一秒一分前进；又是最强悍巨大的东西，十年百年不停。每个人都是时间的主人，又是时间的奴仆。时间带来欢笑与悲伤，时间带来迷惘与醒悟，时间带来消逝与新生。老滕的"东北老王"是一个"明白人"，用理性和非理性的方式体察事物，助己助人，总能在时代变化中找准先机，从乡村教师一步步成长为成功的企业家。但"明白人"在人生中也免不了不明白，最后的明白，竟是重返多年前努力挣脱的乡村（《东北老王》）。女真笔下一高一矮、一胖一瘦两个同寝室女大学生，由亲密无间到日渐生疏，曾经的情史成了两人之间心照不宣的鸿沟。但孩子们来了，她们的一双儿女恋爱了，有如初春的阳光照在河流厚厚的冰层上（《幸福肥》）。一双恋人毕业后天各一方，几十年后，一个成为一县之长，另一个成为天地间一缕孤魂。人到中年，青春年华里曾经的剧痛，真的就会忘得干干净净？（张守利《流感》）一个国民党老兵，冒名顶替一名解放军战士在战争中活下来，多年来，他忍受着巨大的良心谴责——烈士名单里没有那位死去战士的名字。如今，垂垂老矣，他要千方百计把"自己的名字"也纳入烈士陵园（孙焱莉《他们的战争》）……

时光流转在黑土地上，也流转在遥远的地方。鲍尔吉·原野把读者带到20世纪60年代的沙漠和草原，在那里，一群乌兰牧骑队员和五个淘气的小孩儿正在度过一个无限有趣的假期。云彩、河流、水草、毛驴都有想法，枪、火、晚霞、煤气灯里都藏着天神，牛粪、羊粪、马粪都很好看，狼、虎、蛇、喜鹊都有自己的原则和嗜好。孩子们在无边的青草地上玩耍、劳动、助人，也惹祸、打架，到成年人的世界里捣乱（《乌兰牧骑的孩子》）。战国时代，辽宁大部分地区属于燕国北地。今天的楚人曾剑仗剑远行至此，仍常常回望故土，回望楚山楚水里那个年少的自己。曾剑今年发表的四部中篇小说（《三哥的紫竹林》《白鸽飞跃神农架》《慈悲引》《太平桥》），都有一个聪慧、懂事、有志气的少年身影，而他的家乡竹林湾又总是幻化其中。虽然在燕地生活多年，楚人的郁伊怆怏、易感难怀，仍是曾剑的底色——他的小说主人公总是忧伤、淳朴、沉静，他们的命运即使凄怆，也会得到诗意的升华——屈子《离骚》中那浮游尘埃之外、用幻想获得生命拯救的方式，还悄悄流淌在这位楚国后人的精神血液中。不要不相信地域文化基因的顽强坚韧：西北大地的人民朴素、务实、勤勉，后来有了关切现实人生的陈忠实、路遥；齐人所居临近大海，古来盛产方士，气质富于幻想，后来就生长出亲近鬼狐、迷醉魔幻的蒲松龄、莫言。

二、幽默与严肃

燕北之地，冰天跃马，被漫长的历史改变，成为塞外。北方游牧民族的加入混居，赋予这块土地上的人们以独特的气质，比如直爽顽强、乐观幽默。曾剑作为作家入籍辽宁，代表性的特征是他的小说里时不时闪烁出北方人特有的俏皮、诙谐。这种俏皮、诙谐融合跳荡于略带哀婉的叙事中，或化解沉闷平淡，或勾画人物性格，或改换叙事情绪，令作品格调悲喜杂糅。安勇《一九六四年的逃离》以顽童的视角讲述父辈凄凉的悲剧，成年人经历的贫穷、苦难、痛苦，被这不谙世事的孩子用戏谑、轻松的口吻叙述出来，别是一番滋味。张守利《流感》中成为县长的同学，也有机智幽默的特点——性格的圆熟、气氛的热闹与老同学们心中共同的隐痛，构成一种特别的张力。侯德云叙述、点评清逊帝溥仪在紫禁城中最后的岁月，近代史中真实发生的某些荒诞，某些令人唏嘘感慨的细节，似乎是以最大的喜感上演的一出最悲的戏剧（《最长的黄昏》）。《乌兰牧骑的孩子》的幽默感，有如草原上的青草那样繁茂。孩子们用天真的眼睛看世界，淳朴牧民对乌兰牧骑带来的各种新鲜玩意儿无限惊讶，还有大孩子鲍尔吉·原野的逗趣，让读者们在欢笑中变成同样天真淳朴的孩子和牧民。

世界上最幽默的作家之一马克·吐温当年有四十多位竞争对手，他们同样幽默，甚至更幽默，与马克·吐温毫不幽默地在幽默的角斗场上进行幽默的生死对决。但很快，"已经不听人提到他们了"。胜利者马克·吐温总结自己胜利的秘诀：他们仅仅是幽默作家而已，而他"一向是说教的"，只把幽默当作"一股香气、一些点缀装饰"。马克·吐温的"说教",大概是一种略带幽默的谦词,其意应当是关切世道人心的严肃主旨。辽宁作家的幽默何尝不是如此?曾剑、安勇、张守利、鲍尔吉·原野,都是把幽默感作为一种红辣椒和青芥末,给主菜增加一点味觉的刺激和视觉的愉悦,他们何尝忘记过忧伤、感慨、深沉和思考?其实,不管是否有幽默感,包括辽宁在内的燕赵地界的人,用韩愈的话说,"自古多慷慨悲歌之士"。慷慨,是情感浓烈深厚。因情感浓烈深厚而悲歌——那是深沉的声音,是悲凉的格调,是辽阔的境界。李铁《手工》里执着的工厂"大把"荆吉,用自己的全部生命力量去捍卫手艺的光荣;罗维《白瞳》的主人公因为童年创伤而冷酷无情,只知向上爬,不管他人死活,实际上饱受良心煎熬,最后以惨烈的方式结束生命;辛酉《容妆》的火化工,为分手女友的遗体结清多年欠款,克服重重困难为爱美的她最后一次化妆,给她逝去的生命以最后的尊严——这些慷慨悲歌,无一不具有震撼人心的力量。

应当感谢作家,他们把人生感悟真诚地融入作品,展现给读者。"东北老王"对于萨满跳神的理性认识,乌兰牧骑的孩子在草原上体会人与自然的关系,《幸福肥》中打破两个家庭交往僵局而举行富有人生智慧的"热身"聚会,《容妆》中葬礼主持人倡导"死亡教育",把死亡视为生命的一部分,都能为读者开拓别样的经验世界和精神空间。同时应当感谢作家的是,他们从来不用生硬的方式灌输理念。他们塑造人物、编织情节、渲染气氛,他们用一个个细节让人叹息、让人流泪、让人欢笑。小说家阎真在《小说艺术讲稿》中说:"小说小说,往小处说。小处就是细部,就是艺术质感。写出细部的艺术质感,是小说家与一般写作者的最大区别。"老王(那时还是"小王")倾慕公社里牙齿洁白的女知青,为避免她落入好色的革委会主任的圈套,假传跳神七婶的预言,劝她选择去读大学,离开乡村;年轻未婚的乡村小学女校长,在老王(那时仍是"小王")收到大学录取通知书后,坐到风琴前,轻启因长年喝井水而呈焦糖色的牙齿,用《渔家姑娘在海边》的歌声,向他深情告别(老藤《东北老王》)。白银花草原的河水"在夜里非常安静,每一根水草都枕在旁边那根水草的肩上睡着了,星星们飘浮在河水上放哨。"英俊的小驴认为自己背上可以坐人,但不能坐鸟,否则会被人瞧不起。牧民听到半导体里有人讲话,出于好客和礼貌,一定要让他们从盒子里出来见个面。(鲍尔吉·原野《乌兰牧骑的孩子》)除了老藤和原野,黑铁《夜跑》中赵美玉给喝醉的父亲拾起破旧肮脏的拖鞋,心中充满悲凉;张鲁镭《野有蔓草》中那位专门收集有缺陷女人的情圣,把情人当企业员工管理,一个女人修理洗衣机,要等其他女人洗衣机都坏掉,凸显人生的荒谬;张守利《流感》里当年的大学生"我"掌管班级信箱钥匙,从同一笔体、多封信件、反复使用旧邮票的细节发现男女同学恋爱的端倪,别致而新颖。孙焱莉《夜形如白昼》中妻子观察丈夫最近"醉得不踏实,来回辗转、折腾",隐隐预感婚姻危机就在眼前;曾剑《太平桥》里的盲人太平舅听觉极好,路边解手时,远远背对他的小孩子悄悄回过头,他会大声呵斥:"你看什么?"《三哥的紫竹林》中三哥因误解准岳父而解除婚约,拒绝好多人的劝阻,最后是准岳父家的一只大黄狗,独自来找他,咬着他的裤腿,把他往未婚妻家的方向拽,眼角挂着泪……这些细节,都出自作家独特的观察体验,能抓住人物事件的本质特征,既自然真切,又出人意表,构成作品最坚实的肌理。

三、保守与先锋

辽宁中篇小说作家的创作手法,从整体上看,趋于保守。保守这个词,多年来已被视为不求进取、拒绝接受新生事物的代称。但这个词,从另一个侧面考量,又可以理解为在不断向前的时代洪流中对传统的、本民族的有保留价值的物质、精神财富的珍重、守持和传承。余英时在题为《中国近代思想史上的激进与保守》的著名讲演结尾处，温婉地倡议："在激进思潮仍然高涨的今天，我们是不是能够开始养成一种文化上的雅量，对于'保守的'或近乎'保守的'言论不动辄出之以轻薄或敌视的态度？"其实，成为一个保守主义者并不容易，比如钱穆先生对于中华优秀传统文化的捍卫，使之成为"文化保守主义"的代表人物。钱先生是有大学问、大著作、大思想的大历史学家，有这个保守主义者在，一般人要想自称非常"保守"，还真得掂量掂量。与此同时，真正有力量颠覆文化保守主义的人物，也需要与文化保守主义者站在同一个知识、修养、思想的水平线上。比如尼采、海德格尔反对苏格拉底以来的理性传统、怀疑西方的哲学和科学传统，取得很大成就，但他们"都曾深入希腊古典的堂奥，把古典研究当作严肃的中心任务"。在中国，"五四第一代反传统者如陈独秀、胡适、钱玄同、鲁迅等人都是旧学深湛的人。"（余英时语，出处同前）哲学、历史、思想如此，文学也如此。今天中国的文学，是不是也很需要真正的保守主义者呢？也需要珍视中国传统文学的价值并进行创造性转化的人呢？也需要在新文学中传承中国的文脉进行创新性发展的人呢？被称为"最后一位士大夫"的汪曾祺，近些年小说、散文热度不断升高，似乎可以反映出文学界的这种诉求。

2021年，辽宁的中篇小说作家，也在某种程度上默默守持着保守主义。热烈关切现实、忠于生活，是中国文学的传统和主流，作品略见前述，毋庸多赘。此外，作家们还从传统的叙事经典中借鉴创作手法。《乌兰牧骑的孩子》中，女孩子海兰花沙漠脱险，和母亲同坐在骆驼上，听母亲轻声责备她的撒谎、冒失，久久没有回答。作者用优美的笔触把她的目光引向夕阳下变幻色彩的沙漠美景。随后，母亲问："海兰花，你在听吗？"这种用景色描写切断人物对话的方式，是《红楼梦》等小说中"横云断岭"手法的化用和活用，儿童的心理、沙漠的壮美、骆驼背上行进的安静悠长，也呼之欲出。乌兰牧骑队员多次文艺表演，每次都有新鲜不同之处，两位男演员歌唱风格相似，鲍尔吉·原野也巧妙对比，实践了李卓吾、金圣叹《水浒传》评点中那种情节人物同中有异的"特犯不犯"。五个小孩常常聚堆聊天或回答大人提问，最小的孩子巴根总是最后说话，又总能以天真调皮制造出其不意的喜剧效果——这充分借鉴了中国传统民间笑话及曲艺中相声、"三句半"的模式。《东北老王》在内容、形式上均有传奇的特点，亲切诚恳、围炉夜话的语气，机智有趣的人物，跌宕顿挫的情节，板块勾连、多层贯通的叙事结构，自有一种古代话本的遗风。王志国《奔向柳条边》的语言情节酷似评书，主要人物天生异相，学艺、成长、逃亡、历险，步步都是传奇。辛酉《容妆》中笨嘴拙舌、不擅表达的火化工，曾给心爱的女孩写过一封坦白自己职业的信，却犹豫不决没有寄出，造成两人的误会、分手。小说结尾，在火化炉前，他将信轻轻放在她的遗体上……燃烧的火焰里，他相信他曾经深爱的恋人，正在读这封生前没能读到的朴实无华的情书——这种"草蛇灰线、伏脉千里"，令多少读者泪眼婆娑！曾剑《白鸽飞越神农架》中的白鸽，巴音博罗《小幸福或一点点幸福》中的老鹳，都不仅是情节中的要素，还成为拯救青春、遗世独立的精神象征，这与中国古代叙事文学中重视抒情、意象的传统有着血肉联系。《他们的战争》主线叙述老兵自觉愧对战争中没有留下姓名的亡灵，以贫穷孤苦之身，独对良心的拷问；副线则不动声色地讲述岳母家换房前后三姐妹明争暗斗，直至大打出手，讲述高级记者为职称兑现而勾心斗角、终失操守——这深得《儒林外史》冷峻的笔法、讽刺的神韵。

中国传统叙事文学的种种理念、技法，一个重要源头是古代的"说话"。这些理念和技法，是经过千百年来类似说书人的角色与观众现场交流而产生的，这是它们"无坚不摧"的重要依据。这些从实践中得来，能够吸引观众、抓住读者的手段，构成种种接受范式，符合中国人的审美习惯，也与世界上很多国家民族的叙事艺术有暗合之处，是无比宝贵的财富。辽宁作家是否一定在作品中着意运用这些叙事武器？未必。但这些理念和技法，分明已经融化于他们的文化血脉之中，成为新的历史条件下描绘新的生活画卷的利器。

2021 年，唯一有些不保守的作品是王图的《狂风席卷一切》。这位年轻的作家借鉴西方现代主义的某些先锋手法，略别于本年度其他作家的风格。如果用西方美术作品作个比喻，其他作家，都是凡·艾克、达·芬奇、伦勃朗的学生，而王图的这篇，则是学习梵高、蒙克、马蒂斯的成果。我作为美术的半瓶醋（实际醋量只在瓶底），做这个看来冒险的比拟，唯一的底气就是用眼睛测得一个结果：前者很像，而后者有点不太像。是的，《狂风席卷一切》如同"不太像"的画作，不能满足传统小说读者的需求：父亲出走，为什么？哥哥出走，遇到过什么打击？颇有风情的寡妇，与父亲等几个男人，有什么关系？小说似乎有很多悬念，但直至最后，作者似乎已忘记激起好奇心便需满足好奇心的义务，读者也没有享受到克里斯蒂侦探小说尾声那种真相大白的畅快感。但掩卷沉思，在悬念的牵引下，偏僻小镇闭塞压抑的氛围、以屠夫为代表的人性丑恶、哥哥马小年由勇敢出走到炸酱面至上的理想破灭，都一一展现；而结尾处"我"在一阵狂风中离别小镇，读者会发现，这篇小说的重点，不是父亲、哥哥、屠户和寡妇的世俗故事，而是一个年轻人在苦闷中挣脱现实羁绊的心灵历程。"论画以形似，见与儿童邻"，梵高《吃土豆的人》中的衣服褶皱没有凡·艾克《罗林大臣的圣母》那样画得细致入微、毫末毕见，但它充满悲悯情怀的笔触，也能深深打动人心。《狂风席卷一切》情节的完整性有"残缺"，但并没有影响主旨表达的明确和情感的强烈——这是它以"不太像"抵达"很像"的成功之处。值得注意的是，王图的这篇作品没有在

"不像"的道路上走得过远，把小说写得"很不像"，甚至"一点也不像"。他小说中出现的象征、荒诞、非理性、人物行动缺乏因果关系，大概得益于西方现代主义文学的启发，但大体上没有偏离中国传统叙事，没有给中国读者造成阅读障碍，没有切断与中国读者之间的情感和意义纽带。这是一种明智的做法。西方现代主义文学与西方 19 世纪末以来的时代变革、科学发展密切相关，并有自身的文化发展逻辑。从文化思想角度看，现代主义文学是西方非理性哲学和现代心理学综合影响的产物。叔本华的唯意志论、尼采的权力意志论、柏格森的直觉主义、弗洛伊德的精神分析、海德格尔和萨特的存在主义，都是现代主义的理论武器。现代主义文学的众多流派，如象征派、表现主义、超现实主义、意识流、存在主义、新小说、荒诞派、黑色幽默、魔幻现实主义，都脱胎于这些文化思想。中国文学发展的时代、历史、思想基础和演变逻辑，与西方存在较大的不同，对其现代主义文学的借鉴，就不能仅仅模仿其外在表现方式，还要深入其内里，了解其"所以然"，否则，取貌遗神，生吞活剥，就在所难免。同时，中国作家借鉴其艺术手法，应当坚持"拿来主义"，为我所用，充分尊重中国读者普遍的接受方式、审美特性、思想传统。中国文化精神从来都是开放和包容的，从不排斥外来文化的启发和融入。中国当代文化，其整体形态也是在漫长的历史中不断吸收异质文化而构建、形成的。无数历史经验证明，只有合乎中华民族基本特性和时代要求的外来文化要素，才能在中国的土地上存活、发展、融合、壮大。回到王图《狂风席卷一切》这篇文学作品，它是否可以称作一篇完美的佳作，尚有可商，但他在中国小说中运用西方现代主义文学手法的分寸感，是值得肯定的。

四、指瑕与思考

毋庸讳言，2021 年的辽宁中篇小说也存在一些不足。某些作品或有违反生活逻辑的情节，或有模糊不清的人物，或用小概率的巧合增强戏剧性冲突，或以作者一人的口吻代替不同的人物说话，某种程度上有失真之弊。

此外，辽宁的中篇小说，取材于当代生活比例不是很大。文学作品，不是新闻通讯，不能也不必紧跟时事，但是，文学对于现实的关切，或者说，文学以其独有的方式反映、回答同时代人普遍关注的社会、人生问题，是其重要功能，也是其独特魅力之所在。综观 2021 年的辽宁中篇小说，"往事回想"型的作品占较大的比例，不能不说明一些问题。

或许，还有一些问题，值得包括中篇小说家在内的作家们思考：当代社会，包括小说在内的文学，应当以什么方式来争取自己的生存权、发展权？在信息爆炸、网络自媒体铺天盖地的年代，文学用什么方式来做到"有用"（我们暂且搁置"审美无功利"等教科书中的理论，把关怀的目光聚焦于作家们的饭碗菜篮）？是孤高地自赏自怜，雄视只陶醉于抖音、快手、电子游戏、微博新闻的芸芸众生，还是把文学变成一种俯仰由人、曲意承欢、随波逐流的工具？或许这二者都不对。当代文学是不是应当正视互联网带来的机遇和冲击，并采取务实的对策？一个不证自明的现实是：互联网让文学传播得更快更广，这优势似乎抵不上互联网繁育出一些"儿孙"挤占地盘给文学带来的危机（这里暂且不讨论网络文学）。在不可能回到前网络时代的现实中，对比互联网一些"儿孙"，如何借鉴学习"他们"的优点，又强化自己不可替代的功能、特质和优势？简单地说：什么是文学独有的，什么是互联网其他信息提供者无法提供的？这也许是所有期待文学能够活着、且有尊严地活着的人们不能回避的大问题。

2021 已经过去，辽宁的中篇小说作家以真诚、努力和才华为这世界增添了"有意味的喧嚣"。这是婴孩般的喧嚣——不管作品里人物的年龄多大，2021 年，他们都呱呱坠地，年方一岁。让我们祝福他们吧——草原上顽皮的小孩铁木耳、重回紫竹林的三哥、不断奔跑的赵美玉、永远明白的老王、车床前疯魔的荆吉、飘飘雪花下的看车人曲名利、解放车驾驶室里栖身的"老鹳"、手持俄罗斯套娃的退休女工张姗姗、在大风中奔向未来的小镇少年，以及所有所有与他们同年出生的兄弟姐妹，祝福他们——战胜时光的淘洗，茁壮成长，一路向前！

2021
辽宁散文
述评

上半年卷

宋晓杰

在中国现代文学中，散文的定义有两种。狭义地说，是指与"韵文"相对，不求形式整齐，不讲对仗，不押韵的散体文章。广义地说，是指除诗歌、小说、戏剧之外，包括报告文学、杂文、小品文、随笔、传记等文学类型的文学体裁。有时也专指表现情思的叙事、抒情散文。"一个故事加上一个道理"式的散文经过历史的变迁日渐式微，不仅丧失了"载道"的话语权，而且日益失去启蒙的自觉。但因散文流通广，使用频率高，使之以不同的面貌得以延续。我省散文创作在各个时期均有代表作家及作品，创作实力可圈可点。现将 2021 年上半年散文发表情况管中窥豹，作一概述。

与时代同频共振

王文军在 2021 年 6 月 16 日《辽宁日报》上发表了《百年踪迹世世心》。上海、嘉兴、武汉、广州、延安、北京，这六座城市为何被作者同时提及？因为它们都与中国共产党百年的风雨岁月、光辉历程密切相关。它们如女儿眼中的五角星或花瓣儿，是"我"心中的精神瑰宝、神圣之地。作者用这条"红色之旅"把自己及女儿的精神成长史描绘出来，并提示自己记取、传承与感恩，语言凿凿，情义切切，希望殷殷。

李玲在2021年第3期《海燕》上发表了《寻找一条河流的记忆》，记录了他与友人"辽河寻根、文明溯源"的实地探源之旅。他以河流的走向为行文线索，从辽河的源头出发，经历千辛万苦一路追寻而去，探古城，访旧址，拜谒先贤，阅历山水，通过大量的数据、史实，从历史、文化等方面详细讲述了辽河的前世今生，揭示了文明的发展、时代的变迁。一条河流的历史既是先民改天换地的奋斗史，又是中华民族的文明史。同时，辽河流域的红色文化记忆，还记载了中国共产党寻求革命真理、建立新中国光辉历程的确凿史实。

海默在2021年3月24日《文艺报》上发表了《最初的灯盏》。花园般的盘锦市沙岭镇尖台子村，与其他乡村的不同之处在于这里坐落着沙岭镇第一党支部旧址。它像暗夜中的灯盏不仅记录了曾经的历史，还将指引着光辉的未来。作者运用诗意的语言，透过时空的云烟，回首往事，追忆先驱，用另一种方式铭记与感念。她的《北旅田园，守住冬天》发表于2021年1月4日《人民日报（海外版）》，文章记述了盘锦新立镇唐家村打造北国雪乡的精神风貌和时代足音。"为冬天找到大雪，为大雪找到故乡。"她以此为新时代的建设与发展找到了醒目的"注脚"，以发现的眼睛深情地注视着这片美丽的土地。

于永铎在2021年1月22日《大连日报》上发表了《那君兄，你是大连的脊梁》。2020年年底，新冠疫情第三次波及大连，金普新区慈善总会志愿者那君告别家人，勇敢地加入到抗疫的行列当中。整整20个日夜，寒冷、风雪、被感染的危险都没有吓退他，他扛着沉重的消杀工具与时间赛跑。由于过度劳累，54 岁的那君倒在雪地上再也没有醒来……作者以洗练的笔触、生动的形象、感人的讲述，记录下特殊时期那君的典型事迹，以文学的形式为这场特殊的"战役"留存了一份珍贵的资料。

张翠在 2021 年第 2 期《民族文学》"庆祝中国共产党成立 100 周年"专栏发表了《穿越"北极海"》。锦州湾因潮汐和海浪冲击形成了海中天然连岛沙石坝"天桥"，又因笔架山海滨是"半日潮"，"天桥"时隐时现，独特的地理与水文条件使它具有不同的风物及奇观。作者将海湾的历史掌故、神话传说、自然风光、人文情怀以及与此相关的往事"一网打尽"。行文中有诗人的飘逸，有学者的思辨，有海的浪漫，有山的深沉。通篇充满自豪感、象征意义，高扬探索与自由的思想之帆。

李皓在 2021 年第 1 期《长城》上发表了《一粒稻米的伦常》。他将自身的成长经历、生活经历与对稻米的认知紧密联系起来，情景交融，饱含深情。在这里，稻米不仅是人类生存的口腹之需，而且成为承载中国传统文化与精神内涵的有效载体。"拉林河水养黑土，黑土养稻，稻养人。人复以德养稻，养山水，养气韵，养道与术。人的生命是有限的，而稻是无限的。稻，有时候是一粒米，有时候则是道。"简短的几句点明主旨，申明要义，精辟地阐释了稻米具有物质与精神的双重属性。

谷子在 2021 年第 1 期《海燕》上发表了《烈士墓前，那个红衣少女》（外二篇）。作者是转业军人、曾经的战地记者，饱蘸浓情的笔墨记录了他曾经历过的三个感人至深的故事。如果说那些冲锋前线的战士值得赞颂，那么他们身后亲人的理解与体恤同样令人动容：多年以后，他冒雨"走进战友们用血与肉铸就的碑林"祭奠英烈，却见一位红衣少女也在一座墓碑前祭奠，他下意识地用自己的军装为少女遮风挡雨，待少女发觉并谢过他姗姗而去之时，他望着远去的背影庄严地行了一个军礼。如果说这样的场景是偶然出现，那么面对前线军营中忠于职守的军人，驻地旁小卖部里"黑牡丹"姐妹的微笑和暖语则显得尤为珍贵，让人泪眼婆娑。而那位身怀六甲的妻子坐了两天火车一天汽车上前线看望丈夫，用轻松的笑容与丈夫作别，直到"我"送她到火车上，她旋又冲下火车紧紧抱住"我"发出"令人窒息般的嚎叫"——"我"的泪眼婆娑已变成泪流满面。结局不言自明，凯旋的队伍里没有她的丈夫……这三篇散文如三个感叹号层层递进。它们唤起共情，让人意识到前线、后方的牺牲同样值得敬重。文章在发表之后很快被 2021 年第 2 期《海外文摘》、2021 年第 3 期《散文（海外版）》转载。

一本合集

《绽放：在希望的田野上》（辽宁美术出版社，2021 年 2 月）是由辽宁文学院组织编辑的小说、散文合集，是对近年我省乡土文学创作的总结，收录了素素、邸玉超、闫耀明等 19 人的散文作品。正如序言所述："乡土文学创作一直是辽宁文学创作的重要一维，广袤而深沉的黑土地以其博大的胸怀滋养着生长于其上的人们，也为辽宁的乡土文学创作提供源源不断的养料。"现择几篇评析以存之。

孙惠芬的《在故乡识别安详》是一部用心之作。没有母亲的老家山咀子似乎并不能称为"家"，但以拜亲访友为由她再次回到故乡。一家家亲友的探望，一次次回望过去的时光，她从乡邻生活的变化中看到了时代的变迁、命运的走向。她也从固守田园的老人身上看到了他们对命运极具弹性的处置方式：平衡，融合，并以各自不同的方式抵抗、消解，虽然也有声嘶力竭的愤怒、撕心裂肺的悲恸，但最终他们面容平和，只有与生活和解的坦然与安详。一些不被理解的"活法儿"，实则有着面对日常各自不同的感觉，以循规蹈矩的方式生活已不是当下所有人通用的标准答案。老辈安守田园，中年人在续接与传承中闪转腾挪，年轻人外出追寻理想。在新与旧、快与慢、内与外的纠缠中，解决温饱后的乡村再不是记忆中的模样，然而，那里仍是情感渴望皈依的原乡。作者用小说的笔法讲述了一次非虚构故乡行，语言生动、鲜活，不动声色中震撼心灵，引人思考。

"假如树也能分出有钱的和没钱的，那最有钱的就该是榆树了。榆树有榆钱儿。"高海涛的《清谷天》开篇第一句话就很有吸摄力。他还风趣地称榆树为他们村的"村上春树"。不过，他们称它为更暖心的树：家树。在青黄不接的饥馑岁月，榆钱儿就是一家老少的饭。"正好清明连谷雨，一杯香茗坐其间。"那时，哪有郑板桥的闲适、冲淡，榆钱儿饭是充饥之物。北方的孩子爬到树上去捋榆树钱儿，常常因此刮破衣裤和皮肤，但榆钱儿的清甜是清汤寡水的童年最直接、低成本的美味。他笔下的榆钱儿像清嫩的春天，分明是清新的爱恋——对过往生活的甘美回味，对小凤像青花布般纯洁、美好的单边情感的反思。从"榆树"的意象出发，他想到生活的滋味、欲望的象征及外国人眼中的"童话"。而现实版榆钱儿饭的滋味却不尽相同：大嫂的微咸，姐姐们的略甜，母亲夏季果实般的成熟，小凤的"单衣试情"，沉默的榆树有着如此美好的情结。作品清丽、婉转，自然美好，不落窠臼。他将个人的生命阅历与经验、知识结构与情感历程融会贯通，并让它们化合、裂变出几何倍数的无声能量，使文学价值的探寻、生命意义的思辨开疆拓土，不断扩延。怀旧是与"小资"最贴近的词，但在这里，具体的果实成为培植情感的"种子"，埋在心里三十多年甚至一生，仍会枝繁叶茂。

王本道的《乡土的味道》仍是他行文的寻常路径。他是对季节敏感的人，是热爱生活的人。由于"知青"、"过河干部"（从营口调到盘锦，因过了大辽河而坊间作此称呼）的生活经历，他有着丰富的阅历和感受。每每写起插队岁月、只身为官的日子，当年生活的清苦、艰辛都能被他淡定、泰然地书写出来，他以苦为乐，甘之若饴，有风过耳，宠辱不惊。他的文本大多短小、温馨、隽永，三言两语便勾勒出山野景象、世事沧桑。鸟鸣于野、硕果盈枝也好，市井嚣嚷、红尘滚滚也罢，他以文字为砝码平衡自身，在内外交替、转换中云淡风轻，信步闲庭。天南地北春秋色，远山近水皆有情。他的作品读起来没有难度，像自如的流水，心舒气畅，天宽地阔，充分表达了他对情感的珍视，对时光的敬重，对土地的挚爱。

李皓的《他年如晤》对过去年代大连普兰店乡下的民间习俗，礼仪与礼俗、食物及吃法、生活用语与生活习惯等，都有表述。读罢此篇，如逛了一次热闹的庙会，穿越回到美好而难忘的童年时光。诗意的语言构建出风俗画般的场景，鲜活、生动地还原了北方民间生活的各种形态，重现了丰富的民俗、朴素的民风、真淳的乡情，或可作为中国北方民间生活图谱、风物志留存。

贺颖的《曾经大雪封门》是一篇感人之作。雪是北方冬季的寻常之物，她以此为切入点，记述了母亲对她的呵护，那种被她称为"特定的精神属性"的，不正是母亲心心念念爱她的具体表现吗——凡事一旦用心、用情，还有什么能逃过那双敏锐的眼睛呢——母亲之所以每次都能在她危急关头令她化险为夷，是因为母亲时刻紧绷了心弦，时刻关注着来自她的风吹草动。这样的恩情，在失去之后更为悲恸。

在郭宏文的《石头垒起山屯人的日子》中，四太爷这个"闯关东"的后裔算个"人物"。他是善于摆弄石头的泥瓦匠，到辽西后，他是村里第一个用石头垒房的人，接着村里第二座、第三座石头房垒起来了，原本寂寞的山沟有了新的气象。因此，四太爷成为有学问、值得尊敬的人。没有过多的渲染，只有扎实的书写，一个典型的乡村人物形象便栩栩如生地立于眼前。

崔士学的《一株草木站成苦》同样吸睛。标题如诗是其一。事实上，整篇就是一首诗。从乡下杏仁的苦，说到树叶的苦、土的苦、果实的苦、药的苦、人的苦。他的散文充满思辨的智慧之光、淡然的沉着之气和宏阔辽远的"场"，这是其二。平常乡野中的树木、山冈坡底的药草及过去众生皆逃的乡土，在他眼中都成为医治人间的良"药"——话又说回来，人类正是依赖于出生的祖屋和对过往的回忆，抵御着成长中的种种苦痛。但鲜有人像他一样，把"出走"与"回归"的路径看得如此清晰、透彻，仿佛一棵草、一捧土、一粒种子都贮存着人类庞大的基因密码，而他逐一参透。

孙成文的《乡间笔记》分为四部分，一是迟家草莓基地的见闻实录；二是镇上新开的海鲜馆见证了小镇经济生活的良性循环；三是农村老房子的变化直观反映了新农村建设的成果；四是当下教师工作形式的创新。他从四个侧面写出了当下城乡接合部的崭新面貌，反映了日新月异的科技进步。不是刻板的说教，不是干瘪的数字堆积，而是融情于事，汇知于理。在风趣幽默的讲述中，一个欣欣向荣的小镇和精神焕发的群体形象丰富、立体起来。

一本"专号"

2021年第2期《满族文学》为"全国女作家专号"。"女作家"像"女诗人"一样常常引来众多目光，其实是因为"女"字沾了太多的蜜。但作为区别性别的标签，总是绕不过的。从她们的作品中，不可回避地看到男性作家所没有的细敏情怀、观察视角与生命体验。因此，大可不必为一个称呼争得面红耳赤。作为群体的组织和自然人，她们文本的价值在于呈现行走世间所经历的刮擦、纠葛、浸染的直接与间接经验，以及对情感、生命的深度感知与体悟。

沙爽的《潮与蟹》是童年时代关于西潮沟淘蟹的回忆。生活在海边的人对招潮蟹并不陌生，但能用具有腔调的文字表述出来的，则为数不多。小小的招潮蟹多像孩童，命运无非是提前被人为地搁浅，或迁入淡水沼泽，或奔赴大海。不管是"娶妻生子"，还是奔向未来，既关系到远方和理想，也注重近处与当下。沙爽的语言时而丰赡、陡峭，时而婉转、周正，紧张感与优雅的调性交替转换，仿若潮与潮的冲撞，最后总是划上一道优美的弧线，相安无事地退回到波澜不惊的原初模样。用词新颖、精准，使表达充盈着海水的腥鲜，无穷的余味流荡在空中，久久不散。

牛寒婷的《隐秘的阅读》道出了对阅读的理解以及阅读为她带来的改变。该文一气呵成，几乎能感到敲击键盘的速度远远追不上她思维的"脚步"，她必须以冲刺的速度才能捉住它的衣角儿。也许是学经济专业的关系，她的文字有着规矩、严谨、守成的质地，仿若逻辑的狂欢、思维的革命，充满哲学与美学交融的双重意义。诸如《人工智能》《生物中心主义》之类的书，她读起来却甘之如饴。经过她透彻的思辨与解读，相对冷门的边缘学科有了温度。她的读书笔记不是原文摘抄与读后感的简装拼贴版，而是春蚕吐丝、蜜蜂采集花粉式的融合。又如技艺高超的神探，她破译了先贤们的精神密码，与他们神游于思想的太空，宗教般的虔诚、宿命般的神秘。她的语言简约、朴素，如有尊严、有信仰的飒爽之人，使古老的思想与文化的银质光泽更加迷人。她时常沉浸在阅读的世界中，忘却身外的俗世，独自欢娱。如中世纪的骑士，一忽儿吟诵着田园牧歌，一忽儿穿行于古希腊的战场与圣殿之间，在她喜欢的年代间自由穿越，与热爱的先哲对话——对！她有这个能力。不管哪种情形，她都能驾驭跨越时空的精神活动与思想风暴，展示出生命的自由与奔放，表达她对古老文明的迷恋与敬重。不管是二十年前中文系教室里改变她"审美"的那堂"偶遇"的美学课，还是南方某小城邮寄过来的复印的绝版哲学著作，都是"药引子"，最终起决定作用的还是内因。真正的阅读与学业、职业无关，只与是否"走心"有关。

一个人的两本书

　　王雪茜上半年收获颇丰，出版两部散文集。两部书虽集中在半年内面市，但定是厚积薄发之作。《折叠世界》（中国言实出版社，2021年1月）全书分为《如是我闻》《特洛伊木马》《让狼群过去》三辑，内容涉及对日常生活际遇的微妙洞察，对多年教育教学工作中遇到的各种极端事件的回顾与思考，以及对一些电影的观感和书籍的随感。可以说，三部分内容概括地反映了她在社会生活中经历的三次角色转换：读者—老师—作家。统而言之，她是生活中睿智的观察者：读人、读社会、读生活。既是当事者，又是局外人，她具有双重身份、多重角色，但不变的却是锐利的目光、独立的思想。她以探寻幽微的专注视角解构文化、剖析人性、领悟生活，洞若观火，明察秋毫。这些品质在她的另一本散文集《时间的折痕》（黄山书社，2021年5月）中也有呼应。从书名看，两部书三个意象——世界、时间、折痕；一个动作——折叠。这四个关键词是她思想的一脉相承？或者说她是对时间敏锐的人、对世界充满热望的人？诗人说"时间不在钟表之内"，那么时间一定以记忆的方式贮存于身体之内、离去的光影之中——正如她说"轻盈者的翅下藏着闪电"。首先看到闪电，然后才看到藏于翅下的沉郁故事。所谓轻盈，无非是沉郁之后的飞升。她的言说涉及小说、戏剧、电影、美术等文学与艺术范畴，不知道还有什么她不能写。她的语言是银质的，不刺眼，不抢镜，却总能稳稳地落在读者的心窝。同样，她的语言理性、干脆、达观、干练，却暗藏魔力。似乎她有理科生的胃口、健将的体魄、哲学家的头脑、独立艺术人的理念，仿佛刚跑完十公里、下了腰，又笑吟吟地拍打着淋着水的双手系好围裙，准备做一顿中西合璧、够八个人享用的精美晚餐，那边匆匆关闭的笔记本电脑里还有经历你死我活拼斗、马上要杀青的一个长篇。她铺开属于她的流动盛宴，带着期待找上门来的人不会失望，因为你看到的正是所需。

报刊扫描

刘恩波在《鸭绿江》开设的随笔专栏发表了《"诗神加冕之夜是寂静的"》《为生命而读》等多篇文章，阅读它们，仿佛接受了隽永的诗歌欣赏、深刻的美学教育。他避开某些读书笔记"剪刀加糨糊"的套路，并没有在一书一戏中纠缠，也没有形而上的说教，更没有"过来人"的指点江山。他在读过的书中翻找令他感动、惦念、冥思的字词句章，如淘洗出的粳米，和颜悦色地与你促膝长谈。或者，在叶片滴翠的微雨夜晚，在鸟鸣惊心的山间茶舍触景生情，独自检索、盘点难忘的前尘往事，悠悠走一段回程，书中的人物、景象、气息与大大小小的自己杂糅在一起，分不出彼此——或有意不分彼此，让尘封岁月中曾经触动心灵、拨动心弦的事物如青青草色、田田香荷，暗送清芬；如阁楼雅舍的清雅器物，有故事，有灵魂，发散出现世犹存的光亮；如空中弥散的袅袅檀烟，愁绪氤氲，为自己，为曾经鲜亮的生命。阅读里有生命密码，有他对生活的回答。

胡海迪在 2021 年第 5 期《芒种》上发表了《方言土语也风雅》。这是一篇集思想性、知识性、趣味性于一体的文化随笔。作者追溯了作为现代汉民族共同语、文明标志"雅言"的普通话的起源，以及在全人类范围内普通话与方言的辩证关系，继而以实际例证说明各地方言也是"优雅"的这一事实。方言并非都是捉襟见肘的尴尬，更不是一开口便露出来的"乡下人"的底牌。其实，人们在"纠错"的同时，往往已有"精髓"流失，原汁原味的方言便是其中之一。从民间视角看，方言形象、传神，有动感，耐人寻味，因直接介入生活而更具充沛的生命力。方言更能体现民间立场、习俗及人们的生活习性、生存状态。方言是每个人的胎记，人们藉此知道家在何方；方言是通幽的小径，带你回到久别的故乡；方言是故乡的河流和澎湃的血脉，把故乡之情和父母之爱终生带在身上。虽有"土腥味儿"，但它是另一种乡土，另一条脐带，是人类的生命之源，它带来的认同感、归属感、自豪感会生成震撼人心的强劲力量。方言是口口相传、世代绵延的珍贵的"非遗"物质，是中华民族汉语言文化中不可或缺的重要组成部分。在当下，如何对待尚存的方言、方言所附带的文化意义有哪些，这些问题在文章中都会找到答案，都会被作者以幽默、调侃的方式详尽道出。他的文章完全没有"学术"的刻板，从中不难看出他较为深厚的传统文化功底、严谨的治学态度和与时俱进的时代精神。

李大葆在 2021 年第 2 期《芒种》上发表了《天子重墨》。该文详细解读了乾隆皇帝洋洋四千言《盛京赋》的内容主旨与精神内涵，赋文成因、时代背景及治国理政的胸襟与抱负，更有之后赋文在国内外的广泛推广与传播等种种记述，使现代人清晰、直观地理解了峭拔、古奥的赋文。可以说，本文自身就是一篇很好的"述评"，不仅再现了天子重墨的清词丽句、文韬武略、远见卓识，而且充分展示出作者的文采斐然和深厚学养。通篇夹叙夹议，情景相应，起伏跌宕，酣畅淋漓，情感饱满充沛，语言鲜润多汁，一言一语、一述一评不偏不倚，恰到好处。文风理性、缜密、精准、干脆，时而响起猎猎风声，时而回旋清磬之音，"笼天地于形内，挫万物于笔端"，汪洋恣肆，挥洒自如，不失为一篇耐人寻味的赋外之"赋"。

刘一秀在 2021 年第 1 期《海燕》上发表了《理发匠老韩和"韩老妈子"》（外四篇）。也许是缘于诗人的身份，该文语言被高度提纯，故事性极强，不知不觉间便会跟随作者回到过去。人物在面前晃动，场景似曾相识，文中人仿佛就是生活中看到的、存在过的甲乙丙丁，他们的生活与命运就是茫茫人海中的我们自己或某个亲戚。作品如小说，似小品，入木三分，寥寥数语便勾勒出人物性格，删繁就简就支起结构骨架，在丰富、莫测的生活中，人生的际遇、命运的转折令人喟叹。如短小、精悍的马达，传递出强劲的动力——它们沉默时，一声不吭，也许灰尘满面；一旦它们转动起来，便会演绎出不同色彩的人生。

程远在 2021 年第 2 期《牡丹》（上半月）上发表的《朋友二题》回忆了自己与学龄期伙伴间的友谊。岁月转换，他们作为独立个体在社会中的角色也发生了变化，但胸中那份真挚、纯粹的情谊仍旧留在原地。流畅、自然的叙述中，时有蜂拥的往事被唤醒，而欲言又止、无语凝噎的情感则深藏其中。

尹伟达的《千里来看一座桥》、孙传生的《何处是吾乡》、代宝学的《夜来香》、尹光磊的《儿女情长》、赤州的《五棵柳树》、刘殿海的《追忆父亲》，均刊于《海燕》，都是书写日常生活的断章、抒怀与回望之作。或是千里探访玉带桥表达对东坡的敬意，或是在客居海外、回归故乡之间情感转换及对海外儿孙的思念，或是回忆过往生活的温馨与甜蜜，或是触动心弦的儿女情长，或是童年时五棵柳树下虽清贫却欢喜的生活，或追忆亲人的点点滴滴。2021 年第 5 期《海燕》刊发了贺传峰的《海岛杀猪宴》，以宴席为"引子"，转身把怀念的目光望向来路，东北腊月的年俗、过年的讲究，都从一个孩子的视角得以呈现，如和风拂面，如闻肉香，如临其境，兴味盎然。"洛阳街 69 号就是我的唯一。即使那老房子哪一天被拆掉了，它也将一直在我心里留存下去。即使我真的有一天要离开故乡，心是永远走不开的。"这是第 6 期《海燕》刊发的文逊的《老房子》的最后结语。从南昌街 66 号的姥姥家、洛阳街 69 号的父母家到自己另外的家，作者详细地描述了与自己居住空间有关的房屋的变化，直观地反映了个人的成长、时代的变迁。难能可贵的是，他并没有纠缠于过往生活的艰辛与苦痛，反而透过文字流露出安适与乐观——只有把个人的悲欢推移到更为广阔的背景里，积极主动地参与到历史的进程当中，才是具有博大的家国情怀的具体体现，他做到了。同期"主编推荐"刊发了葛文芬的《棉袄罩儿》二篇。这是一位年逾八旬的老人由过年前大女儿为她买的唐装引发的深情回忆，她个人的着装史、生活史就是时代发展史的一个缩影，从中可以清晰地感知到个人、时代与历史水乳交融的关系，娓娓叙谈中传递出来的是跨过岁月烟尘之后老人的淡定与从容。

翻译作品一瞥

川美在 2021 年第 3 期《西部》上发表了译作《约翰·巴勒斯：自然的笔致》。美国作家约翰·巴勒斯一生著作二十余部，他擅长以美国东部卡茨基尔山为背景的自然写作，创作了《延龄草》《鸟与诗人》等系列的自然散文集。因笔下多是森林、原野、鸟和动物，他因此享有"鸟之王国的约翰""走向大自然的向导"等美名。诗人川美清新、明亮的语言与约翰所描述的景象完美契合。除了恪守"信、达、雅"的翻译原则之外，还能清晰地看到她对遣词造句的讲究与探索，看到她在缩小中西方文化差异上所做的尝试与努力。这得益于她深厚的生活底蕴，对原作者文风的理解以及对大自然的热爱。这似乎比单纯的个人阅读更上一层楼——美要分享。只有分享，才会使美如清溪，源远流长。

"文运同国运相牵，文脉同国脉相连。"散文述评结稿时，正值建党百年的伟大时刻。作家应该如何记录中国共产党奋发图强、为民族复兴而奋斗的百年历史？如何铭记光荣传统，传承红色基因，用真心真情书写？如何续写出无愧于光辉岁月、奋进时代的崭新篇章？时间会给出答案。

下半年卷

宋晓杰

歌咏与传承

2021 年是中国共产党成立 100 周年，时逢盛世，思潮涌动。辽宁作家牢记使命，勇于担当，回顾历史，讴歌时代，展望未来。省内各文学机构也精心组织了多种重点选题的文学创作，深入开展基层文学活动，共贺中国共产党百年华诞，同赞多姿多彩的幸福生活。其中，《百年颂——百名作家百年礼赞》和《2021 辽宁文学散文报告文学卷》是辽宁省作家协会组织全省作家开展一系列主题创作活动中的两个较好的成果，书中收录了省内外作家的散文、报告文学作品百余篇。作品均以重点题材为载体，作家们从不同年代、不同视角，全面、系统地展示了中国共产党百年风云的光辉历程，呈现了新时期辽宁大地发生的新变化、新面貌。这既是以文学的方式，对百年历史进行的一次概括性的总结与梳理，也是文学辽军践行习近平总书记"讲好中国故事，传播好中国声音"要求的又一次集结与出发。

与此同时，作家个人文集也紧紧围绕主题创作展开。东北是中国工业现代化的先锋，一直具有举足轻重的地位，被誉为"共和国工业长子"，中国工业的摇篮。特殊的地域特点、生产方式，为工业题材文学创作提供了条件，从而产生了大批创作工业题材文学的作家，留下了一批工业题材的重要作品。如今，曾经创造奇迹的地方怎么样了？张瑞的《圣地工人村》（沈阳出版社，2021 年 9 月）以个人的成长、家庭的经历为线索，佐以大量的史实、资料，使书写更有时代性、历史性。改革大潮席卷而来，东北的身份发生了变化，"阵痛"引发了作家深刻的思考，他们忠实记录下以工人村为缩影的沈阳乃至东北几十年的巨大变迁。沈阳铁西工人村本是一个地理名字，却成为标志性符号，它平凡的烟火生活也成为承载辉煌与灿烂、光荣与梦想的有效载体，展现了特定年代的家国命运。48 篇短文是回顾、总结，是对历史的铭记与纪念，更是对艰苦奋斗、甘于奉献精神的歌颂。

　　此外，单篇作品也同样令人瞩目。周建新在《民族文学》上发表了《静静的鸭绿江》（2021 年第 7 期），在《人民日报》上发表了《一位老英雄的两个战场》（2021 年 7 月 10 日），金方在《辽宁日报》上发表了《父亲镜头中的共产党人》（2021 年 6 月 9 日），刘文艳在《鸭绿江》上发表了《连心井　生命井》（2021 年第 8 期），古耜在《满族文学》上发表了《红土地上的瞿秋白》（2021 年第 6 期），等等。作家们以敏锐的目光、开阔的视界、鲜活的语言，重温历史，再现当下，为更好地铭记与传承红色传统，做出了自己应有的贡献。

　　庞滟在 2021 年第 7 期《飞天》上发表了《绿水壶里的故事》。这是她在"庆祝中国共产党建党 100 周年《飞天》全国诗歌散文大奖赛"中荣获散文类二等奖的作品。文中讲述了二伯、战友老杨与一只水壶的故事。一只普通的、破旧的军用绿水壶，在长征路上救过老杨的命，老杨又用它装水、装酒、装牦牛骨头汤救过许多战士的命。老杨这个孤儿15岁就加入了红军，辽沈战役时与二伯成为战友。1948年老杨被组织委派打入敌军内部卧底，却被不知情的战友当成叛徒"俘获"，与他单线联系的证人已经牺牲，无人能证明他的真实身份，从此他隐姓埋名藏于深山。再见他时，老杨拿出一个小包，里面有一顶破旧的军帽，军帽上缝着从无数牺牲的战友军帽上摘下来的五角星。老杨曾带"他们"去过人民英雄纪念碑、人民大会堂，看过天安门广场升国旗。小包里还有面额不等的纸币——那是他的党费……如果说这是一位老党员、老英雄对党的事业忠心耿耿，并用自己的生命践行了诺言，值得褒扬，那么二伯坚定的革命信念和对友谊的真诚也值得称颂。作者立意高远，取材巧妙，用和缓的语气讲述了一个惊心动魄的故事，使长征精神、英雄主义精神如那只平常的绿色军用水壶，润养了更多的后来者。

花溪水在2021年第12期《鸭绿江》上发表的《寻迹兰家大院》，记述了探访辽南大山深处历经四个朝代的兰家大院、拜谒著名抗日将领黄显声将军故居的经过，一位立体可感的英雄从岁月的烟尘中缓缓走来。黄将军就是电影《烈火中永生》中小萝卜头的老师黄先生的原型，他因在轰轰烈烈的戎马生涯中横刀立马、誓死捍卫家国，被誉为"血肉长城第一人"，后来被杀害于重庆歌乐山。作者用大量史料，翔实地记叙了黄将军不平凡的一生，复原了不能忘却的历史，情感饱满，格调高昂，是追思、缅怀，也是赞颂、褒扬。朝阳如火，江山如画，我们今天的幸福生活是英雄用鲜血与生命换来的。在今天，这样的书写是可贵的，也是值得的。

贺传峰在2021年第7期《海燕》上发表的《"将军"坐飞机》，讲述了一位参加过抗美援朝战争的炮手江君的故事，他因战争失去了左臂而恐惧坐飞机。1988年，他位于黄海中的家乡长海县爆出了特大新闻：中国第一家县营民用机场胜利通航了！对于祖辈生活在海岛上的人们来说，一扇崭新的对外的窗口打开了。心有忌惮的江君在老伴的陪伴下走出海岛，看到外面世界的精彩之后，开始享受这样的生活，后来他突发疾病也因有飞机及时转运而获救。作者用一位老军人的身世与经历，生动地解读了战争的残酷与祖国的富强给人们带来的福祉，选材独特，语言风趣，可谓"大题材、小切口"的典型写作方法。

合唱或复调

今年下半年，辽宁散文创作集团出击、类型整合的特色比较突出，使整体创作态势呈现出强强联合、脉络清晰可寻的特点。现以三个专栏为例详述：其一，对乡土的回望；其二，对母语的坚守；其三，对诗人的解读。

其一，对乡土的回望。2021 年第 10 期《鸭绿江》头题刊发了"'新辽西派'散文专辑"，其中包括魏泽先、崔士学、袁海胜、周艳丽、李广智、郭宏文、胥得意、张福燕、蔡雨艳、赵海波十人的作品，同时配发了宁珍志、高海涛、古耜、洪兆惠关于"新辽西派"散文四人谈《生命与审视 乡土与反思》。正如评论所言，"新辽西派"散文作家把写实性与写意性、文学性与地域性有效地结合在一起，他们追求汉语人文精神和世界审美视野的语言，写出了辽西人对那片地域的特殊情感。

一方水土养一方人。本专辑如风俗画，如微缩全景图，从土地、河流、车站、树木、乡路、院落、酒事等具体事物引发思索，呈现出新的历史时期新型城镇化和乡村振兴潮流下的乡村面貌。走出乡村的人华发已生，但他们依然抱持朴素的情怀，诚恳的情感，本真的表达，客观的评判，理性的思考，克制的书写，从容的心态，重回文学现场，重塑乡土信仰。见变迁，知兴替，是土地、河汉给予的，也是与天地共融共存中积累的生活经验；是"记得住乡愁"的书写，也是新一代作家的寻根之旅、血脉探寻之源；是清醒的自知与备忘——对自己，对后人，以此开拓乡土文学写作在当下的新路径，以上下求索的精神与信念，以舍我其谁的襟怀，续上基因序列中可贵的一环。指认出处，确认来路，借如酒的文字浇胸中块垒，告慰先人；以情感安抚内心伤痛，警醒自己。然后，转身坦然走向未来之路。

魏泽先的《旱地》，本身的诗性不是隔靴搔痒，更不是粉饰苦难，而是另一种对时序、对土地的尊重与敬畏。看似庄重的仪式感并不可笑，反而让人感到对农耕时代祖辈的格外敬重。靠土地吃饭的人俗称"土里刨食"的人，对气象、墒情能不重视吗？季节（或说雨水）直接影响收成，收成直接影响生活。所以，"我爸"那一辈的农民盼雨、求雨，是因为他们懂得土地和雨水的珍贵。对话画龙点睛，语言精准、干净、清冽，像那时的生活，没有多余的油水，却对土地、对邻人充满深情厚谊。那些用脸盆收集檐下雨水的日子，那些"一身雨、两脚泥"的日子，不正是现今难忘的回忆吗？

崔士学的《一座城市拥有河流》（外一篇），通过一条穿城而过的河流，写河流与城市、人民的关系：人们受制于河流、受惠于它，改造它、善用它。如植物中的毒，"天下小毒，营养凡间。凡间唯人毒性最大，之于天下鸟兽草木。"人岂不也是草吗？只有相伴相生，才能达到物种与各自生存状态的恰切平衡。作者有一双慧眼，是冷峻的"旁观者"，总能从凡俗、微小的事物中发现真知灼见。作品语言考究，诗意盎然。叙事与抒情不夸张，不生涩，恰如其分，时有新意，如野地上的草木萌生，虽略带清苦，却散发独有的香。

袁海胜的《青涩小站》带读者回到过去。日式建筑的火车站成为时代的标签，复活了20世纪80年代以小站为核心的一幕幕生活场景。车站是悲欢离合的舞台，发生过的一切或许都将成为或美丽或悲伤而令人难忘的往事。小站的变迁即是时代发展的缩影，而刻骨铭心的场景将成为每个经过此间的人成长的佐证，成为历史的见证。小站，只一个词，便展开全部画面，上演一幕幕精彩大戏。

周艳丽的《一个人一坡地》记述的是堂哥的一生。听到堂哥逝去的消息后，作者赶回老家，睹物思情，回首往事，把堂哥大家族前后几十年的生活际遇大略梳理了一遍。一个人，一坡地，就是农民的全部生活。面对苦难，堂哥挣扎着也坚持着，作品表现了他的纯朴与厚道，典型的中国农民形象在作者笔底生动起来。

李广智的《大地的呼吸》写树，写父辈，写乡土，写永远走不出的乡情，而深夜中"突然想喊一声"的想法，是排解、疏瘀，也是觉醒、认知。树也有声音、眼泪，树的孤独犹如人的孤独，需要善于倾听的心灵。写树也是写人，在大地上呼吸的物种，也有血有肉有"心"。树，不管是乡路沿途的一排排，还是田野里孤单的一棵、沟渠边的三两棵，都成为某个人的对应物，这样的比拟深藏热爱。

郭宏文的《一条路能走多久》似一个深刻的哲学命题，如"乡村路带我回家"，充满诗意。是乘坐帘笼高挑、铃儿叮当的马车，还是肩背行李徒步独行？沿途大片的田野里，是规规矩矩的水稻还是密不透风的高粱？蛙跳、虫鸣，偶尔吹过田野的风也吹过你。在路边的大柳树下歇歇脚，喝口水。哦，有点儿回忆的味道。三十多年过去了，一条路从少年走到成年，从过去走到现在。往事蜂拥，一条路就是物证，就是刻满记忆的集成电路。作者对此驾轻就熟，深谙写作之道。

胥得意的《辽西酒事》颇为有趣。如俗语所言，酒品即人品，一场酒事便能了解一个人的性格。同样，对酒的态度，围绕酒事的菜、人、事、规矩及作用，也使辽西人坚韧、豁达的性格昭然若揭。张福燕的《倭瓜爬满院》是写父母进城后，作者再次回到空空的院落的感受。老舅帮助打理的院子里爬满了倭瓜，然而，物是人非，百年老院子经历了地主家、大队部、食堂、学堂、代销点之后才成为自家老宅，如今的老宅人去屋空。借景抒怀，咏物寄情，不胜感慨。蔡雨艳的《回归泥土》和赵海波的《归南山》，或写家庭史，或写村庄史，其实都是写乡村生活史。几十年中他们不断地离开、回归、再离开，有的亲人甚至永远归于泥土。但是，不论人在何处，心早已回到生养之邦。在经历了漫长岁月之后，已经学会了淡然面对泥土和亲人的归宿——心安之处即是家，说的就是这个道理吧。

其二，对母语的坚守。母语之于鲍尔吉·原野来说，既指汉语，又指蒙古语。2021 年第 10 期《鸭绿江》刊发了"重现的镜子·鲍尔吉·原野卷"，同时刊发了原野的作品选章、文学观点，配发了聂尔、乔雨书的评论和高晖的印象记。正如主持人刁斗所说，原野的习惯用语"人说话"是他在努力"说人话"。原野把优美、天真、灵动、别致、诚朴、自尊、智慧与思想，源源不断地贡献给了他的母语。鲁迅文学奖给予他的颁奖辞为："具有轻盈的速度和力量。"真是恰如其分。原野在 2021 年第 10 期《草原》上发表的《星星上的盐》，写草原上的鸟儿、风、天空、树、云朵、蓝牵牛花、马、海浪、黄昏、雪蜻蜓与小孩。他的语言有星星的气味："空灵，旷远，或许有点点咸"，"言辞不多，却意味深长"。他就是诗人，你不见整篇都是诗吗？读读俄罗斯作家弗拉基米尔的《俄罗斯自然随笔：大地仍躲在棉被下越冬》，两者有着异曲同工之妙。他是个孩子、本色、率真、单纯、好奇、热爱。不世故，不骄奢，不温不火却充满锐气。他是个智者、幽默、诙谐、高贵、沉浸。想象奇谲，神采飞扬。思想呈放射状，不知会拐向哪条小路，但最后他会自己回来——坦荡、自由，是草原给他的，撒欢儿，奔跑，拦也拦不住。双语时而被他说得磕磕绊绊、疙疙瘩瘩，时而又如空中的鸟儿自由翻飞。他比谁都懂得语言的要义。语言的陌生感，正是他变魔术一样翻出的新意。他说："有爱心比有知识更重要。没爱的人，在大自然面前是盲人。"于是，他引白云、奔马为朋，与草木通灵。草原牧歌，低头吃草的牛、羊，摇头晃脑的小花……都是祖宗。他的散文清丽却不肤浅，自然却不芜杂，浓稠却不俗艳，芳菲却不甜腻，常被称为"玉散文"。他的散文无所不能，甚至把歌谱也写进去——他擅于触类旁通，写小说、散文、儿童长篇，游泳、跑步、骑自行车，现实主义与浪漫主义相结合。他的散文充满韵律，饱含深情，哲思深刻。能把如此这般诸多元素完美融合的著述真是少之又少，但他做到了。他严肃、认真地看待生命与时间，他用智慧化解生活中的紧张、荒唐。他的生命力旺盛，使他的文字始终呈现出苗壮、昂扬的态势，如跑步之前的状态——对！是冲刺！慷慨激扬，落笔惊魂——不管是奔跑的还是安静的，用他的描述排开空气，勾勒出无疆的场域，与有声、无声无关。他说："人活着，心智的路线大约有两条并行，一条是快乐的，用幽默滋养；一条是深沉的，用悲悯裹缠。一则向上飞扬，一则向下植根。这样的人有趣兼而有情。"果真是文如其人的本色出场。卡佛说："所有的诗歌都是情诗。"那些草原一样水草丰美的文字，正是原野献给大地无尽的情诗。

其三，对诗人的解读。刘恩波 2021 年在《鸭绿江》上开设了"书页折痕"专栏，第 11 期刊发了《隔世的传唱——阅读马骅》，第 12 期刊发了《人生一半诗一半——纪念苗强》。他在文字中与两位早逝的诗人重逢，并引领阅读者重返他们所在的诗歌现场，领略他们的诗意人生。重读似深耕，似抽丝剥茧，更是化解难点、疏通情感的轻轻点拨。原本扁平、符号似的人物从诗中复活。"沉重的睡眠"者醒来，他们的温度、气息重又充盈，并且持续地温暖着同侪与晚生。早逝者也是先觉者，他们的生命如"一个拖腔，柔板，然后是绝响，袅袅地散去"，但是，"生命里那些如烟花般灿烂的光点，在同时代人的追记里，汇成了我们阅读天幕中无尽的精神星光"。不是刻板的说教，不是掉书袋似的摘抄，作者擅长这样的书写：如果说汉语是物质的面粉，被他端上来的却是热气腾腾的精神食粮，有新麦的香，氤氲热气中还可以看到太阳的笑脸，闻到汗水的香味，感到正午大地上的阳气升腾。这样的解读足以缓解饥饿，宽释情感，安慰心灵。

个案与典型

素素在 2021 年第 8 期《北京文学》上发表了《阿尔莫克莎产房》。在藏语中，阿尔莫意为"龙"，克莎意为"新房子"。在四川，在哈休村，作者遇到了"阿尔莫克莎民居博物馆"——特殊的藏式碉楼，既是供家人居住的房子，也是防御外敌的工事。在拾级而上的参观中，作者被四楼那间小小的产房深深吸引。那是诞生一个个婴孩的密室，也是神秘的生命宫殿。犹如远古的秘境追踪，嘉绒藏族久远的生活被后来者细细打量，那些关于图腾与崇拜、生命与历史的故事像风中的经幡，依旧猎猎有声。作者擅长用精准的语言、饱满的姿态、克制的情感，将史实与事实有机地交融在一起，使史不枯，事不杂，情不泛。选材有量，叙述有节，情感有度，一篇短文即可显现大家气象。

王雪茜在 2021 年第 5 期《黄河》上发表了《我看见我的黑暗活着》。读完全文，"拉美短篇小说之王"奥拉西奥·基罗加的形象跃然纸上。是不是只有带着敏锐思想远离人群的人，才更能看清人性的本质，听到生命的真谛？极端的行为，出众的才华，多舛的命运，是超越现实的真实存在。看似离经叛道的孤单个体，却有着对生死、黑暗的通透理解与真诚善待。阅读经典与阅读一个人一样，只有把他推移到时代和生命的大背景下，才能厘清事理、破译人性，从而上升到深邃的哲学思辨。王雪茜的读书笔记从来都是基于深刻理解、深沉思索之后的精锐之作，是感性认知与理性思考之后炉火纯青的复盘与转述，是史实性与文学性完美融合的再度创作。她把欣赏的作家及作品细细研读，转化为茶、酒或咖啡气质的文字，在如泣如诉的雨夜或雪落无声的午后，作为献给读者的精神珍馐。

2021 年第 12 期《鸭绿江》发表了一组散文，现选析以下三篇。高海涛的《诺恩吉雅》与之前"新辽西派"散文专辑中的题材相似，这篇文章也关涉到乡土与乡情。不过，他的角度颇有意味。作品由一位诗人写给他的一首诗起笔，忧伤的诗情生发出他对家乡的思念和对往事的回顾。过去留给作者的不只是"慢"，还有此中无穷无尽的"真意"，但他没有"妄言"，而是悠悠地弹拨着心曲。时光如流水，却定格在美好、难忘的过去，如品酒，他一小口一小口地抿，再像饮茶一样品鉴回甘。深情，绵密，浸润，沉醉，书面语与口语的交融，古典文学与外国文学的互联，现实主义与浪漫主义的同构，像一场高级的思想漫游和精神盛宴。作者的家乡地处辽蒙边地，属于老哈河与西拉木伦河交汇之地。特殊的地域及风景，如河岸对面飘来的歌声，使作品充满浓郁的异质风情，神秘又互通，神往而不能，萦绕于心，挥之不去。据说，诺恩吉雅是奈曼旗的一首民歌，是一个姑娘的名字，也是一阵久远的风。长达 30 段的唱词中有 21 段书写的是她与父母，主题基本是出嫁的草原女儿史诗般的乡愁——难道不是作者在书写乡愁吗？孔庆武的《北京：七个瞬间的随想曲》却是八个断章：铜火锅。地铁。胡同。什刹海。还有四个与北京相关的短语：每个人都有属于自己的一片森林。在北京，等一场雪。我在北京遥望家乡的雪。民谣在路上。这是他回家后反观北京时四种场域的精神悠游。这大约是他在鲁院学习时的所见所闻所思所想吧。他带着读者重温他走过的路径，同时呈现他思想的拓展与延伸。由此，老物件、老传统、老时光的温暖重回心头。在北京，他会想起老家红旗营子会做泥火盆、会画画的阿吉嘎，想起自己的快乐童年，想起讷讷（满语"母亲"）温软的摇篮曲；回到家乡，他会想起北京的街衢巷陌、柳绿花红，想起鲁院的狮子林、小剧场的戏剧及人。之所以如此，是因为文学的浓烈"情"结——凡事关涉到"情"，便有文章可作了。张少恩的《散文四篇》也是回首村野与过往、乐享眼前与当下之作，细品一萝一蝶，细思岁月与山河，念亲人，怀故里，抚摸土地，亲近自然。作者能够从很小的事物入手，如探幽曲径，小心前行，最终达到灯火通明的光亮、开阔之地，这与人的阅历有关，当然也与智识有关。

胡海迪的《艺术家开会琐谈》发表于 2021 年 9 月 17 日《中国艺术报》。粗看标题，似一篇四梁八柱、条分缕析的宏阔论文，一定需要凝神静气，动用相当的智力才能看得明白，但阅读的过程却是轻松、愉快的，时不时还会情不自禁地"嘿嘿"笑出声来，心想：真有你的！一个在文联从事理论研究、文艺评论的评论家，在有意无意中参加了诸如戏剧家协会、摄影家协会、音乐家协会、杂技家协会的研讨会时，不仅"发现"了"圈外人"的乐趣，而且由此推衍到对时光、人生等宏大命题的深度思考，运思独特，运笔老到，亲和、自然，毫无艰涩之感。漫谈而不漫漶，圆润而不圆滑，松弛而不松散。想象奇谲，神思飞扬，语言极具弹性与张力。从资深男演员若深山钟鸣余音嗡嗡的讲话声音，联想到功夫大师用内力打通了听众的"任督二脉"，思想的骏马驰骋于无限宽广的疆域；从摄影者"长枪短炮"四处瞄准想到"狙击手"，表情的"又冷漠又专注"与上文中所描述的"他们站着、蹲着、踩着梯子、藏在桌子下面突然探出头吓你一跳"又截然不同，强烈的对比与反差，不由得会从前面的紧张中忽然笑场；杂技家协会的研讨，会议本身就像戏法一样充满"魔幻"，紧扣主题，意趣盎然；而音乐家协会就算用旋律、节奏、音色"吵嘴"，也充满欢快的喜感，真是一语道破该协会的"天机"。一篇描摹身边人物众生相的短文，却写出了作者观察之细微、专注，语言之诙谐、幽默，思想之跳跃、轻盈，意境之明丽、清朗。这种慧眼独具不正是评论家所具有的本领和才能吗？大千世界，红尘滚滚。时光让不同的人掌握了与世界对话的不同方式，却也让作者感叹："时光才是最大的魔术师——它让一切发生，又让一切逝去。"具体的人可能早已远离，但他们的嗓音、旋律、亮相，却如照片被一一定格。细读该文，如听一曲绕梁，余韵悠长，回味无穷。

满族作家宋占方在 2021 年第 6 期《满族文学》上发表的《赶牛》，被 2022 年第 1 期《散文选刊》转载，并被选入《2021 年民生散文选》。作品记叙了童年时"赶牛"的经历。短短四天，他随着老朴头送牛群进城，小小少年亲见牛救了小伙伴以及城里人对牛的不同态度，从而懂得了孤独、无助、善良与悲悯。人的成长有时在瞬间完成。作者正是选取了这样一个横断面，专心致志地陈述、描绘与抒怀。线性的阅读没有难度，却单纯而诚恳，值得细细品赏。

季士君在 2021 年第 11 期《海燕》上发表了《石河驿》。石河驿是大连金州地区的古驿站，具有休息、易货、交换或传递文书，兼文学中的送别之功用，承载着许多故事和传说。作者详细地阐述了石河驿的来龙去脉，从而让它具备了记述与言传的功能，同时，它也见证了时光的流逝，王朝的兴衰。作者旁征博引，谈古论今，纵横捭阖，洋洋洒洒，让它在完成历史使命之后，仍有接续历史的重任。

杨松在 2021 年第 8 期《海燕》上发表的《如花美眷》同样写到乡土，不过，她写的是在乡下看戏的牡丹和自己。戏如人生？人生如戏？爱昆曲的小伙伴牡丹经历了晚婚、丧夫之后的境况让人联想到《牡丹亭》，最后结局怎样？不得而知。作者从乡村上演的剧目入手，写出相同出发点的人所走的不同人生路径，语言优美，情感温润，对旧友充满怜爱，并寄予深切同情。

扈哲在 2021 年第 12 期《海燕》上发表的《秋叶之歌》中，在与秋叶的深情对视中发现了秋之华美，她的认真与专注排除了杂念——却也正是定睛凝眸之间，得以遐想无限。这悖论正如秋天收获与衰微的双重意义，只有走过长长回程的人回望的时候才能看清。可喜的是，她把不同的人对应不同的树种，服务员妹妹是杨，女友是枫，以百岁高龄离世的外婆是橡。想想看，因为外公早逝，半个世纪独居的外婆该有如何浓纯、炽热的深情。无声的怀念最是令人心疼。一片秋叶，引燃了秋天的天空。温婉的叙述，从容的节奏，是谁如一叶小舟，在深幽的心湖中无声地穿行，心隐隐地疼……

郭颖在 2021 年第 11 期《海燕》上发表的《秋日四章》也是写秋，细腻，清澈，温软，可人，小喜悦，小忧伤，小自在，小孤独。短句子如简约的对答、轻盈的呼吸，透出满意、自足的生存状态与饱满、沉稳的内心世界。如秋日私语，如水边的阿狄丽娜，听得到心跳和灵魂的声音。

不是只有长篇大论或曰所谓的"大散文"才能涵盖深刻的思想，短文也可以如钉子，如磁石，具有锐力与定力。刘嘉陵在 2021 年第 12 期《中国民航》上刊发的《滑冰的人们》就是这样的短文，全文只有 2000 字左右。《滑冰的人们》是一首钢琴曲，是指正在广场上滑冰的小女儿，也是指在现实生活中或如履薄冰或身轻如燕的人们。无法定义它是散文还是小说，但它传递的奥义是文学的、哲学的，甚至是美学的。女儿在广场上滑冰的前后两个场景的无缝衔接（后一个也许是虚拟的），像冰鞋滑出的优美弧线，完成了女儿从童年到青年、人类从年轻至衰老的生命历程，让人过目不忘，暗自惊叹：妙啊！程远在 2021 年第 6 期《满族文学》上发表的《老铁·老邱》散文二章，是作者对两位年少伙伴的回忆。莽撞青年时光的回首，虽然没有什么离奇古怪的故事上演，也没有惊天动地史诗般的大事发生，但平实、率性的笔触，每每触及到情感深处都令人心颤，引起强烈的共鸣。写人物，即是写命运——唯有情到深处，并上升为哲学的思考，才会引起共情。故乡在 2021 年 10 月 13 日《辽宁日报》上发表的

《山脊上的农事》，是他送给云南哀牢山的别样赞歌。作者视角独特，言简意赅，以 17 万亩美不胜收的梯田开篇，由衷地赞叹大自然的伟力，热情讴歌了勤劳、勇敢的少数民族同胞。哈尼族人民因地制宜，"靠山吃山"，用智慧和汗水描绘出天地之间壮美的画卷，令人赞叹。

2021 年是中国共产党成立 100 周年。辽宁作家牢记使命，创作出许多优秀的散文作品，以文学的形式对中国共产党的百年历史进行了概括性的总结与梳理，从不同视角呈现出新时代祖国大地上发生的巨大变化。这是"文学辽军"践行习近平总书记"讲好中国故事，传播好中国声音"要求的又一次集结与出发。现就 2021 年全省散文创作作一简要述评。

辽宁散文创作概述

一、歌咏与传承

省内各文学机构精心组织了多种重点选题的文学创作，深入开展基层文学创作活动，共庆伟大、光荣、正确的中国共产党的百年华诞。其中，《百年颂——百名作家百年礼赞》和《2021 辽宁文学散文报告文学卷》是一系列主题创作活动中两个较好的成果。两本书共收录了省内外作家的散文百余篇，作品均以重点题材为载体，从不同年代、不同角度，全面、系统地展示了中国共产党百年风云的光辉历程，热情讴歌了伟大的时代和人民。

作家个人文集也紧紧围绕主题创作展开。东北被誉为"共和国工业长子"，中国工业的摇篮。如今，曾经创造奇迹的地方怎么样了？张瑞的《圣地工人村》以个人的成长、家庭的经历为线索，佐以大量的史实、资料，使书写更有时代性、历史性。本书既是对历史的铭记与纪念，更是对艰苦奋斗、甘于奉献精神的歌颂。此外，单篇作品也令人瞩目。周建新的《静静的鸭绿江》《一位老英雄的两个战场》，金方的《父亲镜头中的共产党人》，刘文艳的《连心井》，古耜的《红土地上的瞿秋白》，王文军的《百年踪迹世世心》，庞滟的《绿水壶里的故事》，张翠的《穿越"北极海"》，谷子的《烈士墓前，那个红衣少女》（外二篇），李玲的《寻找一条河流的记忆》，海默的《最初的灯盏》，花溪水的《寻迹兰家大院》，贺传峰的《"将军"坐飞机》，于永铎的《那君兄，你是大连的脊梁》等作品，均过目难忘。作家们以敏锐的目光、开阔的视界、鲜活的语言，从一事一物入手，一河一江起兴，穿越时空隧道，拉开往事的序幕，或追溯精神成长史，或重温红色记忆，或书写新农村建设，或为抗疫英雄写下壮丽的诗章……有追记，有缅怀，有赞颂，有歌咏。情深深，意绵绵。重温历史，再现当下，为更好地铭记与传承红色传统，做出了自己应有的贡献。许多作品发表后，很快被《海外文摘》《散文（海外版）》等转载，得到了更好的传播。

二、乡土与乡情

本年度，乡土文学再次被重提，缘于一本书及一个专栏，或者反之，是一本书和一个专栏使乡土文学的创作重新吸引了更多关注的目光。

（一）辽宁美术出版社 2021 年 2 月出版的《绽放：在希望的田野上》是由辽宁文学院组织编辑的小说、散文合集。可以说，这本书是对近年来我省乡土文学创作的总结，书中收录了素素、邸玉超、闫耀明等 19 人的散文作品。正如序言所说："乡土文学创作一直是辽宁文学创作的重要一维，广袤而深沉的黑土地以其博大的胸怀滋养着生长于其上的人们，也为辽宁的乡土文学创作提供源源不断的养料。"其中，孙惠芬的《在故乡识别安详》、高海涛的《清谷天》、王本道的《乡土的味道》、贺颖的《曾经大雪封门》等作品，都是可圈可点之作。在新与旧、快与慢的纠葛中，解决温饱之后的乡村再不是记忆中的模样，然而，那里仍是情感渴望皈依的原乡。字里行间充分表达了作家们对情感的珍视，对时光的敬重，对土地的挚爱。

（二）2021 年第 10 期《鸭绿江》头题"'新辽西派'散文专辑"刊发了 10 位作家的作品，同时配发了宁珍志、高海涛、古耜、洪兆惠关于"新辽西派"散文四人谈《生命与审视 乡土与反思》。评论中说，"新辽西派"散文作家把写实性与写意性、文学性与地域性有效地结合在一起，他们追求汉语人文精神和世界审美视野的语言，写出了辽西人对那片地域的特殊情感。一方水土养一方人。本专辑如风俗画，从土地、河流、车站、树木、乡路、院落、酒事等具体事物引发思索，呈现出新的历史时期新型城镇化和乡村振兴潮流下的乡村面貌，是新一代作家的寻根之旅，是"记得住乡愁"的特别奉献。作家们怀着朴素的情感，客观的评判，理性的思考，克制的书写，从容的心态，重回文学现场，重塑乡土精神。魏泽先的《旱地》、崔士学的《一座城市拥有河流》、袁海胜的《青涩小站》、周艳丽的《一个人一坡地》、李广智的《大地的呼吸》、郭宏文的《一条路能走多久》、胥得意的《辽西酒事》、张福燕的《倭瓜爬满院》、蔡雨艳的《回归泥土》、赵海波的《归南山》，或写家庭史，或写村庄史，其实都是在写乡村生活史。乡情、乡思、乡恋、乡愁，如那条蜿蜒曲折的乡路，如屋顶不绝如缕的缭绕炊烟，永远萦绕于脑际、心间。

三、"专号"与"专栏"

2021 年第 2 期《满族文学》为"全国女作家专号"，并配发了评论文章，出刊后反响较好。其中，沙爽的《潮与蟹》是童年时代关于西潮沟淘蟹的回忆。沙爽的语言时而丰赡、陡峭，时而婉转、周正，紧张感与优雅的调性交替转换，仿若潮与潮的冲撞，最后总会划上一道优美的弧线，相安无事地退回波澜不惊的原初模样。牛寒婷的《隐秘的阅读》道出了对阅读的理解以及阅读为她带来的改变。她的文字有着规矩、严谨、守成的质地，仿若逻辑的狂欢、思维的革命，充满哲学与美学交融的双重意义。

2021 年《鸭绿江》为刘恩波开设了"书页折痕"专栏。他读书，更是在读人。他的读书笔记是隽永的诗歌欣赏、深刻的美育课堂。他在读过的书中翻找令他感动、惦念、冥思的字词句章，如淘洗出的粳米，和颜悦色地呈送给读者，并与之促膝长谈。或者，在叶片滴翠的微雨夜晚，在鸟鸣惊心的山间茶舍，独自检索、盘点难忘的前尘往事，悠悠走一段回程。书中的人物、景象、气息与自己杂糅在一起，分不出彼此——或者有意不分彼此，让尘封岁月中曾经触动心灵的事物如青青草色、田田香荷，暗送清芬，宽释情感，安慰心灵。

四、单音与清唱

母语之于鲍尔吉·原野来说，既指汉语，又指蒙古语。2021 年第 10 期《鸭绿江》刊发了"重现的镜子·鲍尔吉·原野卷"，不仅刊出了原野的作品选章、文学观点，同时配发了聂尔、乔雨书的评论和高晖的印象记。原野把优美、天真、灵动、别致、智慧与思想，源源不断地贡献给了他的母语。2021 年第 10 期《草原》刊发了他的《星星上的盐》，写草原上的鸟儿、风、天空、树、云朵、黄昏、雪、蜻蜓与小孩。他是诗人。君不见整篇都是诗吗？他是孩子。本色、率真、单纯、好奇、热爱、不世故、不骄奢。不温不火却充满锐气。他是智者。幽默、诙谐、高贵、沉浸。他的散文清丽却不肤浅，自然却不芜杂，浓稠却不俗艳，芳菲却不甜腻。他的散文充满韵律，饱含深情，哲思深刻。他严肃、认真地看待生命与时间，用智慧化解生活中的紧张、荒唐。他的生命力旺盛，使文字始终呈现出茁壮、昂扬的态势。那些草原一样水草丰美的文字，是他献给大地的无尽的情诗。

王雪茜厚积薄发，年内出版《折叠世界》《时间的折痕》两部散文集。她以探寻幽微的专注视角解构文化、剖析人性、领悟生活，洞若观火，明察秋毫。她的言说涉及小说、戏剧、电影、美术等文学与艺术的广阔范畴。她的语言是银质的，不刺眼，不抢镜，却总能稳稳地落在读者的心窝。同样，她的语言也理性、干脆、达观、干练，却暗藏魔力。

五、断章与特写

素素在 2021 年第 8 期《北京文学》上发表了《阿尔莫克莎产房》。在藏语中，阿尔莫意为"龙"，克莎意为"新房子"。在四川，她遇到了"阿尔莫克莎民居博物馆"——特殊的藏式碉楼，既是供家人居住的房子，也是防御外敌的工事。在拾级而上的参观中，她被四楼那间小小的产房深深吸引。那是诞生一个个婴孩的密室，也是神秘的生命宫殿。犹如远古的秘境追踪，作者以精准的语言、饱满的姿态、克制的情感，将史实与事实交融在一起，使史不枯，事不杂，情不泛。选材有量，叙述有节，情感有度，一篇短文即可显现大家气象。

李皓在 2021 年第 1 期《长城》上发表了《一粒稻米的伦常》。他将出生于"米粮仓"东北的成长经历、生活经历与对稻米的认知紧密地联系在一起，沿时光之河逆流而上，讲述了许多与稻米相关的历史与往事，情景交融，饱含深情。"稻，有时候是一粒米，有时候则是道。"此时，稻米已经不仅是人类生存的口腹之需了，而且成为承载中国传统文化与精神内涵的有效载体。本文发表后，即入选长江文艺出版社出版的《2021年中国散文精选》和辽宁人民出版社出版的《2021中国散文精选》。可见，这"一粒稻米"已经引起共鸣。

满族作家宋占方在2021年第6期《满族文学》上发表的《赶牛》被2022年第1期《散文选刊》转载，并入选《2021年民生散文选》。作品记叙了童年时"赶牛"的经历。短短四天，他随着老朴头送牛群进城，小小少年亲见牛救了小伙伴以及城里人对牛的不同态度，从而懂得了孤独、无助、善良与悲悯。人的成长有时在瞬间完成。作者正是选取了这样一个横截面，专心致志地陈述、描绘与抒怀。线性的阅读没有难度，却单纯而诚恳，值得细细品赏。

胡海迪在2021年第5期《芒种》上发表了《方言土语也风雅》。这是一篇集思想性、知识性、趣味性于一体的文化随笔，作者追溯了作为现代汉民族共同语、文明标志"雅言"的普通话的起源，以及在全人类范围内普通话与方言的辩证关系。方言是每个人的胎记，是另一条脐带，是人类的生命之源。方言是口口相传、世代绵延的珍贵的"非遗"物质，是中华民族汉语言文化中不可或缺的组成部分。在当下如何对待尚存的方言，方言所附带的文化意义有哪些，这些问题在文章中都会找到答案。他发表于2021年9月17日《中国艺术报》上的《艺术家开会琐谈》想象奇谲，神思飞扬，语言极具弹性与张力。运思独特，运笔老到，亲和、自然，毫无艰涩之感。漫游而不漫漶，圆润而不圆滑，松弛而不松散。一篇身边人物众生相的短文，却写出了作者观察之细微、专注，语言之诙谐、幽默，思想之跳跃、轻盈，意境之明丽、清朗。这种慧眼独具不正是评论家所具有的本领和才能吗？

李大葆在 2021 年第 2 期《芒种》上发表了《天子重墨》。该文详细解读了乾隆皇帝洋洋四千言《盛京赋》的内容主旨与精神内涵，赋文成因、时代背景、治国理政的胸襟与抱负，以及赋文在国内外的广泛推广与传播等种种记述，使现代人清晰、直观地理解了峭拔、古奥的赋文。通篇夹叙夹议，情景相应，起伏跌宕，酣畅淋漓，情感饱满充沛，语言鲜润多汁，文风缜密、精准，时而响起猎猎风声，时而回旋清磬之音，汪洋恣肆，挥洒自如，不失为一篇耐人寻味的赋外之"赋"。

程远在 2021 年第 2 期《牡丹》上发表了《朋友二题》，在 2021 年第 6 期《满族文学》上发表了《老铁·老邱》散文二章。这两篇作品是作者对少年伙伴的回忆，对莽撞青年时光的回首，虽然没有什么离奇古怪的故事上演，也没有惊天动地史诗般的大事发生，但平实、率性的笔触，每每触及到情感深处都令人心颤。写人物，即是写命运——唯有情到深处，并上升为哲学的思考，才会引起共情。流畅、自然的叙述中，时有蜂拥的往事被唤醒，而欲言又止、无语凝噎的情感深藏其中。

另外，刘嘉陵的《滑冰的人们》、孔庆武的《北京：七个瞬间的随想曲》、张少恩的《散文四篇》、季士君的《石河驿》、杨松的《如花美眷》、扈哲的《秋叶之歌》、郭颖的《秋日四章》、刘一秀的《理发匠老韩和"韩老妈子"》（外四篇）、尹伟达的《千里来看一座桥》、孙传生的《何处是吾乡》、代宝学的《夜来香》、尹光磊的《儿女情长》、赤州的《五棵柳树》、刘殿海的《追忆父亲》、文逊的《老房子》、葛文芬的《棉袄罩儿》等，念亲人，怀故里，抚摸土地，亲近自然，旁征博引，谈古论今，纵横捭阖，洋洋洒洒，均各有千秋。

辽宁散文创作存在的问题以及由此引发的思考

第一，从本质上讲，散文在继承传统散文特质的同时，它的肌理与样貌都在发生着变化，时间一直在等待着新的书写方式的出现。在文化大散文、历史散文、乡土散文等"流行"过后，已经有相当长一段时间没有标签性质的散文"类型"出现了，一些跟风的作者也安静下来，等待、观望，散文创作似乎回到了它应有的位置。但是，也许是河流转弯之前的降速与迟疑，新的散文态势仍不明朗，更多未知仍在持续期待之中。

第二，中国六朝以来，为区别韵文与骈文，把凡不押韵、不重骈偶的散体文章统称为散文，后来又泛指诗歌以外的所有文学体裁。这种粗线条的划分至今仍在沿用。那么，如何理解散文与其他文体的融合、兼容？散文向何处去？除了上文所提及的散文类型创作，2021 年，自然、生态、环保题材的书写显得更为"风光"，但它更加强调纪实性、原创性、在场感，并上升到思想领域的提审与问讯，甚至意义与思想的阐释已拓展到更加形而上的境地，使当下的散文与传统的报告文学、随笔、回忆录、传记等体裁有了交叉地带，这与散文本质意义上所说的"形散神不散"是否合拍？或者干脆说，现在的散文等同于非虚构吗？而实际上，如此建构出来的优秀作品，也还在期待之中。

第三，关于乡土与乡情的书写依然泛滥，或者说，只陈述个人过往的乡村生活，或经年之后再回乡土遇到故人引发的回忆，诸如此类的文章随处可见，只是个人经历稍有不同（有的基本相同），不用读下去便知下文如何。提笔之前，不妨想一想：当童年或过往的回忆让你难忘之时，是否可以感动读者，并提升到关注与关怀人类共同命运的层面，而不是单纯的就事论事。你是否具备这个能力？如果只负责倾诉或自说自话，则不在此讨论之列；如果作为作品拿出来发表——这样的书写离真正意义上的写作还有多远，值得思考与商榷。

第四，在日常生活的焦虑中，是否有一种叫"写作焦虑"？有人把写作作为诸如打球、广场舞一样的生活必需和消遣，写不出来、写不好就焦虑。或者相反，如自来水管一样如常"自来"，天天、时时有"作品"问世。这也让人焦虑。散文写作贵在寄情于事、融情于景、寓情于物，托物言志，贵在真、善、美，贵在用心与专情、意趣与调性。其实，作家的视野与格局、对生命与疼痛的感知与体会，这些看似虚无缥缈的东西，最终决定了散文作品的质地与品格。因此，对于作家而言，"牙膏式"的书写或滑爽惯性的写书，既浪费了自己的情感、精力和体力，也浪费了传媒的公共资源和读者的宝贵时间。这样的书写可以休矣。有责任感、使命感的作家，请慎重下笔。

"文运同国运相牵，文脉同国脉相连。"2021年，正值建党百年的难忘时刻，也应该成为作家们反思自身创作的良好契机。习近平总书记指出，推动文艺繁荣发展，最根本的是要创作出无愧于我们这个伟大民族、伟大时代的优秀作品。那么，作家应该如何记录下民族复兴的百年？如何铭记光荣传统、传承红色基因？如何不忘初心、牢记使命，续写出无愧于光辉岁月的崭新篇章？相信时间会给出答案。

由于时间仓促，视野有限，挂一漏万、遗珠之憾实属难免，望读者海涵。

2021
辽宁诗歌
述评

开卷力作或诗歌小辑

2021 年第 3 期《诗潮》"开卷力作"刊发了王天武的组诗《王天武的诗》，这组诗占了七页的篇幅是有道理的。先来看看三首诗的选段。"在瓷娃娃面前，/ 茨维塔耶娃是巨人；/ 普希金雕像对于瓷娃娃则太大太大。/ 茨维塔耶娃带着瓷娃娃行走，/ 最终摔碎在老屋的地板上，/ 摔成三瓣。她把碎片捡起来，/ 摆在书桌上，其中一瓣，/ 和自己 / 完全契合"（《瓷娃娃》）。"我知道我不是一个好诗人。/ 我忘了天真。天真的确不能做什么，/ 她能给你诗。/ 她还能给你天赋。窗外下着雨，而你 / 利用温差在玻璃上画雨"（《诗人的天赋》）。"每次看到平房，成排的冒着炊烟的平房 / 就想起我小时候的家，自从搬到楼上 / 就没疯跑过。那种几个孩子在街上打闹 / 傍晚时炊烟升腾的样子，几乎是电影"（《电影》）。他的诗有异质感、空间感，仿佛身处多维境地，在幻觉与现实中自如转换。他与思想者在一起，也与童年的自己在一起；他有超验的幻象，也有朴素的乡情；他有客观的理性思考，也有主观的感性体验。他的皮肤有雨水的湿润，也有渴水的干燥；他的目光有历经的沧桑，也有稚童的闪亮。淡然中透出深刻，平实中浸润深情。

2021年第1期《诗潮》上刊发的三位辽宁诗人的诗作令人印象较深。金辉的诗容易让人想到共同的童年。"我第一次骑在我爸的脖子上／那么兴奋，为的是／脖子上和马戏。但是／一块乌云悄悄地移过来／我们一点也不知道。／那只狗熊熟练地滚动着皮球／但是看起来一点／也不高兴，可是我们／什么也不知道／那只山羊在走过钢丝后／嘴里咀嚼着什么／几个粗大的雨点落下来／可是我们什么也不知道／直到一场躲不掉的大雨／从瓦盆里猛泼下来／我们意犹未尽地冲出戏棚／至于那未能找回的门票钱／我们什么也不知道／回到家里，我妈说／都是穷苦人，罢了罢了／那究竟是多少钱，我们／一点也不知道，但是／我第一次震惊于穷人的慷慨"（《马戏》）。一场不甚了了的马戏让他至今难忘，是有原因的。狗熊滚皮球，山羊走钢丝，甚至老虎钻火圈、大象卷木头，那是童年时关于动物与人类融融相处的最初教育，也是有关动物在自然界中所处位置的直观思考，更难忘的是母亲善良性情的真实流露。他的诗在一场未完成的演出后，给读者提出另一个问题，如点燃爆竹的小小火光，虽引起无声的"炸响"，但思绪如红色碎屑刺目、入心。"睡着睡着就和雨一起醒了／听着雨声浸透了窗户／不打算再睡。我曾经幻想过／以任何方式存在／但从未想过躺在雨水里"（《凌晨四点的雨》）。丝丝的沁凉随雨雾弥漫，如淋漓的雨脚久久不歇，而清醒地"躺"在这样的雨中，心境不言自明。

于小斜的雨是另外的样子，似乎有更多的内容。"听到不大的雨声／可以确定是雨声／地面应该湿了／但不会出现水洼／夜里的水洼通常由灯光照着／幽微闪烁／像一段湿润的故事／让人沉默"（《像霓虹》）。作者毕业于鲁迅美术学院。或许是因为有坚实的美术功底，这组诗画面感极强，透过文字仿佛看到灯光、雨水、人影交织的蒙太奇镜头，印象画一样。而且也看到色彩和光影，甚至连情绪都是动态的，具有色彩。"抑郁测试结果 / 黑漆漆的一团 / 而另一个人的测试则是 / 粉色的 / 看起来愉快是 / 粉色的 / 柔和清浅"（《愉快是粉色的》）。这样的"雨"更有主观的意念和美学况味流荡其中。

冯金彦的长诗《石头赋》共四十小节二百余行。长诗以一块石头做喻体，演绎出层出不穷的多重意义。"一个人　一旦走进石头 / 就走不出来 / 一年一次 / 人们在石头前哭 / 只是怕名字寂寞"。这里有比石头还重的情感的分量。"一个男人的眼泪 / 比世上所有的石头都沉"。这里有石头内敛、深邃的力量。"坐在石头上 / 眺望远处的石头 // 在一场大雪中 / 想念另一场大雪"。这里有由距离生成的蚀人心肺的怀念。"石头墓碑 / 是最后的一颗牙齿 / 把生命留下来的苦难 / 细细地咬碎"。这里有对死亡与生命的认知与思考。凡此种种，不一而足。

2021 年第 1 期《满族文学》发表了三位辽宁诗人的作品。高凤超发表了组诗《数灯》。"山水这样梦见过云雾里的自己？/ 隐现的日月，饮溪的小鹿，飞起的鸟…… / 那梦里的 // 一个人，从云雾缭绕的山中走出来 / 他不知道 / 自己被梦过"（《国画：水墨山水》）。很容易让人想起朦胧、断章、参差、交错等词语，想起中国传统文化中的虚、静、空的意境。"一个微小的孔 / 是我在一面很大的橱窗玻璃上 / 见到的 / 它让一道缓慢延伸的裂纹 / 走到了终点 // 孔用它的内容告诉我 / 没有空与无 / 不能化解的 /…… 在此之前 / 它就隐身在这个会出现的地方 / 等某人认准它的位置 / 然后忍住一次 / 被洞穿的剧痛"（《孔》）。四两拨千斤，以轻巧、智力、闪转腾挪取胜。"孔"隐藏于光滑的平面中，谁是谁的"软肋"，谁是谁的硬伤，擦伤或致命根本不会明了。作者以类似太极的手法轻松构建了一种事与物、表与里之间的共振与平衡，有效地将隐与现、标与本的思维活动渗透其中。

满族诗人郑春发表了组诗《最好的影子》。"面对的这片蓝对我而言 / 不过是糊在天上的一张壁纸 / 撕开它就会看到 / 藏在后面的黑暗、风暴和波涛 / 我还是喜欢正常的样子 / 比如几缕白云，一寸一寸挪过来 / 在蓝底上划出白道 / 像头顶，缓缓沁出了白霜"（《蓝》）。结句别致、新颖，但并没有超出常规的冒犯。一切粉饰皆有所隐藏，唯自然无比珍贵。作者控制诗句的节奏很好，看似轻至"无所用心"的语气，却是底气十足的思想火花的瞬间呈现。

姜春浩的组诗《菊辞》中有这样的诗句："一根圆木，躺在雪地上 / 躺在自己生前的影子 / 路过的地方 // ……记得当时 / 它重重地倒在雪地上 / 整座村子都颤动了一下"（《归宿》）。不过是倒下的木头而已？非也！轰然倒塌的不只是一棵圆木，它本是一棵树！它曾有过呼吸，有过影子，它的重重倒伏应该是一种大事情——看似平常之事，但凡与生命相关，便无法轻松。

外省诗刊，辽宁诗作

李轻松在 2021 年第 1 期《扬子江》上发表的组诗《三江源》，让读者看到了作者对大题材的掌控能力和诗意的开阔之境，不笼统，不空泛，读来有超擢之气升起，仿佛腰身也不由自主地挺了起来。"敦，大也；煌，盛也，你是九月的金箔 / 是月光的水银，众多的神汇聚于此 / ……莫高莫高，你在众生之上 // 静谧，安详，我看见黄昏骑着玉笛 / 飞过鹰隼的天空。宝石蓝中，/ 一个盲诗人的行吟，那场顶礼 / ……莫高莫高，你在万象之上 // 不是春天的少女，不是秋天的黄金 / 而是明月高悬下，一场灵魂的出游 / ……让十万匹丝绸打开，万马狂奔 / 莫高莫高，你在众神之上"（《天上敦煌》）。一咏三叹，层层递进，节奏应和如节拍，铿锵律动。"这魔幻的街道下午，一种拉美时空 / 残垣里的俱乐部与幼儿园 / 离心脏最近，离祖国最远 / 从坦克报废，到乳汁废弃 / 阿克塞，我身体里的西伯利亚 / 被流放的下午，从非我到我的夕照 / 让山鹰低垂，让疾病落马 / 这颓废里的欢宴，我心里没有一个神仙 / 阿克塞，这空空荡荡的魔幻下午"（《阿克塞：一座魔幻现实主义的城》）。从中真切地感受到茫茫荒野中孤单独行的诗人胸中的潮涌。荒野如魔幻的布景，除了骄阳、山峦、风、荒废的下午，什么也没有。但正是这份非人类的"荒"，却让"我"想到了更多人类和确切的情感。这份情怀包容万物，却作用于心灵。

李见心在 2021 年第 1 期《诗林》发表了组诗《以雪为号》。"玫瑰总要搭配百合才好 / 一半矜持，一半开放 / 让爱情维持原状 / 在回忆中想象 / 披雪列车经过时的颤栗"（《百合与玫瑰》）。李见心的诗少有女性常见的柔弱之笔，即使写爱情开出的花朵，也能听到从骨骼中发出来的声音。决绝，干脆，陡峭，骨感，不虚妄，不叫嚣，是硬碰硬的全情投入。"多么哲学的一天 / 连太阳撞到南墙也要回头 / 时光之轴的转折点上 / 雪花敲开了黑暗的骨头 // ……你几乎看见了鹰眼般的天启 / 又白茫茫无法捕捉 / 老虎在病中一跃 / 迎来了梅花发情的一刻 // 有那么一刻止住了混乱 / 诗歌找到了嘴唇 / 如此悖论的一天 / 稀薄的雪片闪着磨刀的光"（《冬至遇雪》）。她的诗充满相融的悖论、哲学的思辨，是铁打出的钉，盐结成的晶，恳切而无回旋之地。

王文军在 2021 年第 1 期《牡丹》上发表了组诗《看见满天极美的繁星》。"北上的途中，我丢失了几个同学 / 西行的路上，又丢失了几个朋友 / 有几条河流，趟过之后 / 就消失了，无影无踪 // 捡到的几块石头，陪伴我好久 / 也丢在了一座大山上 / 我甚至不确定，我身体里 / 住的是我，还是别人 // 坐在一棵树下休憩，我开始盘点 / 一路上，丢的东西太多了 / 身上的携带已所剩无几 / 刚刚，走进树荫后 / 我还丢失了自己的影子"（《丢的东西太多了》）。这里既是对过往生活的追忆，也是深刻的自省、痛彻的反思。"丢失"是一个双关语，它的寓意深刻，精神含量十足。读完这首诗，仿佛看到作者于繁星密布之夜，安然孤坐树下，于天地之间跟随星辰完成一次可贵的精神漫游。

2021年第2期《海燕》发表了刘双立的组诗《故乡依然飘着炊烟》。沉默的石碾、空荡的院落、仰着笑脸的向日葵、脸上挂着笑容的农人、故乡的炊烟……可以说，这是农耕文明的延续，也是对传统文化的深情回望。作者的语言平易自然，清新淡然，不急不躁，娓娓道来，像一个个定格的镜头，映现出故乡的温馨画面。

转载与入选权威选本

《新华文摘》是由新闻出版署主管、人民出版社主办、新华文摘杂志社编辑出版的大型理论性、综合性、资料性文摘类权威期刊，近年来，偶有诗歌选辑编发。从全国浩如烟海的近期所发诗作中遴选诗作入辑，一方面说明编者紧跟当下时势，紧扣时代脉搏，具有广阔的视野、兼容并蓄的艺术修为，另一方面说明所选诗作的价值取向、艺术水准均属上乘。据不完全统计，李皓发表于2020年第2期《诗歌月刊》上的《佚园的假山》、王文军发表于2020年第5期《鸭绿江》上的《回乡书》，均被2021年第6期《新华文摘》（半月刊）转载。

辽宁诗人每年都有相当数量的诗作入选全国各种权威诗歌年选。比如，在花城出版社、长江文艺出版社、漓江出版社、辽宁人民出版社、现代出版社、新华出版社等出版的诗歌年选中，均可看到辽宁诗人的身影。因无法具体统计，此处不赘。

创作与译介并举

冯岩不仅是诗人，还是译者。他在个人创作的同时，还翻译了许多外国诗，为中外诗人之间更好地沟通与交流，架起了一座纸上诗意之桥。2021年第2期《诗歌月刊》"国际诗坛"栏目，发表了冯岩翻译的英国桂冠诗人卡罗尔·安·达菲的组诗《斯坦福德女校女孩的笑声》（节选）。翻译作品除了遵守"信、达、雅"的原则之外，译诗更增加了另一层难度，即不单是两种语言书面语的直译与转换，诗意地呈现原作的文本内涵和精神实质更为重要。这不仅考量译者的译介能力和水平，而且也是对两种语言背景、两国文化特质等内容的综合考验。冯岩在这几点上把握得较好，正如杂志主持人阿翔所言："冯岩女士翻译的达菲的长诗节选，刚柔并济，亦庄亦谐，形式上不求标新立异，但观念上却绝不墨守陈规。"

在辽宁，既是诗人又是译者的人还有一些，他们具备双重视角、广博视野，这对他们更好地理解诗歌的要义，减少国际间文化的差异，有意识地提高创作自觉，开展创作实践，是非常有益的。

夏之卷

宋晓杰

开　卷

　　柳沄在 2021 年第 6 期《鸭绿江》"重现的镜子·柳沄卷"专栏刊发了《柳沄的诗》(11 首)。这一次集中展示，是回顾，也是总结。柳沄的诗简约、精干、严苛、自律，甚至带有一眼可见的精神洁癖的特质。如中国传统美学的不枝不蔓，举重若轻，恰到好处，多一枝、少一石都不妥。他的淡定，或曰自持，让他近乎顽固地遵守着内心的律令，不为外物所扰，不被俗世所侵。他沉在自己的世界里，既像个单纯的孩子，无功利，少心机，无拘无束，直言不讳，毫无芥蒂地坦陈烟火中"大人世界"里视而不见的"真理"；又像个通灵的哲人，理性，客观，超然物外，淡然自若。他擅长调动眼前所见的平常之物，轻轻点拨，便可达到内与外、上与下、感性与理性、具象与抽象的恰切平衡。这并非随意为之，而是他把自己完完整整浸润其中所造就出来的自然的生命状态，细品便能品出其中的余味儿来。他向内心掘进、向外部拓延的精神活动无迹可寻，唯有通过一首首诗的表述精准地呈现出来，并由此记录了他上溯古典、下追未来的诗歌品质和诗学主张。他是一个最"像"诗人的诗人，不管他还会创造出什么样的诗篇，都将是他独特的"那一个"。

断　章

马强在 2021 年第 5 期《海燕》上发表了组诗《倔强的樯橹》。这是面对大海的独语，像倔强的樯和橹，既是温柔的介入，也是执着的自持。"面对蓝色的液态火焰"，他的命运像这两个意象一样始终与海缠绕在一起。或者也可以说，即便不写海，写玻璃窗、山、桥、风中的槐花、守岁，也能表达出内心的波涛与动荡、沉坠与坼裂，展示出他的胸襟与气度。他虽面无惧色，凛然沉着，但内心的戏剧冲突异常丰富。这正如他的诗所表现出来的张力，也有看遍风雨后的审慎与通透。"我总愿意相信 / 透明的事物 / 会更容易留下记忆之美 / 万物降临，神秘而和谐 // 有宏大久远的梦境 / 越在深夜越静得具体 / 像一块不计前嫌的玻璃 / 体内藏有均匀的碎片"（《玻璃或玻璃窗》）。惊叹于他能够让巨大的反差、表面的光华与内心的破碎平起平坐，又看不出有什么不妥。"暮色中的渔船残骸，不再关心 / 挥舞的手臂和伤心的别离 / 只与身边的沙子慢声细语 / 交流着彼此在心底的重量"（《沙滩上，渔船的残骸》）；"蒙霾的初冬 / 在白天，我洗清自己的纹理 / 让遗憾区别于忧伤，让爱更像爱 // 我们又一次相见 / 漫山遍野的荒凉 / 使人很难寻到出路 // 只有年久失修的星辰 / 辨识着我的皮囊 / 和你的骨头"（《那座山》）。越粗粝，越深情。像击碎岩石的浪花，能动能静，是眠床，也是醒不来的一场大梦。

孙大梅在 2021 年第 4 期《诗潮》上发表了组诗《孙大梅的诗》，共 11 首。这组诗似乎有所变化，能够感知到她对自己的要求，不断设置障碍，再翻越；不断锤炼，再打铁、捻钉。这组诗短小精悍，最短的一首诗只有四句，果真如钉子般准确地穿透"麻袋"，现出锋芒。而另一些"芒刺"，也让心尖儿一颤。"夜幕降临 / 大地上突然晃动着一片片小白点 / 仿佛一群天外的来客 / 一块块白色的膏药 / 把整个地球人的嘴粘住了 / 这是人类历史上 / 第一笔让所有人惊恐万状的暗伤"（《暗伤》）；"月光下两棵树的影子 / 被风推来推去 / 它们之间的距离 /——在望风捕影中叹息"（《寂寞》）；"这一生要走的路 / 仿佛都已走过 / 没有什么会让我再次心动 / 生活如故 / 只是有些人还没有出现 / 而我走的路已经快要结束"（《仿佛》）。总结，回望，重温，缅想。秋天越过山冈，看到了果实和金黄，同时也感觉到拂面秋风的微凉。但作者的诗写哀而不伤，让人看到了坦然、冲淡的生命状态以及越过沧海桑田之后的处变不惊。她还在 2021 年第 5 期《海燕》上发表了组诗《每个人都有至少三个故乡》，这组诗更能体现她在文本内外的自如穿行。一个生命自然地生长、成熟，不同文化、不同文明的滋养是不可或缺的有益成分。不管是旅居国外，还是在北京、沈阳安身，心灵深处久久忆念的，仍是令她惊喜、他人熟视无睹的那份平常的紫。"阿姆斯特丹的紫色 / 留在雨中，梦里的那只蝴蝶 / 引我回到了家乡 // 五月的古城，春风浩荡 / 浑河两岸的丁香，一片紫色的蜂巢 / 每一朵都那么小 / 却背着一个袭人的香囊 // 九月棋盘山上的野菊花 / 只需弯下腰来 / 就可以亲近它们星星似的眼睛 / 它们带着泥土香气的紫 / 可以入药，可以扶桑 / 它里面还藏着紫色的小小诗心"（《紫色》）。显然，五月的小小丁香花瓣儿，九月的野菊花，于她都是神秘的药，医疗乡愁——谁是谁的"药"，只有当事人最清楚。

王文军在 2021 年第 5 期《鸭绿江》上发表了组诗《看见满天极美的繁星》，在 2021 年第 4 期《辽河》上发表了组诗《风吹草低》。这两组诗仍旧保持着他原有的诗风，以眼前事物、个人经验入诗，平静地压下胸中的浪涛，转而把目光望向辽远的星空，传递出对世间的理解、善意和感恩。"月光如此干净 / 几个孩子 / 在村头的空地上忙碌着 // 他们一会儿看天一会儿看地 / 看那些被反复挪动的小石头 / 是否摆对了距离和位置 //……这些闲不住的孩子 / 正在让石头学着星星站位 / 期待它们发出光芒"（《摆星星》）。像清溪和繁星一样闪亮的品质，寄寓着理想与未来。"曲河绝不贪图省事 / 即使万里之遥 / 也流得不急不躁 // 只因走过足够曲折的路 / 曲河，才如此平静地 / 把前途变为归途"（《曲河》）。都说静水流深，当阅尽人世繁华，浮沸的喧嚣已远，内心仍然葆有冲天的愿景，那就交给鹰吧。"黄昏的口袋 / 装进万物 / 只有那只鹰除外 / 此刻，它从我的头顶掠过 / 展开的翅膀，把夕光 / 剪成碎片，秋叶般飘落 // 空荡荡的天空 / 被一只鹰的孤独填满"（《一只鹰》）。一只鹰的孤独足够抵消空旷、萧索与寂寥的总和，因为所有的坦途都是自我成就。

王爱民在 2021 年第 4 期《阳光》上发表了组诗《太阳是一顶手织线帽》，在 2021 年第 4 期《鹿鸣》上发表了组诗《沉入杯底的茶》，等等。他的诗的质地是踏实、明丽的，时而有些小俏皮，但灵动的技巧、饶有趣味的表达一点儿也不少。"雨天里 / 还是做树上的一枚菌子吧 / 用潮湿的心情 / 守着阳光 / 年年长出嫩嫩的小耳朵"（《时光一跃千年》）。写到悲伤，也是明亮的，如午后的一场太阳雨，完全在可以承受的范围之内。比如："如果悲伤再明亮一些 / 像一片草地 / 经得起推敲的爱情"（《如果悲伤再明亮一些》）。另外，他的比拟独特，时有出奇制胜之语，把阅读的目光瞬间点亮。比如："天空是透明的瓦罐 / 煮着一些细细私语 / 凉凉的风　哽咽着 / 不能将我灌满"（《天空是透明的瓦罐》）。还将出现什么词？拭目以待。

冯金彦在 2021 年第 5 期《辽河》上发表了组诗《生命之重与灵魂之轻》。"下午三点　救护车停下了 / 一个生命跑得太快 / 它追不上 // 我们也不追了 / 只是把他匆忙时 / 忘记带走的名字 / 让神捎给他 //6 点晚餐的人 /

匆忙而宁静 / 不知道拥有这一顿晚餐 / 就是一种幸福 / 甚至因劳累而生怨 / 不知道　这就是一种幸福 / 如果这也是 / 最后一顿晚餐"（《三点》）。由一个常见的生活场景生发出对于生命的深沉思考，是敬畏，也是感恩。看似茫然的对幸福的追问，对琐碎生活的忍耐，步步紧逼的假设，正是思维的持续升级所致，也可以看作不答自明的自况。而对于死亡的态度，更表明了他的达观与彻悟。"我倒下去和一棵树倒下去一样 / 最后的骨头　也是柴火 / 如果人间 / 需要人来温暖 / 让我是第一个 / 也是最后一个"（《无题》）。这样的情怀，自然是大境界的直观体现。

清　音

侯明辉在 2021 年第 3 期《诗林》上发表了组诗《更甚帖》，感叹光阴流逝，人生倥偬，隐约露出中年思考的迹象。"有风，呼呼地吹，像在替我说着话 / 也只有这呼呼的风，回应着我 / 跟我说着：草木的白发、喘息和老去"（《草木诀》）。但岁月馈赠的，还有遍野粮食、果实和生生不息的牛羊。"叶片硕大，果园萧瑟 / 这透明而干净的时光，多像这些落地果 / 多像乡下那些天真的牛犊和羊羔"（《落地果》）。更有成熟带来的沉稳、明净的心境以及含而不露的宽释之心。"有多少深藏的闪电，就有多少寂静 / 比如，一条鱼，正在接近一条暗河 / 再比如，一颗心正在平静下来"（《自语者》）。自语者在自语，也是在寻找共鸣。

吉尚泉在 2021 年第 6 期《北方文学》上发表了组诗《无法扶正倾斜的事物》，在 2021 年第 2 期《回族文学》上发表了组诗《像一片虚拟的丛林》。他的诗多为乡土诗——这样界定是危险的，但他的诗中的确借用了诸多与乡土相关的意象：田野、荒野、雪野及对故乡的回望；耕作的父亲，拾豆的母亲，故乡的炊烟、河流、草原与马队。不管走出多远、多久，他始终怀揣着亲人和故乡，以此使心中的愧疚和歉意稍稍得到平衡。"我的母亲，要倾斜着身子／走向厨房，锄禾归来的父亲／正在擦汗／／隔着江水和群山，我的一双手／无法扶正倾斜的事物／甚至她的内心，那些偶尔掠过的燕影"（《倾斜》）。"路过五月。路过母亲的白发和皱纹／路过父亲的劳顿和咳嗽。路过／故乡的炊烟和寂寥的正午／／路过五月。路过县志里的草原和马队／路过掌灯时分，窗前的低语／依然有当初的执拗和从容，依然在远方／虚构一场重逢，虚构所有美好的事物／都在五月抬头"（《路过五月》）。故乡永远是他的徘徊之路、渴念之所，永远是他祝福的所在，永远是他的信念与希望之源。

程云海在 2021 年第 5 期《芒种》上发表了组诗《春风词》。作者从春天出发，看到春风中的事物在悄悄地萌发，也许是堤岸上的一棵树，也许是街心公园灯下晃动的影子，也许是啄食石缝间谷粒的一只麻雀，也许是心湖中泛起的层层波澜，也许是写给远方的一封信，也许是一座与你有关的小站，也许是春天的一片花海，也许是一个神秘的微笑……惊鸿一瞥中的甜蜜与感动，有着小舟浮于清溪之上的轻盈，仿佛心也插上了隐秘的、轻快的翅膀，在独自的天空与大地之间起起落落。每一次起飞与降落，都是内心潮汐的汹涌助推，不动声色中完成了一次又一次内心的催促与驻留。

高凤超在 2021 年第 6 期《鸭绿江》上发表了组诗《人间的什么值得上天俯瞰》。这也是一组有关乡土的诗，喂鹊，放鸟，小心上树摘梨的父亲，祭牛的董大，讲故事的二奶……那些往事像成长岁月中的"糖"，像寒冬季节玻璃窗上的窗花，他一小口一小口地"舔"，生怕它们倏忽融化。他的语言质朴平静，四平八稳，没有过度的修辞与炫技，但像走马灯中一帧帧变幻的图景，同样令人唏嘘感叹。

于成大在 2021 年第 3 期《满族文学》上发表了组诗《斑驳之美》。这组诗不仅有斑驳之美，还有陌生之美。这种陌生，恰恰是用了词语的本意营造出来的。也许我们想得太多、太远而失却本真之美久矣。"这一夜，一场雨经历了什么 / 是什么让它决定不再隐忍"；"一生中，那些大大小小的坑 / 需要一场大雨填平"（《雨下了一夜》）。"大雪经过天空后，再经过我 / 我希望它经过我后，依然 / 那么白"（《大雪》）。这大约就是功夫锤炼到一定境界的举重若轻吧。

这一季，李霞的诗被译成英文发表于美国第 11 期《诗殿堂》上。她写爱情平白如话，却也细腻动人。她常常会选取常人注意不到的小细节、小动作，让人从中悟出爱的真谛。如："恋人间的和好是世界性的和平 / 硝烟散尽 / 天下太平"（《恋人之间》）；"爱情就像一枚鸡蛋 / 一不小心 / 就碰破了皮"（《那天晚上》）。马红线在 2021 年第 4 期《星星》上发表了《一串灯笼，佛珠捻动的春光》（二首）。"慈航寺，被大雪覆盖 / 万物都在闭门思过 / 世界，在一纸安详的窗花里醒来 / 我眼中的拂晓，婴儿嘴角的一粒奶香"（《拂晓，一朵雪花落在一首诗上》）；"风吹摇椅，仿佛父亲坐在一首歌上 / 思念和温度，轻轻地摇 / 摇痛我的心"（《风吹摇椅》）。他把眼前所见与内心所想、寻常的人世与不为人知的事物融为一体，再细细地打量。其实，"闭门思过"的是他，他不断地提审、拷问自己。这样的情"动"被纷飞的大雪覆盖，更增加了情感的重量。刘抚兴的《我还是要走出去》（外一首）发表于 2021 年第 6 期《海燕》上。这是季节盛衰及时光流逝带来的自检、省察，这也是对视而不见的回驳。寂寥和伤神是难免的，对他而言，这样的表达充分表明了思考的自觉、情感的克制。

秋之卷

宋晓杰

特稿专辑

今年是中国共产党成立 100 周年，也是"两个一百年"奋斗目标历史交汇的关键节点。在这一重要的历史时刻，诗人怎能缺席。事实证明，诗人们正是以饱满的热情主动地投入到了创作之中。他们以历史的宏阔背景为依托，将时代丰富的文化经验、语言经验与个体的生活经验、写作经验有效地结合在一起，以各自独特的声部汇入了新时代动人的交响，续写了一首首华美、壮丽的诗章。

这一季，许多杂志都推出了庆祝中国共产党成立 100 周年特辑、专号、专栏等，以此踵事增华，表达共情的呼声。如《鸭绿江》推出了"东方红——庆祝中国共产党成立 100 周年特辑"，《诗潮》开辟了"迎着新生的太阳"专栏，《芒种》开辟了"百年烈火——献礼建党 100 周年"专栏，《辽河》开辟了"家在营口，同爱一个党"专栏。东来、邵悦、胡世远、萨仁图娅、宁明、王爱民、商国华等分别在《人民文学》《诗刊》《西部》《扬子江诗刊》《解放军文艺》《飞天》《诗潮》《芒种》《上海诗人》等刊物发表作品，抒写了镰刀和铁锤在峥嵘岁月和历史新纪元所创造的丰功伟绩。不论是韶山、嘉兴南湖、井冈山、延安等革命圣地或历史进程中标志性的地方，还是站在时代潮头的粤港澳大湾区、黄埔江畔；不论是遥看日新月异的祖国大地，还是近观重振雄风的家乡辽宁，都洋溢着自由奔放的热情，传诵着春华秋实的乐章。

东来在 2021 年第 7 期《人民文学》上刊发了诗歌《半条棉被》（外一首）。"长征途中，红军进驻偏僻农庄 / 三个女战士借宿的农户穷得没有被盖 / 几人便与农户同盖一床，临行前 / 战士们将被子一剪两半，一半留给农户 / 一半继续陪伴红军续写西行漫记 / 护送女兵追赶大部队的丈夫从此没再回来 / 红军战士也音讯全无、踪影不见"。半条棉被，朴素的意象如一条索引，全文的故事和情绪被它引领着，不知不觉便走进了风雨如晦的艰难岁月，而信念的光辉在黯淡的光影中如一颗颗火热的心，坚劲地跳动着，那平常的字词所营造的气氛如暖流涌遍周身。"谁说它只是半床棉麻缝补的粗布 / 谁说它没有绫罗绸缎那么光鲜 / 谁说它与江山没有因果关系 / 谁说它只是普通得再不能普通的被子 / 把被子从百姓身上揭走的人最终无被可盖 / 与百姓同呼吸、共患难的人，虽仅有半床棉被 / 却被百姓捧在怀里，最后铺满整个江山"。在此，半条棉被完成了一次情感的浓缩、意志的升华，感喟、沉湎之情油然而生。另一首《昆仑山，我为你守住春天》与他发表于 2021 年第 9 期《芒种》上的《我从宝塔山俯瞰黄河》一样，以具有鲜明特色的地标为情感抒发的内核，抒发了一名军人面对祖国的壮丽山河戍边守界、保家爱国的壮志豪情。同时，大好河山的威武雄壮令人陡然心生敬意。

邵悦受邀参加了"建党百年　伟人故里行"湘潭韶山故里采风活动，还参加了中国作家协会创研部和《诗刊》社联合举办的"百年路·新征程"诗歌创作工程。以粤港澳大湾区为背景，她创作完成了 230 行的长诗《大湾区》，诗作发表于 2021 年第 7 期《诗刊》（上半月）。"在大湾区浴火重生的热土上／每一次舞蹈，都是飞向太阳的火凤凰／浪尖拍打心尖，胜览人间大美春光／长江带，珠江三角带，'一体两翼'／的飞翔，成就的不只粤港澳大湾区／还有天空对大海的千古传唱／还有江山对人民的福泽恩养／苍穹辽阔，大海深远，四通八达的路／都通向中华民族伟大复兴的中国梦／浩浩荡荡的未来，一路红船领航"（《大湾区》）。洋洋洒洒，激情澎湃，一条壮美的"海上蓝色丝绸之路"在纸上铺陈，与世界互通，何等骄傲，何等豪迈。通篇读来，心胸激荡，责任感、使命感、自豪感冉冉升腾。

"七月的早晨，我对露珠诉说：／在你清澈的目光里，我看到信念／载着与日俱增的欢乐／奔跑者沿着一条光明的道路／告诉世界，告诉未来／——理想照耀中国""在理想和现实之间／勾勒中华民族伟大复兴的蓝图／有板有眼，字斟句酌／红色的七月哟，听大地之上／风吹稻花，亲吻耳膜／——理想照耀中国"。这是胡世远发表于 2021 年第 4 期《西部》头条上的组诗《七月红》的节选。组诗共七首，200 余行，忽而和风细雨，忽而凝神聚气，忽而慷慨悲歌，忽而撼天动地。组诗重现了嘉兴南湖红船的七月，抒写了理想照耀的七月，歌颂了中国红到处飘扬的七月，赞美了中华儿女肝胆相照的七月，畅想了生活如蜜的七月，让读者看到了在通往中华民族伟大复兴的路上祖国母亲不同的侧面、不同侧面的祖国母亲，拳拳之心，切切之情，感人至深，催人奋进。

众星云集

这一季，辽宁籍成熟诗人在一些刊物的重要栏目中多有精彩亮相。

2021 年第 8 期《作家》发表了孙担担的组诗《春天好像来了》，并配有著名评论家谢冕的评论《初读〈舞者〉》。孙担担的诗在平静中蕴藏着锋芒，内敛中闪耀着温情。既有向内的收束，又有向外的舒展，是内外相宜、动静相融的有效案例。如长袖善舞者，她借文字为肢体语言，传递给读者内心的汹涌，但情感的波涛如旋律的起伏被她控制得恰到好处，节奏分明而不生硬，画面显现而不张扬。这样的举重若轻、游刃有余完全是足以轻松掌控、融合语言与情感的"过来人"才有的姿容，婉转、玲珑却充满深意。"睡眠应该是辉煌的／那些梦，本不该留下／无需赘言"（《赘言》）。是的，从时间深处慢慢走来的人自身便会发光，自身便有分量，从容与淡定无须赘言。"泥土埋住那么多亡灵／在春天／泥土按捺住亡灵欲破土而出的乡愁／生死不可混淆／泥土的歉意挂满迎春树枝头"（《春天好像来了》）。面对一个又一个春天，如面对敞开的尘世，满怀感激。正如谢冕老师所言："担担的诗有一种古典的情韵。她把传统的有着深厚内涵和独特审美穿透力的意象引到了现代诗里来，这就大大扩展了她的诗的表现力，并具有了古典与现代融合的特殊美感。"的确，她的诗有古典的雅、现代的潮。她将二者的诗学理念、诗学主张巧妙地结合，从而产生一种均衡的美，使诗的每一曲径、枝丫都有细节之美、构架之美。

林雪在 2021 年第 8 期《特区文学诗刊》"头条诗人"栏目发表的组诗《红缨子与平复帖》和在 2021 年第 7 期《安徽文学》上发表的组诗《云间志》都有关于"酿造"的话题，这是否暗合了诗的本意？诗酒趁年华。诗酒也是情感渠道最接近、最相通的两种物质。那么，关于酒的元素有着怎样的诗意？"多雨的夏季，黄昏吸饱了雨水／植物不修边幅、听天由命／诗句和呼吸正在纸上显影／她宁有近于麻木的自尊供遴选／也放弃用别的色彩取悦小时代／她深知被忽视的微粒与渺小之重要／不会因整体的巨大而减少"（《红樱子》）。"爱大而无当的虚拟／也爱生产出每一种香的方寸之地／犹如此时可把酒杯里满溢的／民谣、生态、色彩／都一言以蔽之，曰香无邪"。(《香无邪》)从这两组诗中不难看出诗人的匠心独具。她不是为赋新诗的苦思冥想，而是把从粮至酒的演变过程提纯为"纯诗"的本味，不得不惊叹于诗人有如此通幽、会心、巧妙的表达。"在茅台之夜我曾有片刻恍惚 / 仿佛喝下的每一滴酒 / 都坐着九个佛陀"(《九重沙》)。这一次，诗人又绕到"幕后"，看到了酒的"底细"——谁能说那不是生活的"底细"?! 从诗中的每一粒粮、每一滴酒，都能引发出形而上的思辨、智慧和顿悟，而属于她的"美酒"的精妙之处，恰恰在于它的沉静、幽微之中。

李皓在 2021 年第 4 期《扬子江诗刊》上发表的组诗《雪溪辞》，表述的是新旧交替之时的复杂感受。多情，却又拎得清。不纠缠，不计较，只有小的情感波动，不足以产生内心狂澜，但坦诚、率真，一个重情重义的男人形象跃然纸上。这一季，他的作品重于"情"。他还在 2021 年第 9 期《广西文学》上发表了组诗《写在风花雪月边上》，在 2021 年第 8 期《解放军文艺》上发表了组诗《绿色的初恋》。"孙峰岩天天对着女友的照片 / 抽烟 / 有一次烟灰掉到照片上 / 他好一阵心疼 / 好像烫着了 / 那个叫雪的姑娘"(《女友的照片》)。他一定想起了军营生活，想起了青涩的青春岁月。或许有人叫孙峰岩，或许他的女友叫雪。也可能孙峰岩就是所有的新兵，雪就是他们所有的女友。时光虽然远去，但朦胧的爱恋和美妙的情感久久驻存。小心疼爱，细心呵护。轻如烟灰的分量都怕惊到爱的安静与美妙。仿佛看到托举的双手捧着的，正是世上最奢侈的珍宝。短短几句，却足以令人融化——雪没有化，是趋向美好的心，化了。

姜庆乙在 2021 年第 4 期《扬子江诗刊》上发表的组诗《夜读》，是夜深人静之时的反诘与自省，凭借看似虚无之物言说，却有着踏实、笃定的内心体验与生命感受。"我触摸那些 / 高过人的事物 / 万物的方言各有谜语 / 选择我的双唇 / 吻遍它们 / 词语的真身 // 一种芬芳的韵律 / 携我跃过 / 空中门栏"(《槐花枝头》)。他擅用词语的魔术让情感及物,并在仿若镜中冷峻的旁观中,映现出双重的身形与情绪。"夜空中谁写的盲文/以点字的方式排列明灭/抚摸在我身上/如你爱的指纹/唤醒我守住/凌晨的静寂/等星光退位于曙色/上面的手/由黑到白数我的头发/那里还存留/一点热"(《星象》)。这是他发表于 2021 年第 4 期《满族文学》上的诗《素歌》,同样发散着哲学与美学的光辉。一个使用盲文认识世界的诗人,也许上天为他打开了另外的眼眸,让诗人体会到比别人更多的光亮与温热。

袁东瑛在 2021 年第 8 期《广西文学》上发表了组诗《人间所有的直角都是相等的》,在 2021 年第 9 期《福建文学》上发表了《短章》(六首),在 2021 年第 8 期《诗潮》上发表了组诗《袁东瑛的诗》。与她以往的诗相比,这几组诗中多了剖析、思辨的成分,从而使诗意的表达更开阔、更有力量。"很多时候,我总能为一些不能和解的事情/找到相对平衡的理由/有人喜欢把事物一分为二/而我却喜欢合二为一"(《原则》)。"这深深浅浅的日子/谁都有可能低飞"(《蜻蜓》)。"我想要长眠的时候,就在最远的城郊/不去公墓,不和死者凑热闹/也不要墓志铭/因为,谁都无法为我/写得恰到好处"(《离颜色远一点》)。这是阅尽繁华之后的淡定与从容,是涉过万水千山之后的沉潜与通透,平素的低音曲调却产生了震荡心弦的艺术效果,而那些被省略的部分最为动人。

李轻松在 2021 年第 7 期《诗潮》上发表的组诗《人间消息》,仍是她惯常的低姿态的诉说,如轻风过耳,贴着墙角,却固执地吹过。"时间走得太快,而我甘愿被落下/不替别人说话,不替时代奔跑/从现在开始,清理多余的垃圾与人设/丢弃西瓜,只捡芝麻"(《一日》)。"青青的山冈,青中带黄的玉米/你甜而糯的口感,冲淡了所有苦涩的记忆/我自愿投入你的怀抱,哪怕终生迷失于此"(《玉米地》)。笙箫俱息,大幕落下,曲终人散。锦衣玉食、声色犬马的生活已远,灯红酒绿也禁不住消受,只有像土地和玉米一样朴素的日常才是最终所需，从中不难看出诗人洞彻世事之后的超诣与冲淡。

冯金彦的长诗《向小草借一个春天》发表于 2021 年第 8 期《海燕》"头条诗人"栏目。诗作从不同侧面细心描摹、耐心抒写，小草的命运分明就是人类的命运，但自视高大的人类在某种意义上却输于看似弱小的草。"对于生命来说 / 我们和一棵小草的价值是一样的 / 无论我们怎么生长 / 在我们倒下去之后 / 我们都将还原成泥土 / 成为土地的一部分 / 我们从这个世界上 / 拿走的一切 / 在那一刻又全部还回去""人间拥挤　可供学习的榜样不多 / 许多背景熟悉而陌生 / 向植物学习 / 学一棵草在岩石上也坚韧"。这是自降身段的自知与谦逊，是清醒的自省与反思。温润、自然的语言，绵密、深邃的诗意，在清奇、绮丽的表达中，气息通畅，回甘无尽，全诗 40 小节并不显冗长。

阿平在 2021 年第 4 期《满族文学》上发表的组诗《路过动物园》，是他近期创作水准的一个标高。"一个小时了 / 他一直围着那棵大树转圈 / 双手虚推 / 好像面前有重重障碍 / 眼中忽然出现穿房越脊的侠者 / 他们手持利器 / 行不平之事 / 他们劫富济贫，惩恶除奸 // 眼前一晃。侠者消失了 / 而老人依旧围着大树不停地转 / 八卦步，八卦掌……看上去 / 跟那些抱打不平的侠者 / 没有一点关联"（《八卦》）。先入为主，这是诗人臆想的世界。一位正在练习八卦的老人浑然不觉，却被他"导演"成一出经典大戏。是寻常演义也好，是痴人说梦也罢，但仅"八卦"二字便让人联想到阴阳相生、刚柔相济等中华传统文化的深奥内涵，关涉此言者必是深谙世事的人，因此便不难理解诗人由此引出的深意了。"动物园的大门紧闭着或者敞开 / 我都没有进去过 / 失去自由的动物都在里面 / 每次走到这儿我都要往里看上一眼 // 看一眼跟看几眼没什么区别 / 我能想到的就是 / 那些动物皮毛光鲜 / 它们看着游人 / 目光懒散 / 一些鸟儿没有了天空 / 一些虎豹失去

了深山 / 它们只能在规定的区域里团团打转 // 那些动物跟我一样 / 我也在不停地打转 / 这么想着　忽然觉得 / 自己周围也是笼子"（《路过动物园》）。他者即困境。熟视无睹的"路过"，也是集体无意识的审美疲劳、合情合理的自然而然，但由此引发的关于个体生存境况的反思却令人不寒而栗，细思则恐。

王爱民在 2021 年第 4 期《绿风》上发表了《天空是透明的瓦罐》（四首），在 2021 年第 7 期《青海湖》上发表了组诗《在青海的一滴滴湖水里修行》等。"树上的果子回到地面 / 叶子也随后就到 / 有成熟之美 / 发落如雪 // 敲一只南瓜 / 传出一生的回响 // 一个人也会如此 / 先平躺三天 / 然后落进一个坑"（《落下》）。独特的表达，切肤的隐痛。无奈，沉着，茫然，苍凉。落叶悲秋，望月抒怀。人与果子、落叶等同，这样的书写有着极强的生命意识，深藏着噬人心肺的恸痛。当一个鲜活的生命像叶子完成最后一次旋舞，留给后人的不仅是身心巨大的亏空，而且上升为对人类终极命运的思考，实属难能可贵。

新锐势力

2021 年第 7 期《诗潮》"新势力"栏目刊发了徐萧的组诗《徐萧的诗》。在田间播种的祖辈，有了在沪上新媒体从业的儿孙，这不仅是年龄、时代与从业范围的延伸、跨越与变更，更是观念与思维的重组。农耕的基因还留存在体内并无限拓延，但喧嚣的生活迫使这一代人要直面现实加快脚步跟从。"马春林在我面前，四四方方，一言不发。/ 在这里马春林不是人。它是一张席卡。/ 但它此刻对应的是我。/……'赵爱民开创了一种独特的文体，/ 在让渡主体性后，文字获得了奇异的自由和平和。'/……赵爱民也不重要，他坐在那里，一言不发，/ 倾听着所有的赞美，偶尔低头记下比较新颖的"(《扬州会上遇马春林》)。这是一首饶有趣味的诗。大约是赵爱民的研讨会，那些堪称"精彩"的点评与论述云里雾里、语焉不详，而那个始终缺席的马春林与肉身在场、实则也是"缺席"的赵爱民成为空中楼阁般的"道具"。这不仅关乎学术、上层建筑，还泛指其他。掌声响起。这是当下众多界别如常运行的常态吧。充满智性与荒诞意味的诗，最后压在"一只乌鸦闪过，荆条上的黑羽明亮又盛大"这一句上，难免会有充满玄机、黑色幽默的艺术效果。仅这一首诗，足见徐萧操持诗意的艺术功底之深。

何桂艳的《十月，辽西的一个傍晚》(外二首)依然是写乡土与亲情，但较有特色。"那个像父亲的人 / 扛着一捆谷子 / 略显笨拙地走在田埂上 // 谷穗摆动 / 像是金黄色的风 // 我看到的其实是 / 谷穗从他的身体里长出来 // 他仿佛肩扛着一个辽西的 / 傍晚 / 一直走，拒绝倾诉 // 清凉的田野，以及他的目光 / 低于群山，和 / 涌动的谷穗"(《十月，辽西的一个傍晚》)。还有另外一首："那一年秋天 / 我家西山坡的谷子 / 丢了十几垄 / 我的母亲 / 坐在一条叫赶牛道的土路上 / 号啕大哭，披头散发 // 母亲抱着的荆条筐里 / 盛着几个沉默的谷穗 / 谷穗还有些许绿 // 我安静地看着母亲 / 那时候母亲尚无一根白发 // 后来，我的母亲 / 停止了哭泣 / 把我揽在她的怀中 // 黄昏时分，母亲拉着我的手回家 / 原来，整个下午 / 我俩一直坐在蹄窝里"(《渺小》)。这是两首完整的诗，之所以全部抄录于此，是因为它们一气呵成，疏朗，也紧张，内部的关联无法拆分，读来既心酸又欣慰。

近年来，出生于 1989 年的译墨的创作值得关注。"昨日 / 与父亲通电话 / 询问清明节的行程安排 / 他说 / 第一天去姥爷的山 / 第二天去爷爷奶奶的山 / 只这一句话 / 就出现了两座山 / 让我突然想到—— / 高处不胜寒"(《高处不胜寒》)。这是他发表于 2021 年第 8 期《诗潮》上的诗。想到远在高山之上的亲人，内心的寒凉陡生，这是不是另外一种亲情的表达？

"易于表达的情感 / 不属于耕地 / 在她无言的经纬上 / 只有泥土的颗粒最清楚 / 生命是如何 / 从无到有，再从有到无 / 就像一茬又一茬的庄稼 / 春种秋收，根须 / 在她体内越扎越深 / 就像一个又一个的农人 / 生老病死，姓氏在 / 她的族谱上越写越多"（《耕地帖》）。这是他发表在《凤凰资讯报》（2021年8月6日）上的一首诗。谁说"80后""90后"已远离乡土？这些关于乡情的书写正是他们一次次回望故乡的明证——不管是以脚步，还是以心灵，这种回首、缅想的实践都值得赞许。

精彩断章

2021年第8期《诗潮》刊发了"沈阳诗人小辑"，其中有几首诗印象深刻。"它站在那里 / 也端坐在西瓦窑人的心中 / 它看着 / 那些富贵和落魄的人 / 走在命定的歧途 / 它守着一条大路 / 丈量着 / 西瓦窑灵魂的胖瘦 / 滚滚红尘 / 遮不住它的双眼 / 莺声燕语 / 无法染垢它的清修 / 一棵树在时间中 / 修成正果 / 一群人在岁月里 / 再也找不到归途……"这是韩春燕的诗《西瓦窑老柳树》，透过一棵树看世事，阅人生。在滚滚红尘中，是一动不动的树给潮来潮往的人以更加有力的佐证、更加深刻的启迪。所谓驻留与行走、长久与短暂、沉默与嚣攘，都在与这静物般默默地对视中完成了。

张艳华的《电话号码》从细微处"刺疼"人心。从妈妈家乘车回来，晕车药使"我"迷迷糊糊。"中途听到和我 / 一样的手机铃音 / 响了几次 / 我都错以为 / 是爱人和儿子打来的 // 这个号码 / 我经常打给很多人 / 只有爱人和儿子 / 经常，给我打回来"。一件小事，一个思考，但细细品来，却有淡淡的心酸浮上心头。也许这就是血肉相连的伟大亲情吧，它不需要惊天动地的表白，只要日日夜夜的牵念与记挂。玲贝贝的《每条波纹都是一根柔软的弦》，用满天星斗、脸盆似的月亮、池塘、鱼儿与青草，勾勒出美好的画面，慨叹时光的流逝。黑铁的《星期六在辽北》，是口语诗的一种类型。他们在爬山，"与此同时 / 一名小说家 / 正在另一边的大厦里 / 和沈阳来的老师 / 开作品研讨会 / 他们谈文学的时候 / 我们在山顶 / 晒太阳"。是反讽、黑色幽默吗？可以说这是当下的寻常之事，却如浩荡的松风中忽然响起的飞翎，带着针尖般的锐气和短促的声息，划过大面积的宁静，是对慵懒的反衬与逼迫。齐凤艳在 2021 年第 4 期《扬子江诗刊》上发表了《晒太阳》(外一首)。其中的《那年十二月》是回忆之作：一个男孩小时候打碎了家中的窗玻璃，被妈妈拿着烧火棍追打。"那时候，妈妈 / 竟能跑那么快，一想起 / 他眼圈就又红了"。多年以后，款款深情如小小秤砣，压住了最后的阵脚。

诗人读诗

2021 年第 8 期《诗潮》"诗人读诗"栏目刊发了"辽宁诗人关注"，赏评者为作家、诗人刘恩波。他遴选的诗作各有特色，点评中肯、精彩，有三首印象较为深刻。其中，王爱民的《先把东风用完》全诗如下："树让出一个座位 / 鞋让出一条道路 / 相见让出怀念 // 先把东风用完 / 再交出手里西风 / 风里的哭声 // 时间空出一半 / 一半是春山的空 / 另一半是回来的小径 // 细浪一样地活着 / 因为很多雨会从眼眶里回来"。这是技巧完美化用的一首诗，也是简约、开阔、张力十足的一首诗，不可复制，实属难得。

"目睹一排海浪消失 / 其实就是目睹另一排海浪 / 紧随而来…… / 一片片浪花在沙滩上 / 不断划定与大海的边界 / 又不断校正 / 慢慢爬在礁石的贝壳 / 并没有离开的意思 / 它们要以嵌入的方式 / 和石头一起 / 参与修改亿万年后的地貌 // 而这样漫长的时间 / 只不过是海鸥们 / 一次起飞和降落的时间 / 它们还在盘旋着 / 好像并不急于 / 从我们的目光里飞出去"。这是季士君的诗《海边的时间》，直观地描绘出不同参照下的时间观感，如《孤独星球》中的经典镜头，再现了海洋、大地与天空的关系，而寄居于此的人类该处于如何尴尬的境地啊。在大海与礁石的反复涤荡之间，在鸥鸟的起落之间，一生太短，边界的意义在于永远无法厘清。

马云飞的诗《沿着铁路往前走》中有这样的诗句："明天要到达的，希望是一个 / 刚刚睡醒的小站，有木制的班房 / 和一盏灯，我可以喘几口粗气 / 落日一样停下来 / 没有人上车，只有一个人下车"。读罢此诗，脑际浮现出凄美、动人的景象。落日。小站。孤灯。只影。画面感十足，既暖心又忧心。看到他的诗极少，但仅从这几句所散发出来的气息，便可判断出他是一位本色诗人。他能够用极简的字词、段落，氤氲出意蕴充沛、丰赡的诗意，如大内高手，身手矫健，弹无虚发。

经过近两个月的阅读与梳理，终于在国庆前夕完成了这篇述评。正是金秋时节，遍野澄黄。广场上花团锦簇，公园里莺歌燕舞，新的乐章即将奏响。"祖国不是任何人，但却是我们全体。/ 愿你我的胸中永远燃烧着 / 这明净而神秘的火焰。"十月、祖国与秋天的原野相得益彰，生逢盛世的诗人们，沸腾的生活正等待着多彩的诗篇再次呈现。

特稿或专辑

这一季，一些刊物持续推出"庆祝中国共产党成立 100 周年"专栏，其中不乏可圈可点之作。如胡世远在 2021 年第 10 期《诗潮》"迎着新生的太阳"专栏发表了百余行长诗《人民就是江山》，全诗波澜壮阔，气势磅礴，提振精神，鼓舞斗志。"让今天告诉未来 / 人民就是江山 / 这树大根深的内涵 / 从未改变 / 如果说每个人如一滴水 / 一滴滴水汇入江河 / 一朵朵浪花彼此拥抱 / 注定会滋生无数精彩的瞬间 // 让中国告诉世界 / 人民就是江山 / 一部中国共产党的奋斗史 / 就是一首气势恢宏的诗篇 / '秀水泱泱，红船依旧' / 找到中国革命的精神支撑 / 何惧征途漫漫 / 何惧时代变迁"。诗作既回顾了中国共产党成长、奋斗的光荣历史，又高扬了民族荣誉感、自豪感，充分发挥了诗歌"轻骑兵"的作用，直观地反映情感，发出声音，歌颂伟业。

邵悦在 2021 年第 11 期《诗刊》（下半月）"新征程"栏目发表了

《红，是去往安源的路上》。"挟一把雨伞，就掠过所有风雨 / 握紧了拳头，就握紧 / 华夏民族坚定的理想和信仰""一笔油彩，勾勒的历史 / 天空云层很厚，翻卷，也吉祥… / 远近跌宕起伏的山峦，全部是中国共产党打下的人民江山"。这是从一幅挂在墙壁上的油画引发的联想与思考。当我们回望烟云翻卷的历史天空，那些标志性的时刻便具有特别的深意。作者有极强的联通能力，轻巧地跨越，便将具体境象升华为精神引领，顺理成章，水到渠成，没有生涩之感，实属难得。

姜凤清在 2021 年第 11 期《海燕》上发表的《烈士墓前》（四首），对读者也是一次特殊的诗歌教育。大连市普兰店区唐房革命烈士陵园管理员张勇义务管理陵园 15 年，被评为全国模范退役军人。"手机微信里 / 只有两个名字 / 一个在墓里头，叫烈士 / 一个在墓外边，叫烈士亲人 / 阴阳之间 / 何止千里万里""终于，微信传来好消息 / 即使天色向晚 / 他也跨上摩托车，驱奔 10 公里 / 向墓里人报信 // 三鞠躬 / 泪流满面 // 心与墓贴近 / 为烈士寻亲的路 / 就不遥远"（《寻亲的路》）。他的泪流满面，令人动容。时间就是嘉奖，当绵延的时间与超擢的精神融溶与共，必将如清泉、暖阳净化心灵。

为继承光荣传统，传承红色基因，《诗潮》与沈阳广播电视台联合中共沈阳市委组织部、宣传部，沈阳市委党史研究室等单位共同录制了沈阳党史短视频系列片《百年征程·百秒瞬间》，直观、立体地重温了沈阳的红色历史。为了更有效地传播，每首诗诗尾还链接了"云盛京"和"广电先锋"二维码。2021 年第 11 期、12 期共刊发了十五位诗人的诗作。胡添奕、张靖、田力等以各自独特的视角讲述了辽宁往事，或遗址，或村落，或静物，或人物。承载历史，记录岁月，是诗歌参与历史的另一种独特表达。

劲旅或中坚

这一季,20世纪40年代至60年代出生的萨仁图娅、王鸣久、孙大梅、高咏志、韩辉升、竹马等诗人再次回归公众视野,为读者带来了全新的阅读体验。

萨仁图娅在2021年第10期《芒种》上发表了组诗《枝叶园组章》。"同一棵古樟树站在一起/我生发幻化为一棵古樟树之意/风起雨落以一种颜色回应时光/用常青的叶子记录岁月痕迹/任鸟儿枝丫筑巢厮守绵绵无绝期/见证历史同为时光标记"(《古樟树为时光标记》)。"清风将古樟树吹成竖琴/弹拨素朴苍劲的乐音/像天籁像清泉像夏日微风/千年万年不变主旋本心"(《清风将古樟树吹成竖琴》)。作者热情吟咏古树,意在借树喻人,使自己的初心与使命清晰呈现。今年第3期《民族文学》还以蒙古文、藏文、哈萨克文、维吾尔文、朝鲜文等五种文字同时刊发了她的诗《沿着额尔古纳河的走向》(外一首)。以诗之名,诗人为更好地用情用力讲好中国故事,向世界展现可信、可爱、可敬的中国形象,做出了自己的贡献。

王鸣久在2021年第10期《诗潮》"开卷力作"栏目发表了组诗《万物环绕》。王鸣久的诗严整、庄重,这大约与他的军旅生涯有关。诗中充盈着军人干脆、硬朗的中正之气。"山穷。水尽。/我掏出我骨头里的全部散碎银两,/想兑回一粒汉字的/——一个偏旁,/但一夜寒流,已使双眼结冰。//无力逃开苍茫,就成为苍茫;/无法拒绝流浪,就/——选择流浪,/当我在第十一棵皂角树上布置我的忧伤,/万里河山,微微摇晃,/仿佛,/有遗世的颗粒,/已自我着床。"(《第十一棵皂角树下老书童》)时有警句般铿锵的节奏和韵律破空而来。干练,纯粹,决不拖泥带水,被刚直与自律修得的一身硬骨，担得起现实生活中的所有斤两。"一只只小蛮腰在绿叶掩映下不断显怀，/它膨胀的，/是一腹棉质的期待，/期待一次对称的打开。//它对刀说：别企图掏空我，/我是葫芦，/——但我无药可卖。//剖开时如此浅白，/舀取时却滴水不漏。/它在我儿时记忆里就这样与人同在：/天天，只为世界，/端一瓢清水。"(《清水之瓢》)用清水和瓢自况？干净利落的自我解剖，自省与笃定，也如《黄昏茶》所述："茶不佛不儒，/——茶是道。/茶在今晚是一把把碧色小扫帚，/沿着我的骨骼，/把月亮清扫。"他的诗以少胜多，独辟蹊径，既有他一贯的斩钉截铁、惜字如金，又有奇诡诗意的无限创造与开拓。他的诗如子弹，颗颗致命，从来都拒绝情感的中间地带。

孙大梅在 2021 年第 10 期《鸭绿江》上发表了组诗《孙大梅诗歌十二首》。近年来，她的诗不断突破自我樊篱，更具高远宏阔的气象。她能将大开大合的视界与细腻温婉的表达有效地结合在一起，能在日常的平俗中发现诗歌之光。她的诗极具亲和力，不经意地流连中，却蓦然被她词语敷设的小径所吸引。"谁让你犹豫不决/谁就是你挥之不去的负担"(《瓷器口》)。"连续多日的雨水，在八月一日午后/突然去向不明//我穿过午后的林荫小道/抬头的瞬间，天空有/无数条各奔东西的河流/梦里的一条鱼儿，仿佛逆水向我游来//这个午后，我是否/将成为一片隐形的云，陪伴在那条鱼儿的左右"(《盛夏的午后》)。她的诗鲜明、敞亮、温暖，但读着读着总会下意识地"顿"一下——若有所思是对的，因为她会让你在美好的跟随中，想起更多的深情过往及来世今生。

高咏志在 2021 年第 12 期《海燕》"头条诗人"专栏发表了组诗《偶然的桃花》。"我身体里的铁/正好够/打一把锹//一把锹/正好够/挖一眼井//一眼井/正好够/养一棵树//一棵树/正好够一场/根深叶茂的爱情"(《正好够》)。短短几句，顶针结构，字面上环环相扣，诗意却步步紧逼。

向纵深处开掘，直至抵达终极目标。这样的专注或曰执迷，是必然而非偶然。但他也会从"偶然"处发现诗的细软茸毛，撩拨得心弦发出颤音。卖菜的车忽然停下来，不是因为谁要买菜，而是卖菜的女子嗅到了槐花的香，她微笑着摘下一朵放到嘴里细细品尝。"仿佛第一次尝到生活／还有这样一种味道"（《槐花与小贩》）。这个画面难道不是诗吗？"他不敢入眠／怕睡着了／结出穗子"（《在雨夜深处》）。雨夜深处的一次恍惚梦境，也被他写得如此诗意盎然。相对于宏大叙事，如今他更关注微小、安静的事物带来的深度思考，这也许正是拜生活所赐吧。

韩辉升的目光则更直接、干脆地聚焦在亲人身上。他在 2021 年第 11 期《海燕》上发表了组诗《原来一切在故乡》。"老婆属兔／儿子属兔／／我这头牛／只要不吃撑了／就有他们的草"（《我爱我家》）。童话吗？非也。这是爱的另一种表达。"扶起爸爸到村子里走一走吧／就当是趁着有力气／扶一扶二十五年后的自己"（《看着爸爸》）。悲凉吗？非也。这是爱的另一种担承。坦然。泰然。是人之为人对命运的默默接纳与敬畏。

竹马在 2021 年第 12 期《牡丹》上发表了长诗《空椅子》。"空椅子像一首禅诗／是是非非的真理／／被施之以魔法的空椅子／神奇而又幻化，永不腐朽""一日如果是一把空椅子／我们用多少心血能把它填满／／一年如果是一把空椅子／虚无的恐惧，岁月会不会坍塌／／空椅子上没有任何痕迹／但不知已经上演了多少场活剧"。诗人从"空椅子"这个意象出发，从承纳、装点、艺术、生活、权利与地位等不同角度，剖析它的意义与价值，并深入到成长、生死的庞大命题，充满哲学与象征的意味，一个"空"字，便成为生命轮回的诸多见证。

同样是 20 世纪六七十年代出生的某些诗人一直活跃在诗坛，特别是近年来，他们不断有新作问世，因而完成了作为诗人自身成长的自我完善，同时也充分证明了辽宁诗人的创作实力和潜力。

川美在 2021 年第 12 期《作品》上发表了组诗《川美的诗》。其中一首诗是写给俄罗斯诗人玛琳娜·茨维塔耶娃的："接骨木，我喜欢制作棉花糖的人 / 你的圆锥花序就是春天的棉花糖 / 接骨木，我喜欢制作珊瑚串儿的人 / 你的果实就是秋天的珊瑚串儿 / 接骨木，我也喜欢夏日的星空和冬日里 / 冻得僵直的地平线，我还喜欢 / 你焐热的'祖国'二字，在这小小的园林 / 我想说这棵接骨木是我的 / 却深知，它终归属于你"（《接骨木》）。接骨木是一种主折伤、续筋骨、止痛、活血的植物，无疑是茨维塔耶娃最好的象征物。虽远隔时空，川美却引她为心灵密友，是敬重使然。川美的诗有着自然之诗的品质，有森林静悄悄的魔力，山泉清洌洌的气息，野花舒展展的姿容。而借助精神之翅，力量恰恰就在这安静中缓缓生成。她远离喧嚣自说自话，却自成一格，无须人为添加。

李皓在 2021 年第 11 期《鸭绿江》上发表的组诗《李皓诗七首》，侧重于"情"：友情，如《世界诗歌日悼诗人洪烛》；亲情，如《重阳日致妻》；爱情，如"爱，我们染指过，但终究是不会的"（《练习爱情》）；故园情，如"邮车清脆的银铃声如火山口流出来的乳汁 / 而我必然是乡愁，忧伤的一部分"（《我想做个乡村邮递员》）；人世之情，如"邻家婴孩的哭泣 / 预示着这个苦闷夏天的消亡 // 炸裂来自西天，那密布的乌云 / 夹杂着忽闪忽闪的钨丝"（《雷声为谁炸裂》）……当岁月向前，总有什么留在原地，而抓到"闪电"的人，便是诗人。

王文军在 2021 年第 5—6 期《中国诗人》上发表了《洼子记》。这是一首 132 节的长诗。他以自己的出生地辽西小山村洼子村为背景，全景式扫描、断章式呈现，以现实主义和浪漫主义相结合的表现方法，叙写了一个走出村庄的人对乡村现状与过往的感悟、喟叹与反思，从中折射出时代洪流的走向以及乡土文化、农耕文明的历史发展进程。他以回望的身姿与审视的目光，饱满深情的诉说与冷峻的思考，完成了对个人生存家园、生命憩园的再次打量，既是回归、寻找，也是重新发现、出发。"寂静的春天 / 古人的身影在田野上劳动 / 一幅画，挂了上千年 / 仍未褪色""山坡上的坟茔 / 年年被荒草吃掉 / 又年年死一般地活着""黄昏降临时 / 墓地竖立的石碑 / 像一个个被尘世抹去的人 / 在传说里复活"。努鲁尔虎山的余脉挡不住通往村外的乡路——那是通向光明的阶梯。村庄和土地从来都是一首大诗，它诞生人类，养育万物。当它的"土"成为前进的阻碍时，它依然应该被价值重估。"我一直希望有机会倾听 / 天空和大地之间 / 关于这座村庄的对话"。是的！他听到了"对话"，并准备做一个清醒的执迷者——"我热爱这里已经多年 / 等我老了，我就待在这里 / 直到成为一个泥人"。

郑春在 2021 年第 11 期《鸭绿江》上刊发的组诗《郑春诗九首》，读来令人惊喜。组诗想象奇异而合理，表达婉转而有力。"尾灯闪烁 / 在迷蒙的雪色里，像轰然作响的 / 一大块火炭"（《铲车在纷飞大雪中行进》）。"记忆是一截树枝，风不吹就不摇 / 此刻站在这里，听荒草 / 越来越响 / 一阵大风穿过我，卷走一些尘灰 / 而头上的雪，是它赏赐的碎银"（《大风》）。"一个变成筛子的人，身体里还会剩些什么"（《筛子》）。"我把它劈成柴火点着 / 这样多好！整个冬天，只要想起那把 / 空椅子，就立刻会有一堆火 / 在脑子里熊熊燃烧"（《想象中的空椅子》）。他必定是经多见广的"故事收藏者"，他一个人安然静坐于角落便可排兵布阵，大排筵宴。他是制片人、场记，也是主角和匪兵乙。像默片。或梦境，或现实，往事款款而来，他默默独享那杯红酒、咖啡或茶。心淡方入妙，意到不求工。这是说情感，还是说诗歌？

孙担担在 2021 年第 11 期《芒种》上发表了组诗《重逢》。她的诗充满智性、灵性与悟性，并把它们糅合在一处产生化学反应。她有舞者的灵动、智者的思想，她的笔有刻刀的稳准、画笔的想象，常在陡峭处划一道优雅的弧线，挽救濒临败笔的事实，从而牵引目光，并在细微处发现令人惊诧之妙。"它刚刚死去，就听到了告诫 / 阳光瞬间烤干了它留在玻璃上的血迹 / 它的翅翘着，持续描述不解"（《鸟殇》）。"黄昏已经死去 / 那浓重的金色，还是奔向它"（《理由》）。她的奇思妙想如风中之蝶，曼妙、唯美，有着清晰的质地，更重要的是，它有乘着风的翅膀。

大连点点在 2021 年第 12 期《北方文学》上发表了组诗《我一直都是那个庸俗的人》。认为自己庸常的人，其实已不庸常。像她的名字一样，她总能从生活之树的罅隙间发现点点诗之光斑、光晕，以此点亮眼眸，暖身、暖心，同时把小小的暖分送给耐心倾听与感受的有缘人，与她同悲喜、共春秋。"其年，父亲走失 / 其日，天降大雨，太阳走失 // 其时，一块门板 / 成了你最后的住址 // 其时，我哭过又哭 / 我十分确定，我是爱你的 // '爱你是真的，你的离开也是真的' / 此刻，鲜花盛开也是真的"（《清明》）。"没有什么，能让我时常 / 虚惊一场，我这个生怕湿鞋的人 / 胆怯，往后退，不敢 / 靠近浪花 / 身上的旧东西，太多 / 篡改是多余的 / 而河在变，它可能突然转身 / 吓我一跳 / 远处，拎鞋奔跑的人 / 同样吓我一跳"（《在河边》）。前者是失去亲人后的悲怆、无措，后者是"如履薄冰"的自持与严谨，还有几分戏谑。如此这般，她的诗与人便立体、生动起来。

王爱民在 2021 年第 5 期《诗林》上发表的组诗《我还是不能说清他的秘密》，有几分庄重，有几分俏皮。不过，他的亦庄亦谐是明净的、坚定的，是早已了然于胸的彻悟。"一加一小于二 / 我的孤独小于采药人的 / 十万亩云山 // 吃小菜一碟，过小日子，/ 大题小做 / 走小道，学小马过河 / 住小院，听小雨 / 写小楷，摸心跳像小顿号 // 书里看遍小江山 / 我是我的小王"（《小》）。谦逊、低调，却内心温暖而明亮。"笔速放慢放缓，流水提中有按 / 慎用大词 / 叹词是蛐蛐蟋蟀的锯木之声 / 摸象，踩着石头过河 / 两三步一个断句 / 标点像雪花回到大地 / 可我还是不能说清他的秘密 // 我有复活术，蚂蚁发芽 / 长尾鸟在山后一把胡子草下孵蛋 / 我打着灯笼的小鼾声很亮（《我还是不能说清他的秘密》）。他对自己的要求具体而宏观，充分表达了他对自然、生命的热爱与敬重。可以说，这样的鞭策与自我约束是郑重写下的誓言，也是甘美的理想之歌。

侯明辉在 2021 年第 12 期《阳光》上发表了组诗《草木诀》。"草木如云盖，如流淌的墨河 / 奔涌且美好，像我幸福的一生 / 更像母亲，穿过这幽暗的房间和光阴 // 有风，呼呼的吹，像在替我说着话 / 也只有这呼呼的风，回应着我 / 跟我说着：草木的白发、喘息和老去"（《草木诀》）。当诗人的目光回归草木、河流的时候，那便意味着他已找到与自然、与自己、与生命对话的通途。没有悲戚，没有怨尤，淡定而坦然。

袁东瑛在 2021 年第 10 期《海燕》上发表了组诗《低飞》。低飞也是低温，但并不是没有温度的冷血，而是涉过万水千山之后的了然与通透，不再急三火四地追问，不再浅淡地抒怀，只有心无旁骛的内敛与沉静。"现在，这束光透过窗幔射进来 / 我不会再胡思乱想了 / 它仅仅是一次次的经过 / 而漫长的黑夜，还等在那里"（《阳光》）。"光和影，谁作用了谁 / 雷雨交加时 / 哪一面翅膀被最先折断 / 这深深浅浅的日子 / 谁都有可能低飞"（《蜻蜓》）。人们常说放自己一马吧，但真正做到的能有几人？

王晶晶在 2021 年第 5 期《满族文学》上发表的组诗《另一片海》可算是回顾与抵达之诗。"渤海湾，滨海大道 / 顺着我指的方向 / 再往前走 / 你会遇上另一片海 // 先于你抵达的万顷碧波 / 此刻已转换成期待中的颜色 / 长长的木栈道也已铺好 / 于大朵大朵的白云之间 // 请朝更高处走去 / 你会越来越接近 / 久违的自己"（《另一片海》）。越走越远，越往高处越通透，是视野也是境界的问题。这样山一程水一程过后，偶然的停顿带来的不只是看到了更美的风景，还有大面积的辽阔。

石也在 2021 年第 6 期《满族文学》上发表的组诗《缓慢的老屋》中的部分诗作也写到乡土和父亲。"天黑得什么也看不见了 / 父亲在暗中伸手/'咔哒'一声，十五瓦的灯泡冒出了光//吃完晚饭不久/父亲在北炕头躺下/伸手一拽，灯灭了//后来，父亲死了/一盏比平时用的大三十瓦的灯泡/挑在大门口/亮了一夜"(《灯》)。明白如话，无须多言。他的父亲，就是所有人的父亲，他们的行为与品质，何其相像。

2021年第12期《诗潮》开设的"辽宁诗人小辑"，刊发了隋英军的组诗《分解》和海默的组诗《我是时光遗留下来的多余部分》。"我的财宝不多，没有一块土地属于我/我要证明，那脆弱的心/就是我的高地/那枯草和泪水/请勿轻易剥夺//我有一面镜子/照出无数个我/哪一个都无法逃遁//我有一粒磷/那是我的火炬，多黑的夜晚/它都不会/抛弃我"。这是隋英军组诗中的一首《卑微之诗》。达观、豁亮而倔强，是一个人对命运和生命给予的所有所要操持的秘密武器。每一字、词都如粒粒珠玑，坚硬的质地，冲淡的况味，即使在暗处也能发光。

海默的诗玲珑、婉转。她对光鲜、唯美的词语天然地着迷。她渴望侠女一般浪迹天涯，但更多时则是乐享家居的平俗快乐。充实，自足，不出错，一切在掌控之中。不过这次她写到了行旅，写到了《唱错的那一句，最深情》："这个时候，大戏已近尾声/唱错的那一句，最深情/这个时候，许多事物亡命天涯，我只爱/适度的枯，远处的雷声/方寸的故乡，都是我的怀旧//余生至此，悲悯丛生——/有用的种子、果实各安归处/只剩这旁落的部分，被我眷顾/镂空之所，只有虚无/装得下越走越慢的肉身"。看似悖论，却有着丰富的生活经验与深刻的哲学思考浸润其中。

这一节压轴的，是评论家、诗人李犁发表于2021年第11期《北京文学》上的长诗《大风》。"大风搬运着山河，故乡不动/大风搬运着夜晚，星辰不动/大风搬运着道路，远方不动/大风搬运着庙宇，信仰不动/大风搬运着朝代，人民不动/大风搬运着容颜，爱——不动"。大风起兮，先声夺人！大幕还未完全拉开，嘹亮的英武之气、昂扬之姿已摄人心魄、摇撼心灵。长诗以大风为引领，将风中所见所闻所思所感一一清点。饱满的情感，激昂的情绪，扬扬洒洒的文字，明明白白的夙愿，如平地卷起的风暴，波涛汹涌。血往上涌，心往下沉。劲吹之风如上紧的发条，于是，大风中上演了动荡、心酸与悲怆的一幕又一幕。如果大风像青壮之年，那么，回想曾经的莽撞青春、亲情温热的过往，会更加清晰地听到茕茕独立于无人的风口时内心轰响的坼裂之声。肃杀、啸叫的大风吹冷了山河，吹老了岁月。有人凭借"好风"扶摇直上，有人在大风中迷失方向，而"我"，无论在什么样的大风面前，都"没把生病的脊柱喝直和硬"，没有丢弃慈善与良知、感恩与热爱，更没有为浮云遮住望远的双眼。"一声嘶鸣/汽车就要驶进我的家乡/妈妈，我要替你看看我们住过的院落/并在雨来之前盖上酱缸"。阅读至此，眼窝湿热。故乡是母土——母土与母亲一样，是息止大风的良港，是一个人最初也必将是最后的心灵憩园。这是一场摧枯拉朽的大风，唯以孤胆与硬骨与它对峙，因为他深知："风无法带走有根的事物/譬如最渺小的草，空中飞翔的翅膀/还有植根于人内心的火苗""风越大，火苗长得越快"。铿锵的话语如坚劲的足音，在大地上发出沉实、稳重的回声，以智勇与胆识对抗作恶的飓风，以良善与热忱示人。能写出如此思想深邃、意韵悠长、清词丽句的诗，是因为他真正肩负起了诗人的使命和责任。

后浪或青荷

大学生诗页。自 2021 年 8 月起，《鸭绿江》开设了"辽宁省高校学生'继承传统　面向未来'诗歌征文"专栏。《鸭绿江》第 10 期发表于北滨《我的中国》、金思宇《且听龙吟》、刘巧妮《土地的献礼》、黄子芯《绘卷者》、许梦琦《火种者》，第 11 期发表王子昂《神鸟》、初迪《守候》等。

这些作品对如诗似画的祖国壮美山河的赞美与歌颂均有亮点。假以时日，诗人的行列中或许应该加入这些年青、新鲜的名字。

少儿文学社小辑。2021年第10期《诗潮》"社团与地域"栏目推出"沈阳市萤火虫少儿文学社小辑"，刊发了十位九岁至十二岁小学生的诗。并不能将他们的诗作界定为"小儿科"。他们看似简单的诗歌，同样充满深刻的哲思。"鱼只有7秒记忆//河里的鱼/每7秒/遇见新的湖泊//我家的鱼/每7秒/认识一个新的我"(《鱼》)。十一岁的李宜霖写得非常巧妙，含而不露地表达出自信与潜在的决心。十一岁的冯子航这样写《天气预报》："我打开窗户/对月亮大喊/喂/明天天气怎么样？/月亮没有回答//我看着月亮/它发出淡淡的光环/我知道/沉默/也是一种回答"。在前面的铺陈之后，结句是充满智慧的反转，不能不说是一种成熟而沉稳的表达。十二岁的刘家瑞的诗《一》只有简短的六行，却令人刮目相看："一片天/一块地/一个人/这些/是最小的/也是最大的"。

当然，大多数这个年龄段的孩子视野有限，童真、童趣的流露是自然而然的。如九岁的谢岫廷这样写《早餐的荷包蛋》："早餐的荷包蛋/好像一朵云饿极了/把太阳给吞了//我吃掉蛋清/云朵就不见了/太阳又出来了/我又把太阳也吃掉//就这样，我充满阳光/快乐地去上学"。十岁的陈芊润的诗《当风累了的时候》纯真而美好："当风累了的时候/停在高处的钻进云朵里/悬在空中的睡到花苞里/落到地面的趴在草丛里/所有的风都找到了睡觉的地方/云朵 花苞 草丛/都是风的摇篮/可是所有的风都睡着了/谁来推动摇篮呢"。十一岁的刘姝含的诗《消失的动物》侧重于关注环保。十岁刘子嫣的《爱撒娇的妈妈》、九岁的张瑞涵的《缝沙包》巧妙地书写亲情。小小年纪的他们已懂得爱、理解与包容，已具有深切的家国情怀和全球意识，实属难得。

宋晓杰

2021 年是中国共产党成立 100 周年，也是"两个一百年"奋斗目标历史交汇的关键节点。2021 年 12 月 14 日至 17 日，中国文学艺术界联合会第十一次全国代表大会、中国作家协会第十次全国代表大会在北京隆重召开，中共中央总书记、国家主席习近平出席大会并发表重要讲话，广大文学艺术工作者迎来了属于自己的节日，历史翻开了崭新的一页。回顾过去的一年，辽宁文学创作取得了一定的成绩，各种文体的创作、发表及获奖等均有亮点闪现。现就全省诗歌创作情况总结如下。

全省诗歌创作的基本概述

一、紧跟时代步伐，勉力前行

在这个重要的历史关头，诗人们充分发挥了"文艺轻骑兵"的作用，以饱满的政治热情积极投入到创作之中。他们以历史的宏阔背景为依托，将时代丰富的文化经验、语言经验与个体的生活经验、写作经验有效地结合在一起，以各自独特的声部汇入了新时代动人的交响，续写出一首首华美、壮丽的诗章。东来、邵悦、胡世远、萨仁图娅、宁明、王爱民、商国华、姜凤清等在《人民文学》《诗刊》《西部》《扬子江诗刊》《解放军文艺》《飞天》《诗潮》《芒种》《上海诗人》等刊物发表作品，抒写了镰刀和铁锤在峥嵘岁月和历史新纪元所创造的丰功伟绩。不论是湖南韶山、浙江嘉兴南湖、江西井冈山、陕西延安等革命圣地或历史进程中标志性的地方，还是站在时代潮头的粤港澳大湾区、黄埔江畔；不论是遥看日新月异的祖国大地，还是近观重振雄风的家乡辽宁，都洋溢着自由奔放的热情，传颂着春华秋实的激昂乐章。

本省文学期刊纷纷推出庆祝中国共产党成立 100 周年特辑、专号、专栏等，以此传递共情的呼声。如《鸭绿江》推出了"东方红——庆祝中国共产党成立 100 周年特辑"，《诗潮》开辟了"迎着新生的太阳"专栏，《芒种》开辟了"百年烈火——献礼建党 100 周年"专栏，《辽河》开辟了"家在营口，同爱一个党"专栏。《诗潮》与沈阳广播电视台联合中共沈阳市委组织部、宣传部，沈阳市委党史研究室等单位共同录制了沈阳党史短视频系列片《百年征程 百秒瞬间》，直观、立体地重温了沈阳的红色历史。每首诗的诗尾还链接了"云盛京"和"广电先锋"二维码，使诗意的传播更便捷、更有效。

二、不同代际的诗人，齐头并进

20 世纪 40 年代至 60 年代出生的诗人萨仁图娅、王鸣久、孙大梅、柳沄、李犁、韩春燕、星汉、高咏志、韩辉升、竹马、阿平等，以沉潜之后的厚重新作作为"礼物"，纷纷回归、活跃于公众视野，为读者带来了全新的阅读体验。其实，他们"沉寂"并未封笔，再次"现身"也并非偶然，因为有一种内在的坚守如苍穹中隐约的星辰，日夜辉映于他们的心中，从未熄灭。

林雪、李轻松、川美、孙担担、李皓、姜庆乙、王文军、王爱民、李见心、冯金彦、季士君、侯明辉、袁东瑛、于成大、大连点点、隋英军、高凤超、马强、郑春、吉尚泉、石也、程云海、王晶晶、宗晶、鹰之、大路朝天、马云飞、姜春浩等诗人，亦表现出旺盛的创作力。他们的诗作或传统或创新，或沉稳或高昂，或宏观或细琐，都具有独立的品格、独自的视野、独特的发现，已经形成自己鲜明的诗歌格调，或正在通往增强各自辨识度的路上。

同时，邢东洋、王天武、徐萧、金辉、于小斜、刘双立、何桂艳、张艳华、齐凤艳、黑铁、玲贝贝等"新诗人"如新星发出属于各自的光亮，未来可期。虽然他们分属不同的代际，或许有人仅在写作其他文体的同时对诗歌偶然为之，但他们的诗作已留下特别的印迹，至少在本年度应该被提及。

三、重点关注与集团发力，全速出击

本年度，省内各文学期刊均有重要栏目推出。如《鸭绿江》的"重现的镜子"，《诗潮》的"开卷力作"，《海燕》的"头条诗人"等等，是对经典作品的回顾，也是对成熟诗人创作成果的再度检阅。《诗潮》还开设了"沈阳诗人小辑""辽宁诗人小辑"和"诗人读诗"专栏，立足本土，服务当下，使刊物真正成为辽沈诗人融汇诗意、沟通情感的"后花园"。

对于青年人才的发现、扶持与储备，是这些刊物具有超前意识、长远眼光的上佳表现。它们不仅把青年人才"扶上马"，还要"送一程"。如《鸭绿江》举办的"辽宁省高校学生'继承传统 面向未来'诗歌征文"大赛，有如续接了上世纪 80 年代大学生诗歌活动的风潮，为辽宁诗坛吹送了一阵清新之风。另外，《诗潮》的"社团与地域"栏目还刊发了"沈

阳市萤火虫少儿文学社小辑"。小辑中刊发的作品均出自九岁至十二岁小学生之手，虽然诗作尚显稚嫩，但让孩子的声音有了发表的园地，对他们将是极大的鼓励。

四、权威年选、全国诗赛，精彩亮相

据不完全统计，辽宁诗人的诗作被《诗选刊》、《新华文摘》（半月刊）等刊转载多次。花城出版社、长江文艺出版社、漓江出版社、辽宁人民出版社、现代出版社、新华出版社等出版机构推出的全国诗歌年度权威选本中，大量辽宁诗人的名字赫然在列。另外，在全国大小诗歌赛事中，不断有辽宁诗人名列前茅、摘金夺银，如王爱民、紫陌、白翰水、邵悦、翟营文、微雨含烟、冯金彦、杜玮、冯岩、侯明辉、竹马、巴英竹等。都成为冲击全国诗赛奖项的辽宁诗人实力军团成员。

五、标志性诗集，重塑形象

2021年7月，由沈阳文联编辑的《盛京女诗人》出版发行，书中收录了阎月君、萨仁图娅、林雪、川美、王立春、韩春燕、宋晓杰、孙担担、衣米妮子、苏兰朵、述怀、李轻松12人的诗作。正如评论家李犁所言："如果编一本权威公正的《中国精英女子诗选》，一下子有十多位甚至二十位女诗人入选的省份，非辽宁莫属。而辽宁女诗人中表现最亮眼的是沈阳女诗人。举目文坛，像沈阳这样以团队的阵容齐刷刷亮相在中国一线诗歌写作现场的地区，绝无仅有。"评论家张立群也曾表示："如果说影响巨大的《朦胧诗选》《后朦胧诗选》《中国女性诗歌文库》分别由本省女诗人编选并在沈阳出版，已为辽宁女性诗歌走向全国奠定了坚实的基础，那么，近年来沈阳女诗人如萨仁图娅、林雪、李轻松、宋晓杰、川美、苏兰朵等频繁在诗坛上获奖、备受批评界关注，则表明以她们为代表的辽宁女性诗歌尤其是沈阳女性诗歌已在当代中国诗坛占有重要的地位。"

的确，她们中大部分创作实力较强、创作时间连续、创作态势稳健。林雪曾获鲁迅文学奖；王立春曾获全国优秀儿童文学奖；萨仁图娅、苏兰朵曾获全国少数民族文学创作骏马奖；李轻松、宋晓杰曾获华文青年诗人奖，均入选首都师范大学驻校诗人；韩春燕曾获第七届《芳草》诗歌双年十佳奖；阎月君、孙担担曾获辽宁文学奖；阎月君、林雪、李轻松、宋晓杰、川美曾入选"青春诗会"……她们有丰富的生活经验，有鲜明的性别意识，有纯熟的诗歌技艺。她们有自觉的操守，内敛的锋芒，既包容又开放，既融溶又独立，既温和又锐利，既投身于火热的生活又有出离生活的能力。正如李轻松在本书后记中所说，这"是一次集体的检阅，更是一次难得的记录。长期以来，无论是否被关注，我们都在场；无论世界如何变幻，我们都在写。在这片神奇的土地上，我们早已春满花枝，却从不炫耀自己的色彩与芳香"。

六、散文诗世界，开疆拓土

与诗歌创作队伍相比，散文诗创作人数在省内相对较少——尤其以地方作协为单位的"官方"命名的散文诗创作组织微乎其微，但民间组织仍大量存在——不过，辽宁散文诗创作成果仍然比较稳定。既有张少恩、海默、孙培用等"老"诗人的坚守，也有孔庆武、译墨等"新"诗人的加入。在全国各类文学期刊的散文诗栏目中时常看到他们的新作。他们对散文诗的热爱、探索与实践，为辽宁诗歌创作的丰富、多元，做出了自己的贡献。

七、翻译与推介，诗意桥梁

川美、冯岩等不仅是诗人，还是译者。在个人创作的同时，他们还翻译了大量优秀的外国诗作，拓宽了对技艺的探寻、对陌生化表达的认知疆域。这使他们更具双重视角、广博视野，对更好地理解诗歌的奥义、缩减国际间的文化差异大有裨益，为中外诗人之间的沟通与交流，架起了一座诗意的纸上桥梁。

关于辽宁诗歌创作的一些思考

在人工智能、大数据、产业转型等大环境下，诗人们被赋予了新的角色。在新时代语境中，他们更加关注时代风潮和社会主流，并就地取材创作出许多反映现实的诗作，如"抗疫"、脱贫攻坚"等题材的诗歌大量涌现。可以说，诗歌已经参与到当下社会生活之中，并在其中起到了积极的促进作用。但是，在诗歌现场的喧嚣过后，仍会看到在视野、技艺、表达方式等方面存在的一些问题。

一是诗歌对日常生活的介入清晰可见，特别是自带流量的自媒体的大量出现，降低了诗歌发表的门槛，准入变得轻而易举，使个人的生活或私语、负面情绪零距离地坦陈于公众面前，有些人甚至从形式到内容开始"玩"诗歌，严重破坏了诗歌的生态，辱没了诗歌的尊严。"诗人"如此自降"身价"，从而使"诗人"之名受到质疑。

二是大批在写作了二三十年之后的"老"诗人依然因循守旧，沿袭着惯性的思维方式、表达手法，进行圆滑的、无难度的书写，没有突破的新作，更没有"换换脑筋"的勇气。在年龄成熟之后，他们的作品并未"成熟"，更遑论确立属于自己的诗歌品格与风貌了。虽说诗文"妙手偶得"的几率极小，但主观意识淡薄、思想观念落后以及对新鲜事物接受能力不够，显然是妨碍诗人进步的重要原因之一。

三是在新时代背景下，乡土情怀如何书写？农耕文明如何表述？对乡土只剩下浅淡的抒怀、怀旧了吗？对当下"脱贫攻坚"的表达应该怎么把握好度？目前，不温不火的乡土诗依然在大量复制、粘贴，且表现内容、艺术手法与运思方式依然老旧，甚至数十年如一日，严重缺少新鲜的元素，没有反映出当下乡土的本真面貌，更没有深度思考。以此类推，其他题材、领域的书写，也存在着同样的问题。

四是省内诗人新生力量依然薄弱，没有在全国甚至全省范围内产生较大影响的新锐诗人出现。当然，人才培养是个长期、缓慢的过程，虽然与以往相比在加强青年诗人培养方面有了一定的起色，但与国内诗歌活动繁多、人才培养机制健全的其他省份相比，我们在这方面略显薄弱仍是不争的事实。

"文章合为时而著，歌诗合为事而作。"习近平总书记在中国作家协会第十次全国代表大会上为广大文艺工作者提出的五点希望，为写作者指明了前进的方向。心系民族复兴伟业，坚守人民立场，守正创新；用情用力讲好中国故事，坚持弘扬正道，在追求德艺双馨中成就人生价值，全方位全景式展现新时代的精神气象，将是写作者永远的责任与使命。2022年，期待着诗人们创作出更美的诗篇，展现新成就，赞美新生活，为人民书写，为时代放歌。

2021
辽宁
儿童文学
述评

当春天在三月的尾梢上停留，东北的寒气还在大地上盘踞，而那些草芽，却掀开一层冻土，从地下钻了出来。韩愈所说的"草色遥看近却无"的景象，恰在这时呈现出来了。看上去很美，却难以寻觅到痕迹，这是初春的草色，更是一种境界，暗合艺术的某种审美。在这乍暖还寒处，我们暂且停留，和那些又嫩又硬的草芽，一起掀开春天，掀动一片文学的新绿。

举重若轻的小说叙述

几乎有一年的时间没看到贾颖的作品。而在这个春天，她接连发表几篇作品，有儿童小说《如果每个星球都有味道》(《意林小文学》2021 年第 3 期)、儿童小说《班上有个女体委》(《东方少年》2021 年第 2 期)和童话《花朝》(《儿童文学》经典版 2021 年 1 月号)。我们感到贾颖的儿童文学似乎有破壁而出之势，如一股清流，在群峰耸立的山间，焕发出卓然之气。或许是一种从前韧度的延续，或许是沉积许久的爆发，在这个季节，贾颖的作品有理由让我们刮目相看。

说到底，小说是手艺人干的活，它成为一种令人称道的艺术，得益于小说家的手艺，或曰技艺。而这种技艺，大多体现在小说的叙述上，相形之下，故事本身的重要性或许要退居次席了。其一，我们能看到贾颖在小说叙述方面有自己独特的追求。在《班上有个女体委》和《如果每个星球都有味道》中能看出她既刻意又轻松的讲故事风格。少年有一段成长经历一定是和父母的一厢情愿交缠在一起的，这是人生叛逆前期的必由之路，关注这一年龄段创作的作家也必定有深入了解。这两个短篇小说就是这样的题材。贾颖在貌似随意的讲述中把自己的笔墨涂抹得浓淡相宜。《班上有个女体委》说的是妈妈对女儿当班委的期盼，以及女儿成了体委之后迅猛的成长。在小说前部，妈妈与女儿有一段对话，这段对话让我们看到了作者的匠心。妈妈的问题沉重而琐碎，而女儿的回答却轻浅而含糊，短短的几句对话，就把中年人的重和少年的轻、厚重的希望和坦率的无畏呈现了出来，戏剧性的情节必将在这样的性格对冲中产生，让人对接下来的情节充满期待。整篇小说就在这样的沉着叙述中前行，对少年读者而言小说讲的是一个好看的故事，对文学人而言又是一篇耐看的佳作。其二，贾颖总能在细节中展露锋芒，让读者在故事的某一处流连忘返。童话《花朝》就设置了这样的玄机。童话是成人的魔术，孩子总会在这种魔术中受骗上当并信以为真，这是童话的迷人之处。许多童话家便在这种成魔成精中不断地设着自己的局。每一个人都要面对亲人离去后的哀伤，孩子也不例外，而孩子在这种永久的别离中更为哀恸。《花朝》讲的是一个女孩在梦中遇见了已离她而去的太姥姥，相遇时太姥姥成了和她一样大的小姑娘。作者讲了离别的痛，讲了相逢的美，讲了混沌与神秘，讲了死与生，讲了灵魂，讲了花期。还有那么多没有讲出来的若远若近若即若离。或许是隔着一层梦，作者的文字带上了许多诗意的叙述。"阿舜忽然有一种奇怪的感觉，一种忧伤像是秋日里冰凉的雨水，从她的头顶浇灌下来，她的心抽搐着疼了一下，接着，那种冰凉的疼痛蔓延全身，她觉得自己要委顿成一堆泥土，再也无力站起来的湿漉漉的泥浆。""'再见。'阿舜的眼泪打湿了花香，花香凝结成一颗小小的红痣，像针尖一样尖细，落在阿舜的手心。"面对这样的文字，我们屈下身来，嗅出许多真香。当凄美成为儿童文学创作的一个主题，我们愿在这样的描述中体会文学的终极意义。其三，贾颖的作品总有一种激荡人心的力量，这或许是真情燃烧出的温度。《如果每个星球都有味道》看上去云淡风轻的结尾处，让人读得眼睛里蓄满泪水。爱的力量或许在亲人的心照不宣中像夏天的花朵一般怒放，那是主人公和爸爸共同的成长。面对宇宙星辰，爸爸和儿子谈论着和从前那一次次"打"和"挨打"毫不相关的事，沉重在结尾处落下轻松的帷幕。《花朝》也有这样的力量。永远的别离在空气中回响，敲打着读者的心："我会想你。"阿舜说。"好。可是，别把所有的时间都用来想我。"心在这里被疼痛狠狠地击中。

两组童诗相映生辉

这一季看到了两组风格迥异的童诗。它们像两棵同一时期开花的树，放在一起，相互比较，呈现出一种别样的景象。都是写在春天，都是从同一处出发，却辗转腾挪出不同的景致。一组是刘一夫的《捉迷藏》（三首）（《文学少年》2021 年第 3 期），一组是李立（阿妙）的儿童诗《春雪的话》（外二首）（《花火·慧阅读》杂志 2021 年第 3 期）。

刘一夫写的童诗虽不多，却很有特色。他两次获得义乌国际儿童诗歌大赛的大奖，笔力可见一斑。把戏剧、童话、绘画、音乐揉捏进儿童诗，锻造出一幕幕崭新的意境。这些，基于他平时创作舞台剧经验的积累，也使得他的作品一经问世，便显得与众不同，具有了很高的辨识度。在春天的这组童诗中，最能体现其特色的是《太阳团长的讲话——春天是一场演出》。在这里，春天的"演员们"相继出场，从"闹台"到"压轴"，从舞美到灯光到各种乐器，都生动地进行着，"大人们很少会注意到我们的精心设计/不必气馁/他们并不重要/孩子是我们最忠实的观众/他们看见我们一定会尖叫着跳起来"，这是太阳团长的提醒，也是替孩子喊出的主权宣言，更是一个儿童文学痴迷者的倾诉。在一种蒸腾着热气的诗情中读刘一夫这组童诗，体会蓬勃生命绽放的同时，又领略到另一种样式的童诗的魅力。

读李立（阿妙）的童诗，却是另一种感觉，是一种小而柔的阅读体验。她的诗是写给稍小一点的孩子看的，那些文字又短又浅又干净，但诗意却柔软而悠长，看上去甚至美得让人惊叹。儿童诗由于要顾及到孩子的年龄特点，在写作时诗人们一定是小心又小心。能看出李立的用心，她选择那些小小的角色，比如脚印，比如微风，比如梦里遇见的一只好小熊，再营造出小小的意境，像一幅幅出自孩子之手的儿童画，想象大胆、拙朴自然。内心深处的诗的香气流转在小诗间，打造出小景之胜境。这种感觉有点像日本诗人金子美铃的诗，一样的对小小的东西轻轻地抚摸，轻轻地叹息，轻轻地赞美。要是小小的孩子都能读到这样精心设计的诗作，那是一件多么幸运的事。当下，写诗已成为一己之快，粗制滥造，泥沙俱下，而精打细磨的诗作业已成为一种难得的奢侈品。

小矮人也有春天

春天的这一场儿童文学重头戏，应该停留在《米罐》（2021 年《小十月》第1期）这里。这部五万多字的小说，是张忠诚的又一部力作。不同以往，作者对少年成长疼痛部位的关注，这一次有了全新的小说阐释。如果弱势群体的忧伤注定成河，我们便看到了命运在逆流中举起的一只手。和他的双胞胎哥哥不一样，男孩罐儿从六七岁时身高就停止了成长。从那时起，罐儿就开始了一个小矮人的少年人生。张忠诚以自己讲故事的节奏，带我们进入到这个小小少年的命运中。读完整个小说，依然沉浸其中，久久回不过神来，这便是一部好小说的魅惑之处吧。好的小说，一定是由许多令人难忘的细节构成的，情节或许有似曾相识之感，但细节一定是独家的。我们在阅读中一定有过这样的体验：诸如主题、情节、题目什么的都忘掉了，但某些细节却扎根心中，在心中成长，甚至茂密成荫。伟大的小说家一定有属于自己伟大的细节。在罐儿的成长中有这样的经历：捡了一只濒死的"落渣"小鹅养大了；爸爸去世前给罐儿买了一双44码的球鞋，双胞胎在一幅画中一高一矮地各自提着一只鞋子；和谷子一样高的罐儿在谷物地里来回奔跑，大群的麻雀起起落落；那些写了字塞进瓶子的树叶，那丛蓬勃怒放的石竹花……这是众多细节中的几个，这些细节足以使小说人物形象丰满。在成长的各处，作者精心地暗藏进自己的机巧，每一物象所指，既是一种明喻，更是一种暗示。小说是写人物的，当人物有了筋骨，故事便有了韧性。在故事的高潮处，我们看到作者把"肉傀儡"这个预设埋伏在这里，情节便在这里开始转折，读者也松了一口气。这个细节或许是作者构思整部小说的初衷。这使人想起莎士比亚的《威尼斯商人》中那个"一块带血的肉"的细节预设，所有的矛盾都在这个细节处汇聚，所有的故事都在这个细节上有了答案。张忠诚所有的努力都是为了让罐儿向着这个环节奔跑，由此便产生一种强劲的力量。小说的"豹尾"态势就出现了，在"豹子"的尾尖上我们看到了一束开得茂盛的石竹花，那种红出血色的花，细嗅上去，有一股不屈于命运的味道。

本季度其他作家出版、获奖、编辑作品

走向世界，辽宁儿童文学作家薛涛一直在路上。这一季，他的绘本《脚印》（郁蓉绘）由安徽少年儿童出版社于 2021 年 1 月出版。《脚印》由国际安徒生奖评委会前主席帕奇·亚当娜策划，前主席玛利亚·耶稣·基尔做导读。同时，薛涛的长篇小说《形影不离》（阿拉伯文）由突尼斯孔诺斯出版社于 2021 年 3 月出版。这标志着中国儿童文学作家走向世界的重大突破。宋晓杰的儿童散文集《暖暖的星星索》2021 年 1 月由天地出版社出版发行，该作品集入选了"'流金百年·中国儿童文学必读'语文优选课"丛书，具有沉甸甸的分量。李立（阿妙）的儿童诗《时间》（外三首）（尚未发表）获第 6 届陈伯吹儿童文学创作大赛成人组优秀奖。笔耕不辍的阿妙，在自己热爱的创作领域取得了不俗的成绩。王立春的儿童诗集《星星从来不睡》（方明瑜绘）由重庆出版社于 2021 年 3 月出版。尤其值得一提的是，由周莲珊主编的《伟大的历程》丛书，由辽宁少年儿童出版社于 2021 年 1 月出版。丛书包括《葵花向太阳》（张曙光著）、《柳条湖烽火》（闫耀明著）、《两棵苦楝树》（林风著）、《渔村春来早》（陶永灿著）、《好雨知时节》（慕榕著）。周莲珊主编的这套红色丛书，代表中国儿童文学给建党百年献上了一份厚礼。

当春天又近，一朵一朵小雏菊怒放，仿佛从大地上燃起的小礼花。辽宁儿童文学作家站在大地上，手捧自己精良的作品，献上对春天的礼赞。愿这样的作品，照亮大地上每一个孩子的眼睛，像灿烂的小雏菊一样。

　　绿色将整个夏天淹没，花朵们却在这样的衬景下展示出各式的风姿，一簇有一簇的光华，一朵有一朵的灿烂。若有轻风掠过，花香流转，似有若无，或妖冶或妩媚，或淡雅或清爽，都将沁人肺腑。这不免使人想起文学作品的细节。心理分析大师、小说家亨利·詹姆斯说：魔鬼藏在细节里。

　　走进盛夏的辽宁儿童文学，徜徉在无处不在的细节里，我们试图嗅出那散落在文字里面的幽香。

一群红色少年的迅猛成长：扁平人物的圆形书写

　　几乎还没有哪一个季节犹如这个夏天一样，一股红色的浪潮席卷而至，一半是季候的炎热，一半是文艺的激情。即将到来的"七一"，适逢中国共产党百年华诞。回望来时的新中国，中国共产党领导中国人民从起初的筚路蓝缕走到今天的盛世繁华，路途中是一座座不朽的丰碑。这些丰碑，不仅光耀了历史，更镌刻进人民心中。在历史的宏大叙事背景下，作为大地喉舌的艺术家，发出了代表人民的心声，四方八面，振聋发聩，激荡人心。从4月到6月，创作、发表、出版的主旋律作品，一浪高过一浪。

在儿童文学队伍中，我们看到了辽宁作家的身影。

董恒波的儿童长篇小说《红船少年》（江西高校出版社，2021年4月，周莲珊主编），常星儿的儿童长篇小说《红星，红星》（江西高校出版社，2021年4月，周莲珊主编），李铭的《烽火篮球》《麦穗飘香》《林涛阵》（《文学少年》2021年第4、5、6期），分别以不同的书写方式塑造了建党初期一群红色少年的形象，使我们不仅看到了烽火中少年的茁壮成长，更看到了少年中国的未来之光。几位作家都把目光聚焦在"英雄出少年"的主题上。引导少年读者树立革命英雄主义理想，为未来的民族性格养成绘就坚韧的底色，这是儿童文学作家不可回避的使命和担当。面对着这样的"命题作文"，其实作家们也将自己推进一个冒险的境地：少年英雄，在革命斗争中成长，最后必然成功。遵循这样的模式，人物性格必须向着无往而不胜的"小孙悟空"方向发展，这便很容易进入"脸谱化"人物窠臼——塑造出的人物容易扁平化。福斯特曾在《小说面面观》中提出扁平人物及圆形人物的理论，单一的性格走向容易使人物形象扁平，只有复杂或多面才能成就圆形人物。我们看到，怎样使小英雄形象丰满，每个作家都有自己的智慧。

《红船少年》写了一个出身在破落的旧封建家庭的男孩，受进步思想影响，逐步走上革命道路的经历。看得出，为了把这个红色少年写得血肉丰满，作家董恒波调动自己多年生活和艺术的积累，让主人公叶铁军在南湖乡村小镇的成长充满一个男孩子特有的印记。偷偷剪下睡着的爷爷的辫子，在祠堂里挨大板子抽，让装在盘子里的鱼"说话"，把乡绅土豪收拾得服服帖帖……少年的故事看上去顽劣、好笑，但这个最终坐在南湖船头，为党的一大召开而站岗放哨的小小少年，形象在这样的变化中显得又生动又可爱。正是那些让人无法忘掉的细节成全了这个少年形象。当叶铁军偷偷剪掉爷爷的辫子时，那根掉在地上的辫子"像是一根烂绳子，或是一条死了的蛇"，而捉螃蟹、照妖机、鱼"说话"等细节更是让故事充满喜剧色彩。想必小读者在故事里感受到英雄脉搏跳动的同时，也一定会产生一种阅读的快感。

《红星，红星》讲的是十三岁的小红军万山跟随红军队伍，从瑞金出发，经湘江战役，渡金沙江，翻雪山过草地，最终抵达革命圣地延安的故事。小说以少年视角再现红军长征，抒写那段历史所产生的革命英雄主义和革命浪漫主义情怀，使这部作品充满了独特的审美价值。常星儿常常在自己的作品中贯注一种诗意，这是作家与生俱来的文学直感，抑或是一种长期写作练就的审美自觉。正是这样的叙述，使少年英雄万山带有更多的悲情色彩。二万五千里长征，创造了举世瞩目的壮举，可以说每一个前进的路标都是牺牲的红军战士铸就的。万山手里一直握着一颗老首长送给他的红星，在这个队伍里战斗、掉队、受伤、行进，他身边的战友一个个倒下，他埋葬战友、擦干血迹，继续前行。这个故事看上去像《闪闪的红星》的续版，这个叫万山的"潘冬子"找到了红军队伍，因为一颗闪闪的红星，他产生了永远向前的力量。我们可以从这个细节里，看到万山长征中一路的悲壮。埋葬为他抵挡一颗敌人的子弹而牺牲的水妮时，"我一捧土，大李叔一捧土，均匀地撒在水妮的身上。首先不见的是水妮的胸口，然后是水妮的腿和胳臂、手和脚，再是水妮的脸，最后是水妮头上的那四片红叶；同时不见的还有她身旁的那些树枝。"作家让这样的悲壮场面像一首低沉的回旋曲一样，在无数个鲜活的生命倒下之后再现，震动着小读者的灵魂，也让小读者在一场又一场的伤痛中体味当下生活的幸福和不易。

和董恒波、常星儿不同，李铭的几篇作品撷取的是中国革命不同时期几个少年的成长片断。故事中有战地医院的两个篮球少年，铸造国徽的工人爸爸，防沙护林的党员一家。比起长篇小说人物的完整，短篇中的人物略显单薄。或许不应做这样重量级别不同的对比，但从让故事生动起来的那些源自生活的细节中，我们或可体会出李铭的匠心。无论年代、生活、事件与我们有多远的距离，聪明的作家总会将人物拉进自己的某一个过往，获取真实可感的艺术效果，让作品在一种熨帖的体认中焕发出动人的光彩。

两位女性的童年视角：植根生活的轻灵成长

"命题小说"有着一种带着镣铐跳舞的不得已，相较之下，非命题小说具备了野蛮成长的无限可能。小说是一种独特的艺术，这种独特呈现出两种外在品质：要么选材占优，要么叙述手法新颖，当然，若能两者兼备，产生庄子的鲲鹏之势也未必不可能。纵观小说世界，两者兼备的作品毕竟不多。而初写小说，能以稚拙的笔力开拓出一片新天地，也实属不易。为此，这一季，我们选取两位女性作家的儿童小说作以分析，或许能从中窥出一些少年成长小说的艺术端倪。

张玉莹的作品《守艺人》（《少年文艺》2021年第6期）讲了一个制作毛笔的手艺人家在日本侵华战争中的变故和小主人公的成长。应该说作者从一开始就注重对作品题材的开拓，这种视野的开阔使张玉莹的小说具有了一种大开阖的潜质。比起更多熟悉的生活场景，毛笔制作领域鲜有人涉足，作者还有意将这个独特的场景置放在了抗战时期。在行进的历史中，时间和空间的某种交错已火花四溅，此间嵌入的人物必将淬火成形，而这个淬火成形的主人公在这样的生活场景中渐渐有了血肉：

> 天蒙蒙亮，山水就起身了。一个瘦小的身影无数次地尝试将手伸进到水里，待疼痛缓和了一些，就拿起牛骨梳子开始梳理水盆上的羊毛……牛骨梳子有大有小，但前面的锯齿都是又尖又长，牛骨梳子的背面是微微凹进去的，正好能放上五六个已经打理好的笔毫。
>
> 做好一支毛笔，整整72道工序。

且不说作品里娘离世的细节，不说邻居祖孙俩被日本鬼子刺杀的细节，不说爹被日本人枪杀在断头台等细节的"烈"叙事——这些描写足够考量一个写作者的胆魄和笔力，单就人物生长的生活场景描述就可看出作者敏锐的笔触。比起单纯讲故事、作品缺少情节的许多写作者来说，年轻的张玉莹或许真正悟得了写作之道：人物鲜活的秘密藏在植根于泥土的生活里。

再看一看阎秀丽的小说《眼睛里的星星》(《延河》2021年第6期)。小说讲的是一个爱演戏的男孩在好朋友的帮助下实现登台表演的故事。小男孩瓦片的梦想就是在舞台上扮演秦香莲的儿子，为偷学戏他还从树上摔了下来。他的同学九霞和满仓最终帮他实现了这个梦想。九霞凭的是一腔善意，而满仓的善意里还包着一层愧疚，而这一层愧疚让故事层层推进，也让我们看到了孩子身上人性的光芒。阎秀丽很会把握故事的节奏，在篇幅不长的小说里，她适时地加入一些闲笔，而这些灵动的闲笔把孩子们的心思恰到好处地呈现出来，使小说看起来润泽丰盈。比如："台下的人是静的，风也是静的，偶尔有几声轻轻的啜泣声，在人群中滚了几下，便悄无声息地被台上忽明忽暗的灯光吞噬了。"还有："台下没有灯光，黑黢黢的，像个张着大嘴的怪兽，把瓦片一下子吞了进去。满仓看看台上，又看了看台下，手掌张开，又慢慢握上，好像抓住了什么。可是除了刺骨的寒风从指缝间穿过，他什么也没抓住。"文中还有几处这样的描写。故事在这里似乎慢了下来，而这个"慢"恰如画面中的留白、乐曲中的休止符一样，起到了一种"于无声处听惊雷"的效果，让读者的想象跳脱开的同时又紧紧收拢，对于烘托人物具有画龙点睛的作用。让细节在闲笔中氤氲宕开，阎秀丽深谙这种写作之道。

三个文学现场：季节深处的花开荼蘼

像憋了很久的集中爆发，本季度召开了三场儿童文学研讨会。深陷疫情的 2020 年使得聚集和开会成了奢望，当 2021 年初夏，疫情缓和，清风拂面，紧锣密鼓声中，三场儿童文学赏读会相继举办。

第一场　四月：香粥弥漫的山谷

坐标：葫芦岛。由辽宁文学馆、省作协儿童文学委员会、省儿童文学学会与葫芦岛市文联共同主办了"阎耀明新作《香香粥》研讨会"。辽宁的儿童文学评论家、作家共同对本土作家阎耀明的童话集《香香粥》展开讨论。宁珍志的评价既有诗意又有哲理:《香香粥》提供了一例鲜活的关于童年影像和记忆的艺术标本，很好地把握住了童年的心理向度。王立春对作品呈现出的小说和童话叙事技法的相互渗透、物性与人性的自由切换等进行了点评。于立极感动于书中道义的力量、情感的力量、智慧的力量和美的力量。胡海迪从文学作品的实用性与审美性相统一的角度，对该作品进行了文本细读。盖尚铎代表葫芦岛本地作家表示，阎耀明是个功底扎实的作家，《香香粥》单纯而又有韵味，期待续写。郭宏文、张忠诚也从不同角度作了点评发言。薛涛在总结点评时，对阎耀明的写作也给予了很高的评价。闫耀明诚恳地谈了自己的创作经历、对儿童文学的理解和未来的创作打算，对专家老师的评价表达了感谢。与会专家们一致认为，本次研讨会不止对于闫耀明本人今后的创作有用，也一定会带动葫芦岛市的儿童文学创作。这次活动在"世界读书日"前夕举办，是辽宁作家响应习近平总书记号召，扎实开展文学服务基层、助力全民阅读的一次实践活动。

第二场 五月：童话诗的轻喜剧

坐标：沈阳大学。"王立春系列童话诗《小笨鼠和大眼贼》赏读会"在沈阳大学师范学院举办。来自全国各地的儿童文学专家、媒体人、出版社编辑、小读者代表齐聚一堂，共同赏析王立春这部具有转型突破特质的系列童话诗。宁珍志评价说，《小笨鼠和大眼贼》把握住了"人之初，性本善"的孩童本真原点，体现了童话、诗歌、幻想与夸张的魔力，展现了童话诗艺术化过程的一个缩影；马力教授认为王立春以最朴素的方式记录了根植中国土壤的中国故事的一个版本，保存了一份可贵的文化遗产；童书版权代理人、阅读推广人刘怡评价其作品具有诗剧风格，以儿童视角还原了当代人对生活本源的记忆和期待，具有返璞归真的艺术魅力；石锋副教授从作品的叙事能力和情节设置角度进行了点评；大连外国语大学现当代文学专业硕士研究生于凤仪从哲理世界和思辨精神的建构角度对作品进行了重新解读。安徽少年儿童出版社的阮征主任分别代表著名儿童文学作家、诗人、翻译家，98岁高龄的任溶溶老师，以及著名儿童文学作家、诗人，86岁高龄的金波老师，宣读了两位老前辈对《小笨鼠和大眼贼》新书出版寄予的厚望与祝福。二老高度肯定了王立春这次创作突破的成功之处在于回应了中国儿童诗坛对童话诗、对歌唱故事、对讲究谐声押韵诗的热切呼唤，给儿童诗坛增添了一抹亮色。编辑高静分享了作品策划编辑过程中的趣事以及编辑的心得体会。

第三场 六月：梦想与信仰的力量

坐标：辽宁文学院作家会客厅。6月25日，"信仰与梦想：赵郁秀红色记忆品读会"在辽宁文学会客厅举行。著名儿童文学作家赵郁秀老师是一位有着73年党龄的老党员，刚刚获得"光荣在党50年"纪念章。她创建了辽宁儿童文学学会，主编《文学少年》杂志，主编多部儿童文学图书，积极扶植培养儿童文学新人，为辽宁儿童文学事业倾注了全部的热情，为辽宁成为中国儿童文学重镇做出不可磨灭的贡献。在赵郁秀老师的两部非虚构文学《信仰的力量》《梦想的力量》品读会上，与会作家、评论家展开了热烈讨论。

辽宁省委原常委、宣传部长沈显惠评价《信仰的力量》《梦想的力量》这两本书是爱国主义教育的好读本。他说，能写出这样有红心、爱心、爱国心的书的人，一定是有红心、爱心、爱国心的人。辽宁作协党组成员、副主席金方认为，几十年来，赵老师几乎把她的全部精力都献给了热爱的儿童文学事业；为培养儿童文学人才，赵老师倾注了大量心血，花费了大量精力，如果没有当年赵老师的全力提携和推介，就没有后来的"辽宁儿童文学小虎队"，更不会有辽宁儿童文学今天的辉煌。沈阳师范大学教授、儿童文学评论家马力认为，在众多表现百年来伟人革命斗争事迹的文学创作中，《信仰的力量》让人读来格外亲切，它具有作者的亲历性、伟人生活的故事性、艺术上的互动性三个显著特点。辽宁文学院副院长、评论家周荣认为，《梦想的力量》是赵郁秀的个人文学史，更是当代文学史的"史外史"。作为当代文学历史性时刻的亲历者，作者用生动活泼的文字还原了历史中的人和事。葫芦岛文联主席、儿童文学作家闫耀明表示，信仰是一个人安身立命的根基，赵郁秀为辽宁儿童文学的奉献正是源于其个人崇高的信仰。辽宁儿童文学学会会长宁珍志说，赵郁秀言传身教的火红情怀，正是一位优秀共产党人的生动写照，她身上迸发的热量与作品中燃烧的火焰完全一致，这是信仰的光芒、梦想的光芒。王立春、陈玉彬、盖尚铎、刘东、马三枣、石锋、王宁等作家、评论家深情回顾了赵郁秀老师在每个人文学和成长之路上付出的无私大爱，给予的热情关怀。

赵郁秀老师说，党性之中有大爱，爱祖国、爱人民、爱大家，党员要永远跟党走，牢记使命与初心，才不辜负党的培养。她反复强调，党史中的文学、文学中的党史，是作家及文学工作者应该多多关注的。让与会的全体辽宁儿童文学作家们想不到的是，会议结束时，赵郁秀老师将自己的25万元人民币积蓄捐献出来，交给辽宁儿童文学学会。老作家、老会长的一片拳拳之心深深地震撼和感动了大家，也激励大家创作出更多、更好的作品。

本季度其他作家发表、出版、获奖作品展示

中国的这个夏季，注定留下深深的痕迹。这既是建党百年带来的繁盛，也是每一位儿童文学作家深情倾诉的时光。马三枣的儿童长篇纪实文学《申纪兰：西沟村的幸福花》，由接力出版社于 2021 年 6 月出版。红色作品的书写让马三枣进入了一个更深广的创作领域。薛涛的长篇小说《小城池》（波斯语）由伊朗维达出版社于 2021 年 4 月出版。他的另一部长篇小说《围墙里的小柯》（波斯语）由伊朗维达出版社 2021 年 5 月出版。这两部作品是薛涛走向世界的新成就。王立春的儿童散文集《站在春天的开头》由河北少年儿童出版社于 2021 年 4 月出版。这是一部自传体色彩的散文集，作品犀利、幽默，形成了作者自己独特的叙述风格。张玉莹的小说《守艺人》获得第十届"周庄杯"全国儿童文学短篇小说大赛优秀奖。这是一篇富有冲击力的作品，让读者刮目相看。闫耀明的短篇小说《蝉

的夏天》发表在《读友》（中长篇版）2021 第 4 期，持续不断的创作使得作家的该篇作品写得游刃有余。张旭的童话《鼠博士》发表在《小十月》2021 年第 4 期，作品构思新奇，想象不俗。程云海的散文《穿透篱笆的小调》发表在《少年月刊》2021 年第 4 期，这是清新而丰润的力作。于永涛的儿童诗《绿色的海》（外一首）发表在《儿童文学》2021 年第 6 期，一直坚持儿童诗创作的于永涛又以此篇上乘之作进入我们的视野。

当又一次点数这一季的作品时，我们发现了一个现象：有些作家一直以细水长流的姿态书写作品，笔耕不辍，使得自己缓慢上行到一个又一个高度；而有一些作家却停下来，搁下手中笔，作品已很少见，与之前强盛的如井喷般的创作爆发期形成强烈对比。或许这是一种规律，慢走一段才会更有冲击力。但愿他们不是长久的停滞，辽宁儿童文学的队伍需要更多的长跑者。

忽然在某天早上，秋天就露出了她特有的斑斓，正如文学作品中思想绽放的刹那，迷幻中那一缕迷人的光。秋天到了，叶芝在诗中描绘过这种似浓而未浓的秋意："谷子成熟了／天天都很热／到了明天早上／我就去收割……"而我们追随的爱也成熟了，且让我们成为那收割的人。

2021年是中国的儿童文学年，这一年的7月评出了四年一次的全国优秀儿童文学奖，辽宁的幼儿文学又一次夺得好成绩。紧随其后的小说家们，使这一季辽宁儿童文学呈现出炫目的色彩。

小而轻灵，儿童文学本来的样子

近些年，随着儿童文学辽军的整体崛起，辽宁已成为中国儿童文学三大重镇之一。不仅表现在历届中国作协全国优秀儿童文学奖的评选中，辽宁儿童文学从未缺席，还表现为获奖的儿童文学品种多样：小说、诗歌、童话、幼儿文学，儿童文学几大类几乎均有斩获。儿奖（全国优秀儿童文学奖）与茅奖（茅盾文学奖）、鲁奖（鲁迅文学奖）、骏马奖（少数民族骏马奖）同属中国作协四大奖，在国内各类文学奖中含金量最高。从中华人民共和国成立以来至今的十一届评奖中，辽宁儿童文学作家共 10 人 12 次获奖。除辽宁外，还没有哪一个省有如此好的成绩。或可说是一方水土造就，或可说是机缘使然，但有一点却是儿童文学辽军的共识，那就是：继承老一代东北作家群的传统。由省儿童文学学会老会长赵郁秀老师在上世纪末倾情打造的"辽宁小虎队"，无论是集体阵容还是个体创作，在儿童文学领域都创造了奇迹。他们的"棒槌鸟丛书"一飞冲天，夺得了全国"五个一工程奖"，其中的四位作家先后夺得了全国优秀儿童文学奖，为后来的辽宁儿童文学人树立了标杆，起到了榜样带头作用。一直到今天，辽宁儿童文学队伍里始终流转着集体主义和个体创作水乳交融的情愫。

第十一届"儿奖"共有 16 位作家获奖，我省的青年作家黄宇获得了幼儿文学奖，获奖作品是《小小小世界》（中国和平出版社，2019 年 12 月）。幼儿文学写作是衡量一位儿童文学作家的试金石，在某种意义上说，不能为低幼儿童写作的作家不是好的儿童文学家。如何用浅白晓畅的语言写出隽永耐读的故事，这对每一个写作者的笔力都是一种考验。年龄越低，为之写作的难度越大。黄宇一开始写作，就一头扎进幼儿文学领域，并为此深耕细作十几年，应该说深谙此中奥妙。她的作品深受小读者欢迎，出版的书籍成为低幼儿童畅销书。这一次她用自己这部作品赢得了中国作协奖，摘得了桂冠。

中国作协第十一届"儿奖"评委会给《小小小世界》的颁奖词是："黄宇的《小小小世界》为幼年孩子们洞开了一扇扇五彩缤纷的知觉之门，引领他们以天真好奇和活跃的想象认识生活，感知世界，拥抱梦想。"

"小"是幼儿的天然状态，"小"也是儿童文学作品本来的样子。《小小小世界》开本小，轻巧好拿，为小孩子量身打造；故事小，小孩子注意力集中时间短，接受故事的长度受限，一个接一个的小故事符合孩子的认知能力；世界小，由于每个故事相对完整，配的插图多，在书中展示的世界小而缤纷，小读者很容易将自己融入其中，成为那个世界里的小小主人。故事主人公是一个小女孩，小虫子、小乌龟、小兔子等和女孩子相伴成长。女孩经历着人生的很多第一次：第一次自己睡觉、打针、看牙。懵懂的人生就从这稚嫩而可爱的第一次开始了。黄宇在这些故事里添加了很多有趣的细节，不着痕迹地将自己对小孩子世界幽微的体验加进去，读来幽默好玩，这个小小的世界充满了黄金般的天真和好奇。这是亲子阅读的时刻，是柔软，是人间四月晴朗的天。小读者的妈妈读着故事，孩子指点那些可笑的插画，丰盈的幼年就从书里书外成长起来了。这些看上去的小，小吗？并不，它如孵化器，是孕育了大的小，是裹挟了柔的韧，是冲击着明天的今天，是盛满了现在的未来。

正如黄宇在获奖感言里所言："……这里有趣事、烦恼事、奇妙事……这些零散琐碎、天然童真的小事件，表面看是孩子无心之举，却在与大人世界的碰撞中绽放出'天使心'。我慢慢地'捡拾'，努力原汁原味地呈现孩子生活中本来的模样，力求准确地表现这种鲜活的生命，从孩子的视角还原一个小小的世界，还原孩子真实的童年。"

这种"天使心"让我们想起国际安徒生奖获得者、德国作家于尔克·舒比格的《当世界年纪还小的时候》中，孩子看到世界的样子："……风开始很安静，就好像它根本不存在似的，突然，不知怎么地，它发现自己可以吹。"黄宇把一双天使的眼睛看到的世界，在一个个微小的世界里向我们铺展开来，讲得娓娓动听，劲道柔韧。在这样的文字里流连，谁还愿意长大？天使的目光可以穿透宇宙，穿透心灵，照亮所有的黑暗。

大雪封山，抱团取暖的生死默契

2021 年 9 月的北京国际图书博览会上，二十一世纪出版社的版权推介会向国外推出三部重磅新作——《三根绳子》(曹文轩著)、《大风》(莫言著)、《猫冬记》(薛涛著)。这三部带着强烈民族特色的中国儿童文学作品，在国内外引起了强烈的反响。《猫冬记》是薛涛今年的一部力作，讲述了人和动物抱团取暖的温馨故事，展现了生命内在的激情和顽强的生存意识。

"寒冷有时比饥饿更可怕"，这句话来自美国电影《沿着河走》的开头，它道尽了经历极寒之后的痛彻醒悟。《猫冬记》(二十一世纪出版社，2021 年 1 月)的故事是从一场大雪开始的。一个休学到山里治疗肺虚弱病的五年级男孩果子，还没有学会自己喜欢的木匠活，就被一场大雪阻在了山里。他和木匠姑夫老歪住在大山的寺庙里，之后来了一只老猫，之后又来了一只大狐狸和一只小狐狸，故事就在这两个人和三只动物间展开了。大雪、寺庙、木塔和一场老式电影，这些意象本身就会引发我们对小说的多重解读。雪是极富东北特色的地域符号，一切色彩建立在白之上，一切诗意产生于雪之中。薛涛这一次把背景设置为辽东的一场罕见的大雪，小说散发出奇特的光芒。和以往的作品相比，作家让这个故事产生了至少三次审美的陌生化。其一，故事发生在大雪之后，本身就有一种独特属性。当老猫被木匠扔进了雪里，雪地上便出现了一个深洞；人在深雪里行走是泅渡状的，狐狸在雪地上的奔跑也是泅渡状的，这些场景是东北冬天的平常，对大多数读者而言却充满了北方雪野的新鲜感。其二，小说中设置的人物对话也有一种奇特性。除了人与人，小说中的人与物、物与物、自己与自己的对话方式都是默语式的，这种默语式的表述来自第六感官。比如那只叫"馅饼"的老猫身体和内心发生矛盾时，自己和自己就产生了一次次对话。这种对话其实发生在我们每一个人的日常生活中，我们原始的"本我"和道德层面的"超我"常常产生这样的矛盾，只是我们自己感觉不到。弗洛伊德在他的精神分析学中给我们做了深刻的解析，而《猫冬记》却让这个理论在儿童小说中得以形象地浮现。老猫带着这种"本我"和"超我"的矛盾跑满了整部小说，让我们产生了一种内心隐秘被拆穿后的快感。

> 果子很想再大声问问老歪："多个人抱团取暖，有什么不好呢？"弥勒佛笑眯眯的："孩子，抱团取暖挺好。"馅饼的内心又在提醒身体："离小孩远点，不应该忘记过去……"馅饼的身体却理直气壮："小孩好像在为我们遭罪，不该视而不见。"馅饼的内心不言语了，这是内心第一次屈从于身体。

其三，在这样的叙述策略中作家自己终于获得了彻底的解放。还没有哪一部作品让薛涛能如此地放飞自己的幽默感。如："大雪过后，它的羽毛太鲜艳，与四周的环境格格不入，山鸡自惭形秽……""馅饼内心和身体的分裂，渐渐使它养成了纠结的性格。""小猫看见老猫朝南山走去，路在身后嬉闹。'大叔，你不要太稳重。一起跑跑怎么样？'"文中到处充满了这样狡黠的心机和搞笑句段，显露出了老东北品相，让人读起来常常忍俊不禁、欲罢不能。更不必说那沉醉在老电影里的老猫，那追逐星星的浪漫狐狸，那轻轻跃下的优雅死亡……当寒冷逼近生命极限，抱团取暖、默契相守，一切都趋于平等、乐观、豁达，人和动物各自呈现出明亮的、富有质感的光泽。

超拔向上，生命成长的多种可能

这一季，三个短篇给我们带来了不同的阅读感受。

当青春期遇上更年期。贾颖的《当贺卡变成炸弹》(《儿童文学》选粹版 2021 年第 8 期）讲述了一个初三女生接到班里一个喜欢的男生发来的贺卡并被妈妈发现之后的一段故事。作家撷取了青春期遭遇更年期的生活切片，读来让人动容。以女孩的视角写故事，主人公的心理被作家写得敏感而细腻。不得不说，作家透彻的观察力、敏锐的感受力、准确的表现力都为这篇小说贯注了生气。青春期在朦胧的爱的贺卡到来时，对着极度过敏的更年期妈妈开启了小爆炸模式。更年期很快地调整了自己，而青春期却在任性中一意前行——

> 我感觉到了疼和一种无法言说的羞涩。只有大声地说话，说一些自己都无法理解的话，才能掩饰我内心的慌乱和羞怯。
>
> 我和妈妈冷战着。谁也不理谁。可是，我还吃着她做的饭。

在另一位同龄女孩的妈妈让主人公"我"代写贺卡的过程中，青春期的心病得到了治愈。其实是自愈，爱到了心疼的地步，所有的怨尤都会烟消云散，取代它的，是一种较之前更深切的爱。少女的爱，有矛盾有挣扎；因为洞悉人性，贾颖的笔端生出许多温暖。

当哈萨克少年遇上古村少年。马三枣的《香竹国》(《读友》清雅版 2021 年第 7、8 期合刊）讲了一个从新疆来的哈萨克干部为古老的南方乡村酿新酒的故事。这个故事并没有从正面讲述，而是从哈萨克男孩阿拜来看望在古村工作的爸爸切入的；阿拜和古村同龄男孩的交集和友谊成了故事的主线。总觉得一个身处东北的作家写新疆是一件不讨好的事，那远处的生活本已困扰了笔端，而这次，马三枣又跟随着新疆少年来到了南方以远的竹乡古村。挑战自己，挑战陌生的生活，看起来，有勇气的马三枣要和自己身边熟悉的生活杠到底了。但从对竹乡、古村、木筏、捞虾，对酿酒各种工艺的把握看上去，作者竟很熟稔，那些生动细致的生活场景描述，让人身临其境。管理好自己的创作素材，向远方要诗意，这不是一般作家轻易能驾驭好的。这一次，也许是国家的精准扶贫工作感动了像作家一样的中国百姓，记录这样火热的现实生活，一个好的作家，不能也不会缺席。

当大学生遇上了鼠博士。张旭的童话《鼠博士》（《小十月》2021 年第 4 期，《儿童文学选刊》2021 年第 9 期转载）写了一个大一新生在学校图书馆打工的奇特经历。家境不太好的主人公刚入学不久就申请到学校的图书馆打工，正当他为那杂乱的书籍发愁并担心自己过不了学校的录取关时，一个躲在一本厚书后面的老鼠和他说话了。我们跟着童话一步步往前走，发现这位自称鼠博士的老鼠什么都知道，接着他们携手合作顺利闯关。这是常人体童话和超人体童话的结合体，当老鼠捂着眼睛并从指缝间看着主人公时，类似《渔夫和金鱼的故事》里的场景出现了，老鼠像小金鱼一样，用人的声音说着话，下面的情节就都顺理成章了。张旭为这个童话设置的"童话拐角"很有趣，让人印象深刻，产生了想一口气读下去的兴趣。好的童话需要作家有超越常人的想象力，或许，这种想象力是一种与生俱来的文学天分，它决定了作品的魅力，当然，还有辛勤的耕耘。但如果没有一颗晶莹剔透的童心，一切都不复存在。我们看见，张旭在这条路上一直在悉心探索，并收获颇丰。

冰球逆袭，冬奥追梦的少年身影

在北京冬奥会向我们走来，我们也向它走去的时候，刘新剑所著的儿童小说《教练，我想打冰球》（辽宁少年儿童出版社，2021 年 8 月）应运而生。在这本书里我们不仅看到了冰球运动的速度与激情，看到了冰球运动在我们国家的现状，更看到了一群冰球少年的迅猛成长。

这不仅是一本运动少年的励志小说，在某种意义上，它更是吹响了中国少年冲向冰雪运动的进军号，具有很强的现实意义和引领效应。习近平主席对冰雪运动有自己独特的理解，他曾这样说："冰雪项目中，我爱看冰球、速滑、花样滑冰、雪地技巧，特别是冰球，这项运动不仅需要个人力量和技巧，也需要团队配合和协作，是很好的运动。"少年冰球冲出中国走向世界，才能让我们看到这项尚年轻的冰雪事业的曙光。

费林是一个十二岁的少年，有点小跛脚，但这并不妨碍他热爱冰球运动。可对家境贫寒的他来说，冰球运动员的一套装备却让他差一点止步这项运动。遇到教练刘登云，他的潜力被挖掘了出来，经历无数次的挫折后，他的实力突飞猛进，他最终战胜了自己，和队友团结协作，赢得了最后的胜利。小说的情节一波三折，主人公的形象也很立体，相信会吸引很多小读者。冰球场上，冰面的炫目与凛然，少年的速度与激情，作家刘新剑都为我们做了全新的展示，他用准确而生动的笔触为我们带来了一场冰球运动的盛宴，编织了一场中国孩子的冰球梦。作品文字虽存在着张力不够、次要人物形象显得扁平、叙述节奏不很紧凑等一些审美范畴的小问题，但作为对崭新的少年冰雪运动的记录，《教练，我想打冰球》却有着里程碑式的意义，是不可替代的一部运动少年小说。英国著名小说家、批评家福斯特在《小说面面观》里说："小说比历史更真实，因为它超越了简单的事实。"在这个意义上说，作家刘新剑为我们创作了一部中国少年冰球启示录。

本季度其他作家出版、发表、获奖作品

异峰突起才显出山的奇峻，这一季辽宁儿童文学让人惊喜，在又一次夺得全国优秀儿童文学奖后，这支作家队伍更让人瞩目。

薛涛的长篇小说《猫冬记》签下阿拉伯语、波斯语版权，同时，他的图画书《邀人跳舞的小熊》签下马来西亚语版权（中文版由二十一世纪出版社于 2021 年 9 月出版）。他的又一部长篇小说《河对岸》（英文版）由美国博趣教育出版集团于 2021 年 9 月出版。薛涛作品外文版在国外得以大面积推广，是中国儿童文学之幸，更是辽宁儿童文学之幸。2021 年 8 月，王立春的儿童诗集《星星从来不睡》（重庆出版社，2021 年 3 月）荣获第三届"全民阅读·全国书店之选"十佳作品。"全国书店之选"作品是对作家作品质量的一场考试，作为儿童诗集，该作得到了小读者的充分认可。马三枣的短篇小说选《秋水芦花》由江西教育出版社于 2021 年 8 月出版。马三枣的短篇小说每一篇都有诗有画，这是作家的不同凡响之处。王海燕的小说《偷肉狂徒》发表在《少年文艺》2021 年第 7—8 期，作者乡土气息浓重的小说，总是带着一股来自泥土的芬芳。李忆锋的微童话《动物园的友谊之旅》发表在《小学生报》2021 年第 8 期。这是连续微童话之一，代表了作家的一以贯之的创作追求。李宜霖的儿童诗《你是谁》发表在《少年诗刊》2021 年第 7 期。这是小作家李宜霖的一篇代表作，求索并不放弃，写诗的孩子将一往无前。

百尺竿头，更进一步，愿辽宁儿童文学在捷报频传的秋风中，写出更多不负时代、不负小读者的作品，在中国儿童文学的百花园中展示出自己成熟而绰约的风姿。

冬之卷

王立春

当冬天披着一场大雪从季节走过，一些目光在远处闪烁了：有的从老树的缝隙中，有的在泥土下的草门里，有的扒开厚重的雪堆，有的推开坚硬的冰碴儿——他们都是孩子，这些都是孩子的目光。为孩子写作的，也是写给他们。大地那么大，生命那么美，有些东西却只属于纤弱：阳光，清新的空气，还有，美好的文学。生命终究是一场相逢，相逢在不知不觉的和煦里，相逢在"润物无声"的文字中……

大雪纷飞，辽宁儿童文学迎来了冬藏的季节，沿着泥土，根须丰满，茎块润泽，甘之如饴。

没有小王子的飞行员叔叔，来自天空的邂逅

法国作家圣·埃克苏佩里的《小王子》迷倒了世界上众多的孩子。当小王子被毒蛇咬伤，我们听到了来自天空的小王子的笑声，书在这里结束了，再也没有小王子的故事了，因为后来，讲故事的飞行员埃克苏佩里离

开了人世。小王子的绝唱让全世界的孩子感到忧伤，而那架折戟的飞机，还一头扎在沙漠里，成了每一个孩子的隐痛。许多年过去，在《小王子》出版80年以后，有一位中国的飞行员叔叔也为孩子们写了一个飞机的故事。作者是国家特级飞行员、空军大校、诗人宁明先生，他的这本书叫《飞翔的青春》（中国大百科全书出版社，2021年12月）。他在这本书里为孩子讲了飞机和梦想的故事。在童话里，飞机的尽头是小王子，而在飞行员这里，梦想的尽头是星辰大海。听听这些故事：飞机误开"加力"时到底该咋办？高温飞行轮胎爆破了，如何应对？飞机也能单腿着陆？遭遇应急放弃起落架时如何冷静处理？身为优秀飞行员，自己如何将这些险情一一化解？身为优秀的诗人，怎样将满怀的激情注入飞机的灵魂？读着这些文字，我们感到了作者的沉醉。这种沉醉可以媲美法布尔的《昆虫记》，当专注和热爱形成了文字，每一条虫子都能成为诗歌。诗人宁明沉醉于自己的战斗机就仿佛法布尔沉醉于昆虫。也或许可以说，诗人将一腔诗意倾注在飞机的每一块钢板上，挥洒在飞过的每一片天空中。当一架战机遇到了诗人，注定会有不一样的使命：即便在蓄势待发中没有参战，即便在终身服役中引而不发，它也不会失落，和平是它终极的欣慰。从这个意义上讲，《飞翔的青春》不仅是一节节带有知识色彩的飞行课，更具备了对小读者心灵观照的儿童文学美学质感。

……旋即飞机开始抖动起来。我判断一定是前轮胎已被刹爆破了。我全神贯注地保持方向，以防飞机因轮胎爆破而偏出跑道。我满怀沮丧，终于等到飞机有气无力地停了下来。我跳下飞机后，看到机头距跑道头仅剩下了不足10米！而前轮胎已被粗粝的跑道水泥面撕烂，正不停地冒着黑烟。一股浓浓的胶皮烤焦后的味道把我呛得流下了眼泪。此刻，只有我心里知道，这流下的泪水中，有多少是庆幸的成分，又有多少是极度的懊悔与自责。

在儿童文学作品严重同质化、市场化、娱乐化的当下，《飞翔的青春》具有一种独特的审美价值。或许我们还可以将这种体验归结于《小王子》留给我们的阅读遗产："独一无二"性和"驯服"感。飞行员对一只"大铁鸟"专注的爱的独一无二，无数航天英雄冒着生命危险换来的是对战机的"驯服"感。

沉浸式成长，小学生幻想的划痕

这一季有两篇少女作品引起了我们的注意，一篇是孙英涵的童话《啦啦找妈妈》（《小樱桃》2021年第10、11、12期连载），一篇是2021年11月获得第三届曹文轩儿童文学奖的小学生张艺欣的作品《迷茫的种子》（尚未发表）。少女天然的文学触角，使她们具有了对文字敏锐的感觉，她们将一股文字的清流倾注到小读者的文学田野，我们看到，纯粹干净的文字，像初秋新鲜的麦浪，涌到我们的脚下。

生于2006年的孙英涵，11岁时已出版了一部幻想儿童小说《月球旅行》，得到了小读者的广泛好评。这一次连载的童话《啦啦找妈妈》是整部作品的完结部分。作品通过小白鲸啦啦从格陵兰海到北冰洋一路寻找妈妈的离奇遭遇，带领人们认识了海洋里各种各样的奇观，用丰富好玩的故事揭示出人类保护海洋环境、爱护海洋生物的迫切性。在完结篇里，我们看到小白鲸的长大，看到了小白鲸和朋友们团结一心战胜敌人的大结局。关于一场奇异的冒险之旅，关于一场心灵的历练之旅，我们可以想到许多类似的故事、那些孩子们百读不厌的童话。比如瑞典女作家塞尔玛·拉格洛夫的童话《骑鹅旅行记》，比如美国作家弗兰克·鲍姆的《绿野仙踪》。

《啦啦找妈妈》的不同之处在于，这是一部孩子写给孩子看的童话，虽有一些借鉴痕迹，却也有自己的独特之处。在成人看来，孩子写孩子看的作品具有一定的冒险性，除了容易陷入一种讲故事的窠臼，还容易浮于表面，除了热闹，留存下来的思考似乎有限。但是，天生的缺憾携带天然的美感，这也是艺术逃不掉的宿命，《啦啦找妈妈》向我们充分地证实了这一点。世界上，只有孩子最了解孩子，他们一起侧耳倾听，他们彼此惺惺相惜。他们讲的故事一定具有让孩子爱听的特质：离奇、冒险、幽默、好玩。一波三折的故事中置放着让大人看起来可笑的幼稚，可那就是他们的世界。孩子爱跟孩子玩，少年的文字受孩子的追捧。孩子爱那些煞有介事的夸张和执念，他们互相懂，他们互相完成无缝心理对接。在这部作品中，就连书中人物的名字都带着明显的孩子气：霸一方、馋掉牙、笨笨、啦啦、美美……相信孩子一眼就能认出他们，他们只要一出场，就带着自己的笑点，小读者会时刻等着和他们一起喧闹一起狂欢一起伤心，也一起成长。少年作家写的人物是自己的多个侧面，而小读者看到的是唯一那个自己。这是秘密，这个秘密或也筑成了一道篱笆，隔成了大人们百思不得其解的困惑。唯愿这种感觉伴随年少的孙英涵在文学的路上行进。愿万物生长，性灵永远少年。

张艺欣生于 2010 年，还在上小学五年级。她在 2021 年 10 月获得曹文轩儿童文学奖的获奖童话《迷茫的种子》与《啦啦找妈妈》正相反，她的文字里有意张扬出一种"成熟"，而这种故作成熟却流淌出一种掩饰不住的才气。那种天生的、试图藏起某种稚嫩笔力的成熟使得她的文字带有一种不可多得的神气。一颗叫言子的种子，在发芽之前，经历了许多事，它遇见了生病的小女孩，一只追风的蜻蜓，一把破旧的黄油布伞。追随着它们的经历，种子懵懵懂懂地遇见了叫"幸福""梦想"和"希望"的东西，于是它沉下心来，准备发芽，准备在下一次做种子的时候，去寻找这些美好的承载者，探求真正的答案。这是一次小小生命的轮回，带着点禅意，带着点神秘，带着点小孩子想知道却又理解不了的关于生命的迷茫。张艺欣将它呈现出来，也呈现出一种早熟少年的困惑。迷茫的终点是懂得，种子最后说它"懂得"了，小读者们或许也会这么想，这种"懂得"却让大人产生了些许"迷茫"。

　　……许久之后，我才对小蜻蜓说道："小蜻蜓，你不觉得你永远都追不上风吗？而且，你追风追了那么久，不会有人笑话你追了这么久都没有追上风吗？"

　　小蜻蜓听到这句话，原本不苟言笑的他忽然大笑道："哈哈！何必在意他人的看法呢？小种子，我想告诉你的是，做你想做的，不为别的，只为你心中的那一抹信念！有些梦想，可能很难实现，或者根本实现不了，可是，我们不都在努力地变成自己最喜欢的样子吗？做最好的自己、最优秀的自己就可以啦！小种子！"

　　"10后"的张艺欣很有定力，也愿这种定力成全她，让文学成为表白自己、丰润自己、幸福自己的法宝。

现实与浪漫，生活不能承受之轻

　　把这一季的小说和童话放在一起，有种别样的感觉，似乎有轻有重，轻有轻的丰盈，重有重的分量。现实生活与浪漫想象，彼此离分又互相交融，彼此观照又有所隔膜，让生活爱恨交织，一言难尽。

　　宫佳的小说《赶海少年》（《少男少女》2021年第12期）写的是两个在海边一起长大的少年赶海的故事。少女小贝学习好，爸爸在出海时出事了，她在假期靠收拾海蛎子帮妈妈赚钱养家。男孩小海条件好，家里搞海鲜养殖，爸爸是船主。随着他的长大，生活发生了变化，两个少年没有了两小无猜，渐渐地拉开了距离。在结尾处，小海放下了一门心思买好手机的执念，决定帮助陷入生活困境的小贝。小说有的时候不靠故事，而是靠人物。宫佳写的人物很丰满，而丰满的人物一定是编织在紧密的生活经纬里的。宫佳为我们描写了一种有声有色的海边养海蛎子的生活。因为从小生活在海边，作者盘点起这里的点滴，如数家珍。

赶海时，我看到浅水湾里盛开着一朵花枝招展的海葵，正悠然自得地招摇着触手呢，我就会大呼小叫地喊来小贝，等她满脸笑容地凑上去，还没瞧个仔细呢，我就飞快地向海葵丢上一块滑溜的小鹅卵石，或者是戳上一手指头，"噗——"的一声，海葵受了惊吓，滋出一股水自保，身子随之缩成一团，隐进泥里了。傻乎乎的小贝，没来得及防备，就被喷了一脸的海水。

……我俯身去捉时，赤甲红感觉到了危险，它张开两只大螯，朝天，我并不急于捉它，反在它附近撩起一把海水，赤甲红受了骗，大螯一剪，就在这个当口，我眼疾手快地捏住它的屁股，举起来，任它大螯如何挥舞，早就成了我的瓮中之蟹啦！

这样的生活场景，总能让人咀嚼出味道。细小而真切，给人带来新鲜感的同时，也让人惊叹作者的表现力。现实题材小说描述的生活，或粗糙或细腻，一切都来自心灵。宫佳的心思缜密而灵秀，才能用这样精致的文字，把一团乱麻一样的生活理出思路，编出经纬，又好看又耐看。这使我们想起艾青的那句诗："蚕在吐丝的时候／没想到会吐出一条丝绸之路"。生活在海岛，或许作者早已视海边的生活场景如鹅卵石，俯拾皆是，而那些过了心的，已是珠玉。细节越生动，情节越真实，而那打动我们的力量，恰恰来自这不可复制的真实。

"90后"作家源娥的童话《巨人的花手绢》(《东方少年·快乐文学》2021年第10期）让我们看到了一条蒙在生活上美得不可方物的花手绢。这条花手绢原本是属于巨人的：

> 巨人有一条花手绢，是天空大神送给他的。巨人曾经帮助天空大神托住了要掉下来的月亮，让天空大神有时间把月亮重新挂好。为了感谢巨人，天空大神就送给他一条花手绢作为答谢。
>
> 这条花手绢是用彩虹丝线织成的，每根丝线都闪耀着七彩的光泽，比仙子的翅膀还要绚烂。而且凑近手绢闻一闻，还能闻到雨后空气的清香。

充满诗意的文字将我们带到一个超人的世界，于是，这条仙气十足的手绢在童话里活转过来。她去找世界上最美丽的人，将自己送给这个人。她一路走一路遇见：将要被河水冲走的小兔子，快晒死的大鱼，给生病的妈妈摘柿子的小猴子，快要生产却冻僵了的橘猫……花手绢不忍心不救他们，最后，她变成了一条又疲惫又破烂的手绢，但也找到了善良的巨人女儿，并成了巨人家的传家宝。善良，总会给美丽加持。作者将这个故事写得很晶莹，就像那条起初无折无痕的花手绢一样。当下，各种式样的童话太多，真正有独特品质的却不多；胡编乱造的太多，尊重童话特性的太少。源娥在给花手绢赋予的物质属性上着实下了一番功夫，这实属难得，比起那些不尊重物性的童话写手来，源娥高级得多。手绢只做手绢能做的事，而不是万能，所以它能编成一条绳子将小兔子拖上岸，也能给大鱼遮挡强烈的阳光，还能给小猴子包柿子，又能给大猫和小猫取暖。

巨人姑娘凑近闻了闻，上面有小河的味道，有太阳的灼热，有柿子的颜色，有风雪的寒气，有生产时的血迹，还有小猫的气味和抓痕。巨人姑娘闭上眼睛，仿佛能看到花手绢经历的一切。

尊重事物的属性，有时，比故事本身更重要。读童话的小孩有一天长大了，当他想起某篇童话时，会莞尔一笑。有一种精致的美，会伴随人一辈子。

本季度其他作家出版、发表、获奖作品

本季度是辽宁文学奖部分奖项的颁奖季，我省有两位儿童文学作家获奖。2021 年 11 月，王宁的评论集《明灯照耀童年——新世纪辽宁儿童文学观察》（辽宁少年儿童出版社，2020 年 8 月）获辽宁文学奖文学评论奖。这是一部评论辽宁儿童文学的新作品，也是作者多年来关注这个领域创作的心血的结晶。刘天伊（刘小猫）2021 年 11 月获第十届辽宁文学奖新锐作家奖。"90 后"作家刘天伊获此大奖，标志着她的创作达到了一个崭新的高度，未来可期。

《小山羊走过田野》是薛涛 2021 年 12 月在安徽少年儿童出版社出版的童话绘本，它的绘画浓烈而清澈，给图画书带来了一股清流。源娥的童话《春天是什么声音》（尚未发表）2021 年 10 月获首届红披风原创图画书大赛佳作奖，让我们看到"90 后"作家绵绵不绝的创作激情。《月亮男孩》是马三枣发表在《儿童文学》经典版 2021 年第 12 期的一个短篇，是持续发力的马三枣的又一力作。陈琪敬（小鸭子）的绘本《只是我不小心》（天津人民出版社，2018 年 6 月）2021 年 10 月入选教育部推荐原创幼儿

图画书，作品《有只青蛙跑调了》（尚未发表）2021年11月获第十三届上海幼儿文学奖。辽宁低幼文学的力作呈现绵绵不绝的态势。张旭的童话《里瓦镇的小房子》，首发《文学少年》2021年第6期，被《放学后》2021年第9—10期转载。张旭的童话看上去越写越好。张玉莹的小说《爸爸很忙》发表在《文学少年》2021年第11期，她富有辨识度的作品又添新篇。李忆锋的童话《远方的朋友来旅游》、儿童诗《小松鼠藏松子》发表在《小学生报》2021年第12期。作为剧作家，李忆锋的微童话创作的集中发力使辽宁儿童文学在这一领域取得了不错的成绩。于永涛的童话《味道》发表在《红树林》2021年第10期，很值得一读。

在更上一层楼的行进者队伍中，总能看到儿童文学辽军的身影。他们厚积薄发，成绩喜人。愿这个季节的辽宁儿童文学作品在群星闪耀的国内儿童文学队伍中放射出自己独特的光芒。

王立春

年度综评

　　山一程，水一程，走过 2021 年，我们现在可以回望来时的路，用儿童文学完成一整年的时光记忆。此时，让我们重回那些留下清晰印迹的时刻。

　　这一年，是中国共产党百年华诞，在宏大的叙事背景下，辽宁的儿童文学既有整齐向前行进的大部队，也有冲在阵前的先锋队，充分展现了作家们在特定历史条件下的责任和担当：讲好每一个中国故事，向世界展现中国儿童文学自信；在四年一度的全国优秀儿童文学评奖及各大奖项中，儿童文学异峰突起。每一种类别的儿童文学讲述，都留下了令人印象深刻的东北作家群的集体记录，或悲壮，或顿挫，或幽默，或轻灵，或诗意，让我们在这里一一梳理。

年度辽宁儿童文学亮点：突围

一、激情澎湃，宏大叙事背景下辽宁儿童文学的讲述

　　沿着集体记忆，我们走到 2021 年，中国文学的红色叙述进入井喷期。

面对着成长中的少年儿童，儿童文学一直冲在文学阵地的前沿。在展现重大历史题材方面，辽宁儿童文学如同所依附的这片土地一样，以共和国长子的风范，风骨铮铮，斗志昂扬，在战斗的征途中从未缺席。从编辑到出版，儿童文学高举起的红色旗帜飘扬在东北大地。

1. 周莲珊：红色主题的双重奏

最具典型性的是辽宁儿童文学作家周莲珊策划主编的两套红色主题图书：《伟大的历程》和《红星照我去战斗》。《伟大的历程》丛书由辽宁少年儿童出版社 2020 年出版，共 10 本，其中的 5 本《热血红飘带》（常星儿著）、《希望在人间》（周莲珊著）、《老牛家轶事》（张天天著）、《流金黑土地》（叶雪松著）、《清泉天上流》（若金之波著）在 2021 年 12 月获"辽宁省政府首届出版奖"。《红星照我去战斗》丛书一套 10 本，其中的 3 本《红船少年》（董恒波著）、《红星　红星》（常星儿著）、《风雪少年连》（肖显志、肖曦著）2021 年 10 月由江西高校出版社出版。这两套丛书集中讲述了中国共产党百年征程中，数十位优秀共产党员为中国的解放和革命事业奋斗的感人故事。传承红色基因，必将给新一代刻下昂扬向上的精神烙印，也必将为中华民族打上坚韧不拔的性格底色。这套丛书的作者大多是辽宁儿童文学作家，他们中的很多人有丰富的儿童文学写作经验，对于这种非虚构类、适合少年阅读的小说写起来得心应手，当他们生气灌注，那些澎湃激扬的文字必将感动一颗颗小小的心灵。

2. 赵郁秀：崇高信仰和梦想光芒

著名儿童文学作家赵郁秀老师宝刀不老，她的《信仰的力量》和《梦想的力量》由大连出版社于 2021 年再版。赵老师是一位有着 73 年党龄的老党员，今年获得了"光荣在党 50 年"纪念章。《信仰的力量》和《梦想的力量》是两部非虚构小说，读来亲切感人。许多故事娓娓道来，像是给孩子们讲自己的故事，听上去有一种《听妈妈讲那过去的事情》的画面感。它们中的许多篇章都是赵郁秀老师亲身经历的真实记录，作品具有作者的亲历性、伟人生活的故事性、艺术的互动性交融的特点。或者也可以说，这两部以心血凝结的文字是赵郁秀老师的个人文学史，汇聚在东北文学史的洪流中，给当代文学注入了新的"史实"。应该说，赵郁秀老师原本具有的生动活泼的文字风格，和她目睹或经历的那些历史事件，尤其是文学史事件，形成了近于完美的交融，人与事跃然纸上，让人读起来感慨至深并怦然心动。书中人物的忘我精神和无私奉献是赵郁秀老师最为热情讴歌的，那也是她自己一生的不懈追求和个人奋斗的写照。她为辽宁儿童文学的奉献正是源于其崇高的信仰，她言传身教的火红情怀正是一位优秀共产党人高尚情操的生动体现，她身上迸发的热情与作品中燃烧的火焰完全一致。

3. 马三枣、王立春、李铭：英雄气质的自我重塑

《申纪兰：西沟村的幸福花》（马三枣著）、《罗阳：用生命托起中国战机》（王立春著）是2020年接力出版社出版的"中华先锋人物故事汇"中的两本，入选中宣部2021年主题出版重点出版物，并在本年度荣获第五届中国出版政府奖图书奖。怎样讲好新时代英雄的故事，怎样将英雄的精神深植于孩子们心中，这确实是对作家眼力笔力的一种考验，突破象牙塔、走出舒适圈，把自己的笔伸向更广阔的时间与空间，才会在拓宽自己的同时，完成对自我的重塑。英雄本身的力量是强大的，强大到不仅强化了写作者的精神，还使他们笔下的文字获得更具深度和广度的另一种美感。获得中国出版政府奖，说明这两本书的作者和全国三十几位儿童文学作家一起，经受住了读者的考验。

李铭的"红色少年"系列短篇小说在《文学少年》杂志上连载，小说塑造了建党百年以来不同历史时期的一群红色少年的形象，使我们不仅看到了烽火中少年的茁壮成长，更看到了少年中国的未来之光。

写好红色主题和英雄们的故事是需要智慧和定力的，没有一种打破自己融入对方精神世界的重生感，或许无法完成这种超越时空的灵魂融合。或许进入元代管道昇所说的"再捻一个你，再塑一个我，我泥中有你，你泥中有我"的境界，才是写好英雄们的密码。擢升自己达到崭新的境界，文字才能和英雄相匹配，这是作家的修为。而把小读者放在心中最高的位置，这种修为才是高级别的。在红色主题书写方兴未艾之时，不乏粗制滥造的文字，也有过犹不及的夸张和虚构，这些需要我们每一位为儿童写作者警惕。

二、横峰侧岭，国内各大儿童文学奖中的辽军身影

别林斯基说："儿童文学作家应当是生就的，而不应当是造就的。"而得奖这件事，却似乎是为"造就"儿童文学作家铺设的一条路，尽管没有天赋异禀，连走上这条路都是一种虚妄。没有哪一位儿童文学作家是为得奖而写作，但奖项终究会属于那些在这个领域深耕细作的辛勤者，为此，我们向得奖者致敬。

1. 第十一届全国优秀儿童文学奖：黄宇《小小小世界》

2021 年，第十一届全国优秀儿童文学奖揭晓。全国优秀儿童文学奖是由中国作家协会主办的中国具有最高荣誉的四项文学大奖之一。四年一度的评奖，使这一奖项的竞争进入白热化。此次有近千部作品参评，共有 18 部作品获此殊荣。辽宁儿童文学作家黄宇获得了低幼儿童文学奖，她用作品证明，自己在这个创作领域具有不俗的实力。获奖作品《小小小世界》展示出了黄宇与众不同的写作风格，她的文字轻灵而幽默，文风自如而淡雅，多年为幼儿写作的经验积累，为这部作品增添了特殊年龄段的独特韵味。

2. 第 33 届陈伯吹国际儿童文学奖：刘东《世界上没有真正的空房子》

一年一度的上海陈伯吹国际儿童文学奖到 2021 年已举办了 33 届。自

2014 年由"陈伯吹儿童文学奖"改为"陈伯吹国际儿童文学奖"以来,作品的评选范围扩大到了全世界,评选出的作品受到了各国孩子的欢迎和喜爱。较之以往,获奖的难度也相应增大了。刘东的少年小说《世界上没有真正的空房子》勇夺桂冠,获得了本年度图书(文字)奖,成为五部获奖图书之一。《世界上没有真正的空房子》讲述了一位高二男生在父亲意外失踪后经历的生活和磨难。变故猝然而至,16 岁的少年不仅要面对死亡、思念、挣扎,更无法躲避大人纷繁复杂的世界。由自私逃避到勇敢担责,少年在空房子里完成了一段刻着深痕的成长。刘东的这部小说有催人泪下的力量。小小的魔幻现实主义呈现让小说的现代性得以恣肆伸展,匠心独运的心理阐述更为作品增加了多重解读的可能性。

3. 2021 冰心儿童文学新作奖:陈琪敬《钓故事呀,钓故事》、阿妙(李立)《走远的夏天》

"冰心儿童文学新作奖"作为儿童文学界权威文学赛事"冰心儿童文学奖"的组成部分,每年举办一次,迄今已举办 32 届,为无数儿童文学工作者提供了原创作品交流的平台。2021 冰心儿童文学新作奖大奖获奖作品《钓故事呀,钓故事》(尚未出版)的作者陈琪敬,是我省一直致力于低幼文学创作、风格独具的儿童文学作家,多年来取得了不少佳绩。《钓故事呀,钓故事》是一篇别开生面的作品,可谓"童话中的童话",它有奇妙的构思、亲切的童趣、热闹的故事。《一千零一夜》似的环环相嵌,魔法仙女般的不停变幻,繁而不杂的情节,多而不乱的人物,能在当下多如牛毛而平淡无奇的童话中脱颖而出,其中自有陈琪敬对低幼童话独到的领悟力。阿妙(李立)的获奖散文《走远的夏天》(尚未出版)记录了爷爷的花园,那个小小的、奔跑在花枝间的"我",纯真可爱,童心烂漫。那些率性的、灵动的文字,就像爷爷养的那些花,美丽怒放,无拘无束。这不仅让我们想到生长在萧红心中、让读者无限陶醉的那片菜园,恣意、自在，散发着野性的光芒。

4. 辽宁文学奖：王宁、刘天伊

两年一届的辽宁文学奖 2021 年颁发了两个奖项：第十届辽宁文学奖·文学评论奖和辽宁文学奖·新锐作家奖。儿童文学评论家王宁以《明灯照耀童年——新世纪辽宁儿童文学观察》获得了文学评论奖，一直坚持儿童文学创作并以童话写作见长的青年作家刘天伊获得新锐作家奖。《明灯照耀童年——新世纪辽宁儿童文学观察》由辽宁少年儿童出版社于 2020 年出版，是王宁近几年儿童文学评论的集粹。她以舒缓而有力道的文字讲述着辽宁这片土地上的儿童文学，对作家、对作品层层解析，深邃的眼力，犀利的笔触，文学的灵性，构成了王宁这部书的特质。就像一个鉴宝家，她用自己辨识出的真伪，诉说着她的见解，析分出那些文字深处的光芒，让这些光芒诱发出读者的悟性。一个好的评论家，就像一潭深水，有看不到底的深度，有金鳞翔集的通透，更有明镜般的观照。刘天伊获得新锐作家奖是幸运的，她是 90 后作家的代表，从出道开始就以童话写作作为自己的主攻方向，长篇童话《猫田》使她的童话进入成熟的轨道。写童话的人总会有一些魔法，这是别的作家无法拥有的，正是这些天赋使刘天伊的童话意味别具，在她前进的道路上，桥梁坚固，隧道光明。

三、一枝独秀，走向世界的辽地少年之成长

几年来，薛涛的儿童文学创作在世界许多国家享有很高的知名度，在全国已居于领先位置，在辽宁儿童文学阵营里，可谓一枝独秀。2021 年，薛涛的译作在国外的出版和推介达到了一个新高度。在国际交流活动方面，薛涛参加了中国图书进出口总公司和伊朗驻华大使馆主办的"世界读书季·波斯之夜"对话交流等活动；在海外出版方面，《河对岸》（绘本，中国少年儿童出版社，2015 年 1 月）、《小山羊走过田野》（童话散文，安

徽少年儿童出版社，2021年12月）等作品签下了美国、伊朗、意大利等国家的出版权，以英语、阿拉伯语、波斯语、马来语等多语种向外输出。在入选获奖方面，《脚印》（绘本）、《猫冬记》（长篇小说）等入选深圳十大童书和"丝路书香国际翻译项目"等。薛涛以自己优秀的作品向世界证明了中国儿童文学作家的创作实力。这些成绩的取得，使中国尤其是生活在东北的新一代少年生活之窗向世界各国打开，增进了国际交流和团结。薛涛海外作品输出的成功，是他多年来对儿童文学创作的执着与坚守，更是他对作品现实主义和浪漫主义相结合的创作理念的追求和探索所结出的果实。东北地域气质在儿童文学创作中的充分展现，或是他走向世界的一个独特标识。作为辽宁儿童文学的领军人物，薛涛的作品为辽宁竖起了一座高峰，他也成为所有儿童文学作家学习的榜样。

体裁多样的儿童文学之花竞相怒放

百舸争流，千帆竞发。2021年的辽宁儿童文学呈现出多姿多彩的盛况，作家们以自己擅长的文学形式，潜心创作，涌现出多篇值得回味的作品。

一、儿童小说：男孩长成与女作家成长

1. 长篇小说：东北男孩坚韧长成

2021年红色系列的长篇小说占比很大，在这些作品中，除了带有自传色彩的非虚构小说，大多数作品都书写了男孩们在特殊年代的成长，是一群未来革命者的少年史。检索2021年的儿童长篇小说，不无巧合地发现其他几部写的也都是男孩子。张忠诚的《巧鸟》（二十一世纪出版社，2021年5月）写的是一个和父母一起看守北方小站的男孩苍耳，薛涛在

《猫冬记》里写男孩果子被困在深山的一场大雪中，而刘冬的《世界上没有真正的空房子》里的单如双则是一个父亲突然失踪的城市男孩。地处东北，他们面对着一样的残酷环境：苍耳在大山深处远离人群，果子几乎被一场大雪埋住，而海滨的单如双迎来的是台风。当脆弱的生命面对险象丛生的现实，他们呈现出东北少年的共同品性：坚强、隐忍、不屈不挠。不同的是，张忠诚的苍耳是率性和蛮野，薛涛的果子是达观，刘东的单如双却是韧性。作家在写作时总是把自己拉入作品，无论怎样变幻场景，那个主人公始终都离不开自己。就像达·芬奇的《蒙娜丽莎》，去掉装饰部分，内里是达·芬奇本尊。三位作家笔下的少年里子裹得满满的，是独一无二的自己。

2. 短篇小说：女作家集体发力

2021年，除了闫耀明的中篇《蝉的夏天》、马三枣的短篇《月亮男孩》，我们还看到了一批女作家的浩荡气势。张玉莹的《守艺人》和贾颖的《一场杏花雨》(《少年文艺》2021年第7期)荣获得第十届"周庄杯"全国儿童文学短篇小说大赛优秀奖；源娥的《饕餮餐馆》和宋晓杰的《渔雁小镇的夏天》(2019年中国作协定点深入生活项目，未出版)分别获第四届青铜葵花儿童小说奖铜葵花奖和潜力奖。除了宋晓杰的《渔雁小镇的夏天》是长篇，其余都是短篇。再加上王海燕的《王景屯》、宫佳的《赶海少年》、阎秀丽的《眼睛里的星星》，我们看到一批女作家2021年在小说尤其是短篇小说领域取得了不凡成绩。贾颖在短篇领域一直做着特别执着的探索，氤氲的诗意笼罩着她的文字；张玉莹写抗日的文字像是一把锋利的刀，有一种能将人割疼的力量；宋晓杰向生活索求营养的同时，让诗意在自己的文字中漫卷。阎秀丽注目偏僻的乡野，王海燕偏爱辽西的大山，宫佳倾情悠远的大海……每一篇作品都让我们看到一种刻意追求的美感，那里有对生活真实的提纯，也有对艺术真实的执念；有东北女性特有的劲道，也有细节深处缜密的心思。

二、童话：固守奇妙幻想

车培晶入选 2021 年度"爱阅童书 100"的长篇童话《了不起的狼先生》（辽宁师范大学出版社，2021 年 7 月）是带有"车氏"风格的童话：故事性强，想象奇特，幽默风趣，一股扑面而来的变形夸张弥漫在整个故事中，使童话的张力得到充分的展现。车培晶近年来写作了不少儿童小说，比如现实主义题材、关注留守儿童生活的《如果你想当一只月亮》（辽宁师范大学出版社，2019 年 3 月。2021 年获得辽宁省第一届出版政府奖）。但就他的写作类型而言，最具有独特气质的，还应该是童话。"90后"女作家源娥的《来自星河彼岸的船》（《少年文艺》2021 年第 5 期）依旧是一个又温暖又深情的童话，带有许多藏也藏不住的童年诗意。"00 后"小作家孙英涵的《啦啦找妈妈》（《小樱桃》2021 年 12 期连载）展现出不俗的长篇童话写作天赋。张旭以《鼠博士》（《小十月》2021 年第 4 期，《儿童文学选刊》2021 年第 9 期转载）为代表的几篇童话也给我们带来惊喜。另外，陈立凤的科普童话、李忆峰的微童话、于永涛的散文童话、何骞和陈金钊的科学故事在本年度也有非常好的呈现。

我们也把图画书并列在童话一栏。图画书近年来越来越多地占领儿童图书市场，除了国外引进版，国内的原创图画书也渐入佳境。于立极在这一领域取得了骄人的成绩。2021 年 7 月，他的原创图画书《甘肃正在说》（中国少年儿童新闻出版总社，2019 年 12 月）获得第五届中国出版政府奖图书奖；12 月，该书又获得 2021 年度桂冠童书奖。陈琪敬的绘本《只是我不小心》2021 年 10 月入选教育部推荐幼儿图画书，其他的几本图画书也收获了国内很多奖项。

三、诗歌：追忆诗意童年

辽宁的儿童诗创作在 2021 年虽冲击力不大，但也有可圈可点之处。李立（阿妙）的童诗在 2021 年有很大进步，她的一组《春雪的话》（外二首）（《花火》2021 年第 3 期）写得很饱满，对低幼年龄段儿童的持续关注或许为她打开了通往低幼童诗的一条通道。而"80 后"作家刘一夫创作的朗诵诗在主题创作领域独树一帜，以《捉迷藏》（三首）（《文学少年》2021 年第 3 期）为代表的童诗标志着他对主题童诗创作的独特领悟。娜仁琪琪格的《花儿睡在春天里》（组诗）（入选中国作家协会儿童文学委员会选编《2021 年度中国儿童文学》，漓江出版社，2022 年 1 月）带着少女般的灵秀，诗行间闪耀着晶莹的童心。王立春的儿童诗集《星星从来不睡》（重庆出版社，2021 年 3 月）在 2021 年 8 月荣获第三届"全民阅读·全国书店之选"十佳作品。这是她的一部低幼童诗集，标志着她在童诗领域的深度耕作。

四、散文：题材别开生面

散文是最好的精神史册记录者。我们权且把宁明带有纪实色彩的《飞翔的青春》（中国大百科全书出版社，2021 年 12 月）归到散文之列。这是一个飞行员诗人在天空和大地挥洒的一首长诗。长诗带有科教意味，是一节节为孩子娓娓道来的飞行课。而许迎坡（三白）的《鸟趣三则》（《东方少年》2021 年第 7、8 期合刊）以及在《文学少年》杂志连载的一系列大自然笔记散文，用一种轻松幽默的笔调描绘出作者观察到的动物生活，有独特的画面也有冷峻的思考（即将结集出版）。这是辽宁"小虎队"成员许迎坡的新作，很清新也很别致。王立春的《站在春天的开头》（河北少年儿童出版社，2021 年 4 月）是一部带有自传色彩的童年相册，思维跳脱、诙谐幽默，女性的温润细腻倾注于字里行间。于永涛、程云海、小作家张艺欣的散文创作在本年度也很活跃，作品引人注目。

五、儿童文学评论：累累硕果喜人

创作和评论是文学飞翔的一对翅膀。在辽宁儿童文学的发展史上，比起创作的风起云涌，儿童文学评论一直偏弱。正如前述，王宁的《明灯照耀童年——新世纪辽宁儿童文学观察》在2021年获得辽宁文学奖，这是对王宁在这一领域求索的最大肯定。王宁是继马力老师之后，一直致力于这一领域的辽宁儿童文学评论家，至今已出版两部儿童文学评论集，其主要关注点是辽宁地域的儿童文学创作，有维度有深度的跟踪评论，使她的评论特别引人注目。

辽宁儿童文学学会会长宁珍志的评论这几年更显特别，在观照文本的同时，他的评论所具有的独特气质更让人刮目相看。宁珍志是一位深度挖掘作品的优秀评论家，他除了特别注重作品多维空间的开掘外，更注重作品的诗意提炼，后者或许与他原本的诗人身份有关。正是这种诗意的评论，使得辽宁儿童文学作家的不少文本多了一层意境，也让宁珍志的评论具有更高的审美价值。

儿童文学作家于立极除了自己的长篇小说《完美子弹》（未出版）2021年6月获得第十二届万松浦文学奖外，由他牵头创立的大连外国语大学儿童文学译介与创作研究中心今年已进入第四年。这支师生团队依靠资源充沛的大连外国语专家队伍，"文学创作＋翻译＋研究"的三合一创新人才体系培养成果丰硕，影响力迅速辐射到全国。本科生及研究生发表小说、散文、童话、译作、评论、论文等70余篇，出版文学原创、译作70余本，先后被《大连日报》、《辽宁日报》新媒体、中国作家网等多家媒体报道。

2021年，辽宁作家协会儿童文学委员会和辽宁儿童文学学会共举办三场儿童文学研讨会。4月，在葫芦岛与葫芦岛文联联合举办"闫耀明新作《香香粥》研讨会"；5月，与安徽少年儿童出版社在沈阳大学举办"王立春系列童话诗《小笨鼠和大眼贼》赏读会"；6月，在辽宁文学院作家会客厅举办"信仰与梦想：赵郁秀红色记忆品读会"。三场研讨会不仅对作家的文本进行了深度解读，也对当下这一门类的创作进行了剖析。值得一提的是，在赵郁秀老师作品研讨会上，赵老师将自己的多年积蓄捐献给辽宁儿童文学学会，希望以此鼓励辽宁的儿童文学创作。会后，学会主席团决定，设立"赵郁秀儿童文学新篇奖"，此奖每年评奖一次，旨在鼓励辽宁儿童文学新人创作。

2021年10月，辽宁文学院和辽宁少年儿童出版社联合举办了刘新剑《教练，我想打冰球》（辽宁少年儿童出版社，2021年8月）作品研讨会。这是一部给北京冬奥会的献礼之作，是书写冰球少年成长的儿童长篇小说。在这本书里，我们不仅看到了冰球运动的速度与激情，看到了冰球运动在我们国家的现状，更看到了一群冰球少年的迅速成长。

初体验：不同凡响的童话策略

2021年，由于书籍出版时间有时滞后，我们在述评时不免有落下的精美图书，在年终时一并补上，以免有遗珠之憾。

孙惠芬《多年蚁后》的多义阐释。鲁迅文学奖得主、著名作家孙惠芬今年出了一部童话《多年蚁后》（接力出版社，2021年7月），这是她第一次涉猎儿童文学。以优秀小说家的策略建构自己的童话，不仅让我们有一种崭新的阅读体验，更为童话写作者提供了一次难得的文本借鉴。《多年蚁后》是常人童话和超人童话的结合体，童话的拐角设计很别致：一个小男孩能和一棵海棠树下的蚁后对话。在大人看来，孩子自言自语，像生了某种"病"，而在孩子那里，却是进入了一个蚁后的世界。那里有蚁后讲的许多故事：蚂蚁、蝉、海棠树、海棠树下的一群红花小精灵、一头狂奔的病牛，还有救了病牛的小四子……就这样，有关善良，有关勇敢，有关生死，都在一环扣一环的童话情节中一一呈现。孙惠芬说，这部童话的灵感来自她小时候对野外生灵们的恐惧，以及忽然有一天对这些恐惧的克服，那是她在野外直面它们的勇气。她在创作谈中说，《多年蚁后》的灵感来自不与人类之外生灵作对、在恐惧里看着恐惧的时候。作家在自己的文字里获得解放，她把这种感觉传递出来，让读者也获得解放。相信这是一部适合大人和小孩共同阅读的童话，而世上的好童话一定具备这样的双重力量。对于小读者，这是童年不可多得的遇见；对于大人，却是一种心中向往已久的童年治愈。让我们在这样的文字中领略那些关于生命的独特感受：

> "当蝉上气不接下气，跟我讲完了所有故事，让我把幼蛹和一大袋种子送到它原来的房间，它跟我说了最后一句话：'爱一直都在，可是有些人，就是感受不到它。'"多年蚁后说。
>
> ……这个时候，我才真正明白，生命，是多么不可预测；也是这个时候，我才真正明白，不同的生命，都有不同的限制，相互的合作有多么重要！多年蚁后不能飞，蝉活不长，人的身体又太大，钻不到洞里——那时候，我特别想钻到洞里，顶替蝉，做多年蚁后的朋友！

姚宏越《小王子足球之旅·意大利》的代入式体验。大人的事情要进入儿童的阅读视野，一个好玩的办法就是由孩子引领，而这个引路的孩子最好是小王子——孩子们对他太熟悉了，世界凡是会阅读的孩子没有不喜欢小王子的。姚宏越深谙小王子魔力，当他想要向孩子们讲讲足球的魔幻世界时，他搬来了圣·埃克苏佩里写的《小王子》中的那个天真好问的孩子。于是《小王子足球之旅·意大利》（未来出版社，2021年9月）的大幕就在精灵聪慧的小王子的行走中徐徐开启了。那不勒斯、罗马、米兰、佛罗伦萨，马拉多纳、托蒂、巴乔、科里纳，凡是热爱足球的人没有不惊叹这些名字的，那是每一个足球人的光荣与梦想，也是不同赛场上的伤心与遗憾。姚宏越《小王子足球之旅·意大利》的吸引人之处在于话说足球，更好看的地方在于话说意大利。于是，但丁的《神曲》出来了，普契尼的《图兰朵》出来了，达·芬奇的油画出来了，足球的意大利、艺术的意大利都在小王子的无数个提问中一一向小读者展现出来。小王子依然是那个咬住一个念头没完没了诘问的小王子，而意大利、足球、艺术却是一幅丰富多彩的风景画。这是一个系列作品，姚宏越的小王子已经走过了西班牙和葡萄牙，还要去哪些更有趣的足球兴盛地，见哪些足球明星，讲哪些好玩有趣的各个城市的故事，我们将拭目以待。

博尔赫斯说："一切伟大的文学最终都将变成儿童文学。"当我们还在2021年辽宁的儿童文学佳作之林中流连忘返时，却在不知不觉间走进了2022年的春天。郝思佳站在《飘》的结尾说："毕竟明天又是全新的一天！"让我们心怀敬畏，跟随心灵发出的声音，走向自己文学的明天。

2021
辽宁
长篇小说、报告文学
述评

李
霞

长篇小说

长篇小说必须善于从广泛的素材中提炼稳定的精神资源，从而使人物和情节向着同一个写作方向靠拢。老藤的《北障》布局宏观，人物塑造丰满，隐蕴了人与人、人与自然、物质与精神的多重思考，充满思辨性审美；曾剑的《向阳生长》试图从家族史的角度建立自己的坐标；赵杨的《春风故事》试图从国企沉浮的命运中确立恒定的精神界碑。这三部作品代表了2020—2021辽宁长篇小说的精神风貌和创作水准。

一、《北障》：山林文化与仁者情怀融会贯通的作品

老藤发表在《中国作家》2021年第1期的16万字长篇小说《北障》是一部山林文化与仁者情怀融会贯通的作品。它以黑龙江兴安岭为背景，讲述了"一枪飙"金虎与三林区猎手终结者胡所长、金虎与猞猁之间的矛盾对峙，试图通过对猎手的生活方式转型和生命态度转变的描写，整合出新一轮的伦理革命，表达生命共同体的理念。作者在敬畏自然与法律、守

护猎手尊严与保护动物的现实纠葛中，精妙地设计矛盾与矛盾的化解过程，表达了"中庸之为德"的中国儒家文化性格与万物和谐相生的主题。

作品精心设计矛盾，从而塑造出令人难忘的丰富、立体的人物形象。小说通过矛盾与平衡，试图达到中国儒家文化所崇尚的中庸之境。作者为主人公"一枪飙"金虎设计了两个对手，一个是人与人之间的对手，即金虎与胡所长的矛盾；另一个是人与动物之间的对手，即金虎与猞猁的矛盾。小说开头第一句就交代出人与人之间的矛盾主体："金虎知道胡所长已设好圈套等着自己往里钻，一旦自己中招，胡所长当三林区猎手终结者的春秋大梦就会实现。"作者开篇给主人公出了一个两难课题：胡所长收缴猎枪，拒不缴枪，就是违法，而猎手一旦失去猎枪等于失去了存在的价值和尊严。主人公固然要遵守法律，他遵守三林区禁猎的规定，服从胡所长的管辖，父亲教导的"适可而止"是他的座右铭。这体现了中国文化中性格顺服的一面，然而猎手的骄傲性格，又使他对来自任何一方的挑战都不肯服输。"一枪飙"是关于猎手的"三军可夺帅，匹夫不可夺志"的神话表达，体现了中国文化性格中刚性的一面。在三林区五十多名猎手中，"一枪飙"是最后一个缴枪的猎手，反映了主人公倔强的性格和自身的矛盾性。他和胡所长之间的争斗是"朝野之争"，历史之梦与现实之网之争。双方都是强势人物，势均力敌，显示了矛盾的不可调和性。现实中猎手的智慧是，不用枪也能粉碎胡所长的"春秋大梦"。他要维护猎手的尊严。从猎枪到猎狗，从猎狗到"猎套"——金虎手里猎枪的替代品，逐渐蜕变为猎手的象征，他最后用"猎套"徒手完成猎手的使命，证明猎手的精神不死。为了铺排这种人物对峙关系，作者安排金虎和胡所长比枪法、比打牌、比喝酒，最后的结局是两个人各输一招。在智慧的角逐上，金虎被三只腿的狐狸愚弄，他一直以为猞猁是他的对手；金虎轻信了唐胖子，后者把一切告诉了胡所长，"唐胖子成了三林区猎手间传统友谊的终结者"。在力量的角逐上，手抱猎枪的金虎被胡所长抓了"现行"，胡所长被金虎下的"猎套"套住，倒悬在悬崖上，金虎把胡所长背到山下，自己也累得吐血。小说末尾一句与开头首尾呼应，"警车将两人同时送进了林区医院"。无论金虎还是胡所长，无论是"矛"还是"盾"，没有胜负，一律成了作者笔下幽默的对象。到头来，两个人其实都是"君子"，区别只是"和而不同"。

作者分别从现实、历史、哲学三个角度提取精神资源，把当代环保意识与山林文化中的万物有灵的普遍启示和儒家的"仁者不忧、智者不惑、勇者不惧"思想有机贯通起来，展现了以金虎为代表的现代生命在自然和现实的挑战面前曲线式的思考路径，表现了猎手由生命的感悟而生发的敬畏之心和仁者情怀。猎手与禁猎者、猎手与猎物——这两大矛盾贯穿整个作品。作为矛盾的主体，猎手从捍卫自身的立场出发，抵制来自禁猎者和猎物的进攻，同时在与二者的磨合中，借助自省和反思，建立新的价值评估系统。两大主人公尺有所短，寸有所长。胡所长的悲剧是防偷猎，却在防盗伐方面失去一招，而金虎在这方面给胡所长补上了缺口，猎手和禁猎者成了互补。金虎在被褫夺了猎手身份后，从牧羊人的视角开始了对猎手内涵的重新定位。猎手从自身的经验中反思，曾经打死过一匹狼的他，连续梦见狼崽啃他的脚趾，"我毁掉的是一种母爱，而任何动物的母爱都值得尊重，哪怕是野兽的母爱"。猎手从母爱中找到了人与动物的共同点，以至于猎手在文化想象中尝试与猎物"猞猁"进行平等对话。猎手从山林传统中反思，北障的猎手都知道金虎的父亲传递的三条古训：无仇不猎猞；横竖取一头；猎大需放小。这三条猎手古训规范了人类在狩猎过程中世代遵循的节制原则。父亲"适可而止"的山林思想与中国儒家文化传统中节制的观念，以及当代环保意识，促成了今日猎手的选择。放弃猎枪的猎手最后在精神的制高点上取得了胜利。小说表现猎手决心将动物放生的细节，传达了猎手与禁猎者、猎手与猎物的关系，从物质消灭走向精神的和解。

小说借助渲染环境，传播了山林文化。作者在预备写作中，收集了大量的山林知识，使这部小说同时成了一本北国兴安岭文化的丰美画卷。

二、《向阳生长》：以一个人物关系的扇面，折射出从 20 世纪 30 年代跨越到 20 世纪末的历史

军旅作家曾剑 2020 年 8 月由北京十月文艺出版社出版的 30 万字长篇小说《向阳生长》是一部家族史小说，以主人公杨向阳为轴，形成一个人物关系的扇面，折射出从 20 世纪 30 年代的红军时期跨越到世纪末的历史。一个从兄弟众多的大家庭中出走的农村少年"我"与养父"聋二"之间的情感历程，构成了这部小说的核心内容。

这部小说贯穿着养父聋二的隐秘身世。聋二英俊潇洒，善良仗义，又当过兵，自己还有一个窑场。作为条件如此优裕的单身汉，娶一个女人应该不成问题，何况漂亮的秀姑对他一往情深，充满了痴情，但是聋二拒绝了。他的战友又领来一个又洋气又漂亮的女人。关于聋二终身未娶的身世，作者代表读者适当发出这样的疑问：那年他不要那个讨饭的女人，竹林湾的人还可以理解；可是这个女人，又干净又漂亮，吃国家饭，住在城里，聋二竟然还嫌弃，这就不可理喻了。用麻壳的话说，脑壳有问题。作者始终把读者的注意力往聋二的道德取向上引，聋二不在外人面前脱长裤，即使黑夜撒尿也背对着干儿子，似乎是一个很讲究的文明人。作者当然要把这个谜底留到最后。当部队不让"我"参加军校考试时——对于一个农村子弟，这是一个"跳龙门"的关键时刻，这时聋二出场了，他当着旅长的面脱掉裤子，旅长当场批准"我"参加考试。就在这时，作者也没

有让"我"表现出丝毫怀疑，直到最末一段，聋二临死前让"我"为他擦身时，这个谜底才揭开，原来聋二在老山前线失去了生殖器。这对于作者来说是一个既要随着情节发展透露一点儿，又要极力掩盖的谜底，但精明的读者早就猜到了。

小说给读者留下深刻印象的是对比鲜明的人物形象。首先，养父与生父母的对比。"我"父母因为养不起六个男孩，把"我"过继给寡条汉子聋二作为干儿子，聋二供"我"吃，供"我"住，供"我"上学。相对于父母把"我"往外面推，聋二把"我"往身边拉，聋二让"我"感受到了父爱的温暖。每当干儿子陷入身体或精神困境的时候，养父聋二总是凌空出现，成为"我"的引路人。实际上，作者在通过聋二刻画一位真正伟岸的父亲，他总在干儿子发生现实窘困或道德危机的时候，热情张开手臂。小说两次描写"我"在下学的路上陷入恐怖场景时，聋二突然出现在"我"面前，"孤独的我突然觉得，自己一下子拥有了整个世界"。其次，单身汉与单身汉的对比。与聋二的温文尔雅和道德清洁相比，捡粪的寡条汉子麻球却是一个满嘴脏话的下流胚，"好人好事好景，经过他的嘴，就臭了，丑了"。作者让麻球也像聋二一样随时出现，不过，他是作为一个反面的单身汉，代表"竹林湾"的污浊，突出聋二顶天立地的单身汉形象。

小说常将恨的场景与爱的场景结合，形成有机画面。小说十分注重场景的营造，其中两个场景具有鲜明的画面感。一个是毛刺的妈与"我母亲"对骂的场景，人物的语言和动作融入了当地的风情："她的动作和我妈一样，骂一句，用刀在菜板上剁一下。她们不是面对面地骂……她们朝着同一个方向，就是对着我们的竹林湾……这两个对骂的人，如果不细听她们骂的话语，她们一唱一和，倒像是一对并肩战斗的好姐妹。"我们从这样的描写中看到一幅生动的乡村喜剧画面，作者以幽默的方式表现了特定的农村妇女在日常生活中的形象。另一个是爱的抒情场景：干儿子眼看要开学，可是聋二卖出去的砖瓦大多都赊账，无力供养干儿子继续读书。"我"准备进城打工，聋二送"我"，忽然看见油菜花开了，"我顺着他的手指，果然看见一株金黄色的油菜花"。聋二说："你还是上学去吧，天暖和了，就会结籽，熟了，这就是钱。"养父聋二能从一株开花的油菜花，看见干儿子继续读书的全部希望，这是一幅多么感人的画面。

作者善于运用短句，制造弹性的语言节奏。"二奶老了，身子越来越短，影子越走越长。"压缩了一个老人漫长等待的岁月，语言干净洗练。

三、《春风故事》：国企沉浮的命运

赵杨 2021 年 3 月由北京联合出版公司出版的 48 万字长篇小说《春风故事》是一部向路遥的《平凡的世界》致敬之书，是一部讴歌中国改革开放取得成功经验的现实主义作品。尽管作品语言略显粗糙，但它紧扣时代历史脉搏，以生动的人物，炽热的情感，丰富的画卷，记录了自 1992 年邓小平南方谈话以来以江重为代表的辽宁大型国企，乘着改革的春风，走过二十年浴火重生道路的历程。

小说设置主辅两条线索，在李东星和赵心刚这两个师兄弟身上，集中体现了国企和民企在中国改革开放二十年间的命运沉浮。技术攻关、技改、三角债、主辅分离、下岗、转制、分配制度改革、竞争上岗、企业重组、上市、国企混改——每一个脚印，都见证了国企改革艰辛的步履。

小说以主人公赵心刚为中心，编织了一张社会关系网。在这个"江重"前技术员周围形成了以国企为核心的伙伴关系网，在这个"中蓝飞跃"老总周围又形成了以民企为核心的伙伴关系网，这两个伙伴关系网由于赵心刚化解不开的"江重"情结而不断发生深刻的联系，使国企力量与

民企力量彼此互补，共同描画出中国改革开放的发展图景。赵心刚虽然离开了"江重"，但是仍对"江重"魂牵梦绕，每当"江重"出现危机时，总是伸出援手。小说最感人的一幕出现在赵心刚以"中蓝飞跃"老总的身份参与"江重"的招标会时，他以接近成本价击败了竞争对手，比市场价低了将近一百万元。竞争对手不服，找来记者，揭发他与"江重"的历史，这时，招标方拿出赵心刚离开"江重"这六年无偿提供的各种电器配件和仪表的账本，总计达八十万，令在场的记者惊叹。赵心刚对厂长、师兄李东星说："我虽然不在江重工作了，但是在我心里，我一刻都没有离开过。江重是我的根啊！我也是江重的人！"小说一点不回避"80后""江重"人与赵心刚这一代不同的选择："江重是你们的江重，不是我的江重，我有自己的梦想。"作者在尊重新一代人的价值选择的同时，仍将情感倾注于多少人生于斯、长于斯、老于斯的老国企。小说开头是赵心刚与李东星出现在"江重"厂门口，李东星接大学毕业生赵心刚到工厂报到。小说结尾又是赵心刚与李东星出现在"江重"厂门口，赵心刚以民企身份参与"江重"的国企混改，李东星把一枚"江重"的厂徽交到赵心刚手里，标志着国企与民企共同携手迎来了改革后再出发的春天。小说围绕赵心刚这个核心人物，在国企和民企两幅画卷之间从容展开情节，拓展了作品表现的空间。

小说较为出色地塑造了主人公赵心刚的正面形象。作者试图把他打造成一个纯粹、有道德、脱离低级趣味、有益于他人的人。小说描述他刚入厂门，参与平息了一次漏钢事故，并且不顾情面厘清了事故责任。他虽然有一定的社会背景，但他拒绝利用社会资源，凭借过硬的技术本领赢得了大家普遍的尊重。他不仅耿直不阿，而且肯于自我奉献，为了把两位家庭困难的技术中层留下，他背着他们递交辞呈，离开心爱的"江重"。在这个积极、乐观、勤奋、朴素的人物身上，我们依稀看到了路遥笔下孙少平的影子。

作品善于抓住典型细节刻画人物。赵心刚无论走到哪里，手里都捧着"江重"劳模的搪瓷缸，表现了他挥之不去的国企情怀。工厂门口的绿色邮筒，被工友们视为老国企的象征；还有为新中国制造业做出突出贡献的"英雄炉"——老劳模曾在漏水事故中被钢水融化，家属抱着一块硬邦邦的钢锭，显示了一代代国企人的牺牲精神。

这三部小说都具有强烈的结构意识和地域特色，都在反映时代变革与个人命运的冲突与融合之中塑造人物形象，都能体现出作者对人类命运的深入思考和强烈的社会责任感，值得我省长篇小说作者学习与借鉴。

与新闻报道不同，报告文学借助文学的独特立场，透过现象，发掘表象下面深层的本质。本年度辽宁报告文学呈现出色彩缤纷的多样化特征，无论是辐射行业视角，发掘人物高尚的精神世界，还是从历史深处追根溯源，探索工匠们职业背后的精神坚守，或者采取冷峻的视角，触及当下现实问题，都显示出多路出击的实力风貌。

作为建党一百周年的献礼之作，沈阳市国防及中省直企业工会组织辽宁省传记文学学会22位作家采写的40万字的报告文学集《共和国脊梁——沈阳国防工业人的故事》，2021年6月由春风文艺出版社出版。该书以弘扬劳模精神、劳动精神、工匠精神为宗旨，通过讲述个人和群体先进事迹的形式，记录了沈阳国防工业建设的辉煌历程。这22篇报告文学的主人公，既有20世纪50年代"毛主席的好工人"尉凤英，又有新时期魂系海天的航空工业英雄罗阳；既有参与新中国航空建设的航空动力机之父吴大观，又有"神七"舱外航天服电源保护装置研制团队……

关捷的《大国飞翔——记全国劳动模范、飞机设计大师顾诵芬》是一篇出色的报告文学，作者善于以细节为抓手，刻画人物性格，升华作品主题。

利用细节，赋予作品深沉热切的情感。91岁的顾诵芬晚年依然热爱飞机设计岗位，作者写道："从那时到现在，每个工作日的早晨，他都要从500米之外的家到这里，只是当年他只需走三五分钟，现在他要走十多分钟。他是每天早晨第一个到办公楼来的人。"作品抓住老人从家到办公楼之间500米的距离，在行走时间的变化——从过去三五分钟到现在的十多分钟，表现了岁月的流逝，又表现了这位飞机设计大师不顾年迈力衰、矢志不渝献身祖国航天事业的坚强意志。结尾写到老人坐在办公室里，"倾听来自空中的那些铁蝴蝶的飞翔声音。这声音，在顾诵芬听来，就如听贝多芬的《英雄交响曲》，中国的英雄交响曲，中国航空人的英雄交响曲。"作品借助贝多芬的《英雄交响曲》，将主人公一生的雄心壮志与实现中国的航空梦联系起来，一步又一步升华，把人物的内心境界推向高峰。

利用细节，提炼人物的典型意义。1937年"七七事变"爆发，7岁的顾诵芬从睡梦中被炸醒。作者抓住日军飞机轰炸北京城对幼年的顾诵芬的影响，在中国人被强敌奴役的屈辱与主人公今生的事业选择之间搭建起一座因果的桥梁。

利用细节，反衬一位科技工作者对时间的珍惜。顾诵芬对吃饭的理解，仅仅是填饱肚子，他把时间节省下来，都投入到事业上。有些职工反映食堂饭菜做得不好，他做了一番调研，说："我看，还不错嘛！"

肖世庆的《沈飞——中国歼击机的摇篮》的写作特点，一是坚持从素材中找故事，突出个人命运与国家未来的高度融合。1950年春节，毛泽东主席访问苏联期间接见我留苏学生，叶大正请毛泽东主席题词，毛泽东主席了解了叶大正就读的航空专业后，在他的笔记本上写下九个大字：建设中国的强大空军。作者就此提炼道："从此，这九个字就成了我国人民空军建设的指南，也成了叶大正终身为之奋斗的人生目标。"这一笔把沈飞人与富国强军的期望及命运联结在一起。

二是作品的叙述强调亲切感。作者自己的亲身经历贴近沈飞人的脉搏。作品开头一下子抓住"我"与"沈飞"的缘分——沈飞的飞机从"我"家门前飞过。作者刚搬进新居，正赶上沈飞集团的飞机试飞，呼啸的声响，使作者意识到"我"与"沈飞"比邻而居。另外，作者十分注重行文的口语化，善于用日常的口语，化解专业性的技术解说，使之富有生活的质感。

李大葆所著的长篇报告文学《襄平宴：美味中的秘境》，由辽海出版社 2021 年 8 月出版。全书共计 26 万字，讲述了以"辽宁工匠"刘剑为代表的辽阳烹饪界人士，在传统"八中碗五大件"谱系基础上，不断探索，推陈出新，将餐饮食料与景物传说会于一炉，打造出了一道具有浓郁地域文化特色的"辽菜"——"襄平宴"。作者把"襄平宴"纳入波澜壮阔的历史时代画卷中，通过执着寻访、追踪历史当事人，厘清了"襄平宴"的源与流、古与今的脉络，尤其是挖掘出一代代厨人技艺传承背后的道德意蕴和精神内涵。

本书抒写了"襄平宴"的历史传承性。辽阳古称襄平，两千三百年前，以襄平城为中心，辽东郡上演了政治、经济、文化波澜壮阔的剧目，其中钟鸣鼎食的出土壁画，给后人留下了不可磨灭的精神遗产，为今日"襄平宴"的出炉，提供了胚芽。文中描写刘剑的师父姜宪来在辽阳市博物馆看到汉魏时期的墓壁画《庖厨图》《宴饮图》，如临其境一般，似乎嗅到了古襄平的肉香，眼前的壁画与传统"八中碗、五大件"像电影叠化一样交织，"姜宪来的灵感一下子被点燃了：襄平……宴，几个字，脱口而出"。2005 年，刘剑开门见山向姜宪来表示要为"襄平宴"的技艺做点贡献。如果说师父姜宪来是辽阳烹饪界一杆大旗，那么徒弟刘剑就是新时期的代表。书中描述师徒俩在辽阳周边寻觅菜名线索一段，简直是主人公刘剑的一番切身悟道："若干年后，也会有人伸出肩膀继续扛起新的岁月，继续向上攀登，而此时，他的任务是把襄平宴做下去，达到自己能力的极限。"2010年8月，"襄平宴"的再度研发，在刘剑主持的辽麻餐厅启动。从两千年前的《庖厨图》《宴饮图》，到近代的"烩小碗子"；从新中国成立后风生水起的"八中碗、五大件"，到今天餐饮技艺与景物传说相结合的"襄平宴"，一代代厨人薪火相传的努力终于开花结果：2018年，国家创建历史文化名城验收组莅临辽阳，辽阳人在饮食上，奉献出具有本地文化特色的"襄平宴"。

本书突出了"襄平宴"浓郁的情感地缘性。作为辽阳烹饪界的领军人物，刘剑给自己开的饭店起名叫辽麻餐厅，身为当年辽麻老食堂职工，他敬畏的是辽麻餐厅背后的历史。作为东北老工业基地的遗址之一，辽麻（辽阳麻纺织厂）的围墙、厂房退出了历史舞台，但人们的情感记忆仍维系在这些传统厂名上。一个过去的名字，就是不止一代人的精神寄托。同样，他和师父及其同门师弟一起研制的"襄平宴"，具体菜名都与辽阳的历史、地理文化有关，玉凤迁都、虎卧燕都、太子玉带、魁阁凌霄……这些菜名或者出自辽阳古八景，或者隐含一段历史传说。它们让食客的味蕾在历史、文化、情感记忆中得到极大满足。

本书呈现出未来的开放性。刘剑不仅自己的生意做到位，还带动更年轻的厨人共同进步。弟子白殿海学师父，把传统老店西海兴饭店的名字接了过去，盘活了之后，却拒绝两个小弟使用这个老招牌，怕他们对这块老招牌的精髓没有悟透。作者从"襄平宴"的师徒传承的关系中，注意到在厨师这一行里，有一种经验上的信任，精神上的信仰，对技艺的尊重和对人品的崇拜。师父视徒弟既如朋友，又似孩子，在他们的肩膀上放置的是自己的理想。"在纯洁的师徒关系中，存在一种朴素的关涉未来的历史观。"

报告文学应该多关注社会现象和社会问题。作家故乡难得地坚持20世纪80年代问题报告文学的传统，以散点透视的方式，反映社会现实矛盾，进行普遍性和全局性的思考。他发表在《北京文学》2021年11期的报告文学《走出心灵的地狱——抑郁症调查实录》不啻为代当前被忽视的社会边缘人群而发出的强烈呼声。作者坚守报告文学的责任立场，直面社会生活中的问题，不回避现实中的矛盾和悲剧，将生活中的不幸沉甸甸地揭示出来。作者坚持点面结合，一方面从身边事写起，通过自己的好友、同事、战友被抑郁症夺走生命所引发的震撼和心灵之痛，试图唤醒社会各界对这一现象的重视；另一方面利用互联网资源，展现全球对抑郁症现象的整体调查和科研措施的实施，从而形成从一个个具体个案到整体宏观的观察视野。通过一组组惊人的数据——全球目前有超过3亿人患有抑郁症，让广大读者意识到这近在咫尺的精神疾病所产生的问题的严峻性，并自觉参与到社会关怀当中。

相信我省的报告文学作家能继续发掘精神脉动，直面现实探索，写出更能经得起历史检验的精品力作。

附 录

本书作者简介

胡海迪：男，满族，文学博士，二级作家，副编审，辽宁文学院文艺创作研究发展中心主任。中国文艺评论家协会会员，辽宁省作家协会会员。辽宁省文联委员，辽宁省文艺评论家协会理事。

王立春：女，满族，儿童文学作家、诗人。中国作家协会会员，一级作家。儿童文学作品入选小学和师范院校教材。出版儿童文学作品 50 余部，两次获得全国优秀儿童文学奖。先后获文化部蒲公英奖、冰心儿童文学奖、陈伯吹儿童文学奖等奖项。供职于辽宁文学院文艺创作研究发展中心。

李　霞：女，一级作家，文艺评论家。鲁迅文学院第九届中青年作家高研班学员，《文艺报》专栏作家。全国文化助盲书系之《辽海汉月》编委。参与完成的作品曾获辽宁省第十一届哲学社会科学成果一等奖。著有《儿童经典电影 100 部》《禁不住仍然爱你》《李霞短诗选》《李霞评论集》。供职于辽宁文学院文艺创作研究发展中心。

宋晓杰：女，一级作家。已出版各类文集二十余部。曾获第二届冰心散文奖、2009 冰心儿童图书奖、第六届中国·散文诗大奖、首届"紫金·江苏文学期刊—《扬子江》诗刊奖"、辽宁文学奖等。2012—2013年度首都师范大学驻校诗人。供职于辽宁文学院文艺创作研究发展中心。

牛寒婷：女，1979年生，沈阳人，本科学经济，研究生读文学。不惑之年，开始梦想成为12世纪法国神学家皮埃尔那样的"吃书者"。着迷一切思想实验，认为手不释卷地思想着，是最幸福的事。从事编辑工作十余年，现供职于辽宁文学院文艺创作研究发展中心。

张忠诚：男，1982年生，辽宁文学院作家，中国作家协会会员，出版、发表小说作品近百万字。《翠衣》入选"21世纪文学之星丛书"。有小说被《小说月报》等选刊转载。曾获陈伯吹国际儿童文学奖、辽宁文学奖等奖项。2020年供职于辽宁文学院文艺创作研究发展中心。

本书述评作品索引

索引说明

一、为方便读者查找、研究本书述评所涉及的作家、作品，特编制本索引。

二、本索引设置作家、作品标题、发表出版信息、本书述评位置等 4 项信息。

三、少量作品创作时间不在 2020—2021 年之间，但其获奖、入选、外译及产生其他影响的时间在此两年间，也予以收入。

四、本书述评的少量作品参赛获奖，但尚未出版或发表，也列入本索引之中。

五、本索引以作家姓名、作品标题首字的汉语拼音为序排列。

A

阿　蒙:《鸡毛信》,《鸭绿江》2021 年第 12 期, 2021 短篇小说述评, 冬之卷

阿　蒙:《为李苗画像》,《鸭绿江》2021 年第 12 期, 2021 短篇小说述评, 冬之卷

阿　妙:《走远的夏天》, 获奖原创作品, 未出版, 2021 儿童文学年度综评

阿　平:《路过动物园》,《满族文学》2021 年第 4 期, 2021 诗歌述评, 秋之卷

安　勇:《纪念》,《福建文学》2021 年第 8 期, 2021 短篇小说述评, 秋之卷

安　勇:《礼物》,《长江文艺》2021 年第 9 期, 2021 短篇小说述评, 秋之卷

安　勇:《送杜晓丽回家》,《芳草》2021 年第 6 期, 2021 短篇小说述评, 冬之卷

B

巴音博罗:《喋喋不休的人》,《满族文学》2021 年第 1 期, 2021 短篇小说述评, 春之卷

巴音博罗:《会流泪的鱼》,《长城》2021 年第 6 期, 2021 短篇小说述评, 冬之卷

巴音博罗:《另一个人》,《长城》2021 年第 6 期, 2021 短篇小说述评, 冬之卷

巴音博罗:《凭空消失的河流》,《湖南文学》2021 年第 10 期, 2021 短篇小说述评, 冬
　　之卷

巴音博罗:《小幸福或一点点幸福》,《野草》2021 年第 6 期, 2021 中篇小说述评, 冬
　　之卷

白小川:《风筝》,《小说月刊》2020 年第 6 期首发,《小说选刊》2020 年第 7 期选载,
　　2020 短篇小说述评, 秋之卷

白小川:《高楼香鸡》,《岁月》2020 年第 7 期, 2020 短篇小说述评, 秋之卷

白小川:《工人村系列三题》,《大观·东京文学》2021 年第 11 期, 2021 短篇小说述评,
　　冬之卷

白小川:《每一个故事都是童话》,《海燕》2020 年第 8 期, 2020 短篇小说述评, 秋之卷

白小川:《酸菜白肉血肠》,《辽河》2010 年第 1 期, 2020 短篇小说述评, 春之卷

白小川:《小小说三则》,《唐山文学》2021 年第 5 期, 2021 短篇小说述评, 夏之卷

白小川:《寻青》(小小说三则),《芒种》2021 年第 12 期, 2021 短篇小说述评, 冬之卷

白小川:《云水记》,《微型小说选刊》2021 年第 13 期, 2021 短篇小说述评, 夏之卷

班　宇:《缓步》,《收获》2021 年第 4 期, 2021 短篇小说述评, 秋之卷

班　宇:《气象》,《作家》2021 年第 9 期, 2021 短篇小说述评, 秋之卷

班　宇:《夜莺湖》,《收获》2020 年第 1 期, 2020 短篇小说述评, 春之卷

班　宇:《羽翅》,《花城》2020 年第 1 期, 2020 短篇小说述评, 春之卷

鲍尔吉·原野:《班迪的雪人》, 上海教育出版社, 2020 年 6 月, 2020 散文述评, 秋之卷

鲍尔吉·原野:《北陵: 人民的绿》, 收入《发现辽宁之美》, 春风文艺出版社, 2020 年 4 月, 2020 散文述评, 夏之卷

鲍尔吉·原野:《大地雅歌》, 中国旅游出版社, 2020 年 8 月, 2020 散文述评, 秋之卷

鲍尔吉·原野:《火和火不一样》,《中华文学选刊》2020 年第 2 期, 2020 散文述评, 夏之卷

鲍尔吉·原野:《酒别》,《散文海外版》2020 年第 12 期, 2020 散文述评, 冬之卷

鲍尔吉·原野:《塞上曲》,《钟山》2020 年第 1 期, 2020 散文述评, 春之卷

鲍尔吉·原野:《乌兰牧骑的孩子》之《铁木耳与海兰花》,《芙蓉》2020 年第 6 期发表,《小说月报》2020 年第 12 期转载, 2021 中篇小说述评, 春之卷

鲍尔吉·原野:《乌兰牧骑的孩子》之《喜鹊与金桃》,《芙蓉》2021 年第 1 期, 2021 中篇小说述评, 春之卷

鲍尔吉·原野:《星星上的盐》,《草原》2021 年第 10 期, 2021 散文述评, 下半年卷

鲍尔吉·原野:《在热水遇见诗人安谧》,《草原》2020 年第 9 期 "创刊 70 周年专号", 2020 散文述评, 秋之卷

C

蔡兰茹:《兰茹的诗》,《诗林》2020 年第 5 期, 2020 诗歌述评, 秋之卷

蔡雨艳:《回归泥土》,《鸭绿江》2021 年第 10 期, 2021 散文述评, 下半年卷

常星儿:《红星, 红星》, 江西高校出版社, 2021 年 4 月, 2021 儿童文学述评, 夏之卷

常星儿:《热血红飘带》, 辽宁少年儿童出版社, 2020 年 1 月, 2020 儿童文学述评, 春之卷

车培晶:《狼道》,《少年文艺 (江苏)》2020 年第 6 期, 2020 儿童文学述评, 夏之卷

车培晶:《了不起的狼先生》, 辽宁师范大学出版社, 2021 年 7 月, 2021 儿童文学年度综评

车培晶:《如果你想当一只月亮》, 辽宁师范大学出版社, 2019 年 3 月, 2021 儿童文学

年度综评

陈昌平:《雪户型》,《作家》2021 年第 9 期, 2021 短篇小说述评, 秋之卷

陈昌平:《血涡》,《作家》2021 年第 9 期, 2021 短篇小说述评, 秋之卷

陈立凤:《冬青树越冬的秘密》,《快乐语文》2020 年第 1—2 期, 2020 儿童文学述评,
春之卷

陈立凤:《可怕的"小白蛇"》,《快乐语文》2020 年第 4 期, 2020 儿童文学述评, 夏
之卷

陈立凤:《莫须有的秘密大会》,《第二课堂》2020 年第 3—4 期, 2020 儿童文学述评,
夏之卷

陈立凤:《自然之趣》, 科学普及出版社, 2020 年 8 月, 2020 儿童文学述评, 秋之卷

陈琪敬(小鸭子):《艾米鼠的箱子》, 中国中福会出版社, 2020 年 8 月, 2020 儿童文学
述评, 夏之卷

陈琪敬(小鸭子):《艾米鼠的箱子》, 中国中福会出版社, 2020 年 8 月, 2020 儿童文学
述评, 秋之卷

陈琪敬(小鸭子):《钓故事呀, 钓故事》, 获奖原创作品, 未出版, 2021 儿童文学年度
综评

陈琪敬(小鸭子):《都藏哪儿了? 出来吧!》, 获奖原创作品, 未发表, 2020 儿童文学
述评, 夏之卷

陈琪敬(小鸭子):《儿童关键期想象力激发绘本》四册, 中国纺织出版社, 2020 年 12
月, 2020 儿童文学述评, 冬之卷

陈琪敬(小鸭子):《猫先生的时间小镇》, 中国中福会出版社, 2020 年 8 月, 2020 儿童
文学述评, 秋之卷

陈琪敬(小鸭子):《有只青蛙跑调了》, 获奖原创作品, 未发表, 2021 儿童文学述评,
冬之卷

陈琪敬(小鸭子):《圆圆和熊保利》, 中国中福会出版社, 2020 年 8 月, 2020 儿童文学
述评, 秋之卷

陈琪敬(小鸭子):《只是我不小心》, 天津人民出版社, 2018 年 6 月, 2021 儿童文学述
评, 冬之卷

陈芊润:《当风累了的时候》,《诗潮》2021 年第 10 期, 2021 诗歌述评, 冬之卷

陈萨日娜:《碳水》,《人民文学》2021 年第 12 期, 2021 短篇小说述评, 冬之卷

陈萨日娜:《月吟》,《作家》2021 年第 11 期, 2021 短篇小说述评, 冬之卷

程　远：《老铁·老邱》，《满族文学》2021 年第 6 期，2021 散文述评，下半年卷

程　远：《朋友二题》，《牡丹》（上半月）2021 年第 2 期，2021 散文述评，上半年卷

程云海：《穿透篱笆的小调》，《少年月刊》2021 年第 4 期，2021 儿童文学述评，夏之卷

程云海：《春风词》，《芒种》2021 年第 5 期，2021 诗歌述评，夏之卷

程云海：《慢下来》，《阳光》2020 年第 9 期，2020 诗歌述评，秋之卷

程云海：《诗六首》，《诗潮》2020 年第 12 期，2020 诗歌述评，冬之卷

程云海：《挖野菜》，《新少年》2020 年 4 月，2020 儿童文学述评，春之卷

迟凤忱：《热爱是》，《满族文学》2020 年第 4 期，2020 诗歌述评，秋之卷

赤　州：《五棵柳树》，《海燕》2021 年第 3 期，2021 散文述评，上半年卷

初　迪：《守候》，《鸭绿江》2021 年第 11 期，2021 诗歌述评，冬之卷

川　美：《川美的诗》，《作品》2021 年第 12 期，2021 诗歌述评，冬之卷

川　美：《归来者》，《鸭绿江》2020 年第 7 期，2020 诗歌述评，秋之卷

川　美：《约翰·巴勒斯：自然的笔致》（译作），《西部》2021 年第 3 期，2021 散文述
　　　　评，上半年卷

川　美：《在神的游戏里》，《诗歌月刊》2020 年第 9 期，2020 诗歌述评，秋之卷

丛　棳：《海市蜃楼》，《莽原》2021 年第 5 期，2021 短篇小说述评，秋之卷

崔士学：《一株草木站成苦》，收入《绽放：在希望的田野上》，辽宁美术出版社，2021
　　　　年 7 月，2021 散文述评，上半年卷

崔士学：《一座城市拥有河流》（外一篇），《鸭绿江》2021 年第 10 期，2021 散文述评，
　　　　下半年卷

D

大连点点：《出人意料的美》，《诗潮》2020 年第 12 期，2020 诗歌述评，冬之卷

大连点点：《好多人刚刚哭过》，《海燕》2020 年第 9 期，2020 诗歌述评，秋之卷

大连点点：《没有一个春天不会到来》，《海燕》2020 年第 3 期，2020 诗歌述评，春之卷

大连点点：《我一直都是那个庸俗的人》，《北方文学》2021 年第 12 期，2021 诗歌述评，
　　　　冬之卷

大　梁：《活着》，《辽河》2020 年第 3 期，2020 诗歌述评，春之卷

大　梁：《山居札记》，《诗潮》2020 年第 10 期，2020 诗歌述评，冬之卷

大路朝天：《无邪的春天》，《诗潮》2020 年第 11 期，2020 诗歌述评，冬之卷

代宝学：《夜来香》,《海燕》2021年第2期，2021散文述评，上半年卷

邸玉超：《天山九歌》，收入《辽疆之恋》，春风文艺出版社，2019年12月，2020报告文学述评

刁　斗：《慢读与快感——短篇小说十三讲》，上海文艺出版社，2020年6月，2020散文述评，夏之卷

刁利欣：《不如写猛烈的孤独》,《散文诗世界》2020年第7期，2020诗歌述评，秋之卷

刁利欣：《假如万物皆有裂痕》（三首）,《满族文学》2020年第6期，2020诗歌述评，冬之卷

刁利欣：《野草在上》,《辽河》2020年第11期，2020诗歌述评，冬之卷

东　来：《半条棉被》（外一首）,《人民文学》2021年第7期，2021诗歌述评，秋之卷

东　来：《我从宝塔山俯瞰黄河》,《芒种》2021年第9期，2021诗歌述评，秋之卷

董恒波：《红船少年》，江西高校出版社，2021年4月，2021儿童文学述评，夏之卷

杜维凡：《嚓玛老太爷》,《满族文学》2020年第2期，2020散文述评，春之卷

F

范志军：《暖冬》,《鸭绿江》2020年第2期，2020中篇小说述评，春之卷

冯金彦：《生命之重与灵魂之轻》,《辽河》2021年第5期，2021诗歌述评，夏之卷

冯金彦：《石头赋》,《诗潮》2021年第1期，2021诗歌述评，春之卷

冯金彦：《乡间旧闻》,《鸭绿江》2021年第2期，2021短篇小说述评，春之卷

冯金彦：《向小草借一个春天》,《海燕》2021年第8期，2021诗歌述评，秋之卷

冯金彦：《筑梦托里　责任之重与岁月之轻》，收入《辽疆之恋》，春风文艺出版社，2019年12月，2020报告文学述评

冯　璇：《阿苗看见了火》,《满族文学》2021年第6期，2021短篇小说述评，冬之卷

冯　璇：《第九个女人》,《滇池》2020年第12期，2020短篇小说述评，冬之卷

冯　璇：《娘的王国》,《散文百家》2020年第1期，2020散文述评，春之卷

冯　璇：《水渍》,《鸭绿江》2021年第6期，2021短篇小说述评，夏之卷

冯　岩：《东关街》,《辽河》2020年第7期，2020中篇小说述评，秋之卷

冯　岩：《斯坦福德女校女孩的笑声》（节选）（译著）,《诗歌月刊》2021年第2期，2021诗歌述评，春之卷

冯一又：《闭眼影楼》,《作家》2020年第9期，2020中篇小说述评，秋之卷

冯一又:《失我记》,《十月》2020 年第 4 期,2020 中篇小说述评,秋之卷

冯一又:《夏天永远没来》,《收获》2020 年第 2 期,2020 中篇小说述评,夏之卷

冯子航:《天气预报》,《诗潮》2021 年第 10 期,2021 诗歌述评,冬之卷

付桂秋:《帮扶》,《小小说选刊》2021 年第 5 期,2021 短篇小说述评,春之卷

付桂秋:《别情》,《铁岭日报》2021 年 1 月 27 日,2021 短篇小说述评,春之卷

付桂秋:《闺蜜》,《唐山文学》2021 年第 10 期,2021 短篇小说述评,冬之卷

付桂秋:《家事》,《微型小说选刊》2021 年第 14 期,2021 短篇小说述评,夏之卷

付桂秋:《天堂》,《四川文学》2020 年第 7 期,2020 中篇小说述评,夏之卷

付久江:《神牛,神牛》,《鸭绿江》2021 年第 3 期,2021 短篇小说述评,春之卷

付久江:《祥云》,《长城》2021 年第 6 期,2021 短篇小说述评,冬之卷

G

盖尚铎:《一定要等月亮出来》,花山文艺出版社,2020 年 5 月,2020 儿童文学述评,夏之卷

高凤超:《人间的什么值得上天俯瞰》,《鸭绿江》2021 年第 6 期,2021 诗歌述评,夏之卷

高凤超:《数灯》,《满族文学》2021 年第 1 期,2021 诗歌述评,春之卷

高凤超:《他说树知道疼》,《扬子江》2020 年第 5 期,2020 诗歌述评,秋之卷

高海涛:《红楼中人洛丽塔》,《鸭绿江》2020 年第 11 期,2020 散文述评,冬之卷

高海涛:《诺恩吉雅》,《鸭绿江》2021 年第 12 期,2021 散文述评,下半年卷

高海涛:《清谷天》,收入《绽放:在希望的田野上》,辽宁美术出版社,2021 年 3 月,2021 散文述评,上半年卷

高海涛:《少年与东山》,《满族文学》2020 年第 6 期,2020 散文述评,冬之卷

高咏志:《偶然的桃花》,《海燕》2021 年第 12 期,2021 诗歌述评,冬之卷

葛文芬:《棉袄罩儿》,《海燕》2021 年第 6 期,2021 散文述评,上半年卷

宫 佳:《熬一锅故事粥》,《知心姐姐》2020 年第 11 期,2020 儿童文学述评,冬之卷

宫 佳:《赶海少年》,《少男少女》2021 年第 12 期,2021 儿童文学述评,冬之卷

古 耜:《红土地上的瞿秋白》,《满族文学》2021 年第 6 期,2021 散文述评,下半年卷

古 耜:《鲁迅与蒋介石的一场隔空"对话"》,《满族文学》2020 年第 3 期,2020 散文述评,夏之卷

H

韩　光:《巾帼四次上战场》,《解放军文艺》2020 年第 4 期, 2020 报告文学述评

韩　光:《凉州词》,《橄榄绿》2020 年第 4 期, 2020 中篇小说述评, 秋之卷

韩　光:《刘浩: 让"满天星"变成亮晶晶》,《中华儿女》2020 年第 10 期, 2020 报告文学述评

韩辉升:《原来一切在故乡》,《海燕》2021 年第 11 期, 2021 诗歌述评, 冬之卷

韩文鑫:《二秋》,《鸭绿江》2020 年第 2 期, 2020 短篇小说述评, 春之卷

韩文鑫:《在沙湾的日子》, 收入《辽疆之恋》, 春风文艺出版社, 2019 年 12 月, 2020 报告文学述评

韩晓阳 (译墨):《耕地帖》,《凤凰资讯报》2021 年 8 月 6 日, 2021 诗歌述评, 秋之卷

韩晓阳 (译墨):《卖古董的人》(外二首),《诗潮》2021 年第 8 期, 2021 诗歌述评, 秋之卷

韩晓阳 (译墨):《他物志》(三首),《散文诗世界》2020 年第 10 期, 2020 诗歌述评, 冬之卷

何桂艳:《十月, 辽西的一个傍晚》(外二首),《诗潮》2021 年第 7 期, 2021 诗歌述评, 秋之卷

贺传峰:《"将军"坐飞机》,《海燕》2021 年第 7 期, 2021 散文述评, 下半年卷

贺传峰:《海岛杀猪宴》,《海燕》2021 年第 5 期, 2021 散文述评, 上半年卷

贺　颖:《曾经大雪封门》, 收入《绽放: 在希望的田野上》, 辽宁美术出版社, 2021 年 6 月, 2021 散文述评, 上半年卷

贺　颖:《致昆仑》,《人民文学》2020 年第 12 期, 2020 诗歌述评, 冬之卷

鹤　蜚:《娜样红》, 山东文艺出版社, 2020 年 1 月, 2020 长篇小说述评

鹤　蜚:《致敬, "8·20"抗灾抢险的英雄们》,《求是》2019 年第 6 期, 2020 报告文学述评

鹤　童:《蒸猫》,《鸭绿江》2020 年第 2 期, 2020 短篇小说述评, 春之卷

黑　铁:《无所依》,《芒种》2020 年第 12 期发表,《小说选刊》2021 年第 1 期转载, 2020 短篇小说述评, 冬之卷

黑　铁:《星期六在辽北》,《诗潮》2021 年第 8 期, 2021 诗歌述评, 秋之卷

黑　铁:《夜跑》,《鸭绿江》2021 年第 1 期, 2021 中篇小说述评, 春之卷

虹　晓:《白天不懂夜的黑》,《满族文学》2021 年第 3 期, 2021 短篇小说述评, 夏之卷

虹　晓:《乌城爱情故事》,《鸭绿江》2021 年第 11 期, 2021 短篇小说述评, 冬之卷

洪兆惠:《黑娘的麦饼》,《百花园》2021 年第 6 期, 2021 短篇小说述评, 夏之卷

洪兆惠:《洪兆惠小小说四题》,《鸭绿江》2021 年第 4 期,2021 短篇小说述评,夏之卷

侯德云:《1860 年的战争·北塘》,入选《2020 年中国微型小说排行榜》,百花洲文艺出版社,2021 年 1 月,2021 短篇小说述评,春之卷

侯德云:《把兄弟》,《鸭绿江》2020 年第 10 期,2020 中篇小说述评,冬之卷

侯德云:《鲍老》,《小说选刊》2021 年第 3 期,2021 短篇小说述评,春之卷

侯德云:《步友老周》,《辽宁日报》2021 年 3 月 10 日,2021 短篇小说述评,春之卷

侯德云:《胡八爷》,《大观·东京文学》2021 年第 1 期,2021 短篇小说述评,春之卷

侯德云:《美人尖》,入选《2020 中国年度小小说》,漓江出版社,2021 年 2 月,2021 短篇小说述评,春之卷

侯德云:《生老病死》,《鸭绿江》2020 年第 5 期,2020 中篇小说述评,夏之卷

侯德云:《他们仨》,《海燕》2021 年第 11 期,2021 短篇小说述评,冬之卷

侯德云:《太后的午餐》,《天池小小说》2021 年第 3 期,2021 短篇小说述评,春之卷

侯德云:《瓦城上空的三姨》,入选《2020 年中国微型小说精选》,长江文艺出版社,2021 年 1 月,2021 短篇小说述评,春之卷

侯德云:《小雨》,《百花园》2021 年第 1 期,2021 短篇小说述评,春之卷

侯德云:《颐和园的一天》,《天池小小说》2021 年第 1 期,2021 短篇小说述评,春之卷

侯德云:《与诗人诀别》,收录于《2020 中国年度小小说》,漓江出版社,2021 年 2 月,2021 短篇小说述评,春之卷

侯德云:《最长的黄昏》,《百花洲》2021 年第 1 期,2021 中篇小说述评,春之卷

侯明辉:《北方的深秋多像一个人的中年》,《诗潮》2020 年第 12 期,2020 诗歌述评,冬之卷

侯明辉:《草木诀》,《阳光》2021 年第 12 期,2021 诗歌述评,冬之卷

侯明辉:《更甚帖》,《诗林》2021 年第 3 期,2021 诗歌述评,夏之卷

胡海迪:《方言土语也风雅》,《芒种》2021 年第 5 期,2021 散文述评,上半年卷

胡海迪:《艺术家开会琐谈》,《中国艺术报》2021 年 9 月 17 日,2021 散文述评,下半年卷

胡世远:《七月红》,《西部》2021 年第 4 期,2021 诗歌述评,秋之卷

胡世远:《人民就是江山》,《诗潮》2021 年第 10 期,2021 诗歌述评,冬之卷

胡世宗:《15 岁的剑桥生》,沈阳出版社,2020 年 1 月,2020 儿童文学述评,春之卷

胡世宗:《雪落无声》,《辽宁日报》2020 年 3 月 4 日,2020 诗歌述评,春之卷

扈　哲:《秋叶之歌》,《海燕》2021 年第 12 期,2021 散文述评,下半年卷

花溪水：《寻迹兰家大院》，《鸭绿江》2021年第12期，2021散文述评，下半年卷

黄　瑞：《巴尔鲁克山下的友谊》，收入《辽疆之恋》，春风文艺出版社，2019年12月，2020报告文学述评

黄　瑞：《大盐滩》，沈阳出版社，2020年7月，2020报告文学述评

黄　宇：《小小小世界》，中国和平出版社，2019年12月，2021儿童文学述评，秋之卷

黄子芯：《绘卷者》，《鸭绿江》2021年第10期，2021诗歌述评，冬之卷

J

吉尚泉：《无法扶正倾斜的事物》，《北方文学》2021年第6期，2021诗歌述评，夏之卷

吉尚泉：《像一片虚拟的丛林》，《回族文学》2021年第2期，2021诗歌述评，夏之卷

季士君：《海边的时间》，《诗潮》2021年第8期，2021诗歌述评，秋之卷

季士君：《石河驿》，《海燕》2021年第11期，2021散文述评，下半年卷

季士君：《沿着河走》，《芒种》2020年第3期，2020诗歌述评，春之卷

贾　颖：《班上有个女体委》，《东方少年》2021年第2期，2021儿童文学述评，春之卷

贾　颖：《当贺卡变成炸弹》，《儿童文学》选粹版2021年第8期，2021儿童文学述评，秋之卷

贾　颖：《花朝》，《儿童文学》经典版2021年1月号，2021儿童文学述评，春之卷

贾　颖：《如果每个星球都有味道》，《意林小文学》2021年第3期，2021儿童文学述评，春之卷

贾　颖：《万事可行》，《鸭绿江》2020年第1期，2020短篇小说述评，春之卷

贾　颖：《一场杏花雨》，《少年文艺》2021年第7期，2021儿童文学年度综评

姜春浩：《菊辞》，《满族文学》2021年第1期，2021诗歌述评，春之卷

姜凤清：《烈士墓前》（四首），《海燕》2021年第11期，2021诗歌述评，冬之卷

姜庆乙：《单程票》，《鸭绿江》2020年第12期，2020诗歌述评，冬之卷

姜庆乙：《熟悉的东西》，《满族文学》2020年第1期，2020诗歌述评，春之卷

姜庆乙：《素歌》（组诗），《满族文学》2021年第4期，2021诗歌述评，秋之卷

姜庆乙：《夜读》，《扬子江诗刊》2021年第4期，2021诗歌述评，秋之卷

金　方：《父亲镜头中的共产党人》，《辽宁日报》2021年6月9日，2021散文述评，下半年卷

金　辉：《金辉的诗》（组诗），《诗潮》2021年第1期，2021诗歌述评，春之卷

金仁顺：《一条大河过沈阳》，收入《感受辽宁之好》，春风文艺出版社，2020年4月，2020散文述评，夏之卷

金思宇：《且听龙吟》，《鸭绿江》2021年第10期，2021诗歌述评，冬之卷

津子围：《十月的土地》，《小说月报》2020年贺岁版原创中长篇小说专号，2020长篇小说述评

K

孔庆武：《北京：七个瞬间的随想曲》，《鸭绿江》2021年第12期，2021散文述评，下半年卷

L

老　藤：《北障》，《中国作家》2021年第1期，2021长篇小说述评

老　藤：《苍穹之眼》，群众出版社，2019年8月，2020长篇小说述评

老　藤：《东北老王》，《芙蓉》2021年第5期发表，《小说月报》《北京文学·中篇小说月报》《小说选刊》2021年第10期同时转载，2021中篇小说述评，秋之卷

老　藤：《梦里香椿》，《芙蓉》2020年第2期发表，《小说选刊》2020年第3期转载，2020中篇小说述评，春之卷

老　藤：《朱砂》，《长江文艺》2020年第8期发表，《小说选刊》2020年第9期转载，2020中篇小说述评，秋之卷

李大葆：《天子重墨》，《芒种》2021年第2期，2021散文述评，上半年卷

李大葆：《襄平宴：美味中的秘境》，辽海出版社，2021年8月，2021报告文学述评

李广宇：《班尼亚的信使》，《儿童文学》2020年1月号经典版，2020儿童文学述评，春之卷

李广宇：《给黄老师的礼物》，《少年文艺》2020年第1期，2020儿童文学述评，春之卷

李广智：《大地的呼吸》，《鸭绿江》2021年第10期，2021散文述评，下半年卷

李海生：《老伴》，获奖原创作品，未发表，2020儿童文学述评，冬之卷

李海燕：《17楼的男人》，《天池小小说》2020年第10期，2020短篇小说述评，冬之卷

李海燕：《残弓》，《百花园》2020年第11期，2020短篇小说述评，冬之卷

李海燕:《苹果的事》,《辽宁日报》2020年11月9日,2020短篇小说述评,冬之卷

李海燕:《忍冬》,《小小说月刊》2020年11月上半月,2020短篇小说述评,冬之卷

李　皓:《本来的雪》,《诗刊》(下半月)2020年第3期,2020诗歌述评,春之卷

李　皓:《打开鸟鸣》,《绿风》2020年第5期,2020诗歌述评,冬之卷

李　皓:《打开鸟鸣》,《鸭绿江》2020年第7期,2020诗歌述评,秋之卷

李　皓:《腊梅颂》,《时代文学》2020年第6期,2020诗歌述评,冬之卷

李　皓:《李皓的诗》,《牡丹》2020年第12期,2020诗歌述评,冬之卷

李　皓:《李皓的诗》,《钟山》2020年第5期,2020诗歌述评,冬之卷

李　皓:《李皓的诗》(组诗),《诗歌月刊》2020年第2期,2020诗歌述评,春之卷

李　皓:《李皓诗七首》,《鸭绿江》2021年第11期,2021诗歌述评,冬之卷

李　皓:《绿色的初恋》,《解放军文艺》2021年第8期,2021诗歌述评,秋之卷

李　皓:《他年如晤》,收入《绽放:在希望的田野上》,辽宁美术出版社,2021年5
　　　　月,2021散文述评,上半年卷

李　皓:《我在文学中扮演了什么角色?》,《鸭绿江》2020年第3期,2020散文述评,
　　　　春之卷

李　皓:《洗眼来》,《黄河》2020年第6期,2020散文述评,冬之卷

李　皓:《向我开炮!》,《鸭绿江》2020年第12期,2020诗歌述评,冬之卷

李　皓:《写在风花雪月边上》,《广西文学》2021年第9期,2021诗歌述评,秋之卷

李　皓:《一粒稻米的伦常》,《长城》2021年第1期,2021散文述评,上半年卷

李　皓:《佚园的假山》,《诗歌月刊》2020年第2期发表,《新华文摘》(半月刊)2021
　　　　年第6期转载,2021诗歌述评,春之卷

李　皓:《雨水抵达故乡》,中国经济出版社,2020年1月,2020散文述评,夏之卷

李　皓:《雪溪辞》,《扬子江诗刊》2021年第4期,2021诗歌述评,秋之卷

李　皓:《重新定义一些美德和美学》,《北京文学》2020年第7期,2020诗歌述评,秋
　　　　之卷

李见心:《以雪为号》,《诗林》2021年第1期,2021诗歌述评,春之卷

李　犁:《大风》,《北京文学》2021年第11期,2021诗歌述评,冬之卷

李　立(阿妙):《春雪的话》(外二首),《花火·慧阅读》2021年第3期,2021儿童文
　　　　学述评,春之卷

李　立(阿妙):《时间》(外三首),获奖原创作品,未发表,2021儿童文学述评,
　　　　春之卷

李伶伶:《漂泊的母亲》,《鸭绿江》2020年第2期,2020短篇小说述评,春之卷

李伶伶:《小小说三题》,《海燕》2021年第11期,2021短篇小说述评,冬之卷

李　玲:《寻找一条河流的记忆》,《海燕》2021年第3期,2021散文述评,上半年卷

李　铭:《春天的红蓖麻》,《儿童文学》2020年第2期,2020儿童文学述评,春之卷

李　铭:《烽火篮球》,《文学少年》2021年第4期,2021儿童文学述评,夏之卷

李　铭:《回露水镇的路》,《满族文学》2021年第6期,2021短篇小说述评,冬之卷

李　铭:《林涛阵》,《文学少年》2021年第6期,2021儿童文学述评,夏之卷

李　铭:《麦穗飘香》,《文学少年》2021年第5期,2021儿童文学述评,夏之卷

李　铭:《那么帅！那么美！》,《小十月文学》微信公众号,2020儿童文学述评,春之卷

李　铭:《飘满秋风的夜》,《鸭绿江》2020年第2期,2020短篇小说述评,春之卷

李　铭:《雪地上的贺卡》,《文学少年》2020年第2期,2020儿童文学述评,春之卷

李轻松:《李轻松的诗》(五首),《作品》2020年第2期,2020诗歌述评,春之卷

李轻松:《人间消息》,《诗潮》2021年第7期,2021诗歌述评,秋之卷

李轻松:《三江源》,《扬子江》2021年第1期,2021诗歌述评,春之卷

李轻松:《一座城市的记忆》,《广西文学》2020年第5期,2020诗歌述评,夏之卷

李　铁:《升学宴》,《长城》2021年第5期,2021短篇小说述评,秋之卷

李　铁:《手工》,《十月》2021年第4期,2021中篇小说述评,秋之卷

李　铁:《钛白》,《小说月报·原创版》2020年第2期,2020中篇小说述评,春之卷

李　铁:《万历年间有个谜》,《海燕》2020年第8期,2020散文述评,秋之卷

李　霞:《窗口》,《诗殿堂》(美国)总第11期,2021诗歌述评,夏之卷

李　霞:《恋人之间》,《诗殿堂》(美国)总第11期,2021诗歌述评,夏之卷

李　霞:《那天晚上》,《诗殿堂》(美国)总第11期,2021诗歌述评,夏之卷

李宜霖:《你是谁》,《少年诗刊》2021年第7期,2021儿童文学述评,秋之卷

李宜霖:《鱼》,《诗潮》2021年第10期,2021诗歌述评,冬之卷

李忆锋:《动物园的友谊之旅》,《小学生报》2021年第8期,2021儿童文学述评,秋之卷

李忆锋:《团结是个小精灵》等9篇,《小学生报》2020年第1—9期,2020儿童文学述评,夏之卷

李忆锋:《我的眼睛是个小女孩儿》,获奖原创作品,未发表,2020儿童文学述评,冬之卷

李忆锋:《小松鼠藏松子》,《小学生报》2021年第12期,2021儿童文学述评,冬之卷

李忆锋:《远方的朋友来旅游》,《小学生报》2021年第12期,2021儿童文学述评,
  冬之卷

力 歌:《那年的列车》,《芒种》2020年第7期,2020中篇小说述评,秋之卷

梁 萧:《背沙子的人》,《鸭绿江》2021年第4期,2021短篇小说述评,夏之卷

林 白:《去年在大连》,收入《发现辽宁之美》,春风文艺出版社,2020年4月,2020
  散文述评,夏之卷

林 雪:《红缨子与平复帖》,《特区文学诗刊》2021年第8期,2021诗歌述评,秋之卷

林 雪:《犁桦镇》(三首),《作品》2020年第6期,2020诗歌述评,夏之卷

林 雪:《犁桦镇诗笔记》,《草堂》2020年第6期,2020诗歌述评,夏之卷

林 雪:《时光机》,《鸭绿江》2020年第1期,2020诗歌述评,春之卷

林 雪:《又见布谷》,《上海诗人》2020年2期,2020诗歌述评,夏之卷

林 雪:《云间志》,《安徽文学》2021年第7期,2021诗歌述评,秋之卷

林忠成:《名作赏读》,《诗潮》2020年第5期,2020诗歌述评,夏之卷

玲贝贝:《每条波纹都是一根柔软的弦》,《诗潮》2021年第8期,2021诗歌述评,秋
  之卷

刘 驰:《查账》,《鸭绿江》2021年第5期,2021中篇小说述评,夏之卷

刘殿海:《追忆父亲》,《海燕》2021年第5期,2021散文述评,上半年卷

刘 东:《世界上没有真正的空房子》,福建少年儿童出版社,2020年12月,2020儿童
  文学述评,冬之卷

刘 东:《照耀着你的那颗星星,已经死了》,《儿童文学》2020年第4期,2020儿童文
  学述评,夏之卷

刘恩波:《"诗神加冕之夜是寂静的"》,《鸭绿江》2021年第4期,2021散文述评,上半
  年卷

刘恩波:《隔世的传唱——阅读马骅》,《鸭绿江》2021年第11期,2021散文述评,下
  半年卷

刘恩波:《人生一半诗一半——纪念苗强》,《鸭绿江》2021年第12期,2021散文述评,
  下半年卷

刘恩波:《为生命而读》,《鸭绿江》2021年第5期,2021散文述评,上半年卷

刘抚兴:《我还是要走出去》(外一首),《海燕》2021年第6期,2021诗歌述评,夏
  之卷

刘国强：《爱在也迷里》，收入《辽疆之恋》，春风文艺出版社，2019 年 12 月，2020 报告文学述评

刘国强：《雄风北来》，春风文艺出版社，2020 年 5 月，2020 报告文学述评

刘国强：《燕赵脊梁》，作家出版社，2019 年 6 月，2020 报告文学述评

刘国强：《招手》，《海燕》2020 年第 7 期，2020 短篇小说述评，秋之卷

刘家瑞：《一》，《诗潮》2021 年第 10 期，2021 诗歌述评，冬之卷

刘嘉陵：《滑冰的人们》，《中国民航》2021 年第 12 期，2021 散文述评，下半年卷

刘嘉陵：《毛姆大叔的左轮手枪》，《鸭绿江》2020 年第 11 期，2020 散文述评，冬之卷

刘嘉陵：《米格尔街和"我们的胡同"》，《鸭绿江》2020 年第 3 期，2020 散文述评，春之卷

刘嘉陵：《世界上最伟大的教书匠》，《鸭绿江》2020 年第 9 期，2020 散文述评，秋之卷

刘嘉陵：《我们都曾是霍尔顿》，《鸭绿江》2020 年第 1 期，2020 散文述评，春之卷

刘嘉陵：《我们景仰、仇恨和为之困惑的奥地利人》，《鸭绿江》2020 年第 2 期，2020 散文述评，春之卷

刘嘉陵：《衣着俗艳的穷记者兼文学青年——为加西亚·马尔克斯逝世六周年而写》，《鸭绿江》2020 年第 5 期，2020 散文述评，夏之卷

刘嘉陵：《音符与文字一道见证——再忆苏联作曲家肖斯塔科维奇》，《鸭绿江》2020 年第 7 期，2020 散文述评，秋之卷

刘嘉陵：《阅览室的女馆员和拉美作家》，《鸭绿江》2020 年第 12 期，2020 散文述评，冬之卷

刘嘉陵：《在"邮票"上写作不休恋爱不止》，《鸭绿江》2020 年第 10 期，2020 散文述评，冬之卷

刘巧妮：《土地的献礼》，《鸭绿江》2021 年第 10 期，2021 诗歌述评，冬之卷

刘姝含：《消失的动物》，《诗潮》2021 年第 10 期，2021 诗歌述评，冬之卷

刘双立：《故乡依然飘着炊烟》，《海燕》2021 年第 2 期，2021 诗歌述评，春之卷

刘天伊：《猫田》，辽宁少年儿童出版社，2020 年 9 月，2020 儿童文学述评，秋之卷

刘文艳：《连心井 生命井》，《鸭绿江》2021 年第 8 期，2021 散文述评，下半年卷

刘新剑：《教练，我想打冰球》，辽宁少年儿童出版社，2021 年 8 月，2021 儿童文学述评，秋之卷

刘一夫：《捉迷藏（三首）》，《文学少年》2021 年第 3 期，2021 儿童文学述评，春之卷

刘一秀：《理发匠老韩和"韩老妈子"》（外四篇），《海燕》2021 年第 1 期，2021 散文述

评，上半年卷

刘　颖：《债》,《鸭绿江》2020年第2期，2020短篇小说述评，春之卷

刘子嫣：《爱撒娇的妈妈》,《诗潮》2021年第10期，2021诗歌述评，冬之卷

柳　沄：《老松》,《鸭绿江》2020年第6期，2020诗歌述评，夏之卷

柳　沄：《柳沄的诗》(11首),《鸭绿江》2021年第6期，2021诗歌述评，夏之卷

柳　沄：《梦里的河：柳沄作品小辑》,《诗潮》2020年第5期，2020诗歌述评，夏之卷

卢　辉：《中国50后诗人作品赏读》（第二季),《诗潮》2020年第4期，2020诗歌述评，夏之卷

罗　维：《白瞳》,《鸭绿江》2021年第2期，2021中篇小说述评，春之卷

M

马红线：《一串灯笼，佛珠捻动的春光》(二首),《星星》2021年第4期，2021诗歌述评，夏之卷

马　强：《倔强的墙檐》,《海燕》2021年第5期，2021诗歌述评，夏之卷

马三枣：《九色鹿和白龙马》,《儿童时代》2020年第1期，2020儿童文学述评，春之卷

马三枣：《秋水芦花》,《读友》2020年第11期，2020儿童文学述评，冬之卷

马三枣：《秋水芦花》，江西教育出版社，2021年8月，2021儿童文学述评，秋之卷

马三枣：《申纪兰：西沟村的幸福花》，接力出版社，2021年6月，2021儿童文学述评，夏之卷

马三枣：《香竹国》,《读友》清雅版2021年第7—8期合刊，2021儿童文学述评，秋之卷

马三枣：《小莲灯书系》(5册)，接力出版社，2020年1月，2020儿童文学述评，春之卷

马三枣：《遥远的骆驼蓬》,《读友》2020年第9期，2020儿童文学述评，秋之卷

马三枣：《月亮男孩》,《儿童文学》经典版2021年第12期，2021儿童文学述评，冬之卷

马三枣：《云间草》,《儿童文学》经典版2020年第2期，2020儿童文学述评，春之卷

马晓丽：《福清月照人》,《鸭绿江》2020年第2期，2020散文述评，春之卷

马晓丽：《午后的细节》,《满族文学》2021年第2期，2021短篇小说述评，春之卷

马晓丽：《寻找消失的存在》，收入《发现辽宁之美》，春风文艺出版社，2020 年 4 月，2020 散文述评，夏之卷

马云飞：《沿着铁路往前走》，《诗潮》2021 年第 8 期，2021 诗歌述评，秋之卷

孟繁华：《亲与师》（四章），《十月》2020 年第 6 期，2020 散文述评，冬之卷

漠　然：《擦肩而过》，《小说月报》2020 年第 10 期，2020 中篇小说述评，冬之卷

漠　然：《解密林有福》，《中国铁路文艺》2020 年第 8 期，2020 中篇小说述评，夏之卷

N

娜仁琪琪格：《返青》，《广西文学》2020 年第 5 期，2020 诗歌述评，夏之卷

娜仁琪琪格：《花儿睡在春天里》（组诗），入选中国作家协会儿童文学委员会《2021 年度中国儿童文学》，漓江出版社，2022 年 1 月，2021 儿童文学年度综评

娜仁琪琪格：《在母语的暖流中跌宕起伏》，《草原》2020 年第 4 期，2020 诗歌述评，夏之卷

聂　与：《水溶于水，大河奔流》，收入《辽疆之恋》，春风文艺出版社，2019 年 12 月，2020 报告文学述评

聂　与：《随风而逝的风》，《鸭绿江》2020 年第 3 期，2020 短篇小说述评，春之卷

聂　与：《星河滚烫》，《满族文学》2021 年第 5 期，2021 短篇小说述评，秋之卷

宁　明：《飞翔的青春》，中国大百科全书出版社，2021 年 12 月，2021 儿童文学述评，冬之卷

牛寒婷：《隐秘的阅读》，《满族文学》2021 年第 2 期，2021 散文述评，上半年卷

牛健哲：《出事》，《鸭绿江》2021 年第 11 期，2021 短篇小说述评，冬之卷

牛健哲：《黏腻故事》，《鸭绿江》2020 年第 5 期，2020 短篇小说述评，夏之卷

牛健哲：《乒乓作响》，《海燕》2021 年第 3 期，2021 短篇小说述评，春之卷

牛健哲：《溶液》，《鸭绿江》2021 年第 11 期，2021 短篇小说述评，冬之卷

牛健哲：《相对》，《西湖》2020 年第 5 期，2020 短篇小说述评，夏之卷

牛健哲：《幼态延续》，《西湖》2020 年第 5 期，2020 短篇小说述评，夏之卷

牛健哲：《左右》，《西湖》2020 年第 5 期，2020 短篇小说述评，夏之卷

女　真：《唱给一个亲爱的人》，《长江文艺》2020 年第 3 期发表，《北京文学·中篇小说月报》《小说选刊》2020 年第 4 期转载，2020 中篇小说述评，春之卷

女　真：《盗窃者》,《鸭绿江》2020 年第 9 期, 2020 短篇小说述评, 秋之卷

女　真：《跟梨花说》,《作家》2020 年第 9 期, 2020 中篇小说述评, 秋之卷

女　真：《玛特廖什卡》,《长江文艺》2021 年第 5 期, 2021 中篇小说述评, 夏之卷

女　真：《摄影师》,《鸭绿江》2020 年第 9 期, 2020 短篇小说述评, 秋之卷

女　真：《声声呼唤》,《满族文学》2021 年第 2 期, 2021 短篇小说述评, 春之卷

女　真：《水与火》,《满族文学》2020 年第 3 期, 2020 散文述评, 夏之卷

女　真：《投诉人》,《广西文学》2021 年第 10 期, 2021 短篇小说述评, 冬之卷

女　真：《幸福肥》,《小说月报·原创版》2021 年第 11 期, 2021 中篇小说述评, 冬之卷

P

潘　洗：《就要给你灿烂》,《海燕》2021 年第 12 期, 2021 短篇小说述评, 冬之卷

潘　洗：《踏进一条彩色的河流》,《2021 辽宁文学·小说卷》, 春风文艺出版社, 2021 年 7 月, 2021 短篇小说述评, 秋之卷

庞　滟：《被"拆迁"的生活》,《小小说月刊》2021 年第 5 期, 2021 短篇小说述评, 夏之卷

庞　滟：《断舍离》,《小说月刊》2021 年第 5 期, 2021 短篇小说述评, 夏之卷

庞　滟：《绿水壶里的故事》,《飞天》2021 年第 7 期, 2021 散文述评, 下半年卷

庞　滟：《年关》,《小说选刊》2021 年第 3 期, 2021 短篇小说述评, 春之卷

庞　滟：《燃烧的水》,《微型小说选刊》2021 年第 1 期, 2021 短篇小说述评, 春之卷

庞　滟：《双眼皮的烦恼》,《微型小说选刊》2021 年第 9 期, 2021 短篇小说述评, 夏之卷

庞　滟：《午夜的脚步》,《小说月刊》2021 年第 1 期, 2021 短篇小说述评, 春之卷

庞　滟：《相亲路上的伯父》,《山西文学》2021 年第 4 期, 2021 短篇小说述评, 夏之卷

庞　滟：《小小说三题》,《海燕》2021 年第 10 期, 2021 短篇小说述评, 冬之卷

Q

齐凤艳：《晒太阳》（外一首），《扬子江诗刊》2021 年第 4 期，2021 诗歌述评，秋之卷

R

任初六：《记录梦的女子》，《满族文学》2020 年第 3 期，2020 中篇小说述评，夏之卷

若金之波：《清泉天上流》，辽宁少年儿童出版社，2020 年 1 月，获奖作品，2021 儿童
文学年度综评

S

萨仁图娅：《沿着额尔古纳河的走向》（外一首），《民族文学》2021 年第 3 期，2021 诗
歌述评，冬之卷

萨仁图娅：《一场谁都不能缺席的战"疫"》，《诗选刊》2020 年第 3 期，2020 诗歌述评，
春之卷

萨仁图娅：《枝叶园组章》，《芒种》2021 年第 10 期，2021 诗歌述评，冬之卷

沙　爽：《潮与蟹》，《满族文学》2021 年第 2 期，2021 散文述评，上半年卷

沙　爽：《偶然的春天》，《天涯》2020 年第 6 期，2020 散文述评，冬之卷

沙　爽：《时间的裂隙》，《雨花》2020 年第 9 期，2020 散文述评，秋之卷

沙　爽：《树瘿》，《西部》2020 年第 1 期，2020 散文述评，春之卷

沙　爽：《在岛上》，《湖南文学》2020 年第 7 期，2020 散文述评，秋之卷

商国华：《锻造"中国芯"》，外文出版社，2019 年 7 月，2020 报告文学述评

商　震：《脆响录》，《鸭绿江》2020 年第 4 期，2020 诗歌述评，夏之卷

商　震：《鸟事儿》，《诗潮》2020 年第 5 期，2020 诗歌述评，夏之卷

少　梅（郭少梅）：《候鸟南飞》，《少年文艺》2020 年第 7 期，2020 儿童文学述评，
秋之卷

邵　丁：《父亲的书》，《海燕》2020 年第 7 期，2020 散文述评，秋之卷

邵　悦：《大湾区》，《诗刊》（上半月）2021 年第 7 期，2021 诗歌述评，秋之卷

邵　悦：《红，是去往安源的路上》，《诗刊》（下半月）2021 年第 11 期，2021 诗歌述
评，冬之卷

邵　悦：《用光的声音歌唱大海》，《诗刊》（上半月）2020年第2期，2020诗歌述评，春之卷

石　也：《缓慢的老屋》，《满族文学》2021年第6期，2021诗歌述评，冬之卷

述　怀：《盲刺》，收入《盛京四俊：沈阳90后新锐作家作品集》，沈阳出版社，2021年9月，2021短篇小说述评，冬之卷

述　怀：《木头人》，收入《盛京四俊：沈阳90后新锐作家作品集》，沈阳出版社，2021年9月，2021短篇小说述评，冬之卷

述　怀：《循环》，收入《盛京四俊：沈阳90后新锐作家作品集》，沈阳出版社，2021年9月，2021短篇小说述评，冬之卷

宋晓杰：《芳菲的花瓣儿》两组，《作家》2020年第7期、《山西文学》2020年第7期，2020散文述评，秋之卷

宋晓杰：《嘿，小黑子！》，辽宁师范大学出版社，2019年5月，2020儿童文学述评，春之卷

宋晓杰：《几乎没有记忆的陈词》，《满族文学》2020年第5期，2020散文述评，秋之卷

宋晓杰：《旧童年·新童话》（三首），《中国校园文学》2020年第6期青春号，2020儿童文学述评，夏之卷

宋晓杰：《暖暖的星星索》，天地出版社，2021年1月，2021儿童文学述评，春之卷

宋晓杰：《山水的恩泽》，《海燕》2020年第5期，2020散文述评，夏之卷

宋晓杰：《渔雁小镇的夏天》，2019年中国作协定点深入生活项目，未出版，获奖作品，2021儿童文学年度综评

宋晓杰：《自然观察：我的湿地鸟类朋友》，新世纪出版社，2019年6月，2020儿童文学述评，春之卷

宋占方：《赶牛》，《满族文学》2021年第6期发表，《散文选刊》2022年第1期转载，2021散文述评，下半年卷

宋长江：《认识那个叫荷儿的》，《广西文学》2021年第10期，2021中篇小说述评，冬之卷

苏兰朵：《弗里达·卡罗：我希望永不归来》，《鸭绿江》2020年第5期，2020散文述评，夏之卷

苏兰朵：《乔治亚·欧姬芙：我是最好的艺术家，请把"女"字去掉》，《鸭绿江》2020年第12期，2020散文述评，冬之卷

苏兰朵：《琼·贝兹：写在女王谢幕时》，《鸭绿江》2020年第1期，2020散文述评，春之卷

苏兰朵：《三天三夜》，《湘江文艺》2021年第1期，2021短篇小说述评，春之卷

苏兰朵：《维维安·韦斯特伍德：来自土星的"西太后"》，《鸭绿江》2020年第7期，2020散文述评，秋之卷

苏兰朵：《无人试吻黄柳霜》（上），《鸭绿江》2020年第9期，2020散文述评，秋之卷

苏兰朵：《无人试吻黄柳霜》（下），《鸭绿江》2020年第10期，2020散文述评，冬之卷

苏兰朵：《小野洋子：男权视域下的"女巫"》（上），《鸭绿江》2020年第2期，2020散文述评，春之卷

苏兰朵：《小野洋子：男权视域下的"女巫"》（下），《鸭绿江》2020年第3期，2020散文述评，春之卷

苏兰朵：《伊莎多拉·邓肯：爱过，痛过，自由过》，《鸭绿江》2020年第11期，2020散文述评，冬之卷

苏笑嫣：《时间之镜》，《广西文学》2020年第5期，2020诗歌述评，夏之卷

素　素：《阿尔莫克莎产房》，《北京文学》2021年第8期，2021散文述评，下半年卷

素　素：《比蓝更蓝的蓝是什么样儿》，《海燕》2020年第5期，2020散文述评，夏之卷

素　素：《大爱之歌》，收入《辽疆之恋》，春风文艺出版社，2019年12月，2020报告文学述评

素　素：《模仿的大连》，收入《感受辽宁之好》，春风文艺出版社，2020年4月，2020散文述评，夏之卷

隋英军：《分解》，《诗潮》2021年第12期，2021诗歌述评，冬之卷

隋英军：《我和我的夜晚》，《海燕》2020年第7期，2020诗歌述评，秋之卷

隋英军：《我要变得很小》，《满族文学》2020年第4期，2020诗歌述评，秋之卷

孙成文：《乡间笔记》，收入《绽放：在希望的田野上》，辽宁美术出版社，2021年8月，2021散文述评，上半年卷

孙传生：《何处是吾乡》，《海燕》2021年第3期，2021散文述评，上半年卷

孙春平：《子夜的爆竹》，《中国作家·文学》2021年第1期，2021短篇小说述评，春之卷

孙大梅：《每个人都有至少三个故乡》，《海燕》2021年第5期，2021诗歌述评，夏之卷

孙大梅：《孙大梅的诗》，《诗潮》2021 年第 4 期，2021 诗歌述评，夏之卷

孙大梅：《孙大梅诗歌十二首》，《鸭绿江》2021 年第 10 期，2021 诗歌述评，冬之卷

孙大梅：《夜宿梅河口火车站》（外一首），《草堂》2020 年第 11 期，2020 诗歌述评，
　　　　冬之卷

孙大梅：《紫色的丁香花》，《鸭绿江》2020 年第 10 期，2020 诗歌述评，冬之卷

孙担担：《巴西木的花朵》，《诗潮》2020 年第 5 期，2020 诗歌述评，夏之卷

孙担担：《春天好像来了》，《作家》2021 年第 8 期，2021 诗歌述评，秋之卷

孙担担：《记忆与遗忘》，《海燕》2020 年第 7 期，2020 诗歌述评，秋之卷

孙担担：《民谣》，《鸭绿江》2020 年第 9 期，2020 诗歌述评，秋之卷

孙担担：《重逢》，《芒种》2021 年第 11 期，2021 诗歌述评，冬之卷

孙惠芬：《多年蚁后》，接力出版社，2021 年 7 月，2021 儿童文学年度综评

孙惠芬：《敢问阿胶是谁》，《人民文学》2020 年第 3 期，2020 散文述评，春之卷

孙惠芬：《在故乡识别安详》，收入《绽放：在希望的田野上》，辽宁美术出版社，2021
　　　　年 2 月，2021 散文述评，上半年卷

孙惠芬：《在瑞岩山仰望弥勒》，《红岩》2020 年第 3 期，2020 散文述评，夏之卷

孙惠芬：《致敬歇马山》，收入《发现辽宁之美》，春风文艺出版社，2020 年 4 月，2020
　　　　散文述评，夏之卷

孙甲仁：《海水正蓝》，《海燕》2020 年第 5 期，2020 诗歌述评，夏之卷

孙甲仁：《武汉的朋友你好吗》，《海燕》2020 年第 3 期，2020 诗歌述评，春之卷

孙焱莉：《孤羊与刀》，《广州文艺》2021 年第 12 期，2021 短篇小说述评，冬之卷

孙焱莉：《他们的战争》，《鸭绿江》2021 年第 5 期，2021 中篇小说述评，夏之卷

孙焱莉：《夜形如白昼》，《清明》2021 年第 3 期，2021 中篇小说述评，秋之卷

孙英涵：《菲菲的愿望》，沈阳出版社，2020 年 12 月，2020 儿童文学述评，冬之卷

孙英涵：《啦啦找妈妈》，《小樱桃》2021 年第 10、11、12 期连载，2021 儿童文学述评，
　　　　冬之卷

孙　永：《徒步珠峰 EBC 大本营》，《满族文学》2020 年第 5 期，2020 散文述评，秋
　　　　之卷

索　河：《当代短诗佳作赏读》，《诗潮》2020 年第 6 期，2020 诗歌述评，夏之卷

索　河：《陌生人》，《鸭绿江》2020 年第 2 期，2020 诗歌述评，春之卷

T

佟掌柜:《意外》,《羊城晚报》2020 年 2 月 9 日,2020 短篇小说述评,春之卷

佟掌柜:《真凶》,《小说林》2020 年第 1 期,2020 短篇小说述评,春之卷

W

万　斌:《瓦罐都是天空的刻度》,《辽河》2020 年第 10 期,2020 诗歌述评,冬之卷

万　胜:《飞翔的酒瓶》,《满族文学》2020 年第 3 期,2020 短篇小说述评,夏之卷

万　胜:《节日》,《鸭绿江》2021 年第 6 期,2021 短篇小说述评,夏之卷

万　胜:《撸褙儿》,《长城》2021 年第 2 期,2021 短篇小说述评,春之卷

万　胜:《月落乌啼》,《海燕》2021 年第 5 期,2021 短篇小说述评,夏之卷

万　胜:《摘钩》,《四川文学》2020 年第 1 期发表,《小说选刊》2020 年第 2 期转载,
　　　　2020 短篇小说述评,春之卷

王爱民:《沉入杯底的茶》,《鹿鸣》2021 年第 4 期,2021 诗歌述评,夏之卷

王爱民:《读燕声,格言一样干净》,《山东文学》2020 年第 7 期,2020 诗歌述评,秋
　　　　之卷

王爱民:《深入节气的人心头湿润》,《红豆》2020 年第 8 期,2020 诗歌述评,秋之卷

王爱民:《太阳是一顶手织线帽》,《阳光》2021 年第 4 期,2021 诗歌述评,夏之卷

王爱民:《天空是透明的瓦罐》,《绿风》2021 年第 4 期,2021 诗歌述评,秋之卷

王爱民:《我还是不能说清他的秘密》,《诗林》2021 年第 5 期,2021 诗歌述评,冬之卷

王爱民:《先把东风用完》,《诗潮》2021 年第 8 期,2021 诗歌述评,秋之卷

王爱民:《心在左,靠右侧通行》,《四川文学》2020 年第 8 期,2020 诗歌述评,秋之卷

王爱民:《学习一枚树叶的平衡术》,《满族文学》2020 年第 5 期,2020 诗歌述评,秋
　　　　之卷

王爱民:《在青海的一滴滴湖水里修行》,《青海湖》2021 年第 7 期,2021 诗歌述评,秋
　　　　之卷

王爱民:《捉妖记》,《诗潮》2020 年第 3 期,2020 诗歌述评,春之卷

王本道:《乡土的味道》,收入《绽放:在希望的田野上》,辽宁美术出版社,2021 年 4
　　　　月,2021 散文述评,上半年卷

王充闾:《中秋漫忆》,《作家》2020 年第 11 期,2020 散文述评,冬之卷

王德才:《蓝天上有只鸽子》,《诗潮》2020 年第 10 期,2020 诗歌述评,冬之卷

王恩来:《人文化成——王充间先生及其"人文三部曲"》,《鸭绿江》2020 年第 11 期,2020 散文述评,冬之卷

王冠楠:《孤独日》,收入《盛京四俊:沈阳 90 后新锐作家作品集》,沈阳出版社,2021 年 9 月,2021 短篇小说述评,冬之卷

王海燕:《把我女儿给你吧》,《文学少年》2020 年第 2 期,2020 儿童文学述评,春之卷

王海燕:《旱龙道》,长春出版社,2020 年 1 月,2020 儿童文学述评,春之卷

王海燕:《老师撑坏了》,《儿童时代》2020 年第 12 期,2020 儿童文学述评,冬之卷

王海燕:《满豆和他的美丽山羊》,《文学少年》2020 年第 1 期,2020 儿童文学述评,春之卷

王海燕:《偷肉狂徒》,《少年文艺》2021 年第 7—8 期,2021 儿童文学述评,秋之卷

王晶晶:《另一片海》,《满族文学》2021 年第 5 期,2021 诗歌述评,冬之卷

王 开:《后土》,《鸭绿江》2020 年第 6 期,2020 散文述评,夏之卷

王立波:《静静的果园》,《海燕》2020 年第 11 期,2020 诗歌述评,冬之卷

王立春:《不要吃了野雏菊》,长江少年儿童出版社,2020 年 12 月,2020 儿童文学述评,冬之卷

王立春:《格格树》,安徽少年儿童出版社,2020 年 7 月,2020 儿童文学述评,秋之卷

王立春:《跟在身后的小女孩》,辽宁少年儿童出版社,2020 年 1 月,2020 儿童文学述评,春之卷

王立春:《罗阳——用生命托起中国战机》,接力出版社,2020 年 4 月,2020 儿童文学述评,夏之卷

王立春:《小笨鼠和大眼贼》,安徽少年儿童出版社,2021 年 5 月,2021 儿童文学述评,夏之卷

王立春:《小笨鼠和大眼贼》系列,安徽少年儿童出版社,2020 年 12 月,2020 儿童文学述评,冬之卷

王立春:《小屋》,辽宁少年儿童出版社,2020 年 1 月,2020 儿童文学述评,春之卷

王立春:《星星从来不睡》,重庆出版社,2021 年 3 月,2021 儿童文学述评,春之卷及秋之卷

王立春:《站在春天的开头》,河北少年儿童出版社,2021 年 4 月,2021 儿童文学述评,夏之卷

王鸣久:《万物环绕》,《诗潮》2021 年第 10 期,2021 诗歌述评,冬之卷

王　宁：《明灯照耀童年——新世纪辽宁儿童文学观察》，辽宁少年儿童出版社，2020年8月，2021儿童文学述评，冬之卷

王若溪：《你还会再入我梦里吗》，《海燕》2020年第12期，2020诗歌述评，冬之卷

王天武：《王天武的诗》，《诗潮》2021年第3期，2021诗歌述评，春之卷

王　图：《风从低处来》，收入《盛京四俊：沈阳90后新锐作家作品集》，沈阳出版社，2021年9月，2021短篇小说述评，冬之卷

王　图：《狂风席卷一切》，《清明》2021年第2期，2021中篇小说述评，春之卷

王文军：《百年踪迹世世心》，《辽宁日报》2021年6月16日，2021散文述评，上半年卷

王文军：《风吹草低》，《辽河》2021年第4期，2021诗歌述评，夏之卷

王文军：《湖畔的黄昏》，《鸭绿江》2020年第5期，2020诗歌述评，夏之卷

王文军：《回乡书》，《鸭绿江》2020年第5期发表，《新华文摘》（半月刊）2021年第6期转载，2021诗歌述评，春之卷

王文军：《看见满天极美的繁星》，《牡丹》2021年第1期，2021诗歌述评，春之卷

王文军：《看见满天极美的繁星》，《鸭绿江》2021年第5期，2021诗歌述评，夏之卷

王文军：《辽西记》，《诗潮》2020年第12期，2020诗歌述评，冬之卷

王文军：《洼子记》，《中国诗人》2021年第5—6期，2021诗歌述评，冬之卷

王文军：《在白桦树下发呆》，《海燕》2020年第2期，2020诗歌述评，春之卷

王文军：《找到回乡的路》（组诗），《山东文学》2020年第2期，2020诗歌述评，春之卷

王向峰：《炎凉世态知多少》，《鸭绿江》2020年第6期，2020散文述评，夏之卷

王雪茜：《好的鸟》，《南方文学》2020年第5期，2020散文述评，秋之卷

王雪茜：《灰烬中的蝴蝶》，《文学报》2020年9月10日，2020散文述评，秋之卷

王雪茜：《羁风之递》，《散文诗》2020年第10期，2020散文述评，冬之卷

王雪茜：《去远方》，《滇池》2020年第6期，2020散文述评，夏之卷

王雪茜：《时间的折痕》，黄山书社，2021年5月，2021散文述评，上半年卷

王雪茜：《特洛伊木马》，《星火》2020年第4期，2020散文述评，秋之卷

王雪茜：《唯有火焰会扑灭一场火的幻觉》，《湖南文学》2020年第1期，2020散文述评，春之卷

王雪茜：《我看见我的黑暗活着》，《黄河》2021年第5期，2021散文述评，下半年卷

王雪茜：《一次有关卡佛的索引》，《湖南文学》2020年第6期，2020散文述评，夏

之卷

王雪茜：《折叠世界》，中国言实出版社，2021年1月，2021散文述评，上半年卷

王茵梦：《何大板遇见刘小仙》，《中学生》2020年第7期，2020儿童文学述评，秋之卷

王茵梦：《秘密交换》，《中学生》2020年第9期，2020儿童文学述评，秋之卷

王茵梦：《再爱我一次》，《中学生》2020年第8期，2020儿童文学述评，秋之卷

王志国：《奔向柳条边》，《芒种》2021年第2期，2021中篇小说述评，春之卷

王子昂：《神鸟》，《鸭绿江》2021年第11期，2021诗歌述评，冬之卷

微雨含烟：《写在秋日里的信》，《脊梁》2020年第3期，2020诗歌述评，春之卷

魏泽先：《旱地》，《鸭绿江》2021年第10期，2021散文述评，下半年卷

文　逊：《老房子》，《海燕》2021年第6期，2021散文述评，上半年卷

吴　言：《辽宁的局部记忆》，《星星·散文诗》2020年第11期，2020诗歌述评，冬之卷

X

西　征：《西征的诗》，《诗潮》2020年第10期，2020诗歌述评，冬之卷

晓　寒：《街坊邻里》，《中国铁路文艺》2020年第9期，2020短篇小说述评，秋之卷

肖凤珠：《琴声喧嚣》，《满族文学》2020年第6期，2020中篇小说述评，冬之卷

肖世庆：《车钳铆锻焊》，《满族文学》2020年第2期，2020中篇小说述评，春之卷

肖世庆：《沈飞——中国歼击机的摇篮》，收入《共和国脊梁——沈阳国防工业人的故事》，春风文艺出版社，2021年6月，2021报告文学述评

肖显志、肖　曦：《风雪少年连》，江西高校出版社，2021年10月，2021儿童文学年度综评

谢　良：《隐身记》，《长江文艺》2021年第4期，2021短篇小说述评，夏之卷

谢岫廷：《早餐的荷包蛋》，《诗潮》2021年第10期，2021诗歌述评，冬之卷

辛　酉：《看车人的冬天》，《四川文学》2021年第10期，2021中篇小说述评，冬之卷

辛　酉：《容妆》，《北京文学》2021年第6期，2021中篇小说述评，夏之卷

辛　酉：《王进的自行车》，《中国作家（文学版）》2020年第12期，2020中篇小说述评，冬之卷

辛　酉：《小说二题》，《雪莲》2021年第6期，2021短篇小说述评，夏之卷

辛　酉:《修复师》,《鸭绿江》2021年第4期, 2021短篇小说述评, 夏之卷

星　汉:《编织者》,《鸭绿江》2020年第10期, 2020诗歌述评, 冬之卷

星　汉:《寄居蟹》,《满族文学》2020年第6期, 2020诗歌述评, 冬之卷

邢东洋:《小说风波》,《海燕》2020年第4期, 2020短篇小说述评, 夏之卷

邢东洋:《邢东洋的诗》,《诗潮》2020年第12期, 2020诗歌述评, 冬之卷

胥得意:《辽西酒事》,《鸭绿江》2021年第10期, 2021散文述评, 下半年卷

徐　铎:《鱼模》,《鸭绿江》2020年第8期, 2020中篇小说述评, 秋之卷

徐　辉:《终于》,《满族文学》2020年第4期, 2020诗歌述评, 秋之卷

徐　萧:《徐萧的诗》,《诗潮》2021年第7期, 2021诗歌述评, 秋之卷

许梦琦:《火种者》,《鸭绿江》2021年第10期, 2021诗歌述评, 冬之卷

许迎坡（三白）:《鸟趣三则》,《东方少年》2021年第7、8期合刊, 2021儿童文学年
　　　　度综评

薛　涛:《豆粒儿, 你的信》, 安徽少年儿童出版社, 2020年6月, 2020儿童文学述评,
　　　　夏之卷

薛　涛:《河对岸》(波斯文版), 伊朗维达出版社, 2020年11月, 外译作品, 2020儿
　　　　童文学述评, 冬之卷

薛　涛:《河对岸》(绘本), 中国少年儿童出版社, 2015年1月, 外译作品, 2021儿
　　　　童文学年度综评

薛　涛:《河对岸》(英文版), 美国博趣教育出版集团, 2021年9月, 外译作品, 2021
　　　　儿童文学述评, 秋之卷

薛　涛:《脚印》(绘本), 安徽少年儿童出版社, 2021年1月, 2021儿童文学述评, 春
　　　　之卷

薛　涛:《九月的冰河》(俄文版), 俄罗斯东方文学出版社, 2020年11月, 外译作品,
　　　　2020儿童文学述评, 冬之卷

薛　涛:《猫冬记》, 二十一世纪出版社, 2021年1月, 2021儿童文学述评, 秋之卷

薛　涛:《砂粒与星尘》, 安徽少年儿童出版社, 2019年6月, 获奖作品, 2020儿童文
　　　　学述评, 秋之卷

薛　涛:《桃树兄弟》(英文版), 美国博趣教育出版集团, 2020年10月, 2020儿童文
　　　　学述评, 冬之卷

薛　涛:《围墙里的小柯》(波斯语), 伊朗维达出版社, 2021年5月, 外译作品, 2021
　　　　儿童文学述评, 夏之卷

薛　涛:《小城池》(波斯语),伊朗维达出版社,2021年4月,外译作品,2021儿童文学述评,夏之卷

薛　涛:《小山羊走过田野》,安徽少年儿童出版社,2021年12月,2021儿童文学述评,冬之卷

薛　涛:《形影不离》(阿拉伯文),突尼斯孔诺斯出版社,2021年3月,外译作品,2021儿童文学述评,春之卷

薛　涛:《邀人跳舞的小兽》,海燕出版社,2020年10月,2020儿童文学述评,冬之卷

薛　雪:《柔软的钢筋》,《海燕》2020年第4期,2020短篇小说述评,夏之卷

薛　雪:《修补师》,《海燕》2021年第12期,2021短篇小说述评,冬之卷

薛　雪:《雪夜》,《福建文学》2020年第9期,2020短篇小说述评,秋之卷

Y

哑　地:《岁月深处》,《诗潮》2020年第8期,2020诗歌述评,秋之卷

闫耀明:《蝉的夏天》,《读友》(中长篇版)2021第4期,2021儿童文学述评,夏之卷

闫耀明:《大雪》,《少年文艺(江苏)》2020年第12期,2020儿童文学述评,冬之卷

闫耀明:《杀死一棵榆树》,《鸭绿江》2020年第2期,2020短篇小说述评,春之卷

闫耀明:《香香粥》,希望出版社,2020年9月,2021儿童文学述评,夏之卷

阎秀丽:《春寒》,《天池小小说》2020年第5期,2020短篇小说述评,夏之卷

阎秀丽:《斗》,《鸭绿江》2020年第2期,2020短篇小说述评,春之卷

阎秀丽:《干妈》,《天池小小说》2020年第6期,2020短篇小说述评,夏之卷

阎秀丽:《戏一折》,《海燕》2021年第2期,2021短篇小说述评,春之卷

阎秀丽:《眼睛里的星星》,《延河》2021年第6期,2021儿童文学述评,夏之卷

颜梅玖:《明州夜谭集》,《作家》2020年第6期,2020诗歌述评,夏之卷

颜梅玖:《盛夏里的一天》,《鸭绿江》2020年第3期,2020诗歌述评,夏之卷

杨福君:《龙虎斗》,《芒种》2020年第12期,2020中篇小说述评,冬之卷

杨家强:《古柏芬芳》,《鸭绿江》2021年第6期,2021短篇小说述评,夏之卷

杨　松:《如花美眷》,《海燕》2021年第8期,2021散文述评,下半年卷

姚宏越:《小王子足球之旅·意大利》,未来出版社,2021年9月,2021儿童文学年度综评

叶雪松:《流金黑土地》,辽宁少年儿童出版社,2020年3月,2021儿童文学年度综评

伊尔根：《漂亮女生》，《海燕》2021 年第 12 期，2021 短篇小说述评，冬之卷

伊尔根：《桃花岛》，《民族文学》2021 年第 2 期，2021 中篇小说述评，春之卷

衣米妮子：《井中的镜像》，《诗潮》2020 年第 10 期，2020 诗歌述评，冬之卷

尹光磊：《儿女情长》，《海燕》2021 年第 3 期，2021 散文述评，上半年卷

尹伟达：《千里来看一座桥》，《海燕》2021 年第 1 期，2021 散文述评，上半年卷

于北溟：《我的中国》，《鸭绿江》2021 年第 10 期，2021 诗歌述评，冬之卷

于成大：《斑驳之美》，《满族文学》) 2021 年第 3 期，2021 诗歌述评，夏之卷

于成大：《煤，擦亮正在变旧的时光》，《阳光》2020 年第 10 期，2020 诗歌述评，冬之卷

于成大：《每一个害羞的人都加深了枫林的红》(外一首)，《星火》2020 年第 5 期，2020 诗歌述评，秋之卷

于成大：《时光擦亮的旧地名》(三首)，《星星》2020 年第 11 期，2020 诗歌述评，冬之卷

于成大：《松林》(二首)，《散文诗世界》2020 年第 7 期，2020 诗歌述评，秋之卷

于成大：《我对秋天深信不疑》，《北京文学》2020 年第 6 期，2020 诗歌述评，夏之卷

于立极：《甘肃正在说》，中国少年儿童新闻出版总社，2019 年 12 月，获奖作品，2021 儿童文学年度综评

于　陶：《阴阳鱼》，《海燕》2020 年第 4 期，2020 短篇小说述评，夏之卷

于小斜：《于小斜的诗》(组诗)，《诗潮》2021 年第 1 期，2021 诗歌述评，春之卷

于晓威：《河边》，《雨花》2021 年第 9 期，2021 短篇小说述评，秋之卷

于晓威：《危险》，《作家》2021 年第 11 期，2021 短篇小说述评，冬之卷

于永铎：《戴女人头套的表哥》，《安徽文学》2021 年第 6 期，2021 短篇小说述评，夏之卷

于永铎：《给你一记金刚拳》，《海燕》2021 年第 6 期，2021 短篇小说述评，夏之卷

于永铎：《蓝湾之上》，大连出版社，2019 年 12 月，2020 长篇小说述评

于永铎：《没穿裤子的人》，《海燕》2020 年第 4 期，2020 中篇小说述评，夏之卷

于永铎：《那君兄，你是大连的脊梁》，《大连日报》2021 年 1 月 22 日，2021 散文述评，上半年卷

于永铎：《赛尔山下的歌声与微笑》，收入《辽疆之恋》，春风文艺出版社，2019 年 12 月，2020 报告文学述评

于永涛：《绿色的海》(外一首)，《儿童文学》2021 年第 6 期，2021 儿童文学述评，夏

之卷

于永涛：《鸟鸣是山野打出的饱嗝》，《宝葫芦》2020年第10期，2020儿童文学述评，
冬之卷

于永涛：《蒲公英》，《宝葫芦》2020年第10期，2020儿童文学述评，冬之卷

于永涛：《味道》，《红树林》2021年第10期，2021儿童文学述评，冬之卷

羽　瞳：《出逃衣胞之地》，《海燕》2020年第3期，2020短篇小说述评，春之卷

羽　瞳：《饥饿三尕》，《椰城》2020年第10期，2020短篇小说述评，冬之卷

羽　瞳：《冷场》，《野草》2020年第2期，2020短篇小说述评，春之卷

羽　瞳：《西行》，《青春》2020年第10期，2020短篇小说述评，冬之卷

羽　瞳：《枕木》，《满族文学》2020年第4期，2020短篇小说述评，秋之卷

袁东瑛：《低飞》，《海燕》2021年第10期，2021诗歌述评，冬之卷

袁东瑛：《短章》（六首），《福建文学》2021年第9期，2021诗歌述评，秋之卷

袁东瑛：《人间所有的直角都是相等的》，《广西文学》2021年第8期，2021诗歌述评，
秋之卷

袁东瑛：《我正在变轻》，《诗潮》2020年第3期，2020诗歌述评，春之卷

袁东瑛：《袁东瑛的诗》，《绿风》2020年第5期，2020诗歌述评，秋之卷

袁东瑛：《袁东瑛的诗》，《诗潮》2021年第8期，2021诗歌述评，秋之卷

袁海胜：《青涩小站》，《鸭绿江》2021年第10期，2021散文述评，下半年卷

源　娥：《春天是什么声音》，获奖原创作品，未出版，2021儿童文学述评，冬之卷

源　娥：《巨人的花手绢》，《东方少年·快乐文学》2021年第10期，2021儿童文学述
评，冬之卷

源　娥：《来自星河彼岸的船》，《少年文艺》2021年第5期，2021儿童文学年度综评

源　娥：《请叫我卷发公主》，《萌公主》2020年第7、8期合刊，2020儿童文学述评，
秋之卷

源　娥：《王子与笑笑》，《故事作文》（高年级版）2020年第9期，2020儿童文学述
评，秋之卷

源　娥：《一路风景》，《少年文艺》2020年第8期，2020儿童文学述评，秋之卷

Z

张鲁镭:《黄金搭档》,《中国作家》2020 年第 2 期发表,《小说选刊》《小说月报》2020
　　年第 4 期转载,2020 中篇小说述评,春之卷

张鲁镭:《手链丁零》,《北京文学》2021 年第 8 期,2021 短篇小说述评,秋之卷

张鲁镭:《笑春风》,《中国作家·文学》2021 年第 1 期,2021 短篇小说述评,春之卷

张鲁镭:《野有蔓草》,《民族文汇》2021 年第 3 期,2021 中篇小说述评,夏之卷

张　瑞:《圣地工人村》,沈阳出版社,2021 年 9 月,2021 散文述评,下半年卷

张瑞涵:《缝沙包》,《诗潮》2021 年第 10 期,2021 诗歌述评,冬之卷

张少恩:《黄金散尽,还有辽阔的白玉》(二章),《岁月》2020 年第 9 期,2020 诗歌述
　　评,秋之卷

张少恩:《散文四篇》,《鸭绿江》2021 年第 12 期,2021 散文述评,下半年卷

张守利:《流感》,《海外文摘》(文学版)2021 年第 9 期,2021 中篇小说述评,秋之卷

张淑清:《1974 年的猪》,《鸭绿江》2020 年第 1 期,2020 短篇小说述评,春之卷

张　涛:《贾平西断片》,《海燕》2020 年第 1 期,2020 散文述评,春之卷

张天天:《老牛家逸事》,辽宁少年儿童出版社,2020 年 10 月,2021 儿童文学年度综评

张　旭:《里瓦镇的小房子》,《文学少年》发表,《放学后》2021 年第 9—10 期转载,
　　2021 儿童文学述评,冬之卷

张　旭:《青蛙为月亮唱首歌》,获奖原创作品,未发表,2020 儿童文学述评,冬之卷

张　旭:《鼠博士》,《小十月》2021 年第 4 期发表,《儿童文学选刊》2021 年第 9 期转
　　载,2021 儿童文学述评,夏之卷、秋之卷

张　旭:《最佳陪练》,《东方少年》2020 年第 9 期,2020 儿童文学述评,秋之卷

张艳华:《电话号码》,《诗潮》2021 年第 8 期,2021 诗歌述评,秋之卷

张艳荣:《不在场》,《小说月报·原创版》2020 年第 3 期,2020 中篇小说述评,春之卷

张艳荣:《繁花似锦》,安徽文艺出版社,2020 年 5 月,2020 长篇小说述评

张艺欣:《迷茫的种子》,获奖原创作品,未发表,2021 儿童文学述评,冬之卷

张玉莹:《爸爸很忙》,《文学少年》2021 年第 11 期,2021 儿童文学述评,冬之卷

张玉莹:《守艺人》,《少年文艺》2021 年第 6 期,2021 儿童文学述评,夏之卷

张忠诚:《猴戏团》,天天出版社,2020 年 8 月,2020 儿童文学述评,秋之卷

张忠诚:《蓝门》,二十一世纪出版社,2020 年 6 月,2020 儿童文学述评,夏之卷

张忠诚:《米罐》,《小十月》2021 年第 1 期,2021 儿童文学述评,春之卷

张忠诚:《巧鸟》,二十一世纪出版社,2021 年 5 月,2021 儿童文学年度综评

张忠诚:《蜗牛》,人民文学出版社,2020 年 8 月,2020 儿童文学述评,秋之卷

赵冬妮：《篱笆》，《鸭绿江》2020 年第 11 期，2020 散文述评，冬之卷

赵海波：《归南山》，《鸭绿江》2021 年第 10 期，2021 散文述评，下半年卷

赵树发：《疼》，《鸭绿江》2021 年第 6 期，2021 短篇小说述评，夏之卷

赵树发：《一棵舞动的槐树》，《满族文学》2020 年第 5 期，2020 诗歌述评，秋之卷

赵　杨：《春风故事》，北京联合出版公司，2021 年 3 月，2021 长篇小说述评

赵郁秀：《梦想的力量》，大连出版社，2017 年 1 月，2021 年 6 月举办品读会，2021 儿
　　　童文学述评，夏之卷

赵郁秀：《信仰的力量》，大连出版社，2017 年 1 月，2021 年 6 月举办品读会，2021 儿
　　　童文学述评，夏之卷

郑　春：《郑春诗九首》，《鸭绿江》2021 年第 11 期，2021 诗歌述评，冬之卷

郑　春：《最好的影子》，《满族文学》2021 年第 1 期，2021 诗歌述评，春之卷

周建新：《静静的鸭绿江》，《民族文学》2021 年第 7 期，2021 散文述评，下半年卷

周建新：《天山作证》，收入《辽疆之恋》，春风文艺出版社，2019 年 12 月，2020 报告
　　　文学述评

周建新：《一位老英雄的两个战场》，《人民日报》2021 年 7 月 10 日，2021 散文述评，
　　　下半年卷

周莲珊：《伟大的历程》，辽宁少年儿童出版社，2021 年 1 月，2021 儿童文学述评，春
　　　之卷

周莲珊：《希望在人间》，辽宁少年儿童出版社，2020 年 1 月，2020 儿童文学述评，春
　　　之卷

周晓枫：《庄河看海》，收入《感受辽宁之好》，春风文艺出版社，2020 年 4 月，2020 散
　　　文述评，夏之卷

周艳丽：《一个人一坡地》，《鸭绿江》2021 年第 10 期，2021 散文述评，下半年卷

周雨墨：《万山红遍》，《海燕》2020 年第 1 期，2020 中篇小说述评，春之卷

竹　马：《空椅子》，《牡丹》2021 年第 12 期，2021 诗歌述评，冬之卷

卓　尔：《北京屋檐下》，《海燕》2021 年第 4 期，2021 短篇小说述评，夏之卷

卓　尔：《北京屋檐下》，收入《盛京四俊：沈阳 90 后新锐作家作品集》，沈阳出版社，
　　　2021 年 9 月，2021 短篇小说述评，冬之卷

卓　尔：《卓尔的诗》，《广西文学》2020 年第 5 期，2020 诗歌述评，夏之卷

宗　晶：《回家的路》，《辽宁日报》2020 年 12 月 30 日，2020 诗歌述评，冬之卷

宗　晶：《水中的沙子》，《扬子江》2020 年第 6 期，2020 诗歌述评，冬之卷

宗　晶:《夜晚的词盖》(外一首),《中国校园文学》2020年第4期, 2020儿童文学述
　　　　评, 夏之卷

左　岸:《请松开手, 妈妈》,《海燕》2020年第3期, 2020诗歌述评, 春之卷